我们曾经这样走过

欧阳逸冰戏剧评论及剧作选

欧阳逸冰 著

广西师范大学出版社
·桂林·

图书在版编目(CIP)数据

我们曾经这样走过：欧阳逸冰戏剧评论及剧作选／欧阳逸冰著．—桂林：广西师范大学出版社，2020．1
ISBN 978－7－5598－2292－5

Ⅰ．①我… Ⅱ．①欧… Ⅲ．①戏剧文学评论－中国－当代－文集 ②剧本－作品综合集－中国－当代 Ⅳ．①I207．3－53 ②I230

中国版本图书馆 CIP 数据核字(2019)第 224157 号

出 品 人：刘广汉
策　　划：魏　东
责任编辑：魏　东
装帧设计：王鸣豪

广西师范大学出版社出版发行
(广西桂林市五里店路 9 号　　邮政编码:541004
网址：http://www.bbtpress.com)
出版人：张艺兵
全国新华书店经销
销售热线：021－65200318　021－31260822－898
山东鸿君杰文化发展有限公司印刷
(山东省淄博市桓台县寿济路 13188 号　邮政编码：256401)
开本：690mm×960mm　1/16
印张：42.25　字数：450 千字
2020 年 1 月第 1 版　2020 年 1 月第 1 次印刷
定价：138.00 元

序

逸冰同志是我国当代成就卓著的儿童戏剧作家，同时又是戏剧评论家和动画艺术家。新时期以来，他已有二十一部戏剧作品先后上演于中国儿童艺术剧院、中国福利会儿童艺术剧院、中央实验话剧院（国话前身之一）、北京儿童艺术剧院、辽宁儿童艺术剧院等十二家国家剧院团。其中，《会粘知了的老师》《闪烁吧，繁星》《和月亮交谈的六个晚上》《我的童年在黑土地》《长城有个黑小子》《红蜻蜓》《这里将是别墅》《享受艰难》以及话剧《周君恩来》《我认识的鬼子兵》等获得省部级以上奖项。

我认识逸冰同志的剧作，远比认识他本人早。1998 年至 2003 年，《享受艰难》先后由上海的中福会儿艺和中国儿艺公演。其中，仅中国儿艺一家就上演了一百六十一场。那时，我很少看儿童剧。可是“享受艰难”这四个字，一下子就把我吸引住了。我想，这是一个多么新鲜而又可贵的命题！这位编剧真是与众不同。一打听，才知道，此人就是中国儿艺的新任院长。至今，我没有看过这个戏的演出，但我仔细阅读过这个戏的剧本。我认为，这在逸冰同志的儿童剧中，是一个代表作。后来，我看的儿童剧多了，经常参加研讨会，这才有缘认识了逸冰同志，并逐渐成为熟识的朋友。回想起来，这些年与他的交往，主要是在研讨会上。每当开会，有他出席，总会带来一片活跃的气氛。他是公认的“演说家”，从来都是即兴发言而又条理清晰，绘声绘色,褒贬得当,新意频出。

逸冰同志不止写儿童剧、话剧,六十集电视连续剧《东周列国》(三人合写)、二十六集电视连续剧《爸爸妈妈是老外》,大型动画片《小卓玛》(独自编剧)、《小鲤鱼历险记》(总编剧),以及歌剧《护花神》、音乐剧《香格里拉》等剧作,均是出自他的笔下。至于艺术评论文章,凡是话剧、儿童剧、戏曲、歌剧、音乐剧、舞剧、舞蹈、滑稽戏以及导、表演艺术,他均有所涉猎。总之,逸冰同志是一位关注现实,瞩目未来,勇于思考,不断创新的多产作家。

此前,逸冰同志曾出过两本书。一本是 1994 年 3 月由现代出版社出版的《欧阳逸冰剧作选》,收入《闪烁吧,繁星》《红蜻蜓》等七部剧本及两篇论文;另一本是 2012 年 8 月由语文出版社出版的《欧阳逸冰艺术评论集:戏剧与动画》,收入文艺评论四十八篇。这次由广西师范大学出版社出版的新书《我们曾经这样走过:欧阳逸冰戏剧评论及剧作选》,共收入戏剧评论七十余篇,剧本五部。这将是他艺术创作道路上的又一座里程碑。

关于这本书,我只说几点突出的印象。在《我们曾经这样走过——谈话剧〈红旗渠〉》一文中,逸冰同志面对这部赞美产生于"三面红旗"时期的红旗渠水利工程的剧作,并没有因为时代背景而将其贬损,恰恰相反,却勇敢地赞扬了它"凝聚的是人民的愿望和人民的拼死的奋斗"。理由很简单:此渠未建之前,老百姓一生只洗三回脸:出生、结婚、死亡。这是何等悲苦而又无奈的生存环境!55 万人自带工具和干粮,拉着大车,推着小车上工地;用时十年,削平山头 1 250 个,架设渡槽 152 座,凿通隧道 211 条,挖砌土石 1 515 万方,建成渠长 70.6 公里,重伤 256 人,牺牲 189 人。真可谓为子孙万代造福,惊天地,泣鬼神!尽管是六十年前的往事,尽管还有不同的评价和争论,但是剧作家有自己的判断,就敢于将它入戏。为此,逸冰同志认为这部话剧"思辨审慎,雕凿犀利",并得出了一个结论:"杰出的剧作家、艺术家必须具有思想家的目光。"在剧评《向中国戏曲美学的一次致敬之举——看话剧〈徽商传奇〉》中,逸冰同志评的是话剧,重点阐释的却是这部话剧向中国戏曲学习的经验。这不是一句空话,他对这戏评得很细,很有见地,认为"'船'成了全剧意境之'象'"。在表现男女主角的爱情时,既是话剧的表演,又是戏曲生、旦演员的表演,并运用歌队民谣伴唱:"两片磨儿天生就,分不出彼此薄与厚……"这种借鉴戏曲手法的强化与烘托,是应该予以肯定的。还有一篇《李宝群现实主义戏剧创作中的三个台阶》,是逸冰同志长期跟踪研究李宝群话剧创作实践的成果。他将话剧《父亲》《矸子山的男人女人》《长夜》比喻为李宝群创作的"三个跃升台阶"。在一一剖析三个戏的共同优长和个别遗憾之后,明确地认为"《长夜》是李宝群现实主义戏剧创作的制高点"。这种朋友之间推心置腹的学术切磋,是相当动人的。

本书收入的五个剧本,只有完稿于2018年5月的儿童剧新作《那山有片粉色的云》正在中国福利会儿艺的排练之中,尚未见过观众。这部剧本让我们看到了黔西北山区的一群留守儿童的生存现状:贫穷、闭塞、孤独、失爱,终年见不到父母,加之不法者乘虚而入,设置陷阱……剧作的追求很明显,是要把一片片"粉色的云"——人间大爱,引向那些被遗忘的角落。读这个剧本,我格外地激动,因为它让我想起三年前,我曾踏上过那片寂寞的土地,在已经谢了花的"三百里杜鹃"树丛里,也曾见过那些忽闪着大眼睛的放羊的孩子……

为什么逸冰同志能够写出这么多反映当前现实生活的优秀儿童剧?我认为他有很多优势。一是他心中有大爱。他之所以痴迷于儿童戏剧创作,是因为他爱儿童(广义,含未成年人),在他们身上,发现了许多人类情感中最纯洁最美好的东西;他七十七岁高龄,依然自费深入到贵州山地,爬坡下谷,访问一个个散居的留守儿童,和他们的家长倾心交谈;二是他曾长期从事教育工作,熟知少年儿童的年龄特征、思维方式,写来得心应手;三是他在剧院担任编剧二十五年,其中,最后五年担任中国儿艺院长,深谙儿童戏剧创作的规律、儿童剧导表演艺术的特征、剧目生产的流程,以及种种可能出现的偏差;四是勤奋,读书多,勤于思考,研究问题不怕吃苦,乐于寻找不同的思维角度和方式；五是他在创作与评论间“两面作战”，懂得创作的底里，评论别人的作品便不会粗暴，也较少隔靴搔痒；而评论他人的作品多了，眼界开阔了，更有益于自己的创作。

值得关注的是，逸冰同志近些年来侧重于戏剧评论，其辨析、思维、表达、视角、引证……得到了大家一致的赞赏。我们期待他在戏剧评论领域有更多的建树。但是，就我个人而言，仍盼望他能继续发挥优势，多写一些儿童剧。

絮絮叨叨写下来，就此打住。如能用，权作序。

钟艺兵（《文艺报》原副主编，著名文艺评论家）

2018 年 12 月 16 日

目　录

剧评篇

·话　剧·

·话剧艺术家·

·儿童剧(及动画、儿童电视剧)·

·戏　曲·

剧作篇

附　录

剧评篇

话　剧

我们曾经这样走过

——谈话剧《红旗渠》

当我们仰望金字塔的时候，心中涌动的是——四千五百多年前，垒砌这样巨大角锥体的工役们，他们那驮起巨石的脊背，黑黝黝的，闪动着晶莹汗珠……

当我们攀登上长城烽火台的时候，心中涌动的是——两千多年前筑起雄踞于蜿蜒峰峦之上的万里城墙的工匠们，他们那长满胼胝的双手，鲜血覆盖着旧痂，砌起了一块又一块硕大坚实的灰砖……

同样，当我们看到在太行山悬崖绝壁上穿行的"人工天河"红旗渠，千回百转地滚动着清冽冽的河水，闪烁着生命的活力，跳跃着千百年来山里人的梦想……心中涌动的是——五十三年前，那腰悬绳索，举起大铁锤，一下一下凿开了生命希望的民工们……

哦，艰难而英雄的人民，是你们撑起了苍茫的历史天空！

话剧《红旗渠》就是为这样的人民，在舞台上凿刻出了太行山石壁浮雕的史诗长卷……

一 思辨：混沌中的电光石火

毋庸讳言，红旗渠是“三面红旗”时期的产物。

更无须讳言的是，红旗渠是林县农民以及那些忠实地表达了农民愿望的共产党人创造的历史奇迹。

《红旗渠》的主创从创作一开始，就必然要接受历史与现实的拷问：如何思辨红旗渠与产生它的那个时代？

“总路线，大跃进，人民公社”这“三面红旗”早就由历史做出了定论。但是，作为严肃的现实主义作家，《红旗渠》的编剧并没有胆战心惊地躲避什么，而是真实地再现了五十三年前那个“火红”年代的历史氛围，编织了那个时代特有的历史感。

这是勇气，更是责任。请看——

主人公杨贵在开场的独白中说：“希望大家和我一起豁出身家性命，轰轰烈烈干它一场，个个成为重新安排林县河山的人民英雄！同意的举手！”

当他被唯一的反对者黄副县长问到有无材料和钱的时候，他自豪地说：“有，不多，可我们有人——五十五万！”

于是，呼啦啦十五个公社的几万民工，自带工具，自带干粮，拉着大车，推着小车，一齐涌了上来，把通往工地的路全都堵死了……怎么办？干部分段包干，“该炸的炸，该垒的垒，该挖的挖，该拆的拆”……

这就是那个时代的氛围：万马奔腾。

这就是那个时代的历史感：主宰着人们情绪的是“敢”字当头，人与人的关系是一呼百应。

不要惊诧，我们的确就是这样走过来的。

然而，《红旗渠》不是当年红极一时的《降龙伏虎》《烈火红心》。《红旗渠》的主创是二十一世纪的中国艺术家,他们站在今天的制高点上,在忠实地描画那个时代的同时,更重要的是思辨那个时代,在那个莽苍苍甚至是肆意奔流的洪涛中,千淘万漉地寻觅着一个奥秘——不同于遍地小高炉,夺取"1070"万吨钢的荒唐;不同于伐木毁林,围湖造田的肆虐;不同于深耕密植,制造亩产万斤粮的白日谎言,同一个时代产生的红旗渠,为什么能跨越历史的局限而成为不朽的民族精神?

《红旗渠》的主创没有"爱屋及乌"地因为赞颂红旗渠所代表的民族精神,而沉溺于那个今天看来,的确混沌的历史年代。

杰出的剧作家、艺术家同时必然具有思想家的目光。

《红旗渠》的主创找到了这个奥秘,那就是——不管人们将怎样评说主人公杨贵的个人品格,也不管他的言行不能不带有着那个时代莽撞的"胆气",他急急忙忙地宣布向太行山"开战",急急忙忙地下决心凿洞穿山,修筑红旗渠,是真真切切代表了林县五十五万人盼了千百年的渴求:人要喝水,地要浇水。人不喝水,无法种地;地不浇水,人没法活。林县人再也不能忍受这样屈辱的生活了——一生只洗三回脸:出生,结婚,死亡。要活命,要尊严地活命,这就是林县人最急切的愿望。

谁能实现五十五万人的这个最急切的愿望,谁就是人民的英雄。

杨贵和他的县委一班人顺应了人民的渴求,于是他们成了英雄。

红旗渠历经了"三面红旗"、反右倾、四清运动、"文革"初期,整整坚持了十年的殊死搏斗,终于落成了。时间荡涤了所有曾经的比附和宣传,最终验证了它是我们民族精神的不朽象征。

红旗渠绝不同于全民炼钢之类违反民众意愿,违反科学规律的"大跃进",它虽然是"三面红旗"时期的产物,但它却属于中国人所有的时代——因为,红旗渠凝聚的是人民的愿望和人民拼死奋斗的决心。

这就是话剧《红旗渠》深沉、凝重、睿智的历史思辨。

二 人民:《红旗渠》真正的主角

《红旗渠》的结尾,在天幕上滚着这样的数字碑文:“用时10年;削平山头1 250个,架设渡槽152座,凿通隧道211个,挖砌土石1 515.82万方,总干渠长70.6公里……重伤256人,牺牲189人……”

这不是一组数字,而是一部史诗,人民用生命铸就的史诗。

剧中,塑造了这样几组群众——凤兰与李继红;金锤、银锤、铜锤、铁锤四兄弟;杨起梦夫妻;九岁的小姑娘吱吱;继红娘及死难者的家属……

最感人的是对凤兰与李继红的爱情描绘。没有缠绵悱恻,没有花前月下,没有玫瑰诗篇,只有凤兰对佯装欲走的李继红的一声呼唤:“哎——”;瞅着没人,与恋人的手捏在一起;再递上一双鞋:“俺娘做的”;最后给恋人戴上垫肩:“俺缝的”,轻轻地摩挲着垫肩上的绣花……李继红回赠恋人的是半个窝头……多么简洁,又是多么含蕴;多么矜持,又是多么深情;多么平淡,又是多么浓烈! 正是这样一对甜蜜的恋人,不仅日夜奋战在工地上,还为了坚决支持杨贵书记带领大家修建红旗渠,他们发起连同自己在内的十对恋人在山洞里举行集体婚礼。然而,老天残忍,偏偏在这人生最美好的瞬间,山洞塌方,吞噬了这些宝贵的年轻生命……

最质朴的是金锤、银锤、铜锤、铁锤四兄弟。他们有使不完的力气,也有吃不饱的肚皮,只是牢牢地记住临上工地时老娘的嘱咐:“出门在外,活儿要干好,饭要吃饱!”那70.6公里的主干渠就是靠这样的小伙子一钎一钎,一锤一锤凿开的呀……

最惊叹的是前清秀才,属于“五类分子”的杨起梦。他忍受着政治歧视的屈辱,一定要找到县委书记杨贵。不让找,他的老伴就拿出早就准备好的剪刀对准自己的咽喉……这位前清秀才为的是给红旗渠的修建出把力,在太行山的石壁上写下巨幅大字:“重新安排林县河山”。因为他知道,修建红旗渠这件大事儿,“年代越久,看得越清”。他说,自己虽然“苟活一世,屈辱半生”,但是,“幸遇红旗渠这篇千古文章,我能画上几笔,实乃起梦之幸,家门之幸,祖宗之幸也”。值得深思的是,一个时时都处于被监督的“五类分子”怎么会如此赤诚地拥护县委书记的行动?这正是一个老知识分子的良知使他超越了自己和自己的苦难,深深被红旗渠这篇“千古文章”所感召。老秀才的肺腑之言,犹如历史的判词,红旗渠必将跨越中国人所有的时代。

最令人感慨万千的是继红娘对前来赔罪的杨贵说的话:“你是汲县人,来俺林县修渠为了谁?……你有恩于林县的男男女女,老老少少哇……”对儿子的死,她说,“继红是为谁死的?他是为他娘,他是想让他娘能畅畅快快地洗个头……让他娘掀开锅盖能熬汤,打开缸盖有水吃,他是为全村人都能吃上一口水死的,他死得……值啊!”这是多么深明大义的母亲啊,就像坦阔的大地,是那么丰厚,是那么宽广,是那么无私地奉献着一切,是那么深沉地承受着一切,是那么无畏地面对着一切。中国就是因为有许许多多这样的母亲,才历经种种磨难而屹立不倒。此时的杨贵哪里还敢自称英雄,他弯下腰去,大呼一声“我的大娘啊”!

人民——我们伟大的母亲。

最难忘的是小吱吱,一个九岁的小姑娘。她最美好的梦想就是有一天能“不心疼地”洗把脸,然后,把珍藏多时的胭脂搽上,洋洋得意地走遍全村的家家户户,让人看看小吱吱多漂亮!然而,为了给民工们挖采充饥的野菜,她被吞没在炸山的浓烟中……她那珍藏的小小胭脂盒就像一粒火种,在杨贵的心中点燃起了熊熊的大火,使他不敢稍有怠慢,不敢稍有退却,不敢稍有犹豫。吱吱那句话“漳河水,你啥时候才能哗哗地流过来呀……”反复回荡在杨贵的耳畔,这正是林县五十五万人共同的心声啊!

人民的愿望催生了红旗渠,人民的力量建成了红旗渠,人民的意志凝聚了红旗渠。

三　杨贵：五十年后的新阐释

主人公或许有原型，但是，观众欣赏、感悟的是作为剧中艺术形象的杨贵。主创在这个人物的塑造上显示了思辨审慎和雕凿犀利的功力——

所谓"思辨审慎"，就是既让这个人物必须具有五十年前那个时代的鲜明印记，又要用五十年后的今天之崭新目光去发掘其可能具备的理想光彩。譬如开场，他急急忙忙，风风火火地"大干快上"红旗渠工程，唯一的底牌就是"我们有人——五十五万！"，而且他还毫不隐讳地袒露内心："古往今来，任何一个有血性的男人，谁不渴望建功立业呀？"无疑，这是那个"火红"年代的行事方式。没有这一点，他就不是那个时代的县委书记。但是，主创牢牢抓住的是他对人民渴求的铭记："五十五万人需要水，九十一万亩耕地需要水，生长在这片土地上的花草树木、骡马牛羊需要水！嗨，谁让我们赶上了呢！躲避，不干，那我们就会挨骂，老百姓就会骂我们是一批蠢材，吃才！"不是为了跟风赶形势，不是为了向上级表功，而是为了人民。当他面对调查组来调查的巨大压力时，支撑他坚守红旗渠工程的是小吱吱那段梦想的述说……这种真诚，难道不正是联系着当今"以人为本"的核心理念吗？真正的共产党人，心里永远装着人民。这不正是当今时代对所有共产党人的要求吗？

这种"思辨审慎"还表现在他与黄副县长，他与杨起梦的关系上。

黄副县长是个正直坦荡的共产党员，是杨贵急急忙忙、风风火火、"大干快上"的唯一反对者。他曾实地调研了三天，把所发现的问题密密麻麻地记满了一个小本子。他还曾袒露过自己对"三年困难"的看法，认为不是天灾，而是人祸，"大跃进已经让中华民族遭受了一场灾难……"杨贵如何对待？他容忍了黄副县长的反对，他让黄副县长把那小本子上记下的问题向大家讲述,并因此而做检讨,调整工程方案。他还甚至"庇护"黄副县长的"反党右倾机会主义"言论,使用"调虎离山"计,将他保护性地调往山西,专职协调因林县修红旗渠而与山西有关地方可能产生的矛盾。不管在那个极"左"的年代,有如此肚量,有如此豁达,且有如此胆识的"一把手"是否鲜见,这不正是当今时代要求共产党人应具备的品格吗?

如前所述,前清秀才杨起梦经常被歧视为"五类分子"。杨贵见到他,不仅如数家珍地道出他的身世,还说"老先生乃乡间大儒,杨贵早该前去拜访……",在杨起梦决定书写石壁大字之后,杨贵甚至躬身长揖:"老先生,请受杨贵一拜!"我们知道,在实行抗日民族统一战线时期,许多革命家都能礼贤开明士绅,而在"千万不要忘记阶级斗争"的六十年代初期,能够如此"礼贤"备受歧视的乡间"封建知识分子"者究竟有多少?但是,我们却愿意看到杨贵如此礼贤下士,因为当今的共产党人就应该具有这样的眼光和胸怀。

这样,杨贵这个县委书记的形象既具有那个时代的印记,又具有当今时代共产党人的理想品格,因此他可信,可爱,可敬,可亲。

所谓"雕凿犀利",就是在戏剧矛盾中,大刀阔斧地凿出杨贵形象的犀利棱角,凸显杨贵火一样的炽烈情感——

为了给修渠工地开出一条路,一座祠堂必须被拆除。他和乡亲们一起对着祖宗牌位下跪,大声发誓:"王家的列祖列宗,记住我一句话,今天借你一条路,明天还你一条渠!"

在和老对手黄副县长一通疾风暴雨般的争吵之后,他蒙脸痛哭地倾诉着:"我……是一个县的领头人,是老百姓的主心骨。遇困难,我得顶着;有委屈,我得受着;吃了苦,我得乐着;想流泪,我得忍着;见下属,我得端着;对百姓,我得笑着;有人骂,我得听着;有人告,我得领着担着……工程快了,我担心质量;工程慢了,我又怕拖延时间……修不成,我怎么向老少爷们交代?我又害怕修成了,这万一通不过去水又该咋办……一想到这些,我浑身的冷汗呲呲呲呲地直往外冒啊!"

在调查组一条比一条严重的责问面前,他终于爆发了:“我看着他们(民工们)一个个啃着树皮,吃着水草,去砸石头,抬石头,推石头,搬石头,背石头,垒石头,我这儿(心)疼!借这三万斤粮食,我就一个念头,冒个杀头的险,让跟着我修渠的民工吃顿饱饭,哪怕就吃一顿,我死无愧疚!”

就这样,一座浮雕凸显出来了,棱角鲜明,线条粗犷,如电如火,热血澎湃……高尔基说过,我赞美勇士们的狂热精神。这里的“狂热”不是盲目疯狂,而是像所有为了信仰而赴汤蹈火的革命者一样,敢恨敢爱敢笑敢哭,敢担当,敢牺牲,敢一往无前!这是一条多么有血性的汉子,这是一个多么无畏的共产党人,敢于浑身沾满伤痛,敢于抖落下一身缺点,更敢于为人民的疾苦鞠躬尽瘁,还敢于在短暂的人生中建功立业……

这就是五十年后,《红旗渠》在太行山石壁上,重新雕塑的县委书记。

这个人既是真实的,又是理想的。戏剧家有权利这样做,因为“戏剧起源于我们对世界的反应,而不是起源于世界本身”(贡布里奇语)。

《红旗渠》绝然不同于追逐短暂“时尚”的短命戏剧,也不同于追求表面热闹,粉饰生活的伪现实主义剧作,它将成为令人思辨不尽的历史画卷——我们曾经这样走过。

(载于2012年10月22日《文艺报》)

话剧舞台的新成果

——浅说第十二届“五个一工程”获奖话剧作品

在第十二届“五个一工程”评选中，获奖的话剧作品呈现出了话剧舞台的新成果，显示了话剧艺术家的新探索，描绘出了当今时代前进的新画面，跃动着中国话剧艺术的新活力。

一　历史的内涵与时代的价值

《寻找李大钊》产生在纪念党创建九十周年的献礼热潮中，作家、艺术家以自己的良知、责任感和忧患意识，在历史与现实的天平上，反复衡量着“纪念”二字的历史内涵与时代价值。在他们的心中，“纪念”不仅仅是仪式性的庆祝，更是对现实的严峻思考；不仅仅是热烈的欢歌，更是对先烈灵魂的发现；不仅仅是表达由衷的敬意，更是对大浪滔滔之后泥沙俱下的直面。

然而，《寻找李大钊》的创作者并不充当“教师爷”的角色，而是以诤友的身份，与观众一道，在历史与现实的对映中思考我们的未来。面对着社会上并不鲜见的生活现象——一些人“每天想的都是房子车子票子儿子再加上妹子…… 成天喝酒打牌，昏天黑地，醉生梦死，吹牛叫劲，骗老妈骗老婆……”,《寻找李大钊》提出了非常尖锐的质问:“要是李大钊知道他们当年的牺牲,换来的就是我们今天这样的生活,他还能那样坚定地走向绞刑架吗？还能那样义无反顾地慷慨赴死吗?”这是党九十年光辉历史的发问,这是时代的发问,这是人民的发问。在这样无比尖锐的发问中,《寻找李大钊》的创作者在和观众一起探寻着,理解着,挖掘着“纪念”的历史内涵与时代价值。在这部剧作的戏中戏里,他们找到了,也悟到了一句话:“我愿意。”“我愿意”就是“铁肩担道义”,“我愿意”就是对振兴中华的强烈渴求,“我愿意”就是对理想信念的坚持,“我愿意”就是哪怕在暗夜中对太阳东升的坚信,就是哪怕在迷雾中对蓝天的确信,就是哪怕在风雪中对春天的相信。正像剧中李大钊临刑前对妻儿所说:“总有一天,一个新的世界会出现在我们面前。那时候,我一定会回来的!”李大钊的信念是不会死的,李大钊的精神是不会死的,李大钊的人格力量是不会死的。试看那些带领人民,推动历史前进的真正的共产党人,他们就是李大钊的复活!

果然,在话剧《郭明义》中,李大钊的精神“春风吹又生”了,在话剧《生命档案》里,李大钊的信念灿烂地绽放了。

《郭明义》中的郭明义为啥那么“傻”,那么毫不利己专门利人？作秀？作秀,能坚持三十多年始终如一地学雷锋？作秀,能累计献出六万毫升鲜血？作秀,能从累计三十万的工资里捐出十二万给几百个困难学童,却给自己的老婆花二十八元买个假宝石戒指？作秀,能坚守在三十九平方米的居室,宁肯分割出一间四平方米的“胶囊闺房”给女儿,却把最后一次福利分房让给了没房娶儿媳妇的工友？是的,这些我们可能做不到,但是有人做到了,我们没有理由不兴奋,没有理由不向他表示真诚的钦佩,就像我们看到挑战极限的奥运冠军那样。为他人,为国家而有非常贡献的非常之人就是英雄。我们的历史不缺少英雄,我们的今天更需要这样的英雄。一个崇敬英雄的民族才是大有希望的。

《郭明义》喊出的就是时代和人民对英雄的呼唤。

照亮郭明义灵魂的是一个普通工人的自豪感:“最值得我们自豪的是共和国的第一炉钢,就是用我们齐大山的铁矿石炼出来的。在这里工作的工人,牛啊！一个个腰杆拔得溜直。”

燃烧郭明义生命的是一个草民的大善信念:“我怎能在别人的苦难面前转过脸去。”

这就是我们今天的英雄观——亲和,可敬。

同样,在《生命档案》中,一位名叫刘义权的档案保管员,是那么普通,又是那么伟大。那些沾满灰尘的陈旧档案,在他眼里就是一条电光石火,风雷激荡的历史洪流;那一张张泛黄的纸片就是一位位前赴后继的革命先驱……那些无名英雄的灵魂就活在他那颗火热的心里。他东奔西走,绞尽脑汁,甚至耗尽生命,就是为了让逝去的英灵归位,让活着的战士安心,让湮没在迷雾中的历史回归真相,让所有为民族解放事业做过贡献的烈士的后代为先人自豪,坚定一颗中国心。

刘义权是在用自己的整个生命去连缀一部近七八十年的民族史、革命史,让这历史长卷上的每一个无名烈士都要绽放出应有的光彩。

因为他知道,丢掉历史的民族无异于自我沉沦。

历史从来都是现实的镜鉴。话剧《拓跋鲜卑》用拙朴的风格和豪迈的气势演绎了一段拓跋氏鲜卑走出大森林,开辟呼伦贝尔大草原,从原始狩猎转向放牧生产这一巨大变革的历史画卷。在这幅画卷中,爱情附丽着奋进,奋进冲击着褊狭,褊狭依仗着惯性,惯性终究被变革撕裂,人们终于跨越了“神河”,告别了落后的石器时代,创造出火与铁的崭新生活。

其实,拓跋氏鲜卑的变革缘起于一个美丽的憧憬,那就是小伙子推寅说的:“湖边的草原,大得不得了,一直到天边……那里天又高又蓝,天上飘着白云,太阳照着草地上的牛羊,人们都骑着马,唱着歌,我们可以到那些地方去,像匈奴人一样有吃有穿,过上什么都不用愁的日子……”

有梦想的民族才是有希望的;而希望就得依靠打破因循守旧的惯性思

维来实现。拓跋氏鲜卑的变革与崛起在中华民族的文明史上写下了光彩的篇章,对今天有着不言而喻的价值。

二 思辨的维度与美德的坚守

话剧《雾蒙山》,与其说是在讲述一个建设新农村的故事,不如说是从现实生活中人们精神世界的罅隙里去追寻历史的缘由,让思辨在现实与历史的交错、碰撞中,闪烁出真理的光芒,从而照亮今天建设新生活的大路。

雾蒙山上的团团迷雾隔绝了人与人的心灵,理智被偏激的情感驾驭。无论村支书张春山的建设规划多么美好,一些人不但不接受,还对他充满了怨恨和猜忌,羁绊着前进的脚步。究其原因,在这些人的眼里,张春山就是他爹——死去的老支书——张松的替身。而张松,在那个大讲阶级斗争的年月,“天天喊着‘闯着走,斗着干,后面跟着大批判’……乡亲们个个提心吊胆,谁还有心思搞生产……雹砸庄稼倒,霜打人心寒”。当年,他把在城里做了两天瓦匠活的赵大有揪回来,说赵大有反对学大寨,偷着进城搞资本主义,吓得赵妻喝农药自杀。他把生活不够检点的队长说成“蜕化变质”,弄到生产队轮流批判,让这位队长“把脸都丢到裤裆里去了……”。他拆散了儿子张春山与赵华的婚事,只因为赵华的爷爷是地主。

就这样,张春山和乡亲们冲突着,思辨着,探寻着,他用和他爹截然相反的情感和思维方式去真诚地爱护对立者,拨开心灵的云雾,建立起人与人亲切融洽的关系。乡亲们对着张松的坟头说:如今咱雾蒙山的日子跟早头喽比,还真是翻了个个儿……比你当支书那会儿——强多啦!

《雾蒙山》强烈表达的是话剧艺术家对改革开放新时期农民命运的独特发现和热忱关注,表达的是农民在新时期建设自己新品格的光明走向——摆脱旧日因袭的重负,建立以人为本的崭新理念,站立在新的地平线上,创造属于自己的美好生活。

话剧《搬家》不仅以精巧的结构方式，用四次搬家展示了家庭与社会的巨大变化，更重要的是，其中的每一次搬家都伴随着人们心底情感的动荡与嬗变，伴随着人们对新观念的探求与思辨，人的灵魂在诡谲的命运变迁中，不断地重塑着。

在伦理亲情与物质利益的冲突中，亲情破裂的痛苦迫使主人公张登霞和阳方舟抉择了自尊自重；在真挚爱情与社会习俗的冲撞中，面对习俗的巨大压力，二女儿天敏坚持了爱的真诚；在情感道德之“善”与市场法则之“恶”的冲击中，大女儿天慧不惧“恶”的骂名，坚信经济法则；在亲人的贫富落差中，张登霞夫妻和三个女儿又共同坚守了亲情至爱。

《搬家》不是肤浅的赞歌，而是中国近三十年人们情感、观念嬗变的缩影，是人们在一浪又一浪的前进大潮中的心路历程，更是人们探寻新的生活理念、新的生活方式、新的道德建设的思辨和努力。

《雾蒙山》和《搬家》还昭示了一个中国人的心愿：无论物质和生活方式怎样变化，人们渴求的是对美德的坚守。

这种对美德的坚守同样表现在儿童话剧《留守小孩》里：

这出戏没有试图解决任何具体的社会问题，而是情感浓烈地倾诉了留守儿童对爱的渴望，对爱的祈求，对爱的珍重。在“留守”的种种艰难与情感的饥渴中，全剧对主人公石头特殊的心理状态及其微妙变化和成长历程，做了清晰而又生动的刻画。他在伙伴们面前毫不退让地维护父亲的尊严，可私下里又怨恨父亲三年不回家；他自称“独行侠”，远离伙伴们，却又抢同伴的手机急于和父亲通话；他佯称父亲不回来更自由，却又暗地里每天省下一顿饭，攒出了给父亲买火车票的钱……志愿支教的艾老师用自己小时候也曾“留守”过的经历拉近了和石头的感情距离，小伙伴们的真情温暖了他的心。当知道父亲在工地意外受伤，再次不能回家之后，大家担忧地看着他，而他竟然在艾老师和伙伴们面前佯装轻松，佯装快乐地大声歌唱；待大家离开,他却抱着象征父亲的雪人痛哭起来……当他笑着婉拒艾老师的陪伴,拼力推走艾老师的时候,他已经不是招人讨厌的独行侠,而是一个能够扛起生活艰辛的男子汉了!

《留守小孩》让我们看到,孩子们在情感伤痛的磨炼中,挺起了腰板,呼唤着爱的关注。

三 当内容变成了形式

马尔库塞的话是值得思考的:艺术的本质在于内容变成了形式。

《寻找李大钊》就是这样的例证,其“寻找”的内容变成了形式,即全剧构筑了由三重结构交错编织而成的独特的戏剧样式。第一重结构是李大钊壮丽的革命足迹——探寻真理;与中国早期共产主义者创建中国共产党;与孙中山先生携手,构建国共合作;发动民众掀起革命运动……直至壮烈牺牲。第二重结构是排演者(角色)心理变化过程,从对先烈李大钊的陌生,到亲近,到理解,到投身塑造先烈。第三重结构是同步拍摄的电视剧《反贪局长》的片段情节,使今昔真正的共产党人遥相呼应……这三重结构交错编织,形成了独特的戏剧样式。这个独特的戏剧样式是由内容“变成”的——因为是寻找历史,因为寻找历史的是今人,因为今人又是所要寻找的历史人物的后人,所以就必然古今互见,穿越往返。

《雾蒙山》的舞台呈现融入了某些表现主义的元素。序幕的舞台中心以墓碑为界,送灵人群与截灵人群严峻对立。这样的画面一下子就奠定了全剧的艺术风格:用最凝重的笔墨传递出发自灵魂深处的尖叫。先后出现的张春山家、韩东家、赵大有家都是格局不同的小农舍的纵剖面,在黑色天幕的衬托下灯光闪动,显得孤独,显得压抑,然而,正是在这里,人们心底的情感波澜一次次碰撞出冲天的浪花;这些激扬的浪花最终勾连成心灵交融的热流。在尾声，三间小小的农舍同时出现，参差错落地滑动着，最终连成一排，同放光辉，含蕴着心心相通，心心相印。而最后一场，在坟前，众人与张松灵魂的对话则是震颤人心的。在这场现实与历史的对话中，既有亲人的慰藉，又有怨恨的宣泄；既有内心的袒露，又有尖锐的争辩；既有善意的讽喻，又有人生的喟叹……这生与死的对照，今与昔的衬映，让思辨的火光驱散了那曾经的浓浓迷雾。

无疑，《搬家》的结构是令人称道的，每一次搬家都是三十年来新时期社会发展的一个新的进程。然而，更应该称道的是，在四次搬家的节点上，人物关系的戏剧性变化是十分丰富的。如果说第一次搬家是姐姐张登霞与弟媳陈妍玲的反目，那么第四次搬家则是这两家的重归于好；如果说第二次搬家是母亲张登霞与二女儿天敏的决裂，那么第三次搬家却是张登霞与天敏由于思维方式的相同而挽手。这中间，还穿插着陈妍玲与大女儿天慧从“合谋”到破裂，天慧与丈夫童翰明从携手奋斗到商战对决，侄子张宏从对姑姑张登霞全家充满仇视到愧疚受恩……正是这种丰富多变的人物关系，才能揭示三十年来人们的思辨与坚守。

话剧舞台的新成果绝不仅仅是上述这几部。然而，这几部作品所创造出的成果却是具有代表性的，是很可喜的。

（载于2012年10月30日《中国文化报》）

生命尽头的心灵拷问

——观摩话剧《枫树林》

话剧《枫树林》令人惊叹的不是因为主人公向南具有什么经天纬地之才，他就是个从未离开过枫树村的支部书记，就像我们随便走进哪个村庄都能遇到的村官一样，平凡，朴实，貌不惊人，言不压众；也不是因为他创造了什么丰功伟业，他不过就是在临终前才拷问自己曾经给枫树村"留下了什么"；他更不是什么万人敬仰的伟大英雄，倒是他越接近生命的尽头，就越发要清清楚楚地检视自己对不起亲人和乡里的往事……

然而，我们真的震惊了——在他生命的最后九十天里，我们看到了跨越生命极限的追求，看到了死亡中孕育着的永生，看到了内疚闪烁出人格的光辉，看到了人性的宽厚泯灭了过往的恩仇，看到了他这个人历经偶然与奇遇之后成为人民的儿子的必然之路。这就激发我们产生了和屠格涅夫一样的真切感受："我热爱生命，热爱生命的真实和生命的偶然，以及瞬间即逝的美。"向南的生命是那样偶然，又是那样真实，他的生命逝去是多么的美呀！

剧作家孟冰以独到的思维方式提炼了纷繁多变的生活素材，以锐利的目光寻找到特殊的叙事体系，以真挚的情感把"这一个"村官用平实包裹着的熠熠闪光的灵魂托给了观众。

架构起全剧的是三条线索，它们各自独立而又相互交织，复杂而又清晰,丰富而又单纯,细腻而又厚重。在绝症宣判向南"死刑"之后,他在生命最后的九十天里要竭尽全力地去补偿此生的亏欠:服侍因他"绝情"而气聋了双耳的老母亲;为因他"砸门砸锁"而失去水库管理员职务的王顺发家修缮房子;为因他即将病逝而守寡的妻子安排未来的日子……第二条线索是出版社编辑张一丁被委派前来枫树村调研,他那淡淡的询问却一再掀起了向南的内心波澜——为了给自己新任支部书记树立威信,向南绝然不顾地强行让弟媳妇去"做掉"胎儿(男),致使父亲气绝身亡,母亲顿时失聪。这就非常巧妙地挖掘了他要在生命的最后时刻亲自侍奉母亲的真实原因。第三条线索则是台胞郑怀仁寻找五十多年前留下的婴儿,那是在他撤离大陆时,奉命枪杀的女同学、共产党人邱月红牺牲之前托付给他的亲生儿子;而这个儿子恰好就是主人公向南。这个巧合的背后蕴含着两层深意,一层是加重了向南的内疚,他强行做掉弟媳妇的胎儿(男),就是亲手断绝了向家的"后",因为他和他的儿子不属于向家的血脉。而向家却对他有救命之恩,养育之恩,恩重如山!另一层深意是,向南的养父养母亲眼看见国民党军官(当年的郑怀仁)把婴儿放在路边,以为这个婴儿(向南)是国民党军人的后代,所以,几十年来绝口不敢说出向南的"真实"来历。也就是说,向氏养父养母以宽厚、博大、慈善的胸怀泯灭了政治歧见,承受着政治风险,把向南当成了亲生儿子,养育成人,甚至成了村党支部书记。这就是人民,伟大的人民!其实,向南的亲生父母是谁并不十分重要,最重要的是向南是在枫树村人民热腾腾的怀抱里长大的,他是人民的儿子,他深深地知道养育他的人民"有多少欢乐和痛苦是从这片土地上生长出来的,有多少梦想就埋藏在这片土地深处!你想挖开它看一看吗?你想捧起它闻一闻它的味道吗?"所以,他才能在生命的尽头要竭力报答人民。

这就是《枫树林》丰厚的根基。

然而,真正让这三条架构全剧的线索燃烧起来,闪出熠熠之光的是主人公向南灵魂深处的强烈意愿——弥补亏欠,真诚反思。他说,"我原打算在我临死以前,把我过去办的对不起人的事都一一了了,该给人家赔不是的赔不是,该给人家道歉的道歉,该给人家敬礼的敬礼……把我过去欠下的债还一还”。如果说向南的形象是“高大”的,那么他正是在“对不起”和“还债”的行为中站立起来的。

当年,因为“全村有一半以上的庄稼快要旱死了”,王顺发却怎么都不肯开闸放水,甚至锁上闸门走掉了。于是,他擅自砸掉锁头,开闸放水。事后,他为此认了错,王顺发也因此受了批评,被撤了职务。现在,他拖着绝症之躯,“来给你家修房子,不为别的,就是想告诉你,这个仇不能记!为啥?你要是光记我向南的仇也就罢了,可我向南是党支部书记,我不能让你记共产党的仇!”这就是向南惴惴不安的所在:不能因为我个人曾经的不妥而辱没了共产党。从这里可以看到,他不是在消极地化解,而是对完美的追求,对信仰的维护,对理想的执着。这种追求、维护、执着,跨越了生命的极限,至少是与火红的枫树林,与宽厚的枫树村大地同放光彩。

他对不起弟弟向京,自从强行做掉弟媳妇的胎儿(男),他说,“有好几年,我,我不敢照镜子,我一看到镜子里那张脸,我……我就忍不住地要问他:你是个什……么人哪?你……有良心吗?我,我痛恨我自己。”实际上,这是个向南不得不扛起来的历史悖论。如果他这个党支部书记默许自家弟媳妇生二胎,不但他无法建立威信,全村的计生工作也无法推行;如果他强行让弟媳妇堕胎,后果比想象的还要残酷,他必定陷入不仁不义,更何况后来才知道他这是在掐断向家的后续烟火!他对自己的谴责实际上就是一种担当的勇气。能够肩起历史的重负,不正是民族脊梁之所为吗?

他对妻子未来守寡生活的担忧,显示了这个不畏死,把共产党人的名节置于生死之上的硬汉子心灵中最柔软的那一部分。他说,妻子是他“抢”来的。一个“抢”字包含着他对妻子的爱是何等强烈,对当年的情敌又是何等的鲁莽,现而今又是多少含有着微妙的内疚。这就益发增强了向南这个人物的立体感,使人感觉到这个艺术形象是伸手可触、同声相应的鲜活存在。

卢梭在《忏悔录》中是写了他自己曾有过的错误，然而，他是以此来显示自己是世界上最纯洁的人。“他问道，在最后审判的那一天，有谁敢说‘我比这个人（指卢梭自己）更好’？”而向南的反思却是为了警醒和追求，他说人应该拍一张这样的照片：“你的眼睛注视着死亡，你是否安心，你是否坦然，你是否无怨无悔？都可以从你的眼睛里看出来……平时，你可以经常看看这张照片，让它提醒你还活着，提醒你应该怎样活着……”我们究竟应该怎样活着，向南的眼睛不正是灵魂的宝鉴吗？

由于《枫树林》建立了属于自己的叙述体系——现在时与过去时的反复衬映，自我回忆和他人回忆的反复交织，主人公临终前的回忆连接着逝去后的遐想，临终前的现实行为与逝去后的灵魂对话的前后照应，这就给予了舞台呈现自由想象的空间。著名导演宫晓东让绿茵茵的草地上“长出”一棵洁白的大枫树以及可以随意染色的枫树林背景，观众可以理解这棵洁白的大枫树象征着主人公的灵魂高洁纯净，它那无花无叶无变化意味着永恒。而绿茵茵的斜坡既可以是人世百态的演绎空间，也可以是枫树村的宽厚大地，甚至还可以是任何角色的生活场地。这其中不仅蕴含着象征主义的元素，还有表现主义的某些手法（譬如群众演员表现大千世界里的芸芸众生），与剧本的现实主义基调竟然奇妙地融为了一体，把全剧创造成一部极富艺术个性的话剧佳作。

应该向为《枫树林》成功演出做出努力的所有人表示真诚的祝贺，因为他们为当代话剧艺术做出了可贵的贡献。

（载于2013年5月20日《文艺报》）

现在，我们应该怎样活着

——看话剧《活在阳光下》

一　困惑与追寻

近日，在成都艺术剧院公演的话剧《活在阳光下》里有这样一个场面：

剧中的女大学生陈露在老旧的清心阁上仰望着闪闪烁烁的星空，像是对身旁的魏少秋（年逾古稀，清心阁主人），又像是对自己，喃喃地说道：“要是活着的时候能够知道哪一颗星星是我们自己就好了……”

这句台词是全剧十余个人物以不同的方式，不同的手段，不同的途径，不同的挣扎，在城镇化大趋势的背景下所进行的相同的追索——

我是谁？

生活中的我是我吗？

现在，我们应该怎样活着？

从某种意义上说，《活在阳光下》就是剧作家孟冰与观众共同探求答案的路线图。

“历史不断前进，经过许多阶段才把陈旧的生活形式送进坟墓。”（马克思：《〈黑格尔法哲学批判〉导言》）所谓“陈旧”，是相对“前进”而言，时代前进的最终体现是人的前进；而人的前进恰恰就是从疑问开始的。剧中人就是如此——

韩冰是个二十五岁的女青年，她有过暧昧和猥琐的经历——为了得到实际利益而委身于她的老板，充当所谓“小三”。但是，现在，她厌倦了这种生活形态，渴望着真正的爱情，渴望那种“纯真”“圣洁”的情感“过程”，渴望自己心爱的男友对她珍惜、珍重、珍爱，渴望真挚情感的体验和享受。所以，她要求和自己的男友首先要拥有一年精神的而非肉体上的恋爱时间，然后才洞房花烛。

秦鹏似乎实现了“出人头地”的梦幻，终于成为一个由各种名牌服饰辉耀着全身，大小也算得上的“土豪”。他满以为这样就可以赢得少年时代的梦中情人孟菲菲的刮目相见，孰料反倒碰了一鼻子灰。顿悟之后的他，强烈怀念自己少年时代虽然穷困但却真诚的生活……

“麻协四仙”之一的宁哥（宁有福）经常宣告自己“出国”，在“研究所”研究“植物”，以便显示自己“非同一般”。其实，他从未迈出国门一步，就是一个打捞湖面杂物的清洁工。就在他被揭露，无处遁形的尴尬时刻，电视里却报道了他在打捞作业时勇敢地救助落水人的“英雄事迹”。原来，诚实的劳动者与英雄之间仅有一步之遥，自卑源于自贱。

还有，因为反感狭隘与偏执，被误为“自闭症”的陈露，在历史悠久的藏书楼清心阁里找到了自己的憧憬；表面逍遥、大方的夏姐终于忍受不住良心的谴责，袒露了自己的丈夫曾拐卖茶摊小贩张敏夫妻幼儿的隐情；老板李毅树面对韩冰的决绝，终于放弃了违背良知的妄想，踏上了做人的正道；干家政服务出身的王彩华不仅用摸滚打爬赢得了企业的成功，也用宽容和慈爱点燃了与自己并无血缘关系的失足青年吴一超（前夫之子）对生活的希望；而曾轻率地以代孕为挣钱手段的宋晓鸽，在历经十月怀胎，体验孕育生命的真切过程之后，产生了从不曾有过的对生命炽烈的热爱之情……

所有这些可以对人言和不可以对人言的故事都是那么逼真而富有个性

地描绘了当今时代的众生相,尖锐地划开了社会生活的表层,这些种种光怪陆离的命运轨迹在金钱与灵魂或重合或对立的变幻中,不断地交叉和碰撞,唤起观众自己的人生经验,和舞台上的角色一起探索着生活的奥秘,生命的真谛,生机的开掘,生存的规则,追寻着自我的本真与应有的未来。

另一个具有象征含蕴的老人魏少秋似乎始终坐在清心阁的楼上,面对芸芸众生,他俯视着,搜寻着,思考着,期待着,一个非常隐秘的问题自始至终萦绕在他的心头——当年,地下党的战友们用生命保护和转移了几个烈士幼小的子女,战友晨露就在清心阁被敌人枪杀之前,紧急中将转移遗孤的地址记在一张旧报纸上……六十多年过去了,这张旧报纸是否还能找到?那些烈士遗孤又在哪里?

令人唏嘘不已的是,在魏少秋坚守多年,不准任何人擅动的清心阁,终于在闭幕前,阁楼维修的时候,从其顶棚里掉出了那张旧报纸,上面记载着烈士遗孤的姓名和地址:王彩华……李毅树……宁有福……

就在这全剧的结尾,突然站起来的是历史这个伟大的导演,把半个多世纪以前革命者饮弹卧血、慷慨赴死的画面,与今日三个烈士遗孤及当代人的生活现实剪辑在一起,形成了奇妙的蒙太奇语言,让人玩味不尽。

二 最具思辨意义的核心

清心阁的设置是全剧建构的核心,它纵向连接清末民初以来的历史变迁,横向辐射当今当地生活的多侧面。它不仅是在显示故事发生的地点,更重要的是,它含蕴着多重内容:它原本是四川文化耆宿赵老先生(魏少秋的恩师)的藏书楼,曾经珍藏着中华文化瑰宝三十万册古籍,哺育了几代学子,又是我党地下联络站,三个烈士遗孤就曾在这里暂住、转移,女革命青年晨露在这里献出了自己宝贵的生命,正面交汇传承着革命与文化的绵延。而今,这座藏书楼下的小院容纳着进城打工者开设的小茶摊,成了普通市民的聚散场所,任凭这清心阁倾听人们的九曲回肠,苦乐悲喜,任凭历史与现实的照应,文明与愚昧的对比,凝固与流变的反差,懵懂与自省的衬映……

然而,清心阁竟是一座危楼。开场的地震裂开了院墙,清心阁面临着拆迁的危机。结尾,当人们追寻人性的本真,找到了自己对未来的憧憬的时候,清心阁也开始了修旧如旧的重建……人心决定着人们精神楼阁的存亡。

清心阁,是一件布景,是一个场景,是一种戏剧的舞台语言,是艺术的象征,是哲理的直觉形式,是全剧艺术构思最具思辨意义的核心。清心阁里涌动着剧作家、导演、舞美设计等主创艺术家对观众真挚的热忱。

三　叙事剧的借鉴

孟冰的优秀剧作都曾显示了现实主义绝非是一成不变、因循守旧、泥古不化的,而是生生不已的,在生活的大地上滔滔前行。孟冰是一个不安分的剧作家,其戏剧思维是灵动的,多向的,开放的,富于活力。如果说《黄土谣》和《这是最后的斗争》是遵循了三一律的规则,《寻找李大钊》尝试了间离手法,让时光在三重结构里自由地倒流穿越,使古今互见,《枫树林》是以主人公为圆心,辐射着过去与未来,个人与周边,公德与私情,幽怨与深恩,从而构建了全剧,那么这部《活在阳光下》则是编剧自觉地借鉴了叙事剧观察生活和表现生活的某些思维方式,“在剧作中运用片段式的戏剧结构……故意开开合合跳跃的情节处理”(引自《二十世纪西方戏剧指南·〈大胆妈妈和她的孩子们〉》),让没有绝对主角的十余个人物形象无不显示出极富个性的光泽,让表面互不关联的人物命运连缀成多彩的世界,让一个又一个陌生惊讶的场面挑战着观众的思辨。

特别是十余个人物的骤变,显示了编剧精心的选择——在熟悉中揭示陌生，在常态中揭示极端，在平淡中揭示惊异。譬如陈露，传说她患了自闭症，对任何人都冷漠无语。但是，她第一次踏进清心阁的时候，竟然十分激动，开口就说出了这座阁楼的起源、历史、典故、藏书以及变迁，并与魏少秋侃侃而谈，甚至第一次展露了笑容，从此两人竟成了忘年交。在这令人惊异的变化中，蕴涵着陈露的厌倦与向往。实际上，她的选择正代表了社会文化形态的最终趋向。

尽管如此，《活在阳光下》仍然是一部现实主义话剧作品。正如 J. L. 斯泰恩所说："实际上，要想找到一出赤裸裸的现实主义戏剧或纯粹的象征主义戏剧，那是根本不可能的，而那些最杰出的剧作家在风格上总是丰富多彩的。"(《现代戏剧的理论与实践》)

(载于 2014 年 3 月 1 日《光明日报》)

《雾蒙山》是史诗

——看话剧《雾蒙山》

一　生命之作

德民在写《雾蒙山》之前，曾到剧中人物张松（前村支部书记）的原型坟前祭奠，与之道出了掏心窝子的话……三十余年前，此人曾是德民剧作《千秋大业》中正面主角的原型，而今，在《雾蒙山》里，他将接受乡亲们和生活本身的严峻拷问……德民与之几十年来心心相通，知根知底，这拷问又何尝不是对自己呢？这样的剧本岂是能用笔来写的？是用生命来写的啊！

《雾蒙山》是德民的生命之作。

《雾蒙山》是当代中国话剧的重要收获，因为它是当今转折时期农民命运的史诗。

二　史诗的品格

话剧《雾蒙山》的妙处就在一个字——“雾”。

全剧虽未就雾蒙山的“雾”置之一语,然而全剧却无处不在地写“雾”。

序幕(二十世纪七十年代末),雾团滚滚,犹如令人窒息的雾瘴:在亲人给病故的雾蒙山村支部书记张松送葬时,曾任生产队长的韩东和祖父是地主的赵大有竟然领着一群人气势汹汹地前来“截灵”,一改对逝者以赞颂为纪念的习俗,直面指斥死者,声言要清算死者“当年欠下的那笔账”,毫不讲情面要求“孝子”给众人“磕头认错”,这叫“父债子还”。如此,张松之子张春山被迫离乡背井,流浪异地。

观众如坠茫茫云雾之中,不知张松何以结下孽缘,招致韩东、赵大有们如此的怨恨与仇视。

正戏(二十世纪八十年代末),依然是重重迷雾。一重在韩东,一重在赵大有,一重在赵华。前两者死磕从城里打工归来的现任村党支部书记张春山,表面上是反对他开发雾蒙山的主张,实际是反对作为张松之子的他这个人;后者虽然支持张春山的开发规划,但却面若冰霜,冷眼相对。而这三重迷雾又都是从逝者张松的阴影中生发出来的。

那么,张松究竟是个什么人?

在韩东、赵大有与张春山的戏剧冲突中,在赵华与张春山的凄楚回忆中,张松的过失实在是令人怨恨:

在生产上,“当初,你爹就爱说大话,一把荞麦皮也要榨出二两油来……”(韩东);“当初,你老子……说大寨田是咱雾蒙山的‘千秋大业’,还在山上立了一块石碑,屡屡行行的人参观了几个月,为啥?为自个儿扬名挂号!”

在政治上,“那年,我在城里做两天瓦匠活,张松派人把我揪回来,说我反对学大寨,说我偷着进城搞资本主义……整整三天,把我批个胡秃子样……第三天晚上回到家,媳妇已经……喝了农药了!”(赵大有);“是啊,(我)又是被敌人拉下水,又是蜕化变质,天天(把我)弄到个生产队轮流批判,让我把脸都丢到裤裆里去了……”(韩东)

在生活上,只因为赵华的爷爷是地主,他就生生拆散了儿子春山和她的好姻缘,“我爹说,咱们两家是属牛蹄子的,坐根儿就是两瓣儿!”(张春山)

人们对着张松的坟头,发出了历史性的质问:“那些年,你天天喊着‘闯着走,斗着干,后面跟着大批判’……乡亲们个个提心吊胆,谁还有心思搞生产……雹砸庄稼倒,霜打人心寒,你折腾这么多年,乡亲们过上好日子了吗?”

然而,张松还有另一面:

他的女儿青妹在学校考第一名,公社推荐青妹上大学。但是,张松作为支部书记,洁身自好,硬是推掉了这个上大学的名额,让自己的女儿在家务农……时至今日,青妹精神恍惚,不时地哼唱着她最喜欢的俄语歌曲《喀秋莎》……

当年,他和生产队长韩东刚刚上任就发下誓言,不把雾蒙山变成富裕村,死不瞑目!“敲鼓的瞒不住打锣的,你爹……当了一辈子干部,你们家除了满墙的奖状,就是那个盛米的纸箱子……”(韩东)“拼了十几年命,掏心说,你(张松)没为自己个儿呀!”(韩东)

那么,张松到底是为了什么呢?震撼人心的是最后一场,人们在张松的坟前,和他的灵魂对话。张松作为那个过去时代的典型人物,他的灵魂依然像堂吉诃德手持长矛,誓与风车搏斗那样,端着那个时代非黑即白的二元论的思想武器,振振有词:“我执行的是阶级斗争的路线和纲领,我执行的是上级领导的指示!我不怕任何人说三道四!我问心无愧!”

对此,人们满怀对改革开放新时期、新生活的信念,对张松的灵魂不无讽喻地反问:大寨田上……建板栗园,你能同意吗?把地包出去,壮劳力进城打工挣钱,你们能答应吗?咱们的土地能转包,能雇人种,你敢想吗?如今咱雾蒙山的日子跟早头喽比还真是翻了个个儿……比你当支书那会儿——强多啦!

面对这样尖锐的历史质问,张松的灵魂答从何来,情何以堪!

真正陷入迷雾而又不能自拔的是张松——他十几年的奋斗竟事与愿违,家乡越来越穷,人心越来越散,积怨越来越深……他坚守的信条(实际是制造“阶级敌人”)竟在他身后结出了混乱与仇视的恶果……他洁身自好,却反倒让自己的亲生儿女终生难以驱散心头的阴影……他终了无法摆脱的失败竟成了儿子破除宿弊而取得成功的底色。张松的诡谲命运犹如湍流江面的迷雾倒影,映衬出新时期奔腾向前的大潮,充满了生生不息的活力。

张松的悲剧不属于个人,而是沉溺于过去时代僵硬思想的迷雾,从而异化的结果。这正是《雾蒙山》深刻而尖锐地揭示出来农民生活沧桑巨变的本质。

由此,《雾蒙山》具备了史诗的品格。其表现还在于——

当韩东甩掉了心头的怨恨,在张松的坟前举起他们老哥俩最爱喝的都山白老酒的时候,当赵大有得到了张春山真情关爱,把春山的老娘为其腾出的正房当作新婚洞房的时候,当赵华接受张春山的悔愧和真诚抚慰的时候,我们看到的是,新时代的农民摆脱旧日因袭的重负,站立在新的地平线上,建设自己的新品格,那就是尊重人,热爱人,以人为本,崇尚和谐,创造属于自己的美好生活。

这就是《雾蒙山》经由主要人物戏剧性人物关系的嬗变所展现出来的史诗品格的内涵:对历史与现实全方位的审视,尖锐直面的剖析,严肃诚实的探求,真挚热忱的呼唤,描绘时代的滔滔巨流。

正如雨果所说,“谁要是名叫诗人,同时也就必然是历史家与哲学家……”(见《论莎士比亚》)德民就正是这样一位剧作家。

三 独具的风采

《雾蒙山》的艺术风采至少有三点引人注目:

1. 独特的叙事架构。序幕“截灵”犹如一声霹雳，令人惊悚而又疑惑。在戏剧动作戛然而止之后，故事的因果链条像是被砍断，让观众既思索历史之“因”的遗珠，又渴望现实之“果”的圆环。正戏则使三组矛盾呈现在现实与过去的相互衬映之中，让现实与过去互为因果，从而将遗珠与新果连缀起来，直至众人与张松坟冢灵魂的对话，全剧独特的架构精彩地衔接完成，让历史巨变的大潮大浪尽收眼底。还是马尔库塞的那句话：艺术的创作本质在于把内容变成了形式。

2. 全剧人物的台词极具鲜活的地域个性特色，极具农民创造语言的动人魅力。仅以剧中人大菊为例，她仗义执言，斥责被偏见堵塞了心胸的老公公韩东整天和一帮空虚无聊的人借酒浇愁的那句台词：“那整天喝酒，筷子头都嘲细了，酒盅子都捏扁了，一个个四棱八瓣子嘴，顺嘴胡拉拉。末了，一帮人醉得丢裆甩裤的……啊，还怪我扔葫芦摔瓢？”这样的妙语，在全剧俯拾即是。这是所有有出息的话剧作家一生都孜孜以求的语言艺术。

3. “那些最杰出的剧作家在风格上总是丰富多彩的。”（J. L. 斯泰恩语）无疑，《雾蒙山》是现实主义的，但是结尾，即在张松坟冢前灵魂的对话则又是表现主义的。德民将把表现主义的元素融入他的现实主义里来，使该剧的艺术张力强化到了极致。

未来或将证明：《雾蒙山》将随着时光的流逝而愈发光彩。

（载于2014年第7期《中国戏剧》）

天下虽安，忘战必危

——浅说话剧《兵者，国之大事》

一　令人震撼的缘由

这是一种令人惊诧的生活现象——往往在不知不觉中形成一个看不到也摸不着的涡旋，人们被卷入，被沉迷，被消解而不自知。《兵者，国之大事》（以下简称《兵者》）的开头就是这样，一次像模像样、有声有色的军事演习之后，部队干部们兴高采烈地议论着如何严丝合缝地实现了早就预定的严丝合缝的“导演计划”。几乎所有人都按捺不住自我炫耀的欲望和满足，仿佛不如此就不能显示胆略与豪气，“英雄”感也便油然而生了。殊不知，人们似乎忘记了军演的初衷，忘记了明朝军事家戚继光早就说过的：“练战实。夫金号令，行伍营阵，皆战事也……往时场操习成虚套……及至临阵，却又全然不同平日所习，器技舞打使跳之术，都是图面前好看花法之类……却要真正搏击近肉分枪，如何得胜？”（见《练兵实纪》练营阵卷八）

这是一种令人惊诧的反常行为——往往在众人的目光中，他们被视为不谙世事，不明情理，不懂圆熟的憨傻，口吐真言，违逆众人，大煞风景，引发众怒。作战参谋杨天放就是这样的人，在庆功典礼之前，他偏偏不顾异口同声的赞美浪潮，直击此次军演失败的要害：奇袭不知隐蔽，过河不知防空，中弹不知逃生，后勤不知保密，火炮不知留有余地！如此之“憨”，憨得像《皇帝新装》里的孩子；又如此之“拗”，拗得颇有齐国太史兄弟秉笔直书的遗风。

这是一种令人惊诧的创作胆略——《兵者》没有浮泛地高唱喜歌，而是拎出隐含在平静中的危机，大喝一声，惊世骇俗！然而，所有的严峻，所有的尖锐，所有的“无情”都燃烧着一种崇高的情操，那就是爱国；燃烧着一种真挚，那就是忠诚；燃烧着一种理想，那就是强军，那就是中国梦的实现。

或许，这正是《兵者》令我们震撼的缘由吧。

二　深沉的灵魂

无疑，《兵者》的创意是对时代呼唤的高声响应，是对部队沾染四风的严峻现实所发出的一声断喝，是对跳荡不安的四海风浪的一瞥扫视，是对中国百年屈辱历史的一个交代，更是对党和人民殷切期望的真诚回答。

然而，作为军旅作品的《兵者》首先是戏剧——

尽人皆知，戏剧的最高任务就是写人，是以人自身为目的的。人，从来都不可能是孤立的、超然的、绝对的、自我的人，他或她都自觉不自觉被编织在某个特定时代、社会背景下的具体生活环境之中。因此，只有精心设置并精心刻画人与人（以及人与社会，人与自然）的戏剧性关系，才可能揭示出人的内心世界的状态与变化。戏剧艺术的魅力就在于将舞台上人物的“灵魂最深沉、最多样化的运动”（谭霈生语）生动精彩地呈现出来。

那么，主人公杨天放“灵魂最深沉、最多样化的运动”是如何表现出来的呢？

一开场，杨天放就面临着三重压力：战友们舆论一律，高歌赞美此次军演，在从众效应的压力下，杨天放要讲真话，逆鳞而为，无异于身陷大海，此其一;莫逆之交赵云飞多次提醒他“说话要注意”“搂着点”“别再坚持了”……以友情的名义拦阻,是更有分量的心理压力,此其二;而局长钟世成是杨天放的恩师、伯乐,当年就是他推荐杨天放出国留学的,现在,他带着对杨天放的极大不满意,冲口说出“这是我们部队近年来搞的最精彩最成功的一次演习,胜利者不受谴责”,这简直就是给了杨天放泰山压顶的一闷棍,此其三。

然而,杨天放还是口无遮拦,一针见血地直击要害,甚至当面向高级将领楚玉麟直陈:指挥员“战略思维滞后”,“如果……再不真打实练”,一旦战争来临,“等待我们的只有大败,惨败!”至此,经过反复“锻压”,杨天放那颗赤子之心已经彰明昭著了。

如果沿着这样的建构思路继续走下去,杨天放这个人物的塑造未必会取得成功。因为,他很可能成为正确军事战略思维的代表符号,或者说是一种思想或道德理念的载体。

《兵者》的主创非常聪颖地设置了一个从未出场的重要人物王海鹏——此人虽已逝去,却永远活在杨天放的心里,甚至是杨天放行动的楷模。当年,王海鹏和杨天放同样反感演习中“蓝军总要输给红军的”模式,那就当然是“虚套”,他们决定“不按预案走过场,按照战场态势实施自主攻击,打败红军”。不料,遭遇风暴,困厄沙漠,王海鹏为了给大家找水而壮烈牺牲……

尽管杨天放在中俄联合军事演习中颇有贡献,但他却被任命到遥远的西北某合同训练基地充当副主任。也就是在这片戈壁滩里,在胡杨树的簇拥下,黄沙埋着王海鹏的忠骨。杨天放不无失落地向着自己的楷模,也是对着自己心灵倾诉着:“今天,我也来了,像一片树叶被风刮到了这位于死亡之海边缘的孤岛。我要在这里待多久?我往后的路该怎么走?……我的梦会在这里吗?海鹏大哥……天放来找你了……在你长眠的这片茫茫大漠之上,我该想些什么,该做些什么?”在这灵魂的颤音中,我们看到的是真实,哪怕是一丝的孤寂,一瞬的怯懦,一点的幽怨,都是这个面对虚假、虚荣、虚伪决不苟同的汉子的真实心灵，这正是戏剧舞台需要呈现的“灵魂最深沉、最多样化的运动”，也就是人物灵与肉的鲜活。因为生活就是这样复杂多变的，此刻的无畏绝不意味着彼时没有胆怯，此刻的铿锵绝不意味着彼时没有呻吟，此刻的深明大义绝不意味着彼时没有顾念私情……这不是什么好与坏的算术级叠加，而是性格逻辑和情感构成的必然。只有杨天放这样的人才会把没有桂冠的王海鹏视为英雄，才会在他的墓前坦陈自己内心的柔弱。而敢于向英雄坦陈自己柔弱的人就已经不柔弱了，已经是站在英雄身边了！杨天放从始终坚守在西北边陲的王海鹏的妻子、女儿身上找到了自己要探寻的答案：“他（王海鹏）是为他的理想、他的梦死的……他说过，人都有归宿，军人，战争时倒在战场上，和平时倒在演习场上，都是最好的归宿。”就在这几句平实的语言中，树起了英雄平实而闪光的形象，树起了杨天放的生命目标。

最令人感叹的是，合同训练基地的孟班长和他的战士们用幽默而平白的语言，一语中的地将军事演习的某些歪风戳穿：“有真演的有假演的，有演得好的有演得孬的，也有演习像演戏，演戏都没演好的”，“有些演习让我当红军司令也能赢……”，“输了不丢人，赢了不光荣，真要打起仗来，不灵！”其实，这就是生活的裁判，最权威的裁判。

正是这种生活的裁判和王海鹏不死的精神重新点燃起了杨天放追寻理想的力量，“我又开始燃烧，燃烧的不仅仅是激情，还有那股气，那股劲……”就因为是这样，他才敢于拒绝莫逆之交赵云飞索要军演“随机导调”的机密，并尖锐地告诫他：“在演习中怕丢分，怕丢官，将来上了战场就会丢命！”他和他的领导及战友们以“壮士断腕的勇气”和“向死而生的气概”，在炮火连天的演兵场上锻炼着真正的威武之师。

就是这样，《兵者》的主创触及了杨天放“灵魂最深沉、最多样化的运动”，才使这个人物扎实地树立在舞台上。

三 三个出色的配角

钟世成的塑造从另一个角度展现了现实生活的诡谲,在喜剧的形态里揭示了悲剧的本质。钟世成无疑是个好同志,或许他也不知道自己是哪年哪月变成这样的自以为是,故步自封,沾沾自喜,不知谦虚谨慎为何物的。最为绝妙的喜剧情节是,他接连打靶,报靶员叫出的几乎都是十环。为了进一步显摆自己,他还非要拿上靶纸来,一看,没有一个十环。再打,“五环——三环——脱靶”!真不知道是生活欺骗了他,还是他欺骗了生活。还好,他还能说句真话:“杨天放……我的君子之心告诉我,你没错;我的小人之心告诉我,我恨你!”他到底是小人,还是君子?这就是时代对那些沉溺于个人名利的涡旋之中,唯独丢了理想的官员们的拷问。

这个人物的设置使杨天放这个典型人物在典型环境中更加生动了,逼真了。

另一个重要角色是楚小虎。“将门虎子”的传统意识于他就是时时难以抑制的“派头”,他在自信中含着骄纵,在果敢中掺着轻飘,然而,在所有的毛躁中又让人切实感受到了他的蓬勃。剧中的两处精彩的细节显示了这个人物的飞跃变化——一是他当营长的时候,为了向他的将军父亲楚玉麟显摆自己带兵有方,就让部下裸出划满伤痕的后背。结果是父亲并不买账,反倒让他裸出光滑洁净的后背,让众人看看他的“心浮气躁”。再一处是他已经当上了副旅长,请求将军父亲答应自己带兵参与演习,并且裸出自己因训练而血肉模糊的后背。的确,他用流血流汗化解了骄纵和轻飘,做到了身先士卒,率先垂范。而最后,他在实弹演习中,为了保护战士而献出了生命。他的牺牲与王海鹏的死遥相呼应,这两条宝贵的生命印证了一条新时代军人的生命信念:“军人,战争时倒在战场上,和平时倒在演习场上,都是最好的归宿。”他们的满腔热血汇入时代的潮流，必定会掀起推动强军梦实现的洪涛。

第三个配角是班长（姓孟）。此人带着伤腿，坐着指挥战士的体能训练，一口一个“老子”，弄得战士们也开口闭口地自称“老子”。然而，这里的“老子”不是江湖做大的语言，而是他和士兵们自豪的心声：“老子当兵走天下，不怕戈壁风沙大！老子当兵不怕苦，生来就是戈壁虎！”“知道什么叫‘天降大任于斯人’吗……知道这话是谁说的吗……对，是我孟宪才的老祖宗说的！”这种以天下为己任的豪情令人热泪盈眶。或许他们复员之后，就是些平头百姓，犹如几滴水滴入江河，再也“看不见”了。但是，一旦国家有事，外敌作乱，他们必定是怒吼的波涛，陷敌于汪洋！这才是真正的男子汉。倘能集得唐宋诗词两句，当是“男儿何不带吴钩，莫滴水西桥畔泪”（前句出自唐人李贺《南国十三首》之五，后句出自宋人刘克庄《玉楼春·戏林推》）。

《兵者》是应运而生的，正所谓“文章合为时而著，歌诗合为事而作”，是当代现实主义话剧创作的又一个可喜的收获。

（载于 2014 年第 10 期《中国戏剧杂志》及
同年 11 月 14 日《中国文化报》）

诠释国歌中的“每个人”

——评话剧《祖传秘方》

观看话剧《祖传秘方》的时候，耳畔仿佛响起了来自遥远历史天空的歌声，壮烈、豪迈、奋进的《义勇军进行曲》……那是中华民族奋起救国的战歌，更是今日我们伟大祖国的国歌，凝聚着亿万中国人无畏前行的蓬勃活力和民族复兴的坚强意志。这正是《祖传秘方》最宝贵的价值所在：诠释了歌词中的那句“中华民族到了最危险的时候，每个人被迫着发出最后的吼声”的深厚内蕴。是的，“每个人”！

一　卜振堂：从好汉到英雄

刚出场的主人公卜振堂颇似旧时武侠章回小说里的江湖好汉。他有足以自豪笑傲的出身和资历：身藏祖传秘方，乃正白旗骨科十四代名医；手持乾隆御赐，是镔铁杖关东第一脚大侠。他曾一脚掀翻过炮车，踹碎过石碑，击昏过武术教官，踢死过熊瞎子……只因在比武中未能完败邵正刚，竟践诺自残，成了瘸子，毅然退出江湖，开馆行医。真好汉也！然而，好汉也气短，他难逃私怨私恨的折磨，明告邵正刚，你我“后会无期”；好汉也守缺，那条早就废除了的满汉不通婚的陋规,竟然阻挡了他和心上人、戏子筱月鲜结为秦晋之好;好汉也泥古,他一心要把卜家传承了十四代的正骨祖传秘方传给亲侄子卜成义,甚至连他心爱的义女叶子也不能靠近配药密室。正当仿佛一切都无法改变地进行下去的时候,吞噬安宁的厄运却已悄然来临,“九一八”的枪声打开了地狱之门,命运的漩涡把萦绕在房梁下的摇篮曲变成了凄厉的啼号。卜振堂猝不及防地接受着一次又一次的挑战、骤变,甚至是拷问……

就此,编导以他为核心,精心砌成三大台阶,让这位主人公历经三次灵魂的大冲撞,使他的内心世界产生了多向的丰富的变化,从而人格升腾向上——第一级台阶是躲不开的“仇人”邵正刚。邵正刚不期而至,令他愕然,何况竟还是带伤前来求治。一句“被鬼子三八大盖打的”,让他不顾恩怨,使出绝技,医治仇人。然而,治疗之后的那句“后会无期”却嵌着对邵的无尽怨怼。直到邵的二次前来求药,得知让整个沈阳城沉浸在喜悦之中的袭击东塔机场的义勇军英雄就是邵正刚率领的部队,他由惊喜而惊愕而惊羡,心底翻转起来,“卜瘸子从来就没觉得自己是个瘸子,我恪承祖训,悬壶济世,一生只行忠义事,不在人前矮三分!可今天,我猛地觉得自己矮了半截,瘸了,真的瘸了!”“矮”的是气短,“瘸”的是私怨。然而,他如此直吐胸中块垒,“二十年心结芥蒂,竟都是鸡毛蒜皮”,率直地与旧日之仇人、今日之英雄结为金兰之好,“正德堂就是义勇军的医院,要多少药,二哥头拱地也给你整出来。”就这样,他跃上了灵魂的新高度——救国大义高于一切。

第二级台阶是冲破“满汉不通婚”的藩篱,与相爱的筱月鲜终成眷属。他俩是患难知己,相爱多时,只因卜父和旗人的头面人物那小辫死守陋规,阻挡了他们的好事。终于,筱月鲜等到卜振堂开窍,“等了这么多年,你总算迈过了心里那道坎。”然而,这并不重要,重要的是他们结合的实质内容——只有在亲侄子卜成义叛变投敌、他决心冒死惩治奸贼的时候,才让月鲜代他为正德堂传人大康、叶子“掌舵”。月鲜掷地有声地向自己的爱人宣告:“月鲜是唱落子的,不懂啥大道理,但懂得国事为大,懂得真情无价,懂得忠义传家！你做的是中国人该做的事，我跟你去做。”他以命相托：“月鲜，瘸子对不起你。从现在起，你就是卜振堂之妻，就是卜家之人，祠堂有位，祖坟有宅！”正是抗日的烈火、生死与共的命运，让这对恋人的爱情熠熠闪光。此时的卜振堂不再是循规蹈矩的市井达人，而是具有家国情怀的坚强战士。

第三级台阶是如何对待亲侄子、卜氏十四代名医唯一的继承人卜成义。开场以来，卜振堂眼巴巴地盼望留日学医的卜成义归国返家，承继祖传秘方，执掌正德堂。他甚至还为卜成义筹划了婚姻大事，让心爱的义女叶子成为自己的侄媳妇。然而，已成倭奴的卜成义不但自称为“满洲国人”，还为了谋得日本关东军医院科长的位子，抵押了自己的灵魂，着手出卖自己的二叔，出卖祖宗留下的正骨秘方，出卖义勇军，甚至杀害了抗日英雄邵正刚。卜振堂失望、愤然、惊愕……直至震怒心碎，五内俱焚。他的灵魂在翻腾：“正德堂的天塌了！生平第一回，瘸子不知该怎么办了……”那小辫道破了中国人的良知：“国有难，家生患！自古家国一体，齐家治国，必依纲纪！”卜振堂毅然决定“毒蛇在手，勇士断臂”，亲手惩处这个奸贼败类：“鬼子认你，卜家不认你，祖传秘方不可能传给你这种人。从现在开始，你我叔侄恩断义绝，你不再是卜家的人。我要为卜家清理门户！”卜成义龌龊而短促的一生结束了，卜振堂那句“你入不了祖坟，来世做个好人吧”是何等的沉重、何等的酸楚，又是何等的决绝、何等的刚毅！直到他与掠夺祖传秘方的鬼子军官同归于尽，他践行了自己的誓言：“就是拼了这条瘸命，也要保住正德堂的气节。”至此，主创人员精彩、细腻、生动地呈现了卜振堂的心曲隐微和灵魂翻腾，这位江湖好汉浴火重生，终于成了一名抗日英雄。

二　那小辫：传统的“扬”与“弃”

那小辫，前清遗老，没落贵族，脑后那条干枯的小辫子标记着他甘愿生活在残留的记忆里,注定是个被现实与未来嘲弄的人。然而,《祖传秘方》的妙处就在这里——那小辫竟能成为主人公卜振堂由江湖好汉炼就为抗日英雄的重要衬托,甚至在关键时刻能够为卜振堂提供“思想武器”。

那小辫一上场,就在怨愤中赞美盛京(沈阳)乃“龙兴之地”“兴王之所”,赞叹当年“我八旗儿郎铁骑纵横,气吞万里如虎,创下大清三百年基业……”说到第四段台词,竟然还斥骂革命党为“乱党”:“自帝制崩殂,余断不与乱党为伍,誓不剃辫,举家归隐盛京天柱山结庐而居,为罕王爷守灵,余之草庐就叫全节堂!”这俨然就是自封为首阳山饿死不食周粟的伯夷、叔齐了! 然而,我们无权对他嘲弄或斥责。在辛亥革命大潮来临时,他选择的是逃避;在日寇侵占自己的家乡时,他没有选择逃避,更没有选择降顺,而是最终选择了抗争。在越来越激荡的抗日洪流中,他内心复杂而微妙的变化是令人尊敬的。他为义勇军炸了东塔机场而欢欣鼓舞,奔走传扬;他怒斥溥仪先为“大同执政”,后为“康德皇帝”的卖国丑行;他力促卜振堂剪除奸贼,哪怕他是亲侄子,也要“勇士断臂”;在大敌当前,他一反自己曾坚守的陋习,竟然主持卜、筱婚礼,并自荐为娘家哥为新娘子送亲;他“心忧社稷”,为了“我中华不败的江山”,甘愿陪同卜振堂慷慨赴死……或许连他自己都没有想到,在与日本侵略者抗争的艰难过程中,他由对前清的愚忠演变为对祖国的忠贞;由对现实的反感演变为对侵略者的不从;由炫耀贵族血统演变为对中华民族的自信与自豪。历经这一番烈火的扬弃,那小辫这位前清遗老竟然演变为真正的战士。

《祖传秘方》的高明之处就在于它准确生动地呈现了历史的严峻时刻的奇妙,犹如大浪淘沙,犹如烈火炼狱,让伟大与渺小、英雄与奸贼、高尚与低劣、纯洁与肮脏……立见分明。《祖传秘方》的故事发生在市井草民中间,主人公卜振堂是个民间郎中,那小辫是个前清遗老,其余的就是落魄艺人、撂地把式、药店学徒、孤儿义女……然而,就是这些“引车卖浆者流”紧紧站在义勇军的身旁,支撑着义勇军不屈地战斗,显示着中国人民反法西斯斗争是空前广泛的、空前凝聚的,华夏儿女在恶魔般的侵略者面前前赴后继,在历史的岩壁上錾刻出血与火的伟大诗句:“把我们的血肉筑成我们新的长城。”是的,这就形象地诠释了“每个人”的深刻含蕴。

三　风格：传奇性与历史感

《祖传秘方》以鲜明的传奇性与强烈的历史感显示了它的独特风格。主创深谙中国戏剧美学的一个重要理念：无奇不传。“古人呼剧本为‘传奇’者,因其事奇特,未经人见而传之,是以得名。可见非奇不传。”(李渔：《闲情偶寄》)在《祖传秘方》里,主人公卜振堂是传奇的,仅那一脚断腿正骨的医治方法就令人惊叹不已了。他与邵正刚的人物关系是传奇的,为仇人治病,却声言“后会无期”;结果,不但“无期”变“有期”,而且这一对仇人义结金兰;然而,邵正刚终究还是死在了正德堂,竟被义兄“二哥”的亲侄子卜成义开枪杀害！其实,正德堂里演绎的所有故事都是传奇的——卜振堂十几年来眼巴巴盼望长大的亲侄子竟然堕落成汉奸,是杀死抗日英雄的凶手,他不得不亲手结束卜成义罪恶的生命。最终,旗人卜氏的正德堂将由汉人筱月鲜执掌,正骨祖传秘方的传人竟是非卜姓的大康和叶子……如此编故事,“能使人哭,能使人笑,能使人怒发冲冠,能使人惊魂欲绝”。写实主义的戏剧如果忽视这一点,连故事情节都“讲”不好,不能引人入胜,又怎么会发人深省呢？人物失去了故事载体,又怎么能行动起来、鲜活起来呢？然而,如果传奇性失去了历史感,那就会把传奇变成猎奇,甚至可能是不可思议的怪异。

《祖传秘方》的传奇性无不以历史生活的真实逻辑为依据,无不以那时那地人物必然遵循的关系准则为依据。也就是说,所有的“奇”皆源于“真”。譬如,卜振堂为什么能给仇人邵正刚治疗？又为什么能与他结拜？从前史中我们看到，此人践约自残，重信重义，颇有重然诺轻生死的古风。刚一上场，他就连连赞叹传说中打鬼子的“马傻子”“邵嘿儿喽”为“英雄、好汉”。这就是卜振堂后来能够跨越私人恩怨，与义勇军邵正刚携手并进的缘由。“卜瘸子英雄半世，要过驴犯过混，可‘忠义’二字可昭日月！”这又是他在确认卜成义为汉奸凶手之后，能够大义灭亲的依据。人物的行为逻辑，外在的所有细节（布景中的对联，人物的衣着、用品，沈阳方言以及评剧伴唱等等），以及主人公独特的情感和情感表达方式都强烈显示了那时那地的历史感。譬如，祭奠先人的佛托（青青柳枝）是那时那地满族人独特的情感表达方式，而卜成义为了跟踪大康给义勇军送药，竟然把佛托弃置路边。此事不但揭穿了卜成义的谎言，也以独特的方式隐喻了卜成义已经背离了祖宗。再如，最后大义灭亲那场戏具有厚重的仪式感，先是敬拜卜氏前十四代先人，数说先人的功德；然后是卜振堂敬酒陈情，愧疚未能教育好卜成义；再讲“正心正气方能正骨，行善行德才是行医”的卜氏家训，当着卜成义的面烧毁秘方，再喝令卜成义喝下酒去……这就不仅仅是表现剪除奸贼的过程，更是以独特的方式弘扬民族的正心正气，一如天日昭昭，博大永恒。话剧《祖传秘方》是一出应和时代要求、艺术个性鲜明的好戏。倘能响鼓重锤，继续精益求精，时间终将证明它的不凡价值。

（载于 2015 年 1 月 6 日《中国文化报》及
2015 年第 1 期《中国戏剧》）

三个老人与命运的角力和依存

——评话剧《民生巷 11 号》

帕特里克·莫迪亚诺(2014 年诺贝尔文学奖得主)在谈到对一座城市的感情时说,“我喜欢这个城市。她是我的故乡。我的地狱。我年迈而脂粉满面的情妇。”(见柳鸣九《莫迪亚诺的文学密码:现代人自我泯灭的悲情寓言》)这其中,“包含了一个人在这个城市里多么复杂的经历与感情”!

话剧《民生巷 11 号》所表达的三位主人公(马国庆、于国庆、肖国庆)对故土的苦恋情感与之颇为相似。

说南京是“故乡”,那是这三位名叫“国庆”的老人无比依恋的纯真情感;说南京是“地狱”,那是他们在一度混乱时期体验过的难以言表的痛楚,以及至今无法摆脱的复杂记忆;对这三个国庆而言,说“年迈而脂粉满面的情妇”的倒不是南京,而是他们面对衰老,有着驱赶不去的无奈的自身倒影……

然而,在《民生巷 11 号》里,还有更重要的表达,那就是对梦想的追索和对生活的热爱。哪怕这种追索与热爱或将因为生命极限的到来而中断也无所谓,他们的生命正因为这种追索和热爱而燃烧,“不知老之将至”,焕发出令人含泪仰视的异彩。

我们尽可以说,这种“异彩”闪现在三个国庆孩子般的争吵与恼怒之中,譬如,马、肖二“国庆”时不时地刺激于国庆,并以其“不识逗”的嗔怪来包裹着儿时的积怨(此积怨又具有鲜明的过去时代的印痕——于父是“文革”获利者)。也可以说这种“异彩”闪现在剧中张扬着的老南京的民俗文化含蕴之中,譬如,对老卤面的特殊痴迷以及扎花灯、洗粽叶、品米糕、吃油渣等等具有行为艺术特征的节日程序。还可以说这种“异彩”闪现在三位主人公独特的文化心理,那里凝聚着南京市井历经多次历史巨变之后的微妙遗存,譬如,那块于右任题字的卤面馆匾额;这家老旧的民国小楼的渊源与记载;马国庆之父,虽为厨师却能与“国府要人”沾边,也为此而在“文革”期间倒霉;“国庆”们张口即来的就是“文革”前的电影台词“消灭法西斯,自由属于人民”……

但是,那真正“令人含泪仰视的异彩”却不是这些,而是闪现在三个国庆对一个从未出场的人物的多达七次的回忆——

此人就是白雪。

白雪,这个象征着纯洁、美好、诗意的名字正是全剧灵魂之所在。

就让我们来解读一下这七次回忆白雪的蕴涵:

第一次,确认白雪是上高二时走的,直接交代她的父亲(大作家)在“文革”中自杀于此院。这就为白雪正式走进国庆们的回忆舞台渲染了其命运的背景——沉重的灰暗色调。如此背景下走出的白雪会是什么样子的呢?

第二次,时隔四十余年,肖国庆大老远从四川赶来,“这趟回来,最重要的有两点,第一就是见见你”。当马国庆问道“第二”时,肖却闪烁其词,“参照第一点”,随后立即指着二楼的一间窗户问询,“亮灯的是从前白雪住过的地方吧?”也就是说,肖千里迢迢赶来,除了见老友,就要和老友共同怀念白雪。也就是说,白雪是三个国庆聚首的核心话题。白雪的魅力何以至此?

第三次,讲出了一个关于白雪的非常动人的故事——当年,马、肖等班里这批坏小子在作文考试时,竟然集体抄袭了白雪的作文,遭到向老师的处罚。白雪既不申辩,也不哭泣,而是默默地接受了处罚,为大家演唱了一首不是语录歌,也不是造反歌,而是旋律优美、充满诗意的《听妈妈讲那过去的事情》,引得教室内外的同学们一片惊叹,竟把向老师也感动得泪水涟涟。这时的白雪已经不仅仅是一个高中生,而是灰暗色调中的一抹早霞,月黑之夜的一颗小星星,荒漠上的一株绿草。

第四次,肖国庆回忆自己曾经的贱招,把一只青蛙偷偷塞进白雪的书包。而白雪不动声色,悄然将青蛙放回了绿茵茵的草地。白雪何人?清纯如水,宛若从大自然中羽化出来的仙子。

第五次,那是肖国庆在日记里非常逼真细腻的记录,第一次见到刚刚搬进院来的白雪……漂亮……她抬头看了正在树上捉知了的"我"一眼,"我却没有理她"。呵呵,"没有理她"?那是因为被美醉着了,或者心跳到了嗓子眼。

第六次,那是肖国庆回忆当年随全家离开南京民生巷 11 号的惜别情景——小伙伴们有的送纪念章,有的送纸烟壳,而从白雪屋里飘飞出的是纸飞机,上面写着"一路顺风"——多么委婉而真诚的祝福,多么含蓄而热情的惜别!

第七次,简直就是一部微电影,有缘起,有发展,有高潮,有结尾——"文革"中,白雪父亲被迫自杀,白雪跪在父亲遗体旁边,一如石雕,泪水冻在脸上……外班女生挑衅,率先打了黑帮子女白雪,马国庆、肖国庆冲上阵来,随后,于国庆与全班男生掩杀过去……混战中,马国庆流血受伤……这时,稍稍打乱一下时序,插上一段温馨的回忆:白雪与三个国庆在拐枣树下谈理想。三个国庆争论着白雪当时说她长大要干什么——当纺织女工、赤脚医生还是居里夫人?然后悬念再起,马国庆曾经用一桶水,把坐在教室里的白雪浑身浇湿——秘密只有马国庆看到了,白雪害怕外班学生再折磨她,下课不敢出教室上厕所,竟尿湿了裤子……结尾展现了富有想象力的儿童诗般的意境——临别的前夜,白雪独自在巷口等候到很晚,发自内心地感激马国庆,为他一个人唱了一首歌……观众仿佛听到了一个少女纯净清亮的歌声回荡在南京古老巷子的黑瓦白墙之间,裹挟着稀疏的星斗,飘向滚滚东流的江水，闪烁着，跳跃着，直向遥远的汪洋……

就是这样，全剧最精美、最生动、最感人的就是三个老头对少年时代的同学白雪的追忆，追索和向往。

假如白雪还在，和他们三个国庆一起怀念过去该多好哇……然而，不。他们三个已经迈进晚年，其中一人前列腺出了问题（尽管后来确认不是绝症），另一个人已经患上了阿尔茨海默症，还有一个即将投奔海外的女儿。仿佛他们来日无多，就要风流云散了……但是，他们的回答，同样是“不”——

马国庆始终坚守，一往无前地反对拆毁这座民国小楼。肖国庆从遥远的四川带来这座民国小楼的装修设计图，从不曾对拆毁的威胁低过头。于国庆最终也放弃了从拆迁中获得的那点实惠，站到了保护民国小楼的这一边。他们内心深处的执着是一致的：

这座小楼承载着他们生命中最宝贵的记忆——鲜活的青春、真挚的友情、纯洁的初恋、飘飘欲飞的梦想……以及锤炼他们成长的那些凄风苦雨和电光石火。

这就是“白雪”二字所包含着的意蕴。她与小楼同在。

或许，我们还可以进一步解读：他们对“白雪”所代表着的青春时代的怀念——依恋——追索，正是在珍视那时他们曾经焕发出来的对生活的炽烈的爱，这种炽烈的爱就是生命的燃烧。

然而，他们并没有沉溺于“当年勇”，即便是现在他们正在无可奈何地滑向人生的终点，也要让这种怀念和追索继续点燃起自己的生命之火，点燃起对生活炽烈的爱。所以，他们要保护这座民国小楼，哪怕是草民的胳膊拗不过某种势力的大腿；所以，他们身患重病依然要做小吃，扎花灯，哪怕是死亡通知书已经来到；所以他们要从遥远的他乡返回故地，哪怕是一次又一次因为迷糊而找不到家；所以他们抄起木棍去和地沟油非法制造商肉搏，哪怕自己的老骨头已经散架或锈蚀……

他们老了,但他们从未放弃对生活的热爱!

这不能不让人想到《老人与海》中的桑提亚哥,虽然他历尽艰辛,无畏地与鲨鱼搏斗,最终只能得到大马林鱼的骨架,但是,他没有失败,“你尽可以消灭他,可就是打不败他”。因此,海明威说他是“真正的老人,真正的孩子”。

三个国庆在命运面前没有低头,看,他们不是还在下棋,还在为输赢争吵吗?真正的老人。

三个国庆永远都在追索青春的梦想与歌声,坚守着乡愁的暖巢,看,他们不还在那座小楼下玩棋吗?真正的孩子。

如果有人非要逼问这出戏的戏剧冲突,那么,回答就是,三个老人与命运的角力和依存。

《民生巷11号》是老龄题材的佳作,它或许能让那些偶尔给老人洗一次脚的年轻人抬起头来,看看面前这个眼球浑浊、皱褶无处不在、白发散乱的老人——未来,不是“上帝和你在一起”,而是老人的遗存(精神与物质)和你在一起。

(载于2015年5月25日《文艺报》)

困惑的思辨

——评话剧《老大》

时代与观众有理由期待，已经走过了一百多年的中国话剧会诞生出具有震撼力的大作品。进入新世纪以来，好的话剧作品犹如曦光云霞不时地呈现在大家翘首以待的剧坛天穹，预示着愈加令人兴奋的大作品或将在辉映中降临。

话剧《老大》的创作与演出就是这样的预示。

假如我们可以不必重复《老大》演出以来获得的如潮之好评，而从另外的角度来探索，或许会有新的发现。

以往的话剧经典作品曾经是这样的——让我们惊叹封建主义或资本主义社会的黑暗，人与人关系的险恶，道德背后的种种扭曲与丑陋，其重在批判。

还曾经是这样的——让我们感受一种强大的呼唤，走出剧场的思绪是明晰的，非常明白我们要去做什么或应该去做什么，其重在指路。

这些作品都发挥了诞生它的那个历史时代所需要的应有作用。即使在现在和未来，这样的作品仍会继续出现，继续为人们所需要。

《老大》却不是这样的，它的创作者似乎在拉起观众朋友的手，一起来接受现实生活提出来的“无解”的困惑，探寻隐现在悖论迷雾中的“无解之解”。

难道不是吗?

在剧中,作为右派儿子的冯国良幸运地赢得了阿龙伯、老鬼等渔民的慷慨厚爱,在渔船上找到了容身之地。然而,正是赋予他真情爱护的这些人却因他的过失而葬身大海……这是为什么?

冯国良作为船难的幸存者,为了真诚帮助老鬼走投无路的遗孀阿兰,决定与其结为夫妻,承担阿兰遗腹子的父亲的责任。为此,他亲手毁灭了与瑞云的爱情。这种大仁大义大德的结果是,自身陷入了市井妄议与习惯恶俗的泥淖里。阿兰为了解开这些捆绑窒息国良的绳索,竟投海自尽了……这是为什么?

美丽清纯的越剧女演员瑞云与国良的爱情像海上的圆月,皎洁,明亮,如诗如梦。然而,真心相爱的这一对年轻人却被崇高的道义压碎了……这是为什么?

冯国良深深地怨恨自己的儿子(镇长)把倾注了自己整个青春和生命的渔场变成浴场。然而,渔场已经无鱼可打,不把它变成海滨游乐场,乡亲们又如何生存呢?冯的儿子有什么错?但是,冯国良至死不会原谅他。那么,孰是孰非呢?回答是:无解。

这正如剧中多次出现的渔网——冯国良现而今铺开渔网,卷起渔网,是在苦苦思索往日,并被往日的情怀网住;而往日的渔网让冯国良不解的是,当他在渔船上扛起渔网劳作时,他本以为得到了生活的安宁(他这个右派儿子被合法收留了),撒网,割网……无论怎样挣扎,却被厄运网住了。然而,正是在厄运的网中,他得到了最真挚的爱与忠诚,对阿兰的爱,对瑞云的爱,对渔民的爱,对大海的爱,对那条大王鱼的爱……渔场注满了对他的爱,从某种意义来说,他是幸福的,所以他才把渔场视为自己的生命。他的蹈海并非悲痛欲绝,而是探寻生活的大海那令人激动不已的无尽的奥秘。

这绝不是《老大》在故意玩弄玄虚(那种玄而又虚的作品并非没有),而是它准确、灵敏地把握住了多变而又深奥的生活,让人们在悖论的戏剧情节和场面中飞旋起自己的思维，飞出台上的渔场，飞出肃静的剧场，飞进翻卷前行的生活激流。

这就是《老大》最重要的贡献——现实主义可以是这样的，不是激烈批判的，也不是指点迷津的，而是在困惑中思辨，在无解中探寻。

（载于2015年上海话剧中心刊物）

向中国戏曲美学的一次致敬之举

——看话剧《徽商传奇》

如今，借用旧时戏班子辗转各地码头，打出招徕看客的彩旗标语“＊＊＊在此作场”，也渐渐登上了某些戏码的说明书。看客或哂笑或漠然或新奇，也就算达到夺眼球的目的了。然而，话剧《徽商传奇》则把“在此作场”当成了开场，由戏曲演员装扮的男女歌队举出了带有云纹图案的竖行字牌，上面郑重写着：

“安徽省话剧院在此作场”。

此“在此作场”不同于彼“在此作场”，它不是被偶尔搬来随便一用，也不是仅仅为了自报家门，自亮品牌，自谦求教，而是以“在此作场”为引子，探求话剧向戏曲美学致敬的路径。主创的这个艺术追求即凝聚于此。且看——

之一，“奇”中的含蕴。

“作场”者，演戏也。何为戏？传奇。李渔说，“古人呼剧本为‘传奇’者，因其事甚奇特，未经人见而传，是以得名。可见非奇不传。”《徽商传奇》就是“其事甚奇特”，简言之，原本对行盐经商一窍不通的穷书生程梦溪竟演绎出一部棒槌挑大梁，无知无畏获全胜，行盐发财，收茶亦发财的戏剧故事。奇吗？还有更奇的，那就是此人不但发了财，还抱得美人归。看来此剧之“作场”真乃茶余饭后，以猎奇之俗而娱人了？娱人何罪？正如王国维推崇元剧为“中国最自然之文学”时所说，由于元剧剧作家不自视高贵，“非有藏之名山，传之其人之意也。彼以意兴之所至为之，以自娱娱人”。所谓“意兴之所至为之”，即创作之灵感来自真感悟，创作之肇始来自真激情，创作之立意来自真感知，援笔如鬼神催之。关键在于，娱人之奇有着怎样的含蕴。倘若以摔碎个人尊严来售贱笑，以模仿他人生理缺陷换讥笑，以展示病患痛苦博恶笑，此非娱人，而是损人。《徽商传奇》中的娱人却含蕴着令人惊叹的高雅——

全剧的矛盾冲突无不源于主人公程梦溪的独特性格：固执如牛，纯净如水。固执者，可恶；纯净者，可爱。然而，此处的“固执”实际上却是坚守。前者的实质是抱残守缺，而后者则是对仁德和信义的忠诚。他的纯净与坚守（固执）并非是算术级的叠加，一如 A + B，而是二者相融于一体，犹如硬币之两面，因为纯净，他才坚守，因为坚守才益发显得纯净。譬如，行盐肇始，管账的詹仁和要“程掌柜”（在茂昌盐行掌柜走投无路时，将行盐五百引之事托付给了这个书生）去拜各路神祇（运河龙王、风神、雨神及盐商祖师宿沙氏），程的回答却是“《论语》上说，子不语怪力乱神，只要我们勤奋认真，事情就能成”。短短一句话，让我们看到了他的纯净与坚守（固执），坚守他所认知的真理，并为之不改变，不退缩，不动摇。如此坚守，非灵魂纯净者不能为之。之后，每次重大的戏剧冲突无不是由于他的纯净与坚守对立于当时的社会环境及其惯性思维而产生的。当账房詹仁和不愿与他这个棒槌合作时，他骂詹“背信弃义”，因为圣人有言“人而无信，不知其可也”；当行盐大佬汪鹤亭好心好意，愿无偿替他这个一窍不通的书生承担下全部五百引盐的生意时，他却敢于反驳这个大佬的好意，说这个做法“于理不合……于情不合……于义不合……”，气得汪大佬不知说什么才好；当他遇上如匪之巡兵索贿敲诈时，他竟对这帮匪兵侃侃而谈“清平世界，朗朗乾坤”，教训匪兵“盐为百姓生计之最，为国家财税之重”，告诫匪兵“行官府之权，得为朝廷和天下百姓着想”，如此坚守信义，差点儿被匪兵砍下脑壳；由于方方面面的努力，匪兵终于放了他这个备受酷刑的书呆子，但他竟然提出不还船运之盐，就不离开牢狱；当他好不容易可以将五百引盐卖给湖南平江的富人时，他却迟疑不卖，因为没钱的百姓还得吃掺假的私盐或致人死命的硝盐，“行商者心要怀天下之善，才能容天下之物。无论何事，善为其首”，把他的准丈人詹账房气得拽着女儿秀秀拂袖而去。所有这一切，让观众欣喜地看到，在“固执如牛，纯净如水”的喜剧性格中的悲剧含蕴：程梦溪坚守的就是他所认知的仁德信义，而这种坚守必然要用自己的脑壳去顶住社会丑恶势力的打砸和习惯势力的阻挠。《徽商传奇》以遇难呈祥的模式，写了这个纯净书生的知行合一，在那个社会环境中的侥幸胜利。然而，“侥幸”中有着必然，那就是汪鹤亭的庇护、提携，甚至联手程梦溪，这既源于他对程父知仁义、行仁义的景仰，对程父曾经的搭救心存感戴（此点程梦溪直到剧终才明了），也是他对程梦溪本人的坚守与纯净的赞同。这实质上就是仁德信义的胜利，是人心的必然。

这就是《徽商传奇》之奇中的含蕴。

此含蕴真大雅也。

这样的“作场”，难道不是话剧艺术家向中国戏曲美学的自觉致敬吗？

之二，妙在即景生情，妙在意境的创造。

“作场”者不可不知王国维所说，“然元剧最佳之处，不在其思想结构，而在其文章。其文章之妙，亦一言以蔽之，曰：有意境而已矣。”何为意境？“上焉者意与境浑”，立意，情感与“物境”融为一体。《徽商传奇》作为一部十分精致的话剧，其舞台呈现的最动人之处就在于意境的创造。导演精准地把握了全剧的中心事件：船运行盐。亦如歌队所唱：“行商如水出深谷/日夜奔流去/逝者如斯夫/动如大江/静如平湖/百折不回/绵绵汩汩……”于是，“船”便成了全剧的意境之“象”。即便是并非船上的场景，如村口牌坊、茂昌盐行、牢狱官衙、平江山丘、汪府客厅，也都有一面状如船头正面的倒梯形，可开可合；而其前面则是数级阶梯，或如码头岸边，或如登船跳板，使整个舞台犹如一艘大船,或抛锚待发,或破浪前行,或月下飘荡,或风雨骤打,与彼时彼刻的多变的剧情人意融合成独有的意境:行船如人生。自打开场程梦溪家遭不幸,毅然弃学从商,受托行盐,他就好似踏上了命运之舟,任凭日后的风雨飘摇,惊涛骇浪,险滩急流,涡旋暗礁,饱经磨难——既有与伶俐的秀秀结伴行船的美妙,也有巡兵如匪扣船打劫的灾难;既有月下江船聆听教诲的顿悟,也有以盐换茶满船而归的快意;既有詹伯秀秀离去之后的船空月冷,也有携手大佬功成圆满的扬帆凯旋……程梦溪感慨万千,自言徽商"一如万里夕阳之下奔流不息的长江,无论怎么曲折,它都会通洋达海"。

其实,岂止徽商,把握人生不就是把握命运的船舵,从风浪中走向平安,从冷月下走向旭日,从曲折走向平阔吗?

这就是"意与境浑"所传递出来的深远情怀。

这样的"作场",正是话剧艺术家向中国戏曲美学的自觉致敬。

之三,创建独特的叙述形式。

"作场"者,应知李渔倡导之"新",即新奇的故事和人物以及新鲜的舞台创造。他说,"新也者,天下事物之美称也"。他甚至还说,"新,即奇之别名也"。《徽商传奇》最大的新,就在于它创建了属于自己的叙述形式。

这里所说的"叙述形式"不是所谓的"包装",类似廉价而故作华美的画框之类,也不是常说的什么"串连",而是马尔库塞所说的,艺术的本质在于内容变成了形式。

《徽商传奇》讲述的故事极具民间传说色彩,主要人物是两淮盐业的徽州派商人。故事背景是清朝,而此时,正是地方戏曲逐渐蓬勃兴盛的时代,"昆曲剧目,或者被其他新兴的地方剧种吸收,辗转流传在全国各地……提炼出一批精彩的折子戏……一直传唱不衰。"(见《中国戏曲通史》)既然故事背景是那样一个地方戏曲繁盛时代,那么《徽商传奇》设置生角、旦角两个戏曲人物,让他俩率领男女戏曲演员组成的歌队,使之成为叙述主体,既顺理成章,又颇具个性意味。这个叙述主体将"安徽特色的黄梅调、青阳腔、庐戏、花鼓灯等元素融汇进来”，不仅演唱“弱冠书生程梦溪”的悲苦出身，还在全剧情节发展的节点，人物命运转戾的关键，情感微妙到无以言表的时分，及时插入，将时间停滞下来，把空间模糊起来，使那瞬间的含蕴变成美妙的演唱，让观众和演员一起沐浴在美妙的涡旋之中，那真是恰当至极，高明至极，快人至极！例如，程梦溪与詹秀秀初次见面的场面——

秀秀嘲笑梦溪拽文弄字，一口一个“幸甚”，甩掉了手帕，二人借捡起手帕的机会，四目对视，深情凝望。此时，生、旦二角踏着戏曲音乐的节奏巧妙地插入，唱起了一首此刻最适宜的，最能把两个突然陷入爱之迷梦的万千缠绵生动表达出来的民谣：“两扇磨儿天生就/分不出彼此薄与厚/你石心合着我石意/今世里不离身左右/要问缘分何时修/前世里同是一块石头/要问相随到几时/来世里依然同心又同轴”。在演唱中，生、旦变客为主，如同爱河上的一对鸳鸯，尽情地展现内心的甜蜜，而梦溪与秀秀依然无语凝视……进而，生、旦二角竟联手梦溪与秀秀，拒绝詹伯的拆分，继而变换位置，再把试图阻挡的詹伯轻轻地推到一旁，将梦溪与秀秀簇拥到中心……一曲终了，生、旦消失，詹伯接着指责程梦溪，“什么幸甚幸甚的……”两位男女主人公瞬间的内心冲撞与嬗变，就这样绝妙地呈现在优美的戏剧动作之中了。这是单纯的形式吗？这是单纯的内容吗？显然都不是，而是内容变成了只属于它自己的形式。

这就是《徽商传奇》所创建的叙述形式，不仅是运用戏曲锣鼓点显示戏剧动作的节奏，不仅是生、旦及歌队自由地叙述事件的承转，人物的隐微，情势的骤变，更有生、旦及歌队对程梦溪命运的猜测和预见，对主人公行为的阐释和演绎，甚至梦溪哭天抢地的弟弟妹妹，凶神恶煞般的巡兵，称茶换茶的农妇，盐公所的何书田，强买官盐的平江富人……竟都来自男女歌队。也就是说，生、旦及歌队这个叙述主体，他们不仅全能全知，而且彻底拆除了所谓第四堵墙，把舞台的假定性变成了自由的时空，让“作场”成为明示之“假戏”，让观众的欣赏愉悦变成心灵的自由飞翔，在喜闻乐见的戏剧之“假”中感悟出生活之“真”。正如李泽厚先生所指出的，中国戏曲“显示了中国艺术的理性精神……并不去逼真地创造幻觉的真实，而更多诉之于理解、想象的真实。它从不拘束于‘三一律’之类的时空框套，而直接服从于整体生活和理性的逻辑”。《徽商传奇》化用的就正是这样的戏曲美学本质。

这就是创作《徽商传奇》的话剧艺术家们为了让观众更爱看中国化的话剧作品，而向中国戏曲美学的一次致敬之举。

（载于 2015 年第 7 期《中国戏剧》）

震撼是这样产生的

——评话剧《中华士兵》

演出仿佛是处于激流之中,不尽的滔滔,不尽的冲荡,不尽的回响,不尽的翻卷,不尽的拍岸……这是怎样惊心动魄的历史场景,就在一段陡坡,一处悬崖上,不屈的灵魂正在向死而生。

这就是话剧《中华士兵》。

窃以为,其最大的价值就是用戏剧形式真切而生动地诠释了什么叫"抗战精神"。令人惊异的是,这种诠释竟然不是发生在爆炸声中,尽管全剧无处不在的是战场的血雨腥风,但让观众看到最深处的却是——人的灵魂,人的内心情感是怎样熔炼成精神黄河的,这条精神的黄河又是怎样地沸腾、咆哮,激扬着源自五千年中华文明的民族精神的新崛起。

这就是观众异口同声感叹"震撼"的缘由。

一　艰难熔炼的精神再造

真实是艺术的生命。历史感的实质就是历史的真实,因此也是所有表现历史生活的戏剧作品的生命。现实主义的创作原则决定了《中华士兵》的历史感具有高度的历史概括性，同时又有逼真的历史肌理，使全剧深刻厚重而又鲜活精彩。

"在鸦片战争后的百年间，我们反对帝国主义侵略的战争一败再败，原因不全在于'国贫'，还在于'失魂'……以涣散之国、慵懒之民抵御如此凶悍之敌（指具有武士道精神的日本侵略者——笔者），岂能不败！"包括涣散与慵懒在内的"失魂"是当时国民性的传染病菌，不予清除，何以言胜！然而，在历史的进程中，"经过许多阶段才把陈旧的生活形式送进坟墓"。这就决定了《中华士兵》中的重要人物须经炼狱般的艰难熔炼才能完成精神的重造。

宋恩九是个有血性、讲义气的军人，然而，在他的内心深处，至关重要的是宋氏后代香烟的延续。他家已是十三代单传，"不孝有三，无后为大"的封建意识终究使他不能成为坦荡无私的英雄。为了保住自家的独苗，他曾将投奔延安革命队伍的儿子宋长安抓起来，关进精神病院整整两年。此外，他嗜赌。尽管他在赌桌上为阵亡的冷娃（陕西方言：小伙子）们多赚了些抚恤金（赢得了众赌徒的理解和支持），却无疑是个赌徒。然而，面对日寇斩尽杀绝的残忍，看到儿子捐躯救国的赤诚，看到参军的冷娃们赴死报国的忠勇，这位处在生死关头的宋旅长发生了惊人的变化——他从牌桌上赌钱转为战场上赌命，跟日寇拼死一战；他从守护自家儿子，到献出自家儿子，却为给陕西父老乡亲留下"种"，向司令部提出晚一步上前线的独生子名单……直至在黄河边，在冒着枪林弹雨的山坡上，部下井铭章、儿子宋长安，先后为保护他而壮烈牺牲，他背着烈士的遗体爬向河岸的悬崖……此时，他的灵魂像是被点燃的火炬，又像是冲决破壁的激浪，升华为无私无畏的真英雄："我好像不是去赴死，而是正带着你奔向永生……谨以至诚昭告山川神灵：我率三秦子弟，尽忠报国。因敌众我寡，弹尽粮绝，为保民族气节，今率所剩……娃娃兵，宁投黄河，不作俘虏，为国牺牲，事极光荣。黄河作证！"

宋恩九和他的士兵们化作了永远激扬、澎湃的黄河浪涛。从一个旧军官到抗日英烈,其心路历程该是怎样的艰难!

更富有戏剧性的是那位一直戴着白手套的上尉副官陈淮靖,他在剧中除了抓住那个抢钱的土匪黑大个,几乎没有个人的特别行动和台词。只有在司令部,高级军官们争论军中的陕西籍独生子要不要留下,晚一步上前线的时候,他突然挺身而出,大呼,那就是虽生犹死!原来,他参加过南京保卫战,当过锁骨穿上铁丝,被鬼子兵押向万人坑的俘虏。他讲述了自己屈辱的心理历程:虽曾亲眼目睹了鬼子丧尽天良地残害自己的战友、同胞,甚至用刺刀挑起婴儿,但是他们却在“留得青山在,不愁没柴烧”的借口下隐忍,销蚀了自己男子汉的骨气。而最后,他们的驯顺换来的是日寇的机枪扫射,点火焚烧。他摘下白手套,露出灼烧过的黑黑的双手,像火山爆发一样,怒吼出了民族精神的最强音:“这世上有比死亡更可怕的,是耻辱!有比生命、比活着更重要的,是尊严!”一个从伏地似虫豸猥琐,到挺直像泰山高耸的人才会如此掷地有声。

看到这里,观众无不迸流热泪,真如“黄河万里触山动,盘涡毂转秦地雷”!

而何老太太的家史,就是一部近百年来国人在外侮中痛苦、挣扎、奋起的历史——她的丈夫在甲午海战中临阵脱逃,却苟且不成,偷生不能,甚至自觉连跳黄河自尽都不配,“不敢脏了这河水”,竟吞食鸦片结束了自己羞耻的生涯。而她的两个儿子却是生能舍己,千秋鬼雄:一个撞黄陵碑自戕,血谏国民党当局结束内战,共御外侮;另一个血洒淞沪战场,捐躯赴国难。孙子们有的随佟麟阁将军战死,有的投奔叶挺的新四军,有的被日寇飞机炸死在家门前。唯有这个孙子何振华重蹈他爷爷老路,以尽孝为名逃跑回家……何老太太亲自将其送到宋部,重归抗日战队,因为“奶奶更怕老何家、老王家、老李家……千家万户的后代生下来就是亡国奴”!她豪迈地叮嘱何振华:“好孩子,就算咱的刺刀比鬼子的短一截,不怕!咱有胸膛!”

好个“咱有胸膛”!视死如归,血战到底,就是抗战精神的精髓——“把我们的血肉筑成我们新的长城”,这是百年来,几代人用生命铸就的民族之魂啊!

这是多么艰难的熔炼,又是多么光彩的心史。

二　富有质感的历史肌理

逼真的历史感是这出戏产生震撼的另一个原因。

用极富三秦文化风味的秦腔演出,衬映着英雄们的报国豪情,特别是《金沙滩》中的唱词,巧妙而又准确地道出无尽的悲壮:“你为国家不怕死,舍得命,父将我儿——舍是舍了。舍了……”而当宋恩九率部跃身黄河,在敌人密集的机枪声中,滔滔的河面上回荡起秦腔粗犷的歌唱,犹如母亲在天地间给儿子们的赞颂:“两狼山战胡儿天摇地动,好男儿为国家何惧死生——从前有田横五百壮士,今天有一群中华儿郎,舍生报国,杀生雪耻,落他个万古流芳。”显然,这不仅仅是在强化地域文化特色,更重要的是,在这些百姓们喜闻乐见的唱腔唱词中,象征着抗战精神源自几千年来中华民族的古老文明,犹如飞腾咆哮的黄河,源远流长。

富有质感的历史肌理更多地表现了传统生活方式在特定时代的嬗变和扬弃,从而熔炼出焕然一新的风貌——

旧时代,“好男不当兵”正是两千多年封建社会生活所遗留下来的牢固的习惯看法,模糊了保卫祖国疆土的无畏勇士与践踏百姓维护腐朽的匪兵之间的区别。无疑,这种偏见消磨了中华民族的锐气。由此,又恶化为抓壮丁,更是社会生活的丑陋。剧中那个农忙打短工,闲时当喜丧吹鼓手的秦子选,就是被李乡绅花钱雇来替儿子李如坤去当兵的。这原本是丑陋的,也是非常逼真的,却嬗变为爱国青年争先去当兵:李如坤说:“你当你的,我当我的!”秦子选说:“他(指李如坤)要是来了……我就是自愿投军。”

抗战证明：好男才当兵。

包办婚姻同样是旧时代的陋习。李乡绅逼着已经报名当兵的儿子先回家圆房，并且振振有词：“小日本欺侮咱就是想让咱亡国灭种！你们去打日本，对着呢，为的是不亡国，我让我儿圆房，也对着呢，为的是不灭种！”那个未圆房的儿媳妇环环也紧盯着丈夫，并且说出一句让男人也会感到羞愧的话：没有想到死就别去打仗！明明知道丈夫去送死，却坚决要嫁给他，给他留下“种”……

抗战证明：中国人前赴后继。

说盗亦有道，或许那是给为盗为匪为窃者涂脂抹粉。然而，剧中那个土匪黑大个却是有感于宋恩九对士兵仗义，敢为国家赌命，而率领同道者参军，并且慨然赴死。其中的隐秘是，“我妈说：我把我儿养到七尺长，倒养成了个‘土匪’，看你将来咋进祖坟！娘！现在好了，死在这抗日战场上，咱可是顺了爹娘、光宗耀祖，我能进祖坟了！”曾为土匪者尚且如此识荣辱，这个民族岂能被征服?!

抗战证明：每个人被迫着发出最后的吼声。

还有，伤残壮士田文杞为让儿子义无反顾地投身抗日，自己毅然蹈入黄河巨浪；戏子柳娥誓言等待从军的秦子选回来，与其一同演戏；井铭章为平日厌烦的上司宋恩九挺身挡住罪恶的子弹……

所有这些，都令人惊异地看到：抗日战争这场炼狱般的烈火，让失魂者重新获得民族之魂，让涣散者凝聚到救亡的洪流中去，让慵懒者抖擞起每一根神经，面对刺刀挺起胸膛，“中华儿女把民族精神发挥到了极致”。

而这些无不是从历史的肌理入手，从具体的历史生活状态入手，在赢得观众（和读者）认同之后，再让观众惊讶地看到我们民族的心理、情感、观念的巨大变化，观众激动地仰起头来，哦，中华民族精神就是这样崛起的！

话剧《中华士兵》尚待锤炼之处或许不止一二，但是，它让我们欣喜的是，话剧艺术家们在这部戏里，努力体现习近平总书记对抗战精神的科学概括:“伟大的抗战精神,是一种伟大的民族精神,是中华民族源远流长的爱国主义在抗日战争中的锤炼和升华。”

(载于 2015 年 9 月 14 日《光明日报》)

皓月无幽意，清风有激情

——评话剧《董必武》

他和同代开拓者们一道，踏出了艰难而光荣的历史之路，而历史又把他和同代开拓者们凝聚成了历史的自身。

他从风华正茂的秀才，到德高望重的革命先驱，或为辛亥革命马前卒，或为共产主义燃星火，或策杖二万五千里，或樽俎折强权，或联合国宪章上秉笔签名，或共和国高法上履职院长……虽未必地动山摇，自谦为"随人治岭与治河"（见董老诗《九十初度》），但却"高山仰止，景行行止"，牢牢地铭记在人民心中。

近日，以他的名字命名的话剧《董必武》在京城公演，再次掀动起了人们对他的深深怀念。如果说这部话剧的演出始终沉浸在热烈的氛围中，那么首先应该是仰仗着人民对他的真挚敬爱。

武汉人艺也正是以这样真挚的敬爱之情，精心创作了话剧《董必武》。

一　严谨的文学结构与灵动的历史空间

可以揣测剧作家面临这个重大创作课题时的多向思考：写主人公的编

年史？抑或选择主人公某一段重要的人生经历？写历史转变涡旋中的主人公，还是写主人公在历史转变涡旋中的决定性行为？如果选择了剧名《董必武》，剧中实写的却是董老在 1947 年上海的那一段，如何避免其成为《董必武在上海的四十八小时》呢？

难在这里，妙也在这里："戏剧不是告诉我们一个人的一生的故事，它得把那人放在一个局面里，拴上一个扣子，等到扣子一打开，整个那人就变得清清楚楚了。"托尔斯泰把戏剧如何写人的奥秘就这么简洁形象地说破了。（见《与托尔斯泰的谈话》）《董必武》正是这样的例证——

全剧故事发生的地点是上海马思南路的中共驻沪办事处，时间是这个办事处撤离前的四十八小时。而时代背景正值解放战争的初期，蒋政权张牙舞爪，风云难测的时刻。而董必武领导的中共驻沪办事处真如汪洋中的一条船，时时都有被险风恶浪吞噬的危险。剧作家选择这样的尖峰时刻（即托尔斯泰说的"扣子"），其意既是真实地表现历史风貌，更是塑造主人公的需要，"人从虎豹丛中健，天在峰峦缺处明"（清人张问陶诗《煎茶坪题壁》），正所谓"烈火炼真金"。这就决定了剧本的文学结构必须是严谨的、紧凑的，戏剧情节必须是尖锐的、波折的。剧作家在"1947，撤退"的大扣子下，设计了五个小扣子，编织镶嵌在一起，使之构成了一幅突破一座花园洋房和区区四十八小时时空局限的波澜壮阔的时代画卷：

围困办事处的副官林水生突然闯入，致使主人公首次一出场，即从容平息冲突，愈加显示了其临危有静气，大智大勇的气度和强大的人格魅力；

叶莺送出办事处声明，揭露反动派的阴谋，隐含林水生的帮助，并由此插入叶莺身世与黄麻起义，其中叶莺的父亲牺牲前将女儿托孤于董老，深刻挖掘了主人公坚定的革命意志源于自身的命运与先烈，与人民的命运早就熔铸在一起，如大地一样深厚，如江河一样长远，这就是主人公崇高形象的根底；

黄炎培的造访，勾连出陪都重庆时代，董老在国民参政会上凛然正直，义正词严，怒斥污蔑，在维护党和抗日军民光辉形象上，他既有奋不顾身的勇气，又有敏锐尖利的斗志，更有斩钉截铁的果敢；

董老夫妇生死相托，何莲芝的一句“我是你生命的一半，你是我生命的全部”，让人们在他们纯洁高尚的爱情中惊叹主人公情感世界的美丽；从一只手电筒引出董老长征时，与前妻、红军战士陈碧英告别时感人至深的场景，而何莲芝的“介入”，让人更加深刻地理解了“你是我生命的全部”的真正含义，那就是对先驱者的敬重超过了个人的情感……这些丰富而纯净的碧波从另一个角度映照出主人公可敬可亲可爱的形象，以及触手可感的心灵热度；

巧妙转移党的经费（黄金），致使反动派气势汹汹的搜查变成了一场闹剧。而主人公的阳台告别则是那么豪气冲天，荡气回肠，让人听到的不是一个人的语言，而是历史前行的铿锵脚步。

也就是说，以上海马思南路四十八小时的短兵相接为“经”，以此前二十年的革命斗争为“纬”，把土地革命战争、抗日战争和当时的解放战争连缀在一起，成为主人公的广阔背景，使董必武的艺术形象更加具有历史感、时代感和生命活力。主人公自谓“打补丁和龙套”，而剧中显示的却是补天和创造。正如董老在《挽陈毅同志》所写：“皓月无幽意，清风有激情。”

二　导演舞台语汇的严密逻辑与挥洒自如

笔者十分推崇黄定山导演的精心佳作《张之洞》。“诗词讲求意境，没有意境不能成诗词。戏剧同样需要意境，无意境不能成戏剧。意境决定着戏剧格调的品位，决定着戏剧内涵的深浅，决定着戏剧魅力的强弱……面对历史的长河，没有诗人般的感受，也就不可能创造出历史剧的史诗般的戏剧意境。”如果说《张之洞》独特的戏剧意境创造在于“异境合一”和“同空分割”

的手法,那么在《董必武》中,又大胆创造出了“实境生虚”的手法。

第八场,董老夫妇深夜谈心,生死相托,皆为对方着想,相持不下:

董必武:不行,你必须离开!

何莲芝:(毫不退让)离不离开你别问我,你应该去问她!(拿出一只旧手电筒放在桌上)

董必武:(意外)手电筒?(无言)……

何莲芝:对,问这只手电筒的主人——红军女战士陈碧英,你的战友陈碧英,你的前妻陈碧英!

【音乐:钢琴

董必武:(捧起手电筒深情抚摸)碧——英!

何莲芝:你跟我说,1932 年,你在江西苏区担任中央党校副校长的时候,毛泽东同志介绍年轻的汀州市委宣传部长陈碧英来到你的身边——

就在这时,陈碧英出现了,她竟然是从这座花园洋房的楼梯上跳跃着走下来,笑嘻嘻地开口就叫:“董校长,你好!”继而,便是董老夫妇叙述长征的“那时”,而陈碧英则表演送行的“当时”,主人公董老则跳进跳出,竟然在这座花园洋房的实境中挥洒自如地表演 1934 年的长征路上……聪明的导演总是会碰上聪明的观众,人们没有任何异样的感觉,完全理解夫妇交谈中所呈现出来的这场虚幻的“实境”。这样,也只有这样,才能实现文学剧本所设定的,让全剧构成“一幅突破一座花园洋房和区区四十八小时时空局限的波澜壮阔的时代画卷”。

然而,这样“实境生虚”的手法却是有着严格限定的。在表现即实情境时,则一丝不苟地遵循现实逻辑,不可随意“生虚”。譬如,在第二场,为分化敌人,董老邀请围困办事处的副官林水生吃晚饭,林水生折服于董老的高尚人格，答应了。这时，舞台灯光转暗，洋房布景转动为房后花园，两人走到露天餐桌旁进餐。这与后来陈碧英的"随意"上场迥然不同。导演舞台语汇的这种严密性、逻辑性，以及"实境生虚"的挥洒自如，形成了属于自己的叙述方式。

或许，这又是如马尔库塞所认为的，艺术的本质不在于内容，也不在纯形式，而在于内容变成了形式。

当然，这出话剧和任何艺术品一样，精益求精是无止境的。譬如，陈碧英送别的那场戏，师生之情、战友之情代替了夫妻之情，台词拘谨，未能给主人公形象增光；重要配角林水生本应颇具观赏性，但是着墨含混，面目模糊，无益于显示主人公在隐蔽战线的特殊贡献。

人民敬重董必武，历史铭记董必武，话剧《董必武》符合人民的愿望。为此，艺术家们一定会继续进行坚持不懈的努力，把这部戏打磨得更具有历史的深蕴，让主人公成为话剧艺术长廊的不朽形象。

我们完全有理由这样期待。

（载于 2016 年 4 月 11 日《中国艺术报》）

沉重的承诺，感人的阐释

——简评话剧《春天的承诺》

文学艺术虽然不是历史，不是政治，也不是经济，但是杰出的文学艺术作品却能让人更深刻也更形象地理解它所表现的那个时代。正如恩格斯所说，“巴尔扎克在《人间喜剧》里给我们提供了一部法国‘社会’，特别是巴黎‘上流社会’的卓越的现实主义历史。”（见《致玛·哈克奈斯》）著名剧作家孙德民在话剧《春天的承诺》里也朝着这个方向做出了有成效的努力，使这部作品更形象更感人地阐释了中共七届二中全会决议产生的历史时刻——那是一个十分重要的时代节点，在这个节点里饱含着当时来自现实的活生生的警示，自古以来历史的深刻教训以及未来更加严峻的挑战。

《春天的承诺》精心地构筑了一个独特的戏剧结构，一实一虚两条线索时而并行，时而交叉，不仅编织出了那个风云变幻的时代风貌，更敏锐地解析了产生历史骤变的力量之源。

虚者，作者设置了主人公毛泽东与当时行将垮台的蒋介石的三次精神对峙，在国共正处在“调个位置”的历史关头，双方的肺腑之言尖锐对立。直至最后，蒋介石诅咒着，一旦共产党人尝到权力的甜头，又会怎样？“拭目以待。”而毛泽东的回答，则是发出了春天的承诺，永葆革命青春的承诺，那就是两个“务必”。嗣后至今的历史证明，那个春天的承诺重如高山。

实者，主人公与西柏坡的一家农民的命运结下了不解之缘。他解救了一个患病的小女孩；这个小女孩是前不久在解放石家庄的战斗中英勇捐躯的烈士李铁的遗孤。此后，却发生了始料不及的戏剧性变化——

英雄李铁没有牺牲，重伤治好以后，正在参加土改……这个李铁上了地主四姨太的床，并接受了她的金条，放跑了血债累累的恶霸地主……李铁成了死刑犯，即将处决。

正当主人公认真倾听着身边战士们对“功臣”违法乱纪如何处置的议论时，李铁的母亲和妻子找上门来，但不是向毛主席求情，而是来向毛主席赔罪……这位曾把三个儿子送上革命战场的英雄母亲的沉重话语，与始终回荡在西柏坡历史天空中的歌声交汇成了人民的心愿：“最后一碗米，送去做军粮/最后一尺布，送去做军装/最后的老棉被，盖在担架上/最后的亲骨肉，送到战场上”。这就是中共七届二中全会决议深深的现实根基和厚重的历史意蕴。

《春天的承诺》没有展示其主人公毛泽东决战千里，运筹帷幄，制敌于毁灭的统帅形象，而是将其塑造成一位和蔼可亲的隔壁大叔，一位睿智深沉的长者，一位忠实的人民利益的捍卫者，一位高瞻远瞩的革命领袖，可敬又可亲。他为部队汽车轧坏了农家场院而不安；为个别干部的劣迹鞠躬致歉；为李铁的堕落痛心疾首，彻夜难眠；为黄炎培曾在延安窑洞提出的如何跳出“其兴也勃焉，其亡也忽焉”的历史周期律而念念不忘；为李母的深明大义而感慨万千；为人民政权的长治久安而深谋远虑……

《春天的承诺》把李铁这个由英雄变为罪犯的人的心理变化过程，简练、具体而又合乎情理地刻画出来：物质浮华的诱惑，美色柔媚的勾引，大难不死而求“后福”的欲望，“功臣”自居的索取，“打天下”的回报……使得他迈步深渊，成为可叹可悲而又可耻的历史反面注脚。

《春天的承诺》的舞台呈现简洁而丰富，一座山，一株杏花树，半张军事地图，几处高点，多种运转角度，竟任凭大时代的风云在这个小山村的天空上聚合,变幻,飞扬,舒展,让观众阅尽历史转折的世间风采。

值得研究的是——明写李家婆媳最后的探监,显得多余了。不能因为这场戏易于催泪而放弃节制。本剧的构成在于虚实两条线的编织,核心之处是以毛泽东为代表的中国共产党人如何回答历史的挑战,而不是其他。艺术到了高境界才有节制(或称控制)。

《春天的承诺》好就好在对西柏坡 1949 年的春天做了很生动的阐释。经过不断的锤炼,它或许可以与历史教材并存。

(载于 2016 年 5 月 3 日《人民日报》)

这出戏证明了黑格尔的那句话

——评话剧《去往何处》

话剧《WHERE TO GO》一开场就令人惊异：舞台被导演上下分割开来，形成了两个迥然不同的空间。上面是阳光灿烂，空气清新，蓝天透亮的山之阳坡，仿佛能让人闻到阵阵袭来的青草鲜嫩的气味和泥土润泽的芳香；下面则是晦暗不明的室内，深色的老式家具更增加了氛围的沉重，而那不时入侵的团团雾霾，让人感受到了难以忍受的窒息……

在如此大胆的舞台空间呈现中，主创把假定与逼真融会贯通得如此奇异而又平常，就是为了"讲述"一个貌似司空见惯的故事——药店关门。然而，在这极其普通的故事里，却翻腾着当代人内心焦灼、灵魂熔炼、清浊混淆、探求皈依的巨大激变……好像主创在这大千世界里，很随意地拔出了一株带着泥土颗粒的小草给我们看。然而，在这样一个上下分割的舞台空间里，这株普通的小草却又是一株药草，检验出了社会生活的弊病；进而，它又好似一株神草，逐渐地演化出了整个天空的离奇变幻和大地的神秘蕴涵……

值得称道的是，这样一个令人满怀遐想和期待的戏剧天地是由主创精心设置的一层又一层颇具戏剧性的人物关系架构起来的。正如黑格尔所说："由于剧中人物不是以纯然抒情的孤独的个人身份表现自己，而是若干人在一起通过性格和目的矛盾,彼此发生一定的关系。正是这种关系形成了他们的戏剧性存在的基础。”所以,谭霈生把“特定的人物关系”视为戏剧情境的构成要素之一。(见谭霈生著《戏剧本体论》)

在《WHERE TO GO》中,人物关系的精心设置不仅使戏剧性的魅力大大增强,更重要的是,这样一张人物关系网络蕴涵着深深的社会内容和人生的奥秘。请看——

童书鸿是童家世代经营的医药店一真堂的传承人和坐堂医师,其祖传秘制的再生丸正是一真堂的镇店品牌。以他为重心,与三组人分别建立起特定的人物关系:

其一,与白血症患者、少女阿娴是医患关系,阿娴依赖着再生丸多活了三年,而在戏一开场,童书鸿则无奈地宣布,再生丸“断货了”,阿娴命在旦夕……而与阿娴母,除了医生与患者家长的关系外,还是制药者与提供药材的药农之间的关系。童书鸿之所以对阿娴(包括所有来此就医的患者)无药可用,就在于阿娴母(还有其他药农)提供的药材(包括再生丸的直接原料附子)均是受过污染的。童书鸿不但不收阿娴母的药材,也不许她将这些受过污染的药材转售给收药材的商人。可阿娴母全指着卖药材挣钱,给女儿治病哪……于是,阿娴母猜测童书鸿断药的根本目的是提高药价。面对阿娴期盼生命的目光和其母的无端猜疑,童书鸿陷入痛苦和迷茫。

其二,与爱妻之兄易卓恒,除了妹夫与大舅子的关系,还是领导(易是主管樵溪县经济的副县长)与被领导(一真堂药材种植基地属于樵溪县的企业)的关系。同时,易卓恒还是童书鸿的恩人(当年这位妻兄以副县长的权势为他的一真堂争到了药材种植基地)。如今,童书鸿要控告妻兄监管不力,县里的许多工厂严重污染了土地,使得药材成了有毒之物,药品无法制造。易卓恒怒斥他把自己“往绝路上逼”,因为“拔出萝卜带出泥,你哥我现在浑身上下都是泥”。童书鸿只能用颤抖的双手撕掉控告信,陷入痛苦和迷茫。

其三,与童宝祥是亲叔伯兄弟的关系,又是利诱者(童宝祥代表荣耀集团,一心企图收购一真堂及其再生丸品牌)和被利诱者(曾将童宝祥轰出门外)的关系,还是追讨家族遗产(一真堂的创办者是这对童氏兄弟的爷爷)与反追讨(童书鸿是一真堂的承继者)的关系。然而,为了让一真堂及其药材种植基地脱离“浑身上下都是泥”的易副县长和樵溪县严重污染的阴影,童书鸿不得不求助于这个令人厌恶的堂弟(他的背后是荣耀集团),又是陷入痛苦和迷茫。

戏从一开场就陷童书鸿于痛苦和迷茫之中,观众要看的就是他在痛苦和迷茫中死去,还是复生。令人欣喜的是,这三组特定的人物关系中的每一组都充满着尖锐的戏剧性矛盾冲突,而且都具有冲突继续深化发展的势能。譬如第一组——

作为医生,作为名医馆继承人的童书鸿“抱着昏迷不醒的阿娴,就感觉天塌了……”,这里的“天塌了”准确地刻画了作为良医的他,其内心是一种沉重,多种隐忧:阿娴的病凶多吉少,一真堂的前景黯淡,中医药的生产危机重重。然而,在阿娴母眼里,他不能把被污染的药品开给患了绝症的阿娴服用,却是为赚钱而黑心的“含灵巨贼”(与一心赴救病人的苍生大医相反者)。这就戏剧性地激发了童书鸿拍案而起,为了医者的良知,为了可爱的对自己满含期望的阿娴,为了一真堂的前途,他挺身冲出重围:在开场前写就控告樵溪县的工厂严重污染土地,污染药材种植基地的检举材料;开场后,不惜得罪大舅子副县长,准备马上递交;继而,又促使他在控告不成的情况下,决意“和樵溪县终止合同,把药材基地搬走”;往后再进一步,在走投无路,万般无奈的情况下,断然关掉一真堂。

这样的因果链条,使主人公的行为越发激烈,顿挫沉郁,曲折起伏,引人入胜。而其源头,就在于人物关系的精心设置,“正是这种关系形成了他们的戏剧性存在的基础”。

从戏剧性冲突不断发展的情势来看,童书鸿是个心向“苍生大医”的仁者。然而,“仁者”不能只是个概念(或者只是个类型),必须有着独特的丰富的内心活动才能使之成为有血有肉的人。这就由第二、第三组特定的人物关系所产生的戏剧性矛盾冲突,与第一组人物关系有机地编织起来,使童书鸿成为立体的肌理质感清晰的形象。

第二组特定的人物关系的尖锐冲突显然不是单纯的妹夫与大舅子个人之间的口角,而是具有着深刻的社会缘由——

主管樵溪县经济工作的易副县长只管 GDP,认为“污染问题哪里都有”,根本不管“把有问题的药材做成有问题的药吃进病人的嘴里”的严重后果。他那句闪烁其词的“那些工厂的污染问题,我不能解决”的背后隐匿着更大的黑幕:社会的丑陋势力正在咄咄逼人。童书鸿面对的不仅仅是监管不力的大舅子副县长个人,而是社会的病灶。这就决定着童书鸿与易卓恒的戏剧冲突的尖锐性和曲折性:易卓恒反击不成,便改为以退为进,让童书鸿把一切罪责都推到药农(阿娴母们)身上,说是他们不负责任,“滥用农药”,把有污染的药材送给了制药方,才导致一真堂药材基地迁出。这就以流代源,避重就轻,掩盖了制造污染的真正元凶。作为“补偿”,易卓恒大笔一挥,抹掉了一真堂迁出樵溪县的违约金。实际上,这就是用金钱来购买童书鸿的良心。童书鸿痛苦地道出了此前撕了检举信,夜不成眠,“觉得自己做了贼”,指斥易副县长大舅哥“太龌龊了!”,他终于和丑陋势力决裂了。

如果该剧到此结束,童书鸿仅仅是一个正义的化身,令人敬仰,但不会使人感同身受,更不会发人深省。易卓恒作为副县长“理屈”了,但作为大舅子却没有“词穷”,拿出了无法抵挡的“匕首”,直刺童书鸿灵魂的最隐蔽处——

“当初你一门心思要发展你的一真堂的时候……为什么第一时间找我这个当副县长的大舅子帮忙呢?难道你不想着近水楼台先得月吗?……所以,你可以大大方方地感谢我,LV,Burberry 地送给我,给你们在国外念书的外甥(大舅子的儿子——笔者)交学费而丝毫没有感觉到这也是在行贿!”

此刻,童书鸿无语了。

无语的童书鸿内心里翻腾着多少话语！这些话语,尽数包藏在后来他在阳坡向着妈妈的哭泣中……切莫说社会病灶与己无关,能像童书鸿那样,为千万个像阿娴那样的患者大吼一声“损人利己的事,我不能干”,就是社会光明的希望!

这是一个真实的形象,就像那些曾经看过我们的舌苔,为我们号过脉的中医医师一样真实。因为真实,该剧特定的人物关系及其演绎出来的尖锐冲突才含有深刻的社会与人生的意义。

在第三组特定的人物关系(童书鸿和童宝祥叔伯兄弟)中,切莫以为主创只是为了给我们讲一个老药铺的传奇故事,道出了童氏兄弟的前世今生:童宝祥之父(老二)为了夺取一真堂,竟给亲哥哥(老大,童书鸿的父亲)下毒药,令其终身瘫痪。更重要的是,童宝祥(和他的同类)就是那个旧时代作恶小人的延续,也是今日丑陋势力存在的社会基础,他阴谋分割童书鸿一真堂的行为散发着贪婪无耻的恶臭,显示着不法资本在利益的驱使下,咄咄逼人地破坏着优良的传统——名义上,他所代表的集团是要买再造丸的品牌,实际上是把优秀的精神传承贴上价码出售。他们的生意经是,哪怕是使用污染过的药材制成的药品也不必担心,只要“没有人怀疑,你的药就是最好的”。这是卑鄙,更是践踏。惟其如此,昔日的嫉恶记忆,加上今日的识破卑劣,使童书鸿避免了饮鸩止渴,坚定地守望一真堂的荣誉,守望患者的生命底线,守望医者的良知。这也就为童书鸿最终能够挺直腰板,指斥易副县长“龌龊”,毅然关闭一真堂,决然和母亲一道,把阿娴作为重建百年老店的第一个病人,慨然皈依大医精诚的光明行为产生了根本动力。

由此可以看到,这三组特定的人物关系之间都是有机关联的,相互作用的,互为因果的——犹如三只齿轮,咬合紧密,传递有力,统一运动。或许这就是该剧的结构特色,精心设置特定的人物关系,使之构成了坚实的戏剧性基础,饱含着深刻的时代内蕴。

而舞台的上下分割,阳坡生机盎然,下层九次雾霾的隐现,老太太(童书鸿母亲,中医药专家)讲述毒药附子转而成为救命良药再生丸的重要原料……这些富有哲理的象征,使得全剧三组特定的人物关系繁衍出来的戏剧冲突闪现出独有的隽永神采。

(载于2016年5月5日《中国文化报》及
同年第6期《中国戏剧》)

用真实还原人生

——评话剧《范长江》

世界本来就是一个真实的存在。即使我们的梦境与想象,也都是真实世界的附属品。然而,在现实生活中,我们最渴求的恰恰就是真实,因为,有时,真实不知到哪里去了——

在罪犯抵赖的狡辩中没有真实,在讹诈的妄说中没有真实,在蒙骗的谎言中没有真实,在邪恶的蛊惑中没有真实,在偏见的执拗中没有真实,在无知的盲从中没有真实,在自欺者的闭目塞听中没有真实,在愚昧而自得的头脑中没有真实,在浑浑噩噩的随波逐流中没有真实,在一种铺天盖地的充满偏激的狂热思潮中没有真实……

揭破蒙昧,揭破假象,勇敢地站出来说出真实的人,得需要多么了不起的胆识啊!

我们需要真实,那是明智的,聪慧的,清醒的,排除心头阴翳的,使人向善,向真,向正义。因此,我们崇敬揭示真实,捍卫真理的人。从不惧菹醢的比干,到"书法不隐"的董狐,到"不虚美,不隐恶"的司马迁,到"铁肩担道义"的李大钊,到"横眉冷对千夫指"的鲁迅,以及所有那些为追求真理而舍身求法的革命者……这些真实的灵魂巍然耸立在中华民族的历史上,成为民族的脊梁。

新中国新闻事业的奠基人、开拓者之一，杰出的记者范长江就赫然站在这样的行列里。

话剧《范长江》塑造的主人公，究其实质就是两个字：真实。

一 踏过诡谲的真实

真实，好像是非常简单的事情，就像地平线上升起的太阳，明明白白，实实在在。然而，人的种种虚妄会将它湮没在莫名的诡谲之中。话剧《范长江》就像采用了“炼金术”那样，在诡谲的阴翳中，冶炼出了两种真实——一是主人公四十年来的真实的人生历程；一是主人公四十年来对时代、对社会、对生活、对人民、对历史道路的真实思辨。这两种真实都证明了一个灵魂的真实，那就是对人民、对祖国、对革命事业的忠诚。

面对“文革”那个虚妄年代的虚妄质疑，全剧就是一个鉴别真伪的过程，一如歌德所说，“历史家的任务在于区别真实的和虚假的，确定的和不确定的，以及可疑的和不能接受的。”（《歌德的格言和感想集》）剧作者首先扮演起“历史家”的角色，依据真实生活的本身，和观众一起鉴别着“真实的和虚假的，确定的和不确定的……”主人公在回溯往日时，也如一个“历史家”，对自己的灵魂进行着最坦诚的剖白——

热昏的发难之一：范长江的“反动历史”。

主人公在倾诉自己探寻救国之路的艰难历程之后，遇到了一个敏感而又棘手的事实，让他有过片刻的犹豫：他认为红军1934年北上抗日体现的“是全中国大多数人的要求”，但是，同时，红军北上也曾提出“武装保卫苏联”的口号。他认为，在面对日寇侵略的时候，后者是“大多数中国人不能接受的”。此时此刻道出这个真情，必将遭受更加严酷的迫害。剧作家让“青年范长江”在其灵魂深处发出坚守真实、坚守正义的心声：“你自己说的，没有了真实性，生命还有什么价值?”嗣后,当他历尽艰险到达延安,和心仪已久的毛泽东在窑洞里促膝谈心的时候,证实了他当时的怀疑和思考是正确的。

这就是他的真实——坚守正直。

热昏的发难之二:把红军的最高机密报告给反动派。

为了探寻红军的真实面貌,他深入到川甘地区马帮汉子们中间,偶然从一张破旧黄裱纸平安符的背面发现,那是红军给老乡写的借条。这让他立即读懂了红军最本质的奥秘,那就是尊重老百姓,爱护老百姓,为了老百姓。由此,他与素未谋面的“朱毛”产生了心灵的“感应”,竟然判断出长征的红军是“北入甘肃……转陇南以出陇东,会合徐海东……更北接通陕北刘志丹……”以致红军将领彭雪枫、张爱萍读到了他在《大公报》上发表的这篇文章,大叫:“我的天,这是毛主席定下的方针大略啊!这个长江是什么人?他怎么知道的?”如是,他乐此不疲地探寻下去,越来越接近真相,也越来越产生着无法估量的社会影响——他那公允的看法使藏族的杨土司为激战的红军让路,他那真实的报道激发了斯诺采访红军的热情,他那高尚的职业精神和火热的正义感,使他的新闻报告成为撕破乌云的一道道闪电。

这就是他的真实——追求光明。

热昏的发难之三:这是范长江交代罪行的最后机会。

是的,他经历过中华民族的“最后机会”:在内蒙古,他怒斥日本特务为灭亡中国而磨刀霍霍,对我国领土进行肆无忌惮的军事测量;在西安,他目睹了中共为抓住救国的“最后机会”,力促西安事变的和平解决,为建立抗日民族统一战线竭尽全力。他还倾听了周恩来与蒋介石对西安事变截然不同的阐释……

这就是他的真实——救亡图存。

热昏的发难之四:范长江与毛泽东彻夜长谈是造谣。

殊不知,领导中国革命胜利的毛泽东主席是那样的海纳百川,礼贤下士,把一个正直、爱国的记者视为朋友,推心置腹地对他讲述了当时中国革命的三个重要问题,并委托他“向全国人民做广泛宣传”。甚至,在别后的信札中自称为“弟毛泽东”。主人公发自肺腑地感叹:“我,从此获得了新的生命!”这对那些非黑即白的打手们来说,实在是夏虫不足以语冰了。

这就是他的真实——获得新生。

热昏的发难之五:招范长江进入所谓的大批判组。

去揭发和批判自己的战友?他的回答是:“我不做鬼,我要做人。”他断然拒绝这个所谓的“最后机会”,选择的是回到从前用自己坚实的步伐走出来的光明之路。

这就是他的真实——永恒的坚守。

正如普希金的诗句:“我为自己建立了一座非人工所能造的纪念碑……”剧中的范长江,的确用自己的一生建立起了一座非人工的纪念碑,它的名字叫:真实。

二　把内容变成了形式

笔者无数次地引用马尔库塞的论点来证实真正的艺术创作:把内容变成了形式。话剧《范长江》的艺术个性就源于此——

不仅因为主人公是位杰出的新闻记者,更因为全剧的传记内容是以主人公的新闻作品为基础的:《岷山南北剿匪军事之现势》《刘志丹之煽动与民心之向背》《毛泽东过甘陕之经过》《动荡中之西北大局》……由此而衍化出来的戏剧故事构成了青年范长江的经历,也是老年范长江回顾的主干。因此,编导突破了一般戏剧必用的起承转合的套路,借鉴了新闻报告的手法,简洁,质朴,具有即时性,着眼于新闻事件的发生及主人公在新闻事件中的内心世界的揭示。譬如,在川甘交界,他在马帮汉子的手中解救了一个凉娃(少年),从他那里又发现了黄裱纸(平安符),由此发现了红军的借条,探索到红军是人民军队这个本质。紧接着就是《大公报》发表了包括此事在内的长篇通讯《岷山南北剿匪军事之现势》。从解救(凉娃),到发现(借条),到探索(红军),到发表,既是见闻的捕捉,现象的分析,颇具新闻性,同时,又寥寥几笔勾勒了凉娃的命运,红军与白军不同行为(前者用门板打借条,后者把整个屋子给烧了)的对比,昭示了这个戏剧性故事背后的社会内蕴。

然而,这并不是新闻报告剧。因为,在全剧采用现实进行时(两名专案组成员的热昏发难)与历史回顾时的交叉中,突显的不是事件的完整,而是主人公内心世界一次又一次的激变。这些激变又由老年范长江和青年范长江的对话、交流,甚至撞击而完成的。前面,是青年范长江惊醒了老年范长江,把真实性看得比生命还宝贵;后面,老年范长江坚决拒绝“文革”的诱惑,绝对不沆瀣一气,进所谓大批判组。他对青年范长江说:

“我不去! 我跟你走!”

“我的一生干干净净,为什么要染上污秽的东西?”

“新闻的生命与价值,就在于它的真实性。要我去说假话,说坏话,说出卖别人的话,说指鹿为马的话,说无中生有的话,说不顾事实的话,我做不到……就是死,我也不做!”

至此,主人公升华了,那座非人工的纪念碑矗立起来了。

采用了新闻报告的手法而不是简单的新闻报告剧的关键就在这里:在具有戏剧性的内心动作中,完成对主人公精神世界逐渐向上的构筑。

导演为塑造主人公——新中国新闻事业的奠基人、开拓者之一,杰出记者范长江的生动形象,大胆地把整个舞台变成了一个媒体平台,使文献图片与即时影像相互衬托,台词配音与人物表演无缝衔接,回顾再现与内心撞击因果相连,现场制作(如拍摄,如广播剧)与信息传递平行产生……

倘若长江同志的在天之灵观看了此剧演出,料想也应回眸一笑吧!

(载于 2016 年 7 月 14 日《中国文化报》,
原名《这座非人工的纪念碑名叫:真实》)

炙烤的情怀

——评话剧《秘而不宣的日常生活》

世界真的变了——假如你在群租房里住过,“举头”是“望”不到“明月”的,只有被闪动的霓虹灯污染得光怪陆离的一小片天。假如你登上百层高楼,俯瞰全城万家灯火,感叹苏东坡“又恐琼楼玉宇,高处不胜寒”的想象竟如此轻易地尽收眼底,真是不知哪里是“天上”,哪里是“人间”。

一切神话的想象仿佛都乏力了,一切诗的意境又似乎被亵渎了。

曾被赞叹为亘古不变的神圣爱情,像《庄子·盗跖》记载的,“尾生与女子期于梁下,女子不来(被父母发现私奔意图,困于家中),水至不去,抱梁柱而死”,到了李白的笔下,赞美爱情的诗句是“常存抱柱信,岂上望夫台”。

而今,人们公然质疑:真正的爱情还有吗?

青年剧作家林蔚然的话剧《秘而不宣的日常生活》就是对现代都市男女青年的情感生活一次巧妙的探询和撷取,让我们透过变化多端的云遮雾障,窥测到当今某群年轻人内心的挣扎,寻找,渴望,无奈;梦想与实惠,交替奔涌,“才下眉头,却上心头”,正话反说,左右言他,相悖相生,真是万般情景道不尽啊:

明明是摁了门铃,却从窗户进来的男人,原本是这家女主人的恋人,他们曾经盟誓出走,建立属于自己的理想生活。如今,这个自由职业者受雇于一位单身女老板……而女人,已为人妇,抱着婴儿,丈夫是颇有一些家资的中医师。这样的两个人见面会说什么,做什么?

这当然不是陆游与唐婉的沈园偶遇,没有第三者在,尽可一吐为快。然而不,两个人的谈话先是东扯西拉,言不及义。聪明的观众一眼即可识破,在两人的“扯淡”里,露出了最真实的心态,彼此依然熟知,关切,甚至由于嫉妒而多疑,而揶揄:“我宁愿你穿破 T 恤和全是洞的牛仔裤”,“天一热你就会出汗……是啊,一出汗我就喘不过气来——你知道,我有这毛病”,“你老板对你真挺好的……所以你需要为她提供别的服务么”,“这房子也是他给你买的……他好拿着秤去抓药,给中年妇女们诊断月经不调的原因”。不说戥子,说“秤”,蔑在其中,醋味十足。在说出双方经历了五百五十七天的分离之后,他们亲热起来,仿佛没有了先前的戒备,甚至借与婴儿的对话倾吐了越陷越深的缠绵:

女人:(模拟孩子的声音)对呀,我是很漂亮。更是好孩子。

男人:你喜欢我么?

女人:(模拟孩子声音)你的胡子太硬了。

男人:如果我把脸侧过去,就不会扎着你了。那样的话,你愿意让我抱你一会么?

女人:(模拟孩子声音)让我想想……嗯……不行。

男人:(恳求而难为情地)……就一下。

女人:(模拟孩子声音)……那就一下下。

由此,还进一步想象出他和她及孩子到公园散步之类的关于“一家三口”生活场景的画面……然而,现实生活(利益既得)犹如一面推不倒的墙,触碰之后,隔阂与反感立即将双方弹射出去——“你的每一句话都像是在往我脸上吐唾沫”。他们相互逼问,相互嘲弄,又相互倾诉。就这样,像翻炒栗子一样，拌和着黑沙与糖水，在粗粝与甜腻之间反复着，最终，剥开烫手的栗子皮，里面不是金黄色、香味扑鼻的栗子仁，而是变黑变硬变味的“瞎仁”：她的父亲就在他们两人私奔之前给了他最后通牒，恶毒地诅咒，不用金钱砸跑他，他早晚得离开自己的女儿。诡谲的是，他为庆祝自己有她这么个好姑娘而酩酊大醉，不但醒后发现身边躺着陌生女人，更令人无奈的是，错过了与她约定私奔的火车发车时间！

究竟是什么使有情人未成眷属？偶然，还是必然？金钱，还是不专？第二场，看上去更加荒诞的对话在医生（第一场她的丈夫）与患者（女，商人，最后一场证明是他的老板，新婚妻子）之间进行，正是第一场的女人与男人的“另一半”在折腾这个非常私密的日常话题：男女之情，婚姻家庭。结论是“让想结婚的结婚，想单身的单身吧”（萧伯纳剧本台词），“反正最后都会后悔”。

关键是：为什么“后悔”？不管承认不承认，“爱情”的灿烂光芒刻在每一个女人与男人的心底，而在现实生活中又总也得不到，后悔就无可避免地发生了。

“秘而不宣”的奥妙就是后悔，后悔反证了人们对真正爱情的永恒向往。短短的第三场凝固了现实状态——无奈。无奈的实质还是后悔。

这出戏，不会让所有人都喜欢，也不会让所有人都反感。但是，所有人都会或多或少地思索：真挚的爱情如何去建设？

特别是那些俏皮而幽默的台词，显示了当代年轻男女在貌似玩世不恭的放浪中，咀嚼着沉重的话题。譬如，“听过民谣的鸭子更适合挂炉，因为它们多少有点情怀”，“您的心理医生在倒垃圾的时候，不小心把您的故事倒给了我”，“不是都说女人是水做的，男人是泥么，加在一起就是水泥，结结实实能盖大房子”……

在那许多现实的“大房子”里，男人和女人的心灵炙烤着怎样的“情怀”呢？在她与他，医生与患者四人之间，隐隐约约地存在着绕不开的，甚至是居于主导地位的物质利益。那么,“常存抱柱信,岂上望夫台”那样真挚的爱情还会出现吗?

反复着,折腾着,炙烤着。

(载于2016年8月26日《中国文化报》)

草根“戏圣”

——评话剧《成兆才》

恩格斯曾这样盛赞莎士比亚:“仅仅是《温莎的风流娘儿们》的第一幕就比全部德国文学包含更多的生活和现实……”假如可以套用的话,一部评剧《杨三姐告状》所包含的社会的、政治的、法治的、道德的、风俗的、人伦的……种种生活和现实的内容,比当下某些对那个时代的一知半解,肤浅之谈更加真实深刻。

而它的作者就是评剧的创始人,毕生写了一百零二部剧作,堪称评剧“戏圣”的成兆才。

逝世于1929年的成兆才不会想到,八十多年以后,有人将他这位写了一辈子,也演了一辈子戏的苦命艺人搬上了舞台——我写世人如是,后人写我亦如是。剧作家孙德民、导演王延松和承德话剧团的艺术家们把他那并不长的五十五年生涯凝聚成了话剧《成兆才》。这是一部呈现在舞台上的评剧草创史,塑造了他从为活着而艺术到为艺术而活着的真正人民艺术家的形象。

对此,至少有三点值得反复体味:

1. 从草根到“戏圣”的含蕴。

倒是那个茶园(剧场)老板的眼尖,一语道破了成兆才回乡种地一年多,精心修改,创作本子,让戏班子上演火爆的底里:“惊蛰一犁土,春分地气通。小落子活啦!”成兆才不仅是这样自白的,“青纱帐变成大戏台,唱一板吼一声,黄土地圆了俺的落子梦”,而且更是用全身心来拥抱梦想的艺术。为了写《杨三姐告状》,他替杨三姐交房钱,管吃喝,深入人物内心,甚至对眼前的娇妻视而不见,自己却完全沉浸在戏剧的构思里……终于,妻子听到丈夫对自己说话:

丁香:是啊,我自己个儿都说了半天了,你也不吱一声。

成兆才:你也是从小就未得好,孤苦伶仃伴辛酸。

丁香:(高兴地)老爷……你跟我说话了?

成兆才:福浅命薄被人卖,一十几岁结姻缘。

丁香:是啊,如今白天黑夜把老爷盼,能在一块儿……

成兆才:(吟诵)你把小妹扔一边,姐姐呀……

丁香:(恍然)他不是跟我说话,是写戏词呢!

正如他自己承认的,“我成兆才是戏傻子,戏疯子,戏虫子”。也就是说,戏剧创作已经成了他的生命状态。究其缘由,“草根”生活使他和人民血肉相连,心心相印,也是他这个一贫如洗的农民剧作家得天独厚的创作财富,没有这个“根”,他的才华只能如荒草枯萎。

2. 霉运连连却又步步辉煌。

剧中的成兆才真是命运乖舛,倒霉至极!先是他所在的戏班子被驱逐出天津,之后,好不容易返津爆红,又传来他那傻媳妇和过继的幼儿双双溺死;师兄是台柱子,可又偏偏吸毒无行,接受利诱,甩手背叛,散乱人心;老太监李道元为他的时装新戏《洞房认父》撑腰,赶走了张牙舞爪的警察,可又专横无由地硬是把年轻的丫头赏给他为妻;正在他全身心创作新剧目《杨三姐告状》的时候,新婚妻子丁香红杏出墙,恋上了自己的爱徒任小山……然而,每当厄运对他的肆虐,他的回答却都是事业上的愈加辉煌,他终于把落子改造成京梆大戏,在自己的有生之年为评剧艺术搭建出一层比一层更高的亭台。五十五岁不是他的“卒年”,他的生命随着那部讴歌人民的《杨三姐告状》正在跨越第一个百年,或许还有第二个百年。

3. 圆润而又坚硬。

《成兆才》中的成兆才没有因为他是“戏圣”而被“提纯”,从而变成“为了观念的东西而忘掉现实主义的东西”(恩格斯语),像汉白玉雕像那样,除了血肉,只剩下了“神圣”。主人公成兆才内心世界的丰富性不仅仅是由于艺术家的情感丰富,更是缘于其在特有现实环境影响下的矛盾性。譬如,他与丁香的婚事是在李道元的枪口下允诺的。其实,他心中的女人是灵芝(老班主的养女)。或许这是应该受到指责的,但是,不如此他就不是那个整天在欺凌者刀尖上讨生活的“戏子”了。他虽然在淫威下低了头,却从没有放弃自己的坚守,对灵芝的忠诚一丝一毫也不减弱:他从不与丁香同床。如此圆润,又如此坚硬,正是“这一个”。然而,这样的做人原则又连累了丁香,使丁香陷于无言的痛苦而不能自拔……丁香可怜,“戏圣”亦可怜矣!这正是该剧令人慨叹却又妙不可言处。

倘能锲而不舍,惟愿此剧与“戏圣”同在。

(载于2016年第1期《大舞台》)

唤　醒

——浅谈话剧《麻醉师》

天覆地载，大江东去，神州多少风流人物，前赴后继，亦如滔滔千层浪，或如巍巍万重山，铸造了我们中华民族的脊梁。他们就是那些“埋头苦干的人……拼命硬干的人……为民请命的人……舍身求法的人”。

脊梁之为脊梁，皆信奉“朝闻道，夕死可矣”，皆追求“笃信好学，守死善道”，皆遵循“仁以为己任，不亦重乎？死而后已，不亦远乎？”，皆敢于“舍生而取义也”。

到了为振兴中华而奋斗的今天，中国的“脊梁”们“一切为了人民”，以人民为中心正就是他们最高理想之“道”。

西安市话剧院公演的话剧《麻醉师》的主人公陈绍强就是这样一位具有鲜明时代特色的脊梁——他用自己的生命解释了“朝闻道，夕死可矣”的光辉传统，他用自己的行为解答了从病体“麻醉”到灵魂唤醒的奇异方程，他用“医生的生命属于患者”的职业操守解读了崇高的时代内涵。

《麻醉师》不以重大事件为结构的主轴，而是以主人公的心灵为焦点，以由此辐射出的几组人物关系为骨架，撑起主人公生命最后时日的场景，形成了奇异的扇面式结构——使人在有限的时空里，先是领受那阵阵清新爽朗的微风……继而任凭这股清风飘荡在我们的心田上，最后，它竟然神奇地变成强风,旋风,冲荡着我们整个灵魂。请看——

他和妻子罗云等家人的关系,按照开场的风格,观众可能以为这是喜剧:“傻老婆”罗云不惜与门卫斗嘴,把车子停在医院门口,苦苦盼望丈夫快点下班出来,给自己过生日。等他出来,刚刚接过他捧来的鲜花,还没咧开嘴巴露出笑容,一个电话,“正在手术的病人麻醉方面出现了突发情况”,他又跑回医院手术室了。然而,喜剧终究变得严肃了,就在罗云自作聪明地提前为丈夫升职张罗着庆祝活动的时候,新来的正主任到职了。不是别人,正是那个当年以陈绍强为指导教师的实习生。面对这个不大不小的人生“顿挫”,他的回答很平实,很安分:“有什么办法?你老公天生就是块麻醉师的料,没有当官的命。既然这样,咱就把麻醉这个专业做好、做精,这就够了。”就是在这样没有闪光语言的大实话里,观众隐隐地听到了一种清晰的强音……

果然,这种强音变成越来越强大的行为——他毅然拒绝同窗好友沈威董事长所在公司出品的麻醉药司克林,因为这种药会给病人带来危险。直至最后,哪怕他拖着患有绝症的病体给这位曾有恩于自己的老同学深深鞠躬,也要把这种药的问题上报:“沈威,于情,我很想帮你,就像你当年帮我一样;可是于理,我又说服不了自己,我身后站着、躺着那么多患者,他们跟我的爷爷奶奶、父亲母亲、兄弟姐妹一样,都是我的亲人,我不能为了你我的哥们友情,而去背叛他们,我只有对不起你了……”一旦他站到了患者(人民)的立场上,他就像古希腊神话人物安泰站在大地母亲的怀抱里一样,强大无比。

在与那对患者老夫妻(柳小翠、孙喜光)的关系上,他简直就是有求必应的菩萨。除了摆手婉拒红包,他都是千方百计地伸手救援,哪怕是诊断书已经宣判了他的“死刑”,一家三口正在以“欢乐”的方式做最后诀别的时刻,柳小翠出现了,乞求他再次为老头孙喜光做麻醉师。他毫不犹豫地答应了,并且让老头在术后如期醒来。当这对老夫妻沉浸在复活的喜悦中,相互戏谑,说出“我爱死你咧”的时候,我们理解了他不仅是强大的,更是伟大的,他的确把自己的生命融入患者的喜怒哀乐之中了。正如罗云对他无奈的评说:“我改变不了他,你改变不了他,疾病改变不了他,连死亡都改变不了他啊!”

因为他的生命属于患者(人民)。

这是医生的至境,是共产党人的真谛。

值得关注的是,陈绍强这个人物绝对不是理念的载体,更不是概念的传声筒,而是有血有肉、有冷有热、有情有义、有苦有乐、有爱有恨的人。他内心情感的多样性与理想追求的唯一性是统一的。他对妻子、女儿的热爱与内疚,他病痛中的呼救与坚强,他对学生的关爱与严苛,他对同窗的手足之情与对药商的严格要求,他对患者的倾情相助与科学指导,他对生活的热忱珍爱与对工作的忘我奉献,全都融入他麻醉师职业的高尚使命之中了:“在医学麻醉过程中有一个重要环节,就是唤醒病人。”

是的,唤醒是麻醉的最高目的,那是对生命活力的唤醒,是对灵魂燃烧的唤醒,是对向上向善的唤醒。

唤醒,其实就是前进的号角声。

话剧《麻醉师》成功地将陈绍强平实而光辉的一生化作了时代嘹亮的号角。

(写于 2017 年)

看话剧《兰陵王》感言

无疑，话剧《兰陵王》极大地震撼了观众——人性是这样的扭曲，又是那样的伸展、张扬，甚至张扬到了令人恐惧的地步；当然，在付出了极大的代价之后，这人性又是能够回归的。

显然，剧作家是从《兰陵王入阵曲》中获得了灵感，摘取了主人公（兰陵王高长恭）与大面具两个要素，大胆地生发出了这个话剧故事。这正如马克思所说，希腊神话不仅是希腊艺术的武库，还是它的土壤。历史的兰陵王（采用了高长恭金墉解围的历史素材），中国戏曲史上的兰陵王，就是该剧创作的土壤。然而“这一个”兰陵王是全新的——独特命运，独特行为，独特心理及其独特的命运走向与结局。

呈现在话剧舞台上的这出戏，是严谨的、精湛的。且不说人物关系设置上的睿智，蕴含着无处不在的戏剧性；也不说伶官等一众表演者在主人公心理刻画与演化上的重要作用，在全剧结构上对节点的强化与渲染；更不说舞台画面上对六世纪中国北部人文背景的营造以及巨大面具的意向内涵；要特别说的是，该剧的经典倾向与当代性表现。

《兰陵王》的经典倾向在于其完全显示了“在戏剧艺术中，人的动机应该具有感性的丰富性，应该折射出灵魂最深沉、最多样化的运动”（摘自谭霈生教授在中国话剧诞生百年的纪念座谈会上的发言）。主人公兰陵王的内心动机,与麦克白、奥赛罗相比,同样是最深沉、最多样化的;与哈姆雷特复仇前的复杂内心活动,同样是最深沉、最多样化的。也就是说经典性体现的重要之处,就在于《兰陵王》写出了人在诡谲命运面前的困惑与求索。全剧定位于寓言的品格,使得这种经典性更加彰显。

当代性表现是该剧非常值得研究的课题,应有专文研究。这里仅仅是肤浅地开个头——如果说现代性注重的是时下的意识形态,那么当代性则具有努力超越时间限制的更深刻思索,这个思索就是当代人对人与所处的历史潮流的多维度研究。《兰陵王》正是用这种当代思维开掘了主人公与所处历史环境相互碰撞,相互撕裂,相互影响,相互适应的历程。所谓"所有的历史都是当代史"(克罗齐语),在开掘历史及其人物心灵的同时,当代人往往有了自我发现。从《兰陵王》的某个角度,我们看到了自己:遮掩真我的面具本是自己戴上的,却在某个时候,在习惯之后,竟然忘记了面具,竟不知本真之所在。无论是媚人的面具,还是吓人的面具,可怕的是丢失自我。

当代性表现还在于"以恰当完满的艺术形式表现出历史的深刻性"。(引自陈晓明:《论文学的"当代性"》)导演所坚持的中国意向的现代表达的追求,正是《兰陵王》当代性表现的组成部分。

或许震撼就是这样产生的。

《兰陵王》是中国当代话剧人对话剧诞生一百一十周年最切实的纪念。

(2017 年话剧《兰陵王》研讨会上的书面发言)

话剧新世纪第一个十年之管见

——话剧剧本学习笔记

假如我们能够怀着珍惜努力、珍爱探索的热忱，那么就应该承认中国话剧作家、艺术家用自己的热诚、智慧和汗水铸就了话剧第二个一百年的第一个十年。

中国话剧有一种不可更改的天性，那就是对现实生活的专注。这种“天性”决定了话剧一传到中国，就迅即获得青年学生直至广大群众的喜爱。话剧作家、艺术家也因及时表达人民的心声——思辨、愿望、憧憬，而使话剧艺术赢得了在社会文明发展中的重要地位。

这是中国话剧艺术生命之所系。

这是话剧作家、艺术家共同的自觉。因此，在这十年来，无论是直接表现现实生活的《老大》，还是革命历史题材的《寻找李大钊》，或者是历史故事剧《知己》，甚至经典著作进行再创作的话剧《邯郸记》，无不奔突着主创那拥抱现实生活的满腔热忱。正如罗丹所说，“当一个真理，一个深刻的思想，一种强烈的感情，闪耀在某一个文学或艺术的作品中，这种文体，色彩与素描，就一定是卓越的；显然，只是反映了真实，才获得这种优越性。”当然，关键是如何“反映”现实生活，才能把那个“真理”“深刻的思想”“强烈的感情”震撼人心地表现出来。

在笔者看来,是一部叫《郭双印连他乡党》的话剧叩开了近十年话剧奋斗史的大门。这部剧作充分发挥了戏剧的本体功能,从一个正直善良的穷村党支书的艰难奋斗中,在具有幻觉和空灵的舞台形式里,探求着生命价值和命运诡谲的奥秘。编剧精心营造戏剧性的人物关系,让老辣的梁生茂成为郭双印的一面魔镜,在歪曲中见到主人公心灵深处的真相,在真切的叫骂中赞美了主人公对乡党(人民)的忠诚。特别是结尾,梁生茂替得了食道癌的郭双印咽下油泼辣子面的场面,一个流泪咀嚼,一个空说味道,让我们看到了真正现实主义戏剧的强大震撼力。那一句"人心黑天就黑,人心亮天就亮了"概括了全剧的哲理性。

一 话剧人物长廊的光彩

就是这样,话剧作家、艺术家们在这十年的话剧舞台上,从不同的维度,感知着一个个开拓新生活的前行者的独特心灵,竭尽全力地运用独特的表达方式去雕塑着他们,在艰难曲折,甚至几度迷茫中,凸显他们的乐观、自信和担当。最可宝贵的是,话剧作家和自己笔下的主人公,携手观众一起,平等地探求命运的奥秘和生活的真谛。这里只有真切的感动,没有教化的指挥。譬如,《生命档案》中的刘义权,为了让许多地下的英灵得到历史的认可,他用自己的生命去烛照本已遗失了的记忆;《雾蒙山》中的张春山,用自己全部的诚意去重新树立改革开放中村支部书记可信可亲的形象;《万世根本》中的田专员,喊出了自己大胆支持小岗村农民革新的动力所在:"让老百姓过上好日子是万世根本,拿老百姓当天是'万世根本'";《兵者,国之大事》中的杨天放,把没有桂冠,为真正强军而牺牲的王海鹏视为英雄,敢于在他的墓前坦陈自己内心的柔弱,因此他能变柔弱为无惧,使自己充满浩然之气;《麻醉师》中的陈绍强,用自己的生命解释了"朝闻道,夕死可矣"的光辉传统,用自己的行为解答了从病体"麻醉"到灵魂唤醒的奇异方程,他用"医生的生命属于患者"的职业操守解读了"崇高"二字的时代内涵;《长夜》中的嫂子,在隐忍煎熬八年之后,在替罪羊秦虎子出狱的那天,她当众撕破虚假,说出自己丈夫的真实罪责,发出了困惑中的天问,我们的灵魂在何处安放。这就是觉醒,就是探索,就是建设新品格的开始;《去往何处》中的中医师童书鸿为了医者的良心,拍案而起,不顾得罪副县长(自己的大舅子),控告药材基地被污染,终止使用污染药材基地的合同,最后,为了维护"医者仁术"的高洁,毅然关掉祖传的一真堂……

在这些闪动着光彩的时代前行者中,尤为突出的应该是《矸子山的男人女人》中的老秦、《枫树林》中的向南和《红旗渠》中的杨贵。

《矸子山的男人女人》剧情非常单纯,那就是老秦竭尽全力地把自己善意的谎言与严峻的现实对接起来。这个过程编织着他与女工佟丽的爱情,编织着他对青年女工亮亮的挽救,编织着他对各级领导的求告,编织着他对所有女工的抚慰……

他的幽默来自艰难生活的历练,他的自嘲源于他对自我使命的尊崇,他的忍辱出于对死难矿工弟兄的怀念,他的挚爱产生于对生活的信念,他的梦想附丽在对共产党的坚定信赖上。

可贵的是,这个喜剧色彩浓重的人物形象蕴含着庄严和崇高;而这个蕴含却又是通过东北大老爷们的"咋整"之类的细节渗透出来的。

《枫树林》中的向南,在他生命的最后九十天里,我们看到了他跨越生命极限的追求,看到了他在死亡中孕育着永生,看到了他的内疚闪烁出人格的光辉,看到了他人性宽厚泯灭了过往的恩仇,看到了他这个人历经偶然与奇遇之后成为人民的儿子的必然之举,即把党的荣誉和共产党人的名节置于个人生死之上。独特的视角,独特人物的独特行为逻辑,让人感叹不已。

《红旗渠》中的杨贵,主创在这个人物的塑造上显示了思辨审慎和雕凿犀利的功力。所谓"思辨审慎",就是既让这个人物必须具有五十年前那个时代的鲜明印记，又要用五十年后的今天之崭新目光去发掘其可能具备的理想光彩，因此他可信，可爱，可敬，可亲。所谓“雕凿犀利”，就是在戏剧矛盾中，大刀阔斧地凿出杨贵形象的犀利棱角，凸显杨贵火一样的炽烈情感——他敢于对必须拆除的祠堂下跪，发誓：“记住我一句话，今天借你一条路，明天还你一条渠！”他敢于在和老对手黄副县长一通疾风暴雨般的争吵之后，蒙脸痛哭地倾诉着隐忍在心底的种种难处；他敢于对调查组担当重责：“借这三万斤粮食，我就一个念头，冒个杀头的险，让跟着我修渠的民工吃顿饱饭，哪怕就吃一顿，我死无愧疚！”

这是一条多么有血性的汉子，这是一个多么无畏的共产党人，敢于浑身沾满伤痛，敢于抖落下一身缺点，更敢于为人民的疾苦鞠躬尽瘁，还敢于在短暂的人生中建功立业……这就是五十年后，话剧《红旗渠》在太行山石壁上重新雕塑的县委书记。

在话剧这十年的人物画廊里，除了上述现代人物形象光彩熠熠之外，革命历史人物和历史故事人物形象也是异彩纷呈的——

《寻找李大钊》不同凡响的是，其重点不在于静止地陈述先烈的丰功伟绩，而是着力于“复活”先烈，让先烈成为一种干预现实生活的强大力量。那句台词是震撼人心的：“你说，要是李大钊知道他们当年的牺牲，换来的就是我们今天这样的生活，他还能那样坚定地走向绞刑架吗？还能那样义无反顾地慷慨赴死吗？”这是对今人的严峻拷问，我们如何面对先烈？与之对照的是，剧中李大钊在壮烈牺牲之前对妻子说的话：“总有一天，一个新的世界会出现在我们面前。那时候，我一定会回来的！”李大钊的信念是不会死的，李大钊的精神是不会死的，李大钊的人格力量是不会死的。试看那些带领人民，推动历史前进的真正的共产党人，不就是李大钊的复活吗？

至于《从湘江到遵义》，那一组以毛泽东为核心的领袖群像，在血雨腥风中扳正历史航船的舵把子，发出照耀人心的电光石火；《董必武》以上海马思南路的四十八小时的短兵相接为“经”，以此前二十年的革命斗争而“纬”，把土地革命战争、抗日战争和当时的解放战争连缀在一起，成为主人公的广阔背景，使董必武的艺术形象更加具有历史感、时代感和生命活力；而《范长江》就像采用了“炼金术”那样，在诡谲的阴翳中，冶炼出了两种真实——一是主人公四十年来的真实人生历程；再是主人公四十年来对时代、对社会、对生活、对人民、对历史道路的真实思辨。这两种真实都证明了一个灵魂的真实，那就是对人民，对祖国，对革命事业的忠诚；《幸存者》则采用悬疑剧的手法，犹如剥竹笋一般，引人入胜地把一位将党的利益置于个人生命、个人名誉之上的共产党人刻画得令人惊叹。《祖传秘方》中，卜振堂从江湖好汉到抗日英雄的心灵铸造过程，有力地解读了《国歌》中那句悲壮惊天的歌词“每个人都迫着发出最后的吼声”；《中华士兵》中，一群为国为民，向死而生的抗日男儿，让自己沸腾的热血和着怒吼的黄河，向敌人宣告“这世上，有比生命更重要的，是尊严！”

在历史故事剧中，《知己》中的吴兆骞人性的异化不仅令人唏嘘，令人深思何谓丢失自我，更重要的是，由此塑造了主人公顾贞观的内心世界，正如其《金缕曲》所说，“词赋从今须少作，留取心魄相守”。《伏生》中的伏生用惊人的刚毅和超人的记忆完成了自领的使命，那就是精神文化的传承。这个形象所昭示的远超出历史对其个人的评价，而是中华民族文化自信的伟力是不可战胜的。《詹天佑》中的主人公最精彩的一笔是，主人公为修京张铁路而触动某没落权贵的祖坟，只得答应其无理刁难，为其披麻戴孝；而此，恰恰成为主人公为腐朽大清送终，那新修的铁路正在通向新的时代。《此心光明》将王阳明的哲学思辨与政治军事践行及修身路径合而为一；面对黑暗，他用自己的一生回答，“是水一样退去，还是山一样挺立”，坚守心中的光明；《张謇》中的主人公则是失败如影相随，然而，正是这一连串的失败刻画了这位爱国爱乡，为“大生中国”的梦想而奋斗终生的实业家；《兰陵王》中主人公是以兰陵王高长恭金墉解围的历史记载和中国戏曲史上的兰陵王为素材塑造而成的，其经典化倾向就在于显示了人物“灵魂最深沉、最多样化的运动”。无论是媚人的面具，还是吓人的面具，可怕的是丢失自我。《成兆才》中的主人公是位毕生写了一百零二部评剧剧本的草根“戏圣”，其人生霉运连连，其事业却步步辉煌；为生存，他圆润圆熟，为爱情，他又坚硬不变；他讲求节操，却又给无辜者带来痛苦，一切就是这么相生相悖，唯有他的《杨三姐告状》无障碍地跨越了一百年。

二　求新，岂止在形式

有出息的话剧作家、艺术家总是在贪婪地寻求一个“新”字。李渔说：“新也者，天下事物之美称也。”“新，即奇之别名也。”这十年，苦苦寻找的那个“新”字，其实质是对所要表现的生活的新的发现、新的阐释、新的表达。正如贡布里奇所说，“戏剧起源于我们对世界的反应，而不是起源于世界本身。”重要的是，我们怎么看待生活，我们怎么看待话剧艺术。

譬如，《寻找李大钊》的题眼是“寻找”，即“复活”先烈为干预现实生活的强大力量。为此，剧作家用三重结构架构起了全剧——

第一重结构是李大钊的革命足迹——探寻真理；与中国早期共产主义者创建中国共产党；与中山先生携手，构建国共合作；发动民众掀起革命运动……直至壮烈牺牲。

第二重结构是排演者心理变化过程，从对先烈李大钊的陌生，到亲近，到理解，到投身塑造先烈。

第三重结构是此排演者成为彼排演者，同步拍摄的电视剧《反贪局长》的片段情节，使今昔真正的共产党人遥相呼应……

以第一重结构为主干，以第二、第三重结构为枝叶，形成了一棵直立蓊郁的大树。

显然，剧作家在历史与现实的天平上，反复衡量着“寻找”二字的历史内涵与时代价值。在他们的心中,“寻找”不仅仅是仪式性的纪念,更是对现实的严峻思考;不仅仅是热烈的讴歌,更是对先烈灵魂的发现;不仅仅是表达由衷的敬意,更是对大浪滔滔之后泥沙俱下的直面。

这正是《寻找李大钊》独特戏剧结构的由来,从一开始,就如马尔库塞说的,把内容变成了形式。

也正是由于这样三重结构的戏剧构建,纵横捭阖,将历史图景与现实情境相互对映,相互交叉,相互渗透,相互融汇,使《寻找李大钊》具有了史诗戏剧的品格。这里的“史诗”不是赞美词,也不是某个流派的术语,更不是指台上人物众多,场面浩大,而是对《寻找李大钊》戏剧品格的定位——对历史与现实全方位的审视,尖锐直面的剖析,严肃诚实的探求,真挚热忱的呼唤,描绘时代的滔滔巨流。

求新,更在于思辨,在于对生活的独特阐释。

《红旗渠》不应是当年红极一时的《降龙伏虎》《烈火红心》。剧作家站在今天的制高点上,在忠实地描画那个时代的同时,进行了精准的思辨:在那个肆意奔流的岁月中,千淘万漉地寻觅着一个奥秘——不同于遍地小高炉,夺取“1070”万吨钢的荒唐;不同于伐木毁林、围湖造田的肆虐;不同于深耕密植、制造亩产万斤粮的白日谎言,同一个时代产生的红旗渠,为什么能跨越历史的局限而成为不朽的民族精神象征?

《红旗渠》的剧作家找到了这个奥秘,那就是——林县五十五万人最急切的愿望:人要喝水,地要浇水。林县人再也不能忍受这样屈辱的生活了:一生只洗三回脸,出生,结婚,死亡。要活命,要尊严地活命。

谁能实现五十五万人这个最急切的愿望,谁就是人民的英雄。杨贵和他的县委一班人顺应了人民的渴求,于是他们成了英雄。

红旗渠虽然始于“大跃进”,却属于中国人所有的时代——因为,红旗渠凝聚的是人民的愿望和人民拼死的奋斗。

这就是话剧《红旗渠》深沉、凝重、睿智的历史思辨。

话剧《老大》的剧作家似乎在拉起观众朋友的手,一起来接受现实生活提出来的“无解”的困惑,探寻隐现在悖论迷雾中的“无解之解”。

冯国良作为船难的幸存者,为了真诚帮助老鬼走投无路的遗孀阿兰,决定与其结为夫妻,承担阿兰遗腹子的父亲的责任。为此,他亲手毁灭了与女友瑞云的爱情。这种大仁、大义、大德的结果是,自身陷入了市井妄议与习惯恶俗的泥淖里。阿兰为了解开这些捆绑国良的绳索,竟投海自尽了,而瑞云却远走他乡。谁错了？无解。

冯国良深深地怨恨自己的儿子(镇长)把倾注了自己整个青春和生命的渔场变成浴场。然而,渔场已经无鱼可打,不把它变成海滨游乐场,乡亲们又如何生存呢？冯的儿子有什么错？但是,冯国良至死不会原谅他。那么,孰是孰非呢？回答是:无解。

这正如剧中多次出现的渔网——冯国良现而今铺开渔网,卷起渔网,是在苦苦思索往日,并被往日的情怀网住。渔场注满了他的爱,所以他才把渔场视为自己的生命。他的蹈海并非悲痛欲绝,而是探寻生活的大海那令人激动不已的无尽的奥秘。

这绝不是《老大》在故意玩弄玄虚(那种玄而又虚的作品并非没有),而是它准确而又灵敏地把握住了多变而又深奥的生活,让人们在悖论的戏剧情节和场面中飞旋起自己的思维,飞出台上的渔场,飞出肃静的剧场,飞进翻卷前行的生活激流。

这就是《老大》最重要的贡献——与观众在一起,在困惑中思辨,在无解中探寻。

此外,《法源寺》以法源寺为支点,让戊戌变法的风云人物交集于此,灵魂们重又对这一历史事件进行追忆,叙述,补充,争论,质疑,指斥,辩护,毫无顾忌地将明面与暗里,公论与隐微,假设与事实,这一面与那一面,尽情宣泄,重演节点,再现场景,让观众和他们一起思考,辩识,使全剧犹如一粒刀工非凡、切面繁多的钻石。而这一切,全凭的是喷发如泉,流畅如溪,时而铿锵,时而顿挫,具有强烈戏剧动作的台词。

有时,“新”会从“旧”中来,同样可以“听唱新翻杨柳枝”:一部古装故事剧《徽商传奇》就是从中国固有的戏曲美学中获得灵感,塑造人物从“奇”字入手,主人公“纯净如水,固执如牛”;创造意境,追求“意与境浑”,全剧以“船”为意境之“象”;以安徽本地戏曲的生角、旦角率领的戏曲歌队为叙述主体,在似乎逼真的“做场”中演绎出这个妙趣横生的喜剧故事。

三 值得思索的某些现象

1. 剧作家首先应该是思想者(假如可以不成为思想家的话),全力以赴地去追踪生活,理解生活,研究生活,热爱生活。而这,应该是永远在路上,没有终结。别林斯基说:“生活的本身应该是正剧的主人公。”而这位“主人公”又是不断变化的,包罗万象的,新课题层出不穷的。我们对生活的研究却总是显得那么不够深入……譬如,在一部很有历史深度的戏里,设计了一对主人公,领导者和右派专业技术人员,他们都全心全意地为党的事业奉献着一切,但他们之间又横隔着“阶级斗争”。剧中只写了领导者在对右派专业技术人员的斗争与利用这个表层现象,却没有把隐藏着领导者内心的矛盾挖掘出来——政治立场使他不能不把那个右派专业技术人员当成敌人,但在情感上,他应该是很敬重那个右派专业技术人员。这是很痛苦的,如果能挖掘出这一点来,一定会使这个人物更加厚重,更加生动鲜活。另外,那个右派专业技术人员忍辱负重,全身心地奉献的内心支撑力源自哪里?这些遗憾皆因对那个年代的生活缺乏透彻的研究。

至于为获奖,为得到资金支持,为赶某个任务而匆忙立项的创作,甚至剧本一个字还没有,就在报告里发誓要拿下什么什么奖,那就更谈不到对生活的研究了,后果是可以想见的。

2. 浮躁种种。话剧创作同样需要工匠精神，就像巴尔扎克说的那样，“艺术家的使命就是创造伟大的典型”。为此，只能殚精竭虑，精益求精。然而，不应有的浮躁却并未绝迹——

剧本已经显示了一个非常有意味的构思，但却在后二分之一处丢掉了这个构思，滑向司空见惯的平庸。

一部以家庭为切入点的，具有当下现实生活特色与深度的好戏，几乎所有人物都有内心的揭示，唯独对戏剧冲突核心人物的内心动机毫无触及，不知是有意，还是忘记了。

两年之内，在三部颇有分量的剧作中，竟然先后出现了同样的手法——同一个主人公的中年形象与老年形象的对话。

剧本设定的主人公出场次数颇多，所占篇幅不少，但是戏却不在他身上。

被可能出现的剧场效果所驱使，不惜偏离全剧的行动主线。

仿佛来不及怀疑，就“忘”了：戏剧是行动（动作）的艺术，不是朗诵的艺术。戏剧艺术可以吸收说书人艺术的某些手段，却不能被其取代。因为，观众来看的是“戏”。

当代话剧作家、艺术家是踏着创造话剧百年辉煌的前辈们的足迹前行的。一批走在前列的话剧作家、艺术家正在披荆斩棘地奋斗着，创造着。就像普希金的诗句所说，他们“敏锐的耳朵刚一接触到”时代的声音，他们的“灵魂立刻颤动起来”。因为他们创作的终生主题只有一个，那就是——人民。

（载于2017年11月8日《光明日报》，
发表时题名《深入生活，方得佳作》）

瑰宝的诞生：从感伤到坚守

——谈话剧《哭之笑之》

一

苏格拉底曾经问过画家帕拉西俄斯："你是否也描绘过人的心境，最令人感动的、最和蔼可亲的或是引起爱憎的？我指的是精神方面的特质，这个能不能模仿呢？"画家的回答是不可能的，因为"它既没有比例，又没有颜色"，它"是不可以眼见的"。苏格拉底又说，"高尚和慷慨，下贱和卑吝，谦虚和聪慧，骄傲和愚蠢也就一定能表现在神色和姿势上……这些能不能描绘呢？"画家回答，"当然可以"。（见色诺芬《苏格拉底回忆录》）许多年后，黑格尔在同样的课题上做了这样深刻的结论：绘画的"内容是精神方面内在的东西，只有在脱离外在事物而回到精神本身之中才能通过外在的事物，作为精神的反映，而把精神表现出来"。（见朱光潜译《美学》）

看江西省话剧团呈现清初著名画家朱耷（号八大山人）传奇故事的话剧《哭之笑之》（汪浩编剧，李伯男导演），令人琢磨的首先就是这个问题：形象的画面内容是怎样把抽象的精神情怀表现出来的？李泽厚先生评述朱耷时说，"那睁着大眼睛的翠鸟、孔雀，那活跃奇特的芭蕉、怪石、芦雁、汀凫，那突破常格的书法趣味”，“完全成了艺术家主观情感的幻化和象征，在总体上表现出一种不屈不挠而深深感伤的人格价值”。（见《美的历程》）这个“完全成了”是怎样实现的？

这绝不仅仅是绘画技巧问题。最重要的是，在这个绘画创造工程里包含着朱耷怎样的心曲隐微，以及这个心曲隐微发生、发展的时代背景——满族统治者为夺取全国政权，进行了残酷征伐。在那个“留头不留发，留发不留头”的恐怖岁月里，与朱耷同代的人们，其内心是终究耗散了原先的“自尊”，平复于依旧东逝的生活潮流。而作为皇室宗亲的朱耷，更为痛苦的是朱明天下之覆灭，更加险恶的是其宗亲身份正是清兵屠刀之首选。如果说在血雨腥风里求得肉身苟活尚能侥幸，那么在嗣后的薰风丽日中，心灵的屈辱又何以消解？在这幅文化历史长卷里，凸显着他怎样的痛苦历程，最终又是怎样找到安放不屈灵魂的高尚所在？

这就是话剧《哭之笑之》要向观众回答的核心：人与绘画。

二

同样曾经疯癫过的大画家凡·高说过这样的话：“当我画一个男人，我就要画出他滔滔的一生。”（见凡·高的《亲爱的提奥》）话剧《哭之笑之》就是要努力写出朱耷“滔滔的一生”，灵魂深处的滔滔翻腾，滔滔巨变，滔滔远行。在五幕戏里，主人公经历了三大突转：避乱而遁入空门——还俗而告别故国旧我——疯癫而坚守本真。

在这里，必须要提出的是，为使这三大突转能够具有历史悲剧的深蕴和戏剧艺术的魅力，编剧匠心独运地虚构了三个似是而非的女优：绿娘，丹娘，丑娘。如果说绿娘是主人公的一盏灯，一面镜，一清风，那么后二者则是绿娘的变形变幻。这三个女子犹如一只只蝴蝶，其翅膀每每煽起几丝微风，都能在主人公的灵魂深处掀起突转的滔天大浪。

在第一次突转的“翻腾”中，主人公遁入空门的决心源于“祖宗的颜面”，试图“隐姓埋名或许可行”。此时的主人公，虽为稚嫩的贵胄子弟（十九岁），但是尚有视为高贵的“颜面”，不屑于“卑躬屈膝”，涵养着不屈之气。然而就在这次突转中，却制造出了一场贯穿全剧的情感悲剧——主人公的一声“走吧”，把绿娘原先誓与他“与世无争地过完后半辈子”的美梦砸碎了。继而，绿娘温婉而凄凉地假设：你在山上修行，我在山下结庐，每月只在初一、十五进香时四目相望……主人公却以“六根不净，七情不舍”为由，断然拒绝。十九岁的贵公子哪里知道，此一别，他永远失去了终生不能复得的幸福。

国破，家亡，情灭，犹如噼噼剥剥的烈火不停地灼烤着主人公。唯一令人可以寄予幻想的是绿娘开场说到的那幅画，《荷花水鸟图》。或许这昭示着主人公终将出淤泥而不染，终将展翅腾飞？或许隐喻着他们那曾经的美好憧憬终究是画饼？

当这幅画再次出现的时候，裘琏说卖画者（绿娘）“衣衫褴褛，穷困潦倒”。绿娘的爱情悲剧和生活悲剧使得主人公的叙事语境拓宽了，故事不再单纯是历史上政权更迭漩涡中的个人悲哀，而是野蛮征伐制造的社会苦难和黎民灾祸。这就使得主人公对镇压者不屈服、不合作、不同流具有了正面积极的价值。

第二次突转，我们称之为“巨变”。主创紧紧抓住了主人公应县令胡亦堂盛情相邀，纂修临川县志的事件，深深地挖掘了主人公内心的隐秘活动：“我用冷冰冰的史官口吻写下了那段血淋淋的真实记忆，不能褒扬可歌可泣的反抗，不能咒骂挥舞屠刀的清兵，只能把笔尖的墨汁想象成流淌不尽的泪水与鲜血……”对主人公而言，这样地纂修残酷征伐的历史，无异于是对他进行第二次屠杀和侮辱。这个时候的朱耷已经不同于那个写“梦里不知身是客，一晌贪欢”（《浪淘沙》其一）的南唐后主李煜，纠结于失去个人天堂，“雕栏玉砌应犹在，只是朱颜改”（《虞美人》其二）式的哀鸣了，而是感伤于社会的苦难,苍生的不幸,更是对他灵魂的残酷洗礼,仿佛命运在对他厉声质问:你,究竟要做什么样的人?

郁积着这样的感伤与愤恨的主人公,一见年轻的丹娘,立即想到“那时”同样年轻的绿娘,想到“负了绿娘”的扎心之痛,随即举杯,痛饮告别酒:一,告别“再也回不来了”的故国,斩断那无限感伤的怀旧呻吟;二,告别“窝囊的我”,直言我叫朱耷,再也不隐姓埋名了;三,告别“贪恋虚名”,自称“没毛的驴”,发誓“不见官,不伺候官”。烧掉袈裟,“没毛驴,初生兔,嫠破门面,手足无措”,拼将一身勇气,显露本真,回归真我,这是一个多么巨大的变化!

第三次突转,可称之“滔滔远行”。做出激昂慷慨的宣示不难,难的是如何坚守本真。名利的诱惑与贫贱的折磨是最现实的检验,是每时每刻都逃不脱的拷问。这个“突转”是义无反顾地走下去,大道远行。剧中最令人难忘的是,主人公一眼就看穿了画商是替当官的来买画。画商对天发誓,“我要是当官的,我就是狗”,主人公立即回以狗叫“汪”,画商讨好地亦发出“汪汪”叫……嗣后,每每提到“钱”“画”,主人公都热讽般地笑着“汪汪”叫,活画出一个落拓不羁、遗世独立、洁身自好、幽默机趣的八大山人形象。而酒店小二原本得到过八大山人几十张绘画,却不知画作为何物,竟然糊了墙,令人哭笑不得,感慨万千。真不知我们要真正认识大家,望其项背,追逐上前,还要付出多少时间的代价啊……

丑娘的出场,再次刺激了主人公。特别是丑娘的揶揄,不识什么“大耳朵”(朱耷),“我们店有猪耳朵”,令人唏嘘无奈。而主人公一字不差地背诵着当年绿娘别离时说的字字句句,“你在山上,我就在山下结庐而居……”这些肺腑之言,或正说,或反话,或熨帖,或讥讽,犹如珠玉照人,犹如砂砾磨人,犹如花香沁人,犹如烈酒呛人。

不忘绿娘,就是不忘美好;与君长诀,就是无限怅惘,但却义无反顾地远行。切不可以为剧中三次出现《牡丹亭》著名唱段皂罗袍“良辰美景奈何天,赏心乐事谁家院”仅仅是表达爱情。李泽厚先生敏锐地指出:这是“当时整个社会对一个春天新时代到来的自由期望和憧憬”。(见《美的历程》)绿娘从不会在主人公心中消失,因为那是他的美丽的梦。

至此,主创和观众一起触及“人与绘画”的哲理话题。结合这三次突转,借助史家记载,让我们看看朱耷绘画作品中,蕴含着怎样的精神情怀?

还俗,回归本真之后的八大山人,已经摒弃了《传綮写生册》的做法,如《水仙》《草虫》,“一个小虫,一片叶子,都画得栩栩如生”,但却妨碍了真情的表达;也不是刚刚还俗时,对情感表达“十分露骨、率直……过于直白”。只有到了成熟期,他的绘画“表达了蔑视,仇视,傲视,逼视,怒视等情感。总之,八大山人有多么复杂的情感,鸟儿就有多么复杂的情感”。无论是“《鱼鸭图》那些鸭子,睁着大大的白眼”,表现极大的仇视,还是《荷花翠鸟图》中的鸟儿低头闭眼,“虽然立在孤立的芦苇秆上,但怡然自得,旁若无人,不管不顾,好像在养神。那是蔑视”。他“藏在画中的孤寂、高傲和愤世嫉俗”是艺术个性的根本来由。对丑恶的蔑视,就是对美好的向往,真性情的表现蕴含着“善”的光泽。

关键是,这意味着什么?在历经躲避、隐姓埋名、深陷感伤情绪的纠缠之后,他大喝一声,回归尘世,坦露本真,他把自己高傲的灵魂安放在了绘画艺术的圣殿里。“追寻内在的真我”,门上贴着一个大大的“哑”字,不是与世决绝,而是获取心灵的自由,达到了“无惧为胜”的境界,坚守本真,用真情实感,前无古人地创新,再创新。这就是齐白石大师为什么声称甘愿做大师(八大山人)九泉下之“走狗”的因由。

三

无疑,《哭之笑之》不是《芥子园画谱》之传授,也不是《个山小像》之考证,它只能是话剧艺术家在大量占有并研究朱耷现有资料之后,用戏剧思维塑造的,具有鲜明个性色彩的话剧舞台的艺术形象——清初著名画家八大山人。

主人公的鲜明个性色彩首先来自全剧叙事体系的建立。纵观全剧,编织整个结构的是老年八大山人与一个梁上君子(小偷)的对话。借助故事之外的人物倒叙全剧的手法比比皆是,并不新鲜。值得注意的是,这一对人物关系刚刚一设置,就已经开始塑造人物了——小偷抱怨八大山人家里“没一件正儿八经值钱的东西”,只有一幅《个山小像》。殊不知,这就是八大山人,绘画艺术就是他生命的全部价值啊!及至主人公上场,非但不惊不怒不怨,反而极力留下小偷,甚至用给出自己的画为承诺,引得小偷留下来听他说话,“这么多天没人来,连个说话的人都没有”。其孤苦寂寞,渴求宣泄之情,令人凄然,潸然……

如此,全剧变成了八大山人袒露心灵隐秘的自白,主人公与观众三百七十余年的时空隔膜顿时突破,用真诚呼唤真诚,犹如“磁场”效应充满了演出剧场。演员和观众一道,在轮换出现或翠鸟、鳜鱼,或荷花、枯树等朱耷典型作品的舞台上,描绘着主人公在那样一个特殊年代,心曲隐微发生、发展、变化的脉络图。

有趣的是,倒叙套着述评,剧中人,如友人饶宇朴、彭文亮、蔡受、写戏本的裘琏、临川县令胡亦堂,他们都在合适的当口,跳出来,或说上几句后来发生的事情,或客观地评述自己与八大山人的关系,或引述今世大师对八大山人崇敬的话语,使正在进行着的三百七十余年前的戏剧故事与今日的观众更加亲和。

值得称道的是,导演的舞台构思——追寻主人公八大山人“大道至简”的画风,让整个舞台通透空灵,借用大师的瑰宝画作,虽只占一角,却诗意全出,让空瘦与饱满幻化在观众的脑海里,引领着观众窥探主人公内心世界的潮起潮落,瞬息多变,把有限的空间变得益发深远。

八大山人的饰演者,注重内心节奏的把握。少时在兵燹之灾中的木讷,削发为僧时的至诚，举杯告别过去的痛彻，面对法师亡灵的愧疚，调侃画商的放浪，面对丑娘背诵绿娘话语的悲怆……他以真诚来塑造一代画坛大师的精神风采，着力表现着主人公在特定情境中微妙的情感变化，寻找着独特的表达方式。在最后的独白中，当他说到“我的笔，摹万千生灵，言我之志，传我之情，寄我所寄！墨点无多泪点多，山河仍是旧山河……”的时候，那真挚的情感激发了观众由衷的感叹，朱耷不再寂寞孤苦了，因为他走进当今观众的心中了。

《哭之笑之》绝不是闲来清谈的怀旧，而是具有紧密观照现实的思想价值。正如习总书记所说，“为什么中华民族能够在几千年的历史长河中生生不息，薪火相传，顽强发展呢？很重要的一个原因就是中华民族有一脉相承的精神追求，精神特质，精神脉络。”（见习近平《在文艺座谈会上的讲话》）剧中主人公八大山人艰难地从个人的感伤中跳出，到关注当时社会的苦难，决不与封建压迫者同流合污，这样的精神追求是与屈原、陶渊明等坚守光明、决不媚俗一脉相承的；他坚持创新，独辟蹊径，大胆取舍，真诚地对待艺术，这是与主张“诗画本一律，天工与清新”（见苏轼《书鄢陵王主簿所画折枝》）的苏轼等敢于创新的大家一脉相承的。相应，对当前文艺领域某些不容忽视的歪风邪气，“搜奇猎艳、一味媚俗、低级趣味，把作品当作追逐利益的‘摇钱树’，当作感官刺激的‘摇头丸’”（同前），此剧无疑是有力的棒喝。正如剧中一谈到鬻画，主人公就与画商一起像狗一样叫，嘲讽现实，令观众会心一笑，对铜臭的鄙夷之情，油然而生。

坚守对光明的追求，就是表达了人民的意愿，就是本剧人民性之所在。

为此，本剧值得继续如切如磋，如琢如磨，继续攀登。

（载于2018年9月27日《人民日报》，发表有删减，
题为《演绎画师的艺术人生》）

陈奂生的“别传”

——浅说新编滑稽戏《陈奂生的吃饭问题》

一 “别传”之真意

高晓声家乡的常州滑稽剧团最新排演了《陈奂生的吃饭问题》，主人公就是那个陈奂生。但，这不是改编，也不是续写，更不是移植，而是剧作家王宏（还有合作编剧张军）在陈奂生系列小说的土壤上，独辟蹊径，营造出来的新天地。这既是向改革开放以来，对当代文学卓有建树的高晓声先生的致敬，又是为其笔下著名文学形象陈奂生精心创作的一部用滑稽戏来表现的“别传”。

高晓声在回答记者时曾说过，文学是“好玩”的事。在陈奂生的塑造上，“好玩”就是幽默。对于陈奂生来说，其幽默中尽显智慧与狡黠，憨厚与精细，坚守与执拗……王宏正是抓住了陈奂生个性的基本因子，把他放入近半个世纪以来农民命运的长河里，用独有的喜剧思维，张扬了他原本就具有的幽默性，演绎出种种别样的，令人亦喜亦悲亦笑亦哭亦晦亦明亦思亦叹的故事来，既表达着亿万陈奂生们对时代、对未来的真挚期盼，又表达着剧作家对亿万陈奂生们的真情实意和深深理解，也表达着对新时期文学发展的寻踪觅迹。

或者,这就是“别传”的真意之所在。

陈奂生系列小说由“武库”变成“土壤”,正所谓“借问梅花何处落,风吹一夜满关山”。

二　“吃饭”之深蕴

一开场,来日无多的主人公陈奂生就喃喃自语:“吃饭是个问题,问题不是吃饭,不是吃饭问题……”这颠来倒去的话,貌似狡黠,却又是颇有探索精神的思辨,既是主题意义的核,又是结构作用的结。

对于曾经是“漏斗户”的陈奂生而言,吃饭是天,是命。然而,当他站到了生命的终点,回头一看,脑海深处却卷起了不曾预料的思想风暴(全剧都是他的回忆):“吃饭问题”牵连着更为严峻,更为重大的问题——

为吃饭而奔命,但却不能诓骗。主人公回味着那年队长王本顺让他对来访的县委吴书记说假话,条件是把那缸摆给吴书记看的粮食(实际是冒充,只有缸口上那一层粮食)给自己。但是,吴书记真的来了,面对吴书记的真诚,他实在按捺不住,还是说了真话。这仅仅是吃饭问题?

为了吃饭而多要孩子,多分口粮,但是,决不能失信。半路妻子傻妹临死前对主人公伸出三个指头,他点头答应把她这三个孩子养大。为了这句承诺,他不顾一切地挣扎着,甚至给队长磕头,争到三个孩子应有的承包地。这仅仅是吃饭问题?

为了吃饭,吃更多的饭,吃更好的饭而绞尽脑汁,但不能丢弃伦理道德。二儿子陈斤声称只要钱不要地,讹走了两千元,丢下了父兄和妹妹。转眼,二十年后,陈斤又面不改色地向他讨要土地,抵作投资入股……如此坑爹,这仅仅是吃饭问题?

为了吃饭,吃更多的饭,吃更好的饭而千方百计,但不能逾越国法的底线。辛辛苦苦拉扯大的大儿子陈两,上了大学,当了干部,却堕落为仓鼠,竟敢盗卖公粮!这仅仅是吃饭问题?

为了吃饭,那位痛斥欺下瞒上、保障了村民们口粮的吴书记,成了他终生思念和信赖的共产党人。这仅仅是吃饭问题?

看来,“吃饭”连带着“活着”所能包含的许许多多令人深思的问题。

“吃饭问题”是本剧的题眼,也是本剧的出发点,发掘出了当代农民对人生道路和时代演变富有历史性和哲理性的检视与思考。

如果我们再从结构上检验“吃饭问题”的作用,就会发现其巧妙而宏远的拓展——

主人公好不容易能端上一碗白米饭,一眨眼就被流浪女傻妹抢走了。由此,光棍汉陈奂生与带来三个孩子的傻妹的命运纠缠在一起了。一张嘴巴在欢呼,我有老婆了,四张嘴巴在等着填饱肚皮。一碗米饭牵出五个人的命运轨迹,特别是三个孩子长大成人后的不同道路,他们与主人公的各种冲撞,直射或折射出种种社会生活变化的情境。而媒人兼冤家的队长王本顺,善恶并存,爱恨交加,每到五个人命运转折的关键时刻,他都以不同的社会思潮面目,介入进来推波助澜,显示了偶然生活现象背后的必然逻辑。“吃饭问题”就是这样连贯着一个又一个具有典型价值的生活图景,铺陈出近半个世纪曲折迤逦而来的历程,拍打着人们对历史与未来的思索之门。

结尾,作为主人公陈奂生命运之秤的准星,吴书记在他的回忆中出现了。这样的人即使已经去世,仍能和主人公时不时地进行交流:“问题不是吃饭”……那么“问题”是什么?两人心有灵犀一点通,主人公陈奂生顿悟突转:签字(此前他死活不签字),转让土地(建设农业园),让下一代尝试另一种活法;卖房子,凑钱,帮老大陈两退赔赃款,救赎灵魂。

这个突转,虽然中止了主人公对“吃饭问题”的思考(这个思考不可能有终结),但是,却完成了对主人公的塑造:他的生命停止了,他的灵魂却跨进了新时代。

从"吃饭问题"这个中国农民最切近、最根本、最重要的问题入手，直至把主人公陈奂生塑造成中国农民的缩影，与小说中陈奂生相似而不同，相连而独立，相衬而自成。这是本剧最重要的成就之一。

三 "滑稽"之崇高

怀着对滑稽戏艺术真诚的敬畏之心，主创们用高晓声家乡的吴语喜剧艺术样式，把苏南大地哺育出来的典范人物形象陈奂生重塑出来，应该说是顺理成章、熨帖适宜的事情。更重要的是，陈奂生这个艺术形象本身就具有玩味不尽的幽默特质，具有天然的喜剧色彩，滑稽戏的大幕自然会为他拉开。

在《陈奂生的吃饭问题》里，喜剧悖逆情节的营造无不隐藏着严峻的真实——

譬如，只一碗白米饭，就引出了一段"天作之合"的喜事；只一句"有吃的，我就跟你"，"快点入洞房吧，进了洞房我就有饭吃了"，傻妹的一生就这么定了；只一想"将来你给我生仨孩子，加上你我，大队里就会分给咱五份口粮"，傻妹转身就把三个"拖油瓶"孩子领出来了，让他们对着主人公大叫"爹爹"……如此荒诞，如此滑稽，让我们看到了罪恶的贫穷就是这样剥光了人的情感和伦理，只给人留下了"动物"性需求。

再譬如，为哄瞒上级，王本顺硬是让主人公背书说瞎话，"大队好，生活好，干部好，吃得好"。在县委吴书记面前，主人公接连说"错"两次，"干部吃得好……""干部干得不好，吃得蛮好……"从全村凑来的六菜一汤，王本顺说陈奂生天天这样吃。陈奂生实在忍耐不住，向吴书记直言，他们"胡说八道"！然而，谎言越撒越大。当看破骗局的吴书记招呼大家一起吃饭时，桌上的饭菜却早就被傻妹和她的三个孩子偷偷吃光了。目光敏锐的吴书记怒斥王本顺:“鬼就在你身上!”谎言的泡沫撞到了冰冷的石头上。

这就是滑稽戏老演员们所说的“肉里噱”,而不是“外插花”。正如车尔尼雪夫斯基所说,“滑稽的真正领域,是在人、在人类社会、在人类生活”。

喜剧的创作思维就是幽默。用幽默的眼光看世界,用幽默的思维去过滤世界,用幽默的手段举重若轻地描绘世界,用幽默深层的智慧蕴含去解读世界,绝不是单纯地为取乐而亵玩。黄永玉先生画的那幅“黑画”,睁一只眼闭一只眼的鸱鸮,应该就是喜剧艺术家的存照。他们就是这样,用睁开的眼睛发现世界的悖谬,用闭上的眼睛寻找应有的和谐;用睁开的眼睛怒视丑恶的猖獗,用闭上的眼睛构思美好的胜利;用睁开的眼睛注视浮云的蒙蔽,用闭上的眼睛分辨隐藏的真理……正如莱辛所认为的,可笑的事物不是丑,而是美与丑的对比。

譬如,如何表现陈奂生和傻妹这对贫贱夫妻,他们经受着贫穷的折磨,用自己特有的方式向贫穷作抗争?作为喜剧艺术的滑稽戏,没有以悲写苦,而是以喜写悲:把图章盖在手心上就算登记,转身放下门帘就算入洞房,拉过仨孩子喊声“爹”就算成家……这是多么荒诞悖谬的“喜事”!然而,正是在这样的“喜事”中,痛彻地表现了男女主人公的悲伤与挣扎,更表现了他们那无与伦比的承受与坚韧。这种“寓哭于笑”是多么富有智慧的幽默呀!

作为正喜剧的《陈奂生的吃饭问题》,最值得我们关注的成就是,滑稽与崇高的转化。这是由男女二位主人公的性格升华来完成的——

如前所述,陈奂生在最后时刻,签字土地流转,毁家纾难,救赎大儿子的灵魂,完成了这个老式农民向新时代的跨进。

而傻妹的性格升华,是由一句动作性极强的台词完成的:看见妻子把稀粥留给丈夫和孩子,自己整天喝凉水充饥,陈奂生绝望地哀叹,要是天天都吃不饱怎么办啊……这时,傻妹那浮肿的脸上漾起笑容,非常自信地摸着丈夫的脸说,“我会要饭,我要给你吃……”好一个“我要给你吃”!从为了让三个孩子填饱肚皮而嫁人,到要饭给丈夫吃,傻妹这个滑稽人物陡然间变成了令人感动落泪的了不起的妻子,了不起的母亲!

这两位从滑稽向着崇高的转化,绝非是偶然的、随意的,而是有着必然的逻辑。

如前所述,胆小、自卑、保守得几近顽固的陈奂生,在滑稽的背后埋没不了他的正直忠诚,他甚至用幻想中的婚礼完成生命最后的历程,对傻妹一往情深。

而傻妹,一切为了吃饭,抛弃矜持和羞耻,只有乞求的傻笑。然而,当王本顺在他们的手心上盖完图章,就要“入洞房”时候,她突然提出,“没拜堂不行”。由此可见,在她“傻”的内里,有着最后的自尊。没有女人的自尊,就没有妻子的责任,更没有母亲的担当。

滑稽的陈奂生与可敬的陈奂生,滑稽的傻妹与可敬的傻妹,正是刘再复所论述的悲喜剧性格的二重组合:“所谓肯定性滑稽,是内在的真的,善良的,美的内容,通过丑陋的,异常的,机械的,僵硬的形式表现出来的滑稽。”这种二重组合,“它可以互相渗透,互相交织,互相转化,展示出各种各样的丰富多彩的性格风貌”。

陈奂生和傻妹的性格塑造不正是这样的吗?

(载于2018年10月12日《文艺报》)

理想使痛苦光辉

——看话剧《平凡的世界》二题

涅克拉索夫在1858年的一首短诗中写道："我的诗篇啊/对于流过眼泪的世界/你是活生生的见证/你诞生在心灵上暴风雨/骤起的不幸时分/你撞击着人的心底/犹如波涛撞击着峭壁"。

百多年后，路遥以同样博大的悲悯情怀，用心血结晶《平凡的世界》表达着自己对人生的哲理性思考："活着，就要时刻准备承受磨难。"陕西人艺将他的这部新时期以来的文学名著改编为同名话剧（编剧孟冰，导演宫晓东），搬上舞台，让许多观众享受到话剧艺术的独特魅力，引发出非同一般的热烈反响。

剧终之后，笔者久久不能离开剧场，只是凝视着逐渐落下的大幕，沉浸于"骤起"在"心灵上"的"暴风雨"之中……

内心翻腾了许久，扼要为二题陈述——

一　四对爱情与三层含蕴

把三卷本的文学巨著《平凡的世界》搬上话剧舞台，严峻的课题是，如何用话剧思维，把百万字的文学故事重新提炼成只有三万字左右的戏剧故事。所谓“戏剧故事”，就是要讲求集中性、动作性、直观性以及戏剧性（具有发生突转可能的，揭示人物内心隐秘的）故事。为此，编剧孟冰选择了四对青年男女的情感历史，作为全剧架构的支撑，这是为什么？其中的深谋远虑，缜密思考是值得令人反复咀嚼的——

小而言之，这是表现改革开放新时期爱的觉醒。

改革开放的初期，突破僵化思维方式之后，承认个人自身的正当利益，特别是追求爱情的权利。人们对美好生活的向往一下就燃烧起来，而其中向往美好爱情的火焰大放异彩，是那个时期的鲜明特征。剧中选择的这四对青年男女，他们或真挚相爱，爱得生死不渝，例如孙少平与田晓霞；或相爱不成，只得无声吞咽苦果而强颜无事，例如孙少安和田润叶；或爱恨交错，冷热相反，无以自拔而历经残酷之后的重新相识，例如田润叶和李向前；或过于“清醒”，把糊涂当成明白，历经苦难而终遇真爱，例如郝红梅之后遇田润生……这中间还穿插着孙少安与贺秀莲的夫妻情深，孙少平对班长遗孀的怜悯爱护……

而其中的核心是孙少平与田晓霞。他们的追求代表了那一代青年向上的精神，他们的爱情显示了那一代青年人的纯真。正如歌德所说，“爱情若不是产生于社会共同信念与事业志趣的基础上，那是浮萍的爱，极易随风而去……”四对青年男女情感上戏剧性变化，演绎在同一块饱含悠远文化和苦难历史的黄土高原上，他们那发自心灵深处的歌声与泪水显得格外苍凉。

大而言之，爱情中的“政治经济学”道出了改革的起因在于人心。

田润叶的那封信，“我愿一辈子和你好”，使得孙少安的生命放射出灿烂的光芒。然而一转眼，此事就化为乌有了。孙少安的一句简简单单的问话，道破了他与润叶的爱情有花无果的残酷现实：“你说，我们结婚以后，是我去县里跟她住学校的宿舍，还是她回来跟我住牲口棚？”城乡二元化所带来的不可逾越的障碍，岂止是“农”与“非农”的户籍差别？爱情被非感情的贫穷活生生地掐死了。同样,继续吃黑馍的孙少平与即将吃上黄馍的地主孙女郝红梅连男女朋友都做不成了;为了父亲可能得到的政治庇护,田润叶嫁给了自己不爱的人李向前,李向前纵有一万个真诚,也换不来田润叶的一个真心笑脸。田润生与寡妇兼拖油瓶的郝红梅组成婚姻家庭的主要障碍是孩子的血缘关系,当田福堂(润生父)得知郝红梅肚子里的孩子姓田的时候,一切障碍都烟消云散了。其中,血缘的实质就是劳动力属于谁的问题。一句话,除了孙少平与田晓霞的爱情之外,对其他人而言,决定爱情能否转化为婚姻的都是物质力量,爱情被爱情之外的东西钳制了,践踏了。这四对青年男女的悲喜剧,用震撼人心的力量喊出了——不能再这样了,为了爱情,为了幸福,我们必须要改革开放,必须富起来。仓廪实而知礼义啊!

极而言之,人生的真谛是什么?

以孙少安、孙少平兄弟的爱情、事业、命运为主线的全剧,始终在理想的美好世界和平凡的现实世界中间跌宕着,翻腾着,挣扎着,奋斗着……

诡谲的命运使得孙少安、田润叶、郝红梅在坚韧、吞咽、探寻、挫折……之后,终获安然。而孙少平总是在思索许多困惑,总是在探寻未知,总是想知道在更大的世界,会发现什么……他非常知心地对田晓霞说,“只有像你我这种人,看了一点书,就开始探讨人生,甚至觉得自命不凡。可问题是,明明知道自己有这个毛病却改不了,打死也不愿意同流合污。你说,这可怎么办?”他们俩就像艾特玛托夫的小说《白轮船》里的小男孩,离开丑恶,不顾一切地追求着。当田晓霞真的为了高尚的理想,献出自己宝贵生命的时候,正如孙少平在小说读到的,“你生活过了,像亮了一下就熄灭的闪电。闪电在天空中划过,而天空是永恒的……”古今中外,所有为美好理想而献出生命的人莫不如此,只能是留取丹心,与天地恒存了。全剧的最后一个场面是,孙少平把去年与田晓霞的会面与现在对她的缅怀糅合在一起,上穷碧落下黄泉般地寻找着,伏在浸透苦难的黄土塬上呼叫着“田晓霞——”,那就是在呼叫着他日夜向往的理想。

“生活是美好的,人的痛苦却时时发生”——那是因为平凡世界的人们从未停止对理想世界的追寻,他们像但丁说的那样,我们可以活得平凡,但我们绝对不能活得平庸!

这就是平凡人生的光彩,哪怕只有一瞬。

这就是剧中孙少平和田晓霞的爱情所昭示的深蕴。

四对青年男女的情感历史蕴藏着三层内涵,是孟冰在全剧架构中的独特建造,是全剧创意的精深表达,是对全剧主要人物形象的精妙雕琢。

二 磨盘、碌碡与土偶、铜像

导演宫晓东在这部戏里做了精心而大胆的创造性探索,使自己在导演艺术的攀登上达到了一个新的高度。

关键是,他在转台的使用上,显示了新的解读。

在这部戏里,转台的实用性、技术性价值已经显得越来越不重要了,最重要的是,宫晓东让他的转台负载着的是富有哲理的象征性含义——象征着日月如梭,往事如烟?象征着匆忙的人生,生活犹如天旋地转?象征着长卷的逐次展开,看不胜看?象征着生命的更替,无穷无尽?象征着昨天的旧事与今天的陌生竟是那样的酷似?都是,又仿佛不完全是。

象征,J. L. 斯泰恩在《现代戏剧的理论与实践》中指出,“……易卜生、斯特林堡、霍普特曼和契诃夫,当他们作为严格的现实主义作家进行创作并取得巨大成就的时候,却仍力求选择一种更加象征化的表现手法”。譬如,易卜生在他的剧作《野鸭》中,“贯穿全剧的则是野鸭本身,它是象征着罪恶的一种难以捉摸的符号。”契诃夫《樱桃园》中的樱桃园,负载着多重的象征含义:俄罗斯贵族曾经的美好生活写照,一面检验人生态度的镜子,还是承接过去与未来的纽带。梅特林克的《盲人》,场景就是一座小岛,古老的森林和繁星点点的夜空,其象征的意味非常浓烈;而《青鸟》中的青鸟(常常死去)与斑鸠(真正的青鸟)的象征意味是不言而喻的。这些大家就是为了在戏剧里"追回那曾经在现实主义中失去的梦幻色彩"。一旦戏剧舞台失去了"梦幻色彩"就等于弱化了剧场艺术的魅力。

宫晓东在转台使用上营造的"梦幻色彩"是什么?就是孙少平的那句话:"多少美好的东西消失和毁灭了,世界还像什么事也没发生……生活是美好的,人的痛苦却时时发生。"只有细心观察生活,深刻思辨生活的人才能产生这样的认识。难道不是吗?当美好和痛苦旋转起来,那是它们的互换相连;当理想与现实旋转起来,那是它们的互生悖反;当清纯与混沌旋转起来,那是它们的互依角力,都具有如梦如幻的色彩。请看:

磨盘和碌碡是黄土高原上农户最常见的劳动工具。这出戏的整个舞台就是一座巨大的磨盘和它托着的碌碡,核心就在一个"转"字上,转出了平凡世界里人们的挣扎、痛苦、奋斗、快乐、思辨……孙少安刚刚读过恋人田润叶誓言般的情书,发狂地大叫"大山啊你挡不住云彩"!可磨盘一转,他就去山西相那个不要彩礼的贺秀莲当对象。磨盘再转,田润叶就成了婚礼的宾客,她送的一块红段子,竟成了孙新郎与贺新娘入洞房的盖头。命运仿佛就是一个熊孩子,用手指轻轻一转磨盘,人们就这样地被撕扯着、折磨着,就像上面的碌碡张开变成洞房那样乖张、荒诞。

特别要说的是,还有不转之"转"。请看,孙少安与贺秀莲那幅婚礼的巨幅画面,生动,逼真,丰富。此刻,整体磨盘没有转,但是,这幅画面却不时地在上下流转。它上下三层——最上的碌碡,那是洞房;中间是磨盘,那是婚礼主会场;下层是磨盘基础,由盘旋而上的小道缠绕着,小道侧面两口窑洞门。

结婚现场总氛围就是喧闹(乡亲们自带着大海碗,拥挤在这里,吃着油泼辣子面之类的流水婚宴),它分布着九个视点,显示着多种不同的喧闹。就在这样一幅相对静止的画面,导演不动声色地让整幅画面上下"流转",即连缀起来——先是妇女干部，同时又是大媒人的二妈走进二层婚礼主会场，面对三层场面，大声为新娘子造势，威风地将手中的一卷纸（像是文件）拽到一层小道上低头吞咽面条的后生的头上，提醒他注视“领导”讲话。之后，那后生再把那卷纸递上去。这拽下和递上，是第一次连缀大画面。田福堂告知新郎，润叶可能回来，提醒他做好准备，之后，顺着小道，从二层到了一层，拍了拍在最底层，搀着奶奶的少平（为后面黄原饭店那场戏作伏笔）；再一抬头，撞见进门的儿子润生，骂了两句儿女都不省心之后，扬长而去。这是第二次连缀大画面。润生扛着自行车，顺着小道，登上二层，向新郎表示祝贺，这就是第三次连缀大画面。这三次反复连缀，使整个大画面浑然一体而又灵动活泼，为即将开场的田润叶与孙少安那场惊心动魄的灵魂对撞，营造好阔大的风俗环境，创造出特有的意境，既刺激又规定了两位主人公的内外表现：教师田润叶只能孤独地苦笑无语，默默吞咽；新郎孙少安只能孤独地用佯作的狂喜呼叫来怒斥命运的残酷，暗中倾吐内心的苦闷。而这里，动与静的对比，欢乐与痛苦的对比，喧闹与孤独的对比，不正是孙少平对人生的总结——“多少美好的东西消失和毁灭了，世界还像什么事也没发生”吗？

磨盘与碌碡的左右旋转，巨大画幅的上下灵动，在运动中编织出了悠长的、含蕴的、厚重的、无尽的、梦幻的画卷，令人看不胜看，感慨万千，难以忘怀。

而那不时地穿插于全剧的三个土偶，看上去，他们是自由的、随意的，其实是有着严格规则的——大凡人物的情感凸显昂扬或者顿挫的时候，三个土偶就像三个小精灵那样出现。譬如，孙少安与田润叶的约会，三个土偶拿着马兰花引逗他们来到一棵盛开着红桃花的树下，仿佛是祝愿美好。孙少安读完情书，一阵狂喜之后，三个土偶舞动着，上前递给属于少安的面具，一下子就让少安冷静下来，仿佛在思忖着什么……而孙少安与贺秀莲的婚礼之后，孤独的田润叶在暗夜中仰望着洞房的灯光，三个小土偶再次上场，围着润叶舞动着，又是递上面具（润叶的），润叶凝神思索片刻，推回面具，径直走上磨盘,传来与她此时心境完全悖反的歌唱:“携手向前……心中充满阳光……”两相对比,少安接受面具似乎就是接受了他这个“农民”角色应有的命运,爱情的幸福感转瞬即逝;润叶推开面具,就是不接受命运的安排,爱情的神圣感依然生根在心,无望之望在渺茫中依旧映照着。戏剧行动所显示的命运走向竟然是那么乖张,少安居然与不相识的外省女子结婚,润叶陡然踏入了婚姻悲剧的泥淖。

三个土偶在剧中的穿插,使得象征意境更加耐人寻味。他们是命运的先知?是人物内心隐秘的外化?是对良善的愿望?是对不幸的宽慰?他们原本来自序幕与尾声,作为全剧人物的土偶群像。这些土偶群像显示着强烈的文化意识,随着那巨大磨盘转动着,无尽无休,无穷无尽。它们生于黄土,依赖着黄土的哺育,既主宰着黄土文化的兴衰,又得接受着黄土文化的制约,人们与黄土相互依存,又相互角力,演绎不尽的是那人间的悲喜与苦斗。

至于剧中出现的路遥铜像,是家乡黄土高原的人们以及广大读者心目中的映像,是人们让他和他创造的人物共处同一个时空的想象,这种想象使全剧更有“梦幻色彩”。

象征产生的所谓“梦幻色彩”,其背后更重要的是,“反复运用戏剧艺术的基本隐喻手法透视真理和现实”。这将大大加强人们对真理和现实的深刻感受。

《平凡的世界》的编导在自己现实主义的戏剧创作中,张开想象的羽翼,大胆融入象征的元素,显示了他们不断强化现实主义戏剧的表现力的自觉。观众的喜爱证明了这种探索是成功的。而所有这一切,都是为了让我们在剧中看到生命的光芒:

理想使痛苦光辉。

（载于 2019 年第 2 期《中国戏剧》）

塑造能够走进观众心里的人物形象

——2018 年话剧新作札记

无疑，纪念改革开放四十周年是 2018 年的主题。话剧作家艺术家以极大的热忱，用多种多样的、异彩纷呈的、呕心沥血的创作来回报时代蓬勃前进的四十年。

然而，在这一年的话剧创作中，最痛苦的，也是最为努力的是，如何使舞台上的主要角色是可以触摸的，是可以亲近的，是可以与之心灵相通的，是可以走近甚至走进观众心里的人物形象。

一　重塑文学人物的舞台形象

一出颇有声势的话剧作品《平凡的世界》（陕西人艺），精心地表现路遥同名原作蕴藏着的农村改革开放深厚的历史内涵。主人公们始终在美好的理想世界和平凡的现实世界中间跌宕着，翻腾着，挣扎着，奋斗着……让许多观众享受到话剧艺术的独特魅力，引发出非同一般的热烈反响。

四对青年男女情感上戏剧性变化，演绎在同一块饱含悠远文化和苦难历史的黄土高原上，他们那发自心灵深处的歌声与泪水显得格外苍凉。他们的悲喜剧,让观众看到,这就是改革开放发自人心的动力——不能再这样了,为了爱情,为了幸福,我们必须寻找新的生活方式。

当田晓霞真的为了高尚的理想献出自己宝贵的生命的时候,正如孙少平在小说中读到的,“你生活过了,像亮了一下就熄灭的闪电。闪电在天空中划过,而天空是永恒的……”全剧的最后一个场面是,孙少平把去年与田晓霞的会面与现在对她的缅怀糅合在一起,伏在浸透苦难的黄土塬上呼叫着“田晓霞——”,那就是在呼叫着他日夜向往的理想。正像但丁说的那样,我们可以活得平凡,但我们绝对不能活得平庸。

舞台呈现的磨盘与碌碡的左右旋转,巨大画幅的上下灵动,显示了他们大胆融入象征的元素,不断强化现实主义戏剧的表现力。而所有这一切,都是为了让我们从孙少平兄弟身上看到生命的光芒:理想使痛苦光辉。

天道酬勤,陕西的话剧艺术家们你追我赶,非常敬业。随后不久,又出现了话剧《柳青》(西安市话),再次引人瞩目的是,话剧舞台上的柳青将会带给我们怎样的欣赏与思辨的享受。

全剧是以长篇小说《创业史》为镜子,反向映照出柳青与农村现实生活的接触、碰撞和相斥相融,跨越了他在皇甫村十四年的艰难与欢乐,陌生与亲近,自信与困惑,内疚与坦荡,烦恼与坚定的心路历程。正像别林斯基所说,“生活本身应该是正剧的主人公”。剧中,首先出场的就是“生活”:王三老汉(梁三老汉原型)在滈河滩地,和王家斌他娘签下寡妇改嫁的婚约文书。还是别林斯基所说的,“正剧具有史诗般的性质,它的形式却应该是高度戏剧性的”。从穿背带裤引起被采访农民王三老汉的厌恶,到一声猎枪响,导致邻居雪娥家的母鸡下软蛋,人家找上门来索赔……及至他竟然将全家含辛茹苦陪伴他写成的《创业史》第一部的稿费全部捐赠给了生产队,也就是把自己的心交给了农民。他完成了从“走近”到“走进”农民生活的艰巨过程。

话剧艺术形象柳青如此全身心地深入农村生活,显示了他对人民的无限忠诚,显示了他对艺术创作的无比敬畏,还显示了中国优秀知识分子的宝贵传统,一旦认识了真理,就终生执着地追求它,维护它,践行它,“朝闻道,夕死可矣”。宝贵传统与革命志向的交融,使他在全剧结尾部分,对着妻子马葳说出了这样的心里话:“你看见山坡上开着花的腊梅树了吗?其实,人和它一样,越是向往高处的阳光,它的根茎越要扎向黑暗的地底。”他用自己的思想火花为人民点亮,取暖。

滑稽戏属于话剧方言喜剧,还是归于地方戏曲?至今无定论。话剧作家、艺术家以向滑稽戏艺术致敬的庄重情怀,编导了现实题材滑稽戏《陈奂生的吃饭问题》(常州滑稽剧团)。一经演出,令人为之一振,获得了多方的关注。

这是剧作家在高晓声的陈奂生系列小说的土壤上,独辟蹊径,营造出来的新天地,为其笔下著名文学形象陈奂生精心创作的一部用滑稽戏来表现的“别传”。

全剧以吃饭问题为核心,通过陈奂生回顾检视自己一生的过程,使他成为中国农民的缩影,与小说中的陈奂生相似而不同,相连而独立,相衬而自成。这是本剧最重要的成就之一。

作为正喜剧的《陈奂生的吃饭问题》,最值得我们关注的成就是,滑稽与崇高的转化。

当陈奂生向吴书记戳穿王本顺欺骗上级的时候;当他毁家纾难,卖房子卖地,连棺材本钱都端出来,为贪官大儿子陈两凑钱,退赔赃款,救赎灵魂的时候;当他甩掉钉子户的帽子,在土地入股,创办新兴农业园的合同上按手印,说着“新时代了,地也要换个种法”的时候,他从“旧”跨向了“新”。

在饥荒的年月,傻妹把自己的那碗稀粥留给丈夫,自己喝凉水,傻笑着说,“饱了”!陈奂生内疚地叫着,“你嫁给我干啥?!要是天天都吃不饱怎么办啊”……这时,傻妹那浮肿的脸上漾起笑容,非常自信地摸着丈夫的面颊说,“我会要饭,我要给你吃……”好一个“我要给你吃”!从为了让三个孩子填饱肚皮而嫁人，到要饭给丈夫吃，傻妹这个滑稽人物陡然间变成了令人感动落泪的了不起的妻子，了不起的母亲！

二　让先进人物更加亲和，更加光彩

话剧《谷文昌》（国家话剧院）、《千字碑》（辽宁人艺）和《焦裕禄》（河南省话）则在话剧舞台上，在如何塑造现实真人真事的先进人物的艺术形象上，做出了非常可喜的成就。

莱辛在《汉堡剧评》中引了哈德的话："如果造型艺术家是个有本事的人，是不会按照一种抽象观念的可能性去作画的，他将……把某一种特性作为主要特性，并通过在主要激情的效果里表现得最明显的标志，有力地表现这种特性。"

这三部戏的主人公出现的时期，从事的工作不尽相同，但却有完全一致之处，就是心中装着人民。然而主创没有"按照一种抽象观念的可能性去作画"，而是抓住了各自的"主要特性"，努力塑造各自不同的思维方式，不同的情感表达方式，不同的境遇中不同的内心矛盾和追求。譬如——

在正戏里，谷文昌作为解放军的指挥员，第一次上场就是不准向载满被抓壮丁的国民党轮船开炮，因为不能"开炮轰咱自己的父老乡亲"啊！在全剧里，他始终关注着这四千多被抓壮丁的家属，因为那是东山岛的一半人口。谷文昌冲破重重困难，用真诚之心一步步靠近被抓壮丁的家属，和他们一起祭拜祖先，祭拜中华民族优良传统的代表关老爷，通过不懈努力，硬是把他们从"敌伪家属"变为"兵灾家属"，帮他们加入互助组，拿出自家全部口粮，与这些家里没有壮劳力的妇女老幼共度饥荒。为了东山岛人走向富裕之路，他还赢得了植物学家的信任，遍植木麻黄……谷文昌最具当代特色的是，他的"人民"概念里自始至终都毫无差别地包括台湾同胞及台胞家属。

他的广阔胸怀显示了一个真正的革命者,必然同时也是伟大的爱国者,是人民忠诚的儿子。

应该看到,在海峡两岸当下的形势下,话剧《谷文昌》具有特别积极的当代意义。

而《千字碑》的主人公毛丰美则是个充满戏剧性,充满农民幽默智慧,颇有开拓意识,颇具应变能力的村官。他所有的努力都是为了改变家乡名叫大梨树,却不产梨的贫穷落后状况。譬如,他和两个村干部到外地为本村“倒腾”土豆,目的是挣钱解决村干部的工资,减轻村民负担。不料,他却被当成投机倒把分子捆起来。身陷缧绁的他,却抽抽鼻子,发现了隔壁猪圈的臭味不对头,竟然替人家诊断并治好了猪病,从而赢得人家的信任,化干戈为玉帛了。至于他的语言,就更加幽默锐利了。他说,好村长,看看屁股就能知道,“吃苦、干活、卖力气的时候,你在前头,让老百姓看你的屁股;拿好处、牵扯到个人利益的时候,煞后,你看老百姓的屁股”。而他在人民大会堂的那段发言,不仅生动精彩,更是发出了国家主人推动历史前进的声音:“农民做梦也想过上跟城里人一样的好日子!这个日子不远了!”

焦裕禄,这位深受人民热爱的县委书记,尽管多次在银幕、荧屏、舞台上出现过他的艺术形象,但是,他是写不完的。因为,他已经成为现代中国人思维、判断、践行和向往的一种具有特定意义的精神化身。话剧《焦裕禄》的可喜成就在于,主创在刻画主人公时,更多地显示了话剧文学的现代性思维和手段,从而使焦裕禄这一个艺术形象闪烁着异彩。

接受上级领导赋予的那把二胡所承载的友情与期望,他去兰考上任了。往下,习惯的叙事方式变了,没有讲他上任后的工作过程,而是通过并不连贯的特定情境,对主人公进行精神世界的观照。譬如,最后的三场戏,外部事件只是介质,重在人物之间的心灵碰撞——教女儿小凤挑担卖咸菜,表层是充满了父慈女孝的温馨情趣,里层则是焦裕禄对女儿的诀别,隐隐流露身后的殷殷期望,饱含着恋恋不舍的无限深情。继而,他突然回老家,看望老母，则同样是充满了诀别的凄苦，血肉相连，心心相通。不同的是，老母已经看穿儿子是来“辞行”的，但母子双方却笑而不露，内心翻腾着无尽的感伤。最后，到了父亲的坟前，他完全裸露了自己的内心，痛苦地喊叫肝疼……在生命的最后一瞬间，他牢记自己的承诺，大喊父训：“人争一口气！”

前面所说的“异彩”，就在于这种个性化的表达，从一个个“时光切面”里，更深刻更生动地把主人公内心世界的多向运动呈现出来，不用喊叫“崇高”的崇高，不用喊叫“伟大”的伟大在观众心里油然而生。

三　各色各样的人物，多种多样的探求

2018 年的话剧舞台还出现了各色各样的人物形象，显示了各个院团和主创多种多样的探求。譬如，年底，两部几乎同时推出的话剧《苍穹之上》（四川人艺）和《追梦云天》（上海话剧中心），都是由军旅作家创作的，都是表现航空科技人员为设计和制造新型飞机而忘我奋斗的故事。两部作品最重要的特征是，与当今我国科技的长足进步和我军武器装备的飞速发展现状几乎同步同轨，显示了话剧作家、艺术家对生活观察的敏锐，更加主动热情地追踪时代的脚步。两部作品的第二个特征是，在描述主人公科技人员绞尽脑汁，战胜困难，气势恢宏的同时，更加细致地挖掘他们各自内心的隐秘，使外部事件（技术性困难与克服）融入主人公灵魂的翻腾和命运的走势。如《追梦云天》中的试飞员高子健在接受未来岳母审查时，不仅坦荡直言工作的危险性，更是对自己灵魂的检视，把一个试飞员从立志到恐惧，从恐惧到自惭，从自惭到再励志的内心演化过程十分清晰而又感人地表现出来了。剧中的唐瑛和《苍穹之上》里的江川都是如此。

天津人艺的话剧《海河之家》把天津人在改革开放四十年里群体意识的演化，细致入微、曲折多变、颇有戏剧性地表现出来，使整个舞台活灵活现，

富有浓郁的生活气息。天津观众看了，感到非常亲切，非常真实，简直就像在自己家和邻居家发生的事一样，到了真假难辨的地步。仔细分析，在这出以群像为主的舞台上，四个小伙子和房东老人正是使此剧具有鲜明动作性的结构性人物，而这栋百年小洋楼，则是一本无字无语，却蕴含丰富的历史书。然而，毕竟是以群像为主，人物太多，某些地方难免流于速写，不免可惜。

历史总是在与现时对话，先进的或进步的历史人物总是带有于现实有益的精神财富。因此，南京市话先后创作并演出了《杨仁山》和《陶行知》。前者意在弘扬以《金刚经》为标志，世界上最早的木质雕版印刷技术所蕴含着的中华文明。剧中围绕着一个绝妙的核心动作铺排：在官兵即将闯入搜查时，主人公杨仁山将终生恋恋不舍的《金刚经》从怀中取出，又将女儿（同盟会成员）的手枪包好布帕，揣进怀里……佛经与革命？奇怪？可这就是杨仁山所处的时代。即便佛法能够高居云端，但也必然要和信众同时经历时代的风雨。虔诚执信的杨仁山，在上世纪初叶就断定："中国不出百年，必与欧美诸国，并驾齐驱。"

而话剧《陶行知》则是通过主人公在南京办晓庄师范，在重庆办育才学校，在上海勇敢地反独裁，争民主，时刻准备在李公朴、闻一多倒下之后，迎接反动派射来的"第三枪"。难能可贵的是，主创在刻画他这个杰出的教育家的同时，也自然而然地刻画出了他是个杰出的民主战士。剧中有个令人感慨的情节，一个原本是他学生的年轻人当了特务，奉命暗杀他。但在开枪的瞬间，这个特务又把枪口对准了自己的脑袋。凄厉的枪声宣告了陶行知的信条——"要知行合一，人生在世，最要紧的是一个'真'字，真知真行，说真话，做真人"是扼杀不了的。

话剧《阳明三夜》（江西省话）非常巧妙地将哲学家、政治家、军事家王阳明的主要成就概括在三个夜晚的戏剧情境中，非常简约、凝练、沉郁地刻画了他的精神风貌。第一夜的玄妙诡谲寓于主人公在新婚之夜离开洞房，与无弦垂钓的老道进行偈语式的对话,节点的一句“妄念不生,天下太平”正是贯穿全剧的思想含义。第二夜是军帐之夜,无处不在的尖峰较量,飞溅着灿烂思想的火花,是知行合一的生动体现。而主人公与刺客兼寇贼蓝天凤的那一场戏尤为精彩:双方一动一静,一躁一安,一攻一守,一恶一善,对比鲜明,惊心动魄。最后,舌战大胜,主人公反授宝剑于刺客,令人拍案。第三夜的临终之夜则展现了主人公精神世界汪洋恣肆,与敌与友,或辩或诉,波浪滔天:“一名真正的儒者永恒的追求,就是让我们自己的良知本体,在我们最普通的日常生活中时刻显现!我唯一需要听从的是我的内心,我的良知。”

江西省话的另一出话剧《哭之笑之》则把清初大画家八大山人朱耷塑成了舞台形象。主人公的鲜明个性色彩首先来自全剧叙事体系的建立。纵观全剧,编织整个结构的是老年八大山人与一个梁上君子的对话。如此,全剧变成了八大山人袒露心灵隐秘的自白,使主人公与观众三百七十余年的时空隔膜顿时被突破。在轮换出现或翠鸟、鳜鱼,或荷花、枯树等朱耷典型作品的舞台上,描绘着主人公在那样一个特殊年代,心曲隐微发生、发展、变化的脉络图。在他命运的三次突转中,绿娘、丹娘、丑娘的逐次出场,犹如其心灵隧道中的点点烛光,她们与主人公的对白,或正说,或反话,或熨帖,或讥讽,犹如珠玉照人,犹如砂砾磨人,犹如花香沁人,犹如烈酒呛人。这些都或直接或间接地促成主人公回归本真,描摹万千生灵,崇尚纯洁的艺术。他对丑恶的蔑视,就是对美好的向往,真性情的表现蕴含着“善”的光泽。

这一年,还应该特别关注的是,先后出现的两台临终关怀题材的话剧《生命行歌》(上海戏剧学院)和《远航》(大庆话剧团)。这两台戏并没有涉及老龄境遇、养老方式、世风颓败等等社会问题,而是把剧中一个个老年人独特的个性、独特的心理、独特的情感、独特的经历、独特的命运……一层层地展现出来,有留恋,有凄苦,有怨恨,更有珍爱,有兴奋,有感悟。剧中所有老年形象经历过的时代都连缀着当今,他们蹒跚的步履凝聚着曾经的奉献,他们昏花眼睛里流出的浊泪闪烁着曾经的牺牲。而他们在最后时刻的回忆、思辨和争论,都指向一个令所有人深思的问题,那就是生命的意义究竟是什么。在这里,“死”并非是结束,而是一首首发自灵魂深处的前行之歌,是一次次从容启碇的远航。《生命行歌》构思的妙处在于,特护医院中,热忱精心服侍老人们的护士长洪姐早就患上了白血病。她本应陪护老人走完最后一程,但她突然死了,极大地震撼了老人们,更启迪了老人们——她给予自己温馨的爱,曾经怎样地激发了自己对生活的热爱。这时,当老人们和孩子们一起背诵“离离原上草,一岁一枯荣”的时候,既有死的悲哀,更有活的昂扬。《远航》设置了特护人员肖纹苦苦寻找的恋人武锋,增强了全剧的戏剧性和超越死亡的诗意。而剧中憨傻的陶亮每天都笑嘻嘻的,喜欢背上养育自己的恩人梅院长,喜欢端详美丽的肖纹,喜欢照顾老人们。老人们中谁死了,他都点燃爆竹,热情地喊着死者的名字,送他们一路走好。他为全剧点亮了生命的长明灯。

挂一漏万终难免,谢罪致歉了。

令人惴惴的事还是有的,譬如——

总会发现,在同类题材里出现“英雄所见略同”。不能突破“略同”的根本原因是对自己所写的生活缺少真知,缺少与他人不同的更深发现。但又懒于反复深入生活的激流,止步于岸边。于是,暗中形成了人人共享的“套路”。剧作家必须张扬自己的艺术个性,敏锐地抓到自己在观察生活时的独特感受。去年到北京公演的话剧《家客》让人懂了什么叫独特的发现,不仅仅是发现内容,还有与内容不可分割的形式。真正的艺术创作过程应当是把内容变成形式(马尔库塞)。

总会发现,编剧在创作中“原谅”自己,硬是不顾自己早就背诵过的戏剧文学的基本常识,闭上眼睛,踩踏戏剧艺术的基本规律。甚至有的编剧把自己修改剧稿的职责推卸给导演和演员,但署名依旧。

总会发现,在剧中,特别是结尾处,出现与全剧不搭调的台词,那就是把

主题说出来,把立意说出来,把创作(还有抓创作的)意图直白地说出来,忘了马克思恩格斯的有关论述:

> 这样,你就得更加莎士比亚化。而我认为,你的最大缺点就是席勒式地把个人变成时代精神的单纯的传声筒。
>
> ——马克思:《致斐·拉萨尔》(1859 年 4 月 19 日)

> 您不无根据地认为德国戏剧具有较大的思想深度和意识到的历史内容,同莎士比亚剧作的情节的生动性和丰富性的完美的融合……无论如何,我认为这种融合正是戏剧的未来。
>
> ——恩格斯:《致斐·拉萨尔》(1859 年 5 月 18 日)

> 我认为,我们不应该为了观念的东西而忘掉现实主义的东西,为了席勒而忘掉莎士比亚……
>
> ——同上

倘如是,坚信,2019 年中国话剧将会取得更大进步。

(载于 2019 年 1 月 16 日《光明日报》)

工匠精神：国之瑰宝

——看话剧《工匠世家》

已有一百一十年的话剧，是诞生它的那个时代的一面镜子。

辽宁人艺的新作，话剧《工匠世家》正在努力成为当代振兴东北老工业基地的一面镜子。

打住，先别有偏见，这里没有直白的宣教，而是精心地塑造了两个令人感叹不尽、遐想不尽的工匠形象：宋振远和二两半。

遥想上世纪五十年代初期，东北的老工匠，全国劳模王崇伦、孟泰……群星灿烂，令全国人民仰慕。再往前想，自古以来，中华民族就是个工匠辈出的民族，从鲁班爷到样式雷，他们的神奇传说和伟大的遗产就是国之瑰宝。

曾几何时，“东北”两字不再那么光彩夺目了。咋地啦，那些聪明绝顶，痴迷工艺，不畏难题，视技艺为生命的工匠们一夜之间就全消失了？振兴老工业基地的希望就在那千千万万精明强干的工匠们身上啊！

在这里，他们就在你身边——虽然话剧《工匠世家》的镜头只是聚焦了两个普通的家庭，然而，让我们振奋的是，十分珍稀的工匠就在这里，千金难买的工匠精神就在这里。

正剧的主人公是生活。该剧的主创从生活出发，为两位主人公宋振远和二两半（老陈）建立起了具有生活独特性的戏剧性人物关系：他俩是一对师兄弟，师父却是宋振远的父亲；然而，宋师父却偏偏疼爱二两半，因为他比自己的亲儿子机灵；又一个“然而”是，不够机灵的宋振远却以锲而不舍的精神获得了科技进步奖，当上了劳模，并且儿子留洋，成了机械博士；第三个“然而”是，宋振远器重自己的徒弟、二两半的儿子铆工陈兆江，却和自己的儿子机械博士宋海波一谈就崩……

在这样非常富有戏剧性的人物关系网上，以进口平衡机的突然“趴窝”为支点，搅动起了人物之间一次又一次的风波，揭开了主要人物一层又一层的内心隐秘，终于让我们看到了工匠精神究竟是什么。

值得我们关注的是，本剧提供了非常具有思辨意义的课题：

工匠精神不是概念的，而是具体的，鲜活的，有血有肉的。

先看宋振远。这个退休老劳模对进口的平衡机爱若亲子，一进厂就围着它看个不够。不光是因为这台检测机器价值六千多万，更因为全厂生产的压缩机必须经过它的监测才能够下线。他不厌其烦地琢磨它，“服气但不服输”。倘若在三十年前，他还真想自己动手，也能做出这么一台……突然，他心爱的平衡机趴窝了。他心如针扎，生产要中断，难道只能高价邀请出产国派专家来修理？那要很多钱……更重要的是，作为工匠，乍着两只手，无能为力，丢人啊！这种高度责任感被儿子理解为“蛮干”，他怒火中烧。然而，在动手碰平衡机之前，他把儿子提供的平衡机结构图等全部资料都翻烂了，完全接受博士儿子提出的，打开机器，进行大修的四十五条刚性条件，还争取到师弟、能工巧匠二两半一起干；博士儿子，铆工徒弟陈兆江也都集合在他的身旁……

再看二两半，外表落拓不羁，挣小钱喝小酒，有时还会发发牢骚，吐吐不满，但在他内心深处珍藏着最光荣的记忆。他对儿子陈兆江说：“翻翻东北重装的老底，就知道你爸是啥能量！”不错，他心中郁积着巨大的能量，那就是他要三两酒举起的三个指头怎么就变成了两个半指头（二两半）。那是他们接受了最艰难的军工配件制作——

二两半：一根头发丝几分之一的精度啊，我用纱布垫着、塑料片挤着、用纸板夹着，还是不行，我知道，最精确的，还是我手指的感觉，不就是一根手指头吗……

宋振远：谁都不知道，他把手指，垫在了配重块的钢丝绳下面，床子缓缓地进刀……师弟盯着部件，十道儿……六道儿……他咬着牙，满头大汗……在场的人连大气都不敢出……终于——

二两半：（激动地）完成了！师哥，咱们做到了！

宋振远：可是，师弟的半截无名指被钢丝绳勒断了，我抓着他的手说，快快去医院……可是他，他却举起滴血的手对着厂长喊……

二两半：厂长，给我烫酒……烫三……（举着残疾的手）

这就是真正的二两半！

著名企业家、戏剧家、教育家聂圣哲率先提出的"工匠精神"就是从无数这样鲜活生动的创造中总结出来的。而《工匠世家》又在栩栩如生的人物形象塑造中，赋予"工匠精神"以勃勃生机。

有这样的工匠精神，必将点燃起东北老工业基地的振兴之火。

作为现实主义戏剧，编导坚持在典型环境中真实地再现典型性格，坚持真实性和客观性，没有躲避和粉饰生活。

如果说机械博士宋海波对父亲一次又一次"泼冷水"，实际上是进步的时代对老工匠们提出了再学习的严峻挑战，那么，陈兆江的家庭遭遇尖锐地反映了工匠精神时刻都在面对拜金主义的侵蚀。媳妇傅春燕和师弟宋海宁（宋海波的堂弟），一内一外，先是威逼利诱陈兆江跳槽，出卖自身劳动力；再挤对他高价出卖专利技术；最后，竟然窃取他的技术倒卖给外人。傅春燕的撒手锏就是“离婚”两字，不断地以此来折磨诚实的陈兆江，宋海宁则以亲密的师兄弟关系不断地勾引憨厚的陈兆江。可敬的是，陈兆江像他的师父宋振远一样，坚如磐石。

由此看来，工匠精神的焕然发光，不仅仅需要内涵（敬业、精益求精、专注、创新）的纯正，还需要“贫贱不能移，富贵不能淫，威武不能屈”的高尚人格力量。

雨果曾说过：“戏剧应该是一面集中的镜子，它不仅不减弱原来的颜色和光影，而且把它们集中起来，凝聚起来，把微光化为光明，把光明化为火光。”话剧《工匠世家》带给我们的鼓舞和思考，正在成为这样一面“集中的镜子”，把工匠精神“化为火光”，化为时代之光。

期待着，继续以工匠精神磨炼《工匠世家》，努力让《工匠世家》成为话剧工匠精神的榜样。

（载于 2019 年 8 月 28 日《光明日报》）

灵魂何处安放

——话剧新作《长安第二碗》观后

开场，寒冬，秦存根家门前的公用自来水管子冻得死死的，秦家和众邻里架柴禾点火，期盼烧得水管子能流出水来……结尾，四十年后，秦存根还是用这自来水管子，接满两桶水，浇灭了四十年泡馍店老汤锅下的火焰，怒喊关门！

这是为什么？

陈彦、陈梦梵编剧，查明哲导演的新作《长安第二碗》，近日由西安话剧院首次公演。全剧以市井小馆专营葫芦头（猪肠）泡馍的“长安第二碗”的重张、火爆、歇业，直至红遍西京古城的曲折经历为载体，聚焦于以秦存根为中心人物的家族群体的种种命运嬗变，浓缩了国人四十年改革开放时期的心路历程，尖锐而又深刻地提出了令人警醒的问题：

富了的我们，把自己安置在广厦之中，却惶然感到丢了什么。

一 伟大时代的客观性格

《长安第二碗》是作家陈彦郁积了二十八年的话剧作品，是他尚未离开这座古城,就“最忆长安老爹娘”的深情奉献。使人突出感受到的是,该剧对话剧现实主义传统的深刻把握与大胆实践。或许我们不应该忘记恩格斯在提出“除细节真实外,还要真实地再现典型环境中的典型人物”后面的那段话:“您的人物,就他们本身而言,是够典型的;但是环绕着这些人物并促使他们行动的环境,也许就不是那样典型了。”(见《马克思恩格斯选集》第四卷)《长安第二碗》对于“环境”的设置与刻画则是非常典型的,非常富有客观性的,也是非常触目的——

改革开放是人民意愿的历史性体现,正所谓“穷则思变”。炖一锅猪大肠竟然沸腾了秦家所在的半条街,邻里们甚至循香探头,欲破门而入;秦家小女燕妮竟然三次“此地无银三百两”地宣称“我家没有煮大肠”;竟然引得包括当地民警在内的所有路人赞叹“真香”;而主人公这个祖上开过葫芦头泡馍店的秦存根,竟然在此前带着老伴偷偷地溜进饭馆,捡拾客人的残羹剩饭;他家的五宝(五儿子)竟然为了填饱肚子去偷面包,被警察追踪……一连串的“竟然”令人咋舌,而又令人颔首。当秦存根给孩子们用小秤盘(小得颇像中药店的戥子)分割锅盔的时候,孩子们那目不转睛的双眼,不断咽下口水的滑动喉结,还有那倾斜的上身,几欲扑上的动势,展现出远比《最后的晚餐》更加生动而魔力万分的画面。正如歌德所说,这“是一种感人的魔力,是任何艺术所不可缺少的”。(见《歌德谈话录》)作为父亲的秦存根悲怆地发誓:“不给他们弄碗饱饭,垒个窝,我秦存根死不瞑目哇!”这誓言与《实践是检验真理的唯一标准》的画外音相融——这就是四十年前的时代最强音。

“长安第二碗”的匾额就是这样挂出的。

伴随着这家葫芦头泡馍店的不断兴盛,环境情势却越发险峻,人心仿佛愈加“唯危”,主人公秦存根遭遇的挑战空前艰巨。犹如克星般的花朝阳不但步步侵蚀“第二碗”,挖走三宝,而且在穷极生疯的时候,制造出了“长安第二碗”用大烟壳吊汤的弥天大谎,致使这家泡馍店几近倒闭。从自卫反击战转业的二宝破口大骂社会的腐败之风,壮烈牺牲在救火前线;学业有成的四宝不堪恶劣的学术环境,竟有自尽的妄念,愤然离家远去;三宝卷入了模特队的非法活动,五宝参与吸毒贩毒,下了大狱……

秦存根所处的时空变幻,并非如社火赶集那般热闹喜兴,而是每一步都含有拷问、诱惑和危机。

面对严峻的现实,编剧和导演没有回避,没有粉饰,没有提纯,而是以历史思想者的身份,勇敢而睿智地观察、感受、思辨生活的本身,他们看到了阴霾,更看到了阳光穿透阴霾而灿烂;看到了污泥,更看到了鲜花植根污泥而绽放;看到了苦难,更看到了泪水滴穿苦难而晶莹;看到了阻挡,更看到了溪流碰撞岩石而向前……这种胸怀与目光,是由于他们接受了这个时代的启示,“一切健康的努力都是由内心世界转向外在世界,像你所看到的一切伟大的时代都是努力向前的,都是具有客观性格的”。(见《歌德谈话录》)这种“客观性格”使创作者的目光更加锐利,更加深邃。

二　秦存根的形象塑造与内蕴

无疑,“戏剧的兴趣应当集中在主要人物身上,戏剧的基本思想是在这个主要人物的命运中表现出来的。”(见别林斯基:《诗的分类》)编剧倾心塑造的秦存根令人从平静感到牵挂,感到忧心,感到焦虑,最后竟令人——目瞪口呆!

为塑造好这个主人公,编剧精心设置了繁复而又清晰的戏剧结构——以十年一段的时间推进为主轴,展示这家葫芦头泡馍店的空间演绎,饭桌越来越大,屋顶越来越高,人物的命运越来越诡谲……在这样的时空维度里,人物戏剧性关系的图谱却是明晰可见的,仿佛是一幅八卦图:以秦存根和花朝阳的黑白组合为核心,勾连着八个子女家庭的故事情节(重点是二宝、三宝、四宝和五宝)。是的,当我们看完这出戏,慢慢回味时,这样的结构美同样是一种享受。

花朝阳与主人公秦存根这对打小就在"城墙边溜大"的老相识,是相辅相成的,是相悖相连的,是相互衬映的。花朝阳随风转向,秦存根坚守正经;花朝阳啥赚钱干啥,不问法规与道德,秦存根承续祖业,讲求货真价实;花朝阳用个人利益最大化为人际关系的原则,坑蒙拐骗信手拈来,秦存根信奉先让别人获利然后自家谋取;花朝阳无诚信无善恶无规矩,秦存根讲诚信崇仁义守规矩;花朝阳制造秦家用大烟壳吊汤的冤案,秦存根带领全家用生命捍卫了自身的信誉。

改革开放就是为了解放生产力,开拓创造。违逆潮流的花朝阳倒是给了秦存根一个准确的评价:"存根老兄,还卖葫芦头哪,忠贞如一呀!"秦存根的所有欢乐与苦恼,都体现在"忠贞如一"上。在新时代里,他用诚实的劳动创造财富,坚守中华民族的优良传统。坚守不是守旧,而是在光怪陆离的演化中守护自己高贵的灵魂。

戏剧结构与情节设置,实际上就是主人公性格的成长历史。秦存根就是在一次又一次"意外"的戏剧冲突中,或陷入困惑,或经受打击,或怒发冲冠,或毅然决然……请看——

作为父亲,1978 年,他发誓要把孩子们养大,让他们吃"饱饭",给他们"垒个窝"。

作为"长安第二碗"的老板,1988 年,他明白地告诉孩子们,"已是二十好几的人了,我和你妈再没养你们的义务"。他教训五宝要"正经做点生意",鼓励演员燕妮"好好唱戏,要唱成角儿"。从追求"吃住"到追求"正经"。

作为长辈,1998 年,他告诫当了"副处调"的老儿子且住"弄啥都得守住点儿"。他坚持叫老儿子的小名"且住",不仅是习惯使然,更体现了他具有哲理性的信条:只有懂得"且住"在底线之内,才能生存和发展。他警告离开戏曲的演员燕妮不能“刨了”戏曲的“祖坟”。二宝壮烈牺牲，他从此把二宝参军得到的“光荣人家”的牌匾视为生命。从追求“正经”到追求“光荣”。

作为“成功人士”，2008年，他对小女儿燕妮说，“唱戏就得正正经经在舞台上扮了唱，老秦家现在不缺吃不缺穿，就缺能在社会上做事长脸的人”。五宝的再次吸毒让他痛苦万分，“我秦存根给社会造了大孽”，不惜将自家的丑闻曝光于天下，来个“刮骨疗毒”。从追求“光荣”到敢于“曝光”。

作为即将走进养老院的垂老之人，2018年，他惊愕地发现子女们在分房（他终于实现了为孩子们“垒个窝”承诺）时，显示了个人利益至上的可怕苗头。他用四十年前孩子们宁肯少吃一口，让出来的锅盔碎块，拷问他们：当初那么善良的“心肠都到哪里去了”？预感到孩子们可能会堕落到“造假，坑人，用地沟油，卖病猪肠，赚昧心钱，那不都是迟早的事吗?”未来不能这样啊！从敢于“曝光”于当下，到敢于保护“未来”。

这就是秦存根的心路历程。

贯穿他四十年的行为主线就是这样的“存根守正”，从为了个人，到为了社会，到为了未来（未来的后人不可成为祸害）。

秦存根之忧正是社会之福。他在舞台上浇灭的老汤锅下的火，那是邪恶的苗头；他在台下点燃的却是观众心中的火（或许还包括跪在台上的后人），那是未来的希望之火。

秦存根最后的行为，是在拷问他的孩子们：当我们住进了期盼很久的“广厦”，灵魂安放在何处了呢?

或许，这正是时代之问。

其实，秦存根自己是有答案的，那就是他怀里抱着的二宝用生命铸就的“光荣人家”匾额，他心里惦念的是四宝在荒漠上创造出来的大片大片的树林……

三　《长安第二碗》的文学品格

且不说剧中人物对话所显示的西安方言的艺术魅力，也不说剧中场景所营造出来的西安民俗风情，单只说人物对话中的动作性——花朝阳最后逃离家乡之前，拜托秦存根把三千元交给他的前妻，秦存根问："三位……给谁？"短短四个字的反问，道出了花朝阳复杂的个人"情史"，令对方非常尴尬。在第一幕，孩子们最强烈的愿望就是吃上一顿饱饭。娘（贺兰彩）说"再闹着要吃，只怕改日就得啃你爸的脊梁骨"。接着拿出唯一的锅盔，撂在大家面前，说："吃，明天把嘴都吊起来！"这两句话既是心疼孩子们，也是心疼老伴儿，既是警告孩子们，又是警告老伴……到底该不该吃？娘既扎心又闹心还酸心更忧心啊……

这种精妙的动作性很强的台词，在剧中父子之间，母子之间，情侣之间，食客之间，姑嫂之间，特别是秦花之间比比皆是，显示了历经锤炼的语言美。

文学品格的另一种表现，就是编剧、导演苦心孤诣地把戏剧情境推升为诗的意境。王国维说："然元剧最佳之处，不在其思想结构，而在其文章。其文章之妙，亦一言以蔽之，曰：有意境而已矣。"何为意境？"上焉者意与境浑"（见《人间词话》），立意，情感与"物境"融为一体。由于隔壁是秦腔剧团，老秦家听到演员们排练的唱段是很自然的。然而，编导把这种"很自然"的现象提炼成为精致的营造——引入隔壁剧团的演唱，把彼时彼刻戏剧情境难以言尽的内蕴升华为令人恍然豁然的咀嚼。如，当秦存根乘着1978年改革开放之风乍起，大胆地走出穷困的逼仄，捧出"长安第二碗"的牌匾的时候，隔壁传出秦腔："问苍天，万里关山何日返，壮怀深舒展……"1998年，二宝壮烈牺牲在救火前线，秦存根抱着"光荣人家"悲怆地喊出"二宝……爸等着你"的时候，隔壁唱出秦腔《祭灵》："满营中三军齐挂孝，旌旗招展雪花飘……"2008 年，秦存根自我曝光家丑，逼使五宝断腿以表拒毒决心的时候，秦腔再次唱起："神医施妙手，刮骨彻疗毒……"如是七处，陡然间，把戏剧情境转化为诗意的表达。犹如高手集句，用于明清折子戏，平添了高品位的欣赏，强化了戏剧的艺术魅力。

象征手法的使用是该剧的一个重要特征。斯泰恩说："……作为严格的现实主义作家进行创作并取得巨大成功的时候，却仍力求选择一种更加象征化的表现手法。"（见《现代戏剧的理论和实践 2》）因为，他们需要"反复运用戏剧艺术的基本隐喻手法透视真理和现实"。而隐喻常常包含在象征手法之内。《长安第二碗》的象征手法隐含着剧作家的深刻用心。秦存根的最后一段极富戏剧动作性的独白将全剧推向了高潮。其中，不乏象征的内涵。而剧中特别设置的无名氏（母子）三人，每一幕都要出场，每次出场都要吃葫芦头泡馍，四十年未曾断过，直到最后，年轻的母亲变成坐轮椅的老妇，襁褓中的孩子长大成人。而秦存根对他们则始终关照有加，恭敬相待。这其中的象征含蕴给了观众很多想象趣味，至少，这"第二碗"虽然微薄，但却是主人公的真诚奉献，这"第二碗"也是普通人生命历程的伴随……这"第二碗"又何止是泡馍？

"心理结构是浓缩了的人类历史文明，艺术作品则是打开了的时代魂灵的心理学。"（见李泽厚：《美的历程》）主人公秦存根那富有戏剧性的心理衍化不正是这样的吗？

（载于 2019 年 9 月 3 日《文艺报》）

话剧艺术家

转益多师是汝师

——浅说查明哲导演艺术特征

查明哲的导师陈颙对他说：你身上具有不是能够“学”来的东西，那就是激情与执着。他的“激情与执着”来自对人，对人民的热爱。

一 走向人民的导演美学追求

“戏剧就是教堂”——这是查明哲的苏联博士导师对他说的，而查明哲从中悟到的是戏剧艺术是人的艺术，是解析、挖掘人的灵魂深厚内蕴的艺术。

于是，他在戏中解析和挖掘人的灵魂的同时，热情地发现人的灵魂宝匣中珍藏的火花，热情地雕塑人的灵魂的具象。在《立秋》中，这灵魂的火花就是马洪翰的母亲龙头拐杖上的那串钥匙：当她抛出钥匙，拿出珍藏了十三代窖藏金子的时候，灵魂燃烧了；在《矸子山上的男人女人》中，这灵魂的火花就是男女主人公跨越生死界限的婚礼；在《万世根本》中，这灵魂的火花就是十八条汉子按红手印时的烛光；在《我那呼兰河》中，这灵魂的火花就是那条从天而降的呼兰河，它弯弯曲曲，千回百转，却终究不改向前奔突的方向；在

《老大》中，这灵魂的火花就是国良苦苦怀恋着的乡亲与爱人，大海的涛声与灯塔的光芒……

在发现、点燃舞台人物灵魂火花的同时，查明哲也把自己的灵魂献给了观众——当《立秋》结尾的舞台上落下一片叶子的时候，那是导演（他和他的老师陈顒）的灵魂在拍打着丰润厚实而又多灾多难的土地，呼唤着不久就要到来的“立春”；当《矸子山上的男人女人》的秦大咧咧跑出一条大斜线，在矸子山的顶端，向心爱的女工喊出“我稀罕你”的时候，我们同时也听到了查明哲的喊声，喊出了他对承受苦难、跨越苦难、征服苦难的主人公们诚挚的爱；当《万世根本》的七代花鼓女唱出凄婉的民间小调时，我们也仿佛看到了查明哲在“叹息肠内热”，仿佛看到了他在向着多难的民族伸出了拥抱的双臂；当《我那呼兰河》的全体主人公在生命的河流中奔波奋斗的时候，我们仿佛看到了查明哲全身沸腾着呼兰河的怒涛；当《老大》的主人公国良呼喊着，发誓要“把鱼找回来”的时候，我们仿佛看到了查明哲正在拉着观众的手去探寻命运的奥秘……

这就是雨果所说的：“走出学府，走出教会、选举会，走出套间，走出小的爱好，走出小的艺术，走出小的教堂……”文学的目的是“人民，人民，就是人”。

二　在人的困惑中探寻其中蕴涵着的宝藏

查明哲聆听到了时代的呼唤——以人为本已经成为我们社会的核心理念，它同时也应该成为话剧艺术家们所尊崇和信奉的理念。

我们的时代正在发生着深刻变革。在走向以人为本的新型社会中，人的命运，人的品格，人的内心世界，必将发生着重大的甚至是激烈的变化；人与人的关系必然出现巨大的调整，在趋向大和谐的总过程中，必然发生前所未有的心灵冲撞。而新道德、新价值观念的建立也必然伴随着过去的、陈旧的、梦魇般的顽强纠缠……从某种意义上说,人的命运将更加诡谲,也更加丰富多彩,为话剧舞台提供更丰厚、更深刻、更异彩纷呈的内容。

在《矸子山上的男人女人》和《万世根本》中,我们看到的心灵撞击,其本源就是人的社会关系在新时期的大调整——凤奶奶对田专员的发问以及田专员勇敢地为民撑腰;秦大咧咧的艰苦汇报以及他作为党的干部把善意的谎言与严峻现实对接的艰难过程,都显示着这种人际关系大调整的目标——官为民而生,官为民所用。

在《老大》里,充满着对二十世纪百姓生活的审视和反思,对社会与人、自然(大海)与人、命运与人的交织糅合,对错综复杂的关系伤感而又无奈的回味、梳理、批判、怀恋……一切都变得越来越遥远,越来越混沌,唯有一个梦,犹如出海的明月一般朗朗地升腾起来……这个梦就是人与世界的和谐。

斯泰恩在分析《推销员之死》的时候说,主人公威利·洛曼揭破了社会成功的法则……而观众的反应并不需要询问"后来怎么样了和为什么",重要的是要他们觉得,"噢,上帝,的确是这样啊!"而查明哲的现实主义不仅要让观众认同"的确是这样",更要和观众一同去探寻在"这样"的背后丰富厚重而又诡谲多变的蕴涵。譬如,《老大》中的国良,他真诚地尊重阿龙伯、老鬼叔和老鬼的年轻遗孀阿兰,然而,他们却都因他而死去;他无比眷恋着大海和家乡渔村,然而,他和渔民们一生的勤劳却使子孙们无鱼可打,渔村变浴场,灯塔变瓦砾。他凭借执着的爱,投身灵魂的故乡——大海,变作像人一样的鱼,探寻着……

所谓"00后现实主义"的本质,或许就在这里。

三 没有门户之见的导演风格

查明哲用自己的激情与执着沉静地寻找属于自己的艺术之路,承袭导师陈颙的风格：大气磅礴与激越恢宏。而在导演美学上，他又宗师于徐晓钟先生的表现与再现的融合。当他还是学子时，就闪现出了“转益多师是汝师”的宽阔眼界，“咬定青山不放松”地开拓着艰难而明确的征程。没有门户之见正是学者导演应有的风范。

查明哲寻找现实主义的再现与非现实主义的表现相融合的道路，是否表明他对现实主义的怀疑和动摇？不，恰恰相反，这正表明了他坚信现实主义具有强大的生命力。这种生命力的表现就在于它能够吸收与融合来自外界的合理因素，以壮大自己，发展自己。那么，他为什么要追求对非现实主义再现的融合呢？表现主义最初是在绘画中产生的，用凡·高的话来说，就是“强有力地把自己表现出来”。赫尔曼·巴尔在1916年说过，这是“灵魂发出的尖叫”。查明哲注重“灵魂发出的尖叫”，包括他的舞台呈现。《死无葬身之地》中尖利的刺耳的枪声，《纪念碑》中斯科特高高举起那块顽石，《青春禁忌游戏》中轰然倒塌的门，《万世根本》中家瑞听到妻子腹内孕儿的躁动，大吼一声……不都是灵魂在“尖叫”吗？只有这样做，才能“从演员的创造力和观众的想象力中，一种明澈的火焰便被激发并燃烧起来了”（梅耶荷德语）。其实，查明哲所融合的“表现”不仅来自表现主义的某些手法，还有来自象征主义（例如《纪念碑》中冉冉升起的少女裙衣）、来自结构主义（《死无葬身之地》的铁架布景）等等的某些元素为现实主义所用。他不仅在师从方面，在创作方法上也处处体现了“转益多师是汝师”的宽阔视角。正如斯泰恩所说：“实际上，要想找到一出赤裸裸的现实主义戏剧或纯粹的象征主义戏剧，那是根本不可能的，而那些最杰出的戏剧家在风格上总是丰富多彩的。”

导演的才华是在处理“内容”与“形式”的关系中显示出来的。查明哲苦心孤诣地寻找形式的过程，也就是加深对“内容”（精神）的认识的过程。《立秋》中，高墙深院，鳞次栉比的屋脊，完美得不容丝毫变动，隐喻着悲剧产生的根源；《矸子山上的男人女人》那高耸的煤石山预示着主人公们面临的挑战和他们终将攀登的境界;《万世根本》那占据舞台五分之四空间的黄土转台开宗明义地揭示出人与土地这个“根本”;《我那呼兰河》那千回百转的河流象征着苦难的人们终要奔突汇向民族解放的洪流;《老大》则把整个舞台变成了渔船,从船桅到船板,从船头到水下,转换自如,全剧就是在无垠的大海之上游荡,在现今与过往之间寻找,从容自在。其间,尘世如海,人生如船的况味咀嚼不尽。

这就是刘勰所说的“神用象通”。这里的“象”,就是有意味的直觉加深体现思想精神的艺术形式,这样的艺术形式是玩味不尽的。正如卡西尔所说,“艺术家是自然的各种形式的发现者……我们可能会一千次地遇见一个普通感觉经验的对象而却从未‘看见’它的形式……正是艺术弥补了这个缺陷”。查明哲就是这样的“发现者”,所以,他是新世纪的“杰出导演”。

(载于2015年1月5日《光明日报》)

李宝群现实主义戏剧创作中的三个台阶

——评剧作家李宝群

2007年，中国话剧艺术开始了自己的第二个一百年，人们期待着它比上个一百年更加繁荣，比上个一百年产生更多的开拓者，更期待着它比上个一百年为中华民族的精神圣殿贡献更多的光芒。

值得关注的是，第二个一百年甫一开端，在话剧艺术的征途上迈开坚实步伐者有之，足迹上盛开鲜花者有之，伴着号子前行者有之，披荆斩棘者有之，趔趄之后站定脚跟者也有之……

在这样一群勇敢的探路者里，李宝群就是其中一位。随着《李宝群剧作集》的出版，人们再次瞩目李宝群的戏剧创作现象。尽管人们对现实主义有着不同的理解和各种要求，但是在人们的心目中，有个毋庸研讨的共识：李宝群是一位坚守现实主义创作道路并取得了突出成绩的剧作家。

尽管我们在李宝群的剧作中看到了诸如《矸子山上的男人女人》里男主人公秦大咧咧死后的灵魂与恋人的婚礼，那是一个令人感伤的幻景；看到了《万世根本》里七位从天而降的古老的花鼓女，那是昭示着世代草民对温饱的可怜希冀；看到了《兵者，国之大事》（合作）里当代军人与林则徐、丁汝昌的隔空对话，那是屈辱灵魂熔铸成图强意志的历史的“化学反应方程式”；看到了《带陌生女人回家》里时空转换从容流畅，随心所欲，那是让舞台变成了瞬息百变的心理世界……这些似乎与人们习惯的现实主义戏剧呈现范式颇有几分异样,但是,“实际上,要想找到一出赤裸裸的现实主义戏剧或象征主义戏剧,那是根本不可能的,而那些最杰出的剧作家在风格上总是丰富多彩的”(J. L. 斯泰恩)。李宝群种种变化的尝试是为了使现实主义剧作具有更多的包容性,以强化现实主义表现生活深度与广度的张力。

李宝群不变的是对现实主义创作方法的自觉坚守,是对生活的热爱与忠实。

剧作家首先应该具备思想家素养,他对生活的热爱与忠实的主要表现是,在困惑中越来越深刻地辨识和越来越敏锐地寻找不断前进的生活的本质。李宝群在现实主义戏剧创作道路上的攀升就是以此为含蕴的。

窃以为,他的现实主义戏剧创作有着三级跃升的台阶——

第一级:《父亲》。

这部戏之所以能成为李宝群的成名作,在于它直面工人群众经受社会转型的巨大撞击,描述他们从困惑中走出去,走进一片属于自己新天地的艰难甚至痛苦的历程。

从前,我们在阅读经典中的那句名言“旧思想的瓦解与旧的生活条件的瓦解是步调一致的”时,总有“瓦解”别人,与己无关的莫名轻松。而今,剧中那些和我们一样的基层群众,面对陡然的变化,自身处在原有生活条件“瓦解”的过程之中,“十个有九个把岗下,还有一个在放长假”,不能不突然产生了上不着天下不着地的惶惶之惑。所谓“步调一致”,其实是从不一致中形成的。《父亲》的主人公父亲杨万山在骤然变化的社会环境中,痛苦地感觉到“乱套了,全乱套了”,惟其如此,他才常常生活在回忆里,鲜花,锣鼓,老模范的光荣……他的信条依然是“这机床厂就是咱的家呀……兴厂子不要咱们,不兴咱自己跳槽!”然而,现实是残酷的,他这个老模范的女儿照样下岗去街头卖报,二儿子依然找不到工作,大儿子毅然决然地跳了槽,走进了民办工厂。他和几位老同事,面对着风驰电掣的火车呼啸而过,只能唱出“看夕阳照枫林红似血染”的悲凉。然而,最悲凉的不在于生计的着落,而在于他的二儿子居然当面喊出了“我们仨都恨你”!

父亲的精神支撑轰然坍塌了。

然而,与此同时又豁然开启了一条新的路径——当大儿子不顾父亲的威胁,在风雪之夜迈开脚步走出去的那一刹那,生活新的一页打开了。新的经营模式带来了新的生活理念(就像一根神奇的火柴,不用别人划,自己就能划着了火),甚至开创了父亲这位老模范、老八级工重铸人生价值的新生活(大儿子主持的民办工厂特聘父亲展露才干)。

尽管“苦尽甘来”中的“苦尽”未必已尽,“甘来”又来得太早,但是,戏剧敢于挖掘老工人在社会生活严峻挑战面前所产生的情感的、心理的、理念的深刻变化;敢于让人物命运在新旧转换中颠荡回复;敢于写出旧的逝去,哪怕那是如何的辉煌;敢于写出新的诞生,哪怕那是怎样的艰难;敢于写出工人群众的百折不挠,坚实地担当起生活主人的角色——这些,都是现实主义的胜利。

人们对《父亲》的肯定,就是对李宝群在现实主义创作道路上开拓的肯定,也是对他的生活态度的肯定,更是对他关切自己的父兄们——工人群众的肯定。

第二级:《矸子山上的男人女人》。

与《父亲》相比,这出戏的戏剧危机要严重得多,尖锐得多,生活的挑战愈加无情——一声巨响,挖掘机那又黑又大的车斗轰然砸下,随即是压得人喘不出来气的沉静……以从矸石堆里捡拾煤块为生的一支女子拣煤队的生计就此断绝了!怎么办?

这支女子拣煤队里的唯一男性、“党代表”老秦(支部书记,原来是掘进队的先进队长,外号“秦大咧咧”)面对如此“绝境”,只能用自己编造的瞎话来抚摩着女工们痉挛的心……

全剧非常单纯,那就是老秦竭尽全力地把自己善意的谎言与严峻的现实对接起来。

全剧又非常丰富，在老秦努力把谎言与现实对接的过程中，编织着他对各级领导的争取，编织着他与女工佟丽的爱情，编织着他对青年女工亮亮的挽救，编织着他对所有女工们的抚慰……在白雪与黑山的衬映下，一幅笔触粗犷、色彩浓重的苦斗画卷令人感慨万千！

不难看出，同样写的是“下岗之后”，这里没有《父亲》中女儿大玲卖报纸碰到好心人的幸运，没有二儿子当了“蜘蛛人”，高空作业，“脚下踩着整个世界”的豪迈，更没有大儿子那样华丽的转身，离开国营第九副厂长的位置，立即执掌民办工厂，位居号令。在《矸子山上的男人女人》里，整个女子拣煤队就如断线的风筝，不知所终。在这样冷峻的境遇中，青年女工亮亮无法抵挡诱惑，当上了三陪女，她居然“理直气壮地质问”老秦：“我爸（活着的时候）让你照顾我，让你带我过好日子。可我问你，好日子在哪儿？”老秦本想“削她”，但是举起的手却打在了自己的脸上。继而，哪怕是他挨了地痞们的一顿毒打，最终还是把亮亮拉回来了。由此，引出了老秦与《父亲》主人公父亲杨万山的鲜明反差：后者在生活动荡与骤变中，始终处于被动，仅仅是个承受者，哪怕他能自觉地顾全大局，也是个承受者。当他在儿女们的带动下成为适应者时，这个人物的塑造就完成了。而前者则始终是主动者，主动地编造善意的谎言，然后再把这些谎言逐一变成现实，哪怕使用乞求、卖乖、游说、“耍赖”等各种手段，甚至将自己老娘的终老钱骗出来，充当女工们的“工资”。因为这些“老娘们”都是自己矿工战友们的亲属或遗属哇！实际上，他那些张口即来的谎言就是自己这个“党代表”的工作目标。

在这幅画卷上，最耀眼的是老秦那独特的内心世界——

他的幽默来自艰难生活的历练，他的自嘲源于他对自我使命的尊崇，他的忍辱出于对死难矿工弟兄的怀念，他的挚爱产生于对生活的信念，他的梦想附丽在党的核心理念上……女工们发自肺腑的心声是：你就是党！

尽管老秦带有李宝群主观的理想色彩，但是这出戏以矸子山为支点，以老秦为核心，创造出来的浪漫的美丽世界却不是虚幻的，而是建立在严峻的现实生活基础之上的，更尖锐了，更深刻了，也更温馨了。其实，温馨本无可多指责，只要不是粉饰，不是麻醉，那正是作者悲悯的情怀。正如我们在阅读《悲惨世界》时，总是时时地感觉到雨果对主人公冉·阿让无声的关爱。

李宝群在这部戏里的跃升，不仅表现在他对生活更加热情的关注，对社会更加严峻的直面，对人物命运更加深刻的揭示，还表现在没有《父亲》结构上的失误——那里的第四幕任凭情节主线悄然离开主人公，滑向女婿宝成的品格缺失上去了。尽管这是改革开放以来道德命题的挑战，但是对主人公父亲的塑造无疑是外加的。

第三级：《长夜》。

在这部戏里，没有《父亲》里始终温情脉脉的家庭，哪怕是儿女不再乖顺，思想情感有了“异动”，家依然是爱巢；没有《矸子山上的男人女人》里那个艰难而又温暖的矸子山，哪怕是主人公为工友献出了生命，那依然是个浪漫而又美丽的所在。这部戏的月儿楼虽然是女主人公嫂子及其伙伴们的精神支点，但是从一开始就岌岌可危，眼看就要被当地的势力人物劫夺。嫂子与诸弟兄们的聚会是为了给蹲了八年监狱、刑满释放的秦虎子接风，那注定就是“最后的晚餐”。

月儿楼怪异狐疑的氛围、千钧一发的势头、刀光剑影的暗示、欢声笑语里弥漫种种的不祥，仿佛是《天方夜谭》里那只盖着封印的黄铜魔瓶，打开瓶口之后会有怎样的结果？并非故弄玄虚，而是的确要发生一件天翻地覆的大事——

出狱的虎子要用生命寻找事情的真相：谁陷害了他，把工地火灾事故的罪责统统拽到了他的头上？嫂子历经八年炼狱般的内心折磨之后，揭示了令人目瞪口呆的真相：正是众弟兄们最敬仰、最怀念、最佩服的那位死去的大哥，为了给大家多挣几个钱（那是在无奈地承受了种种盘剥之后），昧着良心购进了低劣的建筑材料，最终酿成了大祸，自己也被烧成重伤而死。所有人都震惊了，虎子发出了满腔怨恨的吼叫：“啥啥我都想到了，可咋也没想到害我的那个人会是我的恩人！叔(大哥)，你在我心里是天啊！”

天真的塌了！

《长夜》中的嫂子在激荡的生活中，既没有杨万山那样被动地承受和适应，也没有老秦那样单纯的辉煌，而是在开拓，创造之后失足了，被失败的涡旋冲进沉寂的水湾，煎熬着，抉择着：浑浑噩噩地等死，还是自我撕碎虚幻的假象？八年来，她用真诚的温暖维系着大家，就是为了这一天的当众爆发，撕破虚假。

杨万山在接受心灵的抚慰的过程中，适应了新的生活方式。

老秦在抚慰女工友们心灵的过程中，发出了自己的光和热。

嫂子在自我“毁灭”中，震颤着所有人的内心。她的行为和虎子的吼叫，发出了困惑中的天问：我们的灵魂在何处安放？！

何止这群农民工？当穷困这条疯狗把人逼得不敢回头的时候，当追求富裕与道德操守相互抵牾的时候，能有几人想到我的灵魂在何处安放？

嫂子和虎子的发问就是觉醒，就是探索，就是建设新品格，就是虎子对爱人荷花说的“往亮处走哇”，光明在前。

这样的“毁灭”是多么令人振奋！

《长夜》发问了——这是转型时期的时代之问。

因此，《长夜》是李宝群现实主义戏剧创作新的制高点。

我们没有也不应该用创作方法来区分剧作家的高低贵贱。我们评价李宝群“自觉坚守”现实主义创作方法，其实，不在于对其进行理论性的辨析，更多的则是赞赏他对现实生活的热爱与忠实。的确，美是生活。

这是李宝群戏剧创作最可宝贵的不变的精髓。

别林斯基曾说：“生活本身应该是正剧的主人公。”李宝群热爱生活，忠实于生活的主人公——他那亲如父老兄弟的普通人，不断发现他们在艰难前行中所展现出来的时代的光彩。

（载于2016年2月29日《文艺报》）

写作是她的生命状态

——记剧作家冯俐

一

话剧《中华士兵》九月在北京剧坛刮起了一阵旋风，舞台上展现的七十多年前的一幅幅沸腾的画面，激荡着，震撼着一颗颗火热的中国心——

送别当兵的亲人奔赴抗日前线的时候，一个未圆房的小媳妇紧盯着自己的新郎，执意要他留下“种”，还说出了一句让男人也会感到羞愧的话：“没有想到死就别去打仗！”

当过土匪的黑大个亲眼看见宋团长敢为抗日的弟兄们赌钱，敢为危难的国家赌命，决意随其抗日，以死报国：“我妈说：‘我把我儿养到七尺长，倒养成了个“土匪”，看你将来咋进祖坟！’娘！现在好了，死在这抗日战场上，咱可是顺了爹娘，光宗耀祖，我能进祖坟了！”

何老太太在夫君与爱子捐躯抗日前线之后，又亲自送孙子到阵前：“好孩子，就算咱的刺刀比鬼子的短一截，不怕！咱有胸膛！”

在高级将领们激烈争辩该不该为三秦大地的父老们留下独子独苗的时候，那个侥幸从鬼子枪杀大批俘虏的死人堆里逃生的下级军官陈淮靖突然站出来，倾吐了作为虫豸任人宰割的痛苦，爆发出中国人最后的吼声：“这世上有比死亡更可怕的，是耻辱！有比生命、比活着更重要的，是尊严！”

宋恩九团长在慷慨赴死的时候，背着烈士的遗体爬向河岸的悬崖：“我好像不是去赴死，而是正带着你奔向永生……谨以至诚昭告山川神灵：我率三秦子弟，尽忠报国。因敌众我寡，弹尽粮绝，为保民族气节，今率所剩……娃娃兵，宁投黄河，不作俘虏，为国牺牲，事极光荣。黄河作证！”

一段苍凉悲壮的秦腔从历史的时空飞入现实：“两狼山战胡儿天摇地动，好男儿为国家何惧死生——从前有田横五百壮士，今天有一群中华儿郎，舍生报国，杀生雪耻，落他个万古流芳。”

如此掷地作金石声的台词，如此感人肺腑令人当歌当哭的戏剧场面，如此浑然于天地之间与日月同在的历史画卷，执此“铜琵琶，铁绰板”的竟非“关西大汉”，而是一位女剧作家——冯俐。

二

是的，冯俐，不是茉莉花的“莉”，甚至也并非取“伶俐”之灵巧意，而是看重了“俐”字里有个“人”。

这是冯俐那位多年从事工会工作的父亲为女儿寄寓的深意——永远和人民在一起。

你也许会说，本来就是平头百姓，当然和人民在一起。不，这位在基层工会干了一辈子的老爸自有他的深意：有人身在百姓间，心中却只有自己；有人身在百姓间，却以精神贵族自居；有人身在百姓间，却轻蔑老百姓。父亲期望自己的女儿是个大家都喜欢的人。他给幼年冯俐的印象是，在家很少能一次性连贯地吃完一顿饭，因为一到吃饭时，就有职工来家里诉苦，求助或拉他出门去当救兵。而这些叔叔大爷大娘婶子却是冯俐最熟悉，最亲近的人。所以父亲去世后,她立即“顶班”,到了这些叔叔大爷大娘婶子中间,成了他们的一员。无论是扛着硅碳棒,当上喷铅工,被厂里的坏小子们讥笑为“金猴奋起千钧棒”,还是提着铜板,挥着大扳手,当起了配电工,她都能适应,也都心甘情愿——这两种工作虽然劳动强度超大,但是休息的时间却挺长,她可以做自己最愿意做的事:读书,写作。

父亲很早就发现女儿爱读爱写,曾抚摸着她那头黄毛小辫,深情地说:你将来能成为一个会写的人,我就满意了。

父亲一句极其质朴的话,却成了她一生的奋斗目标,因为父亲说出了她心里隐藏的秘密——

她拥有自己的美丽世界,那就是书。

妈妈说她“吃书”,小学二年级她就读完了长篇小说《战地红缨》《渔岛怒潮》……及至她后来进入中央戏剧学院念书,给自己制定的标准是每学期读完一百本书。读书,就是和许多高尚的人对话,就是走进比梦境更加奇特多彩的内心世界,就是用人类最精美的思辨成果哺育自己。因此,后来在煤矿文工团,为参加意大利戏剧节,她大胆地补写了皮兰德娄《高山巨人》的第四幕(皮兰德娄只留下了这幕戏的提纲),致使著名翻译家吕同六看过之后,情不自禁地发问:你在写的时候,是不是以为自己就是皮兰德娄?十年后,一位青年意大利学者称赞说,那是在所有补写过这部剧作第四幕中最接近原著精神的。或许,这就是手不释卷的馈赠?

她最奢侈的享受就是感知,遐想和写作。

五岁那年,在一片麦田环绕的园子里,发现过自己命名的星星草,那许多浅蓝色的小花就像眨眼睛的小星星。尽管后来知道它叫“勿忘我”,但她还是固执着儿时的想象,称之为“星星草”。或许,那稚嫩的想象就是文学思维的第一束霞光,是她最早的文学发蒙?果然,十七岁的她发表了第一篇爱情小说《小路,在桃林深处……》,第二年发表了第一篇散文作品《星星草》,竟然成了西安市作协年龄最小的作家。

“一日不作诗，心源如废井。”嗣后的几十年来，她饥渴地阅读，不倦地写作，贪婪地开垦着自己的文学天地——

苦读明史之后，她率先创作了“穿越”剧《穿越时空的恋爱》；在研读清末民初上海滩的开埠史之后，应王朔邀请，在剧中写出了一个名叫“陈香”的民国女子，被王朔赞赏；在研究中国电影表演史之后，创作了长篇电视剧《影后胡蝶》；在深入生活之后，写出了被胡可老师高度赞誉的煤矿题材话剧《人跟人不一样》；曾参与《我爱我家》的剧本创作，得到梁左的赞赏，被梁左当作长期合作伙伴；为中国电视剧创作中心写出了电视剧《学车记》；跟冯巩合作了小品《心愿》《家中有贼》；为央视春晚写了多部微型音乐剧；还为许多重大主题的电视晚会撰写小品和文学脚本……草草一算，计有长篇小说《北京夏天》等两部，短篇小说《梦儿》等六篇，大型话剧《天使的祝福》等四部，儿童剧《木又寸》一部，音乐歌舞剧《在那遥远的地方》等三部，电视连续剧《等待绽放》等多部（200 多集），散文集《回头张望》……

在她，阅读不仅仅是习惯，更是生命的需求；写作不仅仅是职业，更是她生命的状态。

然而，在“回头张望”时，她总会产生莫可名状的惆怅。父亲殷殷希冀女儿的“会写”，应该是什么样的呢？她期待着，盼望着，探求着……正如她在第一篇散文《星星草》中所说：“既然活着，既然这世界需要！”

三

冯俐的《中华士兵》就是这样开始创作的——既然经历了十四年抗战的中国，不但没有亡国灭种，而且站起来了，正在走向中华的振兴；既然这个世界需要对反人类屠戮的记忆，需要对民族生存的精神和气节的宣扬，那么，就要拿起笔来写！

那部纪实文学《立马中条》让她激动不已，久久难忘。那号称八百壮士（实际是一千多名壮士）投身黄河的悲壮激烈，令人热血沸腾，心潮难平。这是《中华士兵》创作灵感的最初萌生。

她满怀激情地投入到汗牛充栋的抗战资料之中……然而，没想到的是，她却越看越悲痛，越看越伤感，越看越压抑——那场战争竟然是那样屈辱地开始，我们的同胞竟然是那样地任人宰割，中国士兵所有的无畏奋战、忠勇赴死、慷慨捐躯的背后，竟然是物力、军力那样的贫弱！日本侵略者的残暴和狂妄，令人发指！抗日斗争的艰难和困窘，令人长叹！那段时间，她真的是“穿越”了——自己仿佛正爬在战场的血污中，仿佛正和同胞们奔跑在敌机轰炸的大地，仿佛日寇的刺刀正直指自己的胸膛，仿佛正在狼牙山下仰望着跳崖的五壮士，仿佛正在亲手掩埋流尽最后一滴血的烈士，仿佛和八百壮士一起面对汹涌奔腾的黄河巨浪，“黄河万里触山动，盘涡毂转秦地雷”……

就是这样，她时而激昂，时而抑郁，时而亢奋，时而低沉，时而放声高唱，时而号啕大哭，时而斗志高涨，时而莫名焦躁，时而阳光满怀，时而万箭穿心……对着镜子一照，她情不自禁地哀叹：我知道张纯如临终的心境了！

然而，当她抬起头来，自家的窗子上毕竟没有贴着米字格纸条，而是盆花怒放的倩影；窗外的蓝天上毕竟没有画着膏药旗的轰炸机，而是哨声悠悠的飞鸽……打开窗子，沁人的清凉给她爽朗的心境，她要跳出去，追索壮士的骨血源头；走出去，探寻忠魂的精神所在。

她开始了延展阅读，从《刺客列传》中的聂政、荆轲，到鸦片战争中的关天培，再到反抗英法联军的冯婉贞，甲午战争中的邓世昌……直至赵一曼、杨靖宇，还有那位在日军拍摄的照片上被五花大绑，面对敌寇的枪口从容一笑的女共产党员……

她远走腾冲，拜谒抗日烈士的陵园——看着那密密麻麻的坟丘，那排列整齐的墓牌，这些，原本都是一个个朝气蓬勃的有说有笑的热血青年啊……她仿佛在和他们对话：在生命的最后一刻，你们最惦念的亲人是谁？那一刻，你们是不是看见了母亲的眼泪，听见了妻儿的呼唤？你们感到了与世决绝的遗憾吗？你们……一阵清风吹来，回应的只有树木的枝叶声，还有那晃动的枝叶在坟丘和墓牌上投下的斑驳影子……

此时，她仿佛在和烈士们探讨一个哲学课题——屈辱与死亡，哪个更痛苦？生命与尊严，哪个更重要？

像是陵园上空那湛蓝的天，她的心胸豁然开朗了，她浑身沸腾着火热，仿佛和壮士们一起呐喊着，向着浪高拍天的黄河水纵身一跃，体验到那向死而生的快意……

在导演查明哲等诤友们的真诚帮助下，《中华士兵》就是这样，用沸腾的火热冶炼、铸造、锻打出来的，尽管还有毛刺，但，它是火热的，是灼人灵魂的，是震撼人心的。

这就是冯俐的生命状态——在如饥似渴的阅读中，在奋笔疾书的创作中，生命响亮起来，闪烁起来，光彩起来。借用纪伯伦的话说，她“从工作里爱了生命，就是通彻了生命最深的秘密”。

（载于 2016 年第 5 期《剧本》）

从两台戏看王筱頔的导演成就

说到王筱頔的导演艺术，就是说广州话剧艺术中心的成就，就像说到一株火红的木棉花，其与多姿的繁枝，与挺拔的树干，与深植的根须是无法分割的。

我看过筱頔导演的两台戏——《去往何处》和《邯郸记》。两台戏写的都是读书人，一个是中医，正剧主人公童书鸿；一个是伟大的戏剧家汤显祖笔下的喜剧人物卢生。这一古一今、一正一反、一庄一谐，恰恰表现出导演对知识分子的使命和命运的深刻探索和强烈感受。

《去往何处》至少有两大成就。其一，导演敢于把舞台上下分割，此前我没有见过。然而，这恰恰是导演对剧本的独特解读：这一高一低、一明一暗，不就是主人公的理想追求和严峻现实的强烈对比吗?！不如此，无法表现这个剧本的灵魂。焦菊隐先生曾经多次引用舞台艺术家戈登·克雷的话："不要先去寻求写实，要先看到诗人灵魂的深处。"《去往何处》的灵魂，就是写当代知识分子在理想与现实的巨大反差中的抉择，接受时代的尖锐拷问。主人公童书鸿肩住了历史的闸门，挡住了肮脏的浊流，他毅然决然地把一真堂关掉，截断被污染草药的流入，但还要坚持以医生的个人行为去解救阿娴这个白血病患者。于是，他第一次走上了屋顶，走上了舞台上层，在阳光下，和他的母亲一起培育真正优良的药草，实际上是培育自己纯净的灵魂。其二，导演精致地编织人物戏剧性的关系。黑格尔说过,“由于剧中人物……通过性格和目的的矛盾,彼此发生一定的关系。正是这种关系,形成了他们戏剧性存在的基础。”导演牢牢抓住了主人公童书鸿和患者阿娴及其母亲(种植有污染的药草)的关系,和妻兄(种植园所在地领导、污染土地者,还是童书鸿儿子出国的资助者)的关系,和叔伯兄弟童宝祥(购买一真堂及特效药再生丸品牌的代理人)的关系,使之相互关联,互为因果。正是这三组人物关系,每时每刻都在鞭挞着童书鸿的灵魂,使全剧的戏剧性冲突异常激烈,也异常精彩地揭示出主人公的内心世界。

话剧《邯郸记》的成就非常值得研究：它是怎样震颤了我们的?

第一,把经典作品作为创作题材,导演是怎样选择的?这里显示着独特的艺术追求和眼光。在中国戏曲史上,元朝大戏剧家马致远的《黄粱记》(马与人合作)和明朝大戏剧家汤显祖的《邯郸记》,都是写黄粱美梦的。《黄粱记》着重于钟汉离怎样度吕洞宾,重在说服其不要贪恋人世间的功名利禄;而《邯郸记》则是突出了卢生经历了怎样的内心波澜,怎样的命运诡谲,怎样的官场险恶风波。编导选择后者是很高明的,否则,这个戏的价值远不是今天这样。

第二,汤显祖的同代人钱希言看过《南柯记》和《邯郸记》之后,著文道:“请看‘二梦’言,千秋焕乐章。”这个评价和本·琼生歌颂莎士比亚一样,他不属于一个世纪,而是属于所有的时代。如果编导的再创作不能把《邯郸记》跨越时间的“千秋”价值表现出来,即写出它对读书人的警世性,就是失败。这是对编导的严峻考验。话剧《邯郸记》的成就之一在于,它从几个层面上显示了警世性。

一个层面是写读书人心口如一和言行一致。中国读书人历来怀有神圣的使命感,那就是北宋张载提出的：为天地立心,为生民立命,为往圣继绝学,为万世开太平。剧中,卢生一上场就说自己才高八斗,满腹诗书,也是负有同样的使命感。但是,当他念到一句台词的时候,却暴露了他内心的底气不足:“达则兼济天下,穷穷穷……穷则独善其身。”他能独善其身吗?果然,后面的戏剧情节就是写他怎么不独善其身,以及不独善其身的后果——一次又一次地跳进深渊。饰演者是个非常优秀的演员,就这一句磕巴了几下的台词泄露了心机,他没有那么大的勇气和信心去“独善其身”。这就是全剧要讽刺的,所谓喜剧之喜就在这里。一穷就独善不了其身,甚至出卖自己的灵魂,这是某些读书人的悲哀。后来,汤显祖说:“人只知其乐,不知其悲也。”南柯梦和邯郸梦不是逗你玩的呀!其悲,就始于导演让饰演者所揭露的:穷,独善不了其身。

另一个层面是展开空灵的想象,进行深度挖掘。这个黄粱美梦的故事源自唐人沈既济的传奇《枕中记》,故事对封建王朝官场的丑恶、黑暗进行了尖锐无情的鞭挞。这种幻想小说是对生活的折射,无疑是现实主义的。如果话剧《邯郸记》止于此,也不过是步《官场现形记》《升官图》的后尘罢了。睿智的编导没有停步,而是往深层挖掘。令人惊奇的是,这个挖掘看似那样轻松,仿佛是信步而来,实则是匠心独运,饱含深蕴:那就是生命的自由与人格的尊严。导演设计了鸡、狗、驴的艺术形象,大摇大摆地上了舞台。这些小动物的一言一行,无不是烘托了卢生所处的背景,衬映了卢生的学养和修养。比如说一人得道,鸡犬升天;鸡鸣狗盗,后来把“苟且偷生”的那个“狗(苟)”搁上去了。这些虽然是大白字,很可笑,但是无不预示了卢生的未来,可能不但苟且偷生,还要鸡犬升天。果然,他临死前把自己的儿子、孙子的权位都安排好了,这样的事情你不觉得很熟悉吗?由此看来,那些鸡、狗、驴不是小佐料,而是对生命的自由(欲望,要怎样活着)的思辨。到哪里去选择自由?选择怎样的自由?卢生为了自己的生命自由,竟然对仇人、死对头丞相宇文融说:“唯丞相马首是瞻。”这既是假话,又是真话。说它是假话,因为他心里仇恨宇文融;说它是真话,因为他真的希望宇文融相信他,信了他,他就上去了。为了实现生命自由,出卖尊严。这就提出了严峻的灵魂拷问:生命自由和人格尊严,选择哪个,守护哪个。这就抓住了经典著作《邯郸记》的灵魂,恒久的警世性也就在于此。

第三是表现主义的介入,大大拓宽了话剧舞台的表现力。如果说《去往何处》是以写实的手法表现现实主义的作品,那么《邯郸记》就是以现实主义的宽大胸怀吸纳、借鉴、融合表现主义的手法。比如说卢生要睡觉,清远道人说:黄粱饭刚煮上,还没熟,你等着。卢生说:"守寡不难等饭难。"太饿了。你看他怎么睡的——驴子半躺在那里,形成45°斜坡,卢生倚着它,翘起一只脚,做成一个45°造型。这是表现主义的"睡觉":时刻准备着抢饭,不料,却由此进入了奇异诡谲的人生之梦。然而,这毕竟是细节。就整个舞台呈现而言,显示了表现主义的独特手法:天幕(背景)是哪里?山洞?城市?乡村?是,也都不是。它不时地转圜着,像走马灯,像皮影?是,又不是。这幅长长的画卷,没有头,也没有尾。导演不时地为观众撕破一个口,让主人公进来或隐去,很自由地表现了他的整体构思,显示了全剧的象征性和寓言性。表现主义就是"灵魂的尖叫",是极致化的表现。就是这样的汲取,强化了现实主义的表现手法。

第四是向戏曲美学的致敬。无论是整体呈现,还是演员的表演,无处不在的是戏曲美学的光彩。然而,这是话剧,一出非常具有艺术个性的话剧。它的创作过程,再次证明了笔者多次引用马尔库塞的话:艺术的本质在于内容变成了形式。

在纪念话剧走过一百一十周年的时刻,我们研讨筱頔导演的艺术成就非常有意义——她和她的战友们在南国的实绩,犹如高大的木棉树,花开殷红,灿烂夺目。

(在广州话剧中心研讨会上的发言整理稿)

探索情感奥秘的解码

——浅谈李伯男的导演艺术

在青年导演艺术家李伯男的七十多部作品中,最值得注意的是他的某些作品对人的情感奥秘的探寻、呈现和解读。

戏剧目的就是人的自身,就是要揭示人的"灵魂最深沉、最多样化的运动"(谭霈生语)。戏剧的功能就在于让这种生动而深刻的揭示感染观众,让戏剧家和观众一道去自省,去更深更广地认知人的命运来由及生活的真谛,从而让生命高贵起来。

在笔者看过的伯男导演作品中,有一组作品恰巧让我们看到他对不同时代人的"情感"的不同发现和认知,而他把这些不同的发现和认知排列起来,又是那么巧妙地显示了对"情感"奥秘探寻的解码。这组作品就是《秘而不宣的日常生活》《红水衣》和《再见徽因》。

如果说《秘而不宣的日常生活》让我们透过城市青年男女变化多端、云遮雾障的话语,窥测到他们内心对真正情感的寻找、渴望和无奈。梦想与实惠,交替奔涌,"才下眉头,却上心头",正话反说,左右言他,相互逼问,相互嘲弄,又相互倾诉。就这样,像翻炒栗子一样,拌和着黑沙与糖水,在粗粝与甜腻之间反复着。但是,从他们对过去的追忆中,隐现着一个"悔"字。这个"悔"字的里面包藏着渴望和怀疑:"常存抱柱信,岂上望夫台"那样真挚的爱情还会出现吗?

剧中曾透露女人的父亲要用金钱砸跑这个前男友,而他最终没有践约,闪烁其词地承认是物质利益的作用,何况,他们一个嫁了颇有家资的医师,一个娶了自己的女老板。利益与真情的冲突把爱情之月抛向了可望而不可即的湖水里。

那么,在《红水衣》里,潘巧云对石秀的追逐、诱惑,则是缘于一个"欲"字,继而从欲中生情,直至石秀的钢刀刺穿她的胸膛,她用尽最后的气力扑倒在石秀的怀中,完成了从欲到情的升腾。杨雄的龌龊则是虚伪作祟,暗置此局,糟践金兰之交的好兄弟,从义薄云天的高度跌落至不仁不义的泥潭,此为无情。而石秀在潘巧云面前,绝非武松之于潘金莲,是欲火燃起,又以"礼"字显露胆怯;一旦知晓了潘巧云与和尚的报复行为,他又不能自持,与潘同样,欲中有情;然而,他毕竟举起了钢刀,此为害情。两个男人,一个无情,一个害情,情为何物?

而《再见徽因》则是试着对前两者的答复,情,曾经是这样的——

焦菊隐先生曾经说过:"导演必须以作家的身份,运用艺术手段而不是文学手段,把作品在舞台上又一度地'写'出来。"伯男把此剧"写"上话剧舞台所运用的基本艺术手段是三个同心圆,以林徽因为圆心,梁思成、徐志摩和金岳霖分别以各自的半径"画"了自己的圆:金岳霖把爱变成了护佑,徐志摩把爱变成了心底的永存,梁思成把爱变成了仰望。三个同心圆的"同"就在于坚信爱的神圣,情的高尚,始终不悔。这是带着苦痛的真爱,真爱必然付出的苦痛。而林徽因却自责地感到"卑微",因为她对真挚的爱太"贪婪"了,而最终,对丈夫说的那句"此生有你,徽因足矣",结束了卑微,制止了贪婪。导演用三个美妙的同心圆,网住了核心人物林徽因那极其复杂的、丰富多变的内心情感,揭示了她和三个异性追随者共同的高尚之处,那就是德谟克利特说的,"追求美而不亵渎美,这种爱是正当的"。

越是真挚的情感,越需要驾驭;越是需要驾驭的情感,就越是真挚。于是有了结尾那场动人心魄的戏：中年林徽因审视着少女林徽因和徐志摩初见的情景（一见钟情）；还有病榻上，奄奄一息的林徽因与张幼仪伸手欲握而终未握成的深深含蕴。

林徽因和三个异性追随者的高尚源于他们对美的认知、追求、信仰、护佑和坚定不移。

然而，最值得我们研究的是，李伯男导演是如何做到这一切的？也就是说，他的导演艺术魅力是怎样产生的？

学者陈世雄先生说，现代戏剧思潮史就是一部导演观念的发展史。所有的导演都在求新求变，所以才有斯泰恩的那句话："实际上，要想找到一出赤裸裸的现实主义或纯粹的象征主义戏剧，那是根本不可能的。而那些最杰出的剧作家在风格上总是丰富多彩的。"导演更是如此。他们的"杰出"就在于博采众长，转益多师，为我所用。伯男的十年导演生涯之所以赢得了不同生产体制的人们的认可，就在于他响应了时代的要求，坚定地以现实主义创作方法为主体，关注现实，拥抱生活，尊重观众，努力适应观众不断变化的审美需求。为此，他又采撷了不同艺术流派的思维之花，大胆吸收，融会贯通，强大了现实主义表现力。譬如，在这一组剧目的创作中，他把象征主义的元素和表现主义的元素吸纳得了无痕迹，而又十分精彩——

《秘而不宣的日常生活》一开场，男主人公摁门铃跳窗户，开了乖张的头。前男友颇有些粗鲁的闯入已婚女人的家中，是要"创造一个崭新的世界图像"吗？两人的交集泛起波澜之后，刚刚归于平静，紧接着的第二场戏就成了窥探第一场故事男女隐秘的另一面镜子，那个矢口否认与女老板有关系的前男友恰好娶了女老板，而那个中医也流露了女主人公（他的妻子）在生活的那一面令人不可思议的状态。这种表现主义的"变形、支解、剪辑拼接"手法使用，恰好是全剧的现实主义对当代都市男女青年情感生活的揭示，既增强了幽默自嘲的色彩，又增强了令人深思的味道。

在《红水衣》里，那背后的大镜子和台前的小水池，置于正中的红箱子和女主人公手中挥舞的红水衣，无不超出一般的象征意义，而是作为象征主义手法的元素被吸纳进来，成为该剧现实主义创作的一部分了。大镜子让观众看到了角色的背面，看到了事件发生的全貌，显然，更重要的是让观众看到了人物灵魂的隐秘。台前小水池的数次运用，当然不是为了拭汗洁面，而是人物(石秀)自惊、自疑、自省的灵魂自窥。至于红箱子、红水衣，那更是超出物件的使用功能，蕴含更多，只有属于女人的情、欲、色以及她最隐秘的梦想、渴求、追慕……那件红水衣，甚至可以成为强烈的戏剧动作。这些象征主义元素所带来的模糊性、神秘性和双层次结构性能，无疑，都更加耐人寻味了，使该剧的现实主义更加丰富多彩了。

在《再见徽因》中，仅仅徐志摩死的那一场，就更加鲜明地显示了象征主义元素和表现主义元素一旦植入现实主义表现主体，所能产生的巨大震撼力——

三空门的旋转台上，人力车夫拉着徐志摩在飞奔；台侧则是林徽因在协和礼堂的讲演。车夫边跑边说了今日的新闻：大诗人徐志摩乘机失事了！车上的徐志摩否认失事，并说我就是徐志摩。车夫不信，“我还说我是徐志摩呢”，随口背出“轻轻的我走了，正如我轻轻的来”。这时，林才接到徐志摩的噩耗……这是象征主义的模糊迷离，还是表现主义“梦的戏剧”，或是现实主义表现旦夕祸福的猝不及防给人们带来的惊愕错乱？抑或是林徽因一边演讲，一边惦记着从上海专程飞行而来的志摩的心理变形？继而，徐志摩的灵魂与三空门台的旋转逆向运动，使他永远不能与站在台侧的林徽因相遇，给他们天人相隔的对话制造了诡异的悲凉氛围。这是象征主义的神秘感，还是更深的命运揭示，他们注定在今世没有交汇处？而徐志摩向着他终生心爱的人，失声并尖利地喊叫着，“我在，我永远在！”那不正是只有表现主义才具有的“灵魂尖叫”吗？

艺术创作是极其复杂，极其艰辛而又极其隐秘的创造性劳动。李伯男在导演艺术上的探索和创新令人兴奋，值得鼓励，更值得研究。

李伯男的导演艺术还有很长的路要走，正所谓前程远大。愿他“积学以储宝，酌理以富才”，继续以广阔的胸怀，更加贪婪地吸收戏剧艺术已有的智慧财富，大踏步前行。

（载于2018年第1期《中国戏剧》）

孙德民戏剧创作的最新成就

半个多世纪以来，他不停地前行，荆棘与鲜花铺满了踏过的小路，心智、汗水与泥土砌起了盘山的大道，他继续一步一步地攀登戏剧艺术的高岗，向上向上……这就是孙德民。

不管"山庄戏剧"的真正内涵是什么，孙德民的戏剧艺术之花是深深扎根在河北太行山脉上下的沟豁与田野的。不管是曾经掠过此地的历史旧影，还是正在升起的浸泡着露水的早霞，他都兼容并蓄地把它们描绘在现实主义戏剧的舞台上。

在这个戏剧舞台上，满满的都是人民对历史的思考，是历史对人民的赞颂；是人民承续历史的艰苦创造，是艰苦创造中人民的成长。

如果以话剧《雾蒙山》为新起点，那么我们可以清晰地看到孙德民戏剧创作的新成就——

一　对历史深刻变革的本质性探索

雨果说过，"谁要是名叫诗人，同时也就必然是历史家与哲学家……"真正的作家、艺术家无不是自己所处的那个时代的良心，无不是那个时代的人民的心声,无不是那个时代勤奋的思辨者。孙德民绝不是那种靠“打本子”混生活的熟手,而是对现实与历史有着深沉思考,对农民和农村生活有着深厚情怀,对表现时代的前行有着庄重使命感的剧作家。他在精心创作的《雾蒙山》里,强烈表达的是自己对改革开放新时期农民命运的独特发现和热忱关注,表达的是农民在新时期勇敢地摆脱旧日因袭的重负,建立以人为本的崭新理念,站立在新的地平线上,创造属于自己的美好生活。

这里说他“独特发现和热忱关注”,不是孙德民运用作家的职业手段,采访一下,搜集一下,构思一下,拼上若干夜晚,便能写成了《雾蒙山》。不是的,他是用自己的真情,与农民换命,才得到了创作灵感——剧中张支书的原型,就是他结识了几十年的沙河村老支书。他不光是在老支书辉煌的时候写过以老支书为主角的大戏《千秋大业》,还在老支书落魄的时候,将其接到城里自己的家中,悉心招待,诚心交谈,暖心暖肺,度过了半个多月朝夕相处的日子。老支书被感动得老泪纵横,更加无拘无束地与孙德民倾心畅谈。这个老支书是历史变革的经历者、见证者,他的命运变迁活生生地描画出时代变革深深的内蕴。最震惊孙德民的是,若干年后,正是老支书的儿子又担任了村支书,带领沙河村真正走上了富裕之路。为此,他专程赶到沙河村老支书的坟前,挥泪相告,悲喜交集。待他抬起头来,看看老支书的儿子,当今的带头人,犹如清晨见到一轮新升起的太阳。

这样写出的剧本,才能听到历史滔滔向前的宏大声音。

在《李保国》中,主人公那一句“情愿把农民变成我,把我变成老农民”的唱词,不仅是主人公李保国的崇高志向,更是一个共产党人对正在变化的新时代的呼唤:当亿万农民用现代科学知识武装起来,用广阔的胸怀去创造崭新生活的时候,那是一个必将到来的美好时代!

二　人物塑造的独特探求

孙德民深知,“艺术家的使命就是创造伟大的典型”(达文谈巴尔扎克语)。无论在哪一部剧作中,他都力求凸显艺术形象的独特性。在《雾蒙山》里,突出的是农村老干部张松在时代巨变之际的挣扎,是韩东、赵大有、赵华抖掉心头上旧日的灰尘,迎接新的阳光。《李保国》中主人公则是当代知识分子的崭新风貌——单纯得十分丰富,丰富得十分单纯。他质朴得像憨厚的农民,纯净得像天真的赤子,热忱得像蓬勃的青年,坚定得像深沉的智者,有时,他又内疚得像犯了过错的人。

艺术形象的独特性,并非仅仅是人物形象的个性鲜明,还蕴含着更加丰富多彩,更加深邃厚实的含义。而《成兆才》的主人公塑造,则全面显示了孙德民近期人物创造的最新成就。

写出成兆才是“戏傻子,戏疯子,戏虫子”,是这个艺术形象的特性。他把“青纱帐变成大戏台,唱一板吼一声,黄土地圆了俺的落子梦”;傻媳妇、养子惨遭不幸,可他咽下苦涩的泪水,依然扮成三花脸,哎嗨一声,上台装颠卖傻;不与娇妻说话,却捧着剧本,与剧中的杨三姐倾心交谈……

这的确是成兆才的鲜明个性。然而,这是仅艺术形象独特性的静止层面,它还有丰富的动态层面——

动态层面之一,性格是相反相成的复合构成。对于成兆才来说,他是圆润而又坚硬的。孙德民没有因为他是“戏圣”而把他“提纯”,从而变成“为了观念的东西而忘掉现实主义的东西”(恩格斯语),像汉白玉雕像那样,没有血肉,只剩下“神圣”。主人公成兆才内心世界的丰富性不仅仅是由于艺术家的情感丰富,更是缘于其在特有现实环境影响下的矛盾性。譬如他与丁香的婚事是在李道元的枪口下允诺的,其实他心中的女人是灵芝(老班主的养女）。或许这是应该受到指责的，但是不如此，他就不是那个整天在欺凌者刀尖上讨生活的“戏子”了。他虽然在淫威下低了头，却从没有放弃自己的坚守，对灵芝的忠诚一丝一毫不曾减弱：他从不与丁香同床。如此圆润，又如此坚硬，正是“这一个”。其“圆润”，既有洞明的智慧，又有顺从的懦弱；其“坚硬”，既是守志不移，又是固执不变。然而，这样的做人原则又连累了丁香，使丁香陷于无言的痛苦而不能自拔……丁香可怜，“戏圣”亦可怜矣！这正是该剧令人慨叹却又妙不可言之处。此一形象之“缺”，造就了体会不尽的“美”。

动态层面之二，是命运的悖反组合。剧中的成兆才真是命运乖舛，倒霉至极；又真是千载难逢，将他成就为评剧戏圣。顺利与挫折，成功与悖逆犬牙交错，构成了他命运发展变化的主线。先是他所在的戏班子被驱逐出天津，之后好不容易返津爆红，又传来他那傻媳妇和过继的幼儿双双溺死；师兄是台柱子，可又偏偏吸毒无行，接受利诱，甩手背叛，散乱人心；大胆使用后生任小山，反倒使戏班子意外红火；老太监李道元为他的时装新戏《洞房认父》撑腰，赶走了张牙舞爪的警察，可又专横无由地硬是把年轻的丫头赏给他为妻；正在他全身心创作新剧目《杨三姐告状》的时候，新婚妻子丁香红杏出墙，恋上了自己的爱徒任小山……不难看出，挫折源于社会的黑暗，顺利来自对艺术的不懈追求；成功在于人心，在于天才与勤奋，悖逆的背景既有邪恶，又有封建习惯势力。每当厄运愈加肆虐，他的回答却都是事业上的愈加辉煌，他终于把落子改造成京梆大戏，在自己的有生之年为评剧艺术搭建出一层比一层更高的亭台。

时间终将证明，《成兆才》的主人公在话剧艺术人物形象画廊里，长久地熠熠闪光。

三 师法河北农民，“偷”得精华，造就特色

有出息的戏剧作家、艺术家，无不谦恭至诚地向人民学习语言，因为戏剧是语言的艺术。人民的语言，特别是农民的语言，无不饱含着睿智、想象、幽默、真理、简明、精确以及入木三分的透彻。在这个方面，孙德民做出了极大的努力。他从河北农民的语言中，“偷”得精华，经过一番消化，使自己的作品和人物形象光彩焕发。譬如——

在《李保国》中，一向怪话连篇、以私心度人的杨来福，第一次看见自己并不认识的李保国，竟把李保国诚心诚意的帮助视为“胡扯”：“上坟烧报纸——糊弄鬼呀！”事实证明，糊弄鬼的正是他自己。

在《成兆才》里，灵芝火辣辣地对成兆才倾吐真情，无一处说“我爱你”，但却处处都是“我爱你”：“你寻思你长得好看啊？挺长的马面脸，没有一尺，也有八寸，十足的乡巴佬！（笑）可你往台上一站啊，一亮嗓……不知为啥，听不够……听你唱一句，像三伏天喝了井拔凉水；听两句，就像寒冬腊月回到三月春；要是听三句……灵芝天天给你做新鞋！”这就是村姑的恋爱倾诉，正话反说，瞬间冷嘲变热捧，层层加深，步步紧逼，直到赤裸裸表态时，又骤转含蓄。妙！

在《雾蒙山》里，大菊骂她丈夫整天怨天尤人，借酒浇愁没出息，极尽夸张讽刺、形象嘲笑之能事：“整天喝酒，筷子头都嘣细了，酒盅子都捏扁了，一个个四棱八瓣子嘴，顺嘴胡拉拉。末了，一帮人醉得丢裆甩裤的……啊，还怪我扔葫芦摔瓢？”看上去是夫妻吵架，实质却是正义对沉沦的有力棒喝。

几十年来，孙德民就像一棵扎根在太行山下的树木，其深植的根脉，尽情地吸吮着河北的历史与现代的文明；孙德民又像一条流淌在燕赵大地，渐

渐变得宽阔的河流,尽情地汇聚着质朴而传奇的河北人民的智慧与深情;孙德民还像一只无语的山鹰,用自己苍劲的活力,翻飞在云卷云舒的戏剧文明的历史天空,尽情地续写着关汉卿、成兆才曾经挥毫绘制的戏剧艺术长卷……

(载于2019年4月10日《光明日报》)

儿童剧（及动画、儿童电视剧）

儿童戏剧的崭新探索

——从几台儿童剧的好戏说起

在今年春夏之际举行的全国儿童剧展演的舞台，我惊喜地发现了几部好戏。

所谓“好戏”，好就好在其充分张扬了儿童戏剧艺术的魅力，显示了儿童戏剧艺术的本体特质，进行了拓展性的探索，映射出时代的光泽。

但是，“儿童戏剧艺术的本体特质”不是孤立的，绝对的，无条件的。儿童戏剧首先是戏剧，它自然应该遵循戏剧艺术的基本规律，这是毋庸置疑的。谁忘却了这一点，谁就失去了对戏剧艺术的敬畏之心，也就必然要受到“惩罚”，或整体失败，或局部出现败笔。有了这个前提，才能谈论“儿童戏剧艺术的本体特质”，否则，孤立地、绝对地、无条件地强调“儿童戏剧艺术的本体特质”，那只能是侈谈，是“盲人骑瞎马”。譬如，“儿童情趣”曾被人奉为是儿童戏剧的第一“要务”。于是，逢戏必有“拉钩上吊，一百年不许变”，或两脚蹉地，哇哇哭叫，或以丑为美，渲染放屁……甚至在一部反映当今儿童很具体的现实生活场景中，为了表现所谓“儿童情趣”，无缘由地出现了一个会说话、会跳舞的皮球，与全剧的风格、样式完全相悖，把本来就松散臃肿的戏变得更加非驴非马。所谓“儿童情趣”，是不能刻意制造出来的，它是有血有肉的儿童形象个性逻辑的自然流露，是儿童特有心理、愿望的独特表达方式。离开具体艺术形象真实的个性与内心活动,一味地尊奉“儿童情趣”为神器法宝,岂不是缘木求鱼?

那么,什么是“儿童戏剧艺术的本体特质”？至少应有这样几点:

一、儿童戏剧是属于儿童的,是为了满足儿童的美好愿望,适应儿童独特的情感渴望和审美需求而创排出来。

二、儿童戏剧必须关注小观众的心理特征。“小孩子常常跳出自我,他们主要的娱乐之一就是扮演他们常有机会观察的成年人,或表现他们感兴趣的事物……”(奥·威·史雷格尔:《戏剧艺术与文学教程》)所谓“常常跳出自我”,就是他们具有丰富的联想和想象力;所谓“表现他们感兴趣的事物”,就是要准确抓住他们在不同年龄段不同的心理状态,以及他们在不同年龄段的兴趣与爱好。

三、儿童戏剧的创造者必须是和孩子们平等相待的,以知心朋友的身份与小观众共同探索和认知生活,而不是摆出“真理终结者”的架势去耳提面命地教训他们……甚至,动不动就让剧中的儿童形象“舍身取义”以“挽救世界”,忘却了未成年人首先应该懂得珍惜生命,热爱生命,尊重生命。

从这个意义上讲,音乐剧《成长的快乐》(中福会儿艺)成功的奥秘正在于此。首先,它的观念是现代的,表现了当下少儿的情感、愿望和困惑——他们喜欢玩电子游戏,因为那将使他们进入虚拟的自由空间。但是,现实生活又让他们困惑:家长们唯恐他们因此而影响学习。游戏与成长是对立的吗?

这部戏就是迎着这个尖锐的问题,和孩子们一起去探索。

聪明的教师顺着孩子们的愿望去诱导。在虚拟空间“绿野传奇”里,男女主人公分别变成了森林王子和草原公主,他们各自加入了梅花鹿群和老虎部落。一对好朋友对立起来,老虎必然要吃梅花鹿,梅花鹿必然要与老虎斗争。他们之间的关系由轻松变得紧张了,无法避免命运的抉择,自然法则的制约,锻炼自我的需要,考验的严峻压力。小鹿(草原公主)出于同情放走了被围困的小虎(森林王子);小虎被虎王训斥之后,决定不再违反自然法则,要追捕小鹿,但却掉进了鹿群的陷阱;小鹿为了再次解救小虎,失去了自己的能量;小虎终于意识到情谊的珍贵,拼力找到了蓝宝石,解救了小鹿。

这样一场虚虚实实的冲突,编织了种种困惑:法则的对立,角色的交叉,情感的纠结,使两个孩子识别了真情。这样,就达到了教师(快乐精灵)的目的:在游戏中认识生活,认识情谊,锻炼意志。

该剧最宝贵的现代性倒不仅仅在于其舞台魔幻情境呈现的华美与简约,音乐剧特性的发挥,更在于崭新的创作理念——平等相待,顺势而为,巧妙诱导,共同探索。对未成年人的某种倾向一味地围追堵截往往是无济于事的,而睿智的疏导却能创造出一片新的天地。

这就是所谓我们要“蹲下来”与孩子们平等交流,体味他们内心的愿望和情感需求;然后,我们又要“站起来”,拉着孩子们的手,顺着他们的渴望,引领他们迎着太阳前进。

当然,这出戏也并非没有可以商榷的地方,譬如全剧存在着前三十分钟与后五十分钟的裂璺:在前三十分钟,编导倾心于孩子们的心情、心理、心愿的直接展示,摆出了孩子们爱游戏的心愿与成年人决不允许游戏影响学习的刚性约束之间的矛盾,与后五十分钟虚拟空间“绿野传奇”中的戏剧矛盾完全不搭界,这不能不说是个明显的遗憾。

然而我们必须承认,这部戏是走在儿童戏剧创作前沿的,因为它尝试回答了当今儿童在成长的过程中愿望与现实相悖的困惑。

《特殊作业》(中国儿艺)则是一部选取角度十分巧妙的组合式儿童剧,通过五个孩子回到家里给父母洗脚的不同经历,揭示了各自家庭成员之间的内心撞击,显示了被生活表象湮没了的真情。

人们都已经习惯了像流水作业那样的生活程序,习以为常,平淡至极。编剧就是要在这些不断复制的生活流程中揭示惊涛骇浪——深层心灵的相互发现。

从单身妈妈贴满橡皮膏的脚上，女儿发现，那脚上的每一道裂痕都镌刻着妈妈对女儿、对未来的希望……

这里有父亲对儿子的发现——儿子最大的情感渴求是母爱，是完整家庭的温馨。这是小老板父亲万万没想到的……

这里有女儿对继父的发现——继父隐藏着自己的假腿，隐藏着生活的苦痛，却把全部的愉快献给了女儿……

这里有孙子对奶奶、儿子对妈妈的发现——奶奶给三代人洗脚，洗了一辈子，她每每回忆，都没有觉得这是什么付出。正是这种对自己一辈子的付出习以为常，才让儿孙突然发现了平淡的伟大。

在熟悉的亲人身上突然产生了陌生的发现：注满了爱的心。

最令人难忘的是，警察的儿子龙大伟对父亲的发现——在他看来，给那个经常晚回家，因而总是见不到面的父亲洗脚实在很无聊，似乎这个父亲是可有可无的。然而，急促的电话铃声给他带来的是犹如天崩地陷的意外讯息——父亲追捕嫌犯时受了重伤。在这个瞬间，龙大伟突然明白了，能给父亲洗脚是多么宝贵的事啊，一向对他"不守信"的父亲，却对自己的警察天职是多么地忠诚！

戏剧就是对活生生的人的灵魂的奇特发现。

该剧的这些发现之所以了不起，是因为主创与小观众一同在"习以为常"的背后，发现了其中蕴含着生活的真谛；在"理所应当"的付出中，发现了"伟大"的内涵。

虽然该剧选取开掘的角度十分巧妙，但是作者似乎还欠缺缜密而又深邃的思考。譬如在组合之三里，女儿与继父关系的突变，没有建立起精准的因果逻辑链条：发现继父的假肢，只能让女儿产生同情，却不是让她叫出一声"爸"的根由。若想让发现假肢的"因"产生出女儿叫继父为"爸"的"果"，就必须让继父的假肢与女儿的命运建立起有机的关联。

《琪琪的红舞鞋》（浙江省话）就像一首委婉深情的叙事抒情诗。而"诗眼”就是红舞鞋——它是琪琪母亲凄楚但又无法丢失的梦想(若干年前她在表演芭蕾舞时发生了意外,下肢永远瘫痪);它是女儿琪琪无法阻断的执着追求,芭蕾舞让她的梦想飞翔;它是琪琪父亲因追忆伤感而精心的珍藏,因为妻子就是穿着这双由他亲手设计制作的红舞鞋而摔下舞台的;它是好伙伴天天的善良祝愿;它是舞蹈老师对琪琪的殷切期望……

红舞鞋是纠合着全剧人物关系的网结,由此出发而又归结于此,真所谓“诗眼”也。

建构的精巧使人物关系的戏剧性冲突与变化易于精致地呈现——父亲唯恐女儿琪琪热爱舞蹈,刺激妻子内心的隐痛,所以竭力阻止琪琪学舞蹈,强迫她学书法,这使得女儿内心焦灼,不得不与小伙伴天天交换名字,互相顶替,她去舞蹈班偷偷学习;当琪琪与父亲直接冲撞之后,迫使父亲说出了母亲内心的隐痛,琪琪理解了父亲,更加小心翼翼地对待母亲,佯称自己不喜欢舞蹈,这就更加刺激了母亲;母亲虽然被迫告别了芭蕾舞台,她的心却永远定格在芭蕾艺术之中,她的梦想只能寄托在女儿身上,而女儿又不知道母亲的隐秘愿望,对母亲的呵护恰恰再次触痛了母亲的心……

在这样九曲回肠般的情感激荡中,琪琪和父亲、母亲终于从爱的隐晦走向爱的坦荡,从爱的隔膜走向爱的真诚,从爱的自我臆想走向爱的奉献他人,琪琪在爱的鼓励下,开始踏上了实现梦想之路,真挚的爱相融相通了!少男少女们会惊讶地发现——爱的情感是如此的美妙,如此的细腻,又是如此的娇嫩,人们啊,珍视、呵护那柔美的爱的情感吧!这不正是生活的奥秘吗?

音乐剧《宠物总动员》(北京儿艺)以亲近而又新颖的题材,单纯而又曲折的故事情节,性格鲜明而又各具异趣的艺术形象,简洁又有精妙的舞台呈现,明朗而又流畅的音乐旋律,令人拍案称奇。细细品味,这出音乐剧最为可贵的是,艺术家们将自己的主观创意完全变成了该剧呈现出来的客观形式,好像从来就没有单独存在的创意,也从来没有单独存在的舞台故事,那个创意就是这个舞台故事,这个舞台故事就是那个创意。这正如马尔库塞所说,艺术的本质在于把内容变成了形式。

难道不是吗?女主人公老鼠一开场就遇上为找到自己的家而寻求帮助的狗狗,但她毫不掩饰地告诉狗狗:“帮你?为什么?凭什么?对我有什么好处?”她甚至说,“我告诉你,帮助别人对于一只老鼠来说,是一件可耻的事!明白吗?”是的,鼠辈们做梦也不会想到什么“帮助别人”,因为它们生活在阴暗里。而狗狗偏偏又是那么单纯善良,把帮助别人和寻求别人帮助当成了天经地义的事,再自然不过了。是的,所有意想不到的事情自然而然地发生了——一群笨猫执意要抓住老鼠,这又是很自然的天职,或者说是天性啊!狗狗当然不能见死不救,然而却在无意之中当了老鼠的“保镖”。接下来,老鼠的行为就精准地按照自己的性格逻辑发展了:在狗狗的身旁睡觉是那么有安全感,一夜鼾声到天明;继而她就“鼠假狗威”地欺负起群猫来,头脑发胀地认为自己“很强大”;再继而,她撕破了自己送狗狗回家的谎言,说了一句“拜拜,祝你幸福”,就把狗狗撂在半路上了。当然,该发生的事继续发生:群猫再次围捕老鼠,狗狗再次救护老鼠。群猫虽笨,却也能吃一堑长一智,他们决定擒贼先擒王,转而诱捕狗狗。此时,只有在此时,惊恐万状的老鼠才随手扯开水管子,用高压喷水滋向群猫,无意中与狗狗配合作战,驱散了笨猫们。这时,老鼠才感觉到她和狗狗在一起真的很强大!

看到这里,我们似乎悟出了剧中的含义:友情是多么宝贵。不,友情也可以被自私俘虏——老鼠第一次尝到了友情的甜头,感觉到街上的灯光都是那么明亮。由此,她不想送狗狗回家,不是因为“可耻”,而是舍不得。于是,她编造了狗狗被主人遗弃的诚恳谎言。然而,狗狗眼中的世界是由诚实建构起来的,他对主人的忠诚和信任是无法动摇的,他不相信自己会被遗弃,不相信欺骗。于是,他怒不可遏,他要捍卫信任!这使老鼠惊讶、惊愕、惊叹,她大叫了一声:我送你回家!这对一向以帮助别人为“可耻”的老鼠来说,她为自己的行为感到错愕,只能用“我讨厌你给我唱摇篮曲”来掩饰内心对狗狗的爱……当老鼠真的把狗狗送回家时，望着门里温馨的灯光，她被宠物们称赞为“一只好老鼠”。因为，她第一次感知了爱别人的幸福。

仅凭这样的戏剧故事，就把儿童戏剧中多年存在的、面目可憎的教化顽疾扫地出门了！其艺术魅力主要来自对老鼠这个形象的内心嬗变过程给予了真实、细腻、生动的描绘，由可耻到可爱的变化是那样诡谲不定，又是那样自然而然，真可谓“景自天成”。

从这四部好戏的拓展性探索中不难看出，儿童戏剧创作的可喜进程：

儿童戏剧艺术家们正在充满热忱地追踪当代未成年人成长的脚步，和他们一起携手发现生活，认知生活，拥抱生活；

儿童戏剧艺术家们正在用以人为本的核心价值理念，以现代思维方式，殚精竭虑地创造着新时代儿童戏剧多元的崭新构建；

儿童戏剧艺术家们对神圣的艺术越来越敬畏，同时，也越来越自尊、自重、自信，正在朝着山顶的朝霞奋力攀登。

（载于2012年8月20日《文艺报》）

聪明的艺术家总能遇到聪明的观众

——浅谈电视剧《聪明小空空》

聪明就像突然看到隧道洞口闪烁的星光，引人走出混沌与愚昧，向着鸿蒙辽远的世界……聪明就像突然跨上了汗血宝马，尽情驰骋，穿越浩瀚，冲破屏障，向着金光辉耀的旭日……聪明就像突然在险风恶浪中辨认出远方的灯塔，令水手们坚定不移地向着生命的港湾前行……

电视剧《聪明小空空》（以下简称“《小空空》”）给小观众的欣赏愉悦或许正在于此吧。

“聪明”不是让人用来自我炫耀的胸针或者什么其他饰品，而是往往在锲而不舍地突破困惑，发现生活奥秘的时候才突然闪光。聪明的观众之所以爱看这部“说聪明，道智慧”的电视剧，就在于编导让小空空和他的师兄弟们在一波又一波的困惑中，揭示了他们认识生活的艰辛，执着追求，以及在这个过程中一点一滴地磨炼出自己的智慧和正直向上的品格。无论他们是为解救百名无辜的乡亲而去探索无字碑的奥秘，还是为穷苦人伸张正义，智斗丧尽天良的钱万贯；无论是帮助有情男子张雁苦苦寻找意中人白玉楼，使有情人终成眷属，还是用小镗锣设计，让不仁不孝的县令王占魁跪认亲生父亲；无论是训诫悍妇，使之最终孝敬苦难的婆婆，还是举重若轻地制胜三个泼皮流氓……小空空和师兄弟们的聪明从来不是为了炫耀，而始终是为了正义、尊严和仁爱。

这是《小空空》非常宝贵的蕴涵。

全剧的华彩乐章是第 19 至 24 集——将小空空置于故事的涡旋中心：选拔一名优胜者代表法王寺前去参加论禅大赛，而方丈的“奖品”是满足优胜者心中的一个愿望。聪颖的小空空与刻苦的师兄“没了”成了最令人注目的竞争对手。

这部分之所以成为全剧的华彩乐章，有三个原因。

（1）一个栩栩如生的，亲和得可以让人牵手相伴的小空空呼之欲出。

如果说在之前或之后的故事情节中，小空空都是置身于路遇不平，拔刀相助，或挺身而出，扶正祛邪的第三者地位，那么在这段故事里，小空空要战胜的对象正是自己。编导细腻、曲折而又深入地刻画了小空空作为一个向上求进的孩子的心曲隐微。第一轮竞赛他失败了，如何面对失败？他采用了不那么正当的手段，拉拢另一个师兄“没完”去千方百计地搅扰对手“没了”，使之无法专心致志地攻读，以准备下一轮竞赛，甚至害得他被马蜂蜇得满头大包……而这一切，都是因为小空空要誓夺第一。这正是一个孩子真切的心理状态和行为逻辑，可笑而又可信，就像邻家小弟弟做的错事一样，应该受到批评，也应该得到原谅和宽容。

（2）一个是非分明，敢于放弃一己之念的小空空不仅可亲，更加可爱了。

孟子说：“是非之心，智之端也。”能够分辨是非，正是智慧显示之首要。黑山公出于报复心理，使用了卑劣手段，给小空空的饭钵里暗下泻药，师兄“没完”不做声响，却掉了包，让“没了”误食，害得他无法进行论禅竞赛。知道了这个内情之后，小空空毅然对“没了”大叫：师兄，你赢了！须知，小空空是多么想得到第一名啊！现在，他决然放弃，陡然间，让我们看到的不仅是小空空的善良，更重要的是，显示了他对是非之分的守望是多么坚定。而“没了”并未因此平息，在一怒之下，竟然认为最黑的墨是人心。这犹如重锤一击，碰撞出小空空思辨的火花：人心不是黑墨，否则我们师兄弟何以曾经相亲相爱,团结一心？世上没有“最黑的墨”,师父说的“最黑的墨”就是希望中的单纯,寻找它是为了锻炼我们坚定的信念。禅语就是哲理,哲理需要在实践中不断地感悟。小空空的这一“悟”,一切都豁然开朗了……这是多么可爱的孩子呀!

(3)一个渴求亲情,渴求母爱的小空空令人感慨万千,更令人尊重。

小空空暂夺论禅大赛的第一名,有着他特定的隐秘心理与情感的渴求。老方丈有言在先,获得优胜者,可以满足其心中的一个愿望。而小空空最强烈的愿望就是想见到自己的亲生母亲。由于种种不可公开的情由,虽然母亲在场,却不能母子相认。在拉肚子的秘密揭开之后,母亲恳切请求老方丈给予小空空继续参赛的机会。这样,在实际上,母爱已经悄然赋予了小空空,使他得以论辩成功。的确,正如老方丈所说,母亲就在小空空的心中。然而,不知底里的小空空向着苍天呼唤:母亲,你在哪儿呀!此时,他的母亲泪如雨下,不能自持……观众也随之热泪横流。这热泪不仅是同情,更是对小空空这一强烈渴求的理解与尊重。

华彩之所在,就是小空空这个艺术形象深深地感染了观众,他已经灵动地活跃在观众的心里了。不是吗?聪明的艺术家就是这样拥有了聪明的观众!

值得研究的还有《小空空》的艺术构建——以小空空为首的五个小和尚,实际上,就是五个孩子,把他们置于成人社会之中,经历人世间的种种风雨波折,适合儿童观众的欣赏习惯吗?

回答是肯定的。原因有二:

(1)《小空空》是根据民间故事再创作的,丰厚的民间文化土壤为其提供了充足的营养,故事情节一波三折,环环相扣,引人入胜,令人把玩不尽。儿童是最喜欢“吃”故事的,峰回路转的故事线索,起伏跌宕的情节演绎会使他们目不转睛,全神贯注。这正是民间故事传奇的魅力。

(2)最重要的是,这五个孩子的喜怒哀乐、行为逻辑使儿童观众感到十分亲切。全剧无处不在的是小空空和师兄弟们的历险,甚至有时是出生入死。这是孩子们,特别是男孩子们最感兴趣的,就像《汤姆·索耶历险记》《哈克贝利·费恩历险记》那样,能赢得孩子们极大的欣赏兴味。其深层心理,俄罗斯著名作家赫尔岑已经描述得十分生动了:

> 当一个孩子意识到自己成为少年人并第一次要求在一切人类的活动中参加一份的时候,那可真是人生中美妙的时刻:活力沸腾着,心脏猛跳着,力量是充沛的,世界也是那么地美好、新颖、光辉,充满着胜利、欢跃和生命……

小空空和他的师兄弟们除了遵循佛教修善为本、大慈大悲的教义之外,还表达了参与成人社会惩恶扬善活动的强烈愿望。而这,也正是少年观众的美好愿望。

《小空空》里另一个值得思考的现象是,它不仅赢得了孩子们的喜爱,也赢得了成人们的赞许。或许可以说,这就是"老少咸宜"吧?

安徒生说过,他在给孩子们写童话故事的时候,经常想到孩子们身旁还有他们的妈妈。也就是说,安徒生在追求"老少咸宜"的艺术效果。然而,"老少咸宜"的艺术效果并不是那么容易获得的。如果你是这样追求"老少咸宜"的——这一段是给成人看的,另一段是给孩子看的,那么其结果往往适得其反:成人觉得浅白,孩子觉得深奥,老少都不讨好。美丽的目标常常捉弄人,明明你想走进这间屋子,结果却进了另一个房间。那么,老少咸宜是怎么实现的呢?

儿童文艺作品往往有个奇特的现象:观众(或读者)对象越是具体,越是明确,越是为自己聚焦的受众所喜爱,就越能吸引更加广泛的观众群。譬如经典儿童戏剧《马兰花》,原本的聚焦受众是低年级儿童,却引得爸爸妈妈、爷爷奶奶也看得津津有味。再譬如《小兵张嘎》,那是一部典型的儿童片，却让各个年龄段的观众都十分喜爱。

老少咸宜似乎不一定是创作目标，而是艺术魅力充溢的实证。前面提到的《小空空》“华彩乐章”部分就是典型的例子。

如果要继续打造《小空空》的品牌，继续创作、拍摄出更加精彩的续集，那么建议是——

（1）既然是植根于民间文化的丰厚土壤，那么似乎应该更加自觉地建立起民间故事剧的叙事体系和叙事风格，无论是人物形象、背景安排、场景设置、故事演绎、视听语言，都应该具有统一的、鲜明的、浓郁的民间文化特有风貌。

（2）故事情节主线更加单纯，人物个性细节更加丰富，将会进一步加强作品的魅力。因为故事这个载体从来都是为塑造人物形象服务的。

（3）继续拓展和开掘主人公小空空和他的师兄弟们的内心世界，更加精心于他们各自的独特情感、独特心理、独特表达方式的描绘和刻画，使小空空和他的师兄弟们更加成为人见人爱，难以忘怀的美好形象。

祈祝《小空空》获得更大的成功！

（载于2012年第8期《当代电视》）

可以希冀的闪光点

——2012 年中国动画美猴奖作品印象

或许可以这样描述 2012 年中国动画的现状：在路上。

所谓“在路上”，就是动画业界在前行，在探求，在蓄志；同时，也意味着尚未有大突破，大升腾，大成功。

然而，希望的火花始终在点燃，在闪耀。譬如在去年 12 月评选出的中国动画美猴奖的获奖作品中，就确实有可以希冀的闪光点。无论是坚韧、持续地打造“品牌”的《喜羊羊与灰太狼之开心闯龙年》，还是巧妙地利用网络游戏的人气积蓄，从而在市场上颇有斩获的《摩尔庄园之海妖宝藏》；无论是着眼民俗文化，努力普及中国民间医学知识的《大角牛》系列，还是重在低幼儿童情感、情趣培育的《甜心格格》；无论是在中华五千年文明史里开拓动画题材，以使中国动画的内容愈加丰厚的《飞越五千年》，还是继续张扬人人喜爱的阿凡提所代表的民间智慧、民间文化的《少年阿凡提》……都显示了动画人的真诚努力。

去年，中国动画经典之作《大闹天宫》在诞生五十多年之后，又产生了 3D 版。借此重温，令人惊叹五十多年前的《大闹天宫》所达到的艺术境界，我们至今望尘莫及。其造型之简洁明快而又神韵丰厚，画面之精美动人而又意蕴隽永，情节之流利晓畅而又惜墨如金，动画艺术本体特性幽默与想象淋漓尽致而又摄人心魄的表现,都不能不令人顿足自愧,甚至产生疑问:我们是否虚度了光阴?

值得欣慰的是,在获奖作品中确有可以希冀的闪光点——

看了《神秘世界历险记》(长片,江苏优漫卡通),我们有理由感到高兴的是,主创在着力关注人物形象,关注人物的独特行为、独特心理、独特情感的独特表达方式。

主人公王雨果就是个具有鲜明个性的小女孩儿,她率真寓于野性,天真付诸多动,好奇催发冒险,行为先于思索。她学着村里人的习惯,称呼自己的爸爸是"大山哥",撕下新衣服的袖子,把自己装扮成"地球女侠";她敢于逗弄野猪,毁坏村里的道路;她发现了传说中的"包子脸怪兽",立即就紧追不舍,直至掉下悬崖……她不想自己跌下悬崖之后是怎么得救的,看见了神奇的云鲸又径直走进其巨大的肚皮。她就这样莫名其妙地闯入了"神秘世界"。

故事一发端,主人公的性格就这样跃然于画面了。这是很可喜的,不管有多少玄妙时髦的"理论"说教,不可迷惑,无法湮没的至少有这样一条,那就是艺术创作的最终目标就是形象(人)的塑造。舍本逐末的引诱,无非就是自我炫耀,自欺欺人而已。《神秘世界历险记》的主创在接下来的主要情节中,倾力于王雨果与"啦啦"(即所谓"包子脸怪兽")、大熊之间颇有戏剧性人物关系的刻画,使情节真正成人物性格发展变化的历史。譬如先是啦啦担忧王雨果在神秘的"云界陆地"滞留三天之后将永远变成动物,再也回不到家里,再也见不到自己的亲人了,于是竭力乞求大熊帮忙,和大熊一起尽快送走王雨果。而此时,一直不想家,巴不得在外面自由自在的王雨果却突然长出了猫一样的胡须,狗一样的尾巴,她这才产生了平生的第一次惊恐,渴望回到爸爸身边。就在王雨果即将离境时,贪婪的"将军"(老虎)为实现自己的野心,全力追捕由天地孕育而成的啦啦。一向独往独来、不顾他人的王雨果被啦啦的真挚情谊深深地感动,一定要留下来,与大熊一起,殊死保护啦啦。这时,她再也不粗野地张口就喊“大笨熊”,而是和“大熊叔叔”生死相依,勠力同心了。就这样,王雨果的鲜活形象塑造完成了。

王雨果的历险,既惊奇(云界陆地的奇异)又亲和(啦啦的憨厚与诚实犹如邻家小弟,大熊的唠叨与善良犹如邻家大叔),让小观众感到既兴味盎然又切实可信。

遗憾的是,主创在构思时接受了时下流行的某类通俗小说的惯性思维方式,有意无意地“从众”,设置了既不新奇又无吸引力的所谓“九星封印”之类的情节,让原本非常清新的童话架构耷拉出一块赘肉。

应该给予热情关注的还有系列连续动画片《熊出没》(深圳方特卡通)——以憨厚、快乐的熊大和熊二(森林是他们的家)为一方,以神经质地执着于个人实惠的光头强(砍伐森林者)为另一方,在不变的“保护者与破坏者”的冲突中,持有猎枪的光头强却永远是反胜为败。譬如在《熊与熊猫》中,熊大和熊二嬉笑着浑身刷满涂料,玩耍装扮国宝熊猫的游戏,不料却陷入光头强之手。贪婪的光头强幻想贩卖国宝,一夜暴富。一场大雨冲刷了熊大熊二身上的涂料,双熊的尴尬引发了光头强的恼怒,光头强的恼怒又激起了双熊的吼叫,令光头强晕眩倒地。同样,《引熊入室》和《功夫熊》也是在光头强把握先机之后遭到了双熊的奚落和耍弄,令其贪婪的如意算盘一败涂地。

显然,《熊出没》的主创认真地借鉴了经典动画片《米老鼠和唐老鸭》《猫和老鼠》的创作思维模式。尽管还没能达到经典作品的睿智与精巧,但是他们理解了动画艺术的本体特质是幽默与想象,理解了《米老鼠和唐老鸭》《猫和老鼠》这类经典作品是怎样运用动画的幽默思维去表现幽默的动画艺术的。正如笔者曾经说过的:“古老的简约正蕴含着足可令后人借鉴一生的奥秘。其奥秘之一,就是用儿童般的想象,哲人般的智慧,喜剧般的机巧,梦幻般的奇计,求证一道‘永恒的公式’:弱者在困境(危机)中的突破。而每一次的‘突破’都会让人惊讶,惊喜,惊呼,惊叹;每一次‘突破’都蕴含着智慧的超群,乐观的精神,机趣的反应,尖锐的冲突;每一次‘突破’都创造出了奇幻绝妙的场景,富有戏剧性的节奏,喜出望外的结局。这就是幽默在动画艺术中的强大魅力。”(见拙文《幽默之索微》)

《熊出没》正朝着这个动画艺术豁然开朗的胜境前进,让我们为此祝福吧。

来自高等院校的两部短片引发了业界的称赞,显示了那些立志成为“培育大师的摇篮”学堂确实是可以企盼的。

譬如《抢狮头》(中国传媒大学动画与数字艺术学院)构思新颖,制作精美,将师兄妹二人在悬空绳索上的要狮表演描绘得惊心动魄而又精彩奇妙,竟然在时长不过短短的四分钟里,精密地设置了九次争抢:一抢在出场前,兄妹四目对冲;二抢在亮相时,小妹双绳劈叉,先声夺人;三抢在铜鼎横滚后,师兄跃起,纵跨铜鼎,抓住狮头;四抢是小妹突然踏绳飞跃,落在师兄之前,再抢狮头;五抢是师兄踹开铜鼎,撞下小妹,重新夺回狮头;六抢是小妹抓住狮身,倒立蹬鼎,紧追不舍……正在兄妹二人逼视对方,各不相让时,铜鼎失控,翻滚冲撞,竟把表演的支点——悬空的绳索撞断,这就是第七抢,只不过对立面变成了铜鼎,守护狮头的是一改对立,转而联手的兄妹。陡然间,原本轻松、俏皮、幽默的表演一下子变成了巅峰时刻的生死抉择。正在兄妹二人合力攀登长梯,以图化险为夷时,长梯却咔吧一声拦腰断裂,将兄妹二人甩上空中。这就是最为惊险的第八抢,长梯又变成了他们兄妹的对手。此时,兄妹竭尽全力地将狮头抛向屋顶,让大张的狮口一下子叼住房梁上的灯珠,师兄顺着长绺的狮身,身轻如燕地落地,小妹则抓住狮头悬空俯瞰,兄妹对视,交相呼应,引来满堂喝彩。就在谢幕之前的一秒钟里,完成了第九抢——小妹抓住狮头,稳稳地坠落,正好骑在师兄的脖颈上!

这是动画艺术本体特征幽默与想象的又一种炫彩,不仅需要扎实的基本功,更重要的是锻炼了动画学子们用动画思维去表现世界的独特方式,其中包括戏剧性节奏的巧妙把握。

《老房故事》(北京电影学院动画学院)则显示了动画学子们对动画艺术表现当代生活的理解深度。在大专院校选送的动画短片中,我们往往会看到一些年轻作者把自己的童年回忆当成创作题材,颇多表现“想当年”的慨叹。其实,不过是“少年不识愁滋味……为赋新词强说愁”罢了。而《老房故事》的创作者们则是在纷繁复杂的现实生活中锻炼自己的敏锐目光,从中选取自己确有切身感受的题材,表达自己的真情实感和独立思考——

老房里的老者回到自己破旧的老楼房里,看到的尽是些不顺眼的人,有整天聚众打麻将的胖女人,有整天喝酒烂醉的小眼男人,有整天低头玩游戏机的小女孩儿;还有一个,住在自家楼上,整天叮当敲打的拿榔头的男子……而老者则整天在自己的屋里抱着小狗,听着半个世纪前的老歌曲,沉浸在往日的回忆里。一夜大风之后,老者清晨醒来,惊愕地发现自己的脑袋变成了狗头,胖女人变成了麻将牌脸,小女孩儿变成了游戏机脸,醉汉变成了抽水马桶脸,楼上的男子变成了榔头脸……大家有个共识,就是“没脸见人”,只能凑在小屋里唉声叹气。小女孩儿拿出久违了的八音盒,优美的乐句让他们回忆起曾经有过的亲和场景:大家曾经为新生的小女孩儿尽情赞美和祝福……那是多么美好的情景啊!

显然,学子们受到卡夫卡《变形记》的影响,敏锐地从习常惯见的生活现象中挖掘令人警醒的蕴涵。这是动画艺术中应有的又一种幽默与想象,那就是,深沉的,锐利的,从而响起类似果戈理在《钦差大臣》里喊出的:笑你们自己吧!

(载于2013年2月27日《文艺报》)

儿童艺术作品：期待精美

一

孩子们爱听，也更爱“看”充满绚丽色彩的动人故事。无论这些故事是在舞台上呈现的，还是动画片里演绎的，都能让他们陶醉其中，得到愉悦的感受。

这种愉悦感受会激发孩子们漫漫的遐想，开启孩子们崭新的认知，陶冶孩子们美好的情感，带领孩子们徜徉在温馨而灿烂的精神世界里……这是任何物质享受所不能代替的。

这种愉悦是孩子们的渴求。

当然，这种愉悦产生的前提是作品的精美。精心的、精致的、精彩的作品才可能感染孩子，满足孩子们的渴求。

在近几年的儿童戏剧创作中，相继诞生了令人欣喜的好作品，让小观众感到了愉悦。譬如——

《古丢丢》里的古丢丢曾经遭受过“善意”的漠视，但她用真诚打动人，用体贴感动人，用自强（弹琴的才能）征服人，终于让人们发现了她的心灵就像夜晚漫天璀璨的星斗。

《我和我的影子》(改编)里的李大米在自己影子的鼓励和支持下，自我发现，敢讲真话，从自轻走向自重，从自卑走向自信，成为一个可爱的人。

动漫剧《小蝌蚪找妈妈》里的小蝌蚪以自己惊险和奇妙的经历诱导小观众去发现妈妈的真挚和深情，发现生命的有限和珍贵，破解了那句家族的古怪语言“普里马踢透”的真意：妈妈，我爱你！

动漫剧《你看起来很好吃》(改编)里的小甲龙竟然与食肉的霸王龙结成了亲密的父子关系！只因为刚破壳而出的小甲龙误以为霸王龙是自己的父亲，他那一句句清脆的“爸爸，爸爸”的喊声，使霸王龙不忍吞噬他，并且逐渐对其呵护有加，甚至为保护他而牺牲了自己。孩子们由此悟出了：世界上最强大的不是尖利的牙齿，而是打动心灵的真情与信任。

《成长的快乐》则用现代观念表现了当下少年儿童的情感、愿望和困惑。在孩子们喜欢玩的电子游戏的虚拟空间里，一对小伙伴分别变成了森林王子和草原公主，他们各自加入了老虎部落和梅花鹿群。法则的对立，角色的交叉，情感的纠结，使两个孩子认识了生活，理解了友谊，锻炼了意志。

《特殊作业》是一部选取角度十分巧妙的组合式儿童剧，通过五个孩子回到家里给父母洗脚的不同经历，揭示了各自家庭成员之间的内心撞击，显示了被生活表象湮没了的真情。孩子们惊讶地发现，这些平常的真情是那么伟大。

《琪琪的红舞鞋》就像一首委婉深情的叙事抒情诗。在九曲回肠般的情感激荡中，女孩儿琪琪和父亲、母亲终于从爱的隐晦走向爱的坦荡，从爱的隔膜走向爱的真诚，让真挚的爱相融相通。

《宠物总动员》以十分有趣的故事和各具异趣的艺术形象令人惊喜——一只以帮助别人“为耻”的老鼠在得到了狗的真诚帮助之后，产生了对友情的依恋，并终于做了一件帮助别人的事——引领迷路的狗找到了自己的家。这时，老鼠第一次被称作“好老鼠”，第一次感受到光荣的快乐。

由此可以看到：有志气的儿童戏剧艺术家们正在充满热忱地追踪当代

未成年人成长的脚步，和他们一起携手发现生活，认知生活，拥抱生活；他们正在用以人为本的核心价值理念，以现代思维方式，殚精竭虑地创造着新时代儿童戏剧多元的崭新构建；他们对神圣的艺术越来越敬畏，同时，也越来越自尊自重自信，正在朝着山顶的朝霞奋力攀登。

在为儿童制作的动画片里，也涌现了好的或较好的作品。其中，最值得关注的就是《熊出没》。该片以憨厚、快乐的熊大和熊二（保护自己的森林家园）为一方，以神经质地执着于个人实惠的光头强（砍伐森林者）为另一方，在不变的“保护与破坏”的冲突中，没有猎枪的熊大、熊二却永远能反败为胜。显然，《熊出没》理解了那些经典动画片所蕴含着的动画艺术的本体特质。其奥秘之一，就是用儿童般的想象，哲人般的智慧，喜剧般的机巧，梦幻般的奇计，求证一道“永恒的公式”：“弱者在困境（危机）中的突破。而每一次的‘突破’都会让人惊讶，惊喜，惊呼，惊叹；每一次‘突破’都蕴含着智慧的超群，乐观的精神，机趣的反应，尖锐的冲突；每一次‘突破’都创造出了奇幻绝妙的场景，富有戏剧性的节奏，喜出望外的结局。这就是幽默与想象在动画艺术中所展现出来的强大魅力。”

《熊出没》因此给孩子们带来了审美愉悦。

二

还应该看到的是，无论在儿童戏剧，还是在为儿童制作的动画片里，粗制滥造者并非鲜见。譬如在儿童戏剧里存在这样的怪现象——

一是打着“寓教于乐”的旗号，出现一些逗乐的场面，然后立即加上一段直白的教化。譬如在某届汇演中，竟然有两出戏都设置了老者形象，然而他们游离于戏剧情节之外，毫无性格可言，只是在逗乐之后，字正腔圆地直白主题意义，教育意义……瞧，“教”也有了，“乐”也有了，岂不完美？殊不知，这是“教”“乐”两张皮，犹如糖衣药片，偏偏不解“寓”字的真谛：教育的宗旨要融化其中，深藏其中，要“润物细无声”。

二是矫情地制造煽情戏。所谓矫情，就是让人物沿着预定的理念说话行动，为宣扬理念而凭空制造出违背生活逻辑、性格逻辑的所谓“感人”的场面，强努着煽动臆造中的所谓“情”。这只能自慰，却不能感人。譬如由于某剧的编导者并没有真正地发现生活，真正地发现人，竟然把主人公老师的不妥行为当成“兢兢业业”来竭力赞美：让这位老师在错误的时间，错误的地点，不知道尊重学生，也失掉了自尊地硬是赖着家访，打散了那位单亲学生为自己破碎家庭精心安排的团聚。这与其说是剧中的老师不懂学生心理，不如说是编导者矫情地臆造。另一处矫情是，学生们为了给贫困生捐钱，不顾肚子胀，猛喝饮料，只是为了积攒满台的塑料瓶子去卖废品。饮料值多少钱？瓶子值多少钱？买椟还珠了吧？另有一出赞美残疾儿童励志的戏，本来是很有价值的，但却过度夸大了主人公（残疾儿童）的作用：没有手脚的她却能从病榻上起来，帮助打工者推煤车，上坡下坡，急速转弯……最后感动了打工者，让他那辍学的儿子去上学……造作得失掉了可信力。

这就好比风筝在理念丝绳的牵动下，它只能在预定的空间装模作样地、不厌其烦地摇头晃脑，却无法在人们的心灵中飞翔……所有这些说教与矫情产生的原因是，急于表现编导者的主观愿望，急于“教育”，而不是从人物出发，从生活出发。

在为儿童制作的动画片里，值得警惕的是主观臆造，思想贫乏，对动画艺术的本体特质少有研究，却“敢于”下手。至少有这样几种情况存在——

一曰：故弄玄虚，内容空泛。

某次评选，在十几部片子里，居然有四部的开篇雷同，都是从浩瀚无际的星空开始，在陨石飞迸，流星倏然的画面中，声嘶力竭地呼唤“拯救世界”“挽救人类”……然而，接下来的画面却是一只小书包、课桌、低幼儿童的咿咿呀呀……真是丈二和尚摸不着头脑，令人瞠目结舌！

在以“小鲤鱼跳龙门”为题的创意方案中，洋洋万言，写出的竟是荒诞离奇的故事大纲：

有的一开场就写人类已经灭绝，苍茫天地间只有一条小鲤鱼，它是救世主，恢复了世间众生……

有的不顾此题的民族民间特色，构想故事发生在爱琴海，出现了厄里帕尼亚岛与玛兹瓦蓝海盗……

有的写小鲤鱼跨越时空隧道，见识了黄帝、尧、舜、禹直至岳飞、梁山伯等等一系列有名人物……

二曰：人云亦云，拾人牙慧。

屡见不鲜的摹仿，形成了套路——先设置一个奇形怪状的恶魔和恶魔集团，他们要独霸宇宙；再设置一个英俊潇洒的正义者集团，双方在太空操纵着最先进的飞船，发射着激光炮弹，相互恶斗，没完没了……

三曰：金碗在手，不知何物。

面对宝贵的民间传说素材，却不知如何挖掘，如何丰富，如何建构出适合于动画艺术表现的故事情节，于是就闭着眼睛“编”。如两个小孩儿找到了能够战胜旱魃的五位仙人，几句对话，说服成功，五位仙人欣然答应；但是，直到两个小孩儿战胜了旱魃之后，五位仙人才姗姗来迟……再说那旱魃，原本恐水，却能在惊涛骇浪中对小龙女紧追不舍，直逼得小龙女“翻船灭顶”……这就好比把鱼儿“淹死”在水里一样可笑。更不可思议的是，故事开头的画外音说，这个故事发生在西周时期，那时有个皇帝如何如何……父母原本期望自己的孩子参加科举考试……打住，西周尚无“皇帝”，科举乃自隋朝始！

四曰：生编硬造，不知所云。

有的搜索枯肠：猎人的小儿子为了阻止父亲猎捕小白狐，就与小白狐设计，自己佯装昏死，让小白狐叼着他的衣袖，拖向家中，小白狐“被”制造成了“救命恩人”。于是，被骗的猎人就立刻转变了，声言谁敢猎捕小白狐，就打死谁……要完成“猎人保护狩猎对象”的悖论，仅靠如此苍白、牵强的“戏扣”能行吗？不错，“一切皆有可能”，这是乌龟大师的格言。然而，《功夫熊猫》的编导发挥了多少非凡的想象，设计了多少精彩的情节，编织了多么缜密的结构，才实现了这句格言啊！至于给生编硬造的故事涂上神圣的光环，那就更离谱了。

五曰：小神盛行，大才天生。

冠名“小”字，如“小某某”之类，意在贴近儿童观众，本无可厚非。但“英雄小化”之风渐起，屡屡出现让“小”字挂靠“名门名人”，把“名人”之毕生辉煌“嫁接”到其孩童时代，颇有大才天生之慨，仿佛其一降生，啼哭就是灿然的诗句。殊不知，《曹冲称象》中的儿童智慧，《猫和老鼠》中的老鼠无一不是用其“小”的机敏。自古英雄出少年，其“英雄”行为仍是出于“少年”的思维逻辑和行为逻辑，如《小兵张嘎》中的嘎子，比利时传说中的小于连那样。

六曰：如文绘制，连环画“动”。

“按文索图”，如文绘制，再让画面活动起来，犹如速翻小人书，活动变人形……动画者，“画”中之人“动”了也。如此理解动画艺术，是否失之偏颇？

上述种种，症结均在于：缺乏生活根基，缺失文化准备，缺少真诚感悟，更缺少对动画艺术之于生活的考量，致使思维武库贫困。

然而，孩子们正在饥渴地期待着精美的作品，期待精神的享受和愉悦。每每想到他们期待的目光，哪个还敢于懈怠，不是吗？

（载于2013年6月1日《光明日报》）

儿童动画片“宜”与“不宜”

我们都爱看孩子的眼睛,那里或闪烁着开心欢笑的甜美,或流动着倾力思索的聪颖,或荡漾着追求美好的憧憬……然而,最打动人的是,当他们一改呼朋引伴,欢呼雀跃的样子,而是安安静静,专心致志地坐在电视机前观看动画片的时候,那一双双眼睛里放射出来的目光是急切的,渴望的,兴奋的,快活的。他们忘掉身边的一切,只是期待着动画片能给他们带来梦一样美丽的心灵享受。

“动画片”在孩子们心里已经成为“美妙”的代名词,尽管动画片并非全部属于孩子,还有一些动画片不是为孩子们创作的,但孩子们却是动画片最忠实、最天然的观众。

孩子们对动画片的信赖是无可置疑的。这是因为动画片不是用抽象的语言和文字讲故事,而是使用直观的、具象的画面,并且这些使用绘画、或雕塑、或电脑技术制作的画面是内在有机连续运动着的,从而创造出一个奇妙的物质现实世界,令人向往的梦一样的世界。在这样的视觉艺术世界里,孩子们幻想的好奇天性得到了充分的享受和满足。这是孩子们除了糖果、游乐之外的一种迥然不同的快乐,即艺术欣赏的快乐。这种快乐是值得培育和发展的,因为“大的快乐来自对美的作品的瞻仰”(德谟克利特语)。所谓“大的快乐”不是感官刺激和物欲的满足,而是精神的熏陶和情感的陶冶,是构建美好品格和情感的途径之一。

许多人在童年记忆宝匣里珍藏着当时令人兴奋不已的动画片的某个人物形象或某个情节片段,他们每每谈起还总是那么津津乐道——“骄傲的将军”那荣归的炫耀与被俘的可怜总是那么教人咀嚼不尽;孙猴子在天宫中率性大闹,闹出了那么多超级有趣的情景,比梦幻还神奇……小蝌蚪的稚嫩天真,牧笛的悠扬美妙,三个和尚的有趣造型,黑猫警长的英武神态里的童真,鹿铃声中的善良女孩儿与单纯的小鹿……不都是童年记忆里的珍宝吗?

至于那些为世界各国儿童所喜爱的优秀动画更是显示了动画艺术的魅力,让孩子们沉浸在如梦如幻如诗如歌的境界里。《龙猫》里那只看似怪异的肥胖龙猫,让桎月姐妹感到的不仅是友善和亲切,甚至整个生活都变得温馨可爱了;《冰河世纪》里猛犸象、剑齿虎对人类婴儿的百般保护,让孩子们感受到爱的力量是无可战胜的;《飞屋环游记》里同样是爱的力量使得卡尔爷爷的小木屋飞腾起来——对终生伴侣的爱,对美好梦想的爱,对短暂人生的爱,对大自然的爱,对纯洁孩子的爱,把卡尔爷爷风烛残年的悲剧变成了阳光和煦的喜剧;《勇敢传说》里公主梅莉达在她的母亲突然变成黑熊之后,一改与母亲的龃龉不和,变为与母亲同心合力突破困境,由此相互沟通,相互发现了对方的可贵……而《米老鼠和唐老鸭》《猫和老鼠》《蓝精灵》等一大批脍炙人口的动画片更是给孩子们带来了无尽的快乐。

这些都是动画艺术给孩子们带来的“宜”,即显示了艺术的价值——正如英国文艺批评家赫伯特·里德所阐述的,“艺术的基本价值在于以下三种价值的有机总和,即:(1)源于愉悦性、抽象性与和谐性的形式价值;(2)富有同情感、趣味性与揭示潜意识生活的心理价值;(3)隐含在艺术作品中的具有深度和广度的精神性的哲理价值”。(转引自《二十世纪外国美学文艺学名著精义》)对动画艺术的欣赏而言,其形式价值、心理价值都是毋庸赘言的,而其中的哲理价值,对儿童观众而言则是长久的渗透性的,并非是一次性的彻悟。

惟其儿童对动画片无保留地信赖和喜爱,专门为儿童这个特殊受众创作与制造的动画片不仅应该适应儿童的欣赏特征,努力满足他们的审美期待,还应该格外慎重地审视和选择——哪些是不应该给孩子们看的,譬如暴力、色情、灵异。

如果从文字定义上分辨,上述这三个词语倒是很简单明了的。然而,在创作和制作中,却并不是那么易于分辨——

1. 暴力、打斗与游戏

《现代汉语词典》(商务印书馆,第6版,2012年)中,对“暴力”的解释是:“强制的力量;武力……”而动画片确实擅长表现例如武术那样快速变化的连续性动作的画面。怎么办?不让儿童看武打片或武打场面?显然不是。否则,我们该怎样评价《大闹天宫》?在《黑猫警长》里,警长还要不要向窃贼老鼠(中枪后成为一只耳)开枪?实际上,我们非常欣赏《大闹天宫》中孙悟空与二郎神的打斗,一个尽显七十二变的智慧,另一个则是愈发表现高强,两强相斗,与其说是武力对武力,不如说是智勇相较,令人看不胜看。黑猫警长那一枪还真得开,否则,他怎么保护大家的安宁?其实,只要抹掉画面上那滴血,让逃窜的窃贼老鼠伴随着枪声,瞬间变成了一只耳,不正是具有夸张效果的喜剧场面吗?那么,我们在儿童动画片里竭力要避免的“暴力”究竟是指什么?在笔者看来,为了呵护儿童(特别是低幼儿童)幼小纯净的心灵,儿童动画片不应该宣扬以欺凌、欺辱为目的的强制行为,或者渲染暴行的恐怖血腥场面。这里既有技术层面上的问题,更有观念意识的考量:

(1) 在给儿童,特别是低幼儿童观看的动画片里,大可不必二元对立,非黑即白,不必非要设立一个万恶不赦的所谓“反一号”,不必非要将这个“反一号”打倒砸烂,置于死地。在《猫和老鼠》里,每一个小故事的戏剧性冲突都十分尖锐,但贯穿其中的却是游戏式的打斗,是智慧的比赛,没有任何暴力或暴力倾向之嫌。在《无敌破坏王》里,破坏王拉尔夫并没有被塑造成什么吞噬人类的恶魔,而只是一个急躁粗鲁的问题少年,他的内心隐藏着善良和同情。同样,《美女与野兽》中野兽(原本是王子,因为缺少爱心,他被魔法变成了野兽)实质上也是个问题少年,他企盼着获得真正的爱,从而解除魔法。类似这样的人物定位以及全片描述他们力争转变成好人的曲折过程,就不可能出现暴力和暴力倾向。

(2) 避免表现暴力倾向,在技术层面上,《米老鼠和唐老鸭》已经创造了成功模式——唐老鸭无论从高空摔下或被碾压都只是成为薄薄的“相片”,抖搂几下就恢复原状了。这只能博得小观众一笑,哪里会有恐怖的感觉?

国产片《喜羊羊与灰太狼》以及近期出现的《熊出没》获得成功的奥秘之一,就是它们都领悟了动画艺术幽默的思维方式,即用儿童般的想象,哲人般的智慧,喜剧般的机巧,梦幻般的奇计,求证一道“永恒的公式”:弱者在困境(危机)中的突破。而每一次“突破”都会让人惊讶,惊喜,惊呼,惊叹;每一次“突破”都蕴含着智慧的超群,乐观的精神,机趣的反应,尖锐的冲突;每一次“突破”都创造出了奇幻绝妙的场景,富有戏剧性的节奏,喜出望外的结局。譬如,在《熊出没》里,往往都是那个非要毁坏森林的光头强把握先机,之后遭到了保护森林家园的双熊的奚落和耍弄,令其贪婪的如意算盘一败涂地。然而,同是《熊出没》,竟又出现了这样的场面:光头强突然变成大力士,高高举起一只黑熊并把它摔砸下来,甚至还跳上熊背蹬踏……如此笨拙地表现戏剧情势的陡转,不就成了张扬暴力了吗?哪里还有什么“幽默”思维呢?《喜羊羊与灰太狼》同样遵循了弱者运用智慧战胜强者的幽默思维模式取得了成功。至于说红太狼用平底锅砸丈夫灰太狼的动作是暴力,笔者以为这多少有些牵强。如果说这个动作不宜,就在于这种打情骂俏式的“妻管严”行为不该出现在给低幼儿童制作的动画片里。

2. 爱情、友情与色情

在儿童剧和儿童动画片里当然不能出现色情,但能不能出现爱情?回答是肯定的。动画片《白雪公主和七个小矮人》里写的就是爱情战胜了死亡,儿童剧和同名儿童动画片《马兰花》写的就是勤劳的马郎与善良的小兰相爱、结婚的故事。为什么从来没有人对这两部写爱情甚至写结婚的作品提出任何异议呢?关键在于——他们给孩子们讲述的爱情实质上是在讲友情,丝毫没有感官刺激的"色"与"性"。因为我们的孩子们从小就应该感受到爱是美好的,是纯洁的,是高尚的。

3. 灵异、迷信与想象

用灵异来制造恐怖和悚然的氛围,无论如何都不应该出现在儿童动画片里,因为这是对孩子们心灵的毒害。灵异与想象的根本区别在于:前者是迷信,是虚妄,是唯心;后者从生活的本质出发,"给自然和生活一个新的解释"(卡西尔:《符号,神话和文化》);前者是黑暗的,迷茫的,后者是阳光的,是美妙的。想象,非凡的想象是动画艺术创作所必需的,没有幽默与想象就没有动画艺术创作。动画艺术的幽默魅力就是凭借着想象的羽翼飞腾的——从《牧笛》到《龙猫》,从《大闹天宫》到《无敌破坏王》,从《天书奇谭》到《借东西的小人阿莉埃蒂》……无不是用奇思妙想创造一个个美丽的梦的世界,让孩子在获得情感愉悦和精神享受的同时,感悟着生活的真谛。

记住孩子们那一双双信赖的眼睛吧,创作的激情和责任就在其中。

（载于2013年12月21日《光明日报》）

期盼：人类的良知

——儿童剧《木又寸》推荐词

作为新中国儿童戏剧史上第一部大型独角戏《木又寸》,以儿童般纯真烂漫的想象,以充满挚爱的悲悯情怀,传扬了太阳底下所有的生命都有权快乐成长的信念。或许这是当今进步人类的伟大良知,是保护地球生态环境、呼唤人与自然和谐相处的初衷与归宿。

这是一部舞台样式洗练而又丰富新颖的独角戏。在如同打开的大自然百科全书的页面里,在现场多种乐器的拟声和旋律中,随心所欲地演绎着主人公(小银杏树)曲折多变,跌宕迷离的命运轨迹。女主演十分巧妙地将台词、表情、肢体有机地融为一体,不但细腻地刻画了主人公富于变化的内心世界,而且转瞬间即可展现对手形象的神采,银杏树哥哥、以及柳树大姐、杨树兄弟、山鹰、婴儿、奶奶、路人、流浪猫母子……尽在其中,活灵活现。这样,十三四个"人物"形成了以她为中心的情感起伏、心理变化、情节繁衍的涡旋。在这个涡旋中,无论是玩具火车头,还是画着猫头的皮箱,或者是儿童三轮脚踏车,都被神奇地赋予了生命,它们既是故事中的道具,又是其中的人物,甚至成了女主演的物化延伸,也在戏剧动作中"讲述"着令人惊奇惊叹的故事。

近在咫尺的小观众成为主人公倾诉、交流的直接对象,成为伸手可以扶助主人公的知心同伴。或许,他们的一生都会反复回想起这棵树的心声:“终于有人开始懂我们了!”

（载于2015年12月29日《人民日报》,题名《艺术阐释生命观》）

笑声中的拷问

——儿童剧《疯狂的猿人》观后

在繁复多变、光怪陆离的尘世中，当人们常常处于惊讶无语，迷惑不解的时候，或许，一个童真童稚的孩子倒是揭开了真相，就像那《皇帝的新装》里那个一语道破的男孩儿。

儿童剧《疯狂的猿人》（由北京市缤纷无限儿童艺术剧团演出）仿佛就是这样的，在欺瞒甚嚣尘上的时候，在人们面对欺瞒好像无可奈何的时候，这出戏响亮地喊出了——真诚就在你身边！

而这个真诚所在，竟然是一个猿人？

无疑，这是一部很富有想象力的儿童喜剧。这个想象力又是从寓言性的土壤里培植出来的。寓言性给了主创超越现实的自由，也限定了虚构故事与现实生活紧密的对应关系。

一切都是从锛儿头（女孩儿）和小辫儿（男孩儿）这对欢喜小冤家的斗嘴争胜开始的，他们仿佛是漫不经心地把一条新闻当成了话题：科学院丢失了一个刚刚克隆成功的猿人。他俩的话锋却是以猿人为弱智、低能的化身，并且互相拿对方做比附。然而，一旦这个克隆猿人真的出现在身边，他们像所有孩子可能的反应一样，惊愕，惧怕，无所适从。他们俩和猿人真正建立起人物关系，则是在骗子于大咖欺侮他们，勒索金钱的时候，正是这个逃出来的猿人解救了他们。后面一系列的戏剧情节都是锛儿头和小辮儿知恩感恩,保护猿人的戏剧行动演绎出来的。最初,那位孱弱的叔叔和那位手机控姑姑是他们的阻力,坚决反对他们接触猿人,甚至把他们锁在屋里。于大咖为了个人发财,制造“猿粪牌咖啡”,竟然囚禁了猿人,用电力项圈逼迫猿人像奴隶一样,为他生产。两个聪慧的孩子勇敢地解救了猿人。由此戏剧冲突越加尖锐,严峻。在这里,主创运用悖谬、乖讹的喜剧手法,设计了于大咖哄瞒、利诱孱弱的叔叔和手机控姑姑,利用他们找到了隐藏在森林里的锛儿头、小辮儿和猿人。一切似乎成了定局——叔叔拽住了小辮儿,姑姑抱住了锛儿头,于大咖重新控制了猿人。然而,于大咖的一通骗人有理的谬论激发了两个孩子思辨。当他说世上根本就没有真诚的人的时候,两个孩子大喊一声,有！然后指着猿人说,就是他！

如果真诚只在不谙世事,尚处蒙昧的猿人那里,那不是真诚,只能称之为“单纯”。这出充满儿童情趣,让孩子们不时爆发出天真笑声的喜剧,令人思索的地方恰恰就在这里——

究竟谁是最真诚的人？

不管斗嘴争胜,滑稽夸张引发了多少笑声,这对欢喜小冤家在全剧的行动主线非常鲜明,那就是发现猿人,善待猿人,解救猿人,保护猿人。这才是最大的真诚。

两个孩子的胜利,就是真诚的胜利。

这也许就是这出喜剧的寓意所在吧。

喜剧在儿童剧里是最受孩子们欢迎的,因为孩子们最爱爽朗的,乐观的,无拘无束的欢笑。然而,喜剧性不是靠耍贫嘴,出洋相,胳肢人产生的。《疯狂的猿人》喜剧性的营造是值得点赞的,因为主创运用了环环相扣的反差和悖谬设计出一系列喜剧情节——

猿人与当代人的反差,于某的欺骗行径与“博士”“大咖”名目的反差,叔叔真实的孱弱与虚幻的健壮的反差,姑姑的忙乱与空虚的反差,锛儿头的伶牙俐齿与天生胆小的反差，小辮儿的钻牛角尖与笨嘴拙舌的反差，猿人的身强力壮与不谙世事的反差，于大咖的恶劣无良与花言巧语的反差……

而所有这些反差，有的形成了矛盾，有的发展成了悖谬，酿造出尖锐的冲突。但是，所有这些反差都是从人物性格出发的，所有矛盾冲突又都是人物行为逻辑的必然。

《疯狂的猿人》受到了孩子们和家长及老师的喜爱，是一部好戏。当然，一部好戏要磨炼成真正的优秀剧目，尚需继续下功夫。譬如，像最后众人轮流使用遥控器刺激于大咖之类的一些细节还应再斟酌，猿人的归宿还应再推敲。更重要的是，对于大咖骗人有理的嚣张言论，众人完全可以用喜剧的方式予以驳斥，而不应默认无语。

祈祝《疯狂的猿人》历经不断的锤炼，久演不衰，越加光彩照人。

（载于 2017 年 7 月 31 日《中国文化报》）

中国儿童剧的前世今生

一　儿童剧是什么

儿童剧，顾名思义，就是给小孩儿看的戏。不完全对。准确地说来——

“儿童剧”，国际通行的称谓是“未成年人戏剧”或“青少年戏剧”。如果按照小观众的年龄分段，儿童剧大致可分为低幼的、儿童的、少年的、准青年的。仅以中国儿艺的剧目举例：

低幼的，如《小吉普，变变变》；儿童的，如《马兰花》；少年的，如《享受艰难》；准青年的，如《山羊不吃天堂草》。

儿童剧常常被当成一个独立的剧种，人们常说，京剧、话剧、地方戏、儿童剧、木偶剧……因为儿童剧像其他剧种一样，有自己的艺术特征和独特规律。当然，包括儿童剧在内的所有剧种拥有一个共同的艺术规律，那就是戏剧规律，这应该是无可否认的前提。

但是，儿童剧又不仅仅是独立的剧种，它有着比其他剧种更加宽泛的范畴，那就是在它的旗帜下，几乎可以包容所有的剧种。因为儿童剧的概念是：为未成年人创作排演，并以未成年人为主体观众的戏剧。与儿童剧并列的，应是“成人剧”，以成年观众为主体的戏剧。也就是说，如果以观众年龄来分,戏剧就是这么两大类,没有第三类了。

于是,在儿童剧的王国里——

有儿童话剧,譬如《宝船》《童心》;

有儿童京剧,譬如《寒号鸟》;

有儿童歌舞剧,譬如《麻雀与小孩》《葡萄仙子》;

有儿童歌剧,譬如《小红帽》;

有儿童音乐剧,譬如《成长的快乐》《小公主》;

有儿童芭蕾舞剧,譬如《胡桃夹子》;

有儿童锡剧,譬如《丫丫考0分》

……

但是,在儿童戏剧的剧目里,由于95%以上都是儿童话剧,大家往往都把儿童剧划入话剧类,在话剧评奖时,往往充当着分母。然而,话剧与儿童话剧不在同一个维度上,怎么可以用同一个标准去衡量?

儿童剧不仅仅是一个剧种,还是一个戏剧范畴。

二 儿童戏剧沿革的轮廓

李涵先生主编的《中国儿童戏剧史》是首创,功劳卓著,弥足珍贵。但是由于某些人所不共知的原因,这部著作几近湮没(只印了1000册)。可是,提到现代中国儿童戏剧的沿革,我们的主要依据还是这部著作——

五四前夜,1913年,天津南开学校新剧社创排的《新少年》,大概是迄今发现的最早的具有现代意义的儿童剧了。这出戏"写的是贫而有志的少年,在得到求学机会后,奋发图强,为国立功的故事"。就在这一年,周恩来进入这所学校,他所参与的敬业乐群会,在课余时间编演了一系列新剧(话剧)。这大概就是很早的校园戏剧吧。

1919 年,郭沫若发表了儿童诗剧文学剧本《黎明》,“吹响了少年儿童自主意识觉醒和儿童戏剧诞生的号角”。1922 年,他又发表了《儿童文学之管见》,肯定儿童文学(包括儿童戏剧)“应具有教育功能,但又不能成为枯燥的说教和训斥”。

1922 年,郑振铎在其主编的《儿童世界》里发表了二十多个儿童剧,其中包括他自己编剧的儿童诗剧《风之歌》。与此同时,潘一尘编了一本《儿童戏剧集》,注重普及校园戏剧。这些剧本对学校开展儿童戏剧活动产生了很好的作用。

然而,“为中国的儿童戏剧作出了开创性的贡献”的是黎锦晖及其创作的儿童歌舞剧。

1920 年,他的儿童歌舞剧处女作《老虎叫门》,“一经问世,即不胫而走,家喻户晓,妇孺皆知”。此后十年,他创作了十三部儿童歌舞剧(还有二十四部儿童歌舞曲)。其中,最著名的是《麻雀与小孩》《葡萄仙子》《小小画家》。“‘爱’是黎氏儿童歌剧的核心:友爱,母爱,怜爱,博爱等各种爱都被赋予了拟人化色彩,通过神话、童话、寓言等巧妙构思,培养孩子的认知力、判断力和想象力。”《小小画家》被视为其成就最高的作品,剧中张扬了“释放孩子个性,发挥孩子才能”的理念,反对压制孩子的美好追求,抒发孩子对爱的渴求。

无论是中国儿童戏剧史,还是中国歌剧史,开篇都得有他的名字——黎锦晖。

进入三十年代,越来越多的至今为我们所仰慕,不能望其项背的大家继续为孩子们写戏,列单如下——

叶圣陶:《西门豹治邺》《木兰从军》;与人合写了儿童歌舞剧《蜜蜂》《风浪》;在剧中,热切期望孩子们奋发向上;

于伶:《蹄下》(独幕剧,小主人公死于外国巡捕铁蹄之下);

熊佛西:《儿童世界》(多幕剧,强调自立自强,表现孩子们的抗日精神)；

陈白尘:《两个孩子》(写孩子们的爱国热情与严酷现实的矛盾)和《一个孩子的梦》；

陶行知:《少爷门前》；

崔嵬:《墙》；

许幸之:《最后一课》；

……

与此同时,由于红色苏维埃政权十分重视儿童教育,儿童戏剧活动很是活跃,其作为红色戏剧的组成部分,在中国儿童戏剧史上留下了光彩的篇章——

在中央苏区出版的唯一一部剧本集《号炮集》的五个剧本中,就有一部是儿童剧,名叫《李保莲》。剧中的主人公李保莲是一名儿童团员,“勇敢机智地与偷袭的敌人作斗争”。此剧由苏区有名的小演员丘兰主演,演出很受欢迎,是当年红色戏剧的代表作之一。高尔基戏剧学校创办人李伯钊创作的大型话剧《无论如何要胜利》实际就是一部儿童剧:歌颂一个不满十岁的儿童团员和他双目失明的姐姐,用生命保守秘密,至死也不向敌人透露红军的去向。由于演出成功,该剧主创人员受到了中央苏维埃政府教育部长瞿秋白的接见和鼓励。

全面抗战爆发后,在全民救亡的洪流中,先后出现了一百六十多个儿童剧团,他们“关山攀越,万里奔波……用一切他们拿得起的文艺武器宣传抗战”。其中,最著名的是孩子剧团、新安旅行团、昆明儿童剧团,“创造了不凡的业绩”。孩子剧团被誉为“中国儿童剧的开拓者”,“为中国儿童剧奠定了基础”。他们得到了周恩来等老一辈革命家的关怀和鼓励。著名戏剧家石凌鹤创作并为孩子剧团排演了大型儿童话剧《乐园进行曲》,1941 年春,该戏曾在重庆国泰戏院公演了一个多月,盛况空前。

新安旅行团曾在桂林演出大型儿童话剧《两年来》,表现了全面抗战两年来中国儿童的斗争生活。此外,还演出了《反扫荡》《长大打日本》《敌后的孩子》等许多抗战题材的儿童剧。

卓越的儿童戏剧家董林肯原本是同济大学的理工科学生,他创立了昆明儿童剧团,演出了他创作的《难童》《小间谍》和《小主人》等。

尽管在解放区对敌斗争十分残酷,但是为了宣传抗日,鼓舞士气,包括儿童剧在内的戏剧活动仍然十分活跃。譬如全国戏剧界抗敌协会晋东南分会的宗旨是"提高创作质量,改造旧剧,开展农村剧运,关心儿童戏剧"。在众多的儿童剧演出剧目中,有胡可编剧的《清明节》,有田野编剧、周巍峙参与作曲的《八路军和孩子》,有莫耶编剧、成荫导演的小歌剧《荒村之夜》,有胡沙编剧的《公主旅行记》(公主的扮演者是后来的外交家黄华的夫人何理良),有谷军编剧、严寄洲导演的童话歌舞剧《公道的评判》等等。

解放战争时期的上海,出现了十分活跃的儿童戏剧运动。一些职业和非职业的儿童剧团演出频繁,"拥有众多的小观众"。1948 年,党的地下组织成立了"上海儿童戏剧工作者联谊会",组织进步人士和剧团发挥革命宣传作用。先后涌现了陶行知创作的《国王与鸡蛋》,包蕾编剧的《胡子和驼子》《巨人的花园》《小红灯笼》,奚里德编剧的《仇敌》,孙毅编剧的《病从口入》等等。

1947 年 4 月,由宋庆龄创办的中国福利基金会儿童剧团(即今日的中国福利基金会儿童艺术剧院)在上海成立,这是中国儿童戏剧史上第一个明确专为儿童演出的职业剧团。宋庆龄指出,"儿童是国家未来的主人,通过戏剧培育下一代,提高他们的素质,给予他们娱乐,点燃他们的想象力,是最有意义的事情"。这段话对我们理解儿童戏剧是非常有价值的:它确定了儿童戏剧审美对象的定位,儿童戏剧事业的崇高目的,以及这门艺术的功能和作用。

1956 年,国家文化部创办了属于国家剧院性质的中国儿童艺术剧院。中国儿艺和中福会儿艺一道,在新中国的儿童戏剧事业上开拓着,引领着,前行着。由中福会儿艺的著名儿童戏剧家、院长任德耀编剧，中国儿艺作为建院剧目首演的大型童话剧《马兰花》，至今已经演出了六十一年，可以无愧地称之为儿童戏剧的经典之作。有趣的是，这一部戏同时为这两家剧院共同珍视为“看家戏”。

之后，辽宁儿童艺术剧团、武汉儿童艺术剧团、西安儿童艺术剧团……诞生了。截至1982年，全国大约已有二十二家专门为少年儿童演出的儿童剧院团。

三 沿革留下的启示

从上述对中国现代儿童戏剧艺术的诞生和发展的极其粗略的简介中，我们至少可以发现——

1. 现代意义的儿童戏剧在中国的诞生与发展总是与所处的时代紧密相连的，总是以当时的先进思潮为认识儿童（指未成年人，下同）生活，表现儿童生活的思想武器；没有思想写不出剧本，也写不出儿童剧剧本；

2. 五四以来的文学和艺术大家，常常毫无屈尊之感热忱地投入到儿童戏剧中来，或创作剧本，或导演排练，或设计布景，或担任作曲，或编舞造型，这是儿童戏剧发展的重要原因之一；缺少大家的艺术门类终究不会真繁荣，譬如连戏剧结构都不明白，甚至写完第一场就把主人公给写丢了，怎么会有好作品？

3. 九十八年前，文学前辈就明确反对儿童文学（包括儿童戏剧）中的“枯燥说教和训斥”，至今没有绝迹，好像不把主题反复地说出来是绝不罢休的；“培育”“提高”小观众，靠的是“给予”他们愉悦，“点燃”他们美好情愫和飞翔的想象力，不是揪着他们耳朵大声嚷叫，更不是把主人公变成概念的化身……

儿童戏剧的创作和演出是非常圣洁的。

让我们向历史上所有把智慧和青春献给儿童戏剧的前人致敬，向他们的后来者致敬，因为他们是雕塑春天的人，还因为有人无知地把轻蔑的目光投给了他们。

（载于 2017 年第 5 期《新剧本》）

守住尊严，心向光明

——观看儿童剧《山羊不吃天堂草》

曹文轩的标志性作品《山羊不吃天堂草》近日被中国儿艺搬上了舞台，颇为引人注目。首轮演出获得了热情的赞扬，也掀动了业内外人士对儿童戏剧创作现状的思考。

由于对儿童剧的习惯性理解，大量作品偏向低龄。其实，“儿童戏剧”的国际通行称谓是“未成年人戏剧”。原作本身就是一部优秀的儿童文学作品，据此改编的这出戏当然是未成年人戏剧（即儿童剧），其观众对象理应是少年和准青年。这是毋庸回避的，也用不着把这出戏从儿童剧里“拔出来”。

引人争论的是，这出戏所表现的生活内容（二十世纪八九十年代少年打工者的故事）。来自农村的少年打工者的故事，对今天的城市小观众来说是陌生的，甚至可能是隔膜的。有人断言，这不会引起城市小观众的关心。其实，一味地偏向低龄，偏向娱乐，实乃画地为牢。《卖火柴的小女孩》中的小女孩儿的生活并非是当时孩子们熟悉的，庆祝新年，阖家吃烤鹅的孩子，怎么能理解寒风中瑟瑟发抖的小女孩为卖出一盒火柴而冻死？然而，安徒生就是要大家知道，世界上还有这样悲惨的故事。卖火柴的小女孩死于冷漠（没有人因为怜悯而买哪怕一根火柴）。打破陌生与隔膜，就是打破冷漠，让人们关心和爱护像《山羊不吃天堂草》中明子那样处于困境中的人，了解他们，关注他们，凿开隔膜，迸发出爱的喷泉。

这或许就是该剧的重要价值：呼唤悲悯（爱）。

戏剧编导的睿智在于，没有停留在主人公这个少年打工者的命运故事的演绎上，而是精准地抓住了故事中足以令少年观众惊叹的蕴涵。这个蕴涵的哲理性绝不属于玄秘，只属于朴素，那就是——山羊为何不吃天堂草。

它的答案是那么简朴明确，一句话就可说完；又是那么丰富厚实，要用一出戏来完成。因为主人公明子要用自己整个灵魂去体验和回答一次比一次更加严峻，更加富有诱惑力的挑战：他拒绝偷窃工地的木料，但是对雇主以牙还牙的恶作剧却埋藏着不良；他劝阻黑罐参与赌博，自己却用赌博的心态买彩票；残疾姑娘紫薇是他美好的期望，但却在失望之后，报复了另一个无辜的求助姑娘；他把一单生意让给了可怜的小木匠，而自己在得到一单大生意的订金之后却产生了可怕的念头。然而，千回百转，他最终的抉择是像领头羊黑点那样，拒绝不该"吃"的东西，守住尊严，走向光明。

刚刚进入生活的明子，其在戏剧舞台上的抉择之所以具有震撼力，就在于编导运用戏剧思维把故事变成了一次比一次更加强烈的戏剧行动，把整个舞台变成了明子起伏变幻的内心世界。他们创造性的改编就在于——

其一，把小说的线性叙述变成了辐射性戏剧结构。其中心点是明子在派出所的思索，回忆，心潮迭起。编导把所有的记忆片段拼成了他清晰完整的心路历程，而这些场景无一不是戏剧行动，在因果链条上组接着悬念，铺垫，积累，激变和逆转，戏剧的魅力恰在于此。

其二，山羊，在原小说是象征。在戏剧舞台上，它们不仅是象征，还和父亲的形象组成了无处不在的戏剧行动力量，每到明子抉择的关节点，它们都会出现，直接干预明子的最后抉择。这实际上是把明子内心追求光明的力量，以及外在的，包括我们民族优良传统的力量，时代前进的必然力量形象化了。在明子最后喊出来的"饿死也不吃不属于自己的东西"里，我们听到了"富贵不能淫，贫贱不能移"的历史回声，听到了时代对坚守信念的自信力。这种艺术手段强有力地表现了全剧向往光明的倾向。

舞台呈现的精致，主要演员的功力都是值得称道的。特别是师父三和尚的扮演者，将外在行为与隐秘的心理活动浑然铸于一体，一句“这孩子像我”既要面子好看，又流露了内心的光明倾向，而深层则是对自身腌臜之处的厌恶与遮掩。

倘能努力于再提炼，相信这出戏会成为拓展儿童戏剧创作的标志之作。

（载于2017年8月3日《人民日报（海外版）》）

向我们的时代鞠躬

——我四十年来儿童戏剧创作点滴感受

“什么时代产生诗人？那是在经历了大灾难和大忧患之后，当困乏的人民开始喘息的时候。”（狄德罗语）

1976 年揭开了序幕，1978 年我们踏上了一个崭新的征程，充满希望和活力的岁月开始了！

就像早晨千万缕金丝网起了红日，就像封冰被涌动的春水化为滔滔大潮，就像松涛发出新绿沁人的大合唱，就像大地把自己的每一块泥土都变成了鲜花……这是一个万物复苏、勃勃向上的时代。

非常幸运的是，我就如一滴水，一片叶，一抔土，也在这个春之潮里享受到阳光的普照，让多年萌动在心的戏剧钟爱（从初中时期就憧憬剧本创作）变成了可以献给公众的行为。一个在师范学校进修的学生向我讲述了自己巧妙转变“落后生”的故事，一下子触动了我，几经酝酿，拿起钢笔，写出了独幕剧《会粘知了的老师》。其实，我要写的不是教育的奥秘，而是“老师”，带着十年来对教师遭到辱骂、歧视、轻贱的义愤，写出普通教师的可爱和可敬。这出独幕剧在 1979 年 5 月号的《儿童文学》上发表后，很快就被中国儿童艺术剧院采用，并于当年暑假在京城各区巡回演出。我曾在东城后拐棒胡同、新开胡同亲耳听到小学生一边跳皮筋，一边模仿剧中的顺口溜“我是鲨鱼，我是鲨鱼……”当年10月获得《儿童文学》十部优秀作品称号,并在颁奖会上演出了这部小戏。著名戏剧艺术家、导演朱漪(曾导演《以革命的名义》《雪女王》等),著名表演艺术家、主演覃琨等参加演出。光临大会的著名作家冰心非常喜欢这出小戏,会后十分亲切地与剧组全体人员就地倾谈。

由此,我从师范学校语文教师岗位借调入中国儿艺任专业编剧(两年后正式调入),并立即开始大型儿童话剧《闪烁吧,繁星》的创作。那时,虽然懵懂,但却怀有一种天真的锐气,加上中国儿艺提供的宝贵机遇和帮助,历经两年,十二次较大修改,终于开始了排练。

无论是《儿童文学》杂志,还是中国儿艺提供的机遇,实际上都是这个改革开放时代创造的机遇。机遇的大门继续打开,直至1982年,迎来了中国儿童戏剧的腾飞与狂欢——

文化部那年举办了全国首届儿童戏剧观摩演出,北片在长春,南片在南昌,一共精选了三十四部题材、故事、样式各具特色的儿童剧分别参加两地的公演。有十二台获剧本创作优秀奖(另有演出优秀奖,“优秀”是大会设定的唯一奖项),《闪烁吧,繁星》名列其中。几年后出版的《中国儿童戏剧史》这样评述:“这次观摩演出,在创作上、表演上、评论研究上都是一次大丰收。”对《闪烁吧,繁星》给予了这样的评价:“是其中(教育社会问题剧——笔者注)最具代表性的作品,而且与建国以后出现的同类题材相比,它也是佼佼者。”因为“作者能从生活出发,通过感人的形象,通过富有儿童情趣的情节,把他对生活的感受和理解传达给观众”。《中国儿童戏剧史》还记录:著名儿童文学家陈伯吹看了这台戏“给予很高的评价”,他用三个字概括其成就和特点:“爱、美、诗”。仅仅对这一部戏,《中国儿童戏剧史》就用了长达五页的篇幅进行充分肯定性的论述。

自此,我开始了儿童戏剧创作生涯。从1989年起,连续四年出现创作高潮。其中的代表是,1989年的组合儿童剧《红蜻蜓》,1991年的《周君恩来》《我的童年在黑土地》,1992年的《长城有个黑小子》。随后是,1998年的《享受艰难》,2003 年的音乐剧《香格里拉》等等(上述多部剧本,除一部外,均在《新剧本》发表)。此外,还有话剧、电视剧、动画片的创作等等。

细细回味起来,我自 1979 年开始的创作道路,无论顺利还是挫折,都是乘着改革开放的大潮在前进。如果没有改革开放,这一切都无从谈起。仅就创作理念而言,在我的创作实践中,至少有一点是铭刻在心的——“生活是创作的源泉”,这句话是需要一辈子去思考,去实践的。它是理论的命题,更是实践的命题,是一句不断用丰富多彩的变幻无穷的创作去重新体验的命题。经历二十世纪七十年代末的那场关于“实践是检验真理的唯一标准”的大讨论,包括儿童戏剧创作在内的文艺创作上,人们不再是简单地表层地理解这句话了,而是切实感知到它有着深厚的内蕴。譬如巴尔扎克会在夜晚十一二点钟,跟随在从巴黎安比古剧院出来的工人和他的妻子的后面,从白莱特大街跟到包马晒大街,听他们谈论戏剧,东扯西拉,埋怨马铃薯太贵之类……听到这些干嘛?他说,“我感到他们的破衣服披在我的肩头,我脚上穿了他们的破鞋走路;他们的欲望与困苦浸入我的灵魂,或者说我的灵魂走进了他们的欲望与困苦。”这就是观察生活,触摸生活,同时也是深入生活,体验生活。这样地走进生活,需要作家真挚的情感和特殊的才能,那就是慈爱的情怀和飞腾的想象。如果没有后者(内因),那么即便是你天天在“生活”里,也依然是一无所获。电视里经常看到记者的所谓采访,生冷地质问“你为什么这么做”之类,实际这是对生活主人的审问,那绝不应是作家对待生活的态度。

我曾有过这样的碰壁经历:我精心设计了研究特困生的课题,先后在北京海淀区和上海静安区的几所中学进行采访。在北京,班主任给我推荐的三个特困生跟我一见面就耷拉着脸子,气氛僵硬,令我十分尴尬。待我刚一张口,一个学生几乎是抗议地说,我们家不困难,我也不是什么特困生!我失败了,因为我忘了,今天已经不是那个越穷越光荣的年代了,人们的思潮完全不一样了。到上海我学乖了,我先和采访对象的父亲,一位病退工人,下肢瘫痪、自学成才的自由撰稿人交上了朋友。我拜读了他在报上发表的短文,交流了心得。同时也获得了他的支持。我的采访对象是延安中学的学生主席,我们一起出席学校活动,一起无顾忌地聊天。在他家那狭长的小房间里,他很自然敞开心扉,畅谈梦想,叙述竞争学生会主席的经过,描述自己对贫穷的态度——某同学到他家以后说,你们家怎么什么都没有,连双缸洗衣机都没有?他微笑着说,我们家真的什么都没有,只有一百分!此时,我看着他那红润放光的团圆脸,心想,这个孩子已经学会选择自己的价值观了,难得!这就是我写《享受艰难》的重要根基。

生活是丰富的,也是复杂的;孕育着纯美,也拌和着污浊;有豪放的歌唱,也有难言的啜泣;有袒露的真实,也有迷离的假象;有妙趣天成,更有淡淡如水;有甘之如饴,也有味同嚼蜡。带着浅近的功利目的,企图三天两个早上就能从生活中捞得好故事原料,那必然会让你失望。

生活首先需要的是,作家的真诚。真诚地对待创造生活的人民。“要虚心向人民学习、向生活学习,从人民的伟大实践和丰富多彩的生活中汲取营养,不断进行生活和艺术的积累,不断进行美的发现和美的创造。”(习近平:《在文艺座谈会上的讲话》)

真理就是这么素朴。这是我四十年来最真切的感受。

改革开放给了作家、艺术家广阔的创作天地。我有的,皆拜时代所赐;我缺的,皆个人愚笨。因此,我要十分真诚地向伟大的新时代深深地鞠躬,以表感恩之情。

(载于 2018 年第 3 期《新剧本》)

时间的想象

——看儿童剧《时间的森林》

这出戏最值得赞赏的就是——它的想象力。

儿童剧《时间的森林》的想象力不应是指唐高高瞬间变成了退休老人，乃至垂死老人，以此来警示孩子们要珍惜时间。在半个世纪之前，著名诗人、儿童文学家柯岩就已经写了为当时孩子们所喜爱的儿童诗《哎，这一觉睡的》。诗中的小男孩儿趴在桌子上睡了一觉，醒来就变成六十多岁的老头了……

这个想象是有现实依据的，那就是光阴似箭，日月如梭。从哲学意义上说，时间的内涵是“无尽永前”，其增量永远是正数。

可贵的是，《时间森林》的想象没有停留在时光易逝，瞬间变老上，而是把“时间”与“森林”联系起来，把抽象的“时间”具象为“森林”，物化为“森林”。一下子，思维定势的屏障被打开，想象的激流宣泄出来。于是，出现了具有想象光彩的，具有整体架构意义的情境设置和人物形象设置——时间审判庭及其审判长，遗失时光事务所及其居住其间的物件形象（大都是女主人公唐朵朵丢弃的），还有专说正确言论的扫时光的老人，以及制造事端，专门骗取别人时间的大反派逆时针。

这些情境和人物形象设置令人惊叹，这是一个多么有意思的创意呀！

所有这些非凡的想象都源自儿童对时间的独特理解。特别是遗失时光事务所里居住的人们,齿轮小姐、毛毛熊、裙子、手风琴、日记本,还有那个曾站立在家门口的绿邮筒,都曾是唐朵朵使用过的,有的甚至是天天陪伴过她的贴身物品。但在遗失时光事务所里,它们早已失去原先的功能属性,改换为遗失时光的具象。这些具象连缀起来,恰好就是唐朵朵忘却了的那段过去时光。这段过去时光记载着她美好的追求和困惑,其中无处不在的温馨是那么香甜,那么美妙。“我明白了,生命中没有相同的一分钟,每一分每一秒都有特殊的意义!”这就更令人珍爱现在的时间。所谓“教育”的目的,就这样“润物细无声”地渗透进了小观众的心田。

驾驭儿童思维的独特规律,放飞想象的羽翼,跨越前人的制高点,创造出令儿童惊喜的戏剧情境和人物,应该是《时间森林》成功的奥妙。

如果可以称《时间森林》为现代童话,那是因为全剧故事发生的契机不再是由经典童话的虚幻情境产生,主人公也不再是国王、王子、公主、巫师以及奇幻的道具……而是从现实生活出发,在迷蒙魔幻的世界里,所有发生发展的情节,都是以当代人的思辨为核心。近年来,一句“时间哪儿去了”,集中体现了现代人匆忙之后的迷惑和思考,体现了对生活感受的真切顿悟,对时间的珍爱。当代孩子也是当代人,时间的神秘感和对时间的探求同样是他们的思索。这,或许就可以称为现代童话《时间森林》的现实性吧。

美玉琢而成器,好戏也要不断锤炼。《时间森林》尚有可以琢磨之处——

譬如,在被称为“华彩乐章”的遗失时光事务所那场戏,目的是什么?让唐朵朵记住童年的美好时光,还是让她醒悟自己缺少欢乐的时光?遗失的日记里写着自己不快乐的原因:“那是因为同学们说的玩具的名字,我都听不懂。他们在讨论新看的动画片有多棒的时候,我也插不上嘴。放学后同学们一起玩各种游戏,我都不会。我每天有很多的功课要做,我没时间。我想玩儿,可如果我在玩儿的时候别人在学习……我怎么办?”齿轮小姐的回答是“每个人都需要寻找到时间的缝隙,去感受时间的意义”。啥意思?抓紧时间,安排出玩的“空当儿”?唐朵朵的时间观是有典型意义的,如何对待呢?怎样才能使其茅塞顿开?显然作者还没想好,就用歌唱一带而过了。

再如,大反派逆时针如何解决?现在,两个人很简单地左右扭住他的胳膊就算战胜了,太简单,太浮于表面了。逆时针的含义究竟是什么?如何才能夺回被他骗取的时间?这就需要深刻的思索和巧妙的设置了。

还有,台词中提到的“回忆之车”,那是个多么美妙的形象啊!为什么不出现呢?为什么不利用它可能产生的神奇力量,衍生出后面需要的情节呢?

倘能继续不断地如琢如磨,《时间森林》可能成为当今儿童戏剧的杰出戏剧。有了非凡创意之后,需要的是非凡的努力。

(载于2018年5月5日《光明日报》)

安慰之外，我别无所能

——写在儿童剧《那山有片粉色的云》发表之际

卡夫卡在柏林公园里，安慰那个因为玩具小熊丢掉了、不见了而伤心哭泣的小女孩，说，玩具小熊没有丢掉，它只是去外面旅行了。为了证明这是“真的”，卡夫卡创作了玩具小熊的来信，讲述着它的心情，旅行之所见……这样的信一封又一封，直至最后，卡夫卡因肺病而逝去。

大概没有人把这样圣洁的安慰，称之为欺骗。有人甚至从这个故事里发掘了这些信件的含蕴，那就是文学表达了人类对理应美好的世界的“终极信任和本能期望”。

对于善良的人们来说，这是世界的应有之义。

尤其是儿童剧——以儿童为主要观众的戏剧，更应该是这样。没有人愿意让幼小的孩子过早地观看生活残酷的那一面，以至于观看之后夜里噩梦连连。然而生活的确就是那么严峻，乃至严酷，如何让孩子们的肩膀逐步坚硬起来呢?

没有比电影《美丽人生》更加巧妙委婉，更加悉心呵护，更加用心良苦，更加勇于承受的了。美丽向往与严峻现实的对接更加显示了美的崇高，美的不可战胜。

当我在一两个友人的带领下，乘车漂游在贵州的大山野路之间，颠荡在仅比汽车车距宽不了一二十厘米、荆棘丛生的羊肠小道上的时候，我在想，怎么写呀，我的戏?!

各种各样的留守儿童……

那个漂亮的小女孩儿，先天患有癫痫病，不知哪天会突然发病。妈妈甩手而去，杳无信息，她每年只能看到一次父亲。当她接过我的小礼品的时候，眼睛里闪放着美丽的喜悦，看得我不忍与之再次对视……

那个胖乎乎的女幼童，一双大大的眼睛，在纯净的眼白与黑亮的瞳孔的对比之间，滚动着纯而又纯的欢喜，除了笑，不知她还有什么别的表情。然而，她是老六，下面有两个小妹妹，上面还有五个大姐姐。这还没有结束，她妈妈还在努力使第九个是小弟弟，一个打工的父亲将如何维持这十口之家？看着这个女童的笑靥，我不时地打着冷战……

还有一个小男孩儿，他妈妈十九岁那年，一生下他就托人把他送回外婆家，直至现在，这个孩子六岁了，他只能在视频电话里看见妈妈……

另一个十三岁男孩儿已经辍学好几年了，爸爸突然去世，妈妈立即离开，陪伴他的只有一个腿脚不方便的爷爷。我问爷爷，您怎么能让孙子辍学？爷爷笑着，像是在说一件吃饭喝茶的平常事："他自己不愿意上啊……"我摸着这个少年浓黑的头发："是不是怕学不好?"他腼腆地笑了，说了句，三年以后，就出去打工了……

还有，还有……

在一所小学里，我见到了四个学习不错，衣着整齐的"留守"学生，他们很懂事，能够在学习之外，帮助爷爷奶奶做饭，干农活。一谈到长大做什么，他们异口同声地说，反正不当打工的。为什么？其中一个秀气的女生"唰"地一下涌出盈眶的泪水，说，留守在家的小孩儿太苦了，心里太苦……

令我兴奋的是，这些孩子们的家乡，深蕴着极其珍贵的民族文化遗产。茶马古道上，每一个深凹着的光滑的马蹄印子……彝族书法中的每一道笔画……古老历法中的每一颗标志性的星宿……漫山遍野的杜鹃花海里飘出的每一首醉人的民歌……大溶洞里讲述不尽的每一个古老传说……都熔铸着民族智慧创造的光芒，只能用“灿烂”二字来形容。

是的，我必须这样做——将美丽与酸苦，想象与逼仄，温馨与孤独，渴望与变异，儿童无知无畏的乐天与现实严峻严酷的挑战，无比辉煌的历史与艰辛奋斗的今天……结合起来，让孩子们在兴味中发觉留守儿童的无奈，在追索中理解留守儿童的可爱，在困惑中开掘出一个巨大的“爱”字来。

少数几个朋友阅读过这个剧本的初稿，多数喜爱，个别不屑。不屑者尖刻地质问——

面对那么悲苦的一群孩子，你还写得如此温馨，岂不是“粉饰”？

粉饰，不就是欺骗吗？开篇引述的卡夫卡与小女孩的故事就是回答。阿鲁是靠为别人背草药上山下山挣饭吃的。当他宁肯被罚少吃一顿饭，也要捧出一把天麻，赔偿自己无意间对汽车的损害的时候，除了看到他的尊严，还看到了什么？无论如何也用不上“粉饰”这个词吧？孩子们既盼着一年一次回家探亲的父母，又害怕这一天，因为见到了父母，就意味着即将要别离父母，新一年期盼父母的煎熬马上又开始了。所以他们宁肯去大溶洞里，呼唤父母，因为只有在那里，才能马上听到“父母”的回声……而平常，在家里，在田野，在学校，对父母的呼唤是没有任何回应的。这种变异的心理，也是粉饰？

在这部剧本里，我力求在歌声中，在欢笑中，在孩子们的自娱自乐中，让观众听到他们的苦苦期盼。这不是粉饰，而是人类对理应美好的世界的“终极信任和本能期望”。

赵绾儿究竟是不是阿鲁的姐姐索玛？直到戏的结尾也不明确，卖弄朦胧，故弄玄虚？没有玄虚，朦胧倒是有几分。毕竟，我不是在写寻找失散的亲人，而是在探索中发现这群留守儿童的美好心灵。赵绾儿的设置是借她的目光，引发城市少年儿童对留守儿童的关注。赵绾儿越来越喜爱关心阿鲁，不是因为血缘，而是因为当今少年的美好情怀。如果非要相认，赵绾儿就是索玛，就是阿鲁的姐姐，那么她表达出来的爱就狭窄了。

我要写的是大爱。

当初写《大顺子吼歌》（后被改成《蓝蝴蝶》），就有人说这个题材不是城市少年儿童所关心的。而我，就是为了让广大城市少年儿童关心农村留守儿童才写的。新年之夜，那些围着烛光吃烤鹅的孩子们当然不会想到，就在这个风雪之夜，有一个无人理睬的小女孩在卖火柴，冷漠杀死了她。然而，安徒生的一篇《卖火柴的小女孩》打碎了冷漠，让后来的许多孩子和大人关注了那些穷苦的人们。

这就是大爱。

《大顺子吼歌》没获得期望中的成绩，我索性踏入深山野林里去寻找他们这些留守儿童……怎么样才能引起城市少年儿童对他们的关注、理解和喜爱呢？那就是要努力编出一个引人入胜的故事，努力塑造出一个纯真可爱的灵魂。

是否做到了？由读者以及稍后的观众来评判吧。

对于我采访过的那些可爱的留守儿童来说，我写的这部戏不过就是个安慰，例如剧中两次出现的粉色云朵，和先后出现的两头颇懂人事的黑花猪，都是我的心意。

除此而外，我别无所能。

（载于2018年第6期《剧本》）

一部意蕴深厚的儿童剧

——看儿童剧《北京童谣》

假如能够抛掉对“儿童剧”的傲慢与偏见，俯下身去，和孩子们一起走进儿童剧场，就不难发现令人惊喜的成就。

近几年，北京儿艺憋着一股劲地往前冲，努力创排孩子们喜爱的好戏。譬如，八年前的《宠物总动员》，构思巧妙，富有儿童音乐剧的精彩，真正地寓教于乐；四年前的《想飞的孩子》，塑造了一个儿童戏剧人物画廊里的崭新形象，显示了新时代孩子们的情感追求。而近期，历经数次修改，给孩子们奉上的《北京童谣》更是令人十分感动。

令人感动之一，这出戏以浓郁的北京民间风情，产生了强烈的亲和力；以逼真的现实生活的气息，让人身临其境；以传统的美好的道德情感，令人饱尝爱的温馨。这出戏最深刻也最有价值的地方在于它敢于直面现代社会人与人关系的冷漠，甚至冷峻，把这个人人都感觉到，却又很难解决的课题揭示出来。

我们跟现代通信技术工具非常亲近，却跟人，跟各自的内心世界相隔得很遥远。这是非常可怕的。是的，这是成人世界的现象。然而，儿童世界却不是真空世界，这种现象不可能不折射到儿童世界中去。这出戏里，刘哈佛和父母的关系就是这样的折射。大家不要单纯认为这是虎爸虎妈为了望子成龙才如此“凶狠”,这不仅仅是虎爸虎妈教育观念和教育态度的问题,也是现代社会人与人关系冷峻的反映。难道不是吗?剧中,为了让刘哈佛夺得“奥林匹克天文竞赛”第一名,爸爸妈妈可以不顾刘哈佛的身体能力极限,精神压力极限,强逼他日以继夜地埋头于书堆;而刘哈佛为了参加“奥林匹克天文竞赛”,非常反感有病在身的奶奶以及堂妹到他家暂住一时,甚至冷眼相向,冷言相斥。为一己之私而夺第一,里面包含着具体的物质利益,自然会视他人(哪怕是亲人)为多余。

面对这样的现实,北京儿艺的艺术家们找到了一个强大的文化精神武器,那就是以北京曾经流行的优秀童谣(还有密切相连的民谣)为代表的民族情感、道德情怀和思辨结晶。当孩子们唱起“水牛水牛,前出犄角后出头”的时候,我们眼前仅仅浮现出了蜗牛可爱的样子吗?是不是还会有那些俯下身来,闪烁着无比爱怜目光的孩子,还有那些孩子们内心涌动着的天真纯洁的爱,对动物的爱,对生命的爱……?优秀的童谣包含着跨越时代的中华民族的美好传统,那就是爱与善良。

主人公刘哈佛就是在特定的戏剧情境中,以北京童谣为神奇的双翼,飞进奶奶所代表的阔大而温暖的情怀之中。

令人感动之二,高潮是神来之笔,能够显示这出戏的思想价值的神来之笔。当刘父拿着个棍子要打儿子刘哈佛的时候,竟然喊出了“我打死你”。这个时候,奶奶,作为老年痴呆症的患者瞬间闪现出幻觉——把现在这一场儿子打孙子的场面幻化成了几十年前,奶奶是母亲的时候,挺身而出保护自己被众人欺负的儿子(现在的刘父)的情景:我儿子打小没爹,可他妈妈我还在!此时的奶奶,就像一道巨大的屏障,围护着自己的儿子。所有的人,无论是剧中人,还是剧场的观众,都震惊了:这才是母爱,情深似海的爱,温暖人心的爱,骨肉相连的爱,激人奋进的爱,与刚才刘父的冷酷形成了强烈的反衬,使人更加珍爱我们民族善良美好的情感。如果此时,奶奶(当年的寡母)悉心真挚地唱出一段美妙的童谣,安慰着鼓励着自己弱小的儿子,也无畏地感化着凌弱者，让这个神来之笔更具张力，更具人文光彩，升华为点睛之笔，大大强化立意，岂不是更好？（据悉，北京儿艺正在进行这样的修改。）

令人感动之三，戏剧情境的诗意创造。主人公刘哈佛从一个被迫的天文爱好者（父母选定的“爱好”）到一个主动的天文爱好者（自觉喜爱），整个戏就从天文景观这个角度，创造出了现实题材的诗意表达，出现了浩渺的星空，灿烂的银河，闪烁的北斗，倏然掠过的狮子座流星雨……变幻无穷，光怪陆离，这既是无垠的多彩的太空，又是孩子们美丽的想象。在这样的诗意情境中，让古老而新鲜的北京童谣披上了现代的色彩，闪耀着追慕未来的光华。

令人感动之四，要感谢作曲。剧中的配乐非常单纯，就是用童谣中“水牛儿水牛儿”的一句唱，变成一个音乐句子，由此繁衍成主旋律，在不同的戏剧情境中，或强或弱，或隐或现，让舞台充溢着温馨，使得看不见的和煦，摸不着的暖意时时刻刻弥漫着整个剧场，让观众的心灵清晰地感受到了。须知，这正是全剧的立意所在呀！谢谢这位作曲对剧本的深刻理解以及举重若轻的表达。

《北京童谣》是北京儿艺走过三十二年来最新的代表作品，是个意蕴深厚的序幕，它展现出来的蓬勃创造力宣告着剧院一个新的不断向上的时期开始了。

（载于 2018 年 12 月 17 日《中国文化报》）

好戏应有高格调的文学品位

——看上海木偶剧院的《最后一头战象》

上海木偶剧院的新作《最后一头战象》着实令人惊喜：木偶剧可以有这样恢宏的气象，可以有这样精彩的呈现，可以有这样高超的技艺，可以有这样美妙的意境?! 曾经羡慕《战马》演出的观众，看了这出木偶剧，自豪之情涌上了心头。

细细想来，《最后一头战象》让人惊喜是有缘由的——

一　文学品格的建立和创新

题材的选择是颇具慧眼的，而慧眼源于追求。沈石溪的动物小说在新时期文学中，是独树一帜，别具一格的，其透过动物特性的表现，进而对相应人性挖掘之细腻、深刻、独到，是从未有过的，其品位早就从科普升华为作为人学的文学之上了。选择沈石溪的《最后一头战象》，就是选择了高格调的文学品位。有了这样高格调的追求，才会有高格调的木偶剧。其实，所有内容性的表演都是以文学为基础的。从自在到自觉，从自觉到追求，正是高品位作品产生的前提。

小说《最后一头战象》强调的是,战象嘎羧内心珍藏着一个战士的荣誉,铭记着战友的豪情,表达的是抵御外侮的民族气节。而同名木偶剧则是在此基础上,强化了人与象,即波农丁与小象嘎羧之间的深情厚谊,让原本的目击者、叙述者波农丁成为介入几十年故事经历的当事人,成为小象嘎羧和老象嘎羧心心相通的朋友。这使得全剧情感色彩异常浓郁,人与象的关系更加感人至深。为此,随着故事的铺陈,一些必要的人物形象虚构出来了,如作为嘎羧好友的昆歌,作为嘎羧对手的扎卡,都是为强化波农丁与嘎羧的美好关系而设立的。着力于人和人的情感世界的表达,正是《最后一头战象》在文本意义上的成功。

二 现代性叙述手法的使用

所谓现代性叙述手法,扼要地说来,就是相较于外部事件的完整描述,更加注重的是人物内心精神世界的观照,更加注重那些"时光切面"中,复杂、多面、深邃的人性的探索空间。木偶剧《最后一头战象》采用了这种现代性叙述方法,并非是炫技,而是为了表现主线人与象的关系,为了表现他们的情深似海。譬如——

少年波农丁与小象嘎羧关系的建立,他们似乎偶然相遇,并无前缘。然而,波农丁发现嘎羧一瘸一拐,一只脚掌扎了根钉子,执意要给它拔出来。母象赶来,一再排斥波农丁;波农丁却不顾一切地要救助小嘎羧。母象决不让步,波农丁也决不放弃。这时,波农丁喊出一句话:它脚掌上扎了钉子,多疼啊!顺着这句简单的台词,想下去——善良,体贴,急人之难,为他人着想,视别人的难过为自己的痛苦,认定的好事一定要做到底……

如是,凡是揭示特定时刻特定心理活动的,编导演都倾力表现,做到生动精彩,却不在意事件发生的顺序和完整与否。昆歌上了前线,与日寇拼死搏斗。他邮寄给波农丁一颗子弹，留作纪念。说着，他把子弹向上一扔，随即，波农丁立即将子弹接到手中……这是跳跃，又是衔接；这是表述的现代性，又是具有表现色彩的舞台手段，更是两个好友心连心的具象表达。

再如，扎卡是波农丁非常讨厌的人，因为他奉命监守征用大象，而小象嘎羧也在其中。波农丁千方百计地救护嘎羧，不料，自己踩上了地雷。在这一瞬间，扎卡望着波农丁惊恐万状的脸，竟突然用双手压住波农丁双脚踩踏的地面，厉声命令波农丁跳开，逃走，他自己却陷入地狱之门……看着包围过来的凶神恶煞般的侵略者，他叫着笑着，引发爆炸，与敌人同归于尽。波农丁惊呆了，观众惊呆了，这一瞬间发生了什么？一向唯利是图的扎卡，在波农丁死亡的前一刻，他的善良犹如灵光乍现，使他见义勇为；在凶顽呈狂的肆虐之时，他的正义感一如雷电交加，撕裂黑暗。这就是人，一个普通人，被尘埃覆盖着的美好情怀，一旦到了生死存亡的尖峰时刻，吹尽灰尘，爆发出令人惊叹的光芒（当然，在这一瞬间，如果设想已经逃开的嘎羧返回来，救助陷于困境的波农丁和扎卡，并因此而身受重伤……那么，这将大大有益于主人公的塑造和主题准确、深刻的表达）。

这些心灵的观照使得这部木偶剧的表述具备了现代性。

三　多媒体的使用让意境营造更加感人

多媒体技术的恰当使用，让艺术家飞腾的想象成为现实，使意境的创造更加感人。譬如，一场殊死搏斗之后，满目颓垣断壁，树木摧折，枝叶凋零，一片荒凉。停顿若干秒之后，半截的枯木背后竖起了一棵棵高大的树木，凋零的大地出现了茂密的森林。这就非常生动地表达了若干年后生命的承续，营造了“离离原上草，一岁一枯荣。野火烧不尽，春风吹又生”的诗意境界。又如，两次出现的雨水，呈几何图形的斜檐流下一排淅淅沥沥不断的雨水，打在宽大的叶子上，发出嘭嘭的声音……这是阴暗的环境，象征着抗日斗争的险恶深重。同时，这不也隐喻着生命的水绵绵不绝，流淌在家乡的热土上，孕育着更加蓬勃的伟力吗？故事中的人与象的共同战斗正是如此。

剧中，所有的高山、树林、鲜花、云朵、圆月，抑或是晴朗光芒、阴霾暗色，剪影压抑，都为整体戏剧的格调、故事起伏的气氛，创造了颇有含蕴的意境。

四 大象小象的设计、制作与表演的戏剧内涵

毫无疑问，木偶剧主要是凭借“偶”的设计、制作与表演技艺来完成艺术形象的塑造的。《最后一头战象》中大象与小象的精心设计、精心制作、精心表演，先声夺人，令观众为之惊叹。然而，我们如果仔细分析，就不难发现，象的设计和制作是以鼻子为核心的，而象鼻子正是在戏剧动作中表现内心世界的。譬如前面举过的例子——波农丁执意要给嘎羧把它脚掌上的钉子拔出来，母象却一再排斥波农丁；波农丁却不顾一切地要救助小象嘎羧。母象决不让步，波农丁也决不放弃。其中，母象的“排斥”，“决不让步”除了叫声，都是用鼻子的卷、舒、摇、摆、扫、举、劈来表现的。波农丁毫不畏惧，一再上前。于是，编导在这里精心设计了以母象鼻子为动作辐射源的舞蹈动作：大约四人操作象鼻子的动作，另有两人托举波农丁，他们之间的每一次撞击或卷起、甩出，都是有节奏有造型的立体舞蹈，甚至有时是“慢镜头”表演，惊险而优美。小象嘎羧的鼻子扬起或摇摆，与波农丁的友好戏弄相互呼应，仿佛他们在用鼻子为中心的舞蹈动作，尽情地享受爱的抚弄。

由此，我们可以看出，大象小象的制作与表演不仅仅是追求外形的相仿，更是为着便于用其传神的部位——象鼻子，在戏剧冲突中揭示内心世界而被苦心孤诣地设计出来的。

木偶剧《最后一头战象》还有许多值得赞赏的，譬如音乐，譬如灯光，譬

如制作技术……期待有关专家的精湛评析。笔者谨以观众身份由衷地表达对上海木偶艺术家的深深敬佩而已。

（载于 2019 年 2 月 14 日《人民日报》）

戏　曲

缘尽情愈浓

——浅说新编锡剧《一盅缘》

一

一部《牡丹亭》倾倒无数人，代代如此，皆因说破了一个“情”字。汤显祖看透这个“情”字是一种无可驯顺羁绊的不屈力量，叹之曰：“噫而风飞，怒而河奔，世能厄之于彼，而不能不纵之于此。”（见《调象庵集序》）孟姜哭倒长城，梁祝死而双蝶，白蛇水漫金山，织女七夕鹊桥……那个“情”字虽被“厄之于彼”，却无不“纵之于此”。

如果说杜丽娘为追寻梦中的爱情而“生者可以死，死可以生”（见《牡丹亭还魂记·题词》），纵情于生死往还，终究成全了“情”的归宿，自己做主结为夫妻，使情纵而有缘，那么植根于河阳山歌沃土之中的新编锡剧《一盅缘》（张家港艺术剧院创作演出）却在循迹《牡丹亭》之后而另有所见——缘尽情愈浓。

作为汉民族文学宝库之一的河阳山歌，其中有一首长达六千四百四十八行的《圣关还魂》深受听众的喜爱：“今朝来把圣关唱，大男小女喜欢畅，隔河小奴正标致，听了山歌忘了娘。”这便是《一盅缘》的原始素材。青年剧作家罗周慧眼独具，运用戏剧思维从这首传唱千年的叙事民歌里大胆取舍，精心提炼，巧妙建构出一部柔美与奇峻兼容，老辣与清新并蓄，逼真与魔幻交替，守望与弃绝因应的新编戏剧。其中，最值得关注的是，《一盅缘》之“还魂”与《圣关还魂》之“还魂”迥然不同，全剧倾力尝试对“还魂”二字做出别样的解读。

在河阳山歌《圣关还魂》里，林六姐对赵圣关矢志不移的爱情感动了上天的神仙、地界的官府，使赵圣关死而复生，与林六姐终成眷属。“神仙一开此爱河，人间从此不断私情路”，这首民歌乐观地宣示：爱情战胜了礼教的束缚，甚至战胜了死亡。这不仅是对渴求爱情的人们的心灵慰藉，更是表达了人们对美好生活的热烈梦想。

而锡剧《一盅缘》运思笔端的则是淋漓尽致地刻画女主人公林六娘（即民歌中的林六姐）的“情”：炽烈的爱情，执着的真情，忠贞的苦情，无缘的深情。她从在江边茶棚第一眼见到赵圣关起，爱情就犹如烈火在燃烧，“一盅洞庭恋芳馨，茶盅暖手还暖心。两心相合自亲近，四目相对又慌神”。别后的赵圣关忍不住相思煎熬，却又难违父命，身患沉疴。林六娘不顾世俗偏见，勇闯赵府华堂，担当起为赵圣关祛病救命而拜遍吴山十庙的重任，她那痴心纯情将爱情燃烧得烈焰腾腾。再至寻遍山庙，跪拜，叩首，道情，揶揄，乞求，祈愿……她心中爱情的烈火奇彩绽放，令人惊叹这小女子竟能樱口漱玉，字如珠玑，话锋锐利，惊人感人：“燕雀有逸趣，未必羡凤池。纵无双飞翼，自有情依依。”由于情急意切，她甚至敢于指点诸神，数落他们各自的隐衷秘情。拜到伍相国庙时，她揭出伍子胥曾在溧水遇到的漂女“为你江畔捐娇躯，情深脉脉应识之”；拜到关帝庙时，她质问关老爷，“若无夜半觉情起，又何必烛照《春秋》旦复夕？”拜到周城隍时，她揶揄周新，“奴家借你千行泪，哭得铁人生锈迹”。然而，第十座庙（月老庙）虽视若咫尺，却遥不可及，她绝望了，“赵郎啊，今日吴山为奴冢，你与奴奈何桥上饮交盅”。此时，她的爱情烈火燃烧到白炽化了。拜庙祛病落空，赵圣关宁肯跳入沸腾的奈河经受煎熬，也不愿饮下孟婆汤忘掉与林六娘的爱情。林六娘不忍看着自己心爱的圣关承受无尽的煎熬,为换取他脱离苦难,重获新生,自己毅然喝下了忘情的孟婆汤。至此,林六娘全身心燃烧的爱情之火似乎熄灭了。然而,就在此时,更加神采奕奕的赵圣关重现人间了,他那耀眼的生命活力,不正是林六娘灼灼的爱情之光在闪烁吗?

如果说那个民歌《圣关还魂》之"还魂"意在心灵的慰藉,描绘出自信乐观的梦想,那么这个《一盅缘》之"还魂"则另图新解,更加意味深长。或许不能做简单的解读,说这个"还魂"宣示了爱情的含义在于放弃。林六娘"放弃"现时的情爱是为了换回恋人的重生,而恋人的重生正标示着那曾经石破天惊的爱情并没有消亡,正在与生命共存。因此她放弃的只是对情爱的一己享受,赢得的却是爱对死的胜利。"世能厄之于彼,而不能不纵之于此。"

或许可以这样理解《一盅缘》——

"缘尽情愈浓",正是该剧对生活的发现。在林六娘与赵圣关的生死之恋中,我们突然惊讶地发现"情"与"缘"离奇的吻合与相悖。一盅春茶为缘起,一盅孟汤为缘尽。缘起则情生,缘尽却情恒。全剧咏叹不尽的是这个"情"字,它让人生变得那么甜蜜,又那么痛苦;那么温馨,又那么残酷;那么美妙,又那么诡谲!该剧不以讲述完整的爱情故事为目的,也不仅仅是为了歌唱爱情的美好,最重要的是,它会让人们反复追索、思辨:爱情究竟是什么?

林六娘的故事或可让我们悟到:爱情因痛苦而弥坚,爱情因牺牲而崇高,爱情因无缘而永恒。

因此,我们赞许剧本借黑、白无常之口说林六娘与赵圣关是继孟姜女与范杞良,祝英台与梁山伯之后的第三次转世——不变的是弥坚的、崇高的、永恒的爱情。

在《一盅缘》的戏剧架构中,不容忽视的是黑、白无常的设置。如果没有这两个人物形象,该剧的含蕴、意趣、风格、形态的追求就不可能实现。这黑、白无常既似饱经沧桑的历史见证,又似悲悯善良的邻家老人;既能像顽童一样调侃捉弄这对恋人，又能像师长一样严厉警告痴情小女；既对未来的不测表示惋惜，又对残酷的现实习以为常；既发挥了穿针引线的连结板块作用，又能够君临天下地客观述评。结尾，黑、白无常对忍痛饮下忘情汤的林六娘连连感叹“饮也，饮也，成也，苦也”，一个“苦”字道出了多少情！

当然，《一盅缘》也有草率之处。譬如，既已设置林六娘与赵圣关是孟姜女范杞良、梁山伯祝英台的转世，又何必莫名其妙地给这对恋人再设计出王母娘娘的瑶池女和玉皇大帝的灵霄童这一“高贵出身”呢？着实落入俗套。

但是瑕不掩瑜，《一盅缘》的出现之所以令人惊喜，让人爱看，最重要的是，它充分汲取了古老民歌的丰厚营养，步《牡丹亭》之后尘，体现汤显祖的“贵生说”：“知天下之生皆当贵重也”（《贵生书院说》），尊重生命，尊重爱情，在诡谲的人情世态中发现独特的心灵曲径，开掘出情缘的真谛，描画出真情的瑰丽。

二

所有看过《一盅缘》演出的，无不对女主人公林六娘的饰演者董红连连称赞，仿佛董红生来就是为了演林六娘的——她把这个清纯、多情、狡黠、娇俏的林六娘从茶棚少女演到勇闯华堂的无畏村姑，再演到叩拜十庙、指天问地、数点神圣的刚烈女子，最终把林六娘塑造成为恋人而敢于救生、敢于担当、敢于牺牲的悲怆女性。其气也如云醉流霞，其势也如清泉奔涌，其神也如昙花夜绽，其韵也如梦中皎月……

董红除了具备优秀戏曲演员的唱、念、做扎实功夫外，更加值得研究的是她在塑造人物性格、描画人物内心瞬间变化时所显示出来的形与神、表与里、美与真水乳融合的创造才华。这种“融合”就是“把内容变成形式”的艺术创作。梅耶荷德说出了演员创作的真谛：“演员的创作是一种空间造型形式的创作,演员必须通晓自身的力学。”他还说,演员应该“在演出中充分利用自己整个身体,而不只是声音和面部表情”。(《演员的角色类型》)董红在《一盅缘》中表演精彩的奥秘正在于此。她在演出中“空间造型形式的创作”不是随意显现或偶然即兴,而是成竹在胸,预制了独特的表演谱系,让每一个或每一次“空间造型形式”都是整体表演谱系里的有机乐句,最终形成了全场严谨而自如、精准而从容、唯美而鲜活的戏剧动作之总谱。

仅以第一场《茶遇》为例——

刚一照面,两人如触电一般,项背相靠,转圜唱出“几时欠下风流债,还债的冤家今复来”。继而赵圣关解释闯入茶棚皆因风雨骤来,“天不作美”。林六娘立即上前,竖起食指,一字一顿地道出,“天——不作——美——么?”使赵圣关会意地改口,“啊,是天作美呀……”这是林六娘第一次主动进攻,亮出了爱的彩球。第二次进攻则是谈起洞庭春茶的来历——“以唇衔下,置于胸前,烘干而成,故此醇香无比”。念此台词时,林六娘半娇半羞,既扬又抑地在茶凳上蹭出一百八十度的半环,背对观众,转头轻轻一点赵圣关,令赵激情四起……随即,林六娘霍然站起,柳眉攒紧,杏眼圆睁,直指赵:“非礼勿言!”这就把林六娘瞬间的,从春情荡漾到坚守纯净的微妙心理变化精美地显示出来。几经思忖,缄口,犹豫之后,赵圣关终于抢先问出:姐姐是否愿意嫁我?林六娘惊愕,惊喜,惊慌,乱了方寸,被动防守。直至赵圣关以退为进,“姐姐不信,小生告辞!”林六娘愈加惶惶,急忙追上,大叫“回来”,却又不知说什么才好,左顾右盼,瞥见茶盅,灵机一动,反攻为守:你还没有付茶钱呢!赵问,价值几何?此刻,林六娘端起长辫,轻柔慢捻,答,你须与我爹爹商议才是。赵不解,林六娘甩辫,抽辫,打在赵的前胸:“哎呀呀,正要与我爹爹商议么!”这是她的第三次进攻,犹如把彩球抛到赵的怀中。然而,书生痴情,却非要少女给予明白回答。林六娘羞涩难耐,腾地站起,高高扬起长辫,狠狠地再次抽打赵圣关:“哎呀,啐!”这第四次进攻是何等的急切、嗔怪、热烈啊,好比她将已经抛给赵圣关的彩球再次端起,重重地砸在赵圣关的脑门上！定情之后的分手，林六娘再次捧上一盅香茶，两人揉盅，搓盅，以及最后赵圣关突然从背后的一抱，惊呆了林六娘……就这样，以林六娘的四次进攻为支点，架构起了这段“一见钟情”的戏剧动作谱系，让“空间造型形式的创作”变成了羽翼，带起了唱段、对白、表情的机体，完成了精美表演在观众心里的飞翔。

这种“空间造型形式的创作”在第三场《叩庙》中，发挥着更大的作用。正如董红自己说的，“路在我脚上，山在我身上，庙在我眼里”，活化了程式，把林六娘急切坚韧、一往无前的神态活灵活现地呈现出来。在叩拜时，她巧妙地使用“疾、缓、顿、搓、停、转”，最后，以高高的飞跪连接着紧急的跪步作结，将林六娘内心真诚的挚爱、火热的祈愿、深深的怨恨淋漓尽致地宣泄出来，让人们看到的是那个情窦初开、柔美娇俏的茶棚少女在爱情的煎熬中成长为一个有胆有识有担当的刚烈女子。

《一盅缘》脱胎于河阳山歌，寻觅《牡丹亭》之仙踪神迹，竭力表达一得之见，所取得的成就值得庆贺，值得珍惜，更值得研究。

（载于 2013 年 7 月 15 日《文艺报》）

从“那片云”说起

——读根据沈从文短篇小说《三三》改编的剧本《杨家碾坊》

这是一个旧时山村少女的微妙心理——小说《三三》中的三三和她的妈妈到砦子里，给从城里来总爷家养病的白脸男子(少爷)送鸡蛋之后，在回家的途中，看见竹林里的晚霞和金色的光，“三三不久又停顿在前面枫树下了，还要母亲也陪她坐一会，送那片云过去再走”。刚才在总爷家见到彬彬有礼白脸男子，曾产生了多少羞涩的恐慌，陌生的难堪，莫名的涌动，朦胧的向往，此时的她依然是兴奋的，一个“送”字，表现了她那蕴含着无尽懵懂追索的心潮依然难以平静。其实，“那片云”正暗喻着白脸男子在三三目光中的出现、逗留与突然病故，曾诱发出三三多少无可言表的情感波澜和幻想追寻。结尾处“断弦似的崩裂”，留给人们的咀嚼却似小说中的溪水，从山里流出又何止“一百里”!

然而，青年作家杨蓉却执意要把这样一篇散文诗般的短篇小说搬上戏剧舞台，倘不是被沈先生的《三三》深深地触动、折服，她是断不会如此“铤而走险”“自讨苦吃”的。

因为，把小说改编成戏剧必须用戏剧的思维方式重新审视原作，不畏艰难地开始一次新的真正的创造；因为，把小说改编成戏剧的原动力除了对原作的爱,更是由于在原作中有了新的发现或新的解读。剧本《杨家碾坊》[1]就正是这样一部比较成功的文学改编。

一　戏剧构建与戏剧冲突的创造

小说《三三》的文学建构犹如山间小溪,绕高坎,穿树丛,迤逦而来;跳陡坡,翻石滩,戛然而止,潇洒从容,浑然天成。剧本《杨家碾坊》却必须以舞台为核心,将奔突跃动在灵秀山野上的单线小溪引领盘桓,或集中凝聚为映现幻化多变世界的深潭,或拓展开阔成支脉交错的河网——把小说中三三与白脸男子隔雾隔纱的朦胧感应,变为两人在舞台上面对面的交集,撞击,对比,差异,误解,激发,共鸣……一言以蔽之,把虚化周边的单一焦点变为对峙比立的一双焦点,把小说中隐含着的“可能”大胆地变为明朗的行为,特别是把三三曲折微妙的心理叙述变为直观形象的戏剧行动,倾注全力刻画三三与白脸男子之间的戏剧性关系,架构起戏剧冲突的主线,把叙事文学的“三三”变成戏剧文学的“三三”。于是,作者将小说中三三与白脸男子的两次会面构建成四次聚首——

①潭边偶遇:白脸男子的一句“出阁(嫁人)”激起少女三三的莫名反感,转而反感又成了憧憬;②砦子会面:引发三三对城里女学生和城市生活的狂想;她因周护士的存在而滋生妒意,又因白脸男子的赠书而萌生向往;③婚礼对歌:三三把一颗喜果塞给白脸男子,第一次主动表达爱慕,在对歌中,一句“水也不知鱼恋水,树也不知鸟思林”,既公开否决了妈妈相中的对象,又嗔怨意中人的“迟钝”;④碾坊相约:身患沉疴的白脸男子本欲向三三告别,却终被三三的真诚打动,决定带她去城里看看那里的“颜色”,实现她

---

① 此剧现在正式更名为《三三》。

对城市生活的憧憬。

这四次聚首是全剧华美的网结，不仅自身具有鲜明的戏剧性，还串联起了诸多叠翠缀玉般的场景：

“潭边偶遇”之后，三三抑制不住想念那个像“戏中小生下台来”的白脸男子，惶恐地自问：“怎么想他了？”甚至浮想联翩，有一天“三三不回（家）来了”……待到她半嗔半喜地告诉妈妈，管家先生让自己嫁给白脸男子的时候，妈妈竟然说这是人家在跟她说笑话，三三呆住了。这是多么大的落差，又是多么微妙的戏！

“砦子会面”之后，三三喜忧参半。按照山乡的规矩，三三猜测护士周小姐非妻即妾。由此妒意横生，她扔书再捡书，却只能验证她对白脸男子相思难断，爱慕深深。

“婚礼对歌”和“碾坊相约”之后，三三犹如身有双翼，早就飞进梦想世界——城市了。然而，她又依依难舍家乡，更难舍自己的妈妈。她第一次给妈妈（不知女儿即将奔向城里）梳头，这是多么深情的惜别啊！这一场，三三的浪漫情怀已达沸点，她对未来的憧憬直上云霄！

结尾“断弦似的崩裂”，天降横祸，惊呆了的三三打破悲痛窒息的那句喊声是：“三三不回来了！”

她要去哪里？梦想中的未来——从未有过的新生活。

至此，《杨家碾坊》完成了小说《三三》的华丽转身。

二　三三幻想的含蕴

如果说《边城》结尾写的是翠翠对爱情的选择与期待——等待傩送的归来，“这个人也许永远不回来了，也许明天回来”，那么《三三》结尾中的三三则是失落——“三三站立溪边，望到一泓碧流，心里好像掉了什么东西，极力去记忆这失去的东西的名称，却数不出。”她的失落，不仅是因为白脸男子死去，还有白脸男子的到来曾经激起三三的幻想，那就是“一到城里就不回来了”，现在，这个幻想没了。

《杨家碾坊》鲜明地宣示了改编者对这篇诞生于八十多年前的《三三》新的解读。

首先，三三幻想的是什么。小说中，三三幻想的城市是“一座极大的用石头垒就的城，这城里就有许多好房子……”这只不过是现有砦子的扩大而已。而在《杨家碾坊》中，则是“有一座座白白的高楼/楼堂里奔走着白白的猫狗/猫狗晒着白白的太阳/太阳照在白白的窗口/窗口飘动白白的缎绸/缎绸绣着白白的斑鸠/斑鸠飞过白白的茉莉/茉莉香飘白白的墙头……”三三也曾听说过城里像彩虹那样什么颜色都有，但她还是愿意把城市生活幻想成像是白脸男子的白衣白鞋那样雪白纯洁，而她能在城里当女学生，“她们把书包背肩上/齐齐的短发挂耳旁/白衣黑裙心欢畅/手拉手走进新课堂”。这样的幻想，显示了三十年代初的山乡少女对圣洁、纯净的新生活的无比向往。

其次，白脸男子在三三眼里不仅是“戏中小生下台来”，更是三三所幻想的新生活的象征——他给了她书，答应教她认字，答应带她到城里，实现梦想，点燃了她作为少女的全部热情：“是你让我生梦幻/是你让我想连连/是你将我心召唤/让我想飞出大山去天边。”在三三心中，她所憧憬的新生活与白脸男子是合而为一的。与其说她爱慕白脸男子，不如说她爱慕的是白脸男子所代表的新生活（这里姑且不论城市生活本身的二重性，因为小说和剧本改编都不是以评判城市生活与乡村生活优劣为目的的）。

最后，改编者从今人的视角出发，在结尾处写出了三三追求新生活的执着和积极：“三三好想变成一条小鱼，顺着溪水游啊，游啊，游到很远很远的地方去……”她发誓般地喊出了“三三再也不回来了！”她爱家乡，爱妈妈，但她更爱去发现去探寻新生活，因为新生活多美啊！

“那片云”走了，但梦想还在三三心中奔突。

《杨家碾坊》让我们看到的不是炉火纯青，而是生意盎然。就凭改编者敢把《三三》这样一幅“湘江烟雨不知春”的“湘绣”改为“春来江水绿如蓝”的“苏绣”，就颇有几分三三般的率性了。

（载于2014年第7期《剧本》）

袈裟裹清风，肩上驮日月

——看河北梆子《六世班禅》

一　把历史的内容还给历史

恩格斯说："我们要求把历史的内容还给历史。"(《马克思恩格斯全集》第一卷)对历史剧的创作而言，就是努力在舞台上精彩生动地呈现那个特定历史时期的本质。或许这应该是历史剧创作的首要条件，也是著名剧作家孙德民历史剧创作(即所谓"山庄戏剧")的首要条件。

河北梆子《六世班禅》就是这样的一个范例。作者准确地把握了那个时代的历史本质——"清代是我国历史上最后完成中华民族国家的朝代。"(《清史镜鉴》第三辑)其中，以乾隆皇帝为代表的清朝统治者既有平定叛乱、抗击入侵的果敢行为，更有"修其教而不易其俗，齐其政而不易其宜"的明智政策，尊重少数民族的宗教信仰和生活习俗，对其上层贵族多加笼络，取得极大的成功，使我国形成了历史上空前统一的局面。(《中国通史》第十八卷)

作者准确把握另一个历史本质是六世班禅(罗桑华丹益希)这位宗教领袖的政治品格——他尊重中央皇权，拒绝英国驻印总督哈斯汀士派遣的来自东印度公司的英国人波格尔图谋让西藏与英国单独建立联系的诱惑，坚定地表明：西藏属中国领土，一切要听从中国大皇帝的圣旨办事。六世班禅的这个做法，对于那个“最后完成中华民族国家”的时代而言，无疑是进步的、爱国的，因为以乾隆为首的“王权在混乱中代表着秩序，代表着正在形成的民族而与分裂成叛乱的各附庸国的状态对抗。”(《马克思恩格斯全集》第二十一卷)

然而，这毕竟是历史的本身，而舞台所要呈现的，则是剧作家及其主创团队对这段历史戏剧化的独特解读，“戏剧起源于我们对世界的反应，而不是起源于世界的本身”。(J. L. 斯泰恩：《现代戏剧理论与实践》)

这个戏剧化的独特解读主要聚焦在主人公六世班禅身上。

二 众生是佛的根本

高尔基曾经说过，情节“即人物之间的关系、矛盾、同情、反感和一般的相互关系——各种不同性格、典型的成长和构成的历史”。(《和青年作家谈话》)或可简言之，情节是人物性格成长变化的历史。《六世班禅》为了呈现主人公丰厚而又富于变化的内心世界，将那个时代，包括西方的觊觎、民族的偏见、信仰的异同、路途的艰险、疾病的威胁……融合在阴谋与忠诚、陷阱与无畏、骚乱与明智、挑拨与担当、失控与包容等等尖锐复杂的戏剧冲突之中。这就为塑造主人公栩栩如生的艺术形象提供了诸种环环相扣、步步深入、起伏跌宕、令人看不胜看的戏剧场面。

如果说现在序幕中班禅以释迦牟尼为榜样，“视财帛如粪土”，严词拒绝了来自东印度公司的利诱，显示了他胸中的雅鲁藏布江与黄河“千里万里一脉魂”，心向中央皇权的忠贞情怀，那么在此后长达一年的漫漫东行之路上，他的这种情怀将被锻造成意志，继而，这种坚定的意志又被锤炼成崇高的献身行为。

当阴谋家以大清驻防兵的名义焚毁黄教仁宁寺的时候，六世班禅身边的空气骤然紧张，驻藏大臣一时又无法提供反证，返回扎什伦布寺的喊声突然喧嚣，甚至有人口出狂言，让驻藏大臣“离开”……此时此刻，剧中的设计是，主人公在“思索”之后，请出准备赠送乾隆皇帝的无量寿金佛，“顺从天意，求佛赐福”。这个特定情境中的人物的独特行为准确地揭示了主人公面对重重压力，他那心向中央皇权的情怀已经变成了“顺从”时代“天意”的意志。

阿萨为拦阻主人公东行朝觐，带领乌里雅苏人陈兵黄河岸边，从而引发朝廷大军即将前来弹压。如果说主人公为免除这场残杀血战而断然决定暂不渡黄河是一种悲天悯人的被动反应，那么天花瘟疫突然流行，使乌里雅苏人顿时陷于惊恐万状，濒临死亡的境地，主人公竟毅然决定深入天花流行的草原，“为牧民们诵经祈祷，摸顶赐福”就是一种令人感动的主动护民佑民的大慈大悲的英雄壮举。

这里，特别应该关注的是主人公与其胞弟仲巴活佛的一段争论：

“佛与众生，孰轻孰重？”

“当然是佛……”

“不！”

由此，饰演六世班禅的邱瑞德以河北梆子独有的高亢与深沉唱出了主人公灵魂深处的光芒：“佛若与众生疾苦无缘/何谓消灾弥难/佛若不拯救万千生灵/何谓普度众生/没有众生/佛者安在……众生是佛的根佛的本……”

当我们看到他决然走进天花流行的乌里雅苏草原，为牧民们“诵经祈祷，摸顶赐福”（这里不可纠缠科学与非科学的问题，何况他已经“请奏朝廷，乾隆大皇帝就要派人，为乌里雅苏僧俗众生接种牛痘……”）高大的背影时，耳边响起的是鲁迅赞扬“中国的脊梁”的话：“我们自古以来，就有埋头苦干的人，有拼命硬干的人，有为民请命的人，有舍身求法的人……”（《中国人失

掉自信力了吗》)

看到这里,我们进一步发现,主人公不远万里,历经艰辛,承受压力,不畏横逆,冲破灾难,东行朝觐,就是为了昭示藏族同胞的真义:“雪山消融的冰水/流淌在神州大地/卫藏僧俗的虔诚/溶入黄河的血脉和肝胆”。一言以蔽之,在主人公的凛然东行的朗朗足迹中,每一步都凝聚着众生的利乐,国家的利乐,彰显了主人公六世班禅不愧是:袈裟裹清风,肩上驮日月。

情怀——意志——献身,这就是主人公性格成长的心路历程,也是作者力透纸背地刻画主人公光彩形象的戏剧架构。

大气磅礴的《六世班禅》最宝贵的价值就在于其主人公是历史的、真实的、感人的,他不仅具有历史的光彩,还是一面透视现实的光彩镜鉴。

诗剧的构成

——评剧《母亲》观后

坐在《母亲》演出的台下，惊喜异常：评剧竟诞生了这样一出大气磅礴而又精心精致的诗剧！

一　诗意的创造

创作素材原本是叙述一个英雄母亲，在抗日的烽火中，她的丈夫和五个儿子壮烈牺牲的故事。但是主创在舞台上的呈现却没有把笔力放在这六个人物的牺牲过程上，也没有放在过于具体的环境描绘上，而是着力营造和刻画了母亲邓玉芬越来越宽广、越来越深厚、越来越坚强、越来越升腾的内心世界。开场那幽默的婚礼揭示了邓玉芬乐观中的智慧和刚直；接着国难临头，身陷日本鬼子设置的“人圈”，面对亡国奴的厄运，她毅然送子抗日，显示了一个母亲的家国情怀。继而，在舍爱子与保护抗日兵民的尖锐的内心冲突中，她陡然升华了——已经不仅仅是五个儿子的母亲，而是舍生取义、威武不能屈的民族精神的象征，这种精神正在一代代地哺育着我们后人。正所谓，有什么样的母亲就有什么样的民族。

从乐观的村姑到坚强的村妇,再到救亡奉献的母亲,终成民族精神的哺育者——诗意的创造就是这样生发自女主人公的心田。

二　诗剧的构成

值得研究的是《母亲》这出诗剧的结构特征。最重要的是结构网结的发端,那就是小仔的设置。小仔为邓玉芬的小儿子,原本是为了保障众人的安全,死在母亲怀里的孩子。此形象就像一个精灵,飞翔在生死之上,飞翔在现在与过去之间,飞翔在母亲的心灵之巅。他对母亲的发问,就像小孩子听妈妈讲那过去的事情,无论其生前还是死后,问得直率,答得真挚;又像天使一次次开启邓玉芬内心深处的记忆宝匣,让所有真切的情感——爱夫之真,怜子之切,救亡之烈,取义之忱,牺牲之痛,胸襟之阔……母亲积郁的深情犹如"银瓶乍破水浆迸",宣泄奔腾,流潦满野。

如此看来,小仔犹如诗眼,既是网结的发端,又是网结的收尾,贯通始终,妙哉。

三　诗境的空间

全剧没有出现一般"抗日剧"必然出现的侵略者标志:日寇士兵,日寇堡垒,日寇膏药旗,而是牢牢抓住邓玉芬的主观感受,着力表现她从自在的乐观到自为的抗争,再到自觉的奉献这个升华阶梯,使跨度八年的抗日战争历史空间与邓玉芬从农村小媳妇一步步升华为英雄母亲的情感、心理空间完全重合。这就必须有惨淡经营的意境创造。舞台中心的巨石点化了不同的境遇,无论其染满朝霞,还是披上惨白的月色,无论其巍巍高耸,还是倒悬旋转，无论是风吹雨打，还是化成母亲的雕像，都是那时那地之情势与那人（邓玉芬）内心感受的融合，都构成了不断变幻的诗剧意境。特别是演到1945年8月15日日本天皇宣布无条件投降，人们激情澎湃地庆祝抗战胜利时的意境令人咀嚼不尽——欢庆的狂呼，喧天的锣鼓都失去了声音，而此时此刻听到的是邓玉芬内心的真实流露：家中空空，没有亲人，唯有孤独和寂寞陪伴自己……

欢闹中的孤寂，此时的意境，表达了多少诗家追寻的沉郁，更开掘了七十年来多少历史的沉思和人类良知应有的痛彻。

尽管还需继续精心地打磨（譬如高潮的重叠），但是《母亲》已是评剧艺术及其观众之幸，也是当今戏剧创作之幸。敬佩！

（载于2015年第8期《中国戏剧》及
2015年12月31日《中国文化报》）

道德：在利与害面前

——看淮剧《菜籽花开》

在利益最大化的商品交易准则面前，道德何以自处？被湮没，被侵蚀，还是岿然高耸，真正做到"见利思义，见危授命，久要不忘平生之言"？这是摆在人们面前的一道谁也绕不开的行为门槛。

淮剧《菜籽花开》以精心的创作、精彩的呈现、深刻的思考，试图对此做出自己的回答。

《菜籽花开》一开场，就让主人公顾双成这个"道德模范"候选人陷入了不知如何是好的困境：正当竞选的关键时刻，突然冒出个管自己叫"爸爸"的女孩子！他纠结不已，恐惧不安，甚至想过躲避。他和妻子以及父亲、岳母之间的矛盾焦点就在这里——要名誉还是要责任。其实，名誉跟责任一旦脱钩，这个名誉就是虚伪的，就是没有诚信的广告牌。当然，这里的道德责任不是作为生身父亲的责任，而是作为社会成员的社会责任，作为菜花母亲的挚友的情义责任。这样的抉择，或许不仅仅是顾双成的，而是我们所有人都可能遇到的。于是，观众随着顾双成一起，走过要不要"见利思义"的心路历程。这个思辨的过程、实践的过程，正是道德高地建筑的过程。而这正是该剧的思想价值所在。此其一。

其二，在戏剧结构上，主创是费了一番功夫的，把主线的推动和副线的推动糅在了一起,形成了内在的统一。顾双成的岳母田妈认为,女婿能够评上道德模范是很有好处的,能让他们家的生意做得更大,赚的钱更多。她把名誉和经济利益紧紧连在了一起,至于这个孩子,那是根本不能收留的,顾双成要"洁身自好",离责任越远越好,名誉、名声和地位胜过担当(责任)。这样,她就变成了顾双成的一面哈哈镜——扭曲了的道德模范仅仅是挣钱的招牌。田妈的想法也是不少人的想法,这正彰显了这个戏的现实价值。实际上,田妈就是田春兰(顾双成妻子)的一个延伸,一个灵魂的影子。田妈的所有台词,就是田春兰内心所想的。所以,这条副线与主线(顾双成与妻子田春兰就菜花的突然出现而产生的矛盾发展线索)是内在的有机的结合,非常融洽。

其三,全剧既具有戏曲的传奇性,又具有真实性。《菜籽花开》一开场就有强烈的悬念,这些悬念是作者精心设计的,让你非得往下看不可——顾双成这个"道德模范"候选人究竟有没有私生子?因为这个从天而降的小女孩菜花管他叫爸爸,还言之凿凿地说,我妈说了,我爸就是顾双成,住在江苏什么什么地方……这到底是怎么回事?这不能不让人想起马克·吐温的小说《竞选州长》……这个悬念设置很吸引人,戏就从这里展开。然而,作者陈明的"解铃"比"系铃"更显功力,最精彩的还是戏的结尾——既要解开戏扣子,又要震颤人心,令人思索故事的内蕴。在《菜籽花开》的高潮处,出现了鞋底秘藏的一封信(菜花的妈妈小香子的遗言),不仅让观众豁然开朗,更让人看到在未出场的小香子心中,顾双成是个什么人。这是小香子拼着生命的最后气力倾诉出来的最真诚的心声——顾双成是她心目中最值得信任的人,一个爽爽朗朗像阳光一样的人,她的女儿必跟这样的人成长。如果她把这个孩子交给了孩子的生身父亲,即那个奸污她的人,就等于她承认了奸污,接受了屈辱以及黑暗和丑恶。她不能这样做,必须选择顾双成。这就等于她也在参与这场道德模范评选,用自己的生命投给顾双成分量最重的一票。这是非常绝妙的一笔,非常成功的一笔,是对"见利思义,见危授命,久要不忘平生之言”者的最高赞美。这个遗言就是一把壶梁，把整个泥壶提起来了——类似《红灯记》里李奶奶的那段台词，《霓虹灯下的哨兵》里春妮的那段台词，使全剧陡然提升起来，给人留下难忘的印象。

（载于2015年11月30日《中国文化报》）

“君子”是这样炼成的

——淮剧《小镇》观后

孔子说：“圣人，吾不得而见之矣，得见君子者，斯可矣。”做不了圣人，但可以做君子。大概因为君子是人，活生生的人，人间烟火是要“食”的，人生失误是要“正”的，人世事理是要“明”的，人性弱点是要“克”的，像你我他一样，有是有非，有对有错，有明白有糊涂……更重要的是，心中总要有坚守的道德防线，哪怕这种坚守或是坚如磐石的，或是千回百转的，或是始终如一的，或者终归正道的，视清白如命，守洁净如魂，“天行健，君子以自强不息”。

寓言般的淮剧《小镇》，从马克·吐温的《败坏了赫德莱堡的人》里获取灵感，写的就是君子是如何炼成的，或者说君子是如何捍卫君子荣誉的。如果说《败坏了赫德莱堡的人》是写金钱腐蚀了人性，那么《小镇》则是写坚守战胜了诱惑。

妙就妙在这个“战胜”是经历了主人公朱文轩极具戏剧性的九曲回肠般的心理变化之后才完成的——

从荣登“名教师”榜首开始，面对一企业家悬赏五百万寻找当年救命恩人的巨大诱惑，人们习惯性地把所有好事都往他这位道德名人身上堆，镇长（曾是朱的学生）甚至说“望老师认真回想再回想”。他瞬间堕入遐想：“不可能吧……”这四个字就显现了，在他内心深处，道德防线出现了罅隙。恰巧，他刚刚“回过神来”，儿子如丧考妣地上来急告，为人借贷担保，欠债五百万，即将身陷囹圄。一刹那，他乱了方寸，所谓“祸到临头无主张”，就是原本出现罅隙的心防，现在崩溃了。在救子心切和“日后将终生赎罪”的自我欺瞒下，他拿起了电话，向主持此事的小镇德高望重的朱老爹冒认：自己就是那个“救命恩人”！

然而，他虽为“平生第一次把心昧”，朱老爹的目光却“好似看穿我心肺”，临渊而望，另外四个冒认者彼此证伪，深陷泥潭，难堪之至，让他不禁慨叹“人生至此何如死”，后悔晚矣。在达摩克利斯剑即将落下的瞬间，朱老爹竟然隐去了他的冒认丑行，使他得以在众人面前暂时保住面子，喘息苟存。嗣后，他那颗悔愧之心经受三次越来越大的冲压锻打——四个冒认者无颜以对家乡父老，黯然告别，如是“身败名裂”，让他触目惊心，此其一；由于良心未泯，“日夜煎熬，生不如死”，他向朱老爹认错，重温了小镇古钟乃是古时清官自责廉洁失守的警示，心灵的钟声顿时响起，此其二；朱老爹为保住小镇清名，让他“代”自己去认下“恩人”之名，并由此痛陈四十年前险些为捡到的几十斤粮票而失去操守，为弥补一念之差，朱老爹用一生的行善来救赎自己的灵魂，包括三十年前挽救过有轻生之念的这位企业家，这犹如石破天惊，震颤了他的灵魂，此其三。至此，他朱文轩终于回到了坚守道德的防线，“君子慎独古有训，焉能欺世又盗名”，当众毅然承认自己“犯下了冒领荣誉的大错”。他能这样“真真实实，袒露胸膛，磊磊落落，心明胆壮”，不就是孔子说的“君子坦荡荡”吗？孟子曾说，“古之君子，其过也如日月之食，民皆见之；及其更也，民皆仰之。”今之君子朱文轩，亦如是矣。

《小镇》以严谨独到的戏剧架构，含蕴着当下民族品格建设的宝贵文化价值，那就是君子之风，君子之道。

“君子”，你我他都能做到，“得见君子者，斯可矣”。

（载于 2016 年 7 月 4 日《中国文化报》）

老者安之与里仁为美

——记锡剧《夕照青果巷》

孔子言志,说出了自古至今人们的社会理想——“老者安之,朋友信之,少者怀之”。这样的人与人关系的情状正是中华民族代代相传的梦想,“为天地立心”者是也。

锡剧《夕照青果巷》正是以这样的大悲悯、大情怀、大志向,直面我国进入老龄化社会的现状——人人都无法躲避的老龄生态仿佛一夜之间突然降临在国人面前,举目四望,一片银白。老人的心理,老人的病榻,老人的梦幻,老人的恐惧,老人的期望,老人的欢乐……岂能用一句“真麻烦”逃避得了?! 全剧透过习常惯见的表面现象,娓娓道来,步步深入,采掘出人物内心底里的独特奥秘,令人唏嘘,令人感叹,令人深悟。

锡剧《夕照青果巷》的架构颇有意味:丁蓝与韩彬,两位主人公四十年的悲欢离合并非在于猎奇夺目,而是在这个时空的坐标上,在人物命运的节点上,显示了他们在往日悖谬中的执着,在悠久文化中的真诚,在现实变异中的坚守。而这些执着、真诚、坚守,无不是在特有的文化环境——青果巷中产生的。两位主人公与其周边人物的故事,艺术地证实了青果巷不愧是一条名家荟萃、人杰地灵、风尚高雅的历史名巷,只有植根在这样的时空土壤里,才能树起这样的常青之木。归根结底,就是其中无处不在的中华道德传统的核心“仁爱”二字。

锡剧《夕照青果巷》巧妙的是：剧中创建了重要配角钱老伯与男女主人公的关系——既是师生关系（丁、韩的恩师），又有养育关系（曾收留失去父母的韩），还兼具保护关系（在“文革”中，曾挺身而出，保护丁家的医药典籍），使“敬老尊师”孕育着不同一般的历史、社会和道德的醇厚内涵。因此，两位主人公对钱老伯的尊重、热爱和奉献，实际上就是坚守君子之道。这正是当下民族品格建设的必要。

锡剧《夕照青果巷》浓郁的是：文化底蕴。唱词与布景中反复强调孙中山先生为孟河医派题写的“博施济众”，松健堂的楹联“六百年青果巷里仁为美，三千载延陵地让国之风”，堪称点睛之笔——丁、韩两位主人公正是共同以“博施济众”的学医理想为爱情基础的；四十年后，他们一个作为中医，一个作为苗医的再携手，又是以此为老龄养护之道而共同实践的；丁蓝献出祖屋为“养老中心”是把“里仁为美”（居于仁道是最美的）的道德理念化为实际行动；韩彬战胜对死亡的恐惧，投身于丁蓝的养老中心，则正是皈依“里仁为美”。

用“里仁为美”实现“老者安之”，具有道德价值与实践价值的双重意义，这正是锡剧《夕照青果巷》的可贵之处。

时间终将证实——《夕照青果巷》会走得很远。

脊梁的赞歌

——观看河北梆子现代戏《李保国》

他就是鲁迅赞美的那种人——“我们从古以来，就有埋头苦干的人，有拼命硬干的人，有为民请命的人，有舍身求法的人……这就是中国的脊梁。”

这就是李保国，一个一辈子都和那些胼手胝足的面朝黄土背朝天的农民们一起奋斗的农业科学家；一个为栽种出农民的梦想而敢于攀登科学的高峰，也为栽种出自己的梦想而无悔地暴晒于原野的教授，一个真正把自己的知识变成农民的力量，把自己的精神变成农民的财富的共产党人。

为在戏剧的舞台上塑造出这样一个崇高的人，著名剧作家孙德民与著名戏曲导演黄在敏、戏曲新锐李杰以及河北梆子剧团的艺术家们呕心沥血，不断探求着——

故事的切入点选择在岗底村危难发生的时刻是颇有深意的。这是大水灾之后，岗底村百姓向何处去的岔路口，外出逃离，还是坐守破败？就在这迷茫无助的时刻，一纸写在烟盒上的承诺“我可以帮忙”几个字点亮岗底村的希望。

承诺者就是农大教授李保国。

此时此地，就是叩开李保国心灵世界的大门。

循此，主创带领观众步步深入地探寻他丰富的内心世界。他质朴得像憨厚农民一样,纯净得像天真赤子一样,热忱得像蓬勃青年一样,坚定得像深邃智者一样;有时,他又内疚得像犯了过错的人一样……

这样一个单纯得十分丰富,丰富得十分单纯的人物形象是在多重人物关系的映照下呈现出来的。

村民杨来福从一开始就认为李保国的承诺不过是“上坟烧报纸,糊弄鬼”,等到李保国携妻带子扎根岗底村,种上苹果树,他又领头拒绝采用果实套袋子的技术,怀疑李教授是在拿他们村搞试验,他甚至这样“度君子之腹”,说李保国是“无利不起早,等到秋后得成倍偿还”。面对小农心理的哈哈镜,李保国不但不恼怒,还非常知心地说,“他们命中一升,难求一斗”,村民们心里没底,腰杆不硬,“赢得起来输不起”。于是,他自掏腰包,花几万元买苹果套袋;承包一百棵苹果树,只包亏损不取盈利。在倒春寒突然来临,大雪覆盖了成千上万棵苹果树的花骨朵,有可能使西部山区这一年的苹果绝收的严峻时刻,李保国竟然从医院病床上跳起来,连夜赶赴邢台。路遇上百辆汽车拥堵,李保国一边等待,一边用手机指挥救灾,感动得路边农民推倒自家院墙,为他的车开出通道。

这是怎样的深情！在这深情里,又映照出李保国对农民的多少关爱?!

他为什么会对农民如此一往情深?这就触及了人物内心戏剧性动力的引擎。被李保国的真诚深深感动的杨来福,大声喊出了不解——李保国帮助岗底村种植苹果致富后,不接受任何报答,竟空手而归,“这是为啥呀?”

于是就有了下面一曲主人公的核心唱段,字字滚烫,句句本真,肝胆相照,情意浓浓:“我生在衡水武邑贫困县/逢灾年草根树皮和着泪水吞/娘早逝跟随奶奶艰难度日/乡亲们一瓢一捧养大我恩重情深/奶奶常嘱托不要忘本/有饭吃定要帮还在受苦的乡亲/一语成箴言/绿叶当报根……”把人民当作亲人、恩人,这就是他之所思所行。

特别值得注意的是,这段唱是以这样两句作结的:“情愿把农民变成我,把我变成老农民。”李保国的这个人生追求具有鲜明的时代特征——这里不仅表现了他与农民相知相融的愿望,更显示了一个共产党人的远见卓识:当亿万农民用现代科学知识武装起来,用广阔的胸怀去创造崭新生活的时候,那是一个多么美好的时代!

他披肝沥胆,夙兴夜寐,孜孜以求的就是这个朴实而伟大的目标哇!

主演在这段演唱中,充分发挥了河北梆子高亢、饱满、深情、婉转,层层递进,高潮激昂的艺术特色,情真意切,十分感人。

然而,对主人公内心世界的揭示并没有到此结束,剧中还触碰了李保国这个艺术形象的内心"缺憾"——他把全部精力都献给农民的果园产业,却忽略了自己还在上中学的儿子李东奇。他不仅把儿子从城市中学转入县城中学,还很少与儿子见面。处于青春期的儿子父母双全,却少有父爱母爱的抚慰,这是多么大的损失!面对儿子激烈的"抨击",李保国夫妇几近无言或言而无力。

或许这是用另一种方式"赞美"李保国的无私,其实,这正是显示了现实主义创作的一个特征,即客观性。世事本就难以两全,成功的代价或许就是缺憾。这个缺憾是令人抓心的。

作为一部以真人真事为素材的戏剧创作,高明的主创虽然以事件(新闻人物的事迹)为结构线索,但是始终倾注的是主人公的内心世界、情感变化、精神源头,把人的塑造放在了首位,使剧中主人公李保国真实可信,血肉丰满,真真切切地让观众看到了他的淳厚、质朴和强大。

这出戏的宝贵价值就在于,它形象地告诉了我们:中国的脊梁们就是这样撑起我们的民族自信心的,我们能够实现伟大的复兴。

(载于2017年4月26日《中国文化报》)

宏大交响中的柔美音符

——读淮剧文学剧本《送你过江》

如果说“百万雄师过大江”是现代史上异常恢宏的交响乐章，那么淮剧剧本《送你过江》就是试图表现其中一个柔美婉约的音符——一位出现在千帆竞发历史瞬间的划桨船娘的传奇命运。

这柔美婉约的音符绝不是可有可无的点缀，它在震撼人心的历史巨变的交响中，把“解放”这个主题诠释得更加富于人性、人情的诗意之美，显示了人民对幸福的追求是革命洪流所向披靡的内在动力，是渡江胜利的历史根由。

或许，这就是《送你过江》的意义和价值吧。

具体说来，这个剧本值得称赞的地方至少有以下几点：

一、以“过江”为这部戏的主旋律，全剧人物的戏剧行为或由此而派生，或由此为归结，编织紧密，相融相通，架构浑然整体。首先是郭逸夫与江长秀，他们因“过江”而重逢，为“过江”而离分，再在“过江”的战火中获得情感与灵魂的升华；其次是江长秀为保证心上人郭逸夫解脱一切嫌隙，能够实现革命理想，参加具有历史巨变意义的“过江”战役，毅然决定与一向爱慕自己的小叔子更富结婚，圆房，却不料，更富为成为真正的男子汉，婉拒圆房，决定全身心地投入“过江”战役，以图真正获得江长秀的芳心；再次是郭逸夫、江长秀和更富的言行深深打动了江老大,他羞愧难言,毅然献出龙头大船,诚心诚意支援“过江”;还有王科长采用调动的办法,迫使亲密的战友郭逸夫斩断情丝,全身心地投入“过江”……这里的爱情、亲情、友情在“过江”的主旋律中,繁衍铺陈出一曲又一曲冲荡心灵的,或委婉或激昂或九曲回肠或震颤魂魄的歌咏。

随着全剧对人物丰富的内心世界的层层挖掘,“过江”已经不仅仅是全剧的总行动,还是一种颇富哲理内涵的象征。“过江”是自我突破,对剧中的每一个人都是一种抉择和考验,时时如此,人人如此。江长秀战胜自我,为心上人郭逸夫能实现革命理想而舍弃自己的情感追求,她的“过江”使爱变得崇高;郭逸夫的“过江”把革命理想高高地举起来,胜过生命与爱情;更富的“过江”是战胜自我的懦弱,而成男子汉;江老大的“过江”是战胜了小农的自私。

“过江”使每个人的生命放射出异彩。

二、全剧架构充满了戏剧性。一本识字课本翻开了前史,郭逸夫与江长秀从相爱到离别;合上识字课本,郭与江重逢;重逢之中又戛然而止,江长秀突然宣布与他人结婚圆房;圆房中,新郎又毅然走开……在枪林弹雨中,郭逸夫搭救了曾是新郎的更富,自身中弹牺牲;更富以身体为掩护,保住了江长秀而献出了自己。如此起伏跌宕,回环往复,一个激变有机地联系着下一个激变,正是戏剧艺术具有魅力的存在形态。正如亚却的《剧作法》所说,戏剧“只给我们展示几个顶点”,这种“戏剧性的激变总是通过——或者可以设法使它很自然地通过一连串较小的激变而发展,并且在发展的过程中或多或少地含有能激动人的情绪的东西,如果可能的话,还含有生动的性格表现在内”。

三、唱词优美,富于苏中色彩,具有鲜明的艺术个性和戏剧的动作性。譬如江老大所唱的“龙心凤肝莫当粮,星星点灯不见光……长江不是养鱼塘……茅草抬头挺脊梁……”其中运用了明喻暗喻借喻,既夸张又形象,最后一句“现在就去找首长”,引发了全剧又一个异峰突起,动作性很强。更富那段“不是楠竹不做桨,不识水性难走江……吞下丝线三千丈,日扯心肝夜牵肠,生柴引火烤竹笋,外层皮焦内心凉……”把一个小青年的自省和渴望成为男子汉的心情描述得淋漓尽致,形象生动,十分动人,显示了唱词高超的艺术性。

当然,剧本在投排之前还会如切如磋,如琢如磨,精益求精。相信,作者对男主人公郭逸夫的形象定位会更加精确,对他与江长秀的爱情表现会更加适度和适宜,对某些细节处理会更加稳妥。

无论如何,这个剧本给我们展现了一个可以预见的前景,我们仿佛听到了那个柔美的音符所引发出来的宏大交响……

(载于2017年9月7日《盐都日报》及
同年11月7日《中国文化报》,
2019年1月11日《新民晚报》〔节选〕)

好戏在于写人

——观摩京剧《党的女儿》

无论什么戏，只要是“戏”，就都有一个共同的法则，那就是“戏剧的对象是人，戏剧艺术应以人自身为目的”（谭霈生语）。在戏剧动作中，把人物内心世界思维的、动机的、情感的、意志的、丰富多彩的变化真切地表现出来，使之渗透着时代的精神，从而感染人，启迪人。

京剧《党的女儿》塑造的主人公田玉梅就是这样的。

值得赞美的是，这出戏为塑造田玉梅作为一名真正共产党人的英雄形象，在戏剧情境的创造与人物关系的设置上，做到了精心炼制。

序幕在血雨腥风中结束，田玉梅在烈士们的遗体旁站起来，悲愤地质问：谁是叛徒？从鲜明的戏剧悬念开始，推动了“查叛徒”这一全剧的戏剧行动主线，开始了对主人公的精心塑造。

假如我们可以借用于谦的《石灰吟》，恰可描述主创为揭示主人公的内心世界和塑造其高尚品格，在戏剧情境与人物关系上的苦心孤诣——

“千锤万凿”。死里逃生的田玉梅来不及庆幸，也无需慰问，直奔书记马家辉，期盼得到指示，查出叛徒，确保为游击队运送盐粮。然而，得到的回答却是马家辉冷若冰霜地对其“严格审查防万一”。田玉梅的期盼变成了失望。这是她承受的第一次打击。继而，马家辉设套，一再将田玉梅引入“叛徒”的被告席上，甚至迫使她在自己一向敬重亲近的七叔公面前下跪。这是她承受的第二次打击。游击队联络员给田玉梅送来的接头地点和暗号被马家辉抢先拿走，并逼迫田玉梅交出为游击队秘密隐藏的盐粮。这可谓田玉梅遭受的第三次打击。田玉梅坚持要先查叛徒，以确保给游击队的盐粮不再次被叛徒出卖。结果，她反被马家辉直接扣上了叛徒的帽子：“是她出卖了盐粮，白匪才会放她一命！”由此煽动不明真相者的荒谬情绪，对她高喊“处死叛徒，为英烈们报仇！”，甚至将她捆绑起来，这是田玉梅遭受的最严重的第四次打击。待到桂英站出来，述说了真相，马家辉为保妻儿，把党的秘密“全招供”，这是严峻的斗争现实对田玉梅的第五次打击。这一次打击，使得田玉梅从步步退守，陡然翻转为奋起斗争，组织了包括桂英、七叔公在内的党的战斗集体，并最终清除了叛徒，破坏了白匪对游击队的围剿阴谋。然而，与此同时，主人公面对着第六次打击，即白匪残忍地抓住她的女儿鹃妹，以此来威胁她交出为游击队准备的盐粮。处于绝境的田玉梅，在经历了“刺骨锥心”的情感折磨之后，她搀扶着小女儿，将敌人引开，完成了最后的斗争。牺牲前，她唱出了对女儿的劝慰，更是深情而坚定地唱出了自己美好的向往：“儿呀儿，你来向前看，你爹爹就在山那端！头顶红星亮闪闪，照得天下春意还！”

这六次打击，实质就是六回渐次变化的戏剧情境，是客观环境的愈加严重、戏剧冲突的愈加尖锐、戏剧行动（情节）的愈加激烈的演进。就是在这样的千凿万锤中，完成了对主人公的雕塑。

“烈火焚烧”。这出戏在千凿万锤的情境演进的同时，还伴随着人物关系的戏剧性变化。其实，人物关系正就是戏剧情境的重要组成部分。这里单独提出来试析，是为了强调京剧《党的女儿》戏剧构成的又一成就。史雷格尔说过，“在戏里可以看到人们在朋友或敌人的往来中互相较量，作为理智的、道德的生物，以各人的见解、情操、情感互相影响，断然决定他们的相互关系。”在这出戏里，主人公与周围人物的关系，“互相较量”，“互相影响”，及其由此产生的戏剧性变化，却犹如“烈火焚烧”。请看，第一组人物关系，田玉梅与马家辉。从死神手中逃生（敌人的阴谋）的田玉梅第一个要见的人就是马书记，一下子就显示出来，他不仅是领导，更是田玉梅最信任的人。然而，正是这个“最信任的人”却一步步把田玉梅置于“叛徒”的死地，这是何等炽烈的灼烤！第二组人物关系是田玉梅与桂英（马家辉妻子）。她俩原本是“孤女结伴在山洞，直盼到红军来时春意浓……双双爱上党的人，同日成婚披花红……并肩宣誓党旗下，一字一句在心中”，然而，在田玉梅被马家辉诬为叛徒的时候，桂英却跑出来自称为“叛徒”，这对田玉梅来说，是惊愕，更是疑虑的焦灼。直到桂英道出马家辉是叛徒的真情，曾经的书记是叛徒，这又是一把怎样的烈火灼烤！第三组人物关系是田玉梅与七叔公。七叔公见证了田玉梅的誓言，与她和桂英组成了战斗队伍。在敌人毒打鹃妹、威逼利诱时，七叔公那一句“老汉替你救亲生”，不仅像火一样温暖了田玉梅的心，更是给予了她敢于牺牲的勇气，点燃了她烈火熊熊般的革命意志。在周围人物中，最富有戏剧性的人物关系，莫过于马家辉与桂英，他们从夫妻、同志、战友，变成了仇敌，最终桂英代表党和人民惩处了叛徒，显示着田玉梅组成的战斗队伍燃烧着扑不灭的火焰。无论是外在的还是内在的，无论来自敌方的还是我方的，无论是温馨的还是灼烤的，都是“烈火焚烧”，主人公田玉梅俨然就是具有强烈感召力的火炬。

值得玩味的是结尾，慷慨就义前的田玉梅称自己的女儿鹃妹是“党的女儿”。这四个字含蕴深刻，是说女儿，更是说自己，还是说后人。有这样的坚定信仰，才能“粉身碎骨浑不怕”，革命烈火在人间。

当然，也有值得商榷的地方。譬如，结构不够严谨。查叛徒、除叛徒、保护盐粮、为游击队送信息、破除敌人剿灭游击队的阴谋，这本应是全剧统一的行动主线，但却在第五场分叉了，桂英与丈夫决裂，惩处叛徒，与之同归于尽，形成了全剧十分壮烈的高潮。但，这与主人公田玉梅没有直接关系。桂英不是主人公，把主线上最重要的戏交给她完成，无疑分散了观众对田玉梅的关注。李渔说过,“文情专一,其为词也,如孤桐劲竹,直上无枝”。

另外,唱词欠缺文学性,较为一般。

京剧现代戏任重道远,让我们同心勠力,毫不松懈地前进。

跌个跟斗抓把泥，故事尴尬人正气

——看喜剧《留守村长留守鹅》

江苏的地方戏曲，追踪时代，饱含着一方百姓的喜怒哀乐，梦想期盼，向上向善，激情燃烧，欣欣向荣。其中，涟水县淮剧团的新剧目《留守村长留守鹅》堪称佳作，获得观众的赞美，其所取得的成绩值得认真研究。

窃以为，这出戏至少有三点可喜的成果：

一是，倾尽全力塑造主人公陆二黑的生动形象，不仅把人物放在尖锐的戏剧冲突中刻画，更着力揭示他的心理变化，努力呈现其内心世界的真实性和独特性，让观众深受感动。戏一开头，主人公陆二黑的“优秀村官”落选之后，又飞来“横祸”——由于无知，“汇水鹅”在没有及时注册的情况下，竟被指为侵权，而且无可推卸。面对即将发生的百万罚款，他犹如热锅蚂蚁，焦急而无助：“去躲避？迈不开步/去装病？哼不出声/去耍赖？张不开口/去哀求？不知向谁去磕头……”观众从中看到的不仅是小人物的惶惶心态，更体味到他的厚道和诚实。面对毫不留情的原告，在历经用“五粮液”（杂粮粥以及杂鱼萝卜干之类）讨好不成、登门闯入求情不得、门外苦等无用之后，他只能砸自家的“锅”，卖自家的“铁”，把自己唯一的财产，准备与白天鹅结婚的新房卖掉，还要乞求原告五折冲抵……如此这般，“外祸”又转为“内乱”，老恋人白天鹅岂能容忍?！陆二黑的命运之船再次从浪谷卷上浪尖……但是，无论怎样颠来荡去，他心底有一本“干部哲学”：“吃亏才能出素质/吃亏才能出人格/吃亏才能出威信/吃亏才能腰杆直……/我大半辈子把亏吃/好不容易才吃出个/不被人怨/不被人恨/不被人怒/不被人骂/坦坦然然/堂堂正正/快快活活的陆二黑”。这就是没有桂冠的“这一个”村官的可亲与可敬！

除了正面描绘，戏剧还有一个手段，那就是从原告钱哆哆那里“倒映”出陆二黑的形象，即从反对、怀疑、考验等等对立角度，由外入内，由冷到热，由驳斥到宽容，由轻视到敬重，产生了明暗对比，正反衬映，把陆二黑形象立体凸显出来。再加上白天鹅的期待、嗔怪，留守娘们的拥戴、调侃，犹如细部修饰，让主人公逼真生动起来。还有一个非常重要的因素，就是饰演者陆前生质朴无华的本色表演，使人觉得陆二黑就是他，非他不可！

二是，喜剧手段的编织，始终让观众在会心的微笑之中渐次深入地被感染。喜剧是人类笑着对过去的诀别。这里的“诀别”不仅是对腐朽势力的否定，而且将它与对先进势力的肯定统一起来。《留守村长留守鹅》更侧重于对先进势力的肯定，运用反差、误会、悖谬，以及在尖锐冲突中令人忍俊不禁的陡转，一次次产生了明显的喜剧效果。例如开场，落选回村的陆二黑迎面遇到的却是白天鹅等留守娘们的“热烈祝贺”；把兴师问罪的原告当成了买鹅的客户欢迎；人家要对簿公堂，陆二黑却以说声“对不起”来应付；为讨好冷冰冰的原告，竟端上所谓“五粮液”（杂粮小吃）；陆钱双方相反相成，矛盾白热化时，干戈化玉帛……陆白二人葡萄架下的谈恋爱一正一反，一明一暗，一热一冷，陡然风波起，甜言变恶语，晴天响霹雳；原被告刚刚携手，又被传为绯闻……如此这般，台上台下笑着向“过去”诀别。

三是，不少唱词显示了淮剧歌唱艺术的特点，流畅，优美，巧妙，智慧，唱到激昂处，热情如火，一泻千里。陆二黑被百万罚金打蒙了，面对那棵歪脖树，他倾诉真心：“前是崖/后是河/左无路/右无船/我成了一个无依无靠无帮无扶无计无措无勇无谋的无用村官/又看到村前这棵歪脖子树/它想挺拔腰已驼/半在岸上半入水/咬牙挣扎任折磨/自己忍受风霜苦/多少年/我有难事在树下转/与你唠叨吐辛酸”。听到这里,不禁让人想到《西游记》中唐僧面对古老的铸钟产生的种种遐思,悲悯之情在观众心中油然而生。而最后钱哆哆的那段独唱,更可以视其为天下村官的质朴而充满生活气息的赞美诗:

村官这个芝麻绿豆官,
却管着,百家衣食,百家冷暖,百家平安,
百家富裕,百家烟囱百家船。
张家长来李家短,
一碗清水怎么端?
东家粗纱西家线,
一个针眼怎么穿?
村官是村民的主心骨,
村官是村庄的管家婆。
村官是新农村的铺路石,
陆村长呀,愿我俩,都做这棵,守着庄圩,
守着泥土,守着家园,守着乡愁的槐杨树!

反复使用的排比,无处不在的明喻和借喻,信手拈来百姓的习常惯见,发散出纯真的泥土清香。

当然,就文学剧本而言并非无可挑剔,能指出的瑕疵也不仅一二。但,最重要的是,涟水县淮剧团的这出戏有力地证明了,江苏地方戏曲坚持以人民为中心的创作,是活力蓬勃之根本所在。

江山岂只名家唱，小女亦能弄白潮

——镇江扬剧《花旦当家》断想

在镇江，只要你望一眼“满眼风光北固楼”，耳边就会回荡起多少千古佳句——在“潮平两岸阔，风正一帆悬”的画面里，焦山的岫谷里飘来“万岁楼边谁唱月，千秋桥上自吹箫”，金山寺的飞檐挂铃咏叹着“晴山万里云飞尽，鳌背参差日气红”，松寥山下依然回响着令所有时代所有人陶醉的“春风又绿江南岸，明月何时照我还”之绝唱！

镇江（京口），数不尽文人雅士为你而“竞折腰”。

其实，何止于名家圣手，这里的普通百姓更是一代又一代地用自己聪颖和浪漫赞美着饱含历史文明的家园，抒发着胸中饱满而幽默的乡情。其中，从扬州花鼓戏等民间说唱艺术发展而来的扬剧，具有悠久的历史，从《魏征斩龙》《秦始皇赶山塞海》到二十世纪的《鸿雁传书》《上金山》《百岁挂帅》……绚烂夺目，多姿多彩，令人陶醉。这里的人们把扬剧视为自己心中最喜爱的艺术，无人无日不开口即唱。听吧，从葱翠山坡到映日秧田，从渠水河汊到竹林小径，那轻如云絮，酥如细雨，脆如跳溪的各种扬剧曲调，是那样的清亮绵长，委婉细腻，飘摇而来，萦绕而去……多么令人神往啊！

然而，不知道是什么原因，进入二十一世纪后，镇江的扬剧竟然有十八年没有演出，一段空白，令人心焦！

为了结束这尴尬的局面，更为了发展镇江广大群众钟爱的扬剧艺术，镇江文化局和剧团的领导绞尽脑汁，千方百计地组织创作；挖掘人才，调配力量，千辛万苦地排练演出——2013年，一部《小花旦当官》（后定名为《花旦当家》）终于出现了。

然而，规律是无法违悖的，哪怕一丝一毫。刚刚降生的此剧，暴露了文学基础粗陋，故事情节与同类剧目雷同。怎么办，是自欺欺人，还是探求创新？

毕竟，文化局和剧团的领导是有志气的，他们勇敢地选择了后者，追求上乘。

凭借着文化古城的诱人，凭借着扬剧艺术的魅力，更凭借着求教者的真诚，终于有人挺身而出，谋划出了一个崭新的主题，一条崭新的故事线索，一个崭新的女主人公，一个崭新的男主配……

于是，这出扬剧以喜剧的样式，把村官戏从一般意义的生产致富的窠臼里解放出来，另辟蹊径，变为保护以古戏台为主的文化遗产。而这古戏台又凝聚着全村的文化历史传统，记载着全村百姓的命运轨迹——抗战时，在这里演出激励民族志气的《杨家将》；土改时，在这里斗地主分田地；"文革"时，村民们保卫了这座文明象征的建筑……继而，这被保护下来的古戏台又连缀着文化产业的新篇章。全剧的戏剧结构精巧，女主人公和男主配的戏剧关系相互攀升，戏剧悬念不断增强，喜剧冲突别开生面，引人入胜而又开朗活泼。

就这样，扬剧《花旦当家》以鲜明的时代特色，显示着乐观的文化自信，女主人公形象鲜活可爱，喜剧风格清新醇厚，别出一格而崭露头角，在省内外，以至首都，赢得了很高的赞誉。

最可喜的是，紧随《花旦当家》之后，又出现了《完节堂1937》《红船》等一系列的新剧目。真如剧中所唱——

我家住在戏台旁，
戏窝子就是我家乡！
苦辣酸甜都要唱，
唱过了月亮唱太阳……

被誉为“天下第一江山”的镇江，或可古诗与新曲齐飞，故地共青春一色。

衷心祝福。

（载于2018年6月22日《文艺报》）

苦难的炼制

——观摩豫剧《秦豫情》

“河南担”这个西安人的口语词汇，浓缩着二十世纪四十年代，河南农民挑着扁担，逃荒奔向西安的苦难历史。苦难是生命的乳汁，河南担在苦难中获得活的勇气；苦难是人生的咀嚼，河南担在苦难中领悟生活的真谛；苦难是命运的长河，河南担在苦难中完成诡谲的生命之旅；苦难是包裹着希望阳光的浓云密雾，河南担每个活着的人都是苦斗的胜利者；苦难是催人泪下的赞歌，河南担的苦斗史显示了生命力的强大，显示着中华民族不屈不挠的精神。而西安人不仅是见证者、同情者，更是“与子同袍”的救助者——这可以算作是豫剧《秦豫情》的写照。

全剧倾尽全力，成功地塑造了主人公小勤闪耀着独特光彩的艺术形象。

令人惊异的是，主创竟能把以小勤为主人公的《秦豫情》“炮制”成了一碗人生的“胡辣汤”，岂止五味杂陈！其中的麻、辣、酸、咸、辛、苦、涩、甘、烫、炙、香、醇……正如小勤唱的真情实感，“在家不知在家好，出门才知出门难……沿街乞讨舍下脸，半瓢米汤过三天，一肚憋屈想哭喊，不想受气没个完。”这里饱含着背井离乡之痛，举目无亲之伤，茫然无措之恐，求告无门之慌，舔血自慰之煎，饥寒交迫之熬，死神闯梦之骇，惶惶终日之长……

编导就是把主人公小勤置于这样无边无涯的苦海之中，让惊涛骇浪一次次雕塑着她的心灵,也让她一次次用自己的生命去炼制苦难,直至那戏剧高潮的巨浪把她托起,她把自己也炼制成了天地之间的一个传奇。

令人叹服的是,全剧的戏剧构架在戏剧冲突迭次升高,一次比一次更加严重的迎头痛击之后,主人公又是怎样地“炼制”苦难,创造出自己生命传奇的? 这大概是最值得探寻的——

全剧以小勤成长的命运线索为主轴,在向前延展的过程中,开辟出四大板块: 针尖立足,因祸得福,福祸相依,以死求生。

针尖立足。小勤父女除了一条扁担两只筐,一无所有。在难民麇集之地,要想挤出一块趴窝的地方,犹如针尖立足,既是困难的又是残酷的。编导精心设计了“三抢三让”,小勤一抢,用孩子般的天真和求生愿望,赢得了难民的同情,让她父女暂得一小土窝借住;算命瞎子耍尽无赖,乘机抢占,小勤怜悯其双目失明,二让小土窝;暗娼吕嫂抱着婴儿三抢小土窝,小勤再生恻隐之心……如此起伏跌宕,翻转复合,小勤那颗善良的心燃亮了,难民的质朴秉性一如那黄土大地,虽然无处不龟裂,却是无处不纯净。

因祸得福。谁料,“河南妞挑起河南担”,在去交洗净的油纱时,挡了路,将西安人张大推的一车瓷器撞翻了! 张大眼见倾家荡产,苦苦追查肇事者……吕嫂的特殊赔偿方式(任凭张大辱骂),小勤托着全部家当——也就几个零钱,发誓“只要小勤不死,一辈子我做牛做马挣钱还你,直到还够那天为止”。这一切,把追债者张大的心打动了。这个憨实而明事理的张大,用“饥人一口,饱人一斗”“周急不周富”的良善心肠,竭力帮助无亲无靠的少女小勤。由此,竟然萌发了美丽的爱情,“人生命运很奇怪,祸福常从意外来。无论爱恨都是债,花儿不会凭空开”。是的,这爱情的根子就扎在苦难里,这爱情的馨香正是由苦难炼制而成的。

祸福相依。强大的惯性思维有时是无可阻挡的,张母用偏见歪曲纯洁的爱情,竟导致张家母子决裂。正待产生恶果,转瞬间,却反而促成了小勤张大的婚礼。这样令人眼花缭乱的逆转套着逆转,不正是生活的哲理吗?

真诚如大山兀立,岂是云雾能推倒的?

为生而死。内战裹挟了张大,小勤甘为孟姜寻夫,不顾身怀六甲,一边挑担贩卖胡辣汤,一边探寻张大下落。风雨摧残,临产偏遇难产。一把剪刀敢自剖,全为张大的后人来世间……

这四大板块实际上就是四次戏剧情境的巧妙而富有逻辑性的营造。其中,精心设计了小勤与周围人物的戏剧性关系:小勤与难民,与张大,与张母的人物关系描绘得细腻而富有动作性,突变与逆转合理,自然,张弛有道,显示出极其严密扎实的文学品格。这或许就是《秦豫情》成功的首要因素。

然而,观众看到的毕竟是戏,不是剧本,它是导演用自己特有的舞台语汇把剧本重新"写"在观众面前的;是演员用真挚的心,寻找人物形象的情感与灵魂,调动一切可能的手段,让自身对角色的模拟成为观众眼中的"真人",让角色"活"在观众面前的。

《秦豫情》的舞台呈现,令人难忘的是,把河南难民历史生活的表现雕塑化、舞蹈化,并使之具有强烈鲜明的节奏感。

所谓雕塑化,全剧的每一瞬间都是造型感极强的画面,特别是群众演员或烘托或反衬或拱卫主要角色时,他们每个人都有造型设计,使得戏剧情境的氛围更加浓烈,更加有助于主要人物形象内心的表达。譬如,张大翻车摔碎瓷器后,急匆匆来寻肇事人。难民们先是无动于衷,以为嫖客找暗娼;继而内心发虚,张大越说越像小勤;再往后,吕嫂带头袒护小勤,宁肯自己被骂做"没脸少皮"……这一系列群体情绪的涌动变化,人物通过群体雕塑鲜明地强化了,越发显示的是人们的内心隐秘,使主角小勤出场前的戏剧情势愈发地尖锐,引得观众全神贯注地盯着即将发生的不可收拾的局面。

所谓舞蹈化,就是导演苦心孤诣地将静态的雕塑变为动态,将戏曲原有程式化的身形动作更加生活化,更加美化。法国古典主义画家安格尔认为,造型艺术只能寻找和集中自然美。最突出的例证就是小勤与众女洗油纱的那段表演,这里没有任何可交代的事件,更没有对立性冲突,只是描绘她们艰辛的劳动。几乎所有动作设计都是来自生活的“自然美”：冒着雪花，踏着碎石来到河边，先要踩实立脚处，再顺便窥探河面上的倒影，难民之女也不忘欣赏自己的脸蛋，那是因为她们内心还珍存对美好的憧憬。随之，抽纱条，甩纱条，泡纱条，打纱条，捶纱条……这一系列的动作全是劳作，又全是女性肢体造型，是自然美。这种美甚至于打动了小勤自己，她竟然想起来逝去的母亲，在她小时候，“娘夸我越长越好看，长大准有好婆家。心里想着娘说话，不觉冷，不觉怕，不觉脸颊飞红霞”。此时的主演情不自禁地对着河面中的自己，对着空旷的雪天做了个自喜自乐的鬼脸……这和接下来的小勤挑担、悠担、掂担，小跑，搓步，旋转，抡担、举担、掌中旋担等一系列的表演一样，不仅为后面与张大结缘做了必要铺垫，更是塑造了一个精彩的人物形象，一个苦中作乐的小姑娘多么单纯可爱，活脱脱地呈现在观众面前。

所谓强烈鲜明的节奏感，是导演在剧本严谨严密的文学性之上，整体地严格把握沉郁和明快，细腻和省略，紧张与舒缓，节点突变和积郁铺陈。譬如前面提到的，“针尖立足”中的三抢三让，疏密相间，小高潮迭起。“因祸得福”中的小勤与张大的转折，如山泉跳跃，陡然垂下如瀑布。而其中的定情，试探与进攻相互咬合，在“君子”二字上，找到突破口，“娶我，你是君子；不娶，你是傻瓜”，直至两人同声高唱“到死过一家”，爱情的大河便滔滔东去了。而最后的“为生而死”，积郁了全剧对小勤的刻画，使这个纯净而又炽烈的女子在生死关头发出了黄钟大吕般的呼唤。这浓重的一笔，把全剧的象征含义点亮了——所有的百折不挠就因为希望在前啊！

主人公小勤和她的乡亲们就这样，在苦难中炼制出了希望，人生的希望。是的，希望从来都是炼制出来的。

（载于2019年5月29日《光明日报》，
发表时题为《希望是炼制出来的》）

歌剧舞剧

黄河落天走东海，万里写入胸怀间

——观摩大型文艺晚会《胜利与和平》

一　历史的洪波写入观众的胸怀间

在人民大会堂阔大的舞台上，回荡着一首首铭记中华民族危亡时刻的悲愤、呼唤、斗争和期盼的历史歌曲，呈现着一幅幅镌刻在抗日战争和世界反法西斯战争历史长廊上的逼真画面——从抗联艰苦卓绝地战斗在白雪皑皑的森林，到华南游击队为抗击日寇而进出的香江，从战士们在喜峰口挥舞寒光闪烁的大刀，到太行山上的八路军士兵迎接初升的太阳，从平型关大捷的号角，到台儿庄血战的硝烟，从飞虎队的空中鏖战，到远征军的殊死搏斗……

这些歌声与画面由《义勇军进行曲》深沉而清晰的乐句连缀在一起，形成了滔滔的历史洪波，呼啸着，奔腾着，激扬着，犹如"黄河落天走东海，万里写入胸怀间"——那些对法西斯侵略者骇人罪行的控诉，必定走进铭记历史的进步人类的心间；那些对前赴后继抗日英雄的讴歌，必定走进缅怀先烈的有为后生的心间；那些对编织祥和世界梦想的描绘，必定走进珍爱和平的善良百姓心间；那些对开拓各国人民命运共同体事业的追求，必定走进开创未来的仁人志士的心间;那些对正义的炽烈的呼唤,必定走进新世纪的山海天地的心间!

这就是纪念中国人民抗日战争暨世界反法西斯战争胜利七十周年文艺晚会《胜利与和平》带给广大观众视觉、听觉与心灵的强烈震撼。

这种强烈的震撼是怎样发生的?

可以追索的原因可能会是数不胜数的——历史音乐闪烁着鲜明的抗战时代的火热光彩,蕴含着国人共同的憎爱与期盼的情怀;创作音乐承续着铿锵,发扬着豪迈,奏响出新时代的主旋律;舞蹈创作将历史的风貌与现代的情感巧妙地融为一体;舞台呈现多维空间、多元画面、多种光影的交错与综合;主创人员的创新与精心,全体演职员的激情与真挚……

在这诸多成功的因素中,我们不能不欣喜地发现晚会"运用与情境相结合的戏剧化表演,打破以往文艺晚会歌伴舞、舞伴歌的常用套路",从而将观众的思绪与情绪引入逼真而生动的历史生活的具体情境中,让舞台上再现出来的历史洪流直接涌入观众的心田。

二　情境创造的核心是人物设置

具有戏剧元素的情境创造的核心是人物形象的设置。

首先是那位贯穿整个晚会的人物老战士,他身上凝聚的是铭记历史的诚恳,是缅怀先烈的真挚——他走近台中的那组抗日军民的金色群雕,拿起战友的军号,深情地说:亲爱的战友们啊,每年胜利日的这一天,我都要来看望你们。今天,是我们的第七十个胜利日啊!立即,那组历史的雕像恢复了生命,打开了抗日战争的血与火的长卷……

这位老战士还是连接舞台历史场景与观众现实心境的桥梁,是引导观众关注那浩瀚历史画卷的望远镜——当鲜亮的礼兵们举着立下赫赫战功的抗日功勋部队的荣誉旗帜走出时，他却掏出了一面布满弹孔的破旧旗帜，上面依稀可辨的只有三个字"＊　＊英雄连"。骤然间，这面旗帜无声地把观众的心带向了那个枪林弹雨的年代……当他站在胜利纪念碑下，面对孩子献上的鲜花时，浮现出一面鲜红的纱巾，那是他在讲述一个为了和平而献出生命的少女的感人故事，把整场的战争记忆转向对和平与未来的祈盼。

直至最后，无论是欢庆胜利，还是憧憬未来，这位抗日战争的老战士的身影都融汇在当代人群之中，显示了历史的承接，现实的铭记，永远的缅怀。

在东北，覆盖着厚厚积雪的大森林里，在抗联战士们的仰望中，先后出现了整个晚会唯一的一组特定人物——六位著名的抗联英烈：赵尚志自述，从七个人的队伍发展成六千人；周保中以诗明志，"何时尽除倭寇去，佩剑铿锵渡九州"；冷云呼唤战友亲人"替我们报仇，抗日到底"；李兆麟高歌"逐日寇，夺回我河山"；杨靖宇誓言"宁可饿死，战死，不当亡国奴"；赵一曼对儿子发出了殷切的遗言，"不要忘记，你的母亲是为了这片土地，是为了将来孩子们能过上幸福生活而牺牲的！"

他们的肺腑之言犹如黄钟大吕，立即点亮了彼时彼刻的战斗情境——高寒、严峻、残酷、殊死，他们的捐躯赴国难的意志，"声如千骑疾，气卷万山来"，我们仿佛看到了茫茫雪原上，铁骑飞奔，子弹呼啸，血沃坚冰……

对如此气势恢宏历史长卷而言，人物设置绝不能有呆板的模式，多种方式的使用是与再现丰富、厚重的历史场景相适应的。例如，在歌唱《游击队员之歌》的时候，情境是战斗胜利之后的间歇，队员们向着前来投军的新兵自豪地唱起"我们都是神枪手……"而新兵急切地要拿枪打仗，为亲人报仇雪恨，却只得到了一只灰色的军帽。这时，游击队员们正在唱"没有枪，没有炮，自有敌人给我们造……"这个新兵仿佛理解了，认真地空手训练杀敌动作……直到最后，老兵为他拿过一杆枪，并指导他瞄准，射击……此时歌声正在反复："我们都是神枪手，每一颗子弹消灭一个敌人……"就是在这样的情境里，抗日游击队员们的英勇、乐观、自信以及队伍的壮大都非常流畅、自然地表现出来了。

在《延安颂》里，在多维度、多画面、多场景的舞台上，设置出不同动态的人物群像，令人再次感受到了民主圣地延安的壮美：在“夕阳照耀着山头的塔影”之下，有开垦荒地的八路男兵，有纺纱编织的八路女兵，有征战归来的红旗飘飘，有苦练刺杀的喊声阵阵，还有舞动红绸，打起腰鼓，热烈欢迎投奔延安的热血青年的亲切场面……特别是在舞台角落，那几个举着小手欢呼雀跃的孩子们，更加增添了活力和希望。不应忽视的是，此时，多媒体画面映现了古元等画家在延安创作的木刻，让这个情境更富有历史的肌理，更逼真鲜活。

而在《抗日将士出征歌》里，黄河渡口升起风帆，抗日将士们整装待发——即将走上杀敌战场的青年人向白发苍苍的老娘叩头告别，新婚的女子为丈夫佩上大红花，丈夫则趁人不备，亲吻了自家新娘子的面颊，然后毅然走向抗日的队伍……愈加彰显了“男儿何不带吴钩，收取关山五十州”这种中华民族古已有之的爱国豪情。

在《铁血雄师》里，十几个战士抱着炸药包冲上陡坡，却都牺牲了，只有最后一名战士炸掉了陡坡上的碉堡，在熊熊烈火中，高高举起了胜利的红旗……这无异于就是《国殇》里的忠诚与悲壮的再现：“身既死兮神以灵，魂魄毅兮为鬼雄！”

不难看出，人物的戏剧性表演造就了富有生活质感的历史情境，这样的情境又使得整个历史画卷充满了鲜活的生气，令人不能不打开自己心扉予以珍存的生气。

三　把情境升华为诗的意境

把情境升华为诗的意境是晚会《胜利与和平》感人至深的奥秘之一。

意境，“上焉者意与境浑”；诗意，情感与“物境”融为一体，含蕴着语言无法道尽的情愫与思辨——

在《南京——永不忘却》里，在“黑云压城城欲摧”的南京古老的城头下，一群身穿白色旗袍的青年女子悲痛欲绝地抖动着，扭曲着，却无法甩掉旗袍上沾着的灰黑色污垢，她们只能无助地举手伸向黯然的天空……就在这群青年女子的背后，高高的石级上，站着一位形同槁木的母亲，她怀抱着已经死去的孩子，双目燃烧着刀搅的伤痛，缓缓地一级一级走下，就像走进地狱的深处……这样的悲惨意境，怎样的语言才能说尽?!

在《怒吼吧，黄河》里，日寇飞机野蛮的轰炸声，中国工农红军北上抗日先遣队如铁流滚滚，红旗飘扬，直指抗日战场……此时，随着“掀起你的波涛，发出你的狂叫”昂扬的歌声，整个剧场，从舞台天幕到四壁，再到硕大无朋的天花板，都是飞流直下的激浪巨涛，真正呈现了“黄河之水天上来”的壮烈景观。只有这个壮烈的景观才能表现“中华民族到了最危险的时候，迫着发出最后的吼声”的历史境遇。因此，这个景观实际上已经升华为饱含激情的诗的意境。类似的还有——

在《太行山上》里，一名持枪的八路军战士登上高处警惕地远望，一轮红日随着这名战士的向上而冉冉升起，成为这名战士红光灼灼的衬景。这种过去用于赞美“神仙和皇帝”的手法，现在用于八路军战士，其深蕴是令人体味的，那就是“兵民是胜利之本”。

“看吧，千山万壑，铁壁铜墙！”天幕上映现的千山万壑霎时变幻成抗日战士的巨型石雕，个个顶天立地，人人坚如磐石，屹立在乱云飞渡之中……

在《到敌人后方去》里，随着战斗的鼓点急促地敲响，演员们用激情四射的踢踏舞蹈表现八路军战士骑马奔袭的战斗场面，天幕出现急速后退的崎岖的山谷，弯曲的小路，马蹄哒哒，嘶叫长鸣，尘石飞扬……让人立即联想到“三千甲马不知数，但见动地银山来”的诗情画意。

在《红纱巾》里，伴随着“你已化成一只白鸽，在蓝色天空飞翔……”天幕上随风飘扬着一条红纱巾，飘着飘着，它越来越大，直至铺向大地……热爱和平是进步人类的共同愿望，就像大地、高山一样，任何人都无法改变的。

就是这样，舞台呈现的历史长卷，也是诗的长卷，是史诗。

晚会《胜利与和平》大气磅礴，恢宏巨制，精彩地呈现了纪念中国人民抗日战争暨世界反法西斯战争胜利七十周年的宗旨，表达了永远值得中华民族珍惜的抗战精神。

（载于 2015 年 9 月 16 日《中国文化报》）

歌剧创作的支点

——中国民族歌剧学习笔记

倘若以儿童歌舞剧《麻雀与小孩》为雏形，那么，中国现代民族歌剧艺术已有近百年的历史了。前辈拓荒者们一代一代地用自己的智慧、才华和热忱，开辟出了鲜花与荆棘交互而生的道路，令人在繁华与落寞的交替之中思辨——

“没有观众，就没有戏剧。”（萨塞语）中国民族歌剧拿什么去培育自己的忠实观众？有观众，还得“忠实”，只能依靠民族歌剧自身的魅力。

那么，歌剧的魅力从何而来？

有人说，当然是音乐，因为歌剧是唱的艺术。君不见，一首《北风吹》跨越七十多年，倾倒了几代中国观众，其旋律之亲切在于河北民歌《小白菜》与《青阳传》的融通，其曲调之流畅在于“前三句结束音改为上行，3/4 拍”，使喜悦之情跃然于音符之上；一首《清粼粼的水蓝莹莹的天》曲调明朗、愉快、舒展，至今唱起来还令人心清气爽；一首《数九寒天下大雪》曲调热情、明快、有力，犹如寒冬中喷涌奔流的热泉；一首《洪湖水，浪打浪》以那宽阔而荡然的节奏、悠扬而绮丽的曲调，在观众心中回旋长达半个世纪之久；一首《红梅赞》把刚健与优美、坚定与潇洒、现代与民间融汇得如此天衣无缝；一首《什么结子高又高》以轮回往复的民谣对答，无处不洋溢着劳动者的机趣、智慧和对生活的热爱……还有,歌剧《伤逝》中子君的独唱《一抹夕阳》,《原野》中的二重唱《大麦呀,穗穗长》,《苍原》中娜仁高娃的独唱《情歌》,等等。

世界著名歌剧更是如此,《费加罗的婚礼》中凯鲁比诺的《你们可知道,什么是爱情》,《唐璜》中唐璜的《打开你的窗,亲爱的》,《自由射手》中的合唱《胜利》,《伊凡·苏萨宁》中的合唱《光荣颂》等等,数不胜数,犹如珍宝馆,灿灿灼目。

果然,歌剧只是唱的艺术?

德国伟大的作曲家瓦格纳认为这是歌剧史上的一个严重错误,尽管歌剧创作者和欣赏者首要关注的是音乐,但是音乐是歌剧艺术中的手段,戏剧才是真正的目的。(见《西洋歌剧简史和名作》)

然而,在某些创作者和欣赏者中,知道瓦格纳在《歌剧与戏剧》中的这一论辩是一回事,创作实践和欣赏实践又是另一回事。有人甚至理直气壮地说,我们歌剧演员就是会唱,不喜欢也不会戏剧表演,所以,剧本中的戏剧性行动最好少出现,甚至不出现。无疑,隐含着的就是对歌剧的戏剧性的轻视。不能不说,这种情况并非鲜见。

那么,如何理解歌剧是用音乐的手段(演唱与演奏)来实现戏剧的目的?所谓戏剧的目的,就是人,"戏剧以人自身为目的"(谭霈生语),塑造剧中人物的艺术形象,使之在戏剧性的歌唱与表演中栩栩如生,活在观众的心灵里。"戏剧的兴趣应当集中在主要人物身上,戏剧的基本思想是在这个主要人物的命运中表现出来的。"(别林斯基语)"在戏剧艺术中,人的动机应该具有感性的丰富性,应该折射出灵魂最深沉、最多样化的运动。"(谭霈生语)歌剧创作思维的要义或许就是这样的,用音乐的方式(歌唱与演奏)去刻画人物的命运变化,去体悟并表现出人物"灵魂最深沉、最多样化的运动"。而人物命运的变化,灵魂深处的多样化运动恰恰就是最先出现的一部正待创作的歌剧的戏剧故事。

歌剧《白毛女》是中国民族歌剧真正成熟的标志,开辟了民族歌剧崭新篇章。其中,叹为经典的唱段,从《北风吹》《卖豆腐赚下了几个钱》(父女对唱,又称《红头绳》)到《天哪,刀杀我,斧砍我》《恨是高山仇是海》,再到《我是人》,精彩生动地刻画了主人公喜儿从一个单纯、活泼、向往幸福的农村少女,到一个被侮辱被损害的奴隶,一个被推入苦难深渊、不见天日的“鬼”,再到获得解放的人的命运演变。这些歌唱乐曲在揭示喜儿命运巨大的戏剧性变化的同时,无处不在的是这个人物“灵魂最深沉、最多样化的运动”。这是歌剧《白毛女》不同于一般的“唱的艺术”的根本所在,是感动人、震撼人的主要缘由。

歌剧的唱是从戏剧人物的性格与命运出发的,又是为了表现戏剧人物的性格与命运为归宿的。

显然,瓦格纳“音乐是歌剧艺术中的手段,戏剧才是真正的目的”的论辩,在《白毛女》中得到了证实。嗣后成功的民族歌剧,譬如《小二黑结婚》《洪湖赤卫队》《刘三姐》《江姐》《原野》《苍原》……都是这个论辩的坚实例证。

在中国歌剧史上,值得注意的一个细节是歌剧《白毛女》的创作契机:“白毛女故事经多渠道传入‘鲁艺’后,引起师生们的浓厚兴趣,全院上下认为这是一个很好的歌剧题材,周扬力主写成一出民族新歌剧……”(见《中国歌剧史·上》)也就是说,白毛仙姑的传说从1940年就有了,只有到了1944年后,鲁艺的师生们用歌剧的思维去检视,一触即发,确认这是“很好的歌剧题材”。

这个“很好的歌剧题材”,就是一个可供创作成歌剧的戏剧故事。也就是说,这就是歌剧《白毛女》创作的开端,是这部具有里程碑意义的民族歌剧作品横空出世的一个支点。

遍观中外歌剧史,成功的歌剧创作都是从歌剧故事的确立开始的。除了像《白毛女》这样,直接从现实生活中发现并确立戏剧故事外,还有不少是从文学名著和民间文学中挖掘出歌剧故事来,譬如《王贵与李香香》《小二黑结婚》《刘三姐》《望夫云》《阿诗玛》……直至《江姐》《伤逝》《原野》。正如莫扎特与诗人达·蓬特(脚本编剧)合作把博马舍的剧作《费加罗的婚礼》改编成同名歌剧,格林卡从普希金的剧作《鲁斯兰与柳德米拉》获取歌剧故事,里姆斯基-科萨科夫在普希金的诗作《金鸡》中找到歌剧素材,穆索尔斯基则从普希金的剧作《鲍里斯·戈都诺夫》和《俄国宫廷史》中构思了歌剧故事,成功地创作了四幕歌剧《鲍里斯·戈都诺夫》。

重述这些歌剧常识,就是为了回答开篇提出的问题——中国民族歌剧足以赢得观众的魅力从何而来。

如果承认歌剧首先是戏剧,如果承认瓦格纳这一尖锐、正确的论辩是实事求是的话,那么一个用歌剧思维提炼出来的戏剧故事(或称戏剧文学故事)就是歌剧艺术创作的支点。

那么,魅力也就是从这个歌剧思维提炼出来的戏剧故事开始发生的。认真学习民族歌剧成功剧作的戏剧故事,我们不能不为之喟叹的是,那些以为歌剧仅仅是唱的艺术(分角色唱歌),以为戏剧文学仅仅是音乐的一块衬布,随便把一个什么故事梗概拿来就按照想象中的女高音、男高音来谱曲的做法,实在就是"盲人骑瞎马,夜半临深池"。更有甚者,如果对此提出异议,对方马上就抛过一顶帽子:你那是话剧加唱!这几乎是轻慢歌剧戏剧性的通用盾牌。为此,我们不妨探求一下,作为歌剧艺术创作支点的,用歌剧思维提炼出来的戏剧故事至少应该具备怎样的基本特征?

第一,单纯而有意味。

譬如,一个佃户的女儿(喜儿)仅仅因为少东家黄世仁的色欲就失去了一切,包括自己的人格与生存的权利。她虽然逃出黄家的魔掌,却逃不出凄惨的命运。但是抗日民主根据地的军民把她解救出来,使她重见天日。如此单纯的故事里,其深深的意味具有鲜明的时代性:旧社会把人逼成"鬼",新社会把"鬼"变成人。

单纯不是单薄,是一滴醇酒给人的丰富感受,是一幅画面给人的无尽想象,是一声清音给人的天外遐思——这些言说不尽的意会只能用音乐去表现。

第二,激变而有深蕴。

譬如,把鲁迅的名篇《伤逝》变成同名歌剧故事的关键是一个新颖独特的构建:把全剧分为春夏秋冬,贯穿全剧的整体动作是爱情的萌生、发展、逆转、消失。冬的激变无不预伏在前三个季节篇章里,而激变之后,令人往返回味前三个季节所表述的爱的柔弱,爱的孤独,爱的攀附,以及爱的花瓣在冷峻涡旋中的飘零,其深蕴无尽。

不管我们是不是认可亚却用“激变(危机)”来概括戏剧的本质,激变的确使戏剧艺术具有诱人的魅力。因为生活历经种种内外因积累之后,总是会发生激变的,激变中更加显示人物命运和性格的独特光彩,显示生活莫名的含蕴。而这用更直接、更单纯,也更具概括性的歌剧音乐去表现,才真叫妙不可言。

第三,真实而有诗意。

譬如,1963 年重庆版的《江姐》,干脆就请了一位诗人来当编剧,“这种引诗入戏,把歌剧当作颂歌来写的手法是这次改编的主要特点”。(见《中国歌剧史・上》)而 1964 年空政版的《江姐》一首主题歌《红梅赞》跨越了时间的河流,至今仍脍炙人口的根本原因,不仅是这首歌写得好,唱得好,更是因为这首歌把整个歌剧故事中浓郁的诗意与深刻的哲理高度形象地概括出来。而这种浓郁的诗意与深刻的哲理是在江竹筠与沈养斋、与甫志高的戏剧冲突中升华出来的。

贺敬之说,“诗、音乐、戏剧”是歌剧的“三大要素”,“使之(歌剧——笔者注)成为诗的东西……它避免生活的完全自然形态的处理,避免散文化”。当提供创作的歌剧故事具有盎然诗意的时候,作曲家才能像雄鹰一样,让自己敏锐的目光闪动着灵感的光泽,让浑身涌动着猎取成功的热情,让双翅拍动着穿云破雾……

一句话，所谓用歌剧思维提炼出来的戏剧故事就是饱含音乐元素的富矿，就是隐藏在故事里的充溢着各种情感的心灵在呼唤，就是使用音乐这种人类万能语言表现命运与情感的强烈渴望。当然，仅仅有一个诱人的歌剧故事远不是创作成功的全部，然而没有这样一个诱人的歌剧故事，成功的彼岸只能在梦里相望。

为了让歌剧作曲家们腾飞起来，给他们这样一个美妙的支点吧。

（载于2018年4月19日《文艺报》）

根的解放

——观摩说唱剧《解放》

人类的历史就是一部不断渴望解放,不断寻求解放,不断获得解放的画卷　从爬行中解放出来,从栖居的树上解放出来,从蒙昧中解放出来,从野蛮中解放出来,从压迫中解放出来,从恶俗中解放出来……走向文明,走向自由,走向尊严。

说唱剧《解放》就是从这部浩浩荡荡的历史长河中撷取一朵浪花,说的,唱的,舞的,都是围绕着中国汉族女人的一双脚,从天足到金莲,再从金莲回归天足的曲折历程。莫道这是百年之前令人难以启齿的往事,它却映照出解放的真谛——

生命之根的解放。

这部说唱剧的焦点是“足”,不仅仅是人的脚,更是人的根本,是“立足之本”的足,是“行万里路”的足,是“踏破铁鞋”的足,是“顶天立地”的足。这个“足”,昭示着生命之贵,生命之力,生命之权,生命之光。或许,这是《解放》最宝贵的价值。

一 用爱情呵护天足

这个深意蕴含在前部的“天足”一章——一双双洁白如玉、水嫩如芽的脚，摇动着，晃颤着，还不时地相互触碰，仿佛是一群刚刚会笑的孩子，向着蓝色天穹，发出自豪的欢乐之声！它们齐刷刷地排列在丰厚温润的大地上，凝聚着勃勃生机，随时都可能幻化成繁花似锦的茂盛。那不，一排排小腿竖立起来，摇摆起来，组合成覆盖沃土的生之波浪，好像发誓要把整个天地创造成生意盎然的春天世界！

这是全剧最为重要的一章。有了这一章，后面的摧残天足才会令人扼腕痛惜，再后的解放天足才能令人欣喜万分。

全剧的这个意蕴就凝聚在小小与亮亮的爱情命运上。

小小裹脚的仪式显示出崇拜和迷妄的残忍——在抖开长长的白色裹脚布之后，女孩子那洁白水嫩的双脚，先要伸进刚刚剖开的羊羔肚皮里，蘸上腥臊的血水……小小的惊悚化为反抗，然而姥姥的威胁大如天：不裹没人娶你！然而，翻墙而入的亮亮一声斩钉截铁的“我娶”，立即撕破了青天！爱情顶住了摧残。一段如干涸的大地突然流淌出清凌凌的泉水一般的女声民歌独唱响起：“毛呼噜噜的眼睛，白格生生的牙，黑油油的头发，妹子呀，可叫哥哥我咋！?”这时，声与画融合成了人间最纯洁的赞美诗。

爱情的实质是异性之间对对方生命的爱恋。用爱情的力量保卫了双脚，保卫了生命的尊严。

二 用爱情裹住天足

然而,爱情心理在集体无意识的恶俗面前也会变形,正像美的欣赏心理在恶俗的罐子里也会变味儿一样。

“亮脚会”一章奉小脚为“美”。对这个生命受摧残而产生的生理畸形恶果的所谓欣赏,正显示了审美心理的畸形。这种畸形心理是封建专制腐朽的标志,也是恶俗习惯势力“强大”的表现。它竟然不胫而走,辐射到女主人公小小的内心深处,使之发生了令人惊叹的变化。

值得思辨的是:亮脚会里,一双双精致的小脚,由悬起的一扇扇红门衬托着;惊梦里的一队头戴金光凤冠,身穿金色裙裤的小脚,满台纵横旋转,令人眼花缭乱。前者是当时的现实场景,后者是小小的幻觉情境,交叉照应,把小小内心惊人的变化烘托得合情合理,相反相成。前一个场景,把恶俗(美丽的姑娘们以小脚为荣)美化得似乎不可抵挡;后一个情境,把小小内心的噩梦(梦中亮亮被凤冠小脚迷醉)描绘得美不胜收。前一个场景直观地再现了当时恶俗横行无忌,裹挟一切;后一个情境显示了小小的反抗犹如汪洋中的一片叶子,只能被吞没。正像姥姥哭唱的“别人骑猪我骑牛,两眼生泪尽管流;别人骑驴我骑狗,羞得不能路上走”——小小不是为自己的大脚恐惧,而是害怕因为大脚失去爱情,失去心上人亮亮。

这就是小小爱情心理的畸变。产生这种畸变的直接原因就是亮脚会(红门小脚)与惊梦儿(凤冠小脚)的出现。这两场戏的反面作用正是来自以美演丑的辩证思维。丑的本质与美的形式的结合,源自生活的启示:那精美无双的彩绣小鞋,包着的是对生命摧残的恶果。这两场戏突出的是对三寸金莲的迷醉,迷醉得令人窒息。

这才导致了悲剧的发生——女主人公小小居然主动要求裹脚!心疼小

小的姥姥提醒她:“亮亮他说,不嫌。”小小竟然决绝地说:“我嫌!”这真是令人匪夷所思而又苦不堪言。然而,这也是全剧构思最具戏剧性,最有深刻性的所在:内心被毒害比双脚的畸形更痛苦,更严重,更可怕。令人感慨万千的是,亮亮归来送给小小的唯一礼物,就是一双绣花的大鞋(正常人的鞋),而小小的双脚已经变小了,已经裹上殷红如血的脚布。亮亮哭了,那是因为他坚守如初;小小哭了,那是因为她悔愧内疚;观众哭了,那是因为他们对美好生命的不幸而产生出高尚的悲悯之情。

三　解放的含蕴

最后的解放,那满台红色的流苏,红色的瀑布,红色的洪流正是小小们、亮亮们内心世界的写照,是他们跨入新时代的渴求,也是观众们为小小们、亮亮们和自己的庆祝。

此时的生逢解放,让人们倍感解放的珍贵,解放的必然,解放价值——不仅仅是解放了人的双脚,更是解放了人的生命之根,那就是生命应有的权利,生命应有的尊严,生命应有的幸福。

倘若没有前面对小小的脚,小小的爱情,小小的命运如画如诗的描绘,如泣如诉的刻画,最后的解放就不会产生这样巨大的心理上和情感上的冲击。

这是对解放无言的盛赞,最有力的发自肺腑的盛赞。

这就是艺术的力量,愉悦背后的陶冶和思辨。

四　创新——艺术的解放

艺术的生命在于创新。

《解放》标为“说唱剧”，其意就在于创新——融合舞剧的元素、评书的元素、歌剧的元素，它们融为一体是什么？它不再是舞剧、评书、歌剧了，而是一种新的样式，说唱剧。

关键在于一个“剧”字。

戏剧的最高任务就是塑造人物，通过一连串具有因果关系的戏剧性动作、情节，刻画人物丰富的内心活动，完成栩栩如生的人物形象。“山高有攀头，路远有奔头。情是情撵的，话是话赶的，这俩孩子（小小和亮亮）自从捡了那双大鞋（因脚大而悬梁自尽的女子留下的），这脚就不是自己的了……”以小小的脚为焦点，沿着他们爱情命运的变迁，搭起了全剧的架构。无论是以天足之舞为烘托，还是以红门小脚、凤冠小脚为反衬，或是以姥姥的哭唱为衬映，都形成了对小小心灵的撞击，使她的情感世界发生了从勇敢的抗拒到微妙的逆转，再到获得自由尊严的戏剧性变化。造化弄人的背后是旧时代恶俗窒息的压迫，是新时代石破天惊的解放。这种以小见大，用当下勾连历史的叙事方式，让人在感慨万千之后，能品味沧桑的含蕴。

这是地地道道的“剧”。

再看“舞”“说”“唱”的关系和功能——

说书人引出了故事的两位主人公，继而，线索迤逦，编织拙朴，犹如制成了金架银托，单等着精美的镶嵌——

全剧精美的群舞亦真亦幻地绘制出了五彩斑斓的整体质地，而散落在其上的璀璨珠玉就是小小与亮亮的三次双人舞。这些双人舞的基本语汇是亮亮背着小小，自由自在地要着心上人的双脚。三次双人舞又衍化出了不同的色调：青梅竹马时代的双人舞重在一个“戏”字，戏要那双大鞋，戏要自己的欢乐，仿佛两人随时都可以一飞冲天；相思梦中的双人舞，重在一个“情”字，如胶似漆的恋情，尽情享受的甜情，仿佛两个人已经融化成为一个身子；而小小的一双裹脚面对亮亮归来送上的那双大绣花鞋，这时的双人舞则重在一个“伤”字，亮亮的感伤痛心，小小的悲伤悔愧，凝聚着的是两个人不一样的伤痛中的一样的真情。解放的锣鼓震天响起之后，亮亮举起了心上人小小，那是一双解放了的双脚！

正如朱载堉所说：“今按乐舞之妙，在乎进退屈伸离合变态，若非变态，则舞不神，不神而欲感动鬼神难矣。”三次双人舞的不变之变与变之不变，产生了强烈的感染力。更何况这是剧中的舞，不是一般的舞蹈，而是刻画人物内心情感的具有戏剧冲突含义的肢体语汇。

令人称妙的是，全剧的唱段都是从山西民歌（或山西蒲剧）中撷取而来的，用来描绘剧中人物内心世界瞬间变化，竟是那样熨帖，那样准确，那样传神。不说那《桃花红杏花白》《樱桃好吃树难栽》是那么美妙地呈现了小小与亮亮火辣辣的爱情，只说蒲剧小旦唱的那段《送女》“初一盼来初二盼，初三初四神不安”，她竟然一口气唱到三十，再加上一句“只盼得腊月除夕到夜半，鸡叫一声又一年”，把小小对走西口未归的亮亮的日夜期盼，把姥姥对小小不可期许的未来的焦虑表达得淋漓尽致。

这些美丽的民歌一旦镶嵌在说书人制定的金架银托上，就不再是单纯的民歌（或唱段），而是说唱剧的主人公内心的咏叹调。

如此说来，说书人的架构十分神奇了？应该说，这个最具山西民间传说风格的爱情故事，用民间最熟悉最喜爱的语言来叙述是最为传神的，譬如“老猫炕上睡，一辈传一辈；有肚子不愁养，有苗不愁长”。又岂止是语言，说书人与小徒弟德印有时还为男女主人公配音，有的歌者是德印直接请上来的。甚至，在小小缠足时，德印竟然疼痛难忍，打滚喊叫。

的确，这部剧舞、说、唱融为了一个整体。这出不是舞剧、不是评书、不是歌剧的剧，不叫说唱剧才怪呢！

这就是创新——领异标新二月花。

这就是创新——主创的创作过程就是他们自我解放的过程。

还是歌德的那句名言：理论是灰色的，生命之树常绿。

正如笔者多次引用的马尔库塞的论断，真正的艺术创作是把内容变成了形式。

说唱剧《解放》的主创举重若轻地汲取民间艺术的精华，点铁成金地把固有的艺术样式融化重铸，用烛照现实与历史的思辨，真挚深情地歌哭了艰难的根的解放，心灵的解放。

（载于2016年11月9日《山西日报》）

那不屈的歌声让我们高贵

——读歌剧《星海》文学剧本断想

一　星之下,海之上

刘勰准确而生动描绘了作家进入创作状态的样子:“登山则情满于山,观海则意溢于海。”也就是阿·托尔斯泰说的,作家要用“自己身上的火焰使它变得光彩夺目”。歌剧《星海》文学剧本再次验证了王勇剧本创作的风格——把“戏”当成“诗”来写,用激浪拍天的真情,遐想飞翔的绘制,烛照探求的思辨,让戏剧故事饱含着诗的意境、诗的情愫和诗的语言,为歌剧音乐家架起升腾的云梯。

从序幕开始,全剧反复出现的“星之下/海之上/漂泊的渔船/母亲的摇篮/摇落了星辰/落在海心弦/摇开了浪花/开在星光间”,这无疑既是一段优美的歌词,又是一首凝思深远,画面优美,颇富动感的诗。它的灵感不仅来自主人公的名字“冼星海”,还源自他生活的时代——在他的少年时期,就曾有冰心脍炙人口的诗句流传:“繁星闪烁着/深蓝的天空/何曾听得见他们对语/沉默中/微光里/它们深深的互相颂赞了……”“我要至诚地求着/‘我在母亲怀里/母亲在小舟里/小舟在月明的大海里’”。作者就是这样不动声色而又满含深情地用诗中的画面渲染出作为音乐艺术家的主人公成长的那个时代的人文氛围。而其中“星”“海”“母亲”更是对主人公短暂而光辉的一生的象征性概括：他是现代音乐星空中的一颗恒久耀眼的星，他为那个伟大的洪波巨流的抗日时代贡献了自己全部的光和热，他永远忠于自己的祖国母亲。

二 大 河

剧中虚构了一个叫大河的小伙子，他是个非常年轻的警卫员，只出现了三次。然而，他却像一道闪电，点亮了主人公心灵中的激情之火；他像是黄河中奔腾澎湃的一朵浪花，激荡起主人公的创作灵感；他像陕北高原上的一抔清新纯净的黄土，温暖亲和，沁人心脾。在黄河岸边迎接主人公之后，他那一曲“你晓得，天下黄河水几十几道弯哎”，就像一粒饱含着蓬勃活力的种子，播进了主人公渴求民间艺术营养的心田里，在《黄河大合唱》绞尽脑汁的创作过程中，它焕然萌发了神奇的力量。在敌机轰炸的生死时刻，他决然地扑上去，保护了主人公和他的妻子以及腹中的胎儿，手里竟还攥着准备给主人公夫妻食用的鸡蛋……“你的生如此短暂/却给了我们永远”。这就是人民给予自己的音乐家最无私的真情，也是主人公倾注所有，为人民为时代创作《黄河大合唱》最强大的原动力。

大河是虚构的，然而却是真实的。

因为格林卡说过，“真正创造音乐的是人民，作曲家只不过是把它们编成曲子而已”。

因为大河是个隐喻，他那无所畏惧、跨越生死的伟力，就像黄河从天而降，冲决着一切。

其实，大河就是黄河——质朴，单纯，无所畏惧。

三 黄 河

主人公冼星海最伟大的创作就是《黄河大合唱》。因此,歌剧《星海》就是以创作《黄河大合唱》的情感与精神的历程为主体。主人公对母亲的深情,对妻子的恋情,对延安和抗日根据地的向往,对人民的心心相印……全都汇聚在这个主体之中。

全剧是以船工号子开始的:“血呵血呵/汗呵汗呵/穷呵穷呵/饿呵饿呵/顶硬上咯鬼叫你穷啊……”我们从中看到的应该不仅是苦难,还有与命运抗争的不屈精神。直至诗人光未然在武汉,对正在思忖南下还是北上的主人公唱出“谱出炮火的铿锵/唱出民族的坚强/让文字插上音乐的翅膀/让呐喊变成磅礴的交响!”前面船工号子显示的不屈精神在这里得到了延续,更得到了昂扬。这四句歌词唱出了主人公的心声,他当即毫不犹豫地决定“去延安”!

在第一幕的结尾,主人公终于到了母亲河黄河的岸边。那里,以澎湃的涛声为背景,船夫的吼声显得格外地悲怆,雄壮,令人联想到全剧开场的船工号子,这两种呐喊交汇在主人公的心头:“我站在黄河岸边/望黄河奔腾直落九重天/惊涛骇浪回荡耳畔/就像苦难人的呐喊……我站在高山之巅/望黄河奔腾波涛万丈掀/不管经历多少灾难/不屈不挠一往无前”。这是母亲河的昭示,这是那个苦难岁月的昭示,这是血肉相连的同胞的昭示。此时,涛声,号子声,心声交响在主人公的灵魂深处,郁积着,酝酿着,翻腾着,预示着一部伟大的作品不时即可诞生。

这正是“黄河落天走东海,万里写入胸怀间”。

黄河不仅仅是象征,它奔流向前,不舍昼夜,穿越在各个不同的时代,荷载着不同的情感,不同的期望。李白的“黄河西来决昆仑,咆哮万里触龙门”,张扬的是黄河惊天动地的气势;王之涣的“黄河远上白云间,一片孤城万仞山”，渲染的是黄河的苍远悲凉；黄庭坚的“黄流不解涴明月，碧树为我生凉秋”，则是反用黄河为浊流，衬托不可污染的高洁人格。而歌剧《星海》中的黄河奔腾着时代特有的光芒——

那里“红日照遍了东方，抗日的烽火燃烧在太行山上”；那里“到处都有我们的好兄弟”，他们勇敢地“到敌人后方去”；那里在延安大生产运动中，“你流血，我流汗，前方后方拼命干”；那里“风在吼，马在叫”，“万山丛中，抗日英豪真不少”……这就是抗日战争时期的黄河激流！

《黄河大合唱》就是这样诞生的——一颗伟大的星为那个伟大的时代用音符描绘出来的伟大的音乐黄河！

四　它使我们高贵

歌剧《星海》有这样的场景：在鲁艺音乐系，没有乐器，学员们就动手自制，再不够，就用搪瓷茶缸、煤油桶、脸盆、饭勺代替。简陋到了无以复加的地步，却又非常崇高。因为他们在用自己生命的真诚去表现中华民族不屈的灵魂。

《黄河大合唱》从1939年诞生以来，一直光彩夺目。不论再过多久，它必将光彩依然。因为，它把惊天动地的不屈斗争写进了惊天动地的母亲河里。它向全世界，也向后来的所有时代宣告，中华民族是不屈的英雄的民族，我们永远为它而自豪。歌剧《星海》把主人公人民音乐家冼星海的命运和《黄河大合唱》的诞生融合在一起，这是非常睿智的架构。福楼拜说，“音乐使一个民族的气质更高贵”。读剧本时，这种感觉在我们心中油然而生。

相信，经过精益求精的不断锤炼，《星海》会愈加灿灿发光。

（载于2017年第9期《剧本》）

清水蓝天不仅仅是美好记忆

——喜看歌剧《小二黑结婚》

小芹的那一声“清粼粼的水来蓝莹莹的天”，立刻把整个剧场变成了抗日民主根据地，把所有观众带进了那些淳厚质朴的兵民之间，仿佛那山间的溪流蹦跳着，穿过石桥洞，直达我们所有人的胸怀，真是清粼粼的；那山梁上的灿烂阳光把我们所有人的心田照射得通明透亮，犹如蓝莹莹的天。

久违了，清新！久违了，纯朴！久违了，真挚！

人们不会忘记，1943 年短篇小说《小二黑结婚》一经发表，很快就传遍了解放区各地，甚至传到了国统区和香港。文学史称，这是“五四”以来，民间流传最广、影响面最大的一部短篇小说。歌剧《小二黑结婚》就是这页史实的璀璨镌刻。

人们不会忘记，1952 年年底首演的这部歌剧，舞台上呈现的不仅仅是抗日民主根据地的清水蓝天，更是洋溢着年轻的共和国意气风发，朝气蓬勃的社会风情，彰显着当时人们对生活充满信心，对未来怀抱美好憧憬的精神风貌。正像小芹和二黑唱的“封建脑筋旧思想/好像一座界碑墙/咱们像一江大水流东方/一堵墙挡不住那黄河水/一堵墙挡不住那长江浪”！

对这部六十多年前中国歌剧的经典之作，导演和主创团队满怀着敬畏和热爱。你瞧，开场的那座大大的石拱桥，导演让观众透过拱形圆洞，看到的是桥那面——像绽放的山花一样朴素而俊美的姑娘们，或站或蹲地在小溪边洗衣服，她们的面前和脚下，跳动着泛着浪花的山泉，汩汩地从大小岩石上翻跃而下……这个画面配上明丽的阳光，以远处的岚山为衬景，拿近处的翠柳做坠饰，多么拙朴，多么美妙啊！

这不仅是一个场景，还是全剧的基调——明朗的天。

无疑，这是对六十多年前，新中国第一代歌剧人的致敬，是对新中国歌剧观众的热情怀念。然而，这些不是重排《小二黑结婚》的全部意义。比怀旧更重要的是，这台歌剧在寻找六十年后的小芹们、二黑们，像清粼粼的泉水一样的姑娘们，像蓝莹莹的天一样的小伙子们，我们的前辈们曾经这样生活过，你们觉得好吗？生活的应有之义，不就是如此吗——“海水干来泰山倒/咱们俩的情意断也断不了”！

（载于2016年10月19日《中国文化报》，发表时有删节）

浅说舞剧《朱鹮》之美

说舞剧《朱鹮》“纯美”“唯美”，不无道理，却也都不够准确。因为，如果只注意到剧中舞蹈造型的美妙，演出中画面呈现出来的美丽就难免失之片面了。

《朱鹮》的美，就美在它用曼妙优美的舞蹈语言，用独特的舞剧架构，强烈地表达了人类对生命自由生存这一目的的执着追求。这是生命理想的美，真正的美。其实质就是对生命的尊重和爱，对生存环境的尊重和爱。正如法国舞蹈家诺维尔所说，“一切场面都应该彼此互相联系，奔向同一个目的”，《朱鹮》的各个场景都“奔向”“同一个目的”，那就是表现生命理想的美。

这种美，在剧中是通过“和谐——毁灭——再生”表现出来的。同时，要指出的是，这种美具有鲜明的现实意义，中国及世界，都在深切感受到人与其他生命，与整个生存环境息息相关，不可割舍，只有爱护环境，保护环境，人类才有自己的未来。

《朱鹮》的整体架构与深刻的立意完全相融，一片洁白的羽毛贯通着古代、当下与未来，贯通着“和谐——毁灭——再生”，贯通着男女主人公的相识、爱恋与追寻。

男女主人公的设置是非常大胆，非常富有想象力的——他们从具体情节中的具体人物形象,发展成为跨越时空的不变的灵魂。他们的相识、爱恋与追寻超越了现实与历史,连缀了时间与空间,融合了人类与自然,这是独特的非凡的构想与表现。没有人会去追究樵夫的后人与那个朱鹮仙女的“跨代爱恋”,因为那具象已经具有了追求生命理想的永恒意义。

舞剧艺术的魅力,不是讲述事件,而是抒发情感。正如李泽厚所说,“主要不是人物行为的复写,而是人物内心的表露,不是去再现事情,而是去表现性格,不是模拟,而是比拟……通过着重表达人们的内心情感活动变化来反映现实”。《朱鹮》是通过美的精灵创造美的爱情来表现主旨的,没有美的充分表现,就不会在美被毁灭时产生震撼人心的力量。男女主人公的双人舞造型无不具有戏曲优美程式的因素,绝不是西方经典的王子(美男)与公主(美女)双人舞的简单复制。在他们的双人舞中,相向进退的设计,既体现了朱鹮“高蹈派”的自然属性,又表现了他们和谐的甜蜜。这仿佛是信手拈来,其实是从生活中的炼制提取,真正做到了用舞蹈家的头脑去支配双腿。还是诺维尔说的,“舞剧同一幅好画很相似,也许它本身就是一幅图画”。譬如《朱鹮》上篇第三段,堪称华彩:一排朱鹮轻盈整齐地缓缓上场,倒影相随,宛若神秘天堂中的仙女出现。而后一组五人的朱鹮舞蹈表演,把这诗意境界的光芒激发得更加瑰丽美妙。这些群舞在主人公下场后的表演,大大延续和丰富了主人公所要表达的内涵。

当然,可以商榷之处并非没有。譬如,男女主人公的相识,非要重复《牛郎织女》吗?最值得思辨的是,虽然有羽毛贯穿全剧,但那只是意象性的。这部舞剧似乎更应该强化男主人公对女主人公不懈的追寻(也就是人类对生命理想的追寻),毁灭中的相助,再生中的呼唤,让这条戏剧行动主线更加鲜明。

国内外观众对舞剧《朱鹮》持续不断的热烈欢迎给了我们深深的启示:表现人民最关切最喜爱的故事是舞剧创作的根本。

(致上海歌舞团的书面发言)

花魂灿如许，人间别样情

——看广西壮族舞剧《花界人间》

“先生，请您相信，我们这儿很少见到思想丰富的舞剧……”因为它们“缺少灵魂”。法国著名舞剧艺术家诺维尔不无沉重地说，专家们“渴望感情使雕像（指舞蹈造型——笔者）变活，天才照亮了它，而理智教会它说话”。（引自《舞蹈与舞剧书信集·第七封》）

是的，我们的确见过某些舞剧是依照套路编成的，杜撰出的故事犹如万花筒倒过来看，即使华丽的外衣也遮不住思想的贫瘠，只能一再地贴上同一种标签，一再地糟践“正义战胜邪恶”之类的高尚词语。

刚刚诞生不久的，为庆祝广西壮族自治区成立六十周年而创排演出的舞剧《花界人间》，虽然是表现神话故事，但却是焕发着生生不已的、鲜活跃动的现实生活的气息。它的华美是由于深邃，它的欢乐是由于辛劳，它的厚重是由于悠久，它的魅力是由于独特，它的多彩是由于创造……它像初绽的花朵那样照人，如早春的竹笋那样向上，显示出来的成就光泽喜人——

首先，是这部舞剧揭示了壮族久远的信仰，这也是最难能可贵的；这信仰描述了壮族先民对生命、对人生、对人间世界的哲理性解释和无比美妙的想象。序幕和尾声绝非一般剧目中装饰性的相框，而是使整体构思发光的奇妙架构：

序，花神婆姆六甲（壮族伟大先祖布洛陀的妻子）繁衍出许多美丽的花朵，这些美丽的花朵将要到人间去，再繁衍出一个一个的人。剧中的女主人公达棉和男主人公布壮就是这样从上天的花界走出来的花神。全剧表现的就是达棉与布壮在人间创造出美好爱情，历经被诱惑，被折磨，被压抑，而终究突破束缚，在与幽灵蜘蛛的殊死搏斗中献出自己的生命。

尾声，达棉与布壮的花魂重新升入上天花界，再次成为姆六甲繁衍的花朵……

人从花中来，魂归花中去，这是多么美妙的想象，又是多么庄重的阐释，还是多么高尚的追求！这样的架构闪烁着壮族先民对祖先崇拜（实质是对文化传承的坚守），对自然崇拜（实质是对伟大创造的憧憬）的布洛陀信仰。这种信仰是麽教与中原地区的儒、释、道的相融，渗透着改天换地、敦睦修德、勤劳智慧的民族精神，体现着中华民族源远流长的精神文化的丰富性和同一性。

或许这正是舞剧《花界人间》最重要的价值，作为中华民族成员——壮族人民的古老创造，对生命与世界的恢宏的想象和阐释，在这里得到了精彩的呈现。马克思说过，“为什么历史上的人类童年时代，在它发展得最完美的地方，不该作为永不复返的阶段而显示出永久的魅力呢？”（见《政治经济学批判·导言》）是的，《花界人间》就显示出了这样的魅力。

其次，值得关注的是女主人公达棉的塑造。她是姆六甲繁衍出来的花神。然而，导演和演员不是以神来演神，刻意显示神的不凡，而是以人来演神，处处以普通壮族姑娘的行为举止使其显得愈加亲和可爱。达棉一到人间，立即投入到青年男女的劳作中去，摔稻谷，跳起打砻舞；挥杵杆，喊出号子歌（舞剧属于哑剧，一般不出现角色人物的歌声或语言。这里由于热情奔放所致，达棉不吼不足以表情达意）。她东飞西舞，与小伙子们嬉笑打闹，俨然就是一个俊俏调皮的村姑；她上下跳跃，在众人中活力四射，竟然以火辣的目光盯住心爱的人。她开朗中的单纯，预示着必将经受迷惑和煎熬；她活泼中的美好，昭告着将与丑恶泾渭分明；她幽默中的智慧，决定了她可以战胜横逆。最为感人的是，她被幽灵蜘蛛诱惑后，历经痛苦的磨难，终于被爱人布壮救出魔窟，返回族人之中；可幽灵蜘蛛却以“恶之花”的怪异泛起“欲望之海”，再次诱惑善良的人们，这时，她一眼就看穿了这种鬼魅之态，蛇蝎之心，不顾一切地拼尽全力阻止人们靠近……最终，她用自己美丽的生命，解救了乡亲们。达棉的这个戏剧行动，不仅完成了这一艺术形象的升华，更是蕴含着壮族先民创造的文化精神：“开天辟地，创造万物，安排秩序，排忧解难。”（引自《从宗教学看壮族布洛陀信仰》）“排”众人之“忧”，“解”乡民之“难”，这正就是中华民族“关爱万物”的生命观的一种体现。

再次，从舞台呈现看导演的匠心独运。且不说导演和主创为整个舞剧的诗意表达所营造出来的苍穹，神秘的星汉与或坠落或升腾的星光，仿佛打开了无尽思索的天地……且不说姆六甲的三层花坛动中有静，静中有动，仿佛实现了九十九年前中国第一部白话诗《女神》的意境……且不说在祭坛上下，达棉举着双荷花灯的独舞所显示的气质不凡的花神风度，与前面打谷场上的活泼热辣形成鲜明对比，从而使人物丰满光彩……且不说幽灵蜘蛛的饰演者出神入化的表演将蜘蛛的外形与幽灵的恶毒融为一体……特别要说的是，达棉那块浅蓝色的手帕的七次出现，犹如贯穿全剧的金色丝绦，将男女主人公的戏剧性关系描绘得动人心魄——第一次出现，在打谷场上，这手帕居然历经了三送三还，刻画了达棉的执着，布壮的憨实，爱情在点燃；第二次出现，是布壮举着手帕，如醉如痴，爱情在燃烧；第三次出现，达棉被幽灵蜘蛛的恶之花刺伤，布壮用手帕为之包扎，爱情充作了抵御丑恶的力量；第四次出现时，手帕掉了，再次为达棉缚上，强化爱情在磨难中挺立；第五次出现，达棉、布壮和蜘蛛的三人舞中，达棉几近崩溃，无奈于恶毒的控制和迷惑。然而，当她凝视展开的蓝手帕，抵抗的力量油然而生，理想的爱情使痛苦放光；第六次，在幽灵释放恶毒“欲望之海”的紧急时刻，坚定的达棉用蓝手帕擦拭布壮，试图阻拦，但布壮还是被吞噬了，爱情再次历经幽暗；第七次，则是在达棉牺牲自己，解救众人之后，被救的布壮发现了那块蓝手帕，然而达棉已经死了，他用蓝手帕将自己与达棉的手臂捆在一起，他们同生死共命运，一起回归花界……生命与爱情由此而变得更美丽。

我们有理由对《花界人间》寄予更大的期待。

（载于 2018 年 11 月 8 日《人民日报》第 24 版）

其　他

忘记献上的美人蕉

——《剧本》发刊 600 期纪念

《剧本》月刊在我心中是很神圣的——高中时代，我在校戏剧队，为了排练《哎呀呀，美国的小月亮》，大家争相购买《剧本》月刊。捧着它，就像捧着自己最美的梦，实在而又遥远。

忘不了，在《剧本》上阅读刚刚上演的《关汉卿》的情景，那一曲《蝶双飞》让我对戏剧文学的向往变得更加华美……

《剧本》就像夜幕上、云瀚中的弯月，而这弯月又是漂向理想的船。

和《剧本》的第一次接触是 1961 年的夏秋之交。为了得到抗战时期著名街头剧《放下你的鞭子》的剧本，我怀着神圣而又懵懂的心态给《剧本》写了一封求助信。不料，竟然有了回音，编辑部约我在某日的下午去抄写这个剧本。哟，那可真是像中了彩票一样喜出望外！一种莫名奇妙的浪漫想法驱使我在王府井买了一束粉红色的美人蕉，插在草篮子里（那个年代流行手提式草篮子），预想到了那里，见机献上，以表达我的美好心意。那天，我依约走进那幢灰白色的大楼（今商务印书馆）。一位女编辑拿出油印本的《放下你的鞭子》，让我就地抄写……兴奋、庄重、美妙、回旋着，撞晕了我的头脑。回家时才发现，那束粉红色的美人蕉依然在草篮子里……嗨，我真笨。

这大概就是所谓文学青年受宠若惊的微妙心理吧。

第一次在《剧本》上发表剧本则是十八年后了,1979 年《剧本》第四期刊登了我的写天安门四五运动的歌剧剧本《护花神》。那时,我在师范学校任教,校人事处叫我接电话。对方说:“我是《剧本》月刊编辑部……”天哪,二十年的愿望实现了!

虽然我在《剧本》上只发表过两个剧本(还有 1991 年发表的《周君恩来》)和一篇论文,但是《剧本》是我一生的向往和梦想。

我想,这决不止于我一个人的心情。

或许,这篇小文就算五十多年前那束忘记献上的美人蕉吧。

(载于 2016 年第 5 期《剧本》)

真诚的感戴

——纪念《新剧本》200 期

我常常在想，刊物就好比是一条大船，而作者就好比是加盟的水手，无论是启碇，扬帆，划桨，使舵，远望，还是装卸货物，修补船体，大家勠力同心，同舟共济……水手的命运与大船勾连一体，这是多么凝重，又是多么美好的事情啊！

所有的“专业作家”都经历过苦斗与摸索的历程。那时，梦想与挫折交互出现，最期盼最珍重的是理解和支持，并且将此视之为“贵人相助”。1982 年，我的第一部多幕剧剧本《闪烁吧，繁星》在获全国奖之前，怎么都找不到发表的地方，最后发表在上海少儿出版社《巨人》季刊的末期上，好悬啊，险些就赶不上最后一班船啦！

站在荒凉的沙滩上，企盼登船的心情就是这样迫切。

结识《新剧本》，那是 1986 年的事。

那时，我痴迷写组合剧，并且仔细研究了一位东德剧作家关于组合剧的阐释。我尝试用组合剧的思维方式去观察生活，表现生活，觉得非常有意思，就像切割钻石那样，让生活图像从单面变成了多面，从扁平变成立体，从各不相关变成贯通一脉，真的可以变得多姿多彩。于是，我在 1986 年年初写出一部大型儿童剧的组合剧《和月亮交谈的六个晚上》。然而，所有的探索都是冒险的,命中注定的是,它最早的读者很可能就是判决其死刑的法官。当然,有关门的,就有开窗的,恰好那年北京儿艺创建,李若君团长将此剧确定为建院剧目,请著名戏剧家李丁担任导演。但是,其舞台命运又如何呢?仍令人惴惴。就在这时,《新剧本》的主编潘德千、徐恒进两位先生作为市文化局的代表审看了最初的彩排,立即予以非常热情的肯定,他们特别喜爱王奎荣、李若君饰演的冯大马和冯二马弟兄俩。于是,他们两个一拍板,《和月亮交谈的六个晚上》就成了我在《新剧本》上发表的第一个剧本。继而,这出戏获得了市级汇演优秀奖。中国儿艺也立即拍板上演该剧,弄得那年六一儿童节同时有两部《和月亮交谈的六个晚上》。我邀请于蓝老师看了两家剧院各自的演出,她连连称好。

就这样,后来我又连续写了《变形的面庞》(1987 年北京人艺中国儿艺联合公演)、《红蜻蜓》(1988—1989 年先后由北京儿艺、天津儿艺、青岛话剧院、辽宁艺校排演。其中,天津儿艺的演出火得不得了)、《这里将是别墅》(辽宁儿艺公演)等三部组合剧,在胡晓宏等责编们的帮助、支持下,全都发表在《新剧本》上。无论是天津儿艺、青岛话剧院,还是辽宁艺校,以及后来的乌鲁木齐儿艺(公演我的童话剧《博物馆之夜》),都是先从《新剧本》看到我的剧本之后,又通过《新剧本》编辑部才联系到我的。

岂止上述四部组合剧,还有童话剧《博物馆之夜》、音乐剧《香格里拉》,以及观剧笔记《短长札记》《瑕瑜陋见》等等,都是由《新剧本》率先发表的。就连赵有亮主政中央实验话剧院的第一部戏《周君恩来》,原先也是确定在《新剧本》上首发的,后来被另一家剧本杂志真挚地"商调"了过去。《新剧本》不仅是见证,更是为我那时剧本创作的"井喷"提供了最宝贵的平台。一个作家的一生大约只有一次"井喷"吧,我得怎样感激他们呢?!

值得祝贺,200 期的《新剧本》——像是一艘大船记录着不舍昼夜、奋力向前的航海日志;像是越来越多的加盟水手在航行中的大合唱;像是一间不断延展着的,展示当代戏剧作家与作品的瑰丽画廊……看吧,它身后耕海犁波的航程，陡然间变成了姹紫嫣红的鲜花之路，而那船头直指的还是那轮红红的朝阳！

（载于2017年第12期《新剧本》）

用挚爱凝聚的蓝宝石

——汪浩作品集序

2012 年,在全国优秀儿童戏剧展演中,中国福利会儿童艺术剧院公演的儿童音乐剧《成长的快乐》获得了很大的成功。由此,我才得知此剧编剧的大名——汪浩。

汪浩先生原本是研究俄罗斯文学的专家。也许有人会产生疑问,一个外国文学研究者怎么会投身儿童戏剧文学了呢?其实,只要翻开“五四”以来的文学史,你就不会惊讶了——那些中国现代文学的拓荒者——大作家们,无不关注,甚至践行儿童文学艺术的创作:鲁迅的译作儿童小说《表》以及《桃色的云》《俄罗斯的童话》,郭沫若的政治童话《一只手》,茅盾的儿童小说《少年印刷工》《大象鼻子的故事》,郑振铎的儿童诗剧《风之歌》,叶圣陶的童话《稻草人》《古代英雄的石像》,冰心的《寄小读者》等等都显示了他们对孩子们的热爱、期望以及探究儿童内心世界的种种卓有成效的努力。

爱孩子就是爱未来,就是在孩子身上寄托着对民族品格建设的期望。

汪浩先生就是这样的。他曾经说过,研究外国文学所获得的最大启示,就是“文学是人学……我在戏(儿童剧作品——笔者注)里虽然是写动物,但描写的还是大写的人”。创作“大写的人”的目的,就正如他倾力翻译的《风雪小站》的作者艾特玛托夫所说,“促使读者去思考人的道德的主要价值,责任感,也就是一切使人变成人的东西”。

他在自己的儿童剧代表作《成长的快乐》里就是这样的——

作者以现代的观念去表现当下少年儿童的情感、愿望和困惑:他们喜欢玩电子游戏,因为那将使他们进入了虚拟的自由空间,满足他们梦幻般的想象。但是,现实与愿望是相悖的,家长们唯恐他们因此而影响学习。游戏与成长是对立的吗?

这部戏就是迎着这个尖锐的问题,和孩子们一起去探索。

聪明的教师顺着孩子们的愿望去诱导。在虚拟空间“绿野传奇”里,男女主人公分别变成了森林王子和草原公主,他们各自加入了梅花鹿群和老虎部落。一对好朋友对立起来,老虎必然要吃梅花鹿,梅花鹿必然要与老虎斗争。他们之间的关系由轻松愉快变得紧张对立,他们各自都遇到了无法避免的命运抉择,自然法则的制约,锻炼自我的需要,考验的严峻压力。小鹿(女孩儿,草原公主)出于同情,放走了被围困的小虎(男孩儿,森林王子);小虎被虎王训斥之后,决定不再违反自然法则,要追捕小鹿,但却掉进了鹿群的陷阱;小鹿为了解救小虎,失去了自己的能量;小虎终于意识到情谊的珍贵,拼力找到了蓝宝石,解救了小鹿。

在这样一场虚虚实实的冲突中,作者编织了种种困惑,让两位小主人公在法则的对立、角色的交叉、情感的纠结之中,去识别了真情的含义。这样,就达到了教师(快乐精灵)的目的:在游戏中认识生活,认识情谊,锻炼意志。

该剧最宝贵的现代性倒不仅仅在于其舞台魔幻情境呈现的华美与简约,音乐剧特性的发挥,更在于创作理念的崭新——平等相待,顺势而为,巧妙诱导,共同探索。作者编织的美丽故事证明:对未成年人的某种倾向一味地围追堵截往往是无济于事的,而真诚的理解、睿智的疏导却能创造出一片新的天地。

在这部作品里,我们仿佛看见汪浩像邻家伯伯一样,在孩子们面前亲切地“蹲下来”，与他们平等地交流，体味他们内心的愿望和情感需求；然后，他又“站起来”，拉着孩子们的手，顺着他们的渴望，引领他们迎着太阳前行。

当代我国儿童戏剧事业的繁荣和发展，首先取决于儿童戏剧文学作家队伍认识儿童世界，表现儿童世界的能力和水平的提高。其中，敏锐的观察、独特的思维、奇妙的想象是必不可少的。而这又与个人的素养、学养、修养密切相关。汪浩的创作道路为儿童戏剧文学界提供了又一个新鲜的范例：“汝果欲学诗，功夫在诗外。”仅就儿童剧而儿童剧终无多大长进，丰厚的文学涵养和广阔的创作视野是异军突起的前提之一。譬如，在《成长的快乐》中，关于“绿野传奇”（虚拟的神奇的网络游戏空间）的戏剧构思就体现了汪浩在研究弗洛伊德学派和新弗洛伊德主义时的某些有意无意的借鉴：虚构的目的就是追求人生的意义，追求优越性，超越尘世，探求理想的境遇。新弗洛伊德主义的代表人物阿德勒认为，寻求优越是人生的推动力。所谓“寻求优越”，就是抵抗弱小和无助。小梅花鹿和小虎的戏剧动作无处不是在从弱小和无助中挣脱出来，追求真挚的友情。

难道不是吗？

而所有这一切，都如《成长的快乐》中神奇的蓝宝石，那里凝聚的都是——爱，挚爱。

六十个春天

——为儿童戏剧艺术家黄意璘画册作序

六十年前，一个春天的夜晚，在首都剧场的舞台上，正在演出话剧《北京人》——

砰地，通大客厅的门扇大开，曾家的孙儿曾霆跑进来，紧追在后面的女孩儿袁圆提着空水桶，拿着一串点着了的鞭炮，笑着，喊叫着，竟把鞭炮扔到人们的身上……曾氏爷孙惊恐呼叫，袁圆却哈哈大笑……

这笑声打破了曾家凝固沉闷的空气，而她那叫自己父亲“老猴儿”的喊声，是那么清亮脆生，仿佛是凄清废园里突然绽放出的一朵鲜花。

这个可爱的袁圆的扮演者就是即将从中央戏剧学院表演系毕业的学生黄意璘。

她的艺术生涯就是从这里开始的——扮演孩子。

继而，她在中国儿童艺术剧院的舞台上，光彩灵动，犹如一个神奇的百变小精灵，为孩子们扮演着各种各样的孩子：

她时而是那只胆小而又善良，惊惶而又机敏，最终成为守候自己美好梦想的小白兔（童话剧《小白兔》）；时而是能歌善舞，聪颖勇敢，奋起反抗德国法西斯侵略者的青年女战士柳芭（话剧《青年近卫军》）；时而又是安徒生童话世界里淘气可爱的小强盗（童话剧《雪女王》）……她塑造的孩子形象还曾领着小观众走进神秘的水晶洞(儿童剧《水晶洞》),来到宝塔山下的延河之畔(话剧《喝延河水长大的》),穿越大革命时期,结识革命的一家人(话剧《革命的一家》)……

岂止在舞台,二十世纪六十年代初,她在银幕上塑造了支边青年刘海英(电影《生命的火花》主角)这个感人形象,为建设大西北,贡献出自己的全部忠诚,成为那个时代青年的追求。

如果把孩子们比喻成春天,诚如《诗经》中的"春日载阳,有鸣仓庚"——她就是那为春天歌唱的黄鹂。

随着新时代的到来,她没有停留在"优秀演员"的荣誉座位上,而是不知疲倦地奋起开拓新的领域——儿童戏剧导演艺术。

到了二十世纪八十年代末,一部儿童剧《红蜻蜓》,宣告了她导演艺术的成功。

这部戏的艺术样式——组合剧,以前未曾出现过;这部戏的排演单位天津儿童艺术剧团,本是木偶剧团,以前未曾演过"真人"的戏;主角和主要演员都是杖头木偶的表演者,以前未曾上台"露过脸"。然而,她却以惊人的胆识和勇气,把排练场变成课堂,从表演的 ABC 开始,从剧目创作的 ABC 开始,调动一切能够调动的资源,像《生命的火花》中的刘海英那样不顾一切地向前冲,得到了天津儿艺领导和全体成员的坚定支持,居然跨越了这三个"未曾",硬是把这台戏排成了深受小观众喜爱,获得专家(包括中国儿童戏剧的开拓者任德耀先生、罗英女士、著名表演艺术家方掬芬女士)一致赞扬的优秀剧目。这部戏先后获得天津市戏剧节优秀奖,华北戏剧观摩会演优秀奖,文化部文华新剧目奖,文华导演奖。特别值得称道的是,经过她的悉心指导、培育,此前从未演过戏的主角马路不仅因此获了许多奖,还由此踏上了戏剧艺术的征程,现在已经成为儿童戏剧界、木偶界的知名导演艺术家。

随之,她的导演艺术生涯高潮迭起——

1991 年,她导演的儿童剧《之伢子》(表现毛泽东的少年时代),首次在儿童戏剧舞台上生动地塑造了少年毛泽东的鲜明形象。全剧以史诗的气魄赢得了赞誉,荣获中宣部“五个一”工程奖和文华新剧目奖,她本人摘得了文化部颁发的文华导演奖。

之后,两部短剧《被剪掉舌头的小鸟》和《曼卡与国王》声名鹊起,再次获得全国儿童剧评比的优秀导演奖,并应邀远赴新加坡导演这两部戏。

二十世纪九十年代末期,她用智慧和汗水,热情昂扬地再次掀动了自己导演创作的高潮,接连成功地排演了三部大戏:为昆明儿艺成功排演了《纳西小子》(荣获中宣部“五个一”工程奖、文华新剧目奖);为上海中福会儿童艺术剧院精心排演了《少年邓小平的故事》;再为上海中福会儿童艺术剧院匠心独运地排演了表现当代中学生生活的《享受艰难》。她极其精准地从励志的背后抓住了全剧的核心——挫折,挫折是孩子们成长的必然经历,是他们一生的宝贵财富。在儿童剧中,这是首次表现的主题。正如她在导演阐述中写出的火辣辣的字句:“中华民族的振兴需要对孩子进行挫折教育……塑造出自强不息,奋发进取的一代新人……是二十一世纪民族素质问题。这就是我们今天排演《享受艰难》的必要性、重要性和迫切性。”这部戏在业界内外产生了积极的影响,1999 年获中宣部“五个一”工程奖,2000 年获全国儿童剧展演优秀剧目奖。

对黄意璘的导演艺术实践,会有专家的专文研究,笔者在此仅就与她的多年合作中的深刻体会分享三点:

其一,她非常尊重编剧,尊重剧本。她总是和编剧平等地研究剧本,决不会擅自改动剧本。她认真研究剧本所表现的生活,认真研究剧本的内涵、艺术特征,对剧本和剧本所表现的生活没有透彻的把握,决不会走进排练场。

其二,她非常敬畏戏剧艺术的规律,同时,又绝不重复自己,重复前人,绞尽脑汁地寻求独特的表现,对剧本总有自己独到的解释。

其三，她非常喜爱年轻演员，倾力指教，诲人不倦。排成一出戏，总有青年演员冒尖飞升，《之伢子》《享受艰难》的主演都因此而获得表演最高奖——梅花奖。

黄意璘自 1957 年第一次在戏剧舞台上扮演孩子的形象，六十个春天过去了，她把自己的青春、智慧和忠诚都献给儿童戏剧事业。每当和她的学生闪增宏、许亚军、钟浩、薛白……在一起的时候，她的眼里都闪烁着春日的灿烂，幸福的感觉溢于言表。看到这里，笔者常常羡慕地想——诗人曾天真地想象“若有人知春去处，唤取归来同住”。其实，春天就在所有为孩子们献出一切的人的心里。

不是吗？请看她——黄意璘。

序 言

——为王晓鑫译作《占领剧院》作序

非常高兴地阅读了青年戏剧家王晓鑫的这部儿童剧文学剧本译作。这里的“高兴”不是应景的词令，而是发自内心的真实情感——

第一个高兴的原因是，本书中的三个剧本，各具特色，不仅门类样式各异，更重要的是构思创意新颖独特。譬如《一座没有爱的城市》（苏联），作者大胆地想象出一个“假如没有爱，生活将会什么样”的荒诞情境。但爱是禁锢不了的，就像人们需要温暖：

小丑：你的手真冷。

安娜：总是这么冷……但你的手真暖和。为什么？

小丑：用心暖和手。

安娜：心是怎么暖和的？

小丑：用善良。

爱的本质就是善良。最终，这座城市变成了有爱有欢笑的世界。相信，小观众会在自己的心灵里建立起爱的暖巢。

第二个高兴的原因是，这本小书的问世，表明关心儿童戏剧艺术的有识之士继续重视对世界儿童戏剧艺术的借鉴,从而汲取有益于我国儿童戏剧发展的营养。在新中国儿童戏剧史上,人们不会忘记《以革命的名义》在二十世纪六十年代初带给我们的精神力量(其经典台词"忘记过去就意味着背叛"已经成为我们生活中的格言),不会忘记《十二个月》的美妙和清新,不会忘记《豆蔻镇的居民和强盗》的温馨和幽默……以及近年来上演的《饼干小子》《皮皮的长袜子》等等,不会忘记给我们带来的新鲜感觉和启示。

第三个高兴的原因是,这本译作出自一个青年戏剧家之手。青年,永远是希望之所在。儿童戏剧事业的发展和繁荣,必然依赖热爱儿童戏剧事业的青年戏剧家。译者王晓鑫十余年来积极投身儿童戏剧的创作,尤其钟情于儿童戏曲的编导工作,她编导的京剧《金鱼和渔夫》的成功演出就是其中的业绩之一。难能可贵的是,她乐于学习,乐于研究,乐于接触和借鉴国外的儿童戏剧艺术新成果、新经验,充满着探索前行的活力。

这是一本小书,但是发散着希望的光泽。

作家与作品需要发现

——2016 年 6 月 26 日在上海剧本创作中心的发言

各位领导、各位朋友：

我谨代表参与这次研讨会的剧本作者及其他合作艺术家(即签约作家、艺术家)，向主办方——中共上海市委宣传部、上海市文广局、上海市文联、上海市作协以及研讨会承办方——上海市剧本创作中心表示诚挚的感谢和崇高的敬意!

用美的心灵、美的眼光去发现作品的美、作家的美，是这次剧本研讨会最令人感动的地方。

是的，作品与作家历来都希望被发现、被认同、被使用，就像春秋战国时期的卞和——为了让世人认同他发现的美玉，被剁掉双脚都不足惜：这不是石头，而是玉啊!

这是发现的艰难。

雨果的第一部浪漫主义作品《巴黎圣母院》交给书商许久却没有回音。他询问的信上只写了一个“?”。而书商的回复也只有一个“!”。然而，就是这个惊叹号宣告了 1831 年人类的精神文化宝库里又增添了一颗璀璨的明珠。

这是发现的功绩。

我国新时代新文化诞生的序幕是在上海拉开的。在上海，中国新文化的脊梁们为我们留下了以美发现美的历史范例：

二十世纪二十年代，叶圣陶发现了小说《梦珂》和它的作者丁玲；三十年代，鲁迅和胡风发现了《生死场》《八月的乡村》及其作者萧红和萧军；还是在三十年代，巴金（还有推荐者章靳以）发现了话剧剧本《雷雨》和它的作者曹禺。就话剧而言，曹禺和《雷雨》的被发现，就是中国话剧史上巨大的惊叹号，标志着中国话剧的成熟，并由此开始了广阔而久远的现实主义创作道路。

或许，发现美，爱护美，扶植美，比美的存在更重要。上海剧本创作中心正在沿着鲁迅、叶圣陶、巴金的足迹前行，勇敢地、有远见地担当起发现美的历史重任。

上海剧本创作中心不仅仅是在为上海的戏剧艺术繁荣担当起采掘者、发现者、培植者的重任，还必将使自己成为一艘巨大的远航轮船，吸引着来自全国的戏剧艺术创造者，与天下英才同船共渡，驶向美好的彼岸。

谢谢。

（在这次会议上，上海剧本创作中心推荐并研讨了
本人的新剧作《大顺子吼歌》，作品获得充分肯定）

剧作篇

· 大型话剧 ·

我认识的鬼子兵

（根据方军同名纪实文学改编）

时间：从二十世纪末叶回溯到二十世纪中叶。

地点：日本。

人物：

王军——中国自费留日学生，男，年轻，日本人称他“王桑”；

小林勇——当年的鬼子兵，他难忘一位长崎少女；

山下——当年的鬼子兵，一个十分富裕的老太爷；

铃木——当年的鬼子兵，他的一只胳膊永远留在了山西；

山田——当年的鬼子兵，他时刻离不开氧气瓶；

野崎——当年的鬼子兵，他随中岛的部队占领过南京；

平田太太——中年，平田美保酒馆的老板；

野崎由美子——高中女学生，野崎的孙女；

小林妻——当年的“女皇军”，小林勇太太；

中国少校——男，国民政府二十九军四师青年军官；

花子——长崎少女，穷苦的女孩儿；

野崎老太太——野崎的妻子；

两个戴墨镜的男人；

日本皇军士兵；

三个汉奸打手；

两名现代青年；

中年顾客、年轻顾客、过路行人等。

序　幕

【开场铃声——

【舞台切光。

【音响：飞机的轰鸣声……

【屏幕出现东京的鸟瞰图——夜色，灯光犹如群星密集的海洋……

画外音（王军）：1991 年我第一次来到东京……透过飞机的舷窗，我没有对被这灯光所描绘的繁华感到惊讶，我只是在使劲地嗅鼻子，仿佛要闻到五十多年前弥漫在东京上空的血腥味道，好战，扩张，侵略，称霸亚洲和太平洋，建立“大东亚共荣圈”的血腥味道……我既不偏执，也不健忘，只是解不开一个谜：从 1894 年到 1945 年的五十年里，这个民族的军国主义分子为什么总是在发疯？东方法西斯主义是怎样扭曲了他们的人性？

【在画外音进行中，屏幕播放历史画面：日本海军攻占中国山东的刘公岛，北洋水师的士兵成为俘虏……日本关东军占领奉天（沈阳），进军山海关……日军攻打北平卢沟桥中国守军……日军攻占上海（入城式）……日军攻陷南京，实行大屠杀……东京万人提灯大游行,庆祝占领中国首都……日军偷袭珍珠港,美国太平洋舰队覆灭……

【音响:由轰炸声转为马达声……

【音响:由马达声转为歌声《荒城之月》……

【升光——

【两个戴皇军帽,身着白色和服的老兵(山下和铃木)站在街头,唱《荒城之月》(第二段):“荒郊当空弯月冷,马嘶刀鸣惊寒星。壮士遗骨横遍野,秋风枯叶慰亡灵……”他们一个拉小手风琴,另一个独臂。在他们的脚下有一只求乞用的木箱子,箱子上写着汉字:“战伤者　祈和平”……

【偶有行人向他们的纸箱投钱,两个老兵向行人深深鞠躬,但歌声不停……

【拖着不锈钢小型氧气瓶的山田颤颤巍巍地走来……他仿佛被歌声引入了遥远的回忆,呆呆地望着天际……

【老兵们继续唱……

【一阵摩托车马达声……

画外音(王军):带着种种的疑问,我开始了六年的留学生涯。课余打工送外卖,是我认识日本的好机会……

【王军一手拿着摩托帽,一手提着铝制饭箱子,走过两个唱歌的老兵身旁……

【提着书包的女学生野崎由美子走来,凝视着两个老兵,她弯下腰向箱子里投入零钱……

【王军似乎发现了什么,走近老兵,拿出零钱放入箱子。

【老兵感谢(用日语致谢)。

【王军突然注意到箱子上写的汉字。

王军(念):“战伤者　祈和平”。大叔,你们是退伍老兵?

【头上歪戴着旧式皇军帽，甩着胳膊，横着走道儿的小林勇上。

王军：（忽然意识到）你们参加过侵华战争？

【山下的手风琴声戛然止住。

【山田拖着氧气瓶蹒跚着下——

【野崎由美子也顺着山田下方向悄然下。

【山下和铃木想走，但被王军拦住。

王军：大叔，我是中国留学生王军，最近有一个叫东史郎的老人发表了当年的《阵中日记》，你们怎么看？

小林勇：（生气地）这样提问题是很不礼貌的，年轻人！

王军：小林勇先生——

小林勇：王桑，你又不是刚到日本，为什么还有那么大的好奇心？（瞪眼）啊？

【两个老兵相视一下，起身向另一方向走去……

王军：小林勇先生，改天有空我去拜访您。大叔！大叔！（追下）

小林勇：（看着王军追下的方向，摇了摇头，依然，甩着胳膊，朝前走去）

【野崎全副武装穿着当年侵华日军下级军官旧军服，扎着武装带，挎着军刀，唱着刚才两个老兵唱的歌曲："荒郊当空弯月冷，马嘶刀鸣惊寒星。壮士遗骨横遍野，秋风枯叶慰亡灵……"趔趄着迈着军人的步伐，迈着当年军人的步伐从桥下走来。

小林勇：野崎君，今天又不是8月15日，你这一身打扮干什么？

野崎：原日军第十六师团第二十联队士兵东史郎公开发表了一本《阵中日记》，攻击捏造他的战友桥本光治无辜残杀中国人。这不仅是对日本军队，而且也是对日本国民的伤害。我们桥本后援会决定全体穿上旧军装出庭旁听，以示对桥本君的支援。难道你不参加？

小林勇：野崎君，我请你去喝两杯，怎么样？哈哈……

【小林勇下。野崎唱着军歌朝另一方向走去。王军回来看见野崎的背影，陷入深思。

画外音（王军）：据说，像这样的侵华老兵目前还有二十万。这些当事人和见证人在今天，会想些什么呢？

【突然，野崎由美子又跑回来，气喘吁吁地——

野崎由美子：先生，对不起，一位老爷爷摔倒了，我，我一个人扳不动他……（鞠躬）请帮帮忙吧！

王军：（为难地）不行，外卖送晚了老板要发火的。你给消防署打电话呀！

野崎由美子：我已经打电话了，可急救车还没到。请帮帮忙，拜托了！

【王军看看饭箱，犹豫着……

野崎由美子：（向侧幕张望，突然）不好了，老爷爷在抽搐！

王军：走！（急去）

【切光。

一　美保酒馆内

【这是一处小酒馆：屋檐上挂着四只叠纸拉灯，纸灯上分别印着日本特有的扁胖的行书汉字“美”“保”“酒”“馆”。

【酒馆内，有一长条桌案，桌案后挂着并不讲究的酒柜……

【两个顾客坐在小桌前正在议论报纸上发表的关于东史郎被起诉的消息。

顾客甲（念报纸）：“……东京地方法院开庭。桥本光治声称，东史郎在日记中记述他无辜残杀一名中国人的事是‘纯属捏造’，要求东史郎赔偿名誉损失费两百万元，并登报谢罪。”你说这东史郎的日记到底是真的还是假的？

顾客乙：那是我爷爷他们关心的事，我才没兴趣呢。

顾客甲：小林先生，你说把人装在邮袋里活活烧死，这可能吗？我问你话呢，小林勇先生！

【小林勇看了他一眼没有回答。平田太太端起酒瓶上前。

平田太太：你们别老谈那些杀人放火的事了，今天是我的生日，我请大家喝一杯！

【顾客发出一阵欢呼声。

【柜台后面的收音机里传来一曲日本的民间小调。

小林勇：（举起酒杯，走到柜台前）平田太太，我祝你永远年轻、漂亮！

平田太太：谢谢！（举起手中的酒杯，一饮而尽）

【平田太太在歌声中跳起舞蹈，小林勇上前和她一起跳了起来，顾客们敲打桌子，碗筷，吼唱着伴奏，年轻的顾客也加入跳舞的行列里。

【平田太太跳得兴奋，走到柜台前又给自己倒了一杯清酒，一口干了，又给小林勇倒了半杯。

小林勇：哎，平田太太，刚才我在街上看见你那个中国留学生了。

平田太太：他去送外卖了。

小林勇：他在你这里干的时间可不短了。

平田太太：是呀，他干得不错。自从他到店里以后，订外卖的人越来越多了。

小林勇：你是不是看上他了？

平田太太：小林先生，我看上他又怎么啦？王军人挺机灵，长得也挺帅。

小林勇：好哇，平田太太，勾搭上中国留学生啦！我早就看出来了，你对他很关照呀！他晚上是不是也住在你这儿哇，啊？反正你丈夫早就把你甩了，孤男寡女挺合适啊，哈哈……

平田太太：怎么，你眼红了？

小林勇：中国人不行，你还不如跟我呢。（故意挺起胸）怎么样？

平田太太：老驴还想吃嫩草！只怕你早就力不从心了吧？

年轻顾客（起哄）：好，说得好！

小林勇：不信你试试嘛，生姜还是老的辣，米酒还是陈的香哩！

【电话铃响——

平田太太：（接电话）嗨……哈依，美保酒馆……怎么，中华面条还没给您送到？实在对不起，对不起……（无对象地鞠躬）哈依，马上，马上，谢谢您的关照，谢谢！（挂上电话）

【电话铃声又一次响起……

平田太太：（再接电话）哈依，是美保酒馆……噢，您订的八宝饭还没送去？做好了，早就做好了，送外卖的还没回来……实在对不起，非常不好意思……我马上送到，亲自给您道歉！谢谢！谢谢！（挂上电话，生气地）中国人——八嘎……！

【恰在这时，野崎由美子拖着氧气瓶，王军搀扶着昏昏然的山田走进来……

平田太太：（没好气地）王军！

王军：平田太太，你刚才说什么？

平田太太：我说中国人太懒——保利先生的中华面条，龟田先生的八宝饭，你怎么还没送去？

王军：你可以骂我，别骂中国人！

平田太太：（语气软下来）我就是骂你呀……你不就是中国

人嘛……

你以为这么大个东京就你一人有驾驶执照吗？你要再出错，我就炒了你。

野崎由美子：老板，对不起，请别怪这个中国人，是我让他救这位大叔，才耽误了你的生意……（转身对王军鞠躬）实在对不起啦！（抬头与王军对视）你……

王军：（不知所措）我，我……有什么不合适的地方吗？

野崎由美子：（依然凝视，自语）你，你就是他……

王军：（不解）你说什么？

平田太太：（指昏昏然的山田）这是怎么啦？

王军：（不理平田太太，对被自己搀扶的山田）大叔，您家在哪儿？我把您送回去——

王军：（端水上）大叔，请喝点水。

山田：（一直闭着眼睛，摇头欲说什么，可又呼吸困难）氧气，氧气……

【野崎由美子急忙把氧气管递给山田。

王军：（对平田太太）对不起啦，让这位老先生在这儿稍微休息一下……

平田太太：王桑，他是从哪儿来的？

山田：（吸了几口氧气缓过劲儿）别管我从哪儿来……我替这个中国人向你道歉啦……（站起来，睁开眼睛）

【山田与平田太太对视，双方都呆若木鸡……

山田：你——美保？！

平田太太：是您……爸爸？！

山田：（如触电一般，急于制止平田太太）走开！你快走开！怎么把我送到这儿来了？！……（转身就走）

【山田忙不迭地三步并做两步地走出去……

野崎由美子：大叔——（回头对王军）但愿还能再见面……（对外面）

大叔，我送您去医院！（急下）

王军：这是怎么了？（看看平田太太）他是你的父亲，见了你为什么要跑？

【平田太太跌坐在凳子上，双手撑着自己的头……

平田太太：这不关你的事！

王军：平田太太，你不是说你父亲早就不在了吗？

平田太太：（头也不抬地）王军，你马上把中华面条和八宝饭给客人送去！

王军：你父亲明明还活着，再说他又病成这样，你怎么能不管呢？

平田太太：（粗声粗气地）你要再敢顶嘴，我可真要炒了你！

【王军进厨房。

小林勇：平田太太，我从来没听你说起，你还有个父亲在东京？

平田太太：（对小林勇）你就别问了！

【两个戴墨镜的男子闯进来——

平田太太：哦，二位来啦，（鞠躬）欢迎欢迎，请坐请坐……

墨镜甲：嘿，哪位是小林勇？听说他在这儿。

小林勇：（站出来）我是小林勇。

墨镜甲、乙：（同时向小林勇）老前辈，向你致敬！（鞠躬）

小林勇：（莫名其妙地）我不认识你们呀……？

墨镜甲：我们是保皇协会的成员，你们老兵协会的各位，我们要一一找到。

小林勇：有什么事？

墨镜乙：（掏出一张报纸，指着）这是东史郎放的狗屁，你看过吧？

小林勇：(看一眼)这是文章,不是狗屁呀……

墨镜乙：怎么不是狗屁？就是狗屁！

小林勇：(拿过报纸闻闻)没有臭味儿呀,真的没有……

墨镜乙：这种东西怎么能随便发表！

小林勇：言论、出版自由,这是日本的法律。年轻人,现在不是军国主义时代啦,现在是民主时代。

墨镜甲：东史郎说南京大屠杀确有其事,编造了大日本皇军的所谓“屠杀暴行”……

墨镜乙：这是谎话！全日本人都知道那是谎话！(对中年顾客)你说,东史郎说的是不是谎话？

中年顾客：你看这报纸上说,东京大学的一个教授写了一本书：证明日本人的大脑是世界各民族中最优秀的大脑。这还挺有意思的……(边说边下)

墨镜乙：(问年轻顾客)你说呢？

年轻顾客：我只想说——十个男人有九个半暗恋戴安娜王妃,你呢,是不是也常常梦见她？

墨镜甲：(问平田太太)你说这是不是谎话？

平田太太：南京大屠杀那年我还没出世呢……

【王军提着外卖箱从厨房跑上,朝门口走去被墨镜甲拦住。

墨镜甲：你说南京大屠杀是不是纯属虚构？

平田太太：王桑,快去送外卖。

墨镜甲：王桑？你是中国人？

平田太太：(抢着说)他是个中国留学生。(示意王军)快去呀,客人都等急了！两位喝点什么？

墨镜乙：(对王军挑衅地)你们中国人捏造了南京大屠杀的谎话！

平田太太：他日语说得还不熟练……好啦,快走吧。再说,六十年前的事他怎么会知道？

墨镜甲：这么说你没有听说过南京大屠杀，也不相信有南京大屠杀，是这样吗？

王军：二位要真想知道有没有南京大屠杀，为什么不去南京问问？我出钱给二位买两张去南京的单程机票，一下了飞机，你们就喊："南京大屠杀是谣言！"看看南京的老百姓会怎么回答你们，知道我为什么只买单程机票吗？因为我肯定你们有去无回！再见。

【还没等两人反应过来，王军已经掀帘子下了。

墨镜乙：有去无回？你——（刚要追下，摩托车声已自近而远离去）

墨镜甲：（恼怒地）太太，你必须把这个中国人赶出去——

平田太太：为什么？

墨镜甲：我不喜欢中国人！他也肯定没有定住证！

平田太太：你不喜欢中国人关我什么事？让他走，那好哇，你来给我送外卖！

墨镜乙：我们不是来给你打工的！（得意地）我们现在干这活，老板一天给我们一万元呢。

墨镜甲：（对平田太太）你必须立即解雇他，否则我就找你麻烦！

【小林勇拿着报纸，甩着胳膊朝外走去

墨镜甲：老前辈，请留步！（抢先跑到小林勇的前面）我们联络了许多当年大日本皇军的召集兵，联合签名反对东史郎的叛徒行为。（掏出纸和笔）请您在这个声明上签个字……

小林勇：（掂着报纸）我得先回家好好看看东史郎这篇文章啊……

墨镜甲：拜托了，前辈！

【小林勇没理他，继续朝外走去。

墨镜乙：站住！——

小林勇：混蛋！你怎么能用这种口气跟我说话？我是谁？我为大日本帝国出生入死！我负过伤，当过俘虏！在西伯利亚住了四年！知道吗？

墨镜甲、乙：（老实地）哈依！

【切光。

画外音（王军）：送外卖使我有机会走进成百上千个日本人的家庭，接触到各行各业各种类型的人物，其中，我最感兴趣的就是当年的侵华鬼子兵……

二　山下的庭院

【日本式庭院，栅栏旁摆有盆景，青竹下有木桌和木凳……

【王军上，他手里拎着一包面粉、肉馅和各种拌好的佐料……

王军：（试探地）请问，山下先生在家吗？

【平田太太端着日本特有的彩色大瓷盆走上——

平田太太：山下先生正给他在美国的儿子写信。啊，王桑，你来得挺快嘛！

王军：葱末儿、姜末儿、肉末儿、料酒、香油我都带来了，面也和好了。

平田太太：（打量）王军……（似乎要倾吐什么）你是个好人……你不是很想得到在日本的定住证吗？我一定会全力帮助你！

王军：那太感谢了！

平田太太：知道我为什么要帮助你吗？我很需要你……很需要……

《我认识的鬼子兵》剧照

王军：（打岔）这位山下先生是个大老板，还是个大学者？（边说边动手把面放进瓷盆里揉起来）

平田太太：一会儿见了面就知道了。王军，最近我心里……有好多话想跟你说说……

王军：是你爸爸的事？

平田太太：（点头）……我对你说我父亲不在了，其实并没有骗你……

王军：（惊讶地）你是说？……

平田太太：他在我心里已经早死了。（叹了口气）可自从那天你把他送到店里，看到他那副人不像人、鬼不像鬼的模样，我这些天心里一直很难受。

王军：你父亲很需要你的帮助。

平田太太：他毕竟是我的亲生父亲，我把他抛下了整整二十年，他一定很伤心。

王军：在我们中国，子女孝顺父母是一种责任，也是一种美德。

平田太太：在我们日本也一样。（拿起小酒罐喝酒）

王军：请别再喝了。

平田太太：（一把拽住王军）王桑，我决定去找我父亲。哪怕把我的酒馆关掉，也要找到他！

【传来山下的声音："平田太太，开始包上了？"

平田太太：（现出笑脸，对侧幕）啊，山下先生，就开始了……（对王军）他来了。

【山下穿着黑色绸料和服，衬着雪白的衣领，戴着金丝眼镜，仪态雍容，与前场那个行乞的山下判若两人。他抱着几本书轻松地上……

平田太太：山下先生，这是王军，中国留学生，北京人，包饺子的好手,保准让您尝到正宗的中国饺子!

王军:(向山下鞠躬)感谢您的关照!

山下:麻烦您了,十分感谢!(鞠躬)

【当山下与王军直起身子对视时,王军惊讶了……

王军:是您……您就是那个在街头拉着琴乞讨的老人?

山下:是我。

平田太太:山下先生,你们很熟?

山下:啊,他还给我捐过钱呢。

王军:(狼狈地)实在不好意思!

平田太太:(对王军)噢,还真是见过面!

王军:(为打破尴尬)山下先生,您家里有擀面杖吗?

山下:没有。

平田太太:哎哟,那怎么擀饺子皮呀?

王军:没关系,啤酒瓶子也行。

山下:啤酒瓶子?有,有,我去拿!(下)

平田太太:(看手表)跟市役所约定的时间快到了,他们答应为我查找我父亲。(凄惶地下)

王军:(拿起平田太太遗忘在桌上皮包)平田太太,你的包又忘了!

平田太太:(接过包)王军,请你无论如何也要帮我找到他……

【山下拿着啤酒瓶子上——

山下:(望)平田太太……走了?这个,可以吗?

王军:可以。

王军:山下先生,可以动手了吗?

山下:(局促不安地)可以……啊,你这个饺子馅和得很香嘛!当年在什刹海附近的胡同里,我就吃过北平的饺子。卖饺子的挑着担子,那个担子很特别,前面有火炉,后面有锅、碗和各种调料沿街叫卖。北京的小贩现在还吆喝吗?

王军:很少了。我还是在老电影里听见的……您听见过?

山下:(忘情地)那悠扬的叫卖声多好听啊!那时候的北京人连买菜的也会吆喝……

王军:哦,买菜的也吆喝?

山下:(竟用纯熟的北京话也吆喝起来)一大枚的香油、酱油、老陈醋,两大枚的羊肉我要肥瘦儿的呀!

王军:(竟兴奋地鼓掌)太棒了!好久没听见这么亲切的北京话了!山下先生怎么会对北京的吆喝这么在行?

山下:我的上司说,要善于交际,广泛结交中国的军政要人,就先要从中国的吆喝开始学起……

王军:您的上司很懂得心理学呀,他叫什么?

山下:土肥原贤二。

王军:(一惊)土肥原?大特务头子!大战犯!被绞死以后,他的骨灰又被偷偷送进了你们的靖国神社……

【隐约的雷声……

山下:(不安地)哦,要下雨了……王桑,我们进屋吧……

王军:(惊愕地)你真是原日本士兵?(以下改"您"为"你")

【音响:日军穿着皮靴,踏出整齐的脚步声……

山下:我的心怎么跳得这么厉害……

王军:(尽量平静地)上次见面我就看出来,你是个鬼子兵。

山下:(点头)1945 年 4 月我被一名游击队员用手枪顶住了腰,当时我正在一家小饭馆里吃一种叫肚丝的菜。没办法,跟他进了胡同。1949 年,我被转到抚顺监狱,1954 年得到中国政府的宽大,遣送回国……我在中国整整待了十七年哪!

王军:你还是个战犯?

山下：我的军衔是少佐，是个监狱长。

王军：那么你所在的监狱里关的都是中国人？

山下：那时候，战争，每天都发生，每天都有抓进来的人……

王军：你在中国有没有杀过人？

山下：你别问了，我讲了你会不愉快的。

王军：我想知道。

山下：你也当过兵？

王军：你怎么知道？

山下：我早说注意到你的坐、立姿态都是训练有素的。

王军：本人曾经是中国陆军铁道兵士兵，在新疆修铁路的时候，学会了包饺子，用啤酒瓶子擀饺子皮。

山下：（翻书，戴上眼镜）你的司令员是吕正操，他原来是张学良的部下，后来是八路军的将领……我们日军在河北的第一次败仗，就是败在他的手里……

【幻听：枪声、炮声和爆炸声……

王军：那是在河北蒿城……

山下：梅花镇……我的同乡就战死在那里。

王军：你今天找我来，真的只是为了包饺子吗？

山下：我已经八十多岁了，能在告别这个世界之前，把自己一生的反省说出来是很痛苦的，但也是很痛快的！

王军：你当侵华日军时，印象最深的是什么事？

山下：那是我们日军攻占河北省阜平县，抓到罗裕村妇救会主任，砍下她的头颅，还割下了她大腿上的肉……剁成肉馅，包了饺子，说是……壮我皇军军威！

【隐隐的雷声，静场。

山下：这已经是很遥远的事了，我们还是包饺子，包饺子吧。

王军：（拿起桌上的饺子馅）这是人肉，老子不能给你这个当年的老鬼子包人肉馅饺子！

【王军将身上的围兜扔在桌上，扭头就走。

山下：（急忙拦住）年轻人，你的心情我能理解，这些事太残酷，我本不想说给你听，可你说你想听。关于那场战争，我还能讲些什么呢？

王军：（咬牙）我想听，我想听听你当监狱长的时候，最难忘的事。

山下：我永远忘不了一个人，他是政府军第二十九军步兵四师的机枪营长，他是少校军衔。

山下：一次在和我们日本军的战斗中，他腿部中弹，被俘，押到我们的监狱。那是1939年春天……

【舞台高处投射出监狱一角。

【身负重伤的少校站立在监狱高墙前。他的一条腿已经受了重伤，他那对襟白褂子已经血迹斑斑，下身穿着破碎的军裤……

山下监狱长：少校先生，战场拼杀，各为其主。我佩服你这位机枪营营长战斗到最后的勇士精神！

中国少校：这是军人的天职。

山下监狱长：如果是共产党的战俘，无论他是否回答我们的问题，最后都会被枪毙。但你是中国政府军军官，所以只要你回答了我们需要了解的问题，我们会立即释放你。

中国少校：我知道。

山下监狱长：好！请你告诉我，你们是通过什么渠道购买捷克军械和马克沁机枪的？还有弹药的储备数字，政府军其他部队的装备……

中国少校：我不会告诉你们的。

山下监狱长：你会告诉我们的！

中国少校：绝对不会。

山下监狱长：少校先生，人生最悲惨的莫过于三件事——少年丧父，中年丧妻，老年丧子。从你们的军官档案里我知道，你河北盐县老家只有一位年迈的老母亲。你又是一位孝子，难道你能忍心让你的老母亲白发人送黑发人吗？你能忍心让她老人家痛不欲生吗？

中国少校：监狱长先生，如果我说了，即使你放了我，我也再没脸回到村里去，没脸见俺娘。我宁愿死。

山下监狱长：你们的佟麟阁副军长、赵登禹师长英勇阵亡了，他们的名字或许能刻在勇士的纪念碑上。但是你呢？少校先生，纪念碑上不会有你的名字，因为你太渺小了！你们四万万中国人也没有一个人知道你这位少校的尊姓大名，少校先生，还是回家侍奉高堂，尽享天伦之乐吧！不要再和我们日本军队打仗了。

中国少校：监狱长先生，你们日军什么时候从中国撤出去？

山下监狱长：消灭蒋介石，消灭共产党、八路军，消灭所有敢于抵抗大日本皇军的人，在中国建立王道乐土，在亚洲实现大东亚共荣圈，到那个时候，我们完全胜利了，才会停止军事行动。

中国少校：那时候，我娘是老亡国奴，我是小亡国奴。小亡国奴侍奉老亡国奴，还有天伦之乐吗？

山下监狱长：（语塞）你——

中国少校：监狱长先生，我决定了——枪毙我吧！

山下监狱长：不，这不是你最后的决定！

中国少校：这是我最后的决定！

山下监狱长：你为谁而死？为国为民？国，已经破了；民呢？看看你们的中国人吧——（招手）

【两个汉奸打手光着膀子,拿着皮鞭冲上,拖少校进刑室。

中国少校:呸!你们这群败类!滚开!滚——!

【几个汉奸打手特别卖力气地毒打(剪影)……

山下监狱长:这就是你为之流血的中国人!

【中国少校被打倒在地……

【三个汉奸打手还在毒打中国少校……

山下监狱长:(喝叫)住手!住手!

【汉奸打手像打人的机器,无法停下来……

山下监狱长:混蛋!你们把他的两条腿都打折了!滚!(对中国少校)面对这样的同胞,你能不寒心吗?

中国少校:记住,你们日本的后代一定会为你们今天的罪恶感到羞愧!

山下监狱长:八嘎!

王军:那个少校后来说了什么?

山下:在临刑前的那个晚上,我走进牢房,跟他有一次难忘的交谈……

【灯光变换……

中国少校:还想让我招认吗?别费劲了。我这辈子只有几个小时了,让我安安静静地度过吧。

山下监狱长:在这最后的几个小时里,你在想什么?

中国少校:我家后院的那口甜井……夏天,我每次放牛回来,俺娘一准从那口甜井里提上个小柳条筐,里面是又脆又凉的水拔黄瓜……

山下监狱长:(坐下来)是啊,童年的回忆总是那么美好啊……跟你一样,我也是农家子弟。放学回家,妈妈总是递给我一只红红的苹果……

中国少校：（继续自己的回忆）我刚咬一口水拔黄瓜，俺娘就问，学会背书了吗？我说，会背了，“人之初，性本善。性相近，习相远……”

山下监狱长：噢？你也是这样？（兴奋地凑近少校，与之背靠背）我刚咬一口苹果，妈妈也这么问我，今天又学会了什么？我说，今天的历史课文我全记住了，“战神乃木希典陆军大将1849年生于长州，1912年去世。他战功卓著，百战百胜，占旅顺，攻奉天，驯化台湾，是帝国军人的伟大榜样！”

中国少校：（转头看着山下）乃木的“伟大”都是在中国地面上建立的……

山下监狱长：哦，你也知道？对，你上过保定军校，学过乃木大将的战例，很佩服吧？

中国少校：别打断我最后的回忆。（继续自己的回忆）吃完了水拔黄瓜，俺娘又说，水拔黄瓜好吃吗？我说，好吃。俺娘说，那就去挑粪，浇菜园子，会长出更多更好吃的黄瓜……

山下监狱长：吃完了苹果，我妈妈也这么问我：苹果好吃吗？我说，好吃。妈妈说，这苹果是中国辽东的，长大了，当帝国军人，把守辽东，把更多更甜的苹果献给天皇陛下……

中国少校：我明白了，（突然抓住山下的衣襟）你们从小到大，一切的一切就是为了霸占我们中国！

山下监狱长：（也抓住少校的衣襟）你们中国自己不行，就得由我们帝国军人来统治！

中国少校：呸！（用尽全身力量站起来）你连我这个伤兵都统治不了，还想统治四万万中国人？做梦！

【山下监狱长惊讶得说不出话来……

中国少校：（庄重地整理好衣服，系好风纪扣）就要行刑了。我只有一个要求——我要面对行刑队的枪口,看着你们的子弹是怎么飞过来的。

【中国少校犹如塑像……灯光变换,凄厉的枪声……

山下:我同意了他的要求,因为我们皇军崇尚武士。我至今还记得把他抬出去的情景——他看了我一眼,并点点头……

【舞台高处出现坐在担架上的少校,他在不同角度灯光的投射下平静地回头微笑——

【一首无伴奏的男童儿歌响起……

【屏幕上映现出佟麟阁副军长、赵登禹师长、张自忠将军的照片……

山下:这种人生最后的安详、平静和礼貌给我心灵极大的震撼……几十年过去了,我还常常想起这个人,他始终活在我的印象里,我感到他没死!

【光束中,王军低头奋笔疾书,他边写边用手不停擦拭涌出的泪水。

【野崎由美子悄然上,观察着王军……

【切光。

画外音(王军):这是我第一次听到一个日本老兵内心世界的隐秘。有多少当年的老鬼子已经带着他们的秘密离开了人世。记录整理他们对侵华战争的看法和今日的心态,将成为我在日本留学期间的重要任务。

三　美保酒馆内

【王军的面前摊着一堆书和用来写作的日文电脑,他正在写作。

【山田拖着小氧气瓶走上，试探着掀门帘进屋。

山田：王桑……

王军：（抬头认出山田）山田先生，您病好出院了？

山田：你的老板……不在？

王军：不在。最近老板很忙，又要去市役所，又去警察局。对了，她是找你去了！

山田：找我？（顿时喘不上气）

王军：（急忙奔过来，递过氧气）她想照顾你，尽她做女儿的孝心。

山田：不，我不需要她照顾。

王军：山田大叔，你既然是平田太太的父亲，为什么总躲着她呢？

山田：（凑近王军，神秘地）她是个鬼魂！你可要小心。

王军：（吃惊地）你胡说什么呀。

山田：我不能告诉你。

王军：随你的便。（继续写作）

山田：王桑，你下班后有空到我那儿，咱们聊聊天。

王军：好呀。

山田：（自言自语）美保是我的亲生女儿。可我只要一见她就会犯病。

王军：大叔，您要是没事，就请回吧。

【山田点了点头，走了几步又回过身来。

山田：王桑，听说你总在打听老兵协会的人？

王军：我想采访他们。

山田：为什么？

王军：这还用问吗？哦，对了，大叔，听平田太太说你也当过兵？

山田：我只当过上等兵。

王军：（顿时来情绪）那我应该采访你！大叔——

山田：不，不行。（说着转身要走）

王军：你不是想和我聊天吗？

山田：聊天，聊天好呀，不谈打仗，聊别的。

王军：好吧，你说聊什么？

山田：（拿出一张报纸）我在报纸上看见，你们中国有一个运动员加入了日本队，她说："我一定要打败中国人！"（摇头，叹了口气）中国人要打败中国人？我们日本人就绝对不会说要打败自己人。

王军：可你们日本人不敢承认错误。五年前长崎市市长说："天皇对战争负有直接的责任。"日本的右翼流氓团体就给了他一枪。

山田：那场战争是一场噩梦呀……

王军：大叔，你真和八路军打过仗？

山田：八路军不好，他们打仗不讲规矩，神出鬼没，总是喜欢偷偷摸摸，一天夜里，我们正在睡觉，忽然枪声响了，我们一个中队全体出动，结果一个人也没抓到。回来刚躺下，枪声又响。我们又是全体出动，还是一个人没找到，再回来不脱衣服，不睡觉，等着枪响。可是等了半天，枪又不响了。中队长说睡觉！可等我们刚睡着，一颗炸弹在窗台上"轰！"爆炸了，一屋子炸死六个。我虽然没被炸死，可几十年过去了，到现在我的耳朵还整天嗡嗡响！八路军最坏！最狡猾！

王军：（笑了）你很坦率。虽然你骂八路军，但我听了特别高兴。

山田：我上你的当了，怎么又谈论起战争了！（喘着气坐起身子）你也狡猾狡猾的。

王军：大叔，再说点别的。

山田：不说了！明天中午请给我送一份中华盖浇饭。这是我新搬家的地址。（递上一张字条）给你添麻烦了。

【平田太太的声音："王军，我回来啦！"

【山田紧张地朝柜台下钻。

王军：大叔，那儿有后门。

山田：（突然从王军手中拿过写着地址的条子）千万别让美保找到我，拜托了！（从后门急下）

王军：这是为什么？（追下）大叔——

【还没等王军给平田太太开门，平田太太自己推门进来。

平田太太：门没锁。

王军：（急忙奔上）您回来了！

平田太太：跑了一整天的路，一无所获！警视厅、市役所，我哪儿都去了，就是找不到他！唉！

【王军跑到屋外将"现在休息"的牌子取回。

【平田太太走到柜台后面拿起一个酒瓶，给自己倒了一杯酒喝下，又端起酒瓶和酒杯走到王军身旁，坐下。

【野崎由美子又悄然跟进来，见到平田太太，退回门外……

平田太太：（拿出一张字纸）市役所给我提供了一个线索，说他两年内搬了三次家……现在，又不知道他搬到哪儿去了！

王军：平田太太，你放心。我能帮你找到你父亲。

平田太太：王军，你要是真能帮我找到我父亲，我会感谢你的。

王军：不用谢，这两年，感谢这两年来你对我的关照。

【平田太太倒了一杯酒递给王军。

平田太太：来，喝一杯。

王军：谢谢，我白天要工作，晚上要学习，不喝酒。

平田太太：我们日本男人都喜欢喝酒！（自己又喝了一大口）王

军，你从不酗酒，不赌博，不嫖女人，那你到日本干吗来了？

王军：一个男人除了酗酒、赌博、嫖女人，难道就没别的事可干了吗？

平田太太：你到了我们日本，有什么感觉？

王军：什么感觉？就一个字“累”，往死里累！除了上学，我还得打工。下了夜班还得写作业、攻读教授安排的各种教科书，每天都累得精疲力竭。你看我这两只眼睛，像不像熊猫？

平田太太：你是不是后悔来日本了？

王军：我望着东京的花花世界和灯红酒绿，不止一次问我自己：到日本干吗来了？但自从我采访了当年的老鬼子，听他们讲当年的战争暴行和今天的心态，我觉得我有一种责任，要把它们都记录下来，这是我在日本留学期间必须完成的非常重要的事情。我还想……

平田太太：那你有没有想到过，要在日本留下来？

王军：我想完成一部学术著作《中日关系史》，研究从中国汉朝到现在，中日关系的规律和特征。可是……

平田太太：可是你没有定住证？如果有个日本女人看上你，愿意嫁给你，定住证还成问题吗？

王军：（笑了）我可不敢有这样的奢望，我只想能美美地睡上一大觉就满足了。

平田太太：那好，今晚上你就住我家里，我保你睡个好觉！

王军：不行！我……我晚上还要加班写论文！

平田太太：你是不是觉得我长得很丑？不喜欢我？

王军：不，您很漂亮，是个好女人。

平田太太：王桑！（突然扑上去，紧紧地抱住王军）我需要你，我愿意嫁给你，王桑！（欲火燃烧地解王军衬衣的扣子）

王军：（惊恐地护着自己）不，不，不，平田太太……

平田太太：（越加不可抑止地）我是你的，要我，要我，要我！（把王军压在身下）

王军：（礼貌地挣扎）不……

【野崎由美子冲进来，又胆怯地止步，不知如何是好……

野崎由美子：（终于干预）王桑——

【王军与平田太太惊诧地看着野崎由美子……

王军：野崎由美子？

平田太太：你，你怎么敢私闯民宅？！

野崎由美子：（战战兢兢地鞠躬）实在，实在对不起，打扰了……不过，这不是民宅，是酒店……哦，王桑，教授让我给您带来一本参考书……（从书包里掏出，递上）

王军：（看书名，更是不解）这不是……

野崎由美子：（立即打断）这不是我，是教授给您的。（慌忙地）再见，打扰了。（鞠躬，逃出）

平田太太：她是谁？

王军：（不知如何回答）她，她……

平田太太：她到底是谁？你的同学？女朋友？情人？

王军：（不知从何谈起）我们，我们一起救过……

平田太太：（情绪沮丧地）好啦，别说了！连老驴都爱吃嫩草，何况你这头小叫驴。我明白。（坐倒桌边，灌酒）在这个世界上，我再也没有亲人了，没人疼我，没人爱我。二十多年来，我拼命工作，就像个机器人一样！可机器人没有情感，而我是个有血有肉的女人啊……（举着酒杯，狂笑）只有它，天天吻我，天天扑进我的怀里……哈哈……

王军：（起身，整理衬衣）平田太太，请原谅。

平田太太：（苦笑）这不是你的错，这也是一种报应。王桑，你问过我好几次，我为什么要离家出走，为什么恨我的父亲，你想知道真实的原因吗？

王军（点头）：为什么？

平田太太：就是因为……那场该死的战争。

王军：（吃惊地）侵华战争？这和你离开你父亲有什么关系？

平田太太：从小父亲就是我崇拜的偶像。父亲也一直对我说他参加的是保卫天皇的圣战，是忠君爱国的行为。所以从我懂事的那天起，父亲就是我心中的英雄，直到有一天，我因为好奇偷看了我父亲当年的《阵中手记》，我才发现父亲平时说的一切都是骗人的谎话！……我简直无法相信平时如此谨慎谦虚、为人师表的父亲他……竟是那么无耻、可恨！

王军：你父亲在日记中写了什么？

平田太太：（痛苦地摇头）我不想再提这件事。……我曾经发誓再也不见他。直到那天你在街上救了他。……看见他那副孤零零病怏怏的样子，二十年的辛酸一下子涌上心头！我才发现再也不恨他了。是战争把他害成了这样！

王军：我懂了。平田太太，你父亲刚才来过了。

平田太太：真的？他现在在哪里？

王军：走了。他不愿意见你。

平田太太：（坚决地）不行，我必须找到他。

【小林勇匆匆进来——

小林勇：可以吗？

平田太太：请进，小林勇先生。

小林勇：平田太太，听说，你在到处打听你爸爸的下落。

平田太太：是啊，您有消息？

小林勇：通过我们老兵协会打听到了——（掏出一张纸条）他经常搬家，这是他最新的住址。这是他经常去的医院……他好像病得不轻。你快去看看吧！

平田太太：多谢了，小林先生！（鞠躬）

小林勇：（转身对王军）王桑，听说你要退学？为什么？

王军：您怎么知道？

小林勇：这学期的学费你还没有交。你整天忙着采访日本老兵，怎么能挣出足够的学费？

王军：不是学费问题……

小林勇：不管怎么说，你都不该退学！一百年前的日中甲午海战，世界海军排名第八位的北洋水师输给了排名第十六位的日本海军。为什么？从那以后，九一八事变，七七卢沟桥事变，大大的中国都败给小小的日本，又为什么？就是不学习！闭关自守，自以为是，一盘散沙！专心读书吧，别不务正业！

王军：谢谢您的忠告。可我也坦率地告诉您：研究你们这些日本老兵就是我最大的正业！

小林勇：（惊诧）研究我……？

【切光

画外音（王军）：小林勇是我最早认识的鬼子兵，他总歪戴着一顶皇军帽，横着走道儿，其实他是一个非常和善的老头儿。我们在一起打过工时，他每天早上还给我带一个面包。

四　图书馆

【手机铃声……王军接听手机上……

王军：（对手机）喂，对，我是王军，您是哪位？见面就知道了？按照您的要求，我已经到了图书馆第八阅览室，您在哪里？（张望着）这么多读者，我怎么能识别出您？认识？我怎么想不起来？您可不可以直截了当地告诉我，您找我有何贵干？喂，喂，喂！（看看手机）挂了……这到底是谁呢？（手机铃声，立刻接听）喂，小姐，请您……哦，是学校庶务课，对不起。什么？有两个人同时替我交了学费？一位是小林勇先生，另一位呢？我的女朋友？没有，在日本我没有女朋友，是不是弄错了？没错？请学校把学费退还给他们，拜托了……无法退还？（对方挂断电话）这到底是谁呢？（张望）

【一个戴着红色发套，深色墨镜的女子向着王军走来……

【王军打量了对方一下，继续张望……

【红发女子掏出香烟，欲点燃……

王军：（制止）对不起，这里不能吸烟……（继续张望）

【红发女子放下香烟，走去……打手机电话……

【手机铃响……

王军：（接听）喂……什么，您来过？我怎么没看见？远在天边，近在眼前？（看看身边，只有那个红发女子）对不起，我还是没有看见……

红发女子：（转身面对王军打手机）你看见了，怎么说没有看见？（走近）

王军：（直愣愣地看着红发女子）你……

红发女子：（放下手机）就是我。

王军：（放下手机）对不起，我不认识您……

红发女子：再看看。中国有句俗话，叫“贵人健忘”……

王军：实在对不起……

红发女子：我们一起抢救过山田老人啊！（突然摘下红发套和墨镜）

王桑！（天真地大笑起来）

王军：野崎小姐？

野崎由美子：（恢复了贤淑的样子）打扰了，实在冒昧！（鞠躬）

王军：野崎小姐真会开玩笑……又打电话，又写匿名信……

野崎由美子：太孩子气了，是吗？

王军：野崎小姐找我，不会是订外卖吧？

野崎由美子：可以叫我"由美子"吗？

王军：好的。野崎小姐……哦，不，由美子，那天晚上在酒店……真得感谢你的出现，帮我解了围……（鞠躬）不过，你怎么恰巧在那儿呢？

野崎由美子：我一直在盯着你这个奇怪的中国留学生。

王军：我？有什么奇怪的？

野崎由美子：你的兴趣不在课堂，却在大街小巷；你的精力不在教科书，却在野史传记；你的关注不在美丽少女，却在银发老人；你的采访不对普通国民，却只对帝国老兵。请问，这还不奇怪吗？

王军：（严正起来）你在刺探我的个人生活？

野崎由美子：既然你能刺探许多日本老人的心灵，我为什么不可以刺探你的心灵？

王军：我的访问是征得了对方的同意；而你对我的跟踪是在干扰我的自由。对不起，野崎小姐，我不喜欢别人的监视，也不愿意别人再监视我。（说罢，离开对方）

野崎由美子：请留步，王桑！（追上）请还我在美保酒店给你的书。

王军：（想起）哦，对了，（掏出书）这是你假称教授给我的参考书，

不过是一本动漫杂志。谢谢。(递上)

野崎由美子:(拿过书,翻了一下,抽出一张纸)看了吗?

王军:对不起,我没有偷看别人东西的习惯。(欲走)

野崎由美子:(晃着那张纸)这是你的!

王军:不是我的,我从来没有往书里夹任何东西。

野崎由美子:看看吧,它肯定就是你的!

王军:(随意拿过那张纸看了一眼)这好像是什么路线图,我没画过。(欲还)

野崎由美子:无论是日本,还是中国,男人都这么固执吗?那上面有两个地名,你一定很熟悉吧?上海,南京……

【王军看那张纸……

野崎由美子:这是我在你借过的书里发现的,大概是皇军进攻南京的路线图吧?

王军:哦,想起来了,这是我画的示意图。还有修正的笔迹……是你给我改的?

野崎由美子:我拿回家给爷爷看,爷爷说,有好几个地方画错了……

王军:你爷爷?他也是老鬼……(止住)

野崎由美子:你想说“老鬼子兵”?记住,我从来不叫中国人是“支那人”。我爷爷是原松井部队的老兵。

王军:他打过南京?

野崎由美子:(点头)而且,我替你约好了,爷爷非常欢迎你星期天到我家去做客。

王军:太好了!谢谢你,野崎小……哦,谢谢由美子小姐!

野崎由美子:可是,这个约会刚刚被取消了。

王军:(诧异)为什么?

野崎由美子：你刚才说讨厌我的跟踪，不愿意我干扰你的自由，没办法。再见！（转身走去）

王军：哎——（又咽下去）

野崎由美子：（站住等待……须臾，转身）你还有话？怎么不说了？

【王军不知如何是好……

野崎由美子：中国男人不是很温柔的吗？怎么连一句礼貌性的道歉都不能对女士说？

王军：没想到，由美子小姐这么理解和支持我，实在是让我感动！（鞠躬）

野崎由美子：（热情地跑过来）为什么没想到呢？第一次见面，我就告诉你了……（拉起王军的手）

王军：（惶恐地）告诉我什么？

野崎由美子：我望着你的眼睛说：你，就是你……

王军：我，我……就是谁？

野崎由美子：我做过一个非常美非常美的梦……梦见了莎士比亚。他说，野崎由美子，你就是东方的朱丽叶！我马上问莎士比亚，那谁是东方的罗密欧呢？莎士比亚说，由于你们纯真的爱情，使得世代相仇的蒙太古家族和凯普莱特家族终归和睦……说着说着，莎士比亚突然变成了一个英俊的中国男子，他说，我就是东方的罗密欧……（凝视着王军）

王军：（不安地）你还是个高中生吧？

野崎由美子：你嘲笑我这是中学生式的爱情梦幻？可那个梦里的中国人和你一模一样！浪漫是生活的梦，生活就应该闪耀着浪漫之梦的光华！难道我们就不能在枯燥无味的现实生活里创造美丽的浪漫童话？

王军：（有意岔开话题）我倒是很想知道，你和你的同学们是怎么看待南京大屠杀的。可以告诉我吗?

野崎由美子:你先回答我——浪漫是不是可以创造的?

王军:你,你……

野崎由美子:(突然抓住王军的双手)我,怎么样?说!

王军:(挣脱对方的手,扭过脸)你,你是个很可爱的小妹妹……

【野崎由美子突然吻一下王军的面颊……

【出现"哇"的叫声……两个时髦的青年男女走过来……

男青年:由美子,好酷耶!

女青年:我说怎么最近由美子经常上图书馆,原来这里有中国的罗密欧呀!

野崎由美子:(对王军)这是我的同学酒井,这是信子。(对青年男女)我想告诉他,你们对南京大屠杀的看法……

女青年:你就是王桑?听由美子说过。

王军:你们对南京大屠杀是怎么看的?

女青年:我的看法是——没有兴趣。

王军:如果东京发生了大屠杀呢?

女青年:(笑)天方夜谭!

男青年:尽管美国在日本本土投下了两颗原子弹,但日本人不但不痛恨美国人,反而成了好朋友。事情过去那么长时间了,你们中国人为什么总是难忘过去的事,不如日本人宽宏大量。

王军:无论是第一次世界大战,还是第二次世界大战,战胜国都要向战败国索取战争赔款。中国虽然被日本侵略者杀害了两千一百万人,直接损失达四十万亿美元,可它却是唯一不索取战争赔款的国家。这样的宽宏大量,你听说过吗?

男青年:既然如此,那又何必耿耿于怀呢?

王军:因为"忘记屠杀,就等于第二次屠杀"!

【正在这时,平田太太匆匆赶来,东张西望——

平田太太:(发现)王桑,你在这儿?可找到你了!

野崎由美子:你有事,我先走了,别忘了约定啊。(下)

王军:平田太太,有急事?

平田太太:是爸爸。今天又偷偷跑出医院,把自己关进小屋里,无论我怎么叫门,他都不开。我怕他会死在里面……

王军:噢?

平田太太:求求你,帮我敲开爸爸的屋门吧!

【切光。

画外音(王军):很难想象山田这样鼻子里插着氧气管,走路东倒西歪的老头儿,就是当年在中国杀人放火的老鬼子兵。山田为什么总躲着自己的女儿呢?他的'阵中手记'里究竟写了什么?我必须找到答案。

五　山田陋室的内外

【山田躺在榻榻米上一动不动,对敲门声,他听而不闻,床头摆着氧气瓶……

【门外,王军和平田太太跑上,王军敲门……

王军:山田先生,山田先生——

平田太太:爸爸!爸爸——求求您,开门吧!我在电视网的《寻人节目》中找过您三次,当着数不清的电视观众,每次我都声泪俱下……

【山田木然……

平田太太:爸爸,爸爸——您是不是还记恨我二十年前私自离开了您？

【山田拿起氧气套吸氧……

平田太太：（继续述说内疚）其实，我知道，您是爱我的——记得，中学毕业我没考上大学的那天，您打了我一耳光，我蹲在屋角哭了起来……一抬头，看见了您痛苦的样子，那样子我从来没看见过——您两眼发直，嘴唇颤抖，脸色苍白……现在回想起来，您是很心疼我的呀！

【山田有所触动，爬起来，伸出手，慢慢走向屋门……

平田太太：女儿所以离家出走，不是因为挨打，是因为我偷看了爸爸以前写的《阵中手记》——

【空中传来少女惊叫声——

【山田像触电一样，浑身震颤，抽回了手，用双手捂着耳朵。

山田：不——！

平田太太：爸爸，开门吧，开门吧！

山田：（叫喊起来）不，不，我不想看见你！走开！走开！

【山田突然浑身颤抖，挥动双臂，发出惨叫声——

王军：山田先生——（奋力撞开屋门，冲进去）山田先生！

【平田太太跟着冲进屋里。

平田太太：爸爸！女儿再也不离开您了！

山田：你别来！不！你快走开，我求求你……（蹲在墙角抱着脑袋，缩成一团）

王军：平田太太，你先离开。（推平田太太下）请走吧。（扶山田起来）大叔，她已经走了，到底发生了什么事？

【山田大口喘着气摇头。

王军：到底发生了什么事？您为什么不能原谅您的女儿呢？

山田：（低下头去）谁能原谅我呢？

王军：您干吗要这么内疚？

山田：我是信奉佛教的。六十年啦，六十年正好是一个轮回。有罪孽的人要遭恶报，我来世肯定不能变成人了……

王军：我不懂佛学，但我知道佛经里有个词，叫“觉悟”。悔罪也是一种觉悟吧？既然觉悟了，佛祖为什么不能原谅你呢？

山田：我罪孽深重，佛祖是不会原谅我的！我只有赶紧结束现世的生命。可我死了以后，佛祖又会把我带走，带到我最害怕的地方去——

王军：什么地方？

【山田沉默。

王军：哪里是您最害怕去的地方？

【山田沉默。

王军：中国，对吗？你在那里犯下了不可饶恕的罪过？

【山田沉默。

王军：您不愿意见到自己的女儿，就是害怕她知道您在中国犯下的罪过？

山田：美保永远不会知道！

王军：美保在你的日记中到底看到了什么？

山田：……一个被我逼死的冤魂，美保就是那个讨债的冤魂！

王军：你在中国犯下的罪过，怎么会由你的女儿来讨还？……

山田：……1954年我作为战俘被遣返回国，当上了一名教师，结了婚生下了美保……几年以后，她妈妈死了，我一心盼望她成才，可她就是不想上学。那年她没考上大学！我绝望了，给了她一耳光……把她扇倒在地上。她哭了，她蹲在墙角哭了！那情景，那哭声一下子把我带回了南京！啊，南京——

【惊叫声、哭喊声骤起——

山田：占领南京以后，我们都像发疯的公狗一样到处追踪女人……我冲进一家民房，在床下找到了一个只有十六七岁的小姑娘……我一把就把她揪出来，她战战兢兢地跪在地上求我放过她……我没有放过她，只觉得浑身发烧，不顾一切地扑了上去……

【一声少女的凄厉的尖叫——

【舞台一片漆黑。死一样的沉寂……

【黑暗中传来山田沉重的声音："……后来，她突然冲出去，跳进门外的水井里。"

【灯亮——

山田：……我打美保的时候，美保就像那个被我强暴过的小姑娘一样蹲在墙角哭泣着……

【空中回响起凄凉的哭泣声——

山田：从此，只要一见到美保，我就听见那个中国小姑娘悲惨的哭声……五十年啦，这个中国小姑娘的冤魂一直缠着我！我害怕啊！王桑，人死后到底有没有灵魂？

王军：（悲怆地对着空中）灵魂……（大叫）苦难的灵魂啊！

【平田太太上。

山田：（闭着眼睛，喃喃地）佛祖哇，请不要把我的灵魂带到南京去，不要，不要把我的灵魂带到南京去……！（睁开眼发现平田太太）啊，你又来了！（跪在地下）饶恕我吧，饶恕我……

平田太太：他疯了？

王军：（平淡地）不，他醒了。

平田太太：爸爸！——

【切光。

【黑暗中传来救护车的喇叭声……

画外音(王军):在南京大屠杀里惨遭杀害的三十万冤魂哪,我们看见了,历史在流血,历史在呻吟,历史在拷问人类的良知!

六　野崎家客厅

【这是典型的日本家居客厅——洁净、紧凑、舒适。正中有一个屏风,上面裱贴着水墨画,其中一幅画着一名女子在舞剑,寥寥几笔神形俱佳。

【野崎老太太在往宽大的矮桌上端菜。野崎由美子在帮着摆碗筷……不时地哼着乐曲,自己舞动起来……

野崎老太太:不知道中国人是不是吃得惯生鱼片……(对野崎由美子)今天我预定了最好的生鱼、金枪鱼,是太平洋两千公尺以下的鱼,才出水三个小时,新鲜极了!(发现)由美子,今天你怎么这么高兴啊,好像每个汗毛孔都在笑……

【门铃声响

野崎由美子:奶奶,他来了!(对后面)爷爷,还没梳洗打扮完呐?(跑去开门)

【野崎的声音:“来啦,来啦——”

【野崎,一个精悍的白发老头,穿着宽大的和服走上……

【野崎由美子引王军进来——

野崎由美子:(嗔怪王军)干吗不早点来?对我来说,每一秒钟都是煎熬!(介绍)他就是中国留学生王军,这是我爷爷、奶奶……

野崎、老太太:初次见面,请多多关照!(鞠躬)

王军:初次见面,请多多关照!(鞠躬)这是中国的乌龙茶,略表心

意。（捧上茶叶）

野崎老太太：您太客气啦，多谢啦！

野崎：啊，好久没这么面对面和中国人交谈了，请坐。

【王军发现挂在架子上的战刀，停步注视。

野崎：我们日本大和民族崇尚武士精神，这把战刀是我们野崎家族祖传下来的。中国是一个历史文化古国，就拿武术来说，有太极拳，还有太极剑。太极拳以柔克刚，气贯长虹；太极剑则剑随心舞，神运乾坤——（指墙上的画）十分令人神往。对了，听由美子说，你是一个很有修养的中国青年。今天，就请你以刀为剑，教我学学太极剑，如何？（拿起架子上的战刀递给王军）

王军：噢，实在抱歉，我不会，只听说过一点点皮毛……

野崎：中国文化博大精深，谁敢夸口说精通？知道些皮毛就很令人仰慕啦！来来，王君，让我开开眼界，如何？

王军：老先生的话真让我诚惶诚恐啊……我哪敢好为人师呢？

野崎：你们中国人的优点是谦虚，缺点是虚伪——过谦就是虚伪！我不喜欢！

野崎老太太：（制止）老头子！

野崎由美子：爷爷！不许对我的朋友不礼貌！王桑，请您原谅！（鞠躬）

王军：这没什么，一个民族和一个人一样，都有长处和短处。我看日本人的长处是认真负责，短处是……

野崎：（睁大眼睛）什么？

王军：狂妄自大。

野崎：（不满地）喔？

王军：不过，您好像是个例外——一进门您就拜师求教，很像我们中国人那样谦虚……

野崎：那么，你呢？

王军：如果您非要我要一要，我只会这个——（以军人的标准姿势持刀练起了刺杀动作）杀——！杀——！

野崎：你是一名军人？

王军：（将刀还给野崎）退役的中国陆军士兵。

野崎：（哈哈大笑）好好，你也是个例外——做事认真，很像我们日本人……！

野崎老太太：（提醒丈夫）人家是中国人！请快入席——

【大家围着饭桌跪坐……

野崎：这样坐，不习惯吧？要不要给你垫上个布墩？

王军：不不，客随主便，慢慢适应……

野崎：应该习惯，因为中国人从先秦时代起就是这样跪坐的。

野崎由美子：看来，连这种跪坐的姿势也是我们的祖先向你们的祖先学来的呀……

王军：现代汉语里的"书记""支部""干部"……这些词可都是向日语学来的呀！

野崎老太太：我看，咱们两国也分不清谁跟谁学什么了……（斟酒）

野崎：老太婆，怎么分不清？近一百年来，我们日本处处走在前面，中医中药的研究在日本，敦煌文化的研究在日本，茶文化的研究也在日本。总之，中国的国粹文化日本都在研究。就连中国的景泰蓝、宣纸、蜡染，还有乌龙茶的制作技术，我们也都弄到手啦。哈哈……还有《红楼梦》《水浒传》《三国演义》，我们都在研究。这两年我也在读《三国演义》啊！哈哈……

王军：噢，你还在读《三国》？

野崎：我老了，只能随便翻翻，昨天我刚读到《空城计》。

野崎由美子：王桑，《空城计》是什么意思？

王军：诸葛亮坐守空城，佯装镇定，硬是把兵临城下的大将军司马懿吓跑了……

野崎由美子：诸葛亮真聪明！中国有很多精彩的历史故事，对吧，王桑？

野崎：（摇头，饮下一口酒）想起来，当年的南京也是一座空城啊……

野崎由美子：南京？当年日军攻占的南京也是一座空城？

野崎：国民党的守城司令唐生智可不是诸葛亮，我们刚刚攻到南京城下，他就先跑了！丢下的百万军民，……不是空城是什么？

野崎老太太：（急忙岔开）王桑，请喝酒——日本的清酒还喝得惯吧？

【王军点头，把酒杯放下，神情沉重……

野崎老太太：（寻找新话题）老头子，你还是夸夸自己的毛笔字吧。（对王军）他呀，就像你们中国人说的那样——“老王卖瓜，自卖自夸”！

【野崎由美子吃吃地笑起来……

野崎由美子：奶奶，您忘了，王桑可就姓王啊！

野崎老太太：（不好意思地）啊……啊！对不起，实在抱歉！（不住地向王军鞠躬）

王军：（还礼）野崎太太，您太客气了，我们是朋友，无话不谈嘛！

野崎：对，无话不谈嘛！

【起身打开屏风，露出四扇的背后——分别用楷书、行书、草书、汉隶写的大大小小的“神”字……

野崎：你看看我的书法怎么样，王桑？

王军：先生的汉学实在是令人钦佩呀！

野崎：不知道王桑对我们日本文化了解多少？

王军：我在努力学习。

野崎：（指屏风）你知道这个“神”字的意思吗？

王军：请野崎先生指教——

野崎：我们日本国是太阳升起的地方，我们的太阳旗就是这个意思。我们的天皇陛下就是至高无上的神！

野崎由美子：爷爷，外国人可不这么看。有个叫戴维·伯格米尼的，他写了一本书，名字就叫《日本天皇的阴谋》……

野崎：（正色）由美子！这是亵渎！天皇不容丝毫的不敬！

野崎由美子：那为什么世界各国的历史书上都说裕仁天皇对侵略亚洲的战争是有直接责任的……

野崎：一派胡言！

野崎老太太：王桑，吃一点生鱼片，

野崎：（对由美子）五十年前日本进行的那场战争里无论如何也不能算是侵略！

野崎老太太：哦，可一定要蘸青芥末呀！（担忧地暗示孙女不要争论，又努力改变话题）老头子，你老说个没完，也不招呼客人吃菜……

野崎：（逼视孙女）以后不准看那些乱七八糟的书！

野崎由美子：我不明白，日本占领过朝鲜、中国、越南、缅甸、泰国、马来亚、新加坡、菲律宾……这不算侵略，又算什么？

野崎：这……（想不出该用什么词）

王军：（冷眼看着野崎）你们的教科书上管这叫——“进出”……

野崎由美子：什么叫“进出”？驾着轰炸机，开着军舰，端着刺刀，拿着手榴弹，“进出”别人的国家不就是侵略吗？

野崎：那当然不叫“进出”……

野崎由美子：爷爷，您也不同意用“进出”这个词儿？

野崎：应该叫——“解放”！

野崎由美子：“解放”？

王军：(惊讶)“解放”谁？

野崎：年轻人，你们不知道——五十年前，东亚已经沦为欧美强国的殖民地，美国占领菲律宾，法国占领印度支那，英国占领缅甸、泰国、马来亚、新加坡……日本如果明治维新失败，也会像亚洲其他国家一样沦为西方列强的殖民地。

王军：日本占领了朝鲜半岛，占领了我国东北三省和台湾，也是列强之一！

野崎：日本派兵出国，是帮助亚洲国家摆脱殖民统治，获得解放。我们日本高举起了解放亚洲的旗帜，把英国人、美国人、法国人都赶出去，亚洲是亚洲人的亚洲！

王军：你这句话的真实含义是：亚洲是日本人的亚洲！

野崎：你要从历史的角度看问题。

王军：你们不就是要建立大东亚共荣圈吗？

野崎：那有什么不好？日本在中国东北修建了许多铁路、工厂，建了矿山，还建立了一个满洲国。现在中国人用的东北铁路不还是我们当年修建的吗？

野崎由美子：爷爷，拜托了，别再为六十年前的侵略找借口了！

野崎：这不是借口，是天道赋予日本的伟大使命！

野崎老太太：老头子，你现在的使命就是陪客人喝酒吃菜！

野崎：当年如果苏联不出兵东北，如果美国不扔原子弹，中国绝不会打赢日本。

王军：(放下筷子)野崎先生，你要不服，我们再打一次试试？

野崎：可惜啊，如果中国当时能投降日本，中国就会更美好啊。(沉浸在痴迷亡灵的狂热中）如果大东亚共荣圈能实现，将给东亚各国带去解放的光明！

王军：（条件反射地咳出生鱼片）光明？你们的731部队在哈尔滨用中国老百姓做细菌实验，也是光明？

野崎：我没有在731部队服役，不能道听途说！

王军：冈村宁次在我国华北实行三光政策也是光明吗？

野崎：那是因为彭德怀的百团大战重创了我们日军！

王军：南京大屠杀也是光明吗？

野崎：在大混乱中有一些中国军民死亡，这很正常。

王军：从下关到中山码头，从花神庙到燕子矶，你们一共设置了十二个集体屠杀场，数以万计的中国战俘被你们杀害！你们的军官进行杀人比赛，野田毅一口气接连杀了一百零五个中国人，向井敏明一口气接连杀了一百零六个中国人，这就是你们大日本皇军制造的“光明”？！

【屏幕上放映日军在南京大屠杀的暴行——尸横街头，枪杀俘虏，奸淫妇女，活埋平民……野田毅和向井敏明持刀，他们各自的身旁是刚刚砍下的中国人的头颅……日军士兵侮辱孙中山铜像……

野崎由美子：（惊骇地）爷爷，他说的都是真的吗？！……

野崎老太太：由美子，不许乱插嘴。

王军：日军从1937年12月13日至1938年1月初的六个星期里，你们在南京总共杀害了三十五万中国人，超过了广岛、长崎死于原子弹爆炸的人数总和呀！

【野崎依然无动于衷地挺直腰板坐着……

野崎：那是战争，战争就是要杀人！我们的部队从上海和苏州出发，沿长江进攻南京。一路上，我们遇到了中国军民的顽强抵抗，皇军死伤惨重！我所在的步兵连队就战死了几十个人。如果中国人不抵抗，我们怎么会杀那么多中国人？

王军：（火冒三丈地拍案大吼）如果有东京大屠杀，我首先就要干掉你！！！

【全场震惊……

野崎：（拍桌子）八嘎牙路！

野崎由美子：王桑——

王军：任何一个国家、民族，面对入侵者的屠刀，能不反抗吗？我只不过说说而已，你已经拍桌子反抗了。难道我们中国人就只能束手待毙吗？啊？！（也重重地拍了一下桌子）

野崎由美子：王桑，他是我爷爷！

王军：（激动地）他是个顽固不化的鬼子兵！

野崎：（气急败坏地站起来）你，你给我滚出去！！

野崎由美子：爷爷！

王军：（哈哈大笑）开了眼了，今天我真是开了眼了——跟东条英机的阴魂面对面！

【灯光转暗，追光照射王军和野崎由美子……

野崎由美子：你太过分了，居然对我爷爷说出了那样的话！

王军：你忘了，我是个人，我是个中国人，我是个中国的男人！

野崎由美子：你访问日本老兵就是为了复仇？

王军：不，我是为了研究，是为了中国人不再被屠杀！

野崎由美子：可你刚才毫不遮掩地发泄了复仇的心理！

王军：没有，我从来没有想过复仇……

野崎由美子：我的梦破灭了……

王军：你是无罪的，纯真的。我们中国人把罪犯与无辜分得清清楚楚。

野崎由美子：（突然喊起来）无论是侵略者的杀戮，还是复仇者的杀戮，都是丑恶的！

王军：可我必须牢记大屠杀！

野崎由美子：牢记？那还不就是为了复仇？！

王军：（喊叫起来）不，忘记耻辱才是一个民族最大的丑恶！

【切光。

【屏幕上放映：人们在奥斯维辛集中营旧址举行悼念仪式……在南京大屠杀纪念馆举行悼念仪式……南京大屠杀纪念馆的死难者雕塑……

画外音（王军）：野崎由美子的话久久地在我心里回荡着……我正在敲开思索的大门。尽管这思索是很痛苦的，可我必须挖开思索的隧道，寻找那片豁然开朗的天地……

七　铃木公司的休息室内外

【一阵摩托车声……戛然无声……

【王军提着铝制的送饭箱子走上……

王军：（张望着）哦，……这树长得真茂盛啊……（望望草地，蹲下来拍拍）这草地真松软啊……（呆呆地凝望）

【独臂铃木走出来，习惯地提提裤子……他发现王军，故意咳嗽一声……

【王军依然沉浸在遐想里，呆呆地望着……

铃木：你……你在看什么？

王军：啊，铃木先生，我在看树，看草地——整条街的树，整条街的绿地……看着真叫人高兴。

铃木：我们日本人特别热爱大自然，从来都不伐树，从建筑用的木材到吃饭的筷子都从外国进口——就是从你们中国的大兴安岭运来。所以我们日本无论走到哪里都像是公园。

王军：我在想北京，北京起风的时候天昏地暗，到处尘土飞扬，鼻孔都是黑的，行人的眼睛都睁不开……

铃木：那就种树、种草、种花呀。本公司拥有第一流的草籽、草皮和各种先进的设备可以提供给你们北京，价格从优！

王军：真是个商人，三句话离不开“钱”字。

铃木：我挣钱不是为了享受，而是为了体现价值。中国的市场了不得，是我们大有作为的地方！

王军：去过中国吗？

铃木：（尴尬地）这个嘛，嗨，嗨……请把我的中华面条送到休息室里去……

王军：对不起，让您久等了。（欲进）

铃木：哎，不必了，我就在这儿吃。

【王军将面条端上，发现——墙上挂着一张很大的油画。

铃木：听说昨天你去野崎的家了？

王军：是的。你怎么知道？

铃木：（笑了笑）我还知道你们之间又爆发了一场“日中战争”。

王军：你们老兵协会还搞情报？

铃木：野崎的外号叫火鸡，他永远是那副立毛乍翅的样子，不要搭理他！

王军：我觉得他倒是很坦白地说出了自己的想法。中国国民需要了解日本人对那场战争的看法和心态……

铃木：不，他不能代表日本！绝对不能！

王军：那么谁能代表日本呢？你？

【铃木没说话,只是提提自己的裤子……

王军:日本老兵东史郎先生说出了真话,但他败诉了。现在,还有哪个老兵敢站出来说句公道话?小林勇先生没有表态,他跑到富士山脚下去做电冰箱冷却管了。您呢?赞同,还是反对东史郎?

铃木:我想我该吃中华面条了!

王军:您也不敢回答这个问题?

【侧幕传来:“我,我敢回答你的问题。”随即,野崎由美子从里屋走出来,她拿着笔和本……

王军:(惊讶)是你,由美子?

野崎由美子:(矜持地)还是请叫我“野崎”,或者是“野崎小姐”吧。

王军:那就请野崎小姐回答吧。

野崎由美子:(举起笔记本)请给我时间,我正在进行认真的调查。有了真实的结果,我一定会站出来,坦坦荡荡地回答。

王军:可是,知情人为什么总是躲躲闪闪呢,铃木先生?

铃木:(提提裤子)年轻人!别这么随便指责别人,有些话我们日本普通人不敢说,在公开场合说了会带来无穷无尽的麻烦。你们中国人遇事就敢站起来直言?!心里明白就行了。

王军:(凑近铃木)一碗中华面条很快就会吃光,可历史不能像面条那样吃得精精光啊!

铃木:我今天吃的就是“历史的面条”。

王军:(不解)“历史的面条”?什么意思?

野崎由美子:中华面条。(指油画)铃木叔叔,这也是您的“历史面条”吧?这幅油画的题目是“山西风光”……

【铃木用右手提提裤子,又摸摸自己空空的左袖管,转过身走到墙前盯着墙上的油画。

【王军发现铃木出神地注视着油画,也上前观看……

王军:“山西风光”?

铃木:这位日本画家根本没有去过中国,可我付了钱。看着它时间久了,也就觉得这就是我印象中的山西。

王军:(指画)山西农民的穿着打扮不是这样的,这有点像冲绳的农民在收割稻子,把油画上的群山抹去,叫“冲绳风光”算啦。

铃木:(拍了拍脑袋)这幅画我看了几十年,总感到什么地方有点不对劲,你一眼就指出来了!……山西……我想念你们的山西。

野崎由美子:您在那儿有美好的回忆?

铃木:别跟我这个老头子谈论什么“美好”,我又不是中学生!

王军:那您为什么想念山西?

铃木:不要这么咄咄逼人!(用右手抓抓空空的左袖管)

王军:您的左胳膊——?

铃木:没了,都五十多年啦……

王军:它准是留在中国山西了。

铃木:(打断)我该吃面条了,你可以走了。

王军:那就再见了。平田太太的父亲去世了,美保酒店马上要停业,这是我最后一次送外卖。

野崎由美子:怎么,你真要离开美保酒馆?

王军:小林勇请我去富士山,我想利用假期去找他聊聊,明天就走……

铃木:去富士山?你明天就走?

王军:您有话要对我说?

铃木:(痛苦地犹豫着)没,没有,没有……你走吧!

野崎由美子:您不是一直在等王桑吗?干吗又让他走呢?

【铃木无语……

野崎由美子：刚才您还说，要当着王桑的面告诉我。现在，怎么又……

王军：铃木先生，我很想听听你的心里话……

铃木：（看看油画，看看王军和由美子嗫嚅着……突然大叫）走开，你们都给我走开！（抓住左臂空袖管，快步走进里屋）

王军：野崎小姐，你也在研究老兵的故事？

野崎由美子：你以为他真的想吃这碗中华面条吗？不，他在等你。他说，今天是他至死也忘不了的日子……

王军：或许，五十年前的今天，他丢了自己的左胳膊……他都跟你说了些什么？

【屏幕上播映平型关大战的历史新闻图片……

野崎由美子：他说，他只在中国待过一年零九十七天。当他跟随部队开进山西的时候，传来了一个令人震惊的消息——八路军在平型关重创了日军，第五师团有一千多人阵亡。他们既恐惧，又仇恨，决心要报复中国人！一天夜里，他们包围了一个村庄，据说，那里隐藏着参加过平型关大战的八路军伤员……

【电影投射出大扫荡的历史资料片

【音响：尖厉的枪声……狗叫声……鬼子军官的吼叫声——

【音响：人群的喊叫声……婴儿的哭声……

【铃木悄然走出来……

铃木：我们的支队长命令老百姓交出那些伤员。如果隐匿不报，违抗命令，就把他们统统杀掉！没想到在几十把刺刀面前，那些老百姓居然敢无视我们，竟没有一个人说话……

【寂静……

铃木：支队长从一个妇女怀中夺过了一个正在吃奶的婴儿……拔

出战刀对准孩子"咔嚓"就是一刀,那个孩子没哼一声就死了。我吓得两腿哆嗦,所有的人都低下头去……这个时候,有一个白胡子老头冲出人群抱起那个孩子,用自己的脸堵住从孩子身体里涌出的鲜血,泣不成声地叫着孩子的名字。几百人听他悲惨地叫喊。支队长大声吼道:"铃木,把他干掉!"我本能地服从了命令,端起刺刀,一刺刀就扎进老头儿的腹部,没想到他双手紧紧抓住我的枪不放。我用尽全身的力量把老人拖了两三米远,也没能拔出刺刀……老人紧紧拽着我的枪,全身颤抖着,喊着,喊啊,喊啊,突然"轰"的一声,人群炸开了!……

【电影中音响骤起:——犹如海啸,人群终于爆发出怒吼——

铃木:他们顶着明晃晃的刺刀,向我们扑来,用牙咬,用手抓,用石头砸,用农具打……混乱中,一个光着上身的年轻庄稼汉跳过来一柴刀,我这只左胳臂就被砍掉了。当时,我眼前一黑,就昏死过去了……

【切光。

【灯复亮。

铃木:等我醒来的时候才知道,村子全烧了,村民全杀了。山林也起火了,一直到我们日军撤离的那天大火还在烧……

【铃木的右手托着空荡荡的左袖管,木然站立着……

野崎由美子:那个中国老人喊了些什么?

铃木:"瓶了吧,瓶了吧!"

王军:(悲怆地)是拼了吧,拼了吧!……

【铃木一动不动地望着那张画,他走到"山西风光"的油画前深深地弯下腰……

野崎由美子:铃木叔叔,您的左胳膊永远埋在了中国的山西?

铃木：我那只胳膊，和那个被我杀死的山西老人一起，变成了黄土……

野崎由美子：在那片黄土上会长出许多蓝色的、黄色的、白色的小花……

王军：那位山西老人或许至今都在地下哭泣……

铃木：他的孙子，他的家人，他的乡亲，都被我们支队杀死了……

王军：他不是哭泣死亡，而是哭泣自己家乡的热土竟然还埋葬着刽子手的一只罪恶的胳膊！

铃木：（震惊地看着王军）你……?!

王军：铃木先生，你应该有勇气面对这样的灵魂拷问，不是吗？

铃木：（移开目光）五十多年了，我的一半灵魂已经被鲜血埋葬了……是的，由美子说得对，我仿佛看见了，我的那只胳膊变成了黄土，黄土上开满了野花，野花在告诉世人，杀戮别人，就是在杀戮你自己呀！

【远处飘来一曲现代日本抒情乐曲……

【切光。

画外音（王军）：铃木的话让我想到了一个重大的课题：什么是现代文明？人类只有在告别野蛮、告别贫穷、告别侵略、告别杀戮之后，才有资格谈论“文明”这两个字呀！

八　小林勇家客厅

【小林勇妻正在翻读一本厚厚的书。

【传来小林勇沙哑的歌声，小林妻子急忙放下书起身迎接，王军随着身穿工作服的小林勇脱鞋进屋。

小林勇：（进屋就大声嚷嚷）我回来了！

小林妻：您回来了。

小林勇：老太婆，做饭！今天王桑住在这儿。

王军：给您添麻烦了。

小林妻：（礼貌地）哪儿的话。早就听说您了，欢迎！欢迎！

小林勇：这个王桑总缠着我，从东京又找到富士山，老兵协会的人他都缠。姑娘有人缠，我这老头子也有人缠，现在这个世界真是缠来缠去的世界呀！

【两人哈哈大笑起来……小林勇大声咳嗽。

王军：（关心地）你怎么啦？

小林勇：没什么，老毛病啦。

【小林妻端茶水上。

小林勇：王桑，这个老太婆也去过中国。她的部队在哈尔滨，日本投降后，她作为战俘被遣送归国，后来才和我结了婚。

王军：（吃惊地）你……也当过日本兵？

小林妻：老头子，你跟客人说这些干什么？

小林勇：他可不是客人，他在送外卖以前，我们就在一起打工，两年多了，老朋友，无话不说啊！

王军：（对小林妻）您怎么也想起去当兵呢？

小林妻：战争的时候，几乎所有的年轻人都穿上了军装。

小林勇：我去拿酒，我们边喝边聊。（下）

王军：（对小林妻）对不起，我想问一下：二战中"女皇军"在日军中占多少比例？你们当时在军队中主要是担任什么工作？当时你多大？

小林妻：你一下提出那么多问题，怪不得小林勇说你会缠人呢。

王军：其实，我最想问的问题还没好意思问呢。

小林妻：什么问题？

王军：关于性的问题。在战争时期日军女兵的性是属于自己，还是属于国家，属于军队？还是属于上级？

小林妻：（认真地想了想）你小子不是个好东西。

王军：我是认真的。

【小林妻拿起茶盘。

小林妻：我该去做饭了。

王军：我帮你们做几个中国菜？

小林妻：别客气，哪有让男人做饭的！（下）

小林勇：我们日本男人是不进厨房的。来，喝酒，喝酒！

王军：您为什么老戴着这顶破皇军帽？

小林勇：怎么啦？

王军：我瞅着别扭！

小林勇：你别看不就得啦。

王军：要是我爸爸看见我和一个戴皇军帽的人在一起喝酒，他非得一巴掌把我扇趴下不可！

小林勇：你爸爸是干什么的？

王军：也是个老兵——八路军。

小林勇：八路军？（腾地一下站起来，习惯地把手摸到腰间）你，你是八路的儿子？

王军：（揶揄地）怎么啦，一听八路就掏枪？

小林勇：（双臂摇晃在屁股后面，围着王军转个圈）啊，你真是八路的儿子？……八路的儿子……！你跟你爹……长得像不像？

王军：我要是穿上那身灰军装，就跟我爹年轻的时候一样。

小林勇：（感慨地）噢，这就是五十年前的八路？……！跟八路军打了八年仗，还从来没有这么近地看见过……

王军：现在看见了，心情是什么样的？恐惧？还是仇恨？……？

小林勇：可惜，你只是个八路军的儿子。你要是八路军本人，我最想跟他们说的是——

王军：打仗要讲规矩，拼刺刀不许开枪？

小林勇：不，不是，我最想说的是，我所以能活着，没被八路的子弹打中就是因为跟他们学了一招儿——跟八路打仗不能戴钢盔，得跟他们一样，在军帽上戴上一圈柳树叶编的伪装。有一次被小队长看见了，上来就打了我一耳光：八嘎！你为什么不戴钢盔？我对小队长说，跟八路打仗不能戴钢盔，钢盔在太阳底下反光，正好给八路当靶子。他不听我的，还是哇啦哇啦地指挥……突然，飞来一颗子弹，小队长就倒在我脚下了。……我们的战友凡是听我的都没事，不跟我学的，不是死，就是伤……你问我为什么老戴着这顶皇军帽，它救了我的命，它是我的护身符！一摘就头疼，真的，五十多年了，我连睡觉都戴着它！

王军：八路军的子弹没有找着你，你却杀死了不少中国人吧？

小林勇：你到日本，就是来问这个问题的吗？

王军：一个八路的儿子不该问这个问题吗？

小林勇：（突然大声吼叫起来）杀不杀人，我能决定吗？！（激动得站起来，来回走动，两只胳膊不住地在屁股后面摇晃着）今天我们是朋友，坐在这里喝酒。可在五十年前，在战场上，我们就是你死我活的敌人！你想用大刀来砍我的头，我想用枪刺刺你的胸膛。那时，谁都会这样做的！（长叹一口气）当然，杀俘虏，杀老百姓，那是，那是太缺德了……（低头）

王军：（观察着）你还没告诉我，干吗要远离东京，跑到这个地方来？不是为了看富士山吧？

小林勇：（从柜子里拿出厚厚一叠信）就因为在东京举行的一次“南京大屠杀事实宣传会”上，我发表了支持东史郎的讲话，就收到了这么多的恐吓信！信里骂我是“自虐狂”“叛徒”，是“日本的耻辱”……那些天家里电话铃不断，只要一拿起来就是谩骂，还有人威胁要烧我的家。

王军：你可以上法庭告他们！

小林勇：（苦笑）所有的电话和信都是匿名的。告谁呀！随着东史郎的败诉，这种威胁骚扰越来越厉害，我只好搬到这里来了。

王军：小林勇先生，你能在公开场合谈出自己的侵华战争的看法，我佩服你的勇气。（与之碰杯）

小林勇：是中国人的善良和宽容感动了我，日军战败后，一位看管我们的中国军官对我说：他在南京保卫战中成了日军俘虏，被押到下关码头，遭到集体屠杀。他被压在战友的尸体下面，才得以九死一生，他和日军一直战斗到日本投降。他真想把我们全都杀掉，扔进长江里，为战友报仇。但是，现在上级下达了“以德报怨”的命令，把我们分批遣送回国，开始他怎么也想不通，后来，他决定服从命令，不报仇了。临走那天，我抓住他的手，一句话也说不出来，没有那位善良的中国军人，我就活不到今天。

王军：（真诚地）你应当把这些感受告诉日本的青年人，他们对历史了解得太少了。

小林勇：来，喝酒！我在中国的时候喝过二锅头，好酒，可惜现在只有日本的清酒。（喝了一大口酒）现在的年轻人，身在福中不知福啊，我们年轻的时候，除了上前线打仗，连和女人谈情说爱的机会都没有。王桑，你一定和女人谈过恋爱，知道心里藏着女人的心理吧？在我心里有过一个女人，五十年啦，怎么也忘不了她……

【日本旧军歌的旋律响起……

【幻灯屏幕投映出日本军队占领南京及东京大游行历史照片……

小林勇：1937 年 12 月我们占领了中国的南京，当时，日本各地都举行了庆祝大游行。在前线的士兵都收到了从本土寄来的好多慰问袋，我收到的慰问袋里面有一只布娃娃和一封慰问信，信是一位长崎女中学生写来的，她告诉我，她们中学和市民一起举行了为期三天的庆祝大游行……她叫花子……

【平台高处传来女孩子的声音："花子，再见！"

【长崎少女——花子提着白纸糊的大圆灯笼上，她也唱着日军歌……

花子：（对侧幕）再见！别忘了，明天一早还去游行！

【女孩子的声音："忘不了！天皇万岁！大日本皇军万岁！"

花子：天皇万岁！大日本皇军万岁！

【放下灯笼，坐在地上，写起来。

花子：（边写边读自己的信）"我心中的勇士，知道吗？长崎到处张灯结彩，举臂欢呼，庆祝占领南京，这是我们全体日本国民的伟大胜利！我爱你，日本军勇士！……"

小林勇：我还是第一次看到姑娘这样给我写信……如果不是在战争年代，我会不顾一切地去追求她。

花子：（非常兴奋地）平时看电影要花十日元，我家很穷，没有钱，所以我从来没进过电影院，从来没看过电影。这次是免费，我终于看到了电影！真是托你们这些日本勇士的福哇！在电影里，我看到了我们日本皇军的飞机、大炮和坦克车……轰隆轰隆的，好威武呀！

【幻灯屏幕重叠出日军砍杀中国平民头颅的历史照片……

花子：当我看见日本勇士砍下中国人的脑袋时，……我害怕得闭上了眼睛，真的不敢再看下去了……跟你们这些日本勇士相比，我是多么胆小，多么怯懦呀！大日本皇军的勇士们，你们真勇敢，真是大无畏的英雄！我更加热爱你们，崇拜你们，敬仰你们了！

小林勇：日本人企图用战刀劈出自己想象的历史，可历史却狠狠地惩罚了我们！

【音响——空袭警报尖厉的声音突然响起……

【电影投映出美军轰炸机飞抵日本领土及投弹、房屋倒塌的情景……

【音响：飞机的轰鸣声及炸弹爆炸、房屋倒塌、人的喊叫声……

花子：（恐惧地望着天空）飞机！美国飞机来炸我们了，啊，美国飞机！大日本皇军的勇士，你们在哪儿呀？快来救救我们！……我害怕！！

【电影出现黑片，胶片烧融，放映机投出一片惨白的光束……

小林勇：战后，我给长崎市役所写信，希望找到那个女学生，他们给我回信："按她的地址，距原子弹爆炸中心点仅五公里，她不可能活着。"

【音乐——日本著名民歌《五木催眠歌》，哀婉、压抑、淳朴……

小林勇：战争使所有的日本人失去理智，战争又惩罚了所有的日本人。（举起一杯酒）花子，花子，你听见了吗？收到你慰问袋的小林勇在喊你呀，我们都被骗了，都被战争梦骗啦……（哭泣）东杀西杀，最后，连本国的一个少女都保护不了哇……（不能自持了）

【切光。

九　小林勇的浴室外　客厅

【具有浓郁日本风味的民歌——

【从浴室飘着淡淡的气雾,客厅的灯没亮……

小林勇:在我家住,就要洗澡,这是日本人的习惯。

王军:战争时,你们洗澡吗?

小林勇:洗,那时中国村民都跑了,我们就在中国村民的大锅里洗。嗨,中国农村的大锅有这么大,烧上一大锅热水……

王军:你知道那是什么锅吗?

小林勇:什么锅?

王军:那是农民杀猪褪毛用的锅。

【小林太太捧着一件浴衣上,递给王军。

小林妻:实在抱歉,水一会儿才热哩。

王军:(接过浴衣)谢谢。

小林勇:趁这会儿有空,我给你看一件你最想看的东西。

王军:什么?

小林勇:五十年前,我在中国拍的老照片!(拿出照片)

【王军接过相册,打开。

王军:这个二等兵是谁?

小林勇:(指影集)这是我弟弟,死在台儿庄战役,当时他还不到十八岁。

王军:这是一张中国军人的照片。

小林勇:这是你们中国东北抗日联军司令杨靖宇将军。

王军:杨将军?

【幻灯屏幕映出大幅照片——杨靖宇将军的遗体……

小林勇：他死了以后，我们用木棍扎成担架把他的遗体从长白山上抬下来，拍了这张照片。开始我不喜欢他，他毕竟是我们关东军的敌人。

王军：因为他率领的三千人抗日联军抵抗了你们七十万关东军？

小林勇：可是后来，我又非常敬佩他。当时，那么多中国人都投降了，中国政府军的士兵连军装都不敢穿，四处逃跑，而杨将军和他的队伍宁死不屈，战斗到最后一刻！……

王军：他牺牲以后，你们用铡刀铡下了他的头，还解剖了他的胃……

小林勇：当时，我们都惊呆了，他的胃里只有没消化的草根和树皮呀！

王军：如果历史能够翻回去，我要跟着杨将军的部队，和你们拼到底！

【王军默默转身，向杨靖宇将军敬了一个中国退役军人的军礼。

小林勇：（庄重地）我懂，我懂。这张照片我保存了五十多年！我们老兵协会几乎人人都保留有这张照片，坦白地说，因为中国人中有这样的人，使我们改变了对一个民族的看法。我们日本军人在中国的土地上，只给一个共产党人修建了坟墓，就是杨靖宇将军。因为他是一个真正的武士！

王军：杨将军不是日本的武士，他是一名真正的中国军人。

小林勇：根据我们老兵协会的调查，杨将军的头颅现在放在哈尔滨市东北烈士纪念馆。前年，老兵协会的几个老头随旅游团去哈尔滨观光，他们向漂亮的女导游提出想去参观杨将军的头颅。没想到，那个女导游听了，脸色一变，冲着他们“呸！”地吐了一口唾沫,就扬长而去了。太没有礼貌啦!

王军:那是因为你们至今改不了残忍的本性。

小林勇:不!你们都误解了,战争过去这么多年,我们还活着,杨将军却死去了,杨靖宇是个伟大的人物,这些老兵只是想向他表示崇敬之情。一个到外国去征战的士兵,表现得再英勇也只是短暂的,而一个为保卫自己祖国而战的勇士,才是永恒的。

王军:战争把你们变成了鬼,和平把你们重新变成了人……

小林勇:说得好,深刻!这么说,我这个老鬼子兵和你这个八路军的儿子总算有了共同语言了!我们先不洗澡,喝酒,接着喝!

【小林勇打开客厅的灯,两人进屋。

小林勇:你把我"特赦"了?

王军:鲁迅在诗里说:"度尽劫波兄弟在,相逢一笑泯恩仇!"

小林勇:八路军也和鲁迅先生想的一样?比如,你的父亲……也会原谅我?……不,他不会原谅我的,我是他的死对头哇,在他面前,我是有罪的……

王军:如果我父亲听到你这些心里话,也许会很高兴的。

小林勇:他会很高兴?真的?(兴奋得像个孩子)他会很高兴,哦,这太好了,太好了!哎,能不能现在就给你父亲打个电话?试试看——

王军:现在就打?

小林勇:(递上电话,又缩回)如果他还是记恨,就不要提起我,好吗?

王军:好。(用手机拨电话)喂——

【电话中声音:"你是谁?"

王军:我是王军。爸爸,您好吗?

【电话中声音:"你在哪里?"

王军：我在日本，在一个老鬼子家里呢。

【小林勇激动而又不安地看着……

王军：（对电话）有个老鬼子兵要和你说话！（把电话递给小林勇）

小林勇：（犹豫了一下，终于鼓足勇气接过电话）我叫小林勇，六十年前的日本兵……过去，我和你们打过仗。我们侵华日军给你们中国带去了灾难，很大的灾难！……（突然，他扑通一声跪下）

王军：（拿过电话）爸爸，小林勇先生非常痛心……他……（又把电话递给小林勇）我爸爸要继续和你通话——（递上手机）

小林勇：（欲接又怯）你爸爸……不原谅我——？

【电话声："小林勇先生——"

小林勇：（惴惴地拿起电话）哈依！

【电话声："小林勇先生，我接待过很多日本友好人士，但从来没有和日本老兵交谈过。战争已经过去半个世纪了，……既然您已经悔过，我以八路军老战士的名义，向您致意！并且，欢迎您来北京游览观光！"

【中国现代音乐起——

【幻灯屏幕映现——当代北京天安门，五星国旗……

小林勇：哈依！哈依！谢谢！（抽泣）老八路原谅了我，还向我致意……我在遥远的日本，在富士山下向您，向八路军……哦，请您等一等——（把手机交给王军，系好衣扣，又戴正那顶旧军帽，郑重地向王军手中的手机）日本老兵小林勇向八路军老战士敬礼！

王军：小林勇！

小林勇：王桑！（拥抱王军）做梦也不会想到——六十年前的老鬼子和八路军通电话，还相互致意呀！（激动地）走！订机票！去北京！

【小林妻上。

小林妻：怎么还不洗澡？水都凉了！

小林勇：老婆子，走！去北京，到卢沟桥去走一走！

王军：（开玩笑地）到了卢沟桥，我大声嚷嚷，嗨，你们来看啊，当年的老鬼子又回来啦！

小林勇：（急得直跺脚）你小子怎么没有一点正经呢！

【三人大笑。

【敲门声——

小林勇：谁呀？请进——

【进来的是野崎由美子……

王军：你？

野崎由美子：实在对不起，这么晚还来打扰。（对小林勇）您就是老兵小林勇大叔？

小林勇：找我？你要……

野崎由美子：是老兵协会介绍我来的，想听听您在战争中的经历……

【切光——

尾　声

【东京郊外，一块大理石的墓碑斜躺在花坛中。野崎由美子在合十祈祷……

【王军提着箱子挎着书包匆匆上场，走到墓碑前。

王军：小林勇先生……怎么会突然走了呢？我们说好一起去北京。

野崎由美子：小林勇太太说，他早就患了肺癌，发现时已经是晚期了……（捧上白布包）这是他临终前一再嘱咐的，他说王桑喜欢那几本影集，如果他愿意要的话，就把它当成礼物送给王桑。请收下吧！

王军：（接过影集）谢谢。（从风衣口袋里取出一瓶二锅头，将酒洒在墓碑四周）小林勇先生，我看你来了，这是中国老百姓爱喝的二锅头酒。这种酒能燃烧愤怒，也能燃烧微笑。我要回北京去了，再见！（鞠躬）野崎小姐，再见。（欲走）

野崎由美子：能叫我由美子吗？

王军：嗯……好，由美子小姐，我会记住你的。再见！（又欲走）

野崎由美子：王桑——这是我和小林勇先生、铃木先生给您办的定住证。（递上）希望你在日本专心研究日中关系。

王军：非常感谢！但是，我已经不需要定住证了（退回）。我要按照日本老兵们的叙述，深入访问被践踏过的中国土地，让罪恶的屠杀永远铭刻在人们心里。还是那句话说得好："忘记屠杀，就等于第二次屠杀！"

野崎由美子：这是我的老兵调查笔记，也许对你的研究有用，请收下（递上）。

王军：（感动地）实在是太感谢了！（凝视着）由美子，历史的记忆就像一条滔滔的长河，它还有许许多多纷繁曲折的支流，单向的漂流远远不能把握全貌哇……

野崎由美子：您说得真好。让我们从不同的起点相向而行吧！

【后区灯亮——

【高架立交桥一角，两个戴皇军帽、身穿白色和服的老兵山下和独臂的铃木在行乞，他们还是拉着手风琴，另一个在唱歌，但不是《荒城之月》，而是日本的名歌。他们的脚下还是那只求乞用的木箱子，箱子上写着汉字："战伤者　祈和平"……

【身穿黑色孝服的平田太太走过,将零钱放入箱子里。

【一个日本青年驾着送外卖的摩托车经过,野崎由美子走过老兵身旁,不由地驻步……

【野崎身穿旧军服,跨着战刀从远处走来。

【平田太太在桥上停步,若有所思地向远处眺望……

【大幕徐徐闭上。

——全剧终

(本剧1999年由中央实验话剧院公演)

·大型儿童话剧·

享受艰难

（2001·1 北京版）

写在前面

一、这不是田园牧歌或童谣式的儿童剧，而是引入了一点点现实生活的严峻，且以乐观的精神进行导引，因为这毕竟是给少年儿童看的啊！

二、日本人说，他们要培养能在全世界任何地方生存的人。我们呢？我的回答是——享受艰难！

欧阳逸冰 1998

时间：当代。

地点：北京。

人物：

韩慧姑——这是男生，还是女生？打开剧本你就会知道。但此人的来历、性格和命运的轨迹,只有读完剧本才能令你释然……

李馨儿——女,初中生,不用打开剧本,她就在你身边……

韩慕春——韩慧姑的父亲;

林阿红——女,二十岁上下;

杨老师(白头发老师);

李明扬——馨儿的父亲;

王倩倩——馨儿的母亲;

小牛顿——男,馨儿的同学;

叶英——女,馨儿的同学;

快餐店老板。

第一场

(篮球梦与馨儿的家)

【美丽的梦境音乐(理查德·克莱德曼的现代钢琴)……

【深蓝色的色调弥漫了整个舞台……

【音响——篮球的拍打声,缓慢地,一下一下……

【随着篮球的拍打声,一支光柱,又一支光柱亮起来……

【音响——篮球的拍打声渐快,光柱随即晃动起来,交叉起来,热烈……

【馨儿的声音(混响):“好,接住,上篮!”

【音乐转为快节奏的现代流行音乐……

【馨儿与同伴们人手一只篮球,做出舞蹈化的打篮球的动作……

【再次出现缓缓的梦境音乐……

【馨儿与同伴们打篮球的动作犹如在月球上那样，舒缓、自如、轻飘……

【美妙的梦境场面——鲜花、奖杯从天而降……馨儿们抱着奖杯与鲜花尽情地欢舞起来……

【突然电话铃声，一声接着一声……

【梦境消失……

【电话铃声依旧在响……

【馨儿从床上坐起来，睁开惺忪的眼睛……

馨儿：鲜花呢？奖杯呢？怎么都不见了？

【电话铃声还在响……

馨儿：（摇动风铃，叫）爸，妈，接电话！（懒洋洋地躺下）

【电话铃声还在响……

馨儿：（再次坐起来）怎么，都走了？讨厌！（伸着懒腰，穿睡裙就走下床来，奔到外面的客厅，接电话）喂——什么李小姐，我是李馨儿。干吗？爸爸让我八点钟到西客站去接人？韩慧姑？这个女的是谁呀？从宁夏来？这个女的多大？长什么样？是女孩儿，还是个阿姨？喂，喂，我问韩慧姑是女孩儿，还是个阿姨！（看看电话）挂上了？讨厌！八点钟……（看表）天哪，已经八点四十五了！（慌乱地穿衣服）

【门铃声，一声接一声……

馨儿：哎呀，越忙越乱，偏偏这会儿来人……等会儿，正穿衣服哪！请进——

【走上一个男孩儿——他两手空空……

馨儿：你……找谁……？

男孩儿：请问，这是李卫东的家吗？

馨儿：李卫东？不是。

男孩儿：哦，对不起，我走错门了……（退下）

馨儿：添乱！（穿上牛仔衬外套，匆匆欲走）

【那个男孩儿又进来了——

男孩儿：请问，这是李卫东的家吗？

馨儿：我不是跟你说过了吗？我们家没有叫李卫东的！

男孩儿：可……这门牌号——18 楼，3 门，206……对不？

馨儿：门牌号倒是没错……

男孩儿：（笑）那就对了！你等着——（跑下）

馨儿：神经病！

【男孩儿复上，拖着一个又大又旧的提包——

男孩儿：（掏出一个白兰瓜）吃吧，这白兰瓜是我们那儿的特产，又大又甜！

馨儿：哦，闹了半天，你是卖瓜的小贩呐！

男孩儿：不是，不是，这是我爸爸给卫东伯伯送来的！

馨儿：卫东伯伯？

男孩儿：对——！

馨儿：错啦！我们家没有任何人叫什么“卫东”的！请你出去，好吗？

男孩儿：错啦？

馨儿：快走快走！

男孩儿：怎么会错……（嘟囔着走去，回头一看）哎，你就别送了，太客气了……

馨儿：谁跟你客气！我有事，要马上出去——

男孩儿：（返身回客厅）哎，你别走——

馨儿：怎么，你还限制我的行动自由？

男孩儿：不不，你走了，我就更找不着李卫东伯伯了……！

馨儿：你找李卫东，跟我有什么关系？

男孩儿：门牌号都对，可你偏说这不是李伯伯家，你让我到哪儿去找哇！

馨儿：你这人怎么不讲理呀？是你找错了地方……

男孩儿：我没找错地方！

馨儿：可我们家没有李卫东啊！

男孩儿：你说没有，就真的没有？

馨儿：好，我都告诉你——我爸叫李明扬，我妈叫林倩倩，我叫李馨儿——明白了吧？

男孩儿：不明白——为啥门牌号对，就没这个人呢？

馨儿：我怎么知道？

男孩儿：这楼里有没有叫李卫东的？

馨儿：没有。

男孩儿：旁边的楼——？

馨儿：没有。

男孩儿：你从来就没听说过"李卫东"这个名字？

馨儿：没有！没有！

【男孩儿干脆坐在地上，呜呜哭起来……

馨儿：你，你这是干吗？

男孩儿：我，我等你家大人回来好好问问……到底我卫东伯伯住不住在这儿！

馨儿：你再不走，我就叫警察叔叔来！

男孩儿：叫警察？好哇，我正好问问警察叔叔——李卫东住在哪儿？

馨儿：你——你快出去！

男孩儿：你太厉害了吧？这事要是在我们那儿，要是遇上我，我一定得帮人家找到……（发现墙上）呀，你也是三好学生？

馨儿：什么叫我“也是”？我就是三好生！

男孩儿：我们班只评上一个三好生，那就是——

馨儿：你——？

男孩儿：差点儿是我……我有个爱哭的毛病没克服……有一次，我偷着哭，正好让一个女生看见了，她没投我的票，唉，就差这一票……

馨儿：所以，你特恨女生，对吗？

男孩儿：不不，我要是这么小气，那就会差四票了，离三好生就更远了！你说是吧？

馨儿：你要是真想当三好生，就别跟我纠缠，马上离开——

男孩儿：你要是个真正的三好生，就该有点助人为乐的精神！

馨儿：我倒是求求你有点儿助人为乐的精神！

男孩儿：好哇，我一定帮助你！

馨儿：我要去火车站接人！已经晚了，来不及了！

男孩儿：好，我帮你去找，他从哪儿来？叫啥名字？

馨儿：出去说，让我先锁好门……

男孩儿：说呀，他从哪儿来？

馨儿：（边走边说）从宁夏来……

男孩儿：宁夏？你认识那个人？

馨儿：不认识……快出去……（继续走）

男孩儿：（拽住馨儿）他姓韩——？

馨儿：没错！叫韩……

男孩儿：叫韩啥？好好想想——

馨儿：哦，对，叫——韩慧姑！

男孩儿：没错，韩慧姑！

馨儿：快走哇！

男孩儿：不用接了，韩慧姑他来了！（大松了一口气，神情自然地坐下）

馨儿：什么？

男孩儿：我就是！

馨儿：你——？

男孩儿：（热情地伸出手）你好，李馨儿同学！

馨儿：（疑惑地打量）你就是……韩慧姑？

韩慧姑（男孩儿）：没错，绝不是假冒的！（再次伸出手）

馨儿：不对！韩慧姑是个女的……

韩慧姑：我不是女的，是男的！

馨儿：你不是韩慧姑！

韩慧姑：假不了！我就是韩慧姑！（掏出）这是我的学生证——没错吧？

馨儿：可我爸爸不叫李卫东！

韩慧姑：（语塞）你爸爸——（急得跳脚）哎呀，你爸爸为啥就不能叫“李卫东”哪！

【切光——

【在李明扬的笑声中升光——

【馨儿、韩慧姑、李明扬围坐在客厅茶几旁——

【韩慧姑狼吞虎咽地吃西瓜。吃得很香……

李明扬：十六年前，跟你爸爸同学的时候，我的确叫“李卫东”……

韩慧姑：（对馨儿）怎么样？

馨儿：算你说对了。

李明扬：你爸爸就是这么个人，十六年不见面，一封电报，就把他儿子给我送来了！他一向如此，总是有惊人之举，让人丈二和尚摸不着头脑！哈哈……

韩慧姑：（掏出一封信递上）哦，对了，李伯伯，这是我爸爸给您的信……（继续吃饭）

【李明扬读信……

【王倩倩端上一盘水果——

王倩倩：慧姑，慢慢吃……我们北京的西瓜也挺好吃的吧？

韩慧姑：（嚼着）好吃。

王倩倩：那就多吃点。（又给韩慧姑递上一块西瓜）

韩慧姑：谢谢……（发现大家看着自己）是不是……我吃东西叭叽嘴了？爸爸说那是很不文明的……

李明扬：（读完信后，表情异样）你吃得很香，吃吧！（把信揣进衣兜）

韩慧姑：（对馨儿）哎，你怎么不吃？

馨儿：妈，（指盘子）这里有我爱吃的吗？

王倩倩：哎哟，对不起，我忘了，你最爱吃的是火龙果！妈给你拿去！（转身）

馨儿：妈，回来！您再想想——我是爱吃火龙果吗？

王倩倩：噢，对对对，不是火龙果，是美国大提子！妈给你拿去！（又转身欲走）

馨儿：不对，妈！（不高兴地）您怎么连我爱吃什么都不知道？！

王倩倩：哎呀，是呀，怎么能把我宝贝爱吃什么都忘了呢？妈妈不称职，不称职！别急，让妈好好想想，好好想想……噢，对了，你最爱吃的是广西荔枝……（看着馨儿，察言观色，连蒙带猜）不对！是海南的椰子……不对，我说嘛，怎么能是椰子呢！低档货，我们馨儿哪能爱吃那玩意儿！是……日本的富士？泰国的山竹？柬埔寨的糯米糍？马来西亚的杨桃？印度尼西亚的榴莲？澳大利亚的芒果？都不是……？哎呀，瞧我这猪脑子！噢，想起来了——是天津的崩豆，十八街的麻花，南开的嘎巴菜，北京的豆汁，王致和的臭豆腐……嗨，这都不是水果……！

【馨儿哈哈大笑……

韩慧姑：（对馨儿）你到底爱吃什么呀，别难为阿姨了！

馨儿：我爱吃的就是这个（指盘子）——厄瓜多尔香蕉。

韩慧姑：那你怎么不拿？

馨儿：她没给我剥开！

李明扬：（正色）馨儿，你自己动手！

馨儿：不嘛……（可已经站起身）

王倩倩：我剥！我剥！吃东西的时候要保持愉快、轻松的气氛！

韩慧姑：（诧异）你……怎么自己不剥？

李明扬：（对女儿）你没长手？

馨儿：（得意地笑）这是刻苦学习争来的荣誉！妈妈说过，只要我考试全优，就可以免除一切"徭役"！（注：在中学生的历史教材上，经常有皇帝免除徭役的事情）

李明扬：你管家务活叫"徭役"?！都是你妈，把你娇惯得不成样子！

王倩倩：（对丈夫）说谁呐？你不娇惯你的宝贝女儿？上次，在新侨饭店……

李明扬：（截断）好好，吃东西的时候，我们要保持愉快、轻松的气氛！

馨儿：（拍手笑）哈哈，我又胜利了！

王倩倩：（给女儿递上剥开的香蕉）尝尝，要是不甜，我再给你拿广东的芝麻香蕉！

韩慧姑：阿姨，您太累了……

王倩倩：不累不累！（咳嗽一声）哦……

韩慧姑：阿姨，您怎么了？

【王倩倩摇头，离开茶几，找着什么……

韩慧姑：阿姨，您怎么了？

馨儿：没事，我妈经常这样……跟邓丽君的病一样。邓丽君犯喘病的时候，没找着药，就死了。我妈要是找不着药，也得……

李明扬：住嘴！你倒是帮你妈妈找喷雾剂呀！

馨儿：我怎么会知道她搁哪儿了？

韩慧姑：（关切地）阿姨，喷雾剂在哪儿？

【王倩倩痛苦地指着……

韩慧姑：（从茶几下层找到喷雾剂，递上——）阿姨，您有哮喘病？（关切地为李母倒了一杯水）

【王倩倩接过来，张嘴往里喷药……

李明扬：她这是老病了……

王倩倩：（拉着韩慧姑的手）这孩子真懂事！你妈怎么舍得让你一个人跑这么远？要是我们馨儿出远门，我可得亲自送到！你妈怎么不送你来？

韩慧姑：（有些慌乱地）我妈她……她……

【李明扬关注地看着——

馨儿：你妈妈怎么啦？

李明扬：（欲说什么）慧姑的妈妈……

韩慧姑：对，（看了一眼李明扬，截过话茬）我妈妈——出国访问了！

馨儿：哎呀，你说话别大喘气好不好？吓了我一大跳！

李明扬：（还想说什么）慧姑——

韩慧姑：（岔开话题）馨儿，你吃完了吗？咱们一块儿收拾桌子吧！

（收拾起来）

馨儿：这可不是我的任务。

李明扬：慧姑，放下放下，我来！

韩慧姑：伯伯，还是我来吧！

王倩倩：放下。你好不容易来一趟，住不了几天，让馨儿陪你逛逛北海、天坛、故宫、颐和园……（突然）哎哟，我又喘不上气来了……（坐在沙发上）

韩慧姑：阿姨，您……？

馨儿：慧姑，别管这些，到我房里去，走！（拉起韩慧姑就走）

韩慧姑：（脱开馨儿的手）好，我就来！（拉李明扬到一旁，低声）先别把我妈妈的事告诉他们。行吗？

李明扬：为什么？

韩慧姑：不为什么……伯伯……我心里……（难言地）

李明扬：好，我尊重你的意见……

【卧室内，馨儿在叫："慧姑，快来呀！"

韩慧姑：来啦！（跑进卧室）

李明扬：（从衣兜里掏出那封信，走近妻子，欲说什么）倩倩——

【王倩倩疲惫地靠在沙发上，闭着眼睛……

【李明扬欲言又止……把那封信压在玻璃杯下面，心事重重地踱步……

【卧室——

韩慧姑：（羡慕地）这是你的电脑？（抚摸着）

馨儿：当然，是最高配置的——奔腾4，速度1 000，硬盘40GB，3D图形显示……

韩慧姑：我摸过286的……

馨儿：哈哈，286？那早就是电脑垃圾了！说真的，到了首都，你想去哪儿玩玩？蹦极、滑板，还是玩旱冰？

韩慧姑：你说的话我听不懂……

馨儿：怎么会听不懂呢？我说的是中国话！蹦极就是站在高山的山尖上往下跳，那真刺激！其实，我还有好多梦想——将来我要当个体育记者，去新疆，上桂林，登庐山，游蓬莱……走遍全国的锦绣河山！我还要去美国，采访迈克尔·乔丹，跟“坏孩子”皮蓬喝咖啡……（拿出八音盒）这是爸爸送给我的生日礼物……它的音乐奏出了我的梦……

韩慧姑：我做梦都想看看天安门广场，在那儿亲眼看看升国旗的仪式……

馨儿：那好办，明天一大早我骑车带你去！说，还想去哪儿？

韩慧姑：最最重要的，最最重要的是——我想进我妈妈的母校读书！

馨儿：你妈妈在哪个学校读过书？

韩慧姑：燕大附中！

馨儿：燕大附中？真巧！我就是燕大附中的！

韩慧姑：（激动地）啊，真的？你是燕大附中的?！太好了！

【两人高兴地拉起手来转圈……

馨儿：你真想进我们学校念书？

韩慧姑：你还不信啊！从宁夏到北京这么远，我就是要进我妈妈的学校！

【李明扬经过李馨儿房间，听见韩慧姑的话，止步倾听。

馨儿：为什么？

【客厅的王倩倩抬头，倾听——

韩慧姑：（自豪地）你不知道，当年，我妈妈是燕大附中的学生会主席，学校管弦乐队的指挥，可棒啦！（李明扬悄悄走进馨儿房间）门门考满分，你没听说过吧！

馨儿：（摇头）没有！

韩慧姑：（回头发现李明扬）哦，李伯伯，您知道吧？

李明扬：知道。

馨儿：爸爸，您怎么会知道的？

李明扬：我跟他妈妈同学了十六年哪，小学、中学、大学……他妈妈叫庄慧姑，当年是全北京有名的“三好”学生代表，品学兼优，大家都很喜欢她，甚至到了崇拜的地步……

【客厅的王倩倩自言自语——

王倩倩：岂止是崇拜，那叫暗恋，不，是初恋，是热恋！啊呸！

韩慧姑：伯伯，我也很崇拜我妈妈。

李明扬：是呀，是呀……（发现妻子，走下来）

馨儿：所以，你就用了你妈妈的名字，也叫“慧姑”？

韩慧姑：算你聪明！

馨儿：宁夏也有中学，你为什么偏要到北京来读书？

【韩慧姑的表情突然变得沉重了……

【客厅——王倩倩起身喝水，发现压在杯子底下的信，展开读信……

馨儿：你怎么不说话了？

韩慧姑：你是不是觉得我不配当一名北京的中学生？

馨儿：（想了想）那好，我考考你。（随手拿过一张白纸、写，然后把纸和笔推给韩慧姑）见过这种题吗？

王倩倩：（突然，喊起来）没见过，我真没见过！（站起来）

李明扬：（忙走到客厅李母身边）什么事儿？

王倩倩：这信里说慧姑要在这儿读书。这不是明摆着，要在我们家长期住下去！

李明扬：来来来，你坐下！（扶李母坐在沙发上）你听我说嘛。

【王倩倩一扭身走下……

李明扬：哎，哎——（追下）

【卧室——

馨儿：说呀，见过这种题吗？

韩慧姑：（看了半天）我从来没见过这种题。这，这是……初中的数学题吗？

馨儿：当然！我只不过随便给你出了一道计算题。要是给你出一道思考题，你更摸不着门儿了！

【韩慧姑呆了。

馨儿：你参加过华罗庚数学竞赛吗？

【韩慧姑摇头。

馨儿：你会使用电脑吗？

【韩慧姑摇头。

馨儿：你只知道燕大附中是你妈妈的母校，可你不知道燕大附中是市重点中学，This school is exclusive；Only very bright children can go to it。

韩慧姑：你说什么？

馨儿：听不懂？嗨，这句英语的意思是：这所学校多数人进不去，只有非常聪明的孩子才能进！懂吗？当然，我领你到我们学校参观一下是可以的，摸一摸我们的校牌，看看我们的教室，那没问题！

韩慧姑：你是说我是笨蛋，进不了你们学校？

【李馨儿做出不置可否的调皮样子。

韩慧姑：我……我……（低着头，欲出去）

馨儿：哎，别走！（拽住韩慧姑）

韩慧姑：干吗？

馨儿：虽然你的水平不高，但我觉得你挺好的。（伸出手）让我们交个朋友吧！

韩慧姑：那你得答应，帮我补习功课，赶上你！

馨儿：赶上我？好，我也有个条件。

韩慧姑：什么？

馨儿：今后，你得管我叫“姐姐”。

韩慧姑：你是几月生的？

馨儿：不管几月生的，你都得叫我“姐姐”！

韩慧姑：为什么你不能管我叫“哥哥”？

馨儿：第一，从今往后我就是你的辅导老师，对不对？我不收你的讲课费，只要你叫我一声“姐姐”不过分吧？

韩慧姑：可也是呀……

馨儿：第二嘛……我特别想有人管我叫“姐姐”，在家里我太孤独了，没有伙伴，没有人跟我说话跟我玩。你来了，我真高兴！

韩慧姑：你真的欢迎我？

馨儿：真的，不骗你！

韩慧姑：好，那你现在就给我补课！

馨儿：好，（欲坐下复习，突然想起什么，转身）哎，不行，你得先叫！叫呀，叫！

韩慧姑：（不好意思地）……馨儿……（不自信地傻笑）嘿嘿嘿……

馨儿：（噘嘴）不许笑，快叫？

韩慧姑：（努力说出口）馨儿……姐姐！

馨儿：（大声）哎——！

【两人高兴地笑着，跳着。

馨儿：太好了，来！让你看看我的杰作。（坐下打开电脑）看——

【客厅——王倩倩走上来,李明扬追上……

王倩倩:看什么看,这封信的开头就是这么说的,还用往下看?

李明扬:倩情,小点声,别让孩子听见。

王倩倩:听见又怎么样!有这么不明事理的吗?(又一次按捺不住地站起)说来就把孩子给送过来了,管吃管住,还要管把孩子送进学校!你是他爸爸韩慕春的什么人?哥哥?弟弟?不就是十几年前的老同学吗?

李明扬:(着急地)你不是不知道,当初,大学毕业我该分到宁夏,可我父亲突然瘫痪了,人家韩慕春毅然决然地替我去了宁夏!这情分,我至死也不能忘!

王倩倩:岂止是韩慕春的情分,还有孩子他妈——庄慧姑的情分吧?

李明扬:对,没错,我们都是老同学。

王倩倩:岂止是老同学!庄慧姑是你初恋的情人!

李明扬:那又怎么样?

王倩倩:怎么样?你自己心里清楚!看见了韩慧姑,就像看见了他的妈妈;留下韩慧姑,就是留下你那初恋情人的美好回忆!

李明扬:(生气地)你,你——你胡搅蛮缠!

【卧室——韩慧姑与李馨儿听见李母拍桌子争吵声,即站起倾听……

【韩慧姑内心十分矛盾。李馨儿发现,忙上前扶韩慧姑坐下,安慰着。

李明扬:(立刻又软下来)倩倩,你听我说,老韩现在非常困难,我们应该帮他一把!

王倩倩:有困难,有困难找民警!找你干吗,找我干吗?我们家不是福利院,收容所!一句话——你可以给他钱,但不能在我这儿长住！

【韩慧姑再也忍不住了，站起身往外走，馨儿紧随其后，二人在卧室外走廊内拉拉扯扯……

李明扬：我只问你一句话：你到底管不管？

王倩倩：不管！

李明扬：好，我马上把韩慧姑接到公司去住，我来管！

王倩倩：不行！

李明扬：什么时候老韩来接他的儿子，我什么时候再回家！

王倩倩：你，你敢离家出走？那你就永远别进这个家门！咱俩离婚！

李明扬：（气得说不出话来）你，你，你——

【李馨儿挣脱韩慧姑的手，跑向客厅："爸，妈——！"

【夫妻二人回头，愣住了……

【韩慧姑跟在后面……

馨儿：你们这么吵，对得起客人吗？

李明扬：慧姑，你跟我走！

韩慧姑：不……伯伯，阿姨，我都听见了。

李明扬：慧姑，大人的事，你不要管。

韩慧姑：阿姨，我给您添麻烦了，对不起！（向李母深深一鞠躬）伯伯，我不能成为你的累赘。（向李明扬鞠躬）叔叔，馨儿，再见！（拽起角落里的旧提包，跑下……

李明扬：慧姑！慧姑！（顺手抓椅背上外套向外追去）

馨儿：慧姑——！（也追去）

【王倩倩愣住……

【切光。紧接音响——快餐店常用的音乐：萨克斯风《回家》……

第二场
(快餐店内外)

【在萨克斯风《回家》的音乐中——

【叶英帮助小牛顿穿好猩猩的外套……

【韩慧姑提着旧旅行包走上,好奇地观看着……

叶英:(瞅着小牛顿装成的猩猩哈哈大笑)太像了,太像了!

“猩猩”:(装成张牙舞爪的样子)叶英小姐,请你过来,给我唱一支歌!

叶英:(嬉笑着)啊呸,我才不给大猩猩唱歌呐!

“猩猩”:(扑捉着)唱吧,唱吧,有了你的歌声,天空就会变得更蓝,鲜花就会变得更美,小草就会变成大树,大树就会变成高山!“对面的女孩儿看过来,看过来,看过来……”

叶英:(即兴编唱)看你这个大猩猩丑得可爱……

“猩猩”:“这里的表演很精彩,请不要假装不理不睬……”

叶英:(玩笑地)你的三流表演实在太赖,我哪有心情去理睬!(笑起来)

【吼声:“干吗呐?还想不想干啦?”随即,老板走上——

老板:(指着“猩猩”)我花钱雇你是当活广告的,不是逗你玩的!

“猩猩”:对不起,老板,我忘了……

老板:忘了?拿钱的时候怎么没忘?干得了就干,干不了滚蛋!

“猩猩”:(拉开拉锁,露出脑袋)你再说一遍——

老板:干得了就干,干不了滚蛋!

小牛顿:你先滚一个我看看!

老板：嚯，你敢顶嘴？

小牛顿：怎么着？我不伺候了！（脱下猩猩外套）叶英，咱们走！

老板：站住！（伸手）把工钱还给我！

小牛顿：（掏出钞票）两张五块的，数数！

【韩慧姑走上——

韩慧姑：老板，我……我想干……

老板：（对小牛顿）看见了吗？有的是人干！（把猩猩外套和钞票给了韩慧姑）站在这儿，来回走，见了客人就点头，拉着客人你就吼：里面美味佳肴全都有！懂了吗？

韩慧姑：懂。

【老板下。

小牛顿：唉，当打工仔还真不容易！

叶英：走吧！

韩慧姑：哎，你们别走——

小牛顿：干吗？

韩慧姑：（递上一张钞票）这五块钱……给你……

小牛顿：为什么？

韩慧姑：我把你给戗了……不好意思……

【小牛顿与叶英哈哈大笑……

叶英：（对韩慧姑）你以为他是来挣钱的？

韩慧姑：不挣钱……干吗要……

小牛顿：爸爸跟我打赌——我要是能靠着自己诚实的劳动挣来十块钱，爸爸就奖励我一百块钱！可惜……

韩慧姑：那你输了？

小牛顿：回去我要跟爸爸研究一下为什么会输——

叶英：是得好好研究一下——走！

【小牛顿与叶英下……

韩慧姑：（望着他们的背影）是呀，要是我能靠着自己的力量在北京上学，那就太好了！我能吗？试试看！（穿猩猩外套，嘟囔着）站在这儿，来回走，见了客人就点头……

【李明扬的声音：“馨儿，馨儿，等等我——”

韩慧姑：（望去，发现）啊，馨儿！（赶忙转过身去，穿猩猩外套）

【馨儿赌气走上……

【李明扬追上来——

李明扬：馨儿，馨儿——

馨儿：（沮丧地）整整两天了，火车站，汽车站，旅店，客栈，公安局，派出所……哪儿都没有慧姑！他万一碰上坏人，可就糟了！

“猩猩”（韩慧姑）：（情不自禁地答话）不会的……

馨儿：（瞥一眼“猩猩”）你说什么？

【“猩猩”摇头，又谦恭地点头……

李明扬：唉，慧姑这个孩子，跟他爸爸一样，总是有惊人之举！简直让人丈二和尚摸不着头脑！（手机铃响，打开）喂，我是……那笔资金数额很大……

馨儿：（夺过手机，对话）我爸爸有重要的事情，不许干扰！（啪地关上手机）怨谁？这能怨人家慧姑吗？

李明扬：都怨你妈妈……太不能体贴别人了……

馨儿：也不能怨我妈！

李明扬：怨谁？

馨儿：怨您！

“猩猩”：（又情不自禁地插话）不能，不能——

馨儿：（瞪“猩猩”）讨厌，你怎么老是插话呀？

【“猩猩”退去……

李明扬：怨我？这这，这不是太冤枉人了吗？我一个堂堂的总裁，扔下公司不管，整天在大马路上找人……

馨儿：您在妈妈面前老是容忍，容忍，容忍，把妈妈惯得任性、自私、不讲理！您那男子汉的气魄，男子汉的品位，男子汉的个性都哪儿去了？

李明扬：（哭笑不得）嗨，你这孩子，怎么……

馨儿：（面对上天）上帝保佑哇，等我长大了千万别让我找到一个像我爸爸那样的丈夫呀！

李明扬：你你你——你这不是骂老爸我吗？

“猩猩”：不能这样！

馨儿：（对“猩猩”）你是谁？干吗老是瞎掺和？走开！爸爸，您想想——这会儿，慧姑不论在哪儿，他心里该有多难受哇！您将来怎么面对您的老同学、好朋友韩叔叔呀！

李明扬：（内疚地）我对不起韩慕春……放心，我一定要找到慧姑！就是你妈妈跟我离婚也在所不惜！

馨儿：（故意嗅嗅鼻子）嗯——这会才闻出点味儿来！

李明扬：什么味儿？

馨儿：男子汉的味儿！

李明扬：行了，我的好女儿！走，吃点快餐去！饿了一天了！（对猩猩）你这儿都有什么快餐？

“猩猩”：（唯恐他们不走，摆手）没没，没什么……

馨儿：（看看快餐店的门面）对不起，这种地方也配让我光临？不去！

李明扬：那你要去哪儿？

馨儿：Friday！（傲慢地下）

李明扬：星期五西餐厅？好，好，走！（随下）

"猩猩"：（望着馨儿父女）绝不能让李伯伯为了我，跟阿姨离婚呐！

【老板走上——

老板：把猩猩服装脱下来！

"猩猩"：怎么了，老板？

老板：两位客人都到了门口了，你怎么不拉住他们？棒槌！

"猩猩"：我我，我不能拉他们……

老板：不拉客人，我要你干什么？脱下来！

韩慧姑：（脱下猩猩外套）对不起……（掏出钞票递上）

老板：（接过钞票）看你还老实，给你两块钱吧！（另掏出小票扔给韩慧姑，下）

韩慧姑：两块钱，我终于在北京挣到两块钱了！

【小牛顿和叶英上——

韩慧姑：哎，你们怎么又回来了？

小牛顿：我想看看你成功了没有……

韩慧姑：我也失败了……

叶英：你们俩都是一百斤重的大蛋糕——

韩慧姑：啥意思？

叶英：废物点心！

韩慧姑：我绝不是废物！

小牛顿：有志气！（打量）看样子，你是从外地来的？到北京打工？

韩慧姑：不，到北京上中学……

叶英：想去哪个学校？

韩慧姑：燕大附中。

【小牛顿和叶英哈哈大笑起来……

小牛顿：你有钱吗？

韩慧姑：有，好多哪！

小牛顿：多少？

韩慧姑：三百多块，学费、书费、本费，三个月的饭费足够了！

【两个人又笑起来……

韩慧姑：怎么了……你们笑什么？

小牛顿：就算你的功课非常棒，能够考上，但你是择校生，还要交赞助费！

韩慧姑：没关系，我课余时间挣钱——这不，刚刚挣来两块钱！

【两个人几乎笑破了肚皮……

韩慧姑：又怎么了？

叶英：择校生的赞助费是——六万！

韩慧姑：啊——你们……不是骗我吧？

小牛顿：你自己去问吧。燕大附中就在学院南路，198 号。

叶英：不用问了，我们俩就是燕大附中的！（亮出校徽）

【韩慧姑呆若木鸡……

小牛顿：你叫什么名字？

叶英：是从哪儿来的？

【韩慧姑使劲抹了一把眼泪，提起旧旅行包，跑了……

小牛顿：哎，哎，你去哪儿？

【切光——

【音乐——西长安街电报大楼的钟声《东方红》……

第三场

（天安门广场一角）

【电报大楼的钟声持续，悠扬，庄重……

【乌蓝的天空下,赭石色的宫墙,苍劲的青松……

【韩慧姑倚在青松下熟睡着……身旁是那只旧旅行包……

【远远传来《国歌》的旋律……

【随之,乌蓝的天空变淡……曦光染红了一切……

【韩慧姑醒来——

韩慧姑:我怎么睡着了?(举目四望)啊,这就是天安门,人民大会堂……!哇,英雄纪念碑……(对着空旷的广场高声喊着)喂,天安门——我来了!你认识我吗?你不认识我,可我早就梦想着你!还是在妈妈的怀抱里,我就常常听到你的名字!我妈妈特别怀念你,她没有一天不想着你!你还记得我妈妈吗?她小时候经常和同学们在这儿开队会,妈妈第一次戴上红领巾,就是在这儿!铺在广场上每一块石头,都可能有我妈妈的脚印啊!妈妈,妈妈,我看到天安门了!(兴奋得又蹦又跳)"我爱北京天安门,天安门上太阳升……"

【一个穿着朴素的年轻姑娘捧着一本厚厚的书边读边走上……

【又蹦又跳的韩慧姑把年轻姑娘的书碰掉……

姑娘:哎,你,你——

韩慧姑:(处在极度的兴奋状态,对着天安门广场)我爱你!

姑娘:(误会)你说什么?

韩慧姑:(依然沉浸着)梦里的你变成了眼前的你!我想你,我喜欢你!我爱你!

姑娘:(十分反感地)你疯了?

韩慧姑:你,你怎么骂人?

姑娘:你刚才说什么了?

韩慧姑:我说——我想你,我喜欢你,我爱你!

姑娘：走开，小坏蛋！（夹着书本怒冲冲地走下）

韩慧姑：我，我是小坏蛋？长这么大从来没有人这么骂过我……不行，我不能给北京人留下这么个坏名声！我得让北京人知道，我，韩慧姑是差一票就能当上的三好生！（朝姑娘走下的方向）站住，同志，站住！（追下）

【王倩倩匆匆走上，四下寻找着……

王倩倩：慧姑，韩慧姑！（自语）馨儿说，慧姑这孩子特别想亲眼看看天安门升国旗仪式。这不，我来了三个早上了，可慧姑，连个影子也看不着哇！慧姑，韩慧姑！唉，我，我后悔死了，弄得家里是鸡犬不宁啊，明扬看见我，眼皮都不撩一下，馨儿看见我，就给一个大后脑勺！我任性，我自私，我不讲理，我不好，我一千个不好，一万个不好，行不行？不行！不把慧姑找回来，说什么都白费！哎哟喂，韩慧姑呀，你要是心疼阿姨，就自己个出来吧！

【姑娘匆匆走来，不断地回头……与王倩倩撞了个满怀……

姑娘：哦，对不起，对不起……

王倩倩：怎么了，姑娘？

姑娘：他，他老缠着我……

王倩倩：谁，谁敢在天安门广场撒野？

【韩慧姑的声音："这位大姐姐，您听我说——"随之，韩慧姑跑上……

【王倩倩转身，与韩慧姑打了个照面——

【王倩倩与韩慧姑同时"啊"了一声，双方都愣住了——

王倩倩：你，慧姑！

韩慧姑：你，阿姨！

王倩倩：慧姑，咱们回家！（拽住韩慧姑）

韩慧姑：不不，我回去，您就得跟李伯伯离婚！

王倩倩：可你不回去，你李伯伯就得跟我离婚！

韩慧姑：您是怕离婚，不是欢迎我！（趁机捡起旧旅行包就跑去，下）

王倩倩：慧姑，慧姑——！我的好孩子，你总不能看着我们俩闹离婚吧！哎哟喂，慧姑——就算我欢迎你，还不行吗?!（追下）

姑娘：这，这到底是怎么回事呀？奇怪！（背诵英语）

【韩慧姑气喘吁吁地跑过来……

姑娘：你，怎么又来了？

【韩慧姑回头张望着，总是想藏在姑娘的背后……

姑娘：哎，你别拉拉扯扯的！

韩慧姑：求求您了，阿姨！

【传来王倩倩的声音："慧姑，慧姑，你在哪儿呀?"

【韩慧姑在慌乱中，甚至想藏在姑娘的裙子下面……

姑娘：（大怒）哎，住手！流氓！

韩慧姑：（也大怒）我不是流氓，我是差一票就能当上的三好生！

姑娘：那你……？

韩慧姑：我不能回到李馨儿的家，不能给人家找麻烦！

姑娘：那个女的……就是你说的李馨儿的妈妈？

【又传来王倩倩的喊声："慧姑，慧姑！"

【姑娘有意挡住韩慧姑……

【王倩倩的喊声越来越远了……消失了……

姑娘：（望）她好像进了历史博物馆……

韩慧姑：那是我布下的迷魂阵——把旅行包扔到历史博物馆的门口，我就能金蝉脱壳了！（得意地）嘿嘿……她再也找不到我了……

姑娘：从外地来？一个人？妈妈没有跟你来？对吗？

韩慧姑：你怎么都猜对了？

姑娘：（笑）我这个人就是能猜透别人心里想的事……

韩慧姑：哦？那你猜猜——我看完了天安门，还想干什么？

姑娘：去中山公园看五色土，到北海公园看九龙壁？

韩慧姑：不！我最想看升国旗仪式！

姑娘：你来晚了，看——（指远处）五星红旗已经飘在蓝天上了！

韩慧姑：（望，惊讶）啊……！（茫然地问姑娘）今天……就再没有升国旗啦？

姑娘：（摇头）每天只升一次……

韩慧姑：（愣愣地）每天只升一次？！（突然蹲在地上哇哇大哭起来）

姑娘：哎，这是怎么啦？

韩慧姑：（哭着说）从西郊到这儿，我走了整整大半夜呀……

姑娘：大小伙子，还怕远？

韩慧姑：我不是怕远，我是……嗨！（望着远处的国旗）没赶上，我一路边走边问，紧赶慢赶，可到了这儿，我，我怎么就睡着了呢！我怎么就睡着了呢！（打自己的脑袋，又哇哇地哭出了声）

姑娘：至于这么伤心吗？

韩慧姑：怎么不至于？我，我没赶上升国旗呀！（急得跺脚）

姑娘：太阳天天都出来，国旗天天都高高升起！今天没赶上，还有明天呢！

韩慧姑：明天？我没有明天了！

姑娘：（惊讶）你……没有明天了？什么意思？你今天就……不想活了？

韩慧姑：你才不想活了呢！爸爸还在宁夏等着我呢！

姑娘：那你怎么说“没有明天”了呢？

韩慧姑：北京，再见了……可我没看见升国旗呀！（抹泪）

姑娘：为什么不能等到明天？

韩慧姑：今天下午我就回宁夏了……

姑娘：为什么？

韩慧姑：我干吗要把什么都告诉你呢？（走开）

姑娘：（自语）不明白……（打开书，背诵）“He weak-willed, abandoned all hope at last, because of such a great deal of obstacles on the way to his success.”……

【韩慧姑低头抹泪……

姑娘：真的不告诉我？（无奈，双手捂脸，呜呜地哭出声）

韩慧姑：算了，你也别哭了……

【姑娘继续呜呜地发出哭声……

韩慧姑：唉，你别跟我一样爱哭呀！我就是因为爱哭才差一票没选上三好生的！求求你别哭了！

姑娘：（突然张开双手，笑嘻嘻地）谁哭了？哈哈……

韩慧姑：唉，你们女生就爱耍小花招！

姑娘：（笑……看看手表）哦，对不起，嘘——（背诵英语）“He weak-willed, abandoned all hope at last, because of such a great deal of obstacles on the way to his success.”……

韩慧姑：你说什么？

姑娘：由于在成功的道路上碰到许多困难，再加上意志薄弱，他最终放弃了所有希望。

韩慧姑：你是说我……意志薄弱……？

【姑娘笑而不答……

韩慧姑：我最终放弃了所有希望？

【姑娘依然不答……

韩慧姑：妈妈好像也这样说过我……我跟她保证过——要当个顶天立地的男子汉！可现在……我该怎么办哪……

姑娘：（由衷地）你真可爱！我每天给自己规定——清早起床先要背诵三十个英语句子，刚才我背的是第三十句，任务完成了！没想到，这一句还正适合你！先认识一下——我叫林阿红。

韩慧姑：我叫——

林阿红（姑娘）：（接）韩慧姑，一个女孩儿的名字……

韩慧姑：不是女孩儿的名字，我用的是我妈妈的名字。

林阿红：告诉我——为什么要离开李馨儿的家？

韩慧姑：爸爸让我来北京求学，住在李伯伯家，我想进我妈妈的母校燕大附中……

姑娘：哦，燕大附中？为什么不在宁夏读书？

韩慧姑：因为，因为我爸爸住进了医院，我妈妈她……

姑娘：你妈妈怎么了？

【韩慧姑又抹眼泪了……

林阿红：（正色）我最讨厌的就是男孩子哭天抹泪！

韩慧姑：爸爸不让我告诉别人……

林阿红：为什么？

韩慧姑：爸爸说，我们需要朋友的帮助，但不要别人的可怜！

林阿红：你爸爸有骨气！

韩慧姑：我妈妈更有骨气！

林阿红：你妈妈，她……？

韩慧姑：（深情地张开了嘴）妈妈——！

【传来《东方红》的钟声……

韩慧姑：我的妈妈和爸爸是石油工程师，为了开发大西北，他们献出了自己的青春。而现在，我的妈妈又献出了……

【继而悠扬的《东方红》钟声再次响起——

【观众看到韩慧姑激动地向林阿红讲述着，但听不到他说话的声音……

【林阿红动情地望着远方……

【切光——

【《东方红》的钟声持续……

第四场

（书蠹斋）

【《东方红》的钟声还在持续……

【这是北京老式四合院的一间，屋内四壁都是旧书架，书架上塞满了各种书籍；左边有一门；门外是木头柱廊。

【屋内有一张书桌和一把椅子，但小床却是一捆捆的书临时搭成的……

【在正面书籍挤满的墙壁上，有一个方窗子……

【"韩慧姑"披着外套趴在书桌旁……

【杨老师——白头发老教师拿着作文本，边阅边上。他不时地点头称道，有时甚至击节叫好……在不理解教师情感的人看来，他似乎有些神经质……

杨老师：（看着看着，沉浸其中了）好，好句子——（不觉读出声来）"没心没肺的人懒得抬头看一眼明晃晃的太阳，因为太阳天天都出来，没什么稀奇的；而有志气的人，总是比太阳起得早，站在大地上第一个迎接新的早晨，因为他相信，总有一天，自己会比太阳更灿烂！”（兴奋得拍手）好！人，就得有这股子蓬勃向上的劲儿！（对着趴着的“韩慧姑”）你这个韩慧姑真是个……（一时兴奋得不知说什么好）啊，真是个，真是个韩慧姑！好！（猛地一拍对方）小子，告诉你爸爸，我收下你了，让他瞧好吧！我保你成材！（继续与对方说话）哎，我说慧姑，你看什么书呐？英文，物理，还是数学？（自个笑起来）瞧瞧，瞧瞧，跟我一样，看起书来，就是打雷也听不见了！好，这才叫专心致志！来，我给你倒杯水……（发现）哦，睡着啦！太累了，是太累了，如今的中学生是天下最累的人哪！好，好，你睡一会儿吧！（欲走，又不放心）哎，别着凉……（脱下自己的外套，给对方披上）

【林阿红背着挎包，提着一网兜菜蔬走进——

林阿红：爸，我一进咱们这个小院，就听见您跟慧姑说话……

杨老师：（示意小声）嘘，他太累了，睡着了……（拉林到一旁，看作文本）你看，你看，这句话写得多么朴实，又多么富有哲理性！你带来的这个韩慧姑我收下了！难怪，他有个那么好的妈妈呀……

【林阿红放下菜蔬，读……

杨老师：（发现）哎，阿红，你怎么又出去买菜了？这个月的家务活都归我管，你踏踏实实地给我好好准备研究生考试！

林阿红：我从图书馆出来，正好碰见卖菜的……

杨老师：瞎说，图书馆附近根本就不会有卖菜的！你绕路专门去了菜市场？

林阿红：爸，您都是六十岁的人了，我怎么忍心让您……

杨老师：（打断）别忘了你的理想——进北大，当研究生！今天是7

号……(掐指计算)天哪,还有十天,你就要开始研究生考试了!

林阿红:爸,我都准备得差不多了……

杨老师:(严肃地)住口!我这辈子最讨厌“差不多”这个词!凡是整天把“差不多”挂在嘴上的人,甭问,那就是差得多,差得远,差得一塌糊涂!

林阿红:爸,您别生气……

杨老师:如果有一天我不再为你生气……

林阿红:(紧张地)那就意味着您不要我这个女儿了?

杨老师:(看看林阿红)所以,我必须得为你生气!

林阿红:(调皮地)那您可就要成为大肚子青蛙了——

杨老师:而且是一只喋喋不休的老蛤蟆,整天呱呱呱地,烦死人了吧?

【两人笑起来……

杨老师:嘘——别把慧姑吵醒喽!走,走,咱俩上那屋说去!(欲走)

林阿红:(观察)不对,爸爸,慧姑怎么睡得这么死?

杨老师:啊?他不会是得了感冒,昏睡不醒吧?我摸摸,是不是发烧了?(向趴在桌边的“韩慧姑”摸去)

【两人惊讶地发现——是在枕头上蒙了外套……

杨老师:啊?!这,这这是韩慧姑干出来的事?他人呢?

【突然,窗户被拉开了——

【杨老师和林阿红一惊,闪到一旁,悄然顺着墙根,贴墙站好……

韩慧姑:(从窗户外探进头来)没人?(退出窗外)

【杨老师与林阿红面面相觑……

【哗的一声,一件毛茸茸的外套扔进来,正好罩在杨老师和林阿红的头上……

【韩慧姑的屁股先从窗户进来……跳下……

【被罩的杨老师和林阿红纹丝不动……

韩慧姑:(观察)还行,没人发现……

【大猩猩外套内传出杨老师的声音:“韩慧姑——”

韩慧姑:哎,杨老师!(寻找)杨老师,您在哪儿呢?

【大猩猩外套内传出林阿红的声音:“韩慧姑——”

韩慧姑:哎,阿红姐,你在哪儿呢?杨老师,阿红姐,你们在哪儿呐?

【突然,杨老师、林阿红撩开大猩猩的外套:“我们在这儿!”

韩慧姑:(吓了一跳)啊——!

杨老师:(直视着)韩慧姑……(撩开外套,露出桌边的枕头)这是你干的事?

林阿红:这大猩猩外套又是怎么回事?

【韩慧姑无言以对……

杨老师:韩慧姑,看着我的眼睛——(直视对方)为什么要骗人?你出去干吗了?

韩慧姑:我,我……(看了一眼杨老师,急忙避开对方的视线)没,没什么……

杨老师:(大怒)胡说!我平生最讨厌的就是欺骗!你在作文里说得那么漂亮,可你,你,却摆出用功读书的假象来欺骗我!

林阿红:(抓住韩慧姑)告诉杨老师,这是怎么回事?

【韩慧姑低头无语……

杨老师:(伤心摇头)我看见有志气的孩子,就像看见了太阳!可这一次,我上当了!(快步走去)

韩慧姑:杨老师!我,我,我不该让您伤心……

【杨老师站住，谛听。

林阿红：到底是怎么回事？

韩慧姑：我在快餐店门前，装扮成黑猩猩，做广告……

林阿红：为了挣钱？

【韩慧姑默默点头……

杨老师：阿红姐把你带到家里来，是干什么的？

韩慧姑：念书……考上燕大附中的初二插班生……

林阿红：（扔下黑猩猩的衣服）你到北京不是来打工的，是来求学的！

【韩慧姑不语……

林阿红：我和爸爸收留的是刻苦学习的中学生，不是个童工！

【韩慧姑还是不说话……

林阿红：如果你不听话，我就把你送回李明扬的家里！

韩慧姑：阿红姐，我决定……回宁夏，到爸爸身边去……（掏出钞票）这是我装成黑猩猩挣来的一百块钱，算是我在您这儿住了半个月的饭费吧……今天下午我还要去最后一次装黑猩猩，然后我就上火车了……

林阿红：（愠怒）半途而废，你走吧！

【韩慧姑又呜呜地哭了……

林阿红：又哭，又哭，没出息！

杨老师：我和你阿红姐是真心要帮助你考进燕大附中啊！

韩慧姑：我知道，你们都是特别好特别好的好人！

杨老师：那为什么还要走呢？

韩慧姑：（摇头，似有难言之隐。但止住了哭泣，从书桌的抽屉里拿出一沓试卷和练习册）阿红姐，我再也不哭了，请您最后一次检查我做的习题吧！

林阿红：（看习题）二元一次方程……不等式……多元方程……几何……哦，你连初二的几何题都会做了？！

韩慧姑：（指练习册）还有英语，这是我用英文写的日记，很简单，只有六行字，其中有八个单词是查字典才会的……

杨老师：（拿过来看）很好……太好了……！你已经有自学能力了！（抬头一看，人不见了）哎，慧姑——

【韩慧姑已经提着书包走到门口了——

林阿红：慧姑——

韩慧姑：（向对方深深一鞠躬）谢谢杨老师，谢谢阿红姐！（打开了门）

林阿红：慧姑——（拽住他）别走！

韩慧姑：不，我要回去……

林阿红：（把韩慧姑拽到"书"床上，指着杨老师）爸爸已经和燕大附中联系好，让你参加插班生入学考试了！

韩慧姑：杨老师？

杨老师：不相信？我就是燕大附中的语文教员！

韩慧姑：真的？！（转念）可是，插班生需要交很多很多学费，我拿不出……妈妈活着的时候经常告诉我，不要随随便便地给别人添麻烦……本来，我和杨老师，和阿红姐不认识，为什么要给你们带来这么大的麻烦呢？

林阿红：你太不了解爸爸了……

韩慧姑：我了解。

林阿红：你不了解！爸爸孤身一人，什么是他的最大快乐，你知道吗？

【韩慧姑凝视着林阿红……

林阿红：爸爸的最大快乐，就是发现刻苦读书的学生，有理想，有志气的学生！

杨老师：五十多年前，跟你一样，我也是只身一人闯进了北京……为了活着，就在前门的一家鞋店当学徒。我多羡慕那些能念书上学的孩子呀，一看见那些穿校服背书包的学生，我的眼睛就发直！有一天夜里，鞋店关了门，我扑通一下就给算账的先生跪下了，求求您教我识字念书吧！后来，认得不少字了，可我没钱买书，就到处借书，借了书就拼命地读，生怕人家来要书的时候自个儿还没读完。解放后，我考上了师范。第一次拿到工资，我就把钱都买了书！到了食堂吃饭的时候才想起来，呀，我没留饭钱！哈哈……这一辈子，唯一的爱好就是搜集好书。所以我把这间屋子叫“书蠹斋”。（指屋内四壁）一看见这些书，我打心眼里就感到那么透亮，那么舒畅，那么陶醉！每一本书都是学问渊博的老朋友哇！在我的心眼里藏着一个愿望——让那些喜欢读书的孩子都来吧，我这里有书，有好书，你们尽管拿去读！看见你们捧着书本专心苦读的模样，就像看见了上帝，我笑得合不上嘴！你阿红姐姐就是个喜欢读书的好孩子呀！

林阿红：慧姑，你知道吗？我并不是爸爸的女儿——

韩慧姑：（惊讶）什么，你不是……？

林阿红：七年前，我只是杨老师雇来的保姆。因为我爱读书，杨老师就帮我自学，完成了大学本科的学业。现在，我正在准备研究生考试，争取走进北京大学！杨老师比我的亲生父母还要亲啊！

杨老师：所有爱读书的孩子都是我最珍爱的亲人啊！

韩慧姑：（感动地）杨老师——（向杨老师深深鞠躬）

杨老师：孩子，我认定你是个有志气的人！现在，你要专心准备考上燕大附中的插班生,证明自己的能力,证明自己的价值!

韩慧姑:可我没有时间证明了!

杨老师:不就是怕费用高吗?我把你的情况汇报了,学校听说你是从大西北来的,决定把择校生的赞助费取消。只要你能考上就行!

韩慧姑:谢谢学校!可我……必须回去……

林阿红:为什么?

韩慧姑:上个星期,我给爸爸的同事打了电话,爸爸他——

林阿红:怎么了?

韩慧姑:爸爸的两条腿……瘫痪了!

林阿红、杨老师:啊——

韩慧姑:(又要哭,但马上止住)杨老师,阿红姐,我没有哭……

林阿红:你哭吧,现在我允许你哭……

韩慧姑:不,我不哭!你说过,眼泪是窝囊废的专利!阿红姐姐,我回到宁夏一定要刻苦学习,像北京的中学生一样聪明,一样能干!你不相信?看——(打开旧提包,拿出废旧报纸和本册)这是我从废品收购站里买回来的,北京中学生在国际奥林匹克数学竞赛获奖的照片,我要把它贴在自己的床头,天天对他们说:我也要为国争光!这是初中三年的英语同步辅导材料,这是北京中学生优秀作文选……我虽然进不了妈妈读过书的燕大附中,但我一定实现妈妈的愿望——做个最棒的学生!

林阿红:慧姑——!(紧紧地搂住韩慧姑)

韩慧姑:杨老师,阿红姐,我永远记住你们!

【传来喊声:“请问,这院里有人吗?”

林阿红:(答应)哎,谁呀?(出门)

【李馨儿上。

馨儿：杨老师！

韩慧姑：（惊讶）馨儿……？你，你怎么找到了这里？

馨儿：不知道吧？杨老师是我们语文老师！

杨老师：我已经跟馨儿的爸爸联系上了……

馨儿：慧姑，这回，你可得跟我回家了吧？

韩慧姑：谢谢你的好意！可我必须回宁夏！

馨儿：为什么？

韩慧姑：（欲言又止）……再见了，馨儿！（走去）

馨儿：站住，慧姑！

韩慧姑：我必须回家照顾我的爸爸！（再次走去）

馨儿：别走！

韩慧姑：我走定了！

馨儿：你看，谁来了——（跑到韩慧姑的前面）

韩慧姑：不管是谁，我也要回家，照顾爸爸！

【韩慕春摇动着轮椅上——

韩慕春：慧姑！

韩慧姑：（惊讶地）爸爸……

韩慕春：孩子！

韩慧姑：爸爸！

【父子二人紧紧拥抱在一起……

【切光。

【下课铃声……

第五场

(校园和室内篮球馆)

【下课铃声继续响,顿时,静谧的校园活跃起来——

【校园歌声洋溢着青春的蓬勃活力……

【赛场上的喊叫声、加油声、笑声混成一片……

【杨老师边走边对紧随身后的韩慧姑讲解着什么……

杨老师:不对,词语搭配还要考虑习惯,也就是约定俗成,正像你们在小学就知道的,“克服”的后面不能和“错误”相搭配,说“克服缺点”“克服困难”可以,不能说“克服错误”……懂了吗?(抑制难受,张望)

韩慧姑:懂了。谢谢杨老师。(低头看作业)

【杨老师刚要走开——

韩慧姑:杨老师,我还有一个问题——哦,是我在马路上看到的,可以问您吗?

杨老师:(只得回来)可以可以……

韩慧姑:有句广告词,我觉得别扭——

杨老师:你还真爱动脑筋!说吧,哪句广告词?

韩慧姑:有一种叫太飞牌的冰箱,它的广告说——“‘太飞’广告做得好,不如‘太飞’冰箱好。”这句话是病句吧?

杨老师:没错!你发现得非常准确!至于它的毛病……(又抑制难受地张望)你自己想一想,从结构残缺方面考虑……好吗?

韩慧姑:好,杨老师,我想出来就找您……

杨老师:那就……谢谢了!(急忙走去)

韩慧姑：（恍然大悟）啊，杨老师，我想起来了！

杨老师：哎哟，你想得怎么这么快呀……（只得转过身来）说，快点说——

韩慧姑：这句话错在——“广告”与“冰箱”不能类比，如果在“冰箱”后面加上“做得好”三个字，这句话就通顺了！

杨老师：（一拍大腿）对！太对了！你真是个……（抑制不住地）哎哟……

韩慧姑：杨老师，您怎么了？

杨老师：没，没事……你真是个学而不厌的好孩子呀！

韩慧姑：我想了三天也没想出来，您刚才那么一提示，我才想出来了，还得谢谢您呀！

杨老师：你明白得这么快，我要谢谢你呀！（急不可耐地走去）

韩慧姑：（发现）杨老师，您好像不太舒服……我搀您走……

杨老师：谢谢……

韩慧姑：边走还可以边请教您……

杨老师：啊，你还有问题？！

韩慧姑：您不是常跟我说吗？只有多思多问，才能学好功课吗？（掏出一个小本）我把平常想不明白的语法问题都记下来了，整整一本，准备一一求教……

杨老师：啊……（艰难地跑开了）

韩慧姑：杨老师，您别摔着……（追上）我搀着您，等等我……

杨老师：我等不了了……你站那儿别动，别动……两分钟以后我就来……（跑，又跑不起来；不跑又不行）

韩慧姑：哎呀，杨老师，让我扶着您吧！

杨老师：你别动！我说话算数，两分钟，只求你等我两分钟！

韩慧姑：您到底哪儿不舒服哇？我领您去医务室，要不去医院……

杨老师：好孩子，我哪儿都不去，只想去……厕所！

韩慧姑：去厕所？嗨，您倒是早说呀！

杨老师：对不起，实在对不起，在你学习劲头正足的时候，我却憋不住了！不好意思呀！（走去，又转身）眼下，你虽然还只是个试读生，但我预祝你能被学校录取为正式插班生！教你这么好学的孩子，我心里高兴，就是耽误上厕所……（欲走）

韩慧姑：（向这位老师走去的方向深深一鞠躬）对不起了，杨老师！哎，杨老师，我的插班生考试有结果了吗？

杨老师：一会儿我就去找校长，有了结果，马上告诉你！（急下）

韩慧姑：（自语）天哪，过一会儿就有结果了……我到底能不能考上插班生啊？（低头背起英语来）

【突然飞过来一只篮球，差点砸在韩慧姑的脑袋上——

【小牛顿上——

小牛顿：嗨，见着我的篮球了吗？（注：请避免使用“哥儿们”“姐儿们”等词）

【韩慧姑低头捡起篮球，递上——

【两人同时发现对方——

韩慧姑、小牛顿：（同时）哟，是你——！（同时表演大猩猩招徕顾客的广告词）

小牛顿：你叫……？

韩慧姑：韩慧姑。

【叶英跑上——

叶英：（对小牛顿）嗨，你是捡球呐，还是聊天呐？

小牛顿：快来，你看他是谁？

叶英：（认出韩慧姑）哎哟，你还真拿着三百块钱考我们学校了？

韩慧姑：哪儿呀，学校为了支援开发西部，对我这个宁夏的学生格外开恩,免交赞助费,只要能考上就行!

叶英:那你考上了吗?

韩慧姑:等信儿呐。这会儿,我真像热锅上蚂蚁……

小牛顿:这叫小母鸡踩电门——

韩慧姑:怎么讲?

小牛顿:麻爪儿!

韩慧姑:你才是小母鸡呢!

叶英:走,打篮球去!

韩慧姑:不不,我得等杨老师……(一边张望,一边背诵英文)

小牛顿:(对叶英)嘿,听听他那满口的“宁夏英语”!(把篮球掷给韩慧姑,低声)别念了,如今的女生不喜欢梁山伯那样的书呆子!

韩慧姑:去,别胡说八道!(拽掉篮球)

叶英:嘿,你敢说他胡说八道?你知道他是谁?我们班有名的物理大王小牛顿!

【韩慧姑瞅了一眼走开……

小牛顿:嘿,别走哇!

叶英:(跑到韩慧姑的前面,突然调皮地唱起来)“对面的女孩儿看过来,看过来,看过来……”

韩慧姑:(愠怒)谁是女孩儿?

小牛顿:好!不愧是我们班的夜莺!(续唱)“这里的表演很精彩。请不要假装不理不睬……”

叶英:(接)“对面的女孩儿看过来,看过来,看过来,不要被我的样子吓坏……”

韩慧姑:(生气)你们,你们欺负人!

【叶英与小牛顿排着手围着韩慧姑,谐噱地唱:“其实我很可爱……”

韩慧姑：（一把抓住小牛顿）你再唱！

【两人哈哈大笑……

【韩慧姑忿忿地走下……

叶英：哎，你怎么一点风度都没有？

【李馨儿跑上——

馨儿：慧姑，慧姑！（对两个同学）你们欺负他了？

叶英：没有哇……

小牛顿：大气包子！凡人不理，太狂了！我真不知道你干吗对他那么好！

馨儿：不光我对他好，你们也应该对他好！

叶英：为什么？

馨儿：从前，他妈妈是咱们燕大附中的学生会主席，北京市三好生，非常棒。他特别崇拜他的妈妈，梦想有一天也能在咱们燕大附中读书……

叶英：哦，他妈妈是咱们的老校友？

馨儿：可是，他妈妈死了……

小牛顿、叶英：（震惊）啊，他妈妈死了？

馨儿：他的爸爸、妈妈都是石油工程师，在一次井喷的事故中，他们奋不顾身地带领工人紧急抢救……不幸，钻杆砸了下来，他妈妈推开了身边的工人师傅，自己却被砸在了钻杆下……他爸爸的双腿也被砸伤了……

小牛顿：啊，原来他妈妈是个烈士？

叶英：他爸爸也是个英雄？

馨儿：他妈妈临死前，只有一个愿望——让韩慧姑到北京读书，将来成了材，再回到西北，继续她的事业……

【音乐……

【韩慧姑一边低头背诵着英语，一边上场……

【众人惊异地看着韩慧姑……

韩慧姑：(发现)你们……干吗这么看着我？

小牛顿、叶英：(不知说什么好)慧姑……我们知道了……

韩慧姑：你们知道了什么？

小牛顿、叶英：(歉意地笑着)对不起！(同时向韩慧姑鞠躬)

韩慧姑：咦，你们这是……

馨儿：(打破僵局)来，咱们打篮球去！

小牛顿、叶英：对，打篮球去！(拽着韩慧姑就走)

【灯光变换——三束光表示着窗外的光线。这里是学校的篮球馆，似乎是开场梦境的重现……

馨儿：(掷球)小牛顿，上！

小牛顿：好，让我给你们表演一个——迈克尔·乔丹！

【小牛顿飞身做三步上篮的动作……

叶英：漂亮！看我的——(也做了一个强行突破的传带动作)

馨儿：嘿，还有我——(接过球，与小牛顿做攻防配合，动作干净、利落)

【韩慧姑不禁鼓掌……

【杨老师若有所思地走上，观看……

小牛顿：慧姑，来一个——上篮！(掷过球)

韩慧姑：(接住球)我，我打得不好……

小牛顿：(狡黠地笑)听说宁夏的中学生个个都会念书，一到篮球场就变成了木头雕刻的小母鸡！

叶英：那叫呆鸡！哈哈……

韩慧姑：(一时兴起)胡说！别把我的谦虚当软弱！

小牛顿：哎，这就对了！（显示自己的物理知识）其实，迈克尔·乔丹也不过就是顺应了力学原理——首先是对篮球的作用力与反作用力的准确把握；其次是利用惯性和加速度的原理，巧妙地弹跳；第三就是制造对方的逆向惯性，打出时间差……

韩慧姑：（打出暂停的手势）得得，我知道你是物理大王，别耍嘴皮子。瞧我的！

【韩慧姑接球……运球……跃起——

叶英：好——

【只听嘶啦一声——

【众人看去——

【韩慧姑一只脚的五个趾头冲破了布鞋的底和面，赫然露出！

【众人先是一愣，继而哈哈大笑——小牛顿笑得直跳脚，叶英笑得坐在地上揉肚子，馨儿笑得背过脸去，抽搐着双肩……

【只有韩慧姑愣愣地不知如何是好，十分尴尬……

【杨老师走近，观察……

【韩慧姑懊恼地把篮球掷出去……正好杨老师接住了篮球……

【众人愣住了——

杨老师：你们怎么不笑了？我来测验一下你们的想象力——（抓起韩慧姑穿着破鞋的脚腕子，举起）这，像什么？

【众人莫名其妙——

杨老师：怎么，高材生们就这么缺乏想象力？看看，它能让你想起什么？

【韩慧姑直视着杨老师——

杨老师：慧姑，想不出来？（笑眼凝视）

韩慧姑：哦……（丢下了尴尬）这，这很像……一条张开嘴的小鲨鱼，露出了尖利的牙齿！

杨老师：好，有想象力！

小牛顿：这很像一只熟透的石榴，裂开嘴，露出了石榴籽！

杨老师：想得妙！叶英呢？

叶英：它像……像破口袋露出了几颗茴香豆！

馨儿：不过，可是有臭味儿的茴香豆，千万别吃！

【众人都开心地笑了……

【杨老师脱下外套，露出运动衣……

韩慧姑：您……

杨老师：听说你韩慧姑是篮球高手，敢不敢跟我这个老头子过过招儿？

小牛顿：杨老师，您……行吗？

杨老师：你跟慧姑一拨儿，我带两个女生，保证把你们打个落花流水！用个文雅的词儿说，让你们俩全都——晕菜！

小牛顿：嚯，没想到，咱们杨老师语文教得好，牛皮吹得更好！慧姑，咱俩能咽这口气？

杨老师：（激将）你们都瞧瞧慧姑，他早就在心里认输服软了！

韩慧姑：谁说的？（甩掉那双破鞋，又甩掉另一只鞋子，光着脚上场）瞧我的！

小牛顿：好样的！（也甩掉鞋子）上！

【馨儿和叶英也甩掉鞋子上场——

林阿红：（按捺不住）好，我当裁判，开球——！

【一场三打二的比赛开始了……

【馨儿他们在进攻——

【韩慧姑不敢上前拦阻……

杨老师：慧姑，咬住不放！

【韩慧姑近身夺球,从身后传球给小牛顿……

【小牛顿运球到篮下——

【杨老师封住小牛顿……

【小牛顿翻身,传球给慧姑……

杨老师:慧姑,抓住时机!(把球传给韩慧姑)

【韩慧姑攻到篮下——

杨老师:慧姑,强行突破!

【韩慧姑一个假动作,强行上篮——命中了……

杨老师:(喝彩)好!

馨儿:哎,杨老师,您怎么当叛徒呀?净给慧姑当指导!

杨老师:(抓住韩慧姑的肩头)记住了吗?我说了三句话——

韩慧姑:记住了——"咬住不放"!"抓住时机"!"强行突破"!

杨老师:对!别犹豫,就这么干!(重重地捶了韩慧姑一拳)

【韩慧姑竟被击倒……

杨老师:站起来!

韩慧姑:(跳起来)是!

杨老师:我要向你宣布插班生考试的结果——(停顿)

韩慧姑:(不安地后退)啊,结果出来了……?

叶英:慧姑考上了?

【杨老师凝视着韩慧姑,一语不发……

【韩慧姑愣愣地看着杨老师……

小牛顿:(悄然拉过叶英)别问了!杨老师打篮球时说的三句话,就是给他打预防针呢!

杨老师:(沉重地)你的英语考试——不及格……

【韩慧姑震动了……"啊"了一声,颓然蹲在地上……

【追光——

【紧接着是一声声清脆的鸟鸣。愉快的鸟鸣与韩慧姑的情绪形成鲜明的反差。

【压光……

第六场

（未名湖）

【清新活泼的鸟鸣还在继续……

【满目葱绿，波光粼粼，湖水倒映出塔影……

【韩慧姑推着韩慕春坐着的轮椅……

韩慕春：（张望着，深情地）未名湖，你好哇！十几年不见了……慧姑，你看，对面的小亭子，挂着一口铜钟。上学的时候，我常常跑上去敲钟，幻想着将来能够一鸣惊人……那是个多么天真的时代呀……

【韩慧姑默默地低着头，心事重重……

韩慕春：你再看着未名湖的水，又绿又清……在宁夏，第一次看见黄河，我就想，什么时候黄河水也能像未名湖那样清澈碧绿呀……哎，慧姑，你看见岸边的那条石舫了吗？

【韩慧姑干脆躲到一旁，悄悄地抹眼泪……

韩慕春：（回头看见儿子，生气地）你，你怎么还在哭？瞧瞧，眼泪、鼻涕都快过黄河了！

【韩慧姑抹抹眼泪，不敢看爸爸，也不说话。

韩慕春：知道我为什么要带你到这未名湖来吗？

韩慧姑：你和妈妈是在这未名湖认识的……还有李伯伯，你们都是北大毕业的老同学……

韩慕春：这未名湖的每一滴水都贮藏着许多动人的故事，所有的故事又都有同一个旋律，那就是追求，奋斗，向上……（看看儿子）

【韩慧姑又在抹眼泪……

韩慕春：（猛地拍一下轮椅扶手）未名湖什么都相信，就是不相信眼泪！

韩慧姑：爸，您别说了，我对不起您——英语只考了 48 分……

韩慕春：这里是首都，教学水平很高，你能考到 48 分已经很不错了！我满意的是你的努力！我已经向燕大附中提出了请求，再给你一次补考的机会……

韩慧姑：爸，我决定了——回宁夏！

韩慕春：回哪儿？

韩慧姑：回宁夏。

韩慕春：为什么？

韩慧姑：我长大了……我是个男人。我必须把咱这个家撑起来！

韩慕春：那你的意思……我现在是个大废物？

韩慧姑：爸，回到宁夏，我上学前、放学后都能给您做饭。星期六，我洗衣服，星期天，我还能推着您出去散步。爸，没有我，您自己在家多孤独呀！看不见您，我也不安心，上课的时候，我会突然想起您——这时候，您是不是摔倒了？您是不是还没吃早饭？您是不是又对着妈妈照片流眼泪了？

韩慕春：好哇，听起来很让我感动。可这是你逃避 48 分的美丽借口！哼！（转动轮椅，走去）

韩慧姑：我来推您！（已经摸到轮椅）

韩慕春：（回头）不用！（快速摇去）

韩慧姑：爸，你会摔着的。

韩慕春：摔倒了再爬起来！

韩慧姑：（又摸到了轮椅）爸，您干吗不让我推？

韩慕春：我的儿子不应该是逃兵！

韩慧姑：我不是逃兵！

韩慕春：你是个胆小鬼！

韩慧姑：我不是！

韩慕春：你是！（用力推慧姑，不小心椅子一歪，自己摔倒在地）

韩慧姑：爸！（上前搀扶）

韩慕春：（倔强地推开儿子）不用！（自己艰难地趴在地上）

【韩慧姑再次上前搀扶，又被父亲推开。

韩慕春：你走开！

韩慧姑：（急切地上前，跪在韩慕春面前，拖住韩慕春的身体）爸——！我不是胆小鬼，因为我是您的儿子，因为我有一个不怕死的妈妈！

韩慕春：（被韩慧姑的话震惊，感动，紧紧搂住韩慧姑）儿子！

【慧姑拖过轮椅，艰难地把爸爸扶了上去。

韩慧姑：爸，我刚才说的是真心话呀！

韩慕春：好，我也说说真心话。我让你来北京，是为了让你独立地面对生活。在你离开宁夏的这些天，我躺在病床上，无论是睁开眼睛，还是闭上眼睛，脑子里都是你！我在想，我的儿子应该是什么样的？他应该像太阳那么亮堂堂，像大地那么厚实实，像海洋那么浩荡荡，像高山那样撑起蓝瓦瓦的天空！那才是我的儿子！

韩慧姑：爸，您在朗诵诗！

韩慕春：什么意思？

韩慧姑：您现实一点好不好？您的腿需要继续治疗，我在北京需要

《享受艰难》剧照

买书,买本,交学费,交饭费……咱家哪儿有那么多钱？所以我想回宁夏,跟您在一起,省下钱来给您买些营养品,让您早点站起来！

韩慕春：仅仅是为了钱？(笑)

韩慧姑：爸,您笑什么？

韩慕春：爸爸要告诉你——咱家有钱了！

韩慧姑：咱家有钱了？

韩慕春：对！我的勘探技术革新获得了发明一等奖,奖金——十五万元！

韩慧姑：十五万？您是跟我讲故事吧？

韩慕春：(掏出奖金通知书)你看——

韩慧姑：(读)“因韩慕春工程师获得科技发明一等奖,特发奖金人民币十五万元……”(兴奋地)真的,这是真的！

韩慕春：(看着韩慧姑笑)真的,如果我同意把这项发明的技术专利转让出去的话,还可以获得一百万到二百万。

韩慧姑：二百万？真的？我们家一下子成了百万富翁！(不能自已地)真像《一千零一夜》里的阿里巴巴？以前遇到困难的时候,我就默默念叨着：芝麻,芝麻开门吧！没想到,今天,芝麻真的开门了！(抬起自己脚上的破布鞋)我成了百万富翁的儿子,还穿这样的鞋？

韩慕春：那你说,应该穿什么样的鞋呢？(收敛笑容,观察儿子)

韩慧姑：怎么着也应该是耐克吧！

韩慕春：有了耐克鞋,裤子呢？外衣呢？帽子呢？来个从头到脚“耐克化”？

韩慧姑：行啊！(忘乎所以)

韩慕春：穿这么高贵的衣服,还能住你们杨老师家的小书斋？

韩慧姑：是有点不协调。

韩慕春：买一座小别墅？

韩慧姑：好，跟馨儿家挨着，她说，他们家下个月就搬进机场路的小别墅里去。

韩慕春：还差一辆汽车吧？再买一辆本田，或者别克？

韩慧姑：可惜您开不了。

韩慕春：没关系，雇个司机？再雇一个厨师，专门给你烧北京有名的谭家菜？还要有保姆专门洗衣服，打扫房间？再买一套高级的家庭影院，配上七十二寸的大屏幕背投？到那个时候，（厉声）韩慧姑就成了饭来张口、衣来伸手的韩大少爷了！

【韩慧姑不知该怎么回答。

韩慕春：你怎么不说话了，慧姑？钱可以让人过好日子，也能把人变成了废物啊！还记得吗？你上小学四年级的时候，有个同学到咱家来玩，他看着咱们家就说：你们家怎么没有大彩电、大冰箱、全自动洗衣机呀？当时，你是怎么回答的？

韩慧姑：我说，我们家什么都没有，就是有一百分，你有吗？

韩慕春：当时我就把你抱起来……

韩慧姑：用满是胡子茬儿的嘴亲我……

韩慕春：这就是我的无限财富——为儿子快乐、自豪！

韩慧姑：爸——

韩慕春：你的无限财富在哪里？（指脑袋）在这里！也许有一天，你能用自己的智慧和血汗挣来别墅和小汽车，那时候，我同样为你自豪和快乐！

韩慧姑：（突然明白了什么，捡起了自己的破布鞋）爸，我还穿它。

韩慕春：不，鞋破了必须换。（从轮椅旁的储物柜里拿出一双新鞋）这是馨儿送给你的，为什么不敢穿？这是美好的情分，穿上它,走得要更稳,跑得要更快!说不定,将来我会跟你一起赛跑呐!

韩慧姑:您?跟我赛跑?

韩慕春:北京医院的大夫说,可以给我做手术,我的腿有可能恢复!

韩慧姑:真的?爸——

韩慕春:总有一天,我会站起来,登佛香阁,登香山,登万里长城!

韩慧姑:(激动地)爸,你要是能站起来,我该多么高兴啊!

韩慕春:你要是能从48分上站起来,那我会更高兴!

韩慧姑:(想了想)我能,一定能!哎,爸,还记得您和妈妈给我写的那支歌吗?(唱起来):"黄河的那个浪啊,排着队走……"

【韩慕春跟儿子一起唱……

韩慧姑:(似悟出什么,转身对韩慕春)爸,我突然觉得,在困难里也能得到快乐……

韩慕春:(惊讶地重复)"在困难里也能得到快乐……"(兴奋地)哦,说得好,说得好!很有点味道!啊哈,我儿子要成哲学家啦!哈哈……

韩慧姑:(注视着爸爸)您要是老这么满面春风的多好!以后,别那么严肃了!

韩慕春:好,接受你的批评!如果学校同意你补考英语,你做好准备了吗?

韩慧姑:Yes Sir!

【传来林阿红的喊声:"慧姑,慧姑——"

韩慧姑:(发现)阿红姐!您也来了?爸,阿红姐——

韩慕春:(热情地与之握手)你好!我儿子在最关键的时候能遇上你,真是幸运!

林阿红:慧姑也给了我力量!慧姑,决定了?

韩慧姑：决定了——补考英语，一定要考上燕大附中的插班生！

林阿红：好！你一定会成功！

韩慧姑：你呢？考研成功了？

林阿红：我就是来告诉你的——研究生考试，我失败了……

韩慧姑：啊……（转念）阿红姐，没关系，咱俩一块儿复习，你一定会成功！

林阿红：不，我要回老家安徽，家乡的中学非常缺少教员……

韩慧姑：（惊讶）放弃考研？你——你当缩头乌龟了？害怕了？

林阿红：不，不……

韩慧姑：我要回宁夏的时候，你骂我是胆小鬼，没出息。现在，你呢？什么都不要了，走进北大的理想也不要了？没出息！

林阿红：让北大的未名湖永远成为一个美丽的梦吧！

韩慧姑：可梦就是梦，再美丽也是梦啊！

林阿红：不。不会做梦的人是没有希望的。这些天，我常常想，我的价值在哪里？难道只有考上研究生才有价值吗？如果我能帮助家乡的孩子，许多像你、像我这样热爱学习的孩子，走进北大、清华，走进全国许多著名的大学，那不是很有价值吗？

韩慧姑：哦，你是这么想的……

林阿红：虽然，我不能走进未名湖，可未名湖永远在我心里！（眺望）未名湖，你永远是我们的精神家园啊！

韩慧姑：你想得真美呀！

林阿红：其实，你追求的也不是燕大附中，而是你妈妈的理想，美丽的理想。不是吗？

韩慕春：说得好！就让未名湖成为我们心中最美丽的梦吧！

【切光——

【拍击篮球的声音——沉闷的声音……

第七场

（校园，篮球馆）

【校园——

【韩慧姑抱着篮球，心事重重地踱步……不时地拍打着篮球，以排遣心中的忧烦……

【小牛顿和叶英跑上——

叶英：（欲叫）韩慧——

【小牛顿阻拦叶英，上前——

小牛顿：（一副沉重的模样）韩慧姑……同学……

韩慧姑：（这才发现）哦，是你们……

【小牛顿与叶英相视无言……

韩慧姑：你们是不是……想跟我说什么？

【小牛顿与叶英默默地点头……

韩慧姑：那你们就说吧！快说呀！

小牛顿：（一副悲痛难忍的样子）这，这叫我怎么说呢？

韩慧姑：有啥说啥，干吗吞吞吐吐的？

【两人还是欲言又止……

韩慧姑：你们俩真要把活人急死！快说！（突然悟到了什么）噢，你们是不是知道了我……补考英语的结果？我正等着消息呐！

【两人沉重地点头……

韩慧姑：（察言观色）怎么，我的英语还是……不及格？

小牛顿：（一副悲天悯人的神态）慧姑，虽然你是个努力学习的好孩子，可是……

韩慧姑：“可是”什么？快说！

小牛顿：可是，可是，你肯定是个努力学习的好孩子……

韩慧姑：哎呀，那些废话你就别说了！快告诉我英语补考的结果！

小牛顿：叶英，我实在不忍心再往下说了，你，你就告诉他吧！

叶英：慧姑，记住杨老师的谆谆教导——“咬住不放”……

小牛顿：“抓住时机”……

叶英：“强行突破”！

韩慧姑：（急得火上房）哎呀，我求求你们快点告诉我结果吧！

小牛顿：慧姑，我们和你虽然才刚刚认识不久，可我们不会忘记你的！（转过头去，伸出手来，煞有介事地）别了，不知何日再相会！（做抹泪状）

叶英：（也做告别状）何日君再来？（抓住韩慧姑的手）回到宁夏你也要记住，最牵挂你的人——是我们！（做不忍状，低下头去）

韩慧姑：（醒悟）我的英语补考真的不及格……！（一屁股坐在地上）完了，燕大附中，也只是我的一个梦！（慢慢起身，走去）

叶英：（走上观察）这回，你没掉眼泪？

韩慧姑：我不能用眼泪回答你们的希望……再见！（欲走）

小牛顿：站住！

韩慧姑：干吗？你们的嘱咐我都记在心上了……

小牛顿：（掏出一张纸条）拿去，好好看看！

韩慧姑：（接过纸条，看也不看）补考成绩？（扔掉）不用了。

小牛顿：你一定要看！

韩慧姑：上次考了个 48 分，这回，就是 59 分也没意义了……

叶英：（捡起纸条，故意大声读）“韩慧姑，英语补考 84 分，准予成为本校初二插班生——燕大附中……”

韩慧姑：（冷笑）干吗还要在我的伤口上撒盐？过分了吧？（转身走去）

小牛顿：（抢过纸条，举到韩慧姑的眼前）你自己看！

韩慧姑：（看，惊讶）这，这是真的？

小牛顿：刚才，我们是——逗你玩！

韩慧姑：（喜出望外地）好哇，你这个小坏蛋！（追打小牛顿）还有你，叶英，也不是好东西！（追打叶英）

叶英：哎，哎，住手！（从书包里掏出印有"燕大附中"的校服）你看，这是什么？

韩慧姑：这是……

小牛顿：你的校服！

韩慧姑：我的校服！（抓过校服，欣喜若狂地叫起来，跳起来，跑起来）我考上了，我考上了！

【小牛顿和叶英笑起来……

韩慧姑：馨儿呢？她还不知道吧？咱们去告诉馨儿去！

【暗转篮球馆——

【拍击篮球的沉闷声音在继续……

【与梦境中的打篮球场面相似——蓝色调充溢全场，几支光束射进……

【追光中，李馨儿在独自练习打篮球……她的神情呆滞，动作机械。与其说是打篮球，不如说是在排遣似乎是无法排遣的郁闷……

【李馨儿颓丧地把篮球拽到了一旁，有气无力地瘫坐在地上……

【韩慧姑和小牛顿热情地呼喊："馨儿，馨儿——"

【李馨儿似乎要遮掩什么，立即跳起来，佯装投篮……

【韩慧姑和小牛顿上——

韩慧姑：（兴奋地）馨儿，我的英语补考及格了！学校录取我当插班生了！

馨儿：（做出笑容）哦，好哇……

韩慧姑：我一定要好好干！

馨儿：好，祝你成功……

韩慧姑：（察觉）馨儿，你……好像有点不舒服吧？

馨儿：没有哇……

小牛顿：你是不是有点不高兴？出了什么事？

馨儿：（一反常态地）你说出了什么事？

小牛顿：（尴尬地）我不知道……

馨儿：不知道就闭上嘴！

韩慧姑：馨儿……

馨儿：（岔开话题）过几天就是京港杯篮球赛了，还愣着干吗？来，开球！（掷球给韩慧姑）做盯人和强行上篮练习！

韩慧姑：好！

【三人练习起来……

韩慧姑：（边打边说）哦，我还忘了，李伯伯呢？

馨儿：（如芒刺背，立刻站住，冷冷地）有什么事吗？

韩慧姑：我爸爸说，李伯伯有好几天没去看他了。我爸爸特别想跟李伯伯来一次彻夜长谈，一醉方休……

馨儿：（警惕地）谈什么？

韩慧姑：他们俩是知心朋友，攒了十六年的话，当然很多很多。李伯伯很忙吗？

馨儿：我怎么知道！

韩慧姑：李伯伯是不是又出国了？

馨儿：不知道。

韩慧姑：我爸爸说，这两天就去你们家，看望看望……

馨儿：（像针扎一样）别去！不许去！绝对不能去！

韩慧姑：你们家不是已经买了机场路旁边的别墅了吗？

馨儿：（把篮球一扔）你那么多废话！还练不练球了？不练出去！

韩慧姑：（莫名其妙地）馨儿，你怎么这么急躁？

馨儿：看我不顺眼？出去，出去，都给我出去！

【韩慧姑和小牛顿呆若木鸡……

馨儿：你们不出去？我走！（扔下篮球，转身就走，站在角落里喝水）

小牛顿：（低声问韩慧姑）她这是怎么了？

韩慧姑：到底出了什么事？

【叶英神情异样地进来——

叶英：不好了，不好了，出事了！

小牛顿：谁出事了？

叶英：李馨儿他们家出事了！

【背对观众的李馨儿颤抖了一下……

小牛顿：（对叶英）嘘——（示意自己的背后）

叶英：（对小牛顿）别跟我装神弄鬼的！李馨儿根本不在这里！（掏出一张报纸）你们听着——

【李馨儿转身走过来……

【韩慧姑和小牛顿欲制止叶英——

【李馨儿悄然拦住了他们两个男生……

叶英：（只顾读报纸）“天明公司被诈骗千万巨资，总裁李明扬被拘传……”

韩慧姑：（情不自禁）啊，李伯伯——

叶英：没错，就是李馨儿她爸爸被抓起来了！千万巨资呀，可不得了！听我接着往下念，你们都听着——（一转头，发现李馨儿就在自己身旁）啊，你……

馨儿：（冷冷地）念啊，念！

【叶英目瞪口呆……

馨儿：我给你们念——（抓过报纸，揉成一团）李明扬现在是渎职罪嫌疑犯，如果罪名成立，他将至少被判处三至五年的徒刑！

【三个人不知如何是好……

馨儿：好了，你们都明白了吧？都清楚了吧？都满足了吧？还有什么需要我披露的吗？我把家里的情况全部、干净、彻底地都说完了，没有一丝一毫的保留！现在，我不是你们的班长了，而是囚犯的女儿！

【三人如木雕一般……

馨儿：再见！（大步走去，下）

【寂静片刻……

韩慧姑：馨儿，馨儿——！（追去）

【切光——

【哗啦啦铁门开启的声音……

第八场

（监狱探视室）

【铁门开启的哗啦啦声继续……

【追光下——

【在长条桌的两侧，坐着李明扬和韩慕春……

【沉默片刻……

李明扬：（抬头看看韩慕春，突然笑起来）呵呵……十六年前，大学刚刚毕业的时候，怎么也不会想到，咱俩会在这儿见面……（哑然失笑）

韩慕春：明扬，人生就是顺风和逆风的交替呀！我不想跟你多说了，只是希望你在这里，避开世俗的繁琐，安安静静，专心致志地整理一下自己的前半生。或许这牢房就是蚕蛹，等你出来的时候，你就能长出会飞的翅膀！那时候，自由的阳光就会拥抱你！记住，我的双臂也始终向你张开着！（把轮椅摇过去）

【两个老友的手紧紧地握在一起……

李明扬：倩倩和馨儿……尤其是馨儿，我最担心……

韩慕春：我已经被借到研究所了，边治病边工作，要在北京工作好长时间呢！家里的事情，你完全可以放心，有我和慧姑。我们两个男子汉总能把她们母女俩照顾好的！

李明扬：谢谢！我真想馨儿呀，一闭上眼睛就是馨儿的影子……

【一声"李伯伯——"韩慧姑搀着王倩倩进来——

李明扬：慧姑！

王倩倩：明扬——（潸然泪下，什么都说不出）

李明扬：倩倩……

韩慧姑：阿姨，您答应过我，向我学习，不再哭天抹泪了……

李明扬：慧姑说得对。

王倩倩：（擦眼泪）还多亏了慧姑！那天，股东和债主们到咱家来哄抢东西，是慧姑及时找来他爸爸慕春，又打了110，叫来警察，这才制止了一场灾难！慧姑，阿姨对不起你呀……（抹泪。咳嗽两声，喘起来）

韩慧姑：阿姨！

李明扬：倩倩，气雾剂又忘带了吧？

韩慧姑：我拿着呐！（掏出气雾剂给王倩倩往嘴里喷）好些了吗，阿姨？

【王倩倩点头……

李明扬：馨儿怎么样？

王倩倩：她来了……（回头看看）咦，馨儿呢？

韩慕春：慧姑，你怎么没带馨儿来？

韩慧姑：她来了——（回头找）馨儿，馨儿——（下）

李明扬：（对妻子）馨儿……真的来看我？

王倩倩：真的来了！（对侧幕）馨儿！

李明扬：（恐慌地）不不不，别叫她，别叫她！（欲退）

王倩倩：怎么了，明扬？难道你不想馨儿？

李明扬：想，想，每时每刻每分每秒都在想她！可，可我不能让她看见我现在的样子呀！我回去，我要回去了……

韩慕春：明扬！你怎么能这么懦弱！

王倩倩：明扬，我求求你，一定要看看咱们的馨儿呀！你要微笑，你要让孩子宽心！明扬！

【韩慧姑上——

韩慧姑：李伯伯，馨儿来了——

李明扬：（怔住）啊——

【李馨儿捧着八音盒，黯然走上……

李明扬：（不安地）馨——

【李馨儿低着头，站住不动……

韩慧姑：馨儿，笑，微笑！我爸爸躺在病床上的时候，护士就告诉我一定要微笑！微笑最能减轻爸爸的痛苦！记住了吗？去，快去！（把馨儿推向前）

王倩倩：明扬，馨儿来看你了，说话，说话呀！

李明扬：馨儿……你，你拿八音盒干吗？爸爸对不起你……

【李馨儿望着爸爸，欲言又止……

李明扬：孩子，你恨爸爸，是不是？爸爸也恨自己！我不配做你的父亲……

韩慕春：做父亲的也有摔跤的时候，但摔倒了再爬起来，仍然是个好父亲！

王倩倩：馨儿，跟爸爸说话呀！

【李馨儿还是默不作声……

韩慧姑：馨儿！说话呀！

王倩倩：馨儿，告诉爸爸，你会好好学习的，你会照顾好自己的，你会听妈妈的话的……说呀，让爸爸放心！说呀，馨儿！

馨儿：（终于抬起头来，捧上八音盒）爸，您听——

【八音盒发出美妙乐音……

馨儿：您给我的八音盒，天天都能奏出像梦一样美丽的乐曲。可现在，我的梦……全碎了！（八音盒落地）我，我受不了！（跑出去，下）

众人：馨儿——！

【切光——

【萨克斯风《回家》……

第九场

（快餐店门前）

【萨克斯风《回家》的乐曲继续……

【灯光升起……

【快餐店门前——

【还是那只活广告“猩猩”在用英语和汉语招徕顾客:“请进,里面美味佳肴全都有!”

【突然,压光——

【追光中的“猩猩”仿佛在谛听什么——

【主体画面的窗口依次一扇扇打开——

【王倩倩的声音:“馨儿!”

【杨老师的声音:“李馨儿!”

【小牛顿的声音:“李馨儿!”

【叶英的声音:“馨儿!”

【韩慧姑的声音:“馨儿!”

【王倩倩急切的声音:“馨儿,你在哪里呀!”

【所有的窗口都关闭了,只有追光中的“猩猩”……

【升光,恢复快餐店景……

【“猩猩”仿佛恐惧了,彷徨了,欲前又退,欲言又止……后来干脆退到快餐店门口……

【老板正好走出来——

老板:嗨,嗨,你怎么进来了?昨天你不还好好的吗?出去!出去!站在这儿,来回走,见了客人就点头,拉着客人你就吼:里面美味佳肴全都有!忘啦?

【“猩猩”点头,无奈地回到原来的位置……

老板:(指侧幕)看见没有,好几个客人过来了,缠住他们!拉不进来,我扣你工钱!快去呀!

【“猩猩”欲走——

【突然又从四面传来喊声:“馨儿,馨儿,馨儿——”

【“猩猩”站住了……

老板：快去呀！

【“猩猩”犹如木雕，还是站着不动……

老板：（火了）你干不干？客人都从你鼻子底下溜走了！

【“猩猩”依然不动……

老板：你当你是谁？千金小姐？你是卖苦力的打工仔！不干滚蛋！（推倒“猩猩”）

【压光——

【追光中的“猩猩”倒在地上，脱下套头，露出脸——这正是李馨儿！

李馨儿：（痛苦地）妈妈，我该怎么办哪……（突然发现）慧姑，韩慧姑，我在这儿！（伸出手臂）

第十场
（立交桥上）

【汽车的马达声，喇叭声在继续……

【夜晚，立交桥上——

【舞台背景是：路灯描绘出俯瞰的立交桥蜿蜒回环的走势——犹如一条狂舞的金蛇横空出世……

【舞台的近处则是：一排“T”字型的桥墩……

【随着剧情和人物心理的变化，过往的汽车音效，或为短促的喇叭，或为一掠而过的呼呼风声……侧幕的流动灯表示过往汽车或行驶，或奔驰，或飞掠……

【李馨儿徘徊在“T”字形的桥墩下……一声声急驰而过的汽车

声，一次次闪动的汽车灯光……

【韩慧姑跟在李馨儿的后面……

韩慧姑：接到你的短信，我真高兴……

馨儿：高兴？（敏感地）是呀，你是得高兴。以前一直是你求我，现在是我求你了！一向充满自信、自尊的李馨儿也向你低头求援了……你很得意吧？

韩慧姑：不，我是为你信任我高兴！离开学校两天了，你在哪儿，你谁都没告诉，只告诉了我一个人……

馨儿：那好，慧姑，我求你一件事——

韩慧姑：别说一件事，多少件事我都帮你！

馨儿：你真好，我没看错你！走，咱俩马上走！（拽韩慧姑走去）

韩慧姑：哎，去哪儿？

馨儿：去西客站！我已经买好了两张火车票，K177次，直达银川！

韩慧姑：（惊讶）什么，去宁夏？

馨儿：对！去你们大西北，到黄河边上，我要进你原来学校。在那儿没人知道我的过去，我的家庭……我一定再次当选为三好生！再次当选为班长！

韩慧姑：去我们大西北，那当然好！

馨儿：那就快走吧！

韩慧姑：不，现在不去，等我们长大了，学到了真本事，一定要去大西北。

馨儿：我现在就要去！

韩慧姑：现在去？你是想逃跑，是胆小鬼！

馨儿：不，我不是胆小鬼！我只是想在一个陌生的地方重新开始！

韩慧姑：你是害怕别人瞧不起你，说你是罪犯的女儿！

馨儿：（自尊心受到刺激）对，我就是罪犯的女儿，滚！你滚！

韩慧姑：那好，我真的滚啦？

馨儿：滚！

【韩慧姑真的蹲下，抱紧双膝，围着李馨儿滚动起来……

馨儿：（没想到）你，你这是干吗？

【韩慧姑站起来，憨笑着……

馨儿：马戏团的小丑！

韩慧姑：别走了，馨儿！不用去宁夏，你照样是班长，是三好生！

馨儿：你到底跟我走不走？

韩慧姑：我不跟你走。

馨儿：那好，我自己走！（走去）

韩慧姑：馨儿！你太自私了！

馨儿：我自私，我浑蛋，我坏！你管不着！（走）

韩慧姑：（使劲拽住对方）你想过吗？你爸爸在监狱里牵挂着你，你妈妈在家里坐立不安，你的老师、同学满世界找你，我们大家都为你急得浑身冒火！

馨儿：我管不了那么多了……

韩慧姑：那你就是个害人精！

馨儿：你爱骂什么就骂什么吧，我是走定了！（走了两步，站住，掏出钞票）我把自己攒的钱都买了火车票，这是我在快餐店装大猩猩挣来的一百块钱，请你交给我妈妈……就说，这是女儿第一次孝敬妈妈，让她买止喘的喷雾剂……（哭泣）

韩慧姑：馨儿，祝贺你！

馨儿：到了这个地步，你还嘲笑我？

韩慧姑：不，你变了，真的变了——从前，你把你妈妈当保姆使唤，现在不同了，你懂得爱妈妈了！真好，馨儿！

馨儿：（半天说不出话来）……谢谢！（走去）

韩慧姑：馨儿——

馨儿：你到底跟我去不去宁夏？

韩慧姑：别犯傻了，你连西客站都走不出我们就会把你接回来！

馨儿：那我只好走另一条路了……

韩慧姑：你去哪儿？

馨儿：我去西郊高高的山顶上——

韩慧姑：哦，去玩蹦极？

馨儿：不拴保险绳，高高地跳下来……爸爸，妈妈，再见啦！（无声地饮泣）

韩慧姑：那不是"再见"，是"永别"！

馨儿：对，是永别了……

韩慧姑：（凝视对方）也好，既然你什么话都不听，也就只好永别吧……

馨儿：你同意我去……死？

韩慧姑：我同意。既然你愿意去当大傻瓜，那就去当吧！不过，在死之前，你好像还得做几件事吧？

馨儿：什么事？

韩慧姑：你梦想的事情，你喜欢的事情啊——比如，你梦想过新疆的天池，那里是人间仙境；你梦想过桂林的山水，那里是风景如画；你梦想过庐山的云海，那里是童话世界；你梦想过蓬莱的海市蜃楼，那里是神奇之最……

馨儿：是啊，有多少美丽的地方啊……

韩慧姑：要是你到呼伦贝尔大草原上去骑马，到海南三亚的海底世界去漫游，到祁连山的山顶去采一朵雪莲花，到西双版纳去参加泼水节，到蝴蝶泉，到五彩池，到黄果树，到普陀山，到天涯海角……

李馨儿：噢，多美呀！

韩慧姑：其实，你最喜欢的是——有一天，考上理想的大学，当上研究生，戴上博士的方帽子，告诉你的爸爸妈妈，告诉你的老师和同学，你李馨儿是有能力、有理想的人！你可以设计摩天大楼，你可以发明高智能的机器人，你可以制造无人驾驶的汽车，你可以让苹果树一年四季结出又大又甜的果实；你可以根除癌症，让中国人的平均年龄达到两百岁；你可以让大西北河流如网，遍地葱绿，树林茂密，蓝天碧云，胜过江南的水乡！

馨儿：那就更美了……

韩慧姑：那么多美好的事你一件也没做，就胡说自杀，岂不成了天下第一大傻瓜?!

馨儿：我是大傻瓜？

韩慧姑：等你做完了这些事情再自杀，也不晚吧？再见！（佯装欲走）

馨儿：哎，慧姑——

韩慧姑：什么事？

馨儿：我……

韩慧姑：我知道，你舍不得自己的美妙理想！这就对了！（笑，非常诚恳地）我的馨儿姐姐，咱们回家吧！（伸出双手）

馨儿：（被韩慧姑的真诚打动了）可，现在怎么办？我没脸再看见同学们了，我再也抬不起头来了……

韩慧姑：你有脸——一张班长的脸，三好学生的脸，篮球队长的脸！你的头本来就是抬着的，高高地抬着！

馨儿：我……还能……？

韩慧姑：为什么不能？就拿我来说吧，你就是我的好榜样！原本，我没有信心考你们学校的插班生，太难了，几次我都想：算啦，回老家吧。可我又一想，馨儿能做到的事，我为什么不能？馨儿那么棒，我也能跟她一样棒！

馨儿：真的？

韩慧姑：大家都说你变了……

馨儿：我变了？

韩慧姑：在我四处瞎跑的时候，是你风风火火地到处找我；在我最难过的时候，是你理解我；在你们家最困难的时候，是你牵挂着自己的妈妈……大家就是喜欢像你这样能够体贴别人的人！

馨儿：我……

韩慧姑：我知道你现在心里挺难受的。告诉你一个消除难受的秘诀——躲到没人的地方，你就痛痛快快地大哭一场。哭完了，你就高声唱歌——（唱）"大河（那个）浪啊，排着队走/一二一呀不回头/碰见（那个）高山大声吼/遇见（那个）峡谷变激流/一路（那个）风尘奔大海/我把（那个）太阳举过头/我把那个太阳举呀举过头！"你试试——不管用，我是小狗，癞皮狗！

【小牛顿推着韩慕春上……

【杨老师、叶英和李母走上……

馨儿：好，我试试——（做哭状）哎，我怎么哭不出来了？

韩慕春：这就对了，二十一世纪不相信眼泪！

馨儿：韩叔叔——

韩慕春：馨儿，我的好孩子，生活在向你挑战啊！

馨儿：可我，却像棵豆芽菜……

韩慕春：哦，你们看，天亮了——

【熹光染红了巨大的"T"字形桥墩……

韩慕春：馨儿，你看，这立交桥的桥墩——

韩慧姑：（望着）它们像一排排巨人——

韩慕春：用自己坚实的双肩……

杨老师：用自己铁打的脊梁，扛起了纵横的大桥……

韩慕春：这大桥正在跨越新的世纪！

【一声汽车的长鸣，仿佛有长长的车队，一辆辆奔驰而过……

【林阿红背着行装走上——

杨老师：阿红！

韩慧姑：阿红姐，你还没走？

林阿红：临走之前，我还要看看你们的京港杯中学生篮球赛呢！

馨儿：哦，好哇！赛完了，我们去给你送行！

林阿红：你们的球赛是对我最好的送行。球赛就是人生的缩影啊……

韩慕春：说得好！慧姑，馨儿，你们知道这是什么意思吗？

馨儿：人生跟球赛一样，有失败，有成功，有奋斗……

韩慧姑：百折不挠就是胜利啊……

【太阳的光芒更加灿烂……

——幕徐徐落·全剧终

完成于2001/4/15

（本剧1998年由中国福利会儿童艺术剧院在上海公演，

经过某些调整，又于2001年由中国儿童艺术剧院

在北京公演）

·大型音乐剧·

香格里拉

（Shangri-la）

前　言

虚构的香格里拉[①]为什么会传说在我国藏胞生活的那片神奇的屋脊上？

仅仅是“世界屋脊”四个字，就可以想象得出来，藏胞们个个都是加缪笔下那个一直往山上推石头的西西弗斯，个个都是海明威笔下那个与大海搏斗的老人……他们不仅是人类“苦熬”的象征，也怀有人类寻求理想王国最坚强的斗志——他们创造了与“香格里拉”等义的“香巴拉王国”，即“净土”“环抱在幸福之源的地方”。跳出宗教的轨范，无论是伊甸园、瑶池，还是桃花源、香格里拉，都是人类对苦难最勇敢、最坚强的回答。

因此，我对藏胞怀有崇高的敬意；因此，我借助藏胞的民间传说演绎着人类对理想的追求。

自文艺复兴以来，人类觉悟到人的自身权利，这对抹杀人性与人的现世

---

① “香格里拉”由“香巴拉”演变而来，其发音属于中甸藏语方言，意即“心中之日月”。

《香格里拉》剧照

权利的黑暗中世纪是一大进步。然而,这又发展为人类的自我中心理念,过分强调了自我价值,把人与自然、人与社会对立起来。这或许就是现代矛盾的根源?幸福的理想在哪里?幸福远不仅仅是生理满足。假如这个世界没有了精神文明,譬如人与人的友爱,那么它就是地狱。这就必须进行内心世界的精神革命。追求崇高的理想境界是人类最伟大的良知。

二十一世纪的主人——当今的青少年该追求什么样的理想?怎样去追求理想?能从人类对香格里拉的追求中得到哪些启示?让我们共同去探索吧。

本剧不涉及任何宗教的轨范,更不涉及任何外星人如何为地球创造了什么奇迹的假设。剧中的香格里拉仅仅是人类理想生活的象征而已。

2001 年 11 月 10 日

场 次

序　幕
第一场　村寨
第二场　土司家
第三场　枞树林
第四场　废墟
第五场　旷野
第六场　冰川
尾　声

时间：遥远的过去。

地点：藏族同胞生活的地方。

人物：

达瓦——憨厚的藏族小伙子；

金孔雀（玛噶央金）——来自天国，玛噶央金是她的化身；

女巫——巫术变化多端，她梦想成为人间的最高主宰；

尼玛——达瓦的哥哥；

土司；

火狐狸——快乐而又狡黠的小精灵；

狐狸们；

藏族小女孩儿；

藏族及各族同胞们——老爷爷、老奶奶、妈妈、大姑娘、小伙子等；

男仆、女奴、家丁、火精灵及群舞演员等。

序 幕

【序曲对青藏高原的描述：辽远、空阔、高深、壮丽，成千上万的野牦牛奔腾而过，如雷如火……转而，是对细部的刻画——清泉石上流，小溪草丛过。风抚树梢，鸟鸣林间，花望白云，鹤舞湖滨……

【纱幕上书写着三种文字（藏、汉、英）的“香格里拉”。

【序曲开始后，纱幕上飞卷着雪白的云朵……

【突然，出现凝重、有力的音乐，似乎是天地之间一种永恒的力量在奔突——一群牦牛奔突而上……变成一队行者（披着赭石色袍子的人）隐约现出纱幕后，埋头向前走去……呈现出雄壮、有力、撼动人心的舞蹈……，表现出人们对理想世界的赞颂与向往……

众人：

假如有一朵白云飘到你的头顶
假如有一枝雪莲捧在你的手中
假如有一缕清风吹进你的心灵
那就是我亲历的故事
所有的高山都有指天的峰顶
所有的江河都有日月的倒影
所有的歌声都把香格里拉赞颂
那是心中的向往在沸腾

【达瓦和狐狸们爬上依拉架子，凝视着行者们的背影——

达瓦：他们从哪儿来？他们到哪儿去？

【美妙的歌声响起……天空中飘飞来金孔雀，她似乎也被这美妙的歌声所吸引……

【藏族小女孩儿（这是全剧空灵的所在，不能删或改）骑着牦牛上，唱主题歌《天籁之音》——

童声独唱：（藏语）

天有九十九重蓝
山有九十九层岩
河有九十九条汊
云有九十九朵棉……

玛噶央金：

天有九十九重蓝
山有九十九层岩
河有九十九条汊
云有九十九朵棉……

玛噶央金、达瓦：

别说你有一颗跳动的心
别说你有一双明亮的眼
有一个地方你看不见……

火狐狸：那是什么地方？

金孔雀：（不是回答，而是自语）那就是我日夜思念的地方……

达瓦：你是谁？

玛噶央金：我是金孔雀。

达瓦：我叫达瓦，这是我的朋友火狐狸。告诉我，什么地方看不见？

金孔雀：那里人的心灵就是红莲，美丽芳香；那里人的眼睛就是碧水，清澈明亮；那里人的脊梁就是雪山，驮起蓝天；那里人的躯体就是青松,在风雨中向上;那里人的智慧就是星汉,闪烁光华;那里人的善良就是月亮,白璧无瑕;那里人的生命就是太阳,放射着无私的光芒……这个美丽的梦伴着我长大。那就是幸福的源泉香格里拉!

众人:

看那天上的金孔雀
也来到人间寻找最美的梦
香格里拉　香格里拉
你在哪里　你在哪里

【突然,出现女巫的怪叫:"不许想,不许唱,不许望!"
灯光陡然熄灭……

【追光中,女巫从地下升起——

女巫:我最害怕的就是香格里拉的光芒,它会把我铄骨销魂,化成一股青烟直上!(不禁打了寒颤)香格里拉(咬牙切齿地),谁也不许歌唱它,谁也不许寻找它!谁也不会找到它!(阴笑)

众人:

黑色的大袍里面藏着罪恶
她就是想要称霸人间的女巫
达瓦发现她埋在心中的秘密
女巫诅咒他将会变成一头狮子
金孔雀下凡变成姑娘玛噶央金
女巫惧怕她能发光的祖母绿
祖母绿只能发出三次闪光
那将耗尽央金的全部力量
善良的人们你们往下看

这是一个惊心动魄的故事

香格里拉　香格里拉

在召唤你　召唤你

女巫：(恐惧而又仇恨地)你，你，你真敢下凡跟我捣乱？我跟你不共戴天！先夺你的祖母绿，再让你命丧黄泉！

金孔雀：谁敢不让我们寻找香格里拉？

女巫：我，我！

金孔雀：我们一定要找到它！

【金孔雀头上的祖母绿突然一道强烈的绿色光芒照射得女巫惊叫一声，瘫软在地……

女巫：(惨叫)啊——

【追光中，金孔雀额头的祖母绿闪闪发光……

【女巫随着她的追光切掉而消失……

第一场　村　寨

【追光中，金孔雀飘飞到人间……

【村寨的空地，远处有雪山，近处有胡杨、红柳。

玛噶央金：

低垂的白云祝福我来到人间

漫漫的大地为我敞开胸怀

我试着迈开双腿

一步，一步，一步……

啊，神奇又美丽的大地啊

在我的心中涌动着爱……

【欢乐的乐曲响起——众人拥上。玛噶央金怯生生地欲前又退……

【老爷爷、老奶奶、大姑娘、小伙子们发现了玛噶央金并友好地与之交流……下面为众人的领唱、齐唱与合唱：

老爷爷：

雪山亮晶晶
太阳红彤彤
草场绿莹莹
海子清泠泠

（对玛噶央金）哟，你是哪儿来的姑娘，像仙女那么漂亮？

老奶奶：来，喝碗酥油茶吧。

奶茶热腾腾
糌粑香喷喷
摆上青稞酒
静静等后生

众人：（副歌，齐唱。下同）

今天是一个吉祥的日子
祥云在当空
要捧出一片心
愿儿孙都高中

阿妈：（对玛噶央金）这脸蛋简直就是一朵格桑花！小心，可别让她迷住了你们的意中人！

摘下朵朵祥云
织成美丽的氆氇

姑娘：

做件漂亮衣裳

穿在姑娘身上

阿妈：

阿妈领着女儿

想招个好女婿

姑娘：

姑娘翘首望

盼着心上人

合唱：

快看那骏马奔驰在草原卷起一阵风

小伙子们背着弓

幡旗在飘动

【僧人念经文上。

【达瓦及火狐狸们上。

【副歌——

瞧这憨傻的达瓦

成天嘻嘻哈哈

今天又要误事

又要受到惩罚

玛噶央金：

真是片神奇的土地

多么让我惊奇

我真想加入他们

可又不敢前行

【玛噶央金张望着远去的达瓦……

【齐唱副歌——

老奶奶和姑娘们：

看谁会嫁给他？

你会嫁给他？

【众姑娘哈哈大笑……“扎西特勒”……

【僧人继续念经文……

【尼玛及参加比赛的小伙子们上——

尼玛及小伙子们：

拴好马，拿起弓

抖擞精神拜神峰

不射残月不射鸟

只要姑娘们的叫好声

众人：

拴好马，拿起弓

抖擞精神拜神峰

不射残月不射鸟

只要姑娘们的叫好声

尼玛：

要使出智慧拼尽全力，

争取拿头功

要告诉意中人

我就是英雄

【众人唱副歌(同上)

【土司在仆人的簇拥下上，众人对土司诚惶诚恐地施礼……

土司：(犹如戏曲的上场引子，念白)房后乌鸦叫声开，一夜美梦喜开怀。射箭比赛图吉祥，人气兴旺发大财。哈哈……

众人：(向土司施礼)土司老爷，扎西特勒！

土司：开始吧！

【射手站位，拉弓……

土司：慢着！怎么还空着一个靶位？尼玛！

尼玛：土司老爷——

土司：你弟弟呐？

尼玛：达瓦他，他……

土司：他什么他！你那个宝贝弟弟整天不是傻唱，就是嘻嘻哈哈！他到哪儿去了？

【达瓦跳上，差点撞倒土司……

达瓦：哥哥！

尼玛：（连忙搀扶土司，回头怒视弟弟）你去哪儿了？

土司：（恼火地）哼！

尼玛：（强按弟弟给土司跪下）土司老爷，达瓦就在您的脚下——

土司：来人呐！把老爷的钢弓铁箭抬给他！

【两个家丁抬上钢弓铁箭……

土司：达瓦——

达瓦：哎——

土司：老爷我让你一箭就射中靶心！

达瓦：（兴致勃勃地）老爷，您瞧好吧，让我射你的眼睛，决不射你的下巴！

尼玛：（上前遮掩）老爷，他，他是说射我的下巴……

土司：（看达瓦那傻笑的样子，生气）中不了箭靶，我打掉你的牙！

尼玛：（强按弟弟的脑袋）别惹土司老爷生气！（搀扶土司到一旁）老爷，达瓦太憨傻了，回头我要好好教训他……

土司：开始吧！

【众人让开，追光中——玛噶央金好奇地抚摩钢弓铁箭，与达瓦对视……

达瓦：金孔雀？

玛噶央金：我叫玛噶央金。

达瓦：我叫达瓦。

玛噶央金：达瓦？

达瓦：玛噶央金？

玛噶央金：为什么人们都说你呆，说你傻？

达瓦：（唱）

我不呆，我不傻

不知乡亲们为什么都对我这样评价

我爱高山，我爱大地

那里有我心中向往的香格里拉

玛噶央金：和我一样，你也向往香格里拉？

【达瓦点头，凝视着玛噶央金的脸，仿佛发现了什么……

玛噶央金：你为什么总是看着我？

达瓦：好像……世界上最美最美的东西都在你的眼睛里——

玛噶央金：我的眼里只有美丽的香格里拉。

达瓦、玛噶央金：

天有九十九重蓝

山有九十九层岩

河有九十九条汊

云有九十九朵棉……

达瓦：咱们一块儿去寻找香格里拉！

玛噶央金：妈妈说过，只要循着美丽的歌声，登上那玉洁冰清的山顶，就能找到……

尼玛：（走上，打断）你怎么还愣着，当心土司老爷打掉你的牙！（对玛噶央金）姑娘，请让开。

【达瓦开弓搭箭……

【女巫悄然上场——

女巫：

蝎子往上爬，往上爬……

毒蛇往上蹿，往上蹿……

迷惑达瓦的双眼

牵引飞出的利箭

射向她，射向她——

玛噶央金的心间！

啊，啊，啊……

【达瓦在女巫的魔法中无法控制自己，手中的利箭总是指向玛噶央金……

【众人惊讶……

【达瓦努力避开玛噶央金，但射出的箭竟然“拐了弯”，射中了玛噶央金的肩头……

玛噶央金：（痛叫）啊——

第二场　土司家

尼玛：（惊慌）达瓦——！

达瓦：

这支箭怎么射向了她

玛噶央金，玛噶央金……

土司：（也很惊讶）达瓦！我让你射中靶心，你怎么给我射中了人哪?！来人啊！

女巫：（变成妖艳的少妇黑衣大师）慢着！老爷——

土司：你是？

黑衣大师：我是黑衣大师。

土司：黑衣大师？

黑衣大师：老爷，你可不能抓达瓦！（讨好地看一眼尼玛）他可是让你交上了好运！

土司：什么？他让我交上了好运？

黑衣大师：他射中的可不是一般的姑娘……（示意）

【音乐起——

土司：（对仆人们）下去！

【仆人们下。

黑衣大师：他射中的可不是一般的姑娘，是天国的金孔雀玛噶央金！她身上的那颗祖母绿，硕大无比，晶莹无瑕！夜晚发光，能让星斗黯然无华；白昼七彩，能把小草变成金花。你要是得到了它，那可就是富甲天下了！

土司：啊，富甲天下？！（唱）

老爷我的金钟银盏盛满糌粑

黑衣大师：老爷……

土司：

跑马三天方圆百里

谁敢跟我比天下

黑衣大师：

山外有山，天外有天

难道老爷你的财富只是到了头

也敢自称万户侯

【音乐起——

土司：万户侯？若是拿颗祖母绿当个天下首富……

黑衣大师：老爷，望着天下首富的宝座，你心动了吧？

土司：我的心思你怎么会知道？

黑衣大师：因为我在……你的心里。

土司：你在我心里？

黑衣大师：

我就在这个臭皮囊里操控着你
你每时每刻的一举一动都在我的魔法中
跟着我你会遂心如愿
快烧起大火去烧死那个姑娘
摘下她额上戴着的那颗祖母绿
趁着玛噶央金她还没有醒来
快去烧起大火不要错过机会

土司：尼玛，点火！

尼玛：是，土司老爷！

土司：（对黑衣大师）我看也用不着烧死她……

【黑衣大师与土司走开，尼玛点火……

达瓦：住手！哥，你不能点火啊……

尼玛：这是土司老爷的命令！

达瓦：难道你就忍心帮着他们烧死这个可爱的姑娘。这是为什么？

尼玛：这是土司老爷的命令，我不能问为什么！

达瓦：哥哥！

土司：达瓦，你敢抗命！

达瓦：我就是不让你们伤害这个姑娘，我还要告诉所有的人，你们伤天害理！

土司：你敢骂我？！

女巫：老爷，你生什么气啊！点火不就是为了给这姑娘疗伤吗？傻达瓦啊傻达瓦，这是土司老爷的一番好意。你看这姑娘的伤不是都已经治好了吗？

玛噶央金：（对藏族姑娘）谢谢你们！

达瓦：玛噶央金！

玛噶央金：达瓦！

达瓦：（对哥哥）可他们刚才还说要烧死玛噶央金！

女巫：哎哟，达瓦，让你哥哥点起这松明火把，是为了给你和玛噶央金……（随机应变地）举办情卦对歌呀（向土司示意）！尼玛，难道你不愿意让你弟弟娶个漂亮的老婆？

尼玛：像他这么傻，有谁会嫁给她啊？

黑衣大师：有，有！（叫过）玛噶央金，好姑娘，达瓦一箭射中了你，这是天意！土司老爷顺从天意，给你们举办情卦对歌，让你们成双成对！

玛噶央金：情卦对歌？

黑衣大师：（把玛噶央金拉到一旁）情卦对歌就是把你最珍贵的东西交给我藏起来，让达瓦猜。他们要是猜对了，你们就是天作之和；猜错了那可就是对面无缘了……

玛噶央金：我只有一件最珍爱的东西，那就是——

黑衣大师、土司：祖母绿！（伸手欲摘）

玛噶央金：（躲开）可我不能把它交给别人……

黑衣大师：（指）你看看，看看，他们都等急了——

【玛噶央金一转头，黑衣大师趁机夺过祖母绿，攥在手里。

玛噶央金：啊，你们——

达瓦：（冲过来）央金，你把什么东西给她了？

黑衣大师：啊，小伙子，你可不能看，这是人家姑娘自己的秘密！

达瓦：秘密？

女巫：你就慢慢地猜吧。

玛噶央金：（狡黠地一笑）也好……达瓦，既然猴子非要捞月亮，你又何必着急呢？咱们唱咱们的情卦对歌。你可要用心猜呀！（唱）

要吃桃子外边甜
要吃核桃里边香
达瓦你要是真知心
猜猜我的智慧在哪里藏？

达瓦：

鲜花藏在草地里
青稞藏在沃土里
美酒藏在泉水里
央金你的智慧
深深藏在锦绣的心田里

玛噶央金：（唱）

妈妈的妈妈不是她
可妈妈偏要管她叫妈妈
妈妈的妈妈有点怪
她只爱绿叶不爱花

达瓦：

妈妈的妈妈不是她
可妈妈偏要管她叫妈妈
妈妈的妈妈有点怪
她只爱那绿叶——哦！
最珍贵的祖母绿就是它！

达瓦、玛噶央金：

要唱情歌上山顶

太阳就是情人的心

贴心的歌儿有回音

达瓦、央金——心心相印

尼玛：达瓦，太棒了！

土司：黑衣大师，您可真是足智多谋啊。

黑衣大师：现如今，这祖母绿可就是土司老爷您的啦！

达瓦：玛噶央金，你怎么能把祖母绿给他们啊！

玛噶央金：仔细看看吧，你们拿走的不过是一块绿石头——

众人：（反应各个不同）绿石头……

【土司看到的确是一块绿石头……

土司和黑衣大师：（目瞪口呆）啊——！

【达瓦放声大笑……

玛噶央金：凡是对祖母绿怀有贪心的人必定是恶人！达瓦，我想，在香格里拉绝对没有这样黑心的人！

达瓦：对！咱们一块去寻找香格里拉，走！（携玛噶央金欲走）

土司：站住！

黑衣大师：你敢要我？（恶狠狠地）那就来吧，火精灵，给我烧死玛噶央金！

土司：（问黑衣大师）干吗要烧死她？我要的是祖母绿，可不要人命啊！

黑衣大师：少啰唆！烧！

【火精灵与玛噶央金强烈对抗的舞蹈——

【达瓦与火狐狸们竭力护卫着玛噶央金……

火精灵：

走开　走开

快快交出玛噶央金

火狐狸：

救出央金

达瓦：

快去把他们分开　救出央金

火精灵：

反抗就要葬身火海

达瓦：

可怕的女巫已经设下陷阱

她要用烈火烧死玛噶央金

她正在施法操纵火之精灵

要夺下央金头上的祖母绿

快去分开她们，救出央金

决不能让她们的阴谋得逞

【火狐狸们护着玛噶央金欲逃走——

黑衣大师：（拦住他们）达瓦！月亮已经第三次升起来了，月亮第七次升起的时候。你将变成一头狮子，永远不能说话！（施法分开了玛噶央金与火狐狸们）

【土司上——

土司、女巫：

玛噶央金

赶快把祖母绿交到我手中

尼玛：

达瓦，你不要再这样地憨傻

玛噶央金：

你们到底是谁
为什么为什么残忍地加害于我
难道你就不怕祖母绿射出的光芒

黑衣大师：

你的祖母绿只能发出三次光，
你已经发过一次
难道不怕耗尽你的全部力量

众人：

你是女巫？

黑衣大师：我要以一百八十条毒蛇和三百六十只蝎子的名义告诉所有的人——你，玛噶央金就是女巫！我要让人人嫌弃你，憎恨你，杀死你！哈哈……不交出祖母绿，你休想活到明天！

【愤怒的玛噶央金让祖母绿第二次放射出光芒……

黑衣大师：（惊惧地大叫）啊——

土司：尼玛，尼玛——

尼玛：土司大人——

土司：快，快去夺她的祖母绿！

尼玛：是，老爷。

达瓦：（冲上）哥哥，你不能抓她！他们要害死她！

黑衣大师：（指玛噶央金）她是女巫，尼玛！

尼玛：（疑惑地）土司老爷，这？

土司：来人！把他们给我拿下！

【两家丁上。

达瓦：

玛噶央金
你已是我心上人。

为了你

为了寻找香格里拉

纵然是用生命来换取我也不怕

土司：达瓦，我看你是反了。

达瓦：土司老爷，你要继续伤害她，我会让你房塌地陷！

土司：你敢！

达瓦：

可恶的土司残暴横行

达瓦要把你彻底揭穿

把罪恶的房屋撅塌

女巫：

月亮升起来　月亮升起来

让咒语应验

【达瓦浑身充满了力量，东突西撞……

【整个舞台都在摇晃……一声巨响后，舞台全黑……

【火狐狸趁乱救出玛噶央金……

【须臾，一切恢复了平静……

土司：（从地上爬起来）玛噶央金，玛噶央金呢？我的祖母绿呢？

【达瓦狂笑……

土司：达瓦，我饶不了你！

尼玛：土司老爷，请你原谅达瓦吧！

【黑衣大师拦住土司，示意……

土司：（指尼玛）好，尼玛，你带着达瓦去把玛噶央金给我找回来！找不回来，就永远别让我看见你们这一对狗奴才！滚！

【黑衣大师与土司对视……

【黑衣大师奸笑……（要笑出声，笑出“彩”来）

【切光。

第三场　枞树林

【枞树林,月光下,岩石上昏睡着玛噶央金。火狐狸们在岩石旁关注着玛噶央金……

火狐狸:(摇篮曲)

愿白纱般的月光啊笼罩着你的安眠
静静地睡吧睡吧,森林是你的摇篮
让我们为你歌唱,抚慰你所有的不幸
当你醒来的时候鲜花会更加烂漫

三个火狐狸:(三重唱)

静静地睡吧睡吧,玛噶央金
森林是你的摇篮,玛噶央金

玛噶央金:(醒来)谢谢你们,达瓦呢?

狐狸甲:达瓦?你就知道达瓦!

【突然,火狐狸警觉地发现什么——

火狐狸:嘘——有人!(护卫玛噶央金,躲在岩石旁)

【两家丁驱逐尼玛和达瓦,上……

两家丁:快滚,快滚!你们一对丧门星!坏了家规,毁了大人的好心情!

尼玛:(对家丁)兄弟,请跟土司老爷多美言几句,我尼玛是无辜的啊!

家丁甲:土司老爷说了,找不到玛噶央金,就别回来!

【家丁踹倒了兄弟二人……

尼玛：（对转身而去的家丁）哎，等等！你们——

达瓦：别求他们！

尼玛：（改为对白）走开，都是你惹是生非招来这场祸！

达瓦：尼玛，你怎能袖手旁观甘愿做小人？

尼玛：我们不是小人，可也不是有钱有势的大人！事到如今，何处安身？快去找到你的朋友，交出玛噶央金！

达瓦：我爱她！她是美丽的金孔雀，我要和她一起寻找香格里拉。在我眼里，她是最可爱的人！

尼玛：（用绳子猛地一抽石头）你发烧了？怎么满嘴胡话，她是女巫！

达瓦：哥哥，她怎么能是女巫呢？你怎么能相信黑衣大师的胡说?!

尼玛：我也不愿意相信……可你自从认识了她，就越来越倒霉，好像鬼魂附体。你是走火入魔了，我要打出那附体的鬼魂！（解下腰带欲打）

【玛噶央金和火狐狸们走出——

玛噶央金：住手！尼玛，我不是女巫，也不是鬼魂。但是，为了你们，我情愿让你把我交给土司！（走近尼玛）

尼玛：（愕然）土司老爷和黑衣大师都说你是女巫，我有什么办法？我只是个奴隶呀……不把你交出去，我们哥俩就无家可归，死无葬身之地……你千万别怪罪我们……那就……走吧——

达瓦：（拦住）央金！（回首向尼玛）哥哥！

尼玛：（无奈而又痛苦地）咳！

玛噶央金：尼玛，你活得实在太可怜。其实，你内心很痛苦，但是你连痛苦的权利都没有。

尼玛：（把内心的积郁吼叫出来）别说啦，我在这个世界只有一种权利，那就是——受苦！

达瓦：哥哥，在香格里拉就没有你这样的痛苦。跟我们一道去寻找香格里拉吧。

玛噶央金：对，那里人人平等，人人幸福，人人相爱，人人美好！

尼玛：香格里拉……？在哪儿？

达瓦：只要循着那美丽的歌声，登上那玉洁冰清的山顶，就能找到香格里拉！

【风声，水声，天籁之声……汇成主题歌的旋律……

【幻化出藏族小女孩儿骑着牦牛歌唱“天有九十九重蓝……”

【达瓦和玛噶央金唱起来——“天有九十九重蓝/山有九十九层岩……别说你有一颗跳动的心/别说你有一双明亮的眼/有个地方你看不见……”

尼玛：什么地方看不见？

达瓦：我想，那是个非常美非常美的地方。

【天边泛出金光，仙女们出现……

仙女们：（合唱）

红莲围着碧水
碧水浮起雪山
雪山抱着青松
青松举起星汉
星汉捧来月亮
月亮牵来灿烂
那灿烂的太阳啊
就在香格里拉的天上转……

玛噶央金、达瓦、火狐狸：

啊，香格里拉，你不是梦幻
你是生命的光焰

你是心灵的呼唤，就在眼前……

尼玛：

我看香格里拉

不过是梦幻

要我把你寻觅

脚步难以向前

女巫：

什么香格里拉

那只是梦幻

我要把你们阻拦

妙计就在心间

尼玛：除非有人向我证明——在那里再也没有人向我发号施令，在那里我要什么有什么，遍地是牦牛，处处是糌粑，伸手就有美酒，河里流着酥油茶……否则，我决不犯傻，决不为它找遍天涯！

达瓦：哥哥，我们走！

【歌声中，女巫上……

【女巫陡然变成了和蔼可亲的大嫂——绝不同于前场柔媚的黑衣大师。

大嫂：达瓦，你要听哥哥的话，赶紧交出玛噶央金，千万不能得罪土司大人！要不然，你们可就大祸临头了……

达瓦：你是谁啊？

大嫂：就叫我大嫂吧，就住在你们邻村啊……

【尼玛与弟弟争论……

大嫂：（又来到玛噶央金身旁）姑娘，你这么美丽，怎么能跟他们混在一起？

玛噶央金：他们？

大嫂：他们想杀了你，夺你额上的祖母绿啊！

达瓦：你胡说什么呐？

大嫂：姑娘，你看看，别忘了上次，就是他一箭射中了你。

达瓦：央金，别相信他！

大嫂：哎哟，傻姑娘，他可把土司老爷引来了！

【土司带家丁们急匆匆地上——

土司：哈哈……玛噶央金，你跑不出我的手掌！

尼玛：（唯唯诺诺地）土司老爷——

玛噶央金：（直视）达瓦——

土司：把玛噶央金给我带回牢房！

【家丁上前欲抓玛噶央金……

达瓦：（打倒了家丁）你们陷害无辜，丧尽天良！

尼玛：达瓦，（拦住弟弟）在土司面前你不该这样鲁莽！

达瓦：（推开哥哥）躲开，不能让他们为非作歹，明火执仗！

尼玛：你这是自取灭亡！

【达瓦冲上，掩护玛噶央金……

土司：达瓦，我看你是反了！来人，先把他绑上！

尼玛：土司老爷，你不能这样！

土司：尼玛，你总是在我面前百依百顺。其实，我看你是心怀鬼胎！

你这狗奴才——（唱）

把他们都给我抓起来

带回去重重处罚！

玛噶央金：（挺身而出，唱）

放开他们，放开他们

你们要抓的是我

和他们没有关系

放开他们

我跟你们走

【家丁们抓走了玛噶央金……土司与变成大嫂的女巫随下。

达瓦：央金！

尼玛：达瓦！

达瓦：

愤怒的烈火在我的胸中燃烧

怎么能看着他们掳走玛噶央金

尼玛：

站住，达瓦

你不要如此这般的犯傻

看着我跟着我，切莫再去惹怒他们

达瓦：

他们要将她置于死地

玛噶央金就要遭劫难

尼玛：

土司老爷咱惹不起

黑衣大师她像个幽灵

达瓦：

别管我你走开

尼玛：

不要再去闯祸

达瓦：

鹰飞九重天

人走一条路

扬眉人世间

不做洞中鼠

尼玛:(打倒了弟弟)傻瓜,白痴!忠厚就是憨傻,憨傻就得受难受苦!

达瓦:(思索而又感叹)我不明白,为什么人人都夸赞忠厚,可人人又都不愿为忠厚吃苦……

尼玛:(悲愤地)我为什么要忠厚?我为什么要吃苦?!侍奉土司我兢兢业业,不敢有半点马虎。可到头来,我只能背井离乡,走上不归之路!为什么?!就因为我们没有权力,有权有势才有幸福!我明白了,我决定了,既然香格里拉要什么有什么,我们就去寻找属于自己的幸福!达瓦,我们上路!

达瓦:我不相信,见死不救的人能找到幸福!

尼玛:是你说要去寻找香格里拉,怎么能中途变卦?

达瓦:这处处灾难,层层陷阱,捣乱的就是土司和女巫,不战胜他们,我们就永远找不到通往香格里拉的大路!

尼玛:(无奈)好,好吧……你走你的大道,我走我的小路!我独自去找我的香格里拉,脱离这担惊受怕、忍饥挨饿的痛苦!

达瓦:(深情地)哥哥……

尼玛:(打断,唱)

一旦找到了香格里拉
我会回来,带你前往
但愿我们还能相见

【达瓦与尼玛重唱——

尼玛:达瓦——

达瓦:哥哥——

尼玛、达瓦:

你一定要独自珍重

【二人分道扬镳……

【火狐狸们上——

火狐狸们：

兄弟二人就要分离

不知何时再相遇

我们企盼着他们

但愿兄弟早相逢

【火狐狸凝神，眼睛放出光亮……

第四场　废　墟

【烈日当头，土司坐在椅子上，四名家丁在身边侍奉……

土司：

央扎姆拉，央扎姆拉

玛噶央金你飞不出我的家

烈日当空毒热难当我把你烤傻

央扎姆拉，央扎姆拉

到时候，我再把那祖母绿摘下

富甲天下，富甲天下……

家丁甲：到了那时候，我们的土司老爷可就成了秃毛狗进冰川——

家丁乙：怎么讲？

众家丁：抖起来了！

土司：到了那时候，我……

住的是豪宅银砖地珍珠墙

一屁股坐上了象牙床

用的是太阳炉月亮镜珊瑚树
买一串星星当念珠
骑的是宝马玉辔头翡翠鞭
戴上顶貂皮帽钻石花
吃的是金糌粑喝的是水银茶

家丁甲：您就登天啦？

土司：什么，我死了？

家丁乙：您是阔死啦！

众家丁：对，阔大发啦！

土司、家丁：

央扎姆拉，央扎姆拉，央扎姆拉

【一阵喊叫，达瓦闯进来……

达瓦：土司老爷——

土司：达瓦？

达瓦：土司老爷，我求你把玛噶央金放了。

土司：放了玛噶央金？除非太阳西边出来！

达瓦：只要您放了玛噶央金，我愿把自己的生命献上！

土司：你是我的奴隶，你的生死本来就在我手里！玛噶央金是我的金山银海，你的性命又值几分几厘？

达瓦：贪心就好比是没底的山涧，总有一天你会掉进万丈深渊！

土司：（恼羞成怒）你！

家丁：大胆！

达瓦：别忘了上次，我能让你房塌地陷！

土司：（作惊恐状）啊，别，别别！老爷我知道你身上长满了犟筋，八头牦牛也挡不住！唉，达瓦，既然你如此实心实意，我就成全你！玛噶央金就在那里——

【达瓦走去。

土司：慢着！赏给他一碗青稞酒，达瓦，咱们以前的恩恩怨怨就算一笔勾销啦！哈哈……

【家丁递给达瓦一碗酒……

达瓦：谢谢土司老爷——（仰头就饮）

【家丁们趁机将他用绳网罩上，捆了个结结实实……

土司：（忿忿地）蚂蚁撼大树，你不自量力！

【家丁把达瓦捆在石柱上，土司带家丁得意洋洋地下……

【废墟平台——只有捆绑在木柱上的达瓦和玛噶央金。他们的二重唱——

玛噶央金：

火球般的太阳无情地挂在我的头顶上
沸水般的热浪残酷地煎熬着我的心房
分不清上下左右
仿佛坠入地狱，深渊万丈……
他们为什么几次三番地陷害我
原来人间也有凶恶残忍
难道这里是生命完结的地方
香格里拉
难道你只是我的梦想

达瓦：

玛噶央金正在忍受着烈日炎炎的灼伤
暴晒的光线像无数利箭射穿我胸膛
我要摘下那毒热太阳
哪怕粉身碎骨，青烟直上……
他们这样穷凶极恶地陷害你

是为了你额上的祖母绿
这里不是生命完结的地方
香格里拉
那是生命的希望

玛噶央金：

沉重的铁链怎能够锁住我美好的憧憬
天上的白云请带去我生命的目光

达瓦：

亲爱的玛噶央金请看着我
感谢这铁链紧紧地连着你我
就是死亡也夺不走我们俩锁在一起的心
奴隶的心同样会滚烫
我为何不能捧起你的灼灼目光？
奴隶的心同样会歌唱
我为何不能赞美你婀娜的身影？
我要摆脱女巫可怕的诅咒
我要把你带出土司的魔爪
哪怕经过千难万险
一定要找到香格里拉

【二重唱继续——

玛噶央金：

他的眼睛就像圣水那样清凌

达瓦：

啊，美丽的香格里拉

玛噶央金：

他的真诚深深地打动了我的心

达瓦：

每一次呼喊都沸腾着希望

玛噶央金：

我要挥手让那死神离去

达瓦：

啊，美丽的香格里拉

玛噶央金：

和你一起去寻找理想

达瓦：

每一个向往都燃烧着霞光

达瓦、玛噶央金：

啊，美丽的香格里拉

每一次呼唤都沸腾着希望

啊，美丽的香格里拉

每一个向往都燃烧着霞光

【切光——

【火狐狸带着三只大狐狸跳上……

【火狐狸跳上条案，戴上面具，装成偶像……

【三只大狐狸分别跳上土墙的壁龛，也戴上面具，装成偶像……

土司：时辰就要到了吧？

家丁：是啊，土司老爷，那祖母绿就要是你的了！

【火狐狸一动不动……

土司：什么声音……

【鬼怪上……

土司：谁？

【狐狸们大喝一声,吓得土司六神无主……

火狐狸:

我是天神大帝派来的小使者——

管不了别人就是管得了你!

【狐狸们跳下壁龛,在火狐狸的带领下,围着土司跳起舞来……

火狐狸:(示意狐狸们,唱)

我有个宝贝很精彩

不知土司大人你爱不爱?

十六块小小木板两头圆

客人来了它就让你看不见

睁大眼睛闭上嘴巴屏住呼吸你看明白

天上没有地上这样的宝贝你爱不爱

狐狸们:(帮腔)

大人你看明白!

土司:什么东西?你快快拿出来!

【火狐狸们变出元宝,又念着口诀"天灵灵,地灵灵,倒出金子是宝桶!"变出大马桶……

【土司惊呆了……

火狐狸:(唱)

土司大人你把耳朵竖起来

仔仔细细听我们给你说明白

玛噶央金本是天国鸟

杀了她就会惹怒天神招祸灾

狐狸甲:

放了央金,收下宝贝

平平安安去发大财

免得日后大祸临头

竹篮子打水你哭哀哀……

火狐狸：（改为道白）大人你听明白——

土司：我听着，我听着……

狐狸们：（改为道白）大人你听明白——

土司：你们说，你们说呀……

火狐狸：那边是你得不到的祖母绿，这边是实实在在的宝贝。耳听为虚，眼见为实。土司大人，要她还是要它，这主意还是你自己拿吧。

土司：（还是犹豫）我……我……

火狐狸：土司老爷真糊涂！算了，我把它劈了！（佯装劈宝桶）

土司：别，别，别，这个宝桶给我留住！

火狐狸：那好，兄弟们，抬人。

【火狐狸示意，小狐狸们抬走玛噶央金和达瓦……下。

土司：（抱着马桶，得意地唱）

天灵灵，地灵灵，保佑我

左摇摇，右摇摇，元宝来

房前屋后是金山银海

足金足赤的元宝出来……

【马桶里掉下黏糊糊的黑东西，正好糊满了土司的脸……

土司：好，足金足赤！（抹一把）啊——（说不出来）

家丁：（闻）老爷，臭，臭！

土司：（恼羞成怒）你们还愣着干什么？还不快给我去捉拿骗子！白痴！

家丁：是，老爷！（下）

土司：(束手无策，万般无奈)大师，黑衣大师！

【女巫出现——

女巫：笨蛋！

土司：大师呀大师，帮帮我，帮帮我……

女巫：你放走了玛噶央金，坏了我的大事，惹下大祸！我要罚你成为罗锅，当奴才，干重活！

土司：啊——！(立刻变成了罗锅)

女巫：

可恶的奴才达瓦
我要让你的家乡毁灭
我要让你的寨子全都房倒屋陷
我要让你们黑白颠倒自相残杀

土司：(绝望地)啊……(指着女巫)你太狠毒了！

【音响——轰隆隆的声音，犹如天塌地陷……

【切光——

第五场　旷　野

【远处依然是巍峨的雪山，近处是土林，茫茫的旷野。

【尼玛疲惫地走上来，跌跌撞撞，他扶在一个风化的岩石旁，苍凉地唱起来——

尼玛：

望不断的山梁
迎不完的风沙
听不尽的狼嚎

忍不住的饿眼昏花
走不尽的小路
分不清的沟汊
挡不住的风雨
止不住的泪水落下
哪里是心中的香格里拉
你让多少人寻梦到天涯
哪里是梦中的香格里拉
但愿你不是海市蜃楼,水中的月牙
香格里拉,香格里拉……

【尼玛唱到最后一句昏倒在地……

【藏民们,即达瓦的乡亲们上,不安地期盼着……

藏民合唱:

瓦蓝瓦蓝的苍穹啊
哪里有我们期盼的吉祥
雪白雪白的云朵啊
我们正在背井离乡
清凌清凌的流水啊
你可愿意告诉我
高耸高耸的山峰啊
你可愿意告诉我
谁是我们的国王
谁是我们的国王
英雄你在哪里
能否带领我们保卫家乡

女巫:(变成老奶奶的形象,唱)

这一个为香格里拉盼花了眼
那一群因为没有首领心里发慌
正合适,我左右逢源
把他们玩个晕头转向
让尼玛来做新的国王

藏民们:

谁是我们的国王

老奶奶:

别着急,别慌张
他就是你们的新国王——

藏民们:(疑惑地)这不是尼玛吗?

尼玛:(同样疑惑)我……是……国王?老奶奶——

老奶奶:(不回答尼玛)他会领着我们把女巫反抗,恢复我们的家乡!

藏民们:他能恢复我们的家乡?(摇头不信)

老奶奶:我让你们看看他神奇的力量——

【老奶奶用黑布蒙上了尼玛的眼睛,交给尼玛一套着石块的绳索。

老奶奶:

给尼玛,蒙上眼,站好位,背过身
一只野兔卧在山崖
你是英雄,百步穿杨——

【尼玛抡起石块——竟然打中一只野兔……

【众人惊呆了——"啊,太神奇了!""他身手不凡哪!""他真能当我们的首领!"

尼玛:(疑惑地,唱)

我这是到了什么地方

老奶奶：

你的脚下是美丽的香格里拉

尼玛：

难道这是我梦想的地方

老奶奶：

不是梦想，这就是你的疆土——

你是他们的国王，你的权力至高无上！

藏民们：

盼星星，盼月亮

盼来了尼玛做我们的新国王！

感谢感谢你

你给我们带来了吉祥

感谢感谢你

幸福生活万年长……

【藏民们向着衣衫褴褛的尼玛鞠躬致敬……献上哈达……

尼玛：

他们原本都是我的乡亲

可现在我怎么成了他们的国王

难道有了权势就有了幸福

从此我真的要什么就会有什么

老奶奶：对，你现在是国王了！

尼玛：老奶奶，你是谁？

老奶奶：我是谁并不重要，重要的是我能帮助你实现你的愿望。

尼玛：我的愿望你怎么会……

老奶奶：因为我就在你的心里——（唱）

我就在你的伟大雄心中帮助着你

你羡慕权势的那种渴望都在我的眼中

当国王你拥有权力

快登上宝座去发号施令

振臂一挥高山低头,万民崇敬

你渴望的权力就在你的眼前

众人:

国王万岁

【罗锅的土司沉重地走上……

老奶奶:(上前)土司老爷——

土司:(认不出来)哦,你是……?

老奶奶:(亮出标志,示意)别那么健忘——

土司:(惊恐地)啊……看见你,我口发干,心发慌……

老奶奶:别发慌,赶紧去拜见你的新国王——!

土司:(认出尼玛,惊愕)啊……尼玛?

尊敬的尼玛国王在上——

尼玛:

土司大人

你怎么变成了这般模样

土司:(愤然之情脱口而出)都是可恶的女巫……

老奶奶:(抢先)

玛噶央金

把大人变成了这般模样

还毁坏了你的家乡

尼玛:(震惊)什么?!

老奶奶:你的家乡到处是断壁残垣,你的家乡连河水都在泣血哀叹！太阳闭上了眼睛忍不住心酸，月亮躲到了山谷魂飞魄散……火狐狸变成了苦力日夜受熬煎……你的弟弟达瓦最可怜——

尼玛：达瓦怎么了？

老奶奶：白天他往山上推石头，常常滚落到毒蛇聚集的山涧；半夜他还要忍受蘸着盐水的皮鞭，骨瘦如柴，奄奄一息，皮开肉绽……

尼玛：（悲痛地唱）

达瓦，达瓦，我的兄弟
他怎么会这样，他怎么会这样……

老奶奶：

可怜的达瓦被施了魔法身不由己
玛噶央金欲壑难填想称霸人间
趁势将这里践踏……

尼玛：

达瓦，达瓦，你在哪里
悔不该没把你带在我身边
达瓦，达瓦，你在哪里
你为何这样地顽固痴迷？
达瓦，达瓦，你在哪里？

【伤心的尼玛被女巫与土司扶下……

【达瓦、玛噶央金、火狐狸们上——

火狐狸：

骗过可恶的土司
救出美丽的央金
我们风雨兼程

终于逃出了痛苦

眼前是绿色的草地

身边是流水嘀哩哩

小鸟在唧唧喳喳

唱出阵阵优美的歌

玛噶央金：

这是什么地方？

心中的香格里拉你在哪儿？

火狐狸：

跟着我们的达瓦

护着美丽的央金

心里喜气洋洋

快快坐下歇歇了

玛噶央金：（对达瓦兴奋地）也许我们快要找到那玉洁冰清的山顶了……

【女巫把土司推上，胁迫土司——

土司：（指玛噶央金）是她，是她——

老奶奶：女巫就是她！（指玛噶央金）

尼玛：把他们给我拿下！

藏民们：

拿下他们！拿下他们！

达瓦：（不解）你们是谁？为什么乱抓无辜？

尼玛：这是我的疆土——香格里拉！（指玛噶央金）把女巫给我拿下！

达瓦：不不，他不是女巫，她是天国的金孔雀玛噶央金！

【家丁们把达瓦抓住——

尼玛：住手，放开他！（挥手示意）

【众人下……达瓦也欲走——

尼玛：达瓦！

达瓦：（这才认出）哥哥……

尼玛：兄弟！

【兄弟二人唱——

尼玛：

达瓦，达瓦
多少个夜晚在梦里和你说话
这里是多么令人神往的地方
我已是这里的国王
我已戴上高贵的夏莫江达
亲爱的弟弟回来吧，你回来吧！

达瓦：

尼玛，尼玛
多少个夜晚（我）也在梦里与你说话
救出央金为寻找香格里拉
你为何变成这般模样
为何戴上了高贵的夏莫江达
亲爱的哥哥，你告诉我，你告诉我……

尼玛：达瓦，达瓦，这里是我们苦苦寻找的香格里拉！你我的梦想实现啦！

达瓦：可这里美丽和善良还在遭受践踏！

老奶奶：

达瓦，你实在是太憨傻
玛噶央金把灾难带给你们俩

月亮就要第七次升起
你将变成狮子永远不能说话
什么香格里拉，
那是从来没有的地方
快去杀掉玛噶央金
摘下她头上的祖母绿
就能为你除掉咒语
和尼玛在这里享受不尽富贵荣华

尼玛：

达瓦，你不要再这样憨傻
快去杀掉玛噶央金
别执迷不悟，回来吧
达瓦，我等着你，达瓦！

达瓦：（上前一把抓住老奶奶）你到底是谁？

尼玛：她是一位慈祥的老阿妈！

达瓦：不，她刚才讲的都是女巫诅咒我的话！玛噶央金不是女巫，真正的女巫就是她！（指老奶奶）

尼玛：达瓦，你疯了吗？

【三重唱——

老奶奶：（指达瓦）

他神智混乱！

达瓦：（对哥哥）

你不要受骗！

尼玛：

你一派胡言！

【藏民甲急上——

藏民甲：国王陛下，不好啦，不好啦，火狐狸带着玛噶央金跑了！

尼玛：胆大包天！抬我的弓箭！臣民们，抓住女巫，哪怕她跑到天边！

达瓦：哥哥，你不能这样！

尼玛：走开！

【藏民合唱——

追杀，追杀，追杀！

跟着我们的国王尼玛

把女巫赶到到天涯！

达瓦：尼玛，我决不会让你伤害她！

尼玛：达瓦——（抓住弟弟）

【达瓦甩开哥哥，跑下……

尼玛：给我追杀！

【切光。

第六场　冰　川

【冰川——状如结晶体的一条条冰凌叠加在一起，形成坡状堆积，高处耸立着一块斜指天空的大冰凌……

藏民们：（合唱）

追杀，追杀

跟着国王尼玛

把他们赶到天涯

【场面是围、追、堵、截，将玛噶央金与火狐狸们逼上了冰山……

【达瓦追上——

达瓦：

可怕的谎言变成了残酷的厮杀

达瓦、玛噶央金、火狐狸：

人们的善良友爱究竟在哪儿

纯洁的微笑变成切齿咬牙

这一切都是女巫一手策划

同心抵抗他们(的)追杀……

【在歌声中，一只狐狸被抓……又一只狐狸被抓……达瓦也被他们抓住——

玛噶央金：(突然高声喝住)停下——！

【全场震惊，注视着玛噶央金——

玛噶央金：(平静而真情地)我不过是一只金孔雀在天国翱翔，是人间的香格里拉激发了我的向往。我脱去了斑斓的羽毛，和大家一起寻找这美丽的梦想……我感谢达瓦和火狐狸们一次又一次相帮，我也为一次又一次的陷害与残杀感到痛苦彷徨……我曾经绝望地等待着死神的来临。是达瓦的爱情重新点燃了我生命之火，是香格里拉的光华重新给了我活下去的力量。尼玛兄弟呀，你怎么会转瞬间变成了国王？土司呀，是谁挑唆你残害善良？你又怎么变成了这般模样？乡亲们呀，是谁毁坏了你们的家乡？这一切都是她，这个女巫，施展的恶毒伎俩！驱使人们为她制造罪恶和苦难的海洋！看到这世间的肮脏，我才更加渴望香格里拉这个美丽的理想——

老奶奶：什么香格里拉？她说香格里拉在哪里？你们谁知道？那都是些骗人的梦话！尼玛，你从一个奴隶当上了国王，有了号令天下的权势，就是找到了香格里拉！你(指土司)当初要是得到了价值连城的祖母绿,当了天下首富,也是找到了香格里拉;(对众人)你们有糌粑,有酥油茶,更是找到了香格里拉;还要找什么别的香格里拉?!玛噶央金花言巧语,不过是要驱使你们当她的奴隶!她才是女巫吗?尼玛,还愣着干什么?举起你的弓箭,为民除害吧!

【尼玛拿起弓箭——

达瓦:(惊叫)尼玛!乡亲们,你们活着就是为了糌粑和酥油茶?土司,你要是当了首富,不过是为了吃更多的糌粑和酥油茶。哥哥,你当上了国王,不过是为了拥有天下的糌粑和酥油茶。为了糌粑和酥油茶,我们就得当牛做马,我们就得你抢我夺,我们就得互相残杀?这样的世界还有欢乐吗?这样的世界还能干净吗?

玛噶央金:我们要糌粑和酥油茶,我们更要美妙的歌声和七彩的鲜花;我们要糌粑和酥油茶,我们更要阳光般的友善和明月般的爱情;我们要糌粑和酥油茶,我们更要林木的茂盛和雪山的无瑕;我们要糌粑和酥油茶,我们更要和平的祥云和幸福的红霞!这就是我们要寻找的真正的香格里拉!

藏民们:国王,达瓦和玛噶央金说得对!

老奶奶:(恼羞成怒)玛噶央金!我以一百八十条毒蛇和三百六十条蝎子的名义诅咒你——把你装进冰凌,冻死你!冻死你!

【轰然巨响,玛噶央金果然被冻进冰凌……

达瓦:(惊叫)玛噶央金!玛噶央金!(怒视)女巫——(冲过去)

老奶奶:月亮升起来吧,你第七次升起来吧!

达瓦:

可恨的女巫残暴横行

达瓦要把你彻底揭穿

一定要救出玛噶央金

老奶奶:

月亮升起来,

月亮升起来,

让咒语应验!

【月亮升起来了——达瓦痛叫一声,变成了狮子……

尼玛:(震惊)啊!达瓦,达瓦!(抓住老太婆)你,你到底是哪方的凶神恶煞?!

老奶奶:闭上你的嘴巴!乖乖地站在我的麾下!

土司:(罗锅,对尼玛)她就是女巫,把我变成罗锅的是她,让我抢夺祖母绿的是她,叫我伤害玛噶央金和达瓦的是她,毁坏家乡的是她,把这穷山恶水说成是香格里拉,骗你当国王的还是她!

【音乐——

老奶奶:(突然一抖,现出了女巫的原形,对尼玛)我就是女巫,你是天下第一大傻瓜!玛噶央金就要死去,我就要主宰天下!谁也别想寻找什么香格里拉!

尼玛:你,你……(痛苦地说不出话来)我要杀死你!

女巫:你杀不死我,因为我就在你的心里!我要挖你的心,撕你的心,咬你的心!

尼玛:(悲痛欲绝地)啊……

众人:

谎言,谎言,谎言!

可耻的谎言!

【众人逼近女巫——

众人：

杀死女巫！

女巫：我以一百八十条毒蛇和三百六十条蝎子的名义诅咒你们，变成牦牛，变成牦牛，全都给我变成四条腿的牦牛！

【众人伏地……变成牦牛……

藏民：

回来吧，玛噶央金

回来吧，我的达瓦

回来吧，你回来吧

达瓦：（狮子，看到冰凌中的玛噶央金和满地变成牦牛的乡亲，积郁的悲愤爆发出来，惊天动地大吼一声）啊——！！！（借助电声音响极力夸张）

【所有的牦牛陡然站起来，先是沉重的，缓慢的，继而是激烈的，爆发的……

达瓦：冰凌啊冰凌——（唱）

如果这一切不是可怕的噩梦

如果你没被女巫凶残地利用

如果你还是那样晶莹透明

我还是对你无比憧憬

可今天你却夺走我的性命

我的毛发将变成刺向你的利箭

我要把力量变成炸裂你的霹雳

然后将我变成震碎你的轰鸣

我抚摸着寒冷彻骨的冰岩

满腔的热血在疯狂地沸腾

把我失去的心灵还给我

把我的央金还给我
我将付给你滚烫的鲜血
让它镌刻出理想的爱情
纵然要失去我们的生命
也将无愧香格里拉

【达瓦劐开自己的毛皮，把热血喷洒在冰凌上……达瓦耗尽力量，昏倒在地上……

【一片殷红……冰凌化冻了……发出滴答的声响……

【玛噶央金走出来……

玛噶央金：达瓦……达瓦！（抱住达瓦的头）是你用鲜血救了我。达瓦，你看，咱们已经登上了玉洁冰清的山顶，就要找到香格里拉了！

【画外音（女巫）：玛噶央金，乖乖地把祖母绿交给我！

玛噶央金：你休想！

【画外音（女巫）：难道你就忍心看着达瓦和乡亲们永远是这副模样？

玛噶央金：你就不怕我的祖母绿发出光芒？

【画外音（女巫）：我怕，我非常怕！但是，你的祖母绿只能发射出最后一次光芒，那将耗尽你全部的生命力量！你就不怕死亡？

【玛噶央金毅然站起来……

达瓦：（吼叫）不，不——

玛噶央金：（唱）

女巫的可怕魔法是多么的残忍
震怒了沉默的雪山
达瓦的一声吼叫是多么的悲惨
感动了古老的冰川

让峡谷爆发出带血的巨响
让冰凌闪动着碎心的泪光
怎能让黑暗笼罩着大地
怎能让强暴如此的嚣张
珠穆朗玛在等着我
雅鲁藏布在看着我
我要让祖母绿放射出最后一束光
射杀女巫驱逐仇恨与迷妄
我要把整个生命点燃
伴着太阳把大地照亮

【玛噶央金跑上平台……

达瓦：玛噶央金，不，不——！（竭力拦阻）

【女巫从地下升起——

女巫：赶快把祖母绿交给我！

【玛噶央金决然地发出光芒，天地发出霹雳般的声响，光电大作……

【女巫死亡，沉入地下……

【一切归于静寂……

达瓦：（望着天边）玛噶央金——

【尼玛与火狐狸上。

尼玛：达瓦——

达瓦：她走了……

尼玛：到底哪里是香格里拉？

达瓦：我明白了……哪里用美好的心灵去战胜邪恶，哪里就是香格里拉！那里人的心灵就是红莲；那里人的眼睛就是碧水；那里人的脊梁就是雪山；那里人的躯体就是清松；那里人的智慧就是星汉;那里人的善良就是月亮;那里人的生命就是太阳,把大地、山川、河流染成金黄,让每一片海子,每一头牦牛,每一株青稞都享受荣光!

【众人仰望……

【天籁之音——藏族女孩儿的童声独唱(主题歌):天有九十九重蓝/山有九十九层岩……

【达瓦加入主题歌:天有九十九重蓝……

【尼玛加入主题歌:河有九十九条汉……

【火狐狸加入主题歌:云有九十九朵棉……

【形成主题歌的三重唱……

【场景在主题曲的音乐中变换……

尾　声

【景同序幕,只不过一切都镀上了灿灿的金红色……

众人:

假如有一朵白云飘到你的头顶
假如有一枝雪莲捧在你的手中
假如有一缕清风吹进你的心灵
那就是我亲历的故事
所有的高山都有指天的峰顶
所有的江河都有日月的倒影
所有的歌声都把香格里拉赞颂
那是心中的向往在沸腾
用我们血迹斑斑的双脚

走出梦境的美丽光华
用我们托举日月的大手
修建大地上的香格里拉
我们都是香格里拉人
不管你来自海角还是天涯
不管你是不是吃过酥油和糌粑
啊,香格里拉
你就在眼前
你遍天下

——全剧终

（本剧由中国儿童艺术剧院于2003年试演，
2004年正式公演）

·大型儿童话剧·

大顺子吼歌

献给——
这个一下子震撼了
我的心灵的孩子

时间：当代

地点：大城市

人物：

大顺子——农村男孩儿，小学高年级，天真，内心很丰富；

蓝妮——初中生，单纯与任性，骄纵与善良混合在一起；

奶奶——爽朗的农村老奶奶，她是孙儿大顺子的精神宝库；

面条——男，就是常见的那种可恶又可怜的人，中学辍学；

保镖——男，姓黄，并不很年轻，手机控；

爷爷——蓝妮的爷爷，患轻度阿尔茨·海默症，残损的记忆益发珍贵；

清洁工——男，扫马路累了，就吹一会儿口琴，自娱自乐；

外婆——面条的外婆，聋哑人，勤劳的农妇；

群众演员——三个蒙面人，两名警察，几名建筑工人。

序　幕

【奇幻梦境之一——

【天幕映现出玫瑰色的霞光……连接着鱼肚白色的天空……连接着乌蓝色的天空……连接着稀疏的星光……

【电子音乐伴和着脚步声，一步，一步……

【天幕出现男子的背影，踽踽独行……

【主人公大顺子的喊声："爸爸，爸——爸——！"

【音响暂停，天幕上男子的背影站住了……

【大顺子的喊声："爸爸，别走哇，我想你！"

【音响继续，天幕上男子的背影继续前行，而且越走越快。

【大顺子从侧幕跑出来——

大顺子：爸爸，别走哇，我想你——！ 爸爸——

【天幕上男子的背影依然是越走越快……消失……

【一束奇异的光彩，引出一只巨大的熠熠闪光的蓝蝴蝶，翩翩飞舞……

大顺子：哎，蓝蝴蝶，你真是我标本匣子里的蓝蝴蝶吗？可你太大了……你要干吗？

画外音（蝴蝶，女声）：我去追你爸爸呀……

大顺子：你，你能追上吗？他能回来吗？

画外音（蝴蝶）：能。只要追，就一定能追上！

大顺子：等等我，我跟你一块儿追——爸爸！爸爸！

【倏然间，音响发出怪异的声音，切光。同时，传出大顺子的喊叫声："哎，哎呀……！"

【漆黑，寂静。

【片刻，大顺子的声音："梦，真是个奇怪的梦……"

【追光中——

【大顺子穿着外衣，戴着旧的蓝色檐帽，斜背着泛白的旧军挎包，捧着一个顶面是玻璃的小木匣，里面装着一只蓝蝴蝶标本。

大顺子：（对着小木匣）你要是真能变那么大，飞那么高，能把俺爸爸追回来该有多好！可惜呀，做梦是假的，故事是编的，抱着爸爸的大腿不放，那才是真真的！

【奶奶的咳嗽声……

【大顺子急忙把小木匣塞进挎包，弯腰蹲下，捂住自己的嘴，谛听着，观察着……

【奶奶的喊声："大顺子……大顺子……你在院里呐？"

大顺子：（细声细语地）哎，奶奶，是俺，上茅房。

【奶奶的声音："别着凉。"

大顺子：（乖顺地）哎，您睡吧。

【传来奶奶轻轻的鼾声……

大顺子：睡着了……（对着侧幕郑重地站好，郑重地一鞠躬，郑重地低声说）奶奶呀，俺想俺爸，想着想着，连俺爸长啥样都想不起来了！（抹一把眼睛）俺实在是熬不住了……眼下，正是放暑假，听说俺爸就在县城盖大楼的工地上，俺去找他。好在县城离咱这儿也就三十多里地，一天就能走到。奶奶，水缸俺挑满了，草料俺铡出来了，麦秸秆俺码在柴房里了，连您最爱嚼的核桃仁俺都砸好了，装了满满一大铁盒，就放在梳头匣子旁边了。俺一个礼拜就回来，奶奶，您要好好的，等俺把俺爸带回来，再见！（再次向侧幕鞠躬）

【大顺子转身走去——

大顺子：（惊讶得目瞪口呆）啊——

【对面倏地亮起追光，里面站着的一个白发苍苍的老太太。

大顺子：奶奶……?!

奶奶：（扥扥孙子的挎包）上茅房还挎着军包？跟奶奶说实话，你这是要去哪儿？

【大顺子转身就跑……

奶奶：你给我站住！（追上前，一把抓住大顺子的军挎包）

大顺子：奶奶，您就让我走吧！

奶奶：就这么走？不行！

【祖孙二人都使劲拽着军挎包，旋转起来……

【奶奶转晕了，松开手……

【大顺子跑开，回头一看——奶奶站立不稳，东倒西歪……

大顺子：（急忙跑回来，扶住奶奶）奶奶——

奶奶：你忘了奶奶还会点儿功夫啦？（一点孙儿的肩头——）

【大顺子立刻站住不动了，只是眨着大眼睛……

奶奶：（笑）呵呵呵，看你还往哪儿跑！

大顺子：（浑身不能动，只能动口）奶奶，我服啦……

【奶奶一拍孙儿肩头，孙儿恢复原状……

大顺子：（泄气地蹲下）唉——

奶奶：（嗔怪地）站起来！奶奶最不爱看啥，说！

大顺子：（站起来）奶奶最不爱看耷拉脸子……

奶奶：要耷拉脸子就冲犄角旮旯站着去！

大顺子:(乖顺地用双手把自己的脸面往上搓)您瞧,我不耷拉脸子了!

奶奶:(满意地)对喽,无论走到哪儿,无论遇见啥事,俺孙子都得这么亮亮堂堂的,像大清早的太阳!(挑一挑下巴)看那边窗户台上,给你准备好了——

【大顺子转身去拿——

大顺子:(返回,拿着类似八路军的干粮袋)这是啥?

奶奶:你忘带啦——(拿过干粮袋给孙儿挎上)这里面都是你爱吃的狗头大枣哇!

大顺子:(掏出一颗枣吃,惊喜地)让我在路上吃的?

奶奶:你每天要大笑一次,嘴角要连上耳朵,就能吃一颗狗头大红枣!最好还能剩几个留给你爹吃,让他也想想自己家里不仅有儿,还有老娘……(抹眼睛)

大顺子:奶奶,您让我去县城找爸爸了?!

奶奶:(点头)你想你爹,俺想俺儿呀……(掏出)这是奶奶给你买好的汽车票(塞给孙儿)。记住,不管找得到找不到你爹,只要这袋子里的狗头大枣吃完了,你立马给我回家!(再次抹眼泪)

大顺子:奶奶——

奶奶:(抬头看见孙儿又笑了)当初你爷爷参加八路军的时候,就是这个样子!(拍拍孙儿的肩头)奶奶信你!

大顺子:放心,奶奶,你平常教我的话,教我的本事都记在这儿呐!(拍拍自己的胸脯)

奶奶:还有奶奶教你唱的老歌谣呢?

大顺子:都存在嗓子眼儿里哪,张口就往外冒。(唱)"小白菜呀叶儿黄啊,两三岁上没了娘啊……"(突然卡住)噢……

【祖孙二人相视,无语,奶奶转过头去……

大顺子:(扳过奶奶的肩膀,笑脸相迎地)俺最爱唱的是自己瞎编的歌,您听——

【大顺子唱起本剧的主题歌《这世界就缺个大惊喜》:

太阳总是掉进树林里,
月亮总是浮在水塘里,
大路总是伸进老山里,
大河总是流进浓雾里,
爸爸总是活在我的美梦里,
妈妈总是活在我的眼泪里,
哎呀呀,哎呀呀
啥时候树根扎进云彩里
啥时候鱼儿游在银河里
啥时候鲜花开在微风里
啥时候骏马跑在海浪里
爸爸才能把我搂在他的怀里
妈妈才能把脸照在我的眼睛里……
啊——
这世界,这世界,
就缺这么一个
天大的惊喜!

【大顺子唱毕,向奶奶深深一鞠躬——

大顺子:再见,奶奶!

【切光。

第一幕

【工地。

【脚手架与蓝天相接,近处裸露着上下的阶梯。

【焊接的火花从脚手架的上下左右闪动,搅拌机轰隆隆的声音不时地传来……偶尔有戴安全帽的建筑工人上下……

【大顺子胸前交叉背着盛枣的干粮袋和泛白的黄军包,东张西望地走上……

大顺子:(逢人就问)哎,大叔,大叔,认识俺爸吗?俺爸叫顾天发……(旁白)这个大叔兴许心里有事,连看都不看我一眼……(又问另一个人)大伯,您认识顾天发吧?本来说他在俺们县城盖大楼,可到了县城一打听,俺爸他随着建筑队又去省城了。幸亏有个好心的卡车司机把俺带到这省城……可省城也太大了,谁知俺爸他们在哪个工地呀?(旁白)这个大伯也许耳朵不好使,看看我,不说话!(又对第三个人)跟您打听打听,见过俺爸不?嗯,他就是您这么高的个子,长乎脸,一只眼单眼皮,另一只双眼皮,这是俺奶奶说的,俺分不清楚……告诉俺呗!不白麻烦您,俺有好东西给您看——(从挎包里掏出那只盛标本的小木匣)这是上半年来俺村支教的志愿者小宋老师帮俺做的标本,蓝蝴蝶,知道吗?是俺爸那年去巴西打工的时候,偶尔逮到的。原先以为就是个蝴蝶嘛,带回来哄俺玩。小宋老师一看就跳起来了,他说,这是稀有名品,可金贵了,轻易见不到……(旁白)这么好的东西,他怎么不爱看呢?(失望地环顾)

【蹿出一个瘦个子少年——

瘦个子少年:(一把抢过小木匣)什么好东西,我看看——

大顺子:(急速反应)你要干吗? 还给俺! (紧紧抓住瘦个子少年的胳膊)

瘦个子少年:(拿着小木匣)我得先看看。

大顺子:那得由俺拿着,给我!

瘦个子少年:(耍赖)我要是不给呢?

大顺子:不行,那是俺的! (跳着脚,欲夺回小木匣)

瘦个子少年:(推开大顺子)躲一边去! 要不,我就把它砸了!

大顺子:(火了)你敢!

瘦个子少年:(恫吓地)我这就把它砸个稀巴烂! (一手推着大顺子,另一手高高地举着小木匣)

【两人四目对视……

【突然,大顺子哈哈大笑起来……

瘦个子少年:(反而毛了)你,你笑什么……

【大顺子继续笑,从干粮袋里掏出东西……

瘦个子少年:(戒备地)你,你要干什么? (后退一步)

大顺子:(掏出一颗大枣)狗头大枣,这是俺奶奶的奖励! (放进嘴里,嚼起来)

瘦个子少年:(咽口水)这么大的枣,肉多吧? 甜不?

大顺子:想吃? 把标本还给我——

瘦个子少年:(看看手中的小木匣)这是标本? 甲壳虫,还是金龟子? (欲打开)

大顺子:(大叫)别动,里面是小眼镜蛇,活的——!

瘦个子少年:(大惊失色)哎哟——(将手中的小木匣扔出)

大顺子:(扑上接住小木匣,大笑)呵呵,哈哈哈哈……俺逗你玩

呐！这里边是俺的宝贝——蓝蝴蝶，外号蓝色幻影。你不懂！（得意地打开欣赏）

【瘦个子少年突然伸手再次抢过小木匣——

瘦个子少年：（观察）蓝色幻影……？蓝色幻影，蓝色幻影……（自语）我在哪儿听说过？（拍打自己的脑袋）瞧我这狗脑子猫脑子猪脑子大象脑子……怎么就想不起来呢？

大顺子：（喊）还给俺——（扑过来抢夺小木匣）

瘦个子少年：（一只手高高举起小木匣，念叨着）蓝色幻影蓝色幻影蓝色幻影……

【任凭大顺子怎么跳，都够不着那只小木匣……

【突然，一个穿着荧光黄运动服，戴着黑色红道的大头盔的人，踩着彩色赛格威车（两轮电动平衡车）冲过来，轻松地从瘦个子手里拿走了那只小木匣……

瘦个子少年：（惊讶）哎，你——

大顺子：哎哎，（伸手对戴头盔的人）给我，那是我的——

【戴头盔的人踩着赛格威车围着大顺子转圈……

大顺子：（不知所措地原地转圈）你，你干吗？

瘦个子少年：（看着戴头盔的人，自语）噢，是你，没错！（转身，悄然溜走，下）

【戴头盔的人踩着赛格威车围着大顺子继续转……

大顺子：（不解地）你，你要干吗？

【戴头盔的人停住赛格威车，跳下来，不住地打量大顺子……

大顺子：你到底要干吗？想欺负俺？别以为俺没见过你们城里人，到俺村支教的小宋老师，人家也是省城的，还去过大上海哪，见的世面不比你们多?！可人家对俺们可好了，哪儿像你们，不搭理人，还老想霸占俺的标本！

【戴头盔的人伸手摸摸大顺子胸前斜挎的干粮袋……

大顺子：（警惕地推开对方的手）干吗，想打架？（决然地摘下干粮袋和军挎包，又脱下外套，系在腰间，摆出一副摔跤决斗的架势）来吧，上！

【戴头盔的人把小木匣扔给了大顺子……

大顺子：（接过）对喽，这才像城里人的样子。

【戴头盔的人好奇地捡起干粮袋和军挎包，仔细地看着……

大顺子：（把小木匣放进军挎包里）说点正事吧，俺爸叫顾天发，听说过吗？盖大楼的……

【远处传来男子的喊声："蓝小姐，蓝小姐……蓝妮小姐！"

【戴头盔的人立刻紧张起来，眺望……

大顺子：（继续打听）你说，俺爸会不会就在这个工地上？

【戴头盔的人转身看看大顺子，突然摘下头盔——露出一条歪梳的不长的黑辫子，原来是个十三四岁的女孩儿。她面庞清秀，神情紧张……

大顺子：（惊讶）啊，你是个女的呀……！

戴头盔的人：（边看着侧幕边说）只要你爸是盖楼房的，我就一定能替你找到——因为我爸也是盖楼房的。

大顺子：（兴奋地）那太好了，俺谢谢你啦！（郑重地一鞠躬，然后掏军挎包）俺让你看看俺的宝贝——蓝色幻影……（又掏干粮袋）要不你先尝一个狗头大枣，肉多，可甜了。俺奶奶说，只要俺大笑一次，就奖励俺一颗大枣……

【戴头盔的人敏捷地从大顺子腰间解下外套，穿在自己身上，又把大顺子的干粮袋和军挎包背在自己的肩头……

大顺子：（不解地）干吗呀，这是？

【男子的喊声近了些："蓝妮，蓝小姐——"

戴头盔的人：听见了吗？我就是蓝妮，他们在追我。先借我用一下，用完就还。（“嗵”的一下把头盔戴在大顺子的头上）

大顺子：（急忙挣扎）喔，喔喔……

蓝妮：别怕，登上去——（连拉带拽地把大顺子送上赛格威车）站稳了，过一会儿我来找你。

大顺子：追你的人是坏蛋？

蓝妮：他们不是坏蛋，可也不是好人……

【男子的喊声更近了：“站住，蓝小姐——”

蓝妮：快，快走——想往前，就身子向前；想往后，就身子靠后……（推赛格威车）走——！

大顺子：（惊惶不安地）哎，哎哎……（随着赛格威走去，下）

【蓝妮用大顺子的外套蒙住头，拎着干粮袋和军挎包向工地脚手架走去……

【传来电喇叭声音：“站住，那是谁呀？施工重地，闲人免进！请你马上离开！”

【蓝妮已经不见了……

【瘦个子少年领着一个穿黑衣黑裤，戴黑眼镜的保镖追上。

【这个保镖手机不离身，只要有空儿就低头看手机。

瘦个子少年：嗨，怎么一会儿就不见人影儿了？

保镖：我说面条，你没蒙我吧？（看手机）炸呀，你傻呀！

面条（瘦个子少年）：我不傻，亲眼看见的，戴着头盔，骑着赛格威……那儿！（指大顺子踩着赛格威下去的方向）蓝妮在那儿，头盔，赛格威车，没错，快追！（拽保镖欲追去）

保镖：（视线从手机上抬起，发现工地的阶梯上）那是谁？

【蓝妮蒙着大顺子的外套，拎着干粮袋和军挎包正在上阶梯。

面条：（看去）嗨，我见过，那是个乡下来的孩子，找他爸的。你们家蓝妮能穿那么土吗？（拽保镖）快走吧！

【突然，侧幕传来一阵“哎哟哎哟”的叫声……

【面条和保镖回头看去——戴头盔的大顺子骑着赛格威，从另一侧前仰后合地上来，直冲面条和保镖……

保镖：（赶紧上前扶住对方）蓝妮小姐——（习惯地低头看手机）

大顺子：（戴着头盔）哎哟，俺的娘耶，总算站住了……

保镖：（感觉异样）嗯，你是……？

面条：（摘下对方的头盔，惊讶）啊，是你？

大顺子：（直抹头上的汗水）哎呀，闷死我了。

保镖：你是谁？（对手机）啊，你怎么出小二呀?!

大顺子：俺不叫小二，叫大顺子，学名顾顺风。大叔，你认识俺爹顾……

保镖：（不耐烦地打断）你戴的头盔和这辆车是哪儿来的？

大顺子：（打量对方）俺知道，你不是坏蛋，可也不是好人，所以，俺不告诉你。

保镖：（盯着大顺子，对面条）别愣着啦，刚才上梯子的就是她——蓝妮！（看手机）真臭！真臭！

【面条快步奔向梯子……

大顺子：她一点儿都不臭！（抢先跑过去，拦阻面条）你不能抓她！她答应帮俺找俺爸！

面条：（横眉竖目地）起开，别怪我对你不客气！

大顺子：你从来就没对俺客气过！

【面条伸手欲抓大顺子——

大顺子：（突然摆出一个马步蹲裆式，高声大叫）嗨——头上的太阳亮堂堂，谁敢胡作非为?!

面条：（气短了）谁……胡作非为了？

大顺子：你——先是抢俺的标本，现在又要抓一个小姑娘，真不害羞！

保镖：（走过来，一把抓住大顺子胳膊）你捣什么乱，我请我们家小姐回家，害你啥事?！一边呆着去！（看手机）

大顺子："小姐"？还丫环呢，你当这是在俺们村口戏台上唱大戏哪？

保镖：（生气地）嘿，没想到哇，你这个乡下小屁孩儿还真成精了！（拽着大顺子）跟我走！（对面条）拿上头盔和赛格威，上派出所报案，就说这孩子偷我们家东西，人赃俱在，走！

大顺子：（跳起来）胡说，俺行得端坐得正，从来不拿任何人的东西！就连邻居矬二奶奶家树上的柿子掉进俺家院里，俺都一个不少地给矬二奶奶送回去！不信，你去问！

面条：（讥笑地）啥矬二奶奶高二奶奶的，头盔是你戴的，赛格威是你骑的，甭想抵赖！

大顺子：我没抵赖！没抵赖！你们欺负人！

保镖：（拽着大顺子）走！（不忘看一眼手机）

【蓝妮一声大喝："放开他！"她走出，站在二层平台上。

蓝妮：头盔和赛格威是我求他替我看着的，犯法吗？

保镖：（仰望，无奈地松手）不犯法，蓝妮小姐。（低头看手机）

蓝妮：谁是"小姐"？讨厌！

保镖：是。（看手机）真讨厌！

蓝妮：（对着保镖）你敢骂我?！

保镖：（放下手机）不不，我骂它哪……（顺便又看一眼手机）

蓝妮：听我口令——立正，向后转，起步走！

保镖：（走了几步，站住）不行啊，蓝小……啊，蓝妮，我是保镖，不能离开你呀……

大型儿童剧
大顺子吼歌
术总监/监制：蔡金萍
剧：欧阳逸冰
演：胡宗琪
美设计：黄楷夫 宋润洁
品：中国福利会儿童艺术剧院
间：2016年9月16、17日 10:15/13:30
9月18日 10:15
点：马兰花剧场（华山路643号）
房热线：（021）62497313
网：http://www.childrentheatre.net
博：http://weibo.com/eryi1947

《大顺子吼歌》工作照

【电喇叭再次响起："那是谁呀，马上下去，离开脚手架，离开工地！马上——！保安，保安，马上把这个小女孩儿扣起来！"

保镖：（趾高气昂地对工地大叫）谁敢?！瞎了眼啦？知道她是谁吗？她是总公司蓝董事长的千金！

【果然，电喇叭不作声了。

保镖：（得意地）且，打狗还得看主人呢，何况……

蓝妮：你说谁是狗?！

保镖：不不不，打主人还得看狗呢……也不对，打……嗨，甭管打谁，也不能打你呀，呵呵呵……蓝董事长让我们马上送你回家。

蓝妮：我爸在家吗？在公司吗？在饭店吗？

保镖：（摇头）不在，出国了。（看一眼手机）

蓝妮：（发飙地大叫）那我不回家不回家不回家，就不回家——

大顺子：（不解地走过去）你，你干吗不回家呢？

蓝妮：（情绪失控地）你管不着，谁都管不着，走开！走开！

大顺子：（惊呆了，旁白）这是怎么了？好不容易在城里找到她这么一个好人，结果，她也有病……（对二层平台上的蓝妮）那你还帮俺找俺爸吗？

蓝妮：找你爸？我还找不到自己的爸爸呢！（呜呜地大哭起来）

大顺子：（更吃惊了）啥，你也找不到你爸了?！城里的小孩儿也跟俺们乡下的小孩儿一样？这，这是怎么回事呀？（奔向阶梯）蓝妮，你跟我说说……

保镖：（上前拦住大顺子）哎，不许靠近！（看手机）

大顺子：（忿忿地）干吗，这是你家院子，还是你家炕头？

蓝妮：（指保镖）你，回去！

保镖：（指手机）回不去了，牌一出手就不能改……（发现）哦，不，跟着你是我的工作，我不能回去。

蓝妮：不回去就专心看手机，玩牌玩游戏，别抬头！

保镖：（笑）谢谢蓝妮同学！（低头专心玩起手机来）

面条：（凑近）嘿，你倒舒服。辛苦费呢？白替你盯着蓝妮呀！

【保镖只顾玩手机没工夫搭理面条，走下。

面条：哎哎，考考你，知道啥叫"蓝色幻影"吗？（随之追下）

蓝妮：（指大顺子）小孩儿，上来！

大顺子：（边登阶梯边说）别叫我"小孩儿"，我叫大顺子。你爸是丢了，还是跟我爸一样，也出去盖楼房了？

蓝妮：（诉苦）我爸他不是去北京谈判，就是到上海会见客户，要么就是去新加坡，去伦敦，去纽约……反正不在家！我已经整整三十六天零……（看手表）十四小时……四十八分六秒没看见他了！记住，不是我丢了爸爸，是爸爸丢了我，不要我了，整天只有爷爷陪着我……（抽噎，哭泣）

大顺子：这算啥，俺都整整两年没看见俺爹了！两年啊，二十四个月，七百三十天——俺早就仔细算过了，这七百三十天就是一万七千五百二十个小时哇！

蓝妮：（惊讶）啊，那么长时间没见面？你爸也是董事长？

大顺子：（摇着头说）啥懂事，懂啥事呀！俺奶奶说，俺爹真不懂事，那么长时间不回家……

蓝妮：那么长时间不回家，不是董事长，就是董事局主席！

大顺子：甭管他懂事不懂事，反正，反正俺每天都使劲想他，使劲想……俺只记得他的背影，宽宽的，厚厚的，上面总是沾着土，他的脸长啥样，俺怎么都想不起来了啦！（大哭起来）

蓝妮：对了，爸爸长什么样？我怎么也想不起来了？（打开手机寻找，指）这儿呐！

大顺子：（看）啊，怎么都秃顶了？俺爸都老成这样了？（哭得更厉害了）

蓝妮：（看）对不起，拿错了，这是爷爷。（再滑动屏幕）这才是爸爸！

大顺子：（注视屏幕）这是谁呀！糟啦，俺真不认识俺爸啦！（哭）

蓝妮：这是我爸爸！

大顺子：哦……（感叹地）还是你幸福，能天天看看爸爸的照片，这就不会忘了他长什么样了……

蓝妮：（哭泣）人家的爸爸都在身边，我的爸爸只能在手机里！

大顺子：俺爸只能在俺的梦里呀！（唱）太阳总是掉进树林里/月亮总是浮在水塘里/大路总是伸进老山里/大河总是流进浓雾里/爸爸总是活在我的美梦里/妈妈总是活在我的眼泪里/哎呀呀/哎呀呀……

蓝妮：好，太棒了，唱出了我的心里话！（对大顺子鼓掌）

【突然，异样的声响，脚手架上方好像掉下了什么——

蓝妮：（全然没发现，只是一个劲地给大顺子鼓掌）哎，你怎么不唱了，唱啊，接着唱！

【大顺子仰头发现——

大顺子：（惊叫）不好，快走——（推蓝妮下阶梯）

【“哐啷”一声响，掉下一根钢管，同时带下不少烟尘……

【保镖和面条跑上，惊呆了——烟尘遮住了大顺子和蓝妮。

保镖和面条：（叫起来）天哪——！

【切光，随之而起的是救护车急促的鸣笛声……

【奇幻梦境之二——

【全场灯暗，静谧。

【一束奇异的光彩，引出一只巨大的熠熠闪光的蓝蝴蝶，翩翩飞舞……

【大顺子站在追光中——

大顺子：哎，又是你，蓝蝴蝶！你真是俺标本匣子里的蓝蝴蝶吗？你真大呀！

画外音（蝴蝶，女声）：呵呵呵，我不但会变，还知道你心里的想什么……

大顺子：别糊弄人了，俺现在心里烦着呐！

画外音（蝴蝶，女声）：没找着爸爸，又丢了一个刚刚认识的好朋友，而且，你还觉得挺对不起她的，是不是？

大顺子：是啊，俺怎么办呢？

画外音（蝴蝶，女声）：既然是好朋友，那就不能丢！

大顺子：（思忖）对，不能丢！

【切光。

第二幕

【蓝家，客厅一角，垂着一盏枝形吊灯。

【在法式双人沙发椅上躺着大顺子，他仿佛睡着了，头上贴着一块方形小纱布，脸上还留有灰尘，干粮袋和军挎包挂在沙发椅的扶手上。对面则有一高靠背法式单人沙发椅。两台沙发的后侧，是摆着电话机的专用茶几。

【令人越加烦躁的蝉鸣一阵高过一阵……

【面条悄然进来，低头弯腰，贼眉鼠眼地巡视……发现躺在双人沙发椅上大顺子，蹑手蹑脚地上前，伸手摸大顺子的军挎包，掏出了那个小木匣……

【突然,传来摔东西的声音,蝉鸣立即戛然而止,面条吓得赶紧钻进了双人沙发椅的底下——

【老者忿忿的喊叫声:“你们都是干什么吃的?!嗯?居然连孩子在哪儿都不知道!”

【面条钻出沙发椅,企图爬出房间——

【正好,那个保镖推着坐在轮椅上的老者迎面而来……

【老者穿着中式麻布对襟衬衫,一手拿着拐杖,一手比画着……

【面条既不敢前行,又不敢后退,怔怔如泥塑……

老者:(仰着头,神经质地训斥着,却不需要说话的对象)一分钟,两分钟,不,一分钟,就一分钟,我都不能见不到我的宝贝孙女小妮妮,(直面面条)这你们不知道吗?嗯?

(对面条)对不起,我有点健忘,一下子认不出你……(点头致歉)你贵姓?

【面条惊呆了,不知如何是好……

保镖:(嘴里回答老者,眼睛却盯着面条)是的,爷爷。(迅即将轮椅转向,让老者背对面条,他却低声质问面条)你胆子不小,竟敢进到蓝家偷东西……

面条:(低声捉揖求饶)我就是好奇,想看看这孩子的蓝色幻影……哎,你不知道蓝色幻影就是蝴蝶名品,特别值钱!

【保镖发现在沙发椅上睡着的大顺子……

【爷爷(老者)还在无对象地唠叨……

保镖:(对面条)幸亏他有病……出去!

【面条悄然溜下。

爷爷:(对保镖)你敢让我出去?

保镖:(急忙转过轮椅,不让爷爷看见溜下的面条)哪儿敢!爷爷,您别着急……

爷爷：你当然不着急，因为蓝妮不是你的亲人！可她是我亲孙女，我的心尖儿呀！（气急败坏地坐下）废话少说，报告最新情况——

保镖：最新情况我已经跟您说了六遍了，爷爷。

爷爷：六遍，你说了那么多遍？我记得你只说了十遍哪！

保镖：关于蓝妮小姐的老情况，旧情况，您知道的情况就不用说了，对吧？

爷爷：（焦躁地）快说！

【睡在双人沙发上的大顺子被惊得霍地站起来……

保镖：您不知道的最新情况是这样的——没有。

爷爷：（被这个笨蛋气得立即站起来，可又无话可说）出去——！

保镖：是。（转身欲去）

【大顺子懵里懵懂也向外走去……

爷爷：（喝叫）回来！

保镖：（再转身）您说——

【大顺子也转身回来……

【爷爷张张口，无话……

【电话铃声急促地响起……

爷爷：（正好）接电话！

保镖：（到茶几旁接电话）喂……知道了。（放下电话）爷爷，这是咱家司机小张打来的……

爷爷：（霍地站起来）找到蓝妮啦？

保镖：（刚要说什么，电话铃声又响起，急接）喂……知道了。（放下电话）爷爷，这是咱家保姆打来的……

爷爷：（急切地）快说，我的小妮妮在哪家医院？

保镖：（刚要说什么，电话铃声又响起，急接）喂……知道了。（放下电话）爷爷这是咱家厨师打来的……

爷爷：（直指保镖）不许接电话，说——！

【果然，又响起电话铃声——

爷爷：（跑过去，抓起电话听筒）快说，小妮妮在哪儿？

【电话声："请您把今天两部救护车的出车费交来……"

爷爷：（懊丧地把听筒塞给保镖）天哪！（又转身把保镖抓住）我求求你，快点说——刚才那三个电话都说什么了？蓝妮究竟在哪儿？！

保镖：他们把所有医院都找遍了，蓝妮小姐……没消息。

爷爷：怎么可能？！

大顺子：（与爷爷同时喊起来）怎么可能？！

爷爷：（这才发现大顺子）你，你是谁？（自己转动轮椅围着大顺子转了一圈）噢，想起来了，你是村西口刘木匠家的老疙瘩小五子，对不对？哎呀呀，我小时候，跟着你爬树偷枣吃，害得我吃撑了，拉稀……（笑）

大顺子：（不解地）爷爷，俺不叫小五子。您小的时候，俺还没出生呐！

保镖：爷爷，是他，他叫大顺子，就是他惹的祸！（对大顺子）没想到，你还敢闯到这儿来！说，你是怎么来的？

大顺子：在工地上，他们非要把俺抬上救护车。到了医院，大夫看俺没啥事，就给俺抹了点药水，（指头上的纱布）贴了个这个就放俺走了。俺不知道蓝妮怎么样了，就找到这儿来了。

保镖：爷爷，是他偷了蓝妮的头盔和赛格威车……

大顺子：（气忿地）我没偷！

爷爷：（对保镖）偷了蓝妮的东西，那他为什么还敢来找蓝妮呢？

保镖：（旁白）他这会儿又明白了！（对爷爷）是他引诱蓝妮登上了脚手架的阶梯。

大顺子：（指斥保镖）难怪蓝妮说你不是好人！

爷爷：你是保镖，也在工地，为什么不拦着她呢？工地有工地的规矩，闲人免进！（盯着保镖）是因为你玩手机，耽误了正事吧？

保镖：（旁白）他越来越明白了！（转头）爷爷，您想，既然他和蓝妮都上了阶梯，怎么会他没事，蓝妮却找不到了呢？！

大顺子：蓝妮会真的找不到了吗？爷爷——

爷爷：（逼视大顺子）你为什么这么关心蓝妮？

保镖：对呀，他当然是没安好心呐！

大顺子：（忿忿地）你——！

爷爷：（又神经质了，对大顺子）既然你没安好心，那就跟你要我的小妮妮！

保镖：对喽，爷爷，这就对了！

爷爷：（正色对大顺子）把我的小妮妮交出来！

大顺子：爷爷，我还在找蓝妮呐！

爷爷：你不交出我的小妮妮，那就把你交给警察！（对保镖）去，叫警察！

保镖：是，爷爷。（对大顺子）你等着！（掏出手机，看着，下）

【大顺子默默地拿起干粮袋和军挎包，也欲走下——

爷爷：站住，你不能走！（转动轮椅，直对大顺子）

大顺子：凭啥？俺奶奶说过，如果碰见有人讨厌你，眼皮都不待眨一下，转头就走。

爷爷：可你不能走——出事的时候我孙女和你在一起。现在，你没事，可我孙女不见了。这是怎么回事？

大顺子：俺不走，到你家门外边等着蓝妮。

爷爷：不，是等警察！

大顺子：俺又没有把蓝妮藏起来，干吗要等警察？！

爷爷：我家的保镖可以作证，是你引诱蓝妮登上脚手架的阶梯的！

大顺子：俺奶奶说，这叫舌头根子压死人！

爷爷：我没有那么大的舌头！警察来了，你跟他说。

大顺子：俺跟警察说什么？

爷爷：是呀，你跟警察说什么？（拍自己的脑袋）嘿，我怎么就想不起来了呢——让这孩子跟警察说什么？

大顺子：（试探地）不是您让俺留下来等警察的吗？

爷爷：我？没有哇。你是谁，等警察干什么？

大顺子：（发现）爷爷，原来……您真有病啊？

爷爷：（发火）你才有病呐，出去！出去！

大顺子：（拿起自己的东西欲走出，转头看一眼爷爷）您别着急。俺奶奶说，雨再大也得出太阳，山再高也挡不住人走。您会好起来的，再见，爷爷。（走去）

爷爷：（叫）站住——

大顺子：（怯生生地）您有事……？

爷爷：把你奶奶的话再说一遍——

大顺子：俺奶奶说，雨再大也得出太阳，山再高也挡不住人走。您会好起来的……

爷爷：（端详着大顺子）这会儿……我好像看见了雨后的太阳……你真的不是小五子？（凝视着大顺子）

大顺子：我是大顺子。

爷爷：（恍惚迷离地回忆）可你真像小五子，会疼人，会帮助人。小时候，我跟他上房顶，玩官兵抓贼。一不留神，我把他家的屋顶踩了个大窟窿，这下可惹大祸了！那会儿我爸爸刚死，我妈要是知道这事，非把她气死不可。我吓得不敢回家，直到下半夜还躲在羊圈里，藏在大绵羊的肚子底下。后来我姐把我找回去了，她说，小五子把自家的屋顶踩漏了，挨了他爸一顿痛打。第二天，我去看小五子，谢谢他替我顶罪，救了我。我问他挨打疼不疼，他捂着自己的屁股，笑着说，不疼不疼，就好比摔了个屁股墩！（抹眼泪）我当时就哗哗地流下了眼泪……

大顺子：（感动地）爷爷，您的发小真好。（伸手为爷爷拭泪）

爷爷：（感叹地）什么叫好人？就是在别人最需要的时候，伸把手……

大顺子：俺奶奶也是这么说的。

爷爷：那天，我上树掏了两个鹌鹑蛋给他生吃了。他高兴得忘了屁股疼，拍着手唱起来——（轻声唱民歌）赵州桥，何人修/何人深山打石头/桥南修的什么庙/桥北盖的什么楼/多少蛟龙把水戏/多少狮子镇桥头……

大顺子：（接着唱）赵州桥，鲁班修/老君深山打石头/桥南修的关王庙/桥北盖的万祖楼/十二条蛟龙把水戏/二十四只狮子镇桥头……

爷爷：（继续唱）何人就在两边站/何人提刀观春秋/何人推车桥上走/他把桥头轧道沟……

大顺子：（接着唱）周仓关平两边站/关圣人提刀观春秋/柴王推车桥上走/他把桥头轧道沟……

爷爷：（大为感动，竟从轮椅上站起来，一把抱住了大顺子）大顺子，你就是我的好兄弟小五子！（再看看大顺子）小五子没有死，没有死！（紧紧地拥抱大顺子）

【保镖走上，见状愣住了……

保镖：哎，你——（上前拉开大顺子）干吗抓住我们家爷爷不放手，你想干什么?

爷爷:(推开保镖)他是我的好朋友!我的小妮妮呢,找到了吗?

保镖:(摇头)没有任何消息……

爷爷:(生气地杵着拐杖)快去给我找哇,上我这儿干什么?

保镖:您不是说……把他,大顺子交给警察吗?

爷爷:我没说,没说!(看着大顺子)我说过吗?

大顺子:您说过……可那就像俺奶奶有时候说梦话一样,不作数的。

爷爷:(搂起大顺子)对对对,大顺子说得对!(对保镖)我要马上见到我的小妮妮!

保镖:是。(疑惑地下)。

爷爷:(仰天长叹)妮妮,我的小妮妮,你在哪儿呀!

【大顺子发出了啜泣声……

爷爷:你怎么了,孩子?

大顺子:(哽咽地)蓝妮是俺进城看见的最好的好人——她答应帮俺找俺爸……(哭泣)虽然不是俺让她上的脚手架,可俺对不起她,也对不起爷爷你……(哭出了声)

爷爷:(疑惑)对不起蓝妮,对不起我……?

大顺子:出事的时候,俺正给她唱俺瞎编的歌。她特别喜欢,一个劲地鼓掌。呼啦一声响,俺怕有事,就急忙推着蓝妮下梯子……(又抽搭起来)

爷爷:(拍拍大顺子)别哭,接着说——

大顺子:那会儿,俺突然想起俺的蓝蝴蝶标本在挎包里,俺奶奶给俺的狗头大枣在干粮袋里(提起军挎包和干粮袋),赶忙又回到二层平台去拿……等俺再下来,就没看见蓝妮……俺大声喊着,蓝妮,蓝妮——可就是没人应。俺想,坏了,蓝妮也许砸着了……(狠狠地扔下干粮袋和军挎包,哭)蓝妮,俺对不起你呀,把你一个人撇下没管哪……奶奶,我不是个亮堂堂的男子汉哪……!(哭得非常伤心)

【爷爷跌坐在轮椅上……

大顺子:(抹一把眼睛)爷爷,我一定要找到蓝妮!(转身,弯腰去拿干粮袋和军挎包)

【嗵的开门声,脸上有些灰尘的蓝妮快步走上——

蓝妮:爷爷,爷爷,我回来了!

爷爷:(惊喜地)蓝妮——哎哟,我的好孙女!(抱起蓝妮)你到哪儿去了,害得爷爷像热锅上的蚂蚁!(掏出手绢,为孙女擦拭脸上的灰尘)怎么样,伤着哪儿没有?

蓝妮:爷爷,您没犯病吧?

爷爷:(显示)你是我的宝贝孙女蓝妮,你爸爸叫蓝名博,是个挣钱不要爹爹,也不要女儿的董事长——怎么样,还都记得清楚,没犯病吧?说说你,怎么就哪儿都找不到你呢?

蓝妮:出事的时候,护士说,看见我跟土人一样,浑身只能看见我的白眼球和牙齿,于是,就把我抬上了救护车。到了医院,医生检查了半天,又透视又听诊,弯胳膊敲膝盖,实在麻烦!干脆,我说,大夫,甭检查了,我没砸着没碰着,一点事儿没有,不信,给你们跳个街舞吧——(连唱带跳地)"你是我的小呀小苹果……"

爷爷:(制止)那怎么找遍了医院所有的地方都不见你呢?

蓝妮:跳完了街舞,我就赶紧去找大顺子了。可找了半天,还是没找着!

爷爷:(疑惑)你找他干吗?

大顺子:(走过来)蓝妮,我在这儿!

蓝妮：(发现，惊喜)大顺子，你在这儿哪?！太好了！(热情地抱住大顺子)

大顺子：(羞涩地)哎哎哎，俺们乡下不兴这样……

蓝妮：(嗔怪地)你去哪儿了，害得我满世界找你！

大顺子：俺也到处找你呀，医院楼里楼外，救护车前头后头，怎么就没碰上呢?

蓝妮：我跑遍了所有能去的地方，外科、内科、骨科、神经科，门诊、急诊、特诊、住院部，见人就问，看见一个农村来的小男孩儿了吗?

大顺子：谁是小孩儿，俺是大人，奶奶说，俺都该顶门立户了！

蓝妮：这回好了，总算看见你啥事没有地站在我跟前了！

大顺子：看不见你，俺心里跟针扎的一样难受……(低头)

蓝妮：像针扎? 太夸张了，干吗那么难受? 咱俩又不是谈恋爱。

大顺子：出事的时候，俺是推你下梯子了，可为了拿自己的东西，俺又撇下你，自己返回了二层平台。对不起你呀(抹眼睛)！

蓝妮：(诧异地)对不起我? 爷爷，大顺子是我的救命恩人啊！

爷爷和大顺子：(都愣住了)啊，救命恩人?

蓝妮：他刚把我推下梯子，钢管就从脚手架上面砸下来了，正好砸在了我原先站着的位置……

爷爷：(闭上眼睛)天哪，太悬啦！

大顺子：啊，俺怎么没看见?

蓝妮：你推我下梯子的时候，是背对着二层平台，可我是正对着，看得清清楚楚！

爷爷：(对大顺子)可你还一直在内疚，不安！

大顺子：(对爷爷)反正，俺不该撇下蓝妮，自己又返回去……奶奶说过，救人救到底，送人送到家，她是女孩儿，我是男的……

（哭起来）

爷爷：（重重地拍拍大顺子）大顺子，你是个好孩子，就像我那个发小，好兄弟小五子！

蓝妮：（从干粮袋里掏出一颗狗头大枣，举到大顺子面前）嗯？

大顺子：干吗？

蓝妮：你奶奶不是说，只要你大笑一次，就奖励一颗大枣吗？笑！

【大顺子破涕为笑……

【蓝妮和爷爷也笑了……

大顺子：（拿出大枣给蓝妮和爷爷）俺对不起奶奶，本来说去县城找俺爸，一个星期就回家。可现在到了省城，都十多天了，还没找到俺爸。（挎上军挎包和干粮袋）俺得赶紧一个工地一个工地去找，奶奶一定不放心了……（向爷爷鞠躬）谢谢爷爷和蓝妮，俺走了。

蓝妮：别走！我答应帮你找爸爸，就一定要找到。爷爷，他爸是盖楼房的，叫……（问大顺子）

大顺子：顾天发，农民工。

爷爷：顾天发……（对蓝妮）你爸手下有好几个建筑公司，查一查，会找到的。

蓝妮：我老也见不到爸爸，他根本就不要我了，上哪儿去找他？

爷爷：好，我给你爸爸打个电话，不管他在哪儿，都得马上回来！（欲拿起电话）

【保镖走上。

保镖：爷爷，有个电话非要您来接，说是蓝董有事……

【电话铃声响起……

蓝妮：噢，（迫不及待地）爸爸可来电话了，我接——

保镖：（抢先拿起话筒）是给爷爷的电话——（将话筒递给爷爷）

蓝妮：（按动电话机键）免提，大家都能说话。

【电话声传出——

爷爷：（拿起电话）喂，是名博吗？

电话声（男声）：你是蓝董事长的父亲吧？

爷爷：您是哪位？

电话声：蓝董事长被绑架了，就在我们这里。

爷爷：（霍地站起来）什么，被绑架？（转而一笑）他昨天就去巴黎了，莫非你们在巴黎？

电话声：（笑）蓝董事长一进候机楼，就被我们带走啦！

爷爷：（紧张）你究竟是谁？想干什么？

电话声：蓝董事长拖欠工人工资一千万，三天之内必须如数偿还，否则，他就没有好下场！

爷爷：请留下尊姓大名——

电话声：我们头儿叫——顾天发！（啪地挂断电话）

爷爷：（不解地）顾天发？（看孙女）

蓝妮：（惊诧地看着大顺子）顾天发——你爸爸？

大顺子：（惊呆了）顾天发，绑架？胡扯——那不是俺爸！

保镖：（掏出一张六寸照片给大顺子看）这是谁？

大顺子：（惊讶地）这是俺爸呀！

保镖：（指着照片，对爷爷和蓝妮）我已经查过了，就是这个农民工，他是总公司下属一家建筑公司的，名字叫顾天发！

爷爷、蓝妮：啊——？

大顺子：（怒叫）不对，俺爸是好人！（一把抢过保镖手中的照片）

【切光

【奇幻梦境之三——

【全场灯暗，静谧。

【一束奇异的光彩，引出一只巨大的熠熠闪光的蓝蝴蝶，翩翩飞舞……

【大顺子站在追光中——

大顺子：（焦躁地来回走动）俺发火了，真的发火了！（站住）可是，俺也害怕了，爸爸会不会喝醉了，糊涂了，干出了……（缓缓蹲下）

画外音（蝴蝶，女声）：相信自己的爸爸，你小时候，他就用他那宽宽厚厚的肩膀把你扛起来……

大顺子：（紧接）那时候，俺就像坐在一座山的山顶，高高的，美美的，敞亮亮的，好像伸手就能摸着天！

画外音（蝴蝶，女声）：相信他！

大顺子：相信他！

第三幕

【此时正是夕阳西下的时刻，霞光把整个舞台抹上了一层玫瑰色……

【这是穿过城市的江岸，对面，可见高楼大厦的身影；岸边的栏杆横在舞台的正后方；远处，可见大桥飞架两岸。

【不时响起汽笛声，灯火通明的游轮缓缓驶过……

【斜挎着军挎包和干粮袋的大顺子茫然走上……

【一个穿荧光橘红色工装的清洁工，把工具放在灯柱旁，掏出口琴吹奏起《祝你一路平安》……

【大顺子倚着灯柱坐下，望着霞光和灯影，自言自语——

大顺子：奶奶呀奶奶，原本想找不到俺爸就赶紧回家，免得让你为俺揪心着急。可现在,俺绝对不能走了,必须弄明白,俺爸怎么就牵扯上绑架,而且还是绑架蓝妮的爸爸了呢?(捶大腿)这是怎么啦,怎么啦,俺亮堂堂的大顺子怎么就一下子背上了这么一口大黑锅哪!(抹一把眼泪,从衣兜里掏出那张照片,凝视着)爸爸呀爸爸,想起你那宽宽厚厚的肩膀,俺不信,俺就是不信你会干坏事!不信!可俺到哪儿去查证呢?只有亲眼看见爸爸才能……

【那个清洁工边吹口琴边走近大顺子身边,围着他观看。

大顺子:(瞥一眼清洁工,心情烦躁地)怎么人们都爱转着圈儿地瞧我……俺怎么啦,三头六臂呀,真是!(起身,使劲拍土)

【吹口琴的清洁工盯着大顺子手中的照片……

大顺子:(敏感地将照片揣进衣兜)看啥?看到眼里拔不出来!(赌气似的走到一边)

【传来蓝妮的喊声,从远及近:"大顺子,大顺子——"

大顺子:(张望着)蓝妮?(躲开,对观众)俺不想见她。见了她说啥?说她爸?说俺爸?没法说!(一跺脚走开)

【蓝妮的喊声:"大顺子,大顺子!"

大顺子:(看不到对方从哪里过来,不知往哪儿躲)怪了,她在哪儿呐?(倒退到江边,倚着栏杆)怎么看不见她的人影?

【一条白色小游艇驶过来,蓝妮从游艇上跳到栏杆旁,在大顺子身后搂住他的脖子——

蓝妮:抓住我——

大顺子:(发现)你——(扶着蓝妮跨过栏杆)也不怕掉江里!

蓝妮:(嗔怪地)你跑什么?

大顺子:俺去找俺爸……

蓝妮:(抓住对方的手臂)马上跟我走,到派出所去报案。

大顺子：（抽出自己的手臂）你们不是打电话报案了吗？

蓝妮：警察叔叔让我们去面谈，提供尽可能详细的情况。走，你也把你爸爸的情况跟警察叔叔说说……

大顺子：（立即光火，瞪大眼睛）俺爸不是坏人，俺爸不是绑匪！

蓝妮：我和爷爷都非常非常相信你，你是好人！

大顺子：俺好，俺是跟俺爸学的！他是俺村有名的石头蛋子，对谁都实心实意，没有第二个心眼儿。他怎么可能是坏人?！那年，他给俺们村孤老头瞎六爷家修窗户，只听咔嚓一声，房梁折了，俺爸跳过去，硬是用肩膀扛住了坠下来的半截房梁，一扛就是半个时辰……你说，这样的人能去绑架吗？

蓝妮：可那电话里说的就是你爸的名字，照片你也认出来了，就是你爸呀！

大顺子：编瞎话还不容易，张嘴就来。那天在工地上，你家那个保镖非说俺偷了你的头盔，你的车，还说要送俺去派出所。有没有这回事？

蓝妮：既然你那么相信你爸爸，就跟我去派出所说明白嘛。

大顺子：俺奶奶说，身正不怕影子斜。没有见不得人的事，有什么可说的？俺不去。（甩手走开）

蓝妮：（追上）万一，我说的是万一，公司拖欠了你爸他们的工资，你爸他们会不会……

大顺子：俺突然想起来了……

蓝妮：说，说出来——

大顺子：今年快过春节的时候，俺爸给家里来了一封信，就写了一句话——老板说工资一时半会发不下来，过年俺就先不回去了。

蓝妮：是啊，工资发不下来，他们就……

大顺子：（截住话茬）俺奶奶说过，凡事先要问一句盐从哪儿咸，醋从哪儿酸——俺是小孩儿，俺就不明白，一年到头，整天累得直不起腰来，大楼房盖起来了，凭什么不给工钱？

蓝妮：（回答不出来）是啊，凭什么不给人家工钱……（转而一想）不对，有理讲理，就算一时半会发不下工钱，那就耐心等待，你爸他们也不应该绑架呀！

大顺子：（怒叫）俺爸没绑架！你爸凭什么赖账不给工人工资？

蓝妮：我爸从来不干缺德事，绝对不会赖账不给工人工资！

大顺子：你整天连你爸的影子都见不着，怎么敢替他打包票！

蓝妮：你有两年没看见你爸，怎么能保证你爸没干坏事？！

大顺子：（气愤填膺）你——！

蓝妮：（同时）你——！

大顺子：从今儿起，俺不认识你！

蓝妮：我也不认识你！（说罢，翻过栏杆，跳上白色的小游艇）走——！

【呜的一声，小游艇开走……

【面条悄然走上，盯着大顺子……

大顺子：（抹一把脸，呜咽了一下）不明白……不明白，俺就是不明白！（昂头吼起歌来）

俺不想明白谁把太阳举起来
俺不想明白谁把月亮拽下来
俺就想弄明白，弄明白——
大人们干事怎么这么奇了怪
吃完包子说没钱叫缺德耍赖
干完活不给钱叫耐心等待
大楼高高一层一层地盖

谁知道盖到最高层的工人怎么能下来
大楼高高玻璃墙照得人眼睛睁不开
谁知道没领到工资的工人不敢回家来
爸爸呀爸爸你可得耐心等待
等俺当了老板不吃不喝不穿不戴
先把你们的工钱一子儿不少地发下来
那才叫太阳当头照公道买卖!

(白)爸爸,爸爸,俺一定要找到你——(走去)

【面条急上,迎面拦住大顺子——

面条:(嬉皮笑脸地)啊哈,大顺子,我可找到你了!(观察对方)

大顺子:俺有急事,躲开。(欲走)

面条:(左右拦堵)知道,你要找爸爸,对不对?

大顺子:那就别挡道儿了……(欲走)

面条:(做亲切状)听哥哥我跟你说最最最要紧的事!

大顺子:(警惕地)干吗?又想拿俺的标本匣子?没门儿!(欲走)

面条:(亲密地搂起大顺子)你绝对不能走……

大顺子:(反感地推开对方,又摆出马步蹲裆式,大喝一声)嗨——头上的太阳亮堂堂,谁敢胡作非为?!

面条:(不屑地)又来了,你吓唬谁呀?

【大顺子突然一点面条的后脖子——

面条:(叫起来)喔……(站在原地不能动弹)这是怎么了?

大顺子:这是俺奶奶的真传,让你尝尝啥叫麻筋!(得意地)人有一百零八个大穴位,其中有三十六个死穴。(背诵口诀)"百会倒在地,尾闾不还乡,太阳和哑门,必定见阎王!"你想试试?

面条:(求饶)不不不,快给我解开……

大顺子:(轻轻一点对方)不许再欺负俺了!(欲走)

面条：(恢复)哪能啊……哎，大顺子，别走哇！

【大顺子头也不回地走去……

面条：(突然大叫一声)我知道你爸在哪儿！

【大顺子立刻站住了——

大顺子：你骗俺？（直视对方）

面条：我不骗你。

大顺子：俺爸在哪儿？

面条：有人让我告诉你，他会带你去的。

大顺子：谁？

面条：见面就知道了，他让你在这儿等他。

【大顺子愣住了……

【不远处，那个清洁工吹着口琴，慢悠悠地走过来……

大顺子：(思忖片刻)俺不信！（欲走）

面条：大顺子，别害怕，有哥陪着你呐！

大顺子：你干吗对我这么好？俺奶奶给俺讲过，老虎化装成胖姥姥，溜进家门吃小孩儿的故事……

面条：别老是“俺奶奶俺奶奶”的，听哥哥我跟你说句最贴心最值钱的话——这回，你就是找着了你爸爸，他还得离开你。

大顺子：不，俺再也不让他离开奶奶和俺了！

面条：想想，你爸当初为啥还非得出去打工不可呢？

大顺子：俺奶奶说过，俺家穷，穷得连俺妈都丢下俺家，她自个儿跑了……(抹眼睛)

面条：对呀！你家里要是有钱，你爸就不用离家去打工了，那你就可以天天都能看见你爸对不对？

大顺子：(疑惑地)你到底想跟俺说什么？

面条：(突然掏出那只标本木匣)这就是钱，能让你爸永远不再离开你!

大顺子:(惊讶)啊,你偷了俺的标本?还给俺!(抢)

面条:(躲开)我不是偷,是给行家看看,打听打听……

【两人争抢……

大顺子:(跳着脚争夺)你给俺——

面条:(摁住对方)听哥跟你说——知道吗?蝴蝶标本里的一流就是蓝色幻影;蓝色幻影里的极品就是……

大顺子:(截过话茬)不用你瞎吹,俺们小宋老师早就告诉俺了,俺这是蓝色幻影里的最棒的,名字叫光明女神!

面条:(惊异地)行啊,你个乡下小屁孩还真是行家呀!可你知道它值多少钱吗?

大顺子:不管值多少钱,你还给俺!(再抢)

面条:(拿着标本,边躲边说)竖起耳朵听着——放到拍卖行里,能卖三十八万,三十八万呐!

大顺子:(边抢边喊)这是小宋老师帮俺做的,给多少钱俺也不能卖——俺不能把小宋老师卖了!

面条:别犯傻,别死心眼,哥是为你好……当然,哥也不白忙乎,也赚点儿小钱,咱俩半儿劈,一人十九万,这是多好的事!你爸再也不会撇下你和你奶奶外出打工了,对不对?

大顺子:(不再争抢,翻翻白眼)不骗俺,真的?怎么个卖法?

面条:(笑,点头,凑近)哎,大顺子,这样,你就真的大顺特顺了!怎么卖,怎么换成真金白银,这你都甭管,有哥哥我跑腿,你就瞧好吧!就怕到时候数钱数得你手指头都长膙子了……(笑)

【大顺子突然一把抢过了标本就跑……

面条:(惊愕)哎,你,你给我站住!(追)

大顺子:(转圈,边跑边回头)这是俺的梦,俺不卖!

面条：（喊）大顺子，你听我说……

【侧面走来一位老太太，打着四川山区人的包头，土造毛蓝布大襟上衣，挎着细绳栓着的大竹筐，低着头，一步步走来……

【面条追扑着，撞上了包头老太太——

【哗啦啦，包头老太太倒地的刹那，从大竹筐里撒出许多饮料瓶子……那老太太翻身急忙捡拾散落在地上的瓶子。

面条：（头也不回地）怎么睁眼睛往人身上撞呐?!

【大顺子跑过来——

大顺子：哎哟，老奶奶，摔坏了没有?（欲扶起包头老太太）

面条：（制止）别扶，小心碰瓷——!

大顺子：（捡地上的瓶子）没有瓷的，都是塑料的。（扶起包头老太太）

面条：（跑过来，拽开大顺子）躲开！她讹你怎么办?

大顺子：（警惕地）你甭想要俺的蓝色幻影！

【包头老太太发现，直指面条，呜呜地叫起来——

面条：（定睛一看）啊，外婆——

【外婆（包头老太太）好像很随意地抹了一下眼睛，然后露出笑容，向面条比画着哑语……

大顺子：哦，你外婆是聋哑人?

面条：（非常兴奋地向外婆比画哑语）啊，真的?

【外婆笑着点头，继续比画着哑语……

面条：（喜气洋洋地比画哑语）加上这些塑料瓶就正好够了？好好，太好了！（亲一下外婆，比画哑语）您真是个好老太婆！（弯腰欲捡起塑料瓶）

【外婆制止面条，自己熟练地将撒在地上的塑料瓶捡起来……见到大顺子帮着捡塑料瓶，先以为他是要据为己有，欲上前夺回……发现大顺子将塑料瓶扔进自己的大竹筐里，也就罢手了……

面条：（笑了）外婆，这个孩子傻着呐，不会抢你的瓶子的。

【外婆笑了，拍拍大顺子的肩头，示意面条前行。

大顺子：（对面条）好像你外婆要带你去买东西？

面条：（眉飞色舞地）盼了一年多的 iPhone 6s，终于就要到手了！（跳起来）

大顺子：啥叫“爱疯”？

面条：真土！iPhone 6s 就是苹果手机，得六千三百八十五块呐！

大顺子：天哪，太贵了！

面条：外婆给我攒了一年多……

大顺子：就靠捡塑料瓶？

面条：我外婆就爱捡塑料瓶，这不，就差最后的十五块钱，这一筐瓶子正好凑齐！外婆，（比画着）走着！（拿起细绳，把大竹筐挎在外婆的肩头上，自己甩着两只空手，笑眯眯地）等会儿让你看看咱倍儿新的 iPhone 6s！

【大顺子看呆了——面条轻松地走着，一旁的外婆背着大竹筐，一步一步地紧跟……

大顺子：面条，你怎么不背筐？

面条：（嬉笑着）外婆从小就背筐，背了六七十年了，不背肩膀痒痒！呵呵呵……（跳着笑着，走去）

大顺子：（实在看不下去了，忿忿地喊起来）面条，你是猪，是狗，是狼，你不是东西！

面条：（惊诧地回头）你……骂我？哦，我没忘，找人拍卖你那个蓝色幻影，没问题，等着我，就在这儿，买了 iPhone 6s，我立马回来找你。

大顺子：（上前一步，对着面条，往地上狠狠地吐了一口）呸！

面条：（奇怪地）嘿，你这熊孩子，蓝色幻影你拿回去了，我没招你惹你呀，怎么骂人呐？

大顺子：你外婆这么大岁数，你怎么忍心……

面条：咸吃萝卜淡操心，你管得着吗？哥哥我今儿心情好，不跟你计较，老老实实等着我！（转身走去）

【外婆回头招呼面条，从大襟上衣侧面托出一块小毛巾，给面条擦拭汗水，不料，带出一封信，掉在地上……

【面条捡起信件，打开，看——

【外婆比画着——这是上午收到的……

【面条看着看着……变得呆若木鸡，两眼离开信纸，茫然地看着外婆……

【外婆只是爱怜地抚摸着外孙子……

大顺子：（发现，诧异）怎么了，面条？

面条：（低声）先是我爸不要我，让我找我妈。现在，连我妈也不要我了，让我找我爸……（突然爆发）他们离婚了，自由了，可我没人要了——！

【江面上传来游轮的汽笛声……

【外婆为面条擦拭泪水……

大顺子：（同情地）面条……

面条：（哭泣着蹲下）我，我……成了有爹有妈的孤儿啦……

【外婆自己拭泪……

面条：（霍地站起来）我是多余的，多余的！（转身跑向江边的栏杆，抬腿跨越）

大顺子：面条，你要干吗？（奔过去，一把抓住面条）下面是江水，可深啦！

【外婆惊呆了，只是站在那里浑身颤抖……

面条：（对大顺子）你还有梦，还能在梦里看见爸爸。可我，连梦都没有啦……！（欲跳江）

大顺子：你还有爱你疼你的姥姥！你要是死了，姥姥怎么办？

【外婆奔过来，抓住面条，哭泣……

面条：外婆，我妈我爸干吗要生我呀！（伏在外婆的怀里哭泣）

【外婆与外孙抱头痛哭……

面条：外婆，我真的不想活了！

大顺子：（大叫）面条，你听好了——只要你好好的，（从军挎包里掏出标本木匣）这个蓝色幻影——俺送给你了！

面条：（抬头）啊，你这个标本真值三十八万呐……

大顺子：俺奶奶说，世上，最金贵的就是人命。别说三十八万，一百万也抵不上一条人命！（递上标本木匣）给你！

面条：（抱着标本木匣，退回那条迈过栏杆腿，凝视着大顺子）没想到，世界上，除了外婆，还有你把我当人看！（把标本木匣还给大顺子）有你这句话，我不死了……外婆！（搂着外婆呜呜地哭了）

大顺子：（把标本木匣再次塞给面条）俺不是骗你，是真心的！因为俺知道看不见爸妈的苦处……（抹一把眼睛）

面条：就是为了你的真心——我今儿才明白，什么叫真情无价。（紧紧地拥抱大顺子）

大顺子：（挣扎地推开对方）哎哟，你都快憋死俺了！

【保镖拿着手机，边走边看……

保镖：（头也不抬）面条——

面条：（对大顺子）带你去找你爸的人来了——

大顺子：（对保镖，反感地）你?!

保镖：（看一眼大顺子）走吧！（转身就走，还是在看手机）

大顺子：（对保镖）俺爸在哪儿？

保镖：（还是不抬头）我领你去。

【大顺子犹豫着，向保镖走去……

面条：（突然喊）大顺子——（走上前）哥陪你去！

保镖：（瞪一眼面条）我可不知道你爸在哪儿。

【面条不但没退却，反而一手搂住了大顺子的肩头，直视保镖。

保镖：（不怀好意地）好好，买一个饶一个，那就走吧！（走去）

面条：（比画哑语）外婆，您先回家，我很快就回来。（走去）

【外婆摇头，执意跟上外孙……

【那个清洁工走过来，迎着保镖，慢悠悠地吹着口琴……

【保镖抬头一看清洁工，愣住了……立即掏出黑眼镜戴上，拉着大顺子的手，匆匆走去……

清洁工：（大步跨上前）请留步——

保镖：干吗？

清洁工：（对大顺子）孩子，你是顾天发的儿子？

大顺子：您认识俺爸？

清洁工：我曾经是你爸的工友，去年都在一个建筑队里干活。（对保镖）黄老板，还记得我吧？你原本是我们队里的工头，经常拖欠工人们的工资。去年夏天我干脆不干了，当上了清洁工。

大顺子：那俺爸呢？

清洁工：听说你爸为了讨要工人工资，整天在跟老板谈判呐。

大顺子：（急切地）在哪儿？叔叔，赶紧告诉俺！

清洁工：这我不知道。

保镖：不知道瞎扯什么呀？我告诉你，顾天发把蓝董事长绑架了！

大顺子：（立即反驳）不可能，俺爸是好人！

清洁工：噢……？

保镖：（对大顺子）还想不想见你爸爸？快走！（拽大顺子）

清洁工：（一把拽回大顺子）别走——（逼视保镖）怎么能让一个孩子掺和绑架的事？你安的什么心？（掏出手机）除了警察，谁都没权力指使这个孩子！（打电话）

保镖：（对大顺子）想见你爸就跟我走，不想见拉倒。（悻悻走下）

大顺子：（对清洁工）叔叔，俺只有见到爸爸才能安心呀！（鞠躬，转身向保镖走的方向追去，下）

面条：大顺子——！（欲追去）

【外婆抓住面条……

清洁工：（拦住面条）孩子，你赶紧去派出所，我去跟着他们。（急下）

【一声汽笛声，那艘白色小游艇又开过来了，蓝妮站在船头高声喊着——

蓝妮：爷爷，爷爷——！（向两岸张望，寻找）

面条：（跑到栏杆前）蓝妮，你爷爷怎么了？

蓝妮：不好啦，我爷爷不见了！

面条：啊——

【切光。仍传来蓝妮的喊声："爷爷，爷爷……"

【奇幻梦境之四——

【全场灯暗，静谧。

【一束奇异的光彩，引出一只巨大的熠熠闪光的蓝蝴蝶，翩翩飞舞……

【大顺子站在追光中——

大顺子：（疑惑地）俺是不是……不该跟这个姓黄的保镖走？俺心里有点害怕……

画外音（蝴蝶，女声）：你很勇敢，为了爸爸的荣誉，也为了自己的荣誉，非要找出真相不可。

大顺子：俺爱俺爸……害怕也值！

画外音（蝴蝶，女声）：值。

大顺子：（对蓝蝴蝶）你好像总能说出俺最希望的事……

画外音（蝴蝶，女声）：呵呵呵，我就是你的梦啊！

大顺子：没错，一个美梦……

【切光。

第四幕

【从深夜到黎明时分。

【江海交汇的沙洲，近处，几簇芦苇护卫着一片沙洲；远处，依稀可辨的是城市的点点灯光，几乎与夜幕上稀疏的星斗混成一片。

【明朗的半月映照，蓬松的芦花摇曳着，加上不时传来的沙鸥叫声，隐约可以听见的潮水声，使这个沙洲益发显得寂静而又神秘。

【保镖打着手电，疾步走上，不时地看着手机，不时地巡视四周……

保镖：（一摆手，喝令）下船。（继续快步走动）

【传来大顺子的喊声："嘿，保镖，慢点，俺跟不上！"

保镖：（回头，厉声）住口！叫我"黄老板"。（不等对方回答）站住，我不让你动就别动！

【侧幕，大顺子声音："为啥？！"

保镖：（回头低声）绑匪可不客气呀……

【侧幕，大顺子声："你怎么能进去？"

保镖：我去找你爸爸顾天发呀！（下）

【从芦苇深处，一辆轮椅被推出，上面的人蒙着头，腿部盖着毛毯……

【大顺子不顾一切地冲上来——

大顺子：这是谁……是俺爸？（跑到轮椅边）爸爸——俺是你儿子，大顺子呀！

【轮椅上的人没有丝毫反应……

大顺子：爸爸，爸爸——（猛地揭下蒙头的黑布，惊讶）啊——

【轮椅上坐着的是爷爷，他歪着脑袋，闭着眼睛……

大顺子：（惊诧）爷爷，爷爷，您怎么啦？

【芦苇深处传出保镖的声音："他没怎么，只是睡着了。替他拿起轮椅上的手杖——"

大顺子：（拿起别在轮椅侧面的手杖，继续呼唤）爷爷，别睡呀，这小岛上太凉……（推着酣睡的爷爷）

【一根很长的手机拍照杆从芦苇深处伸出来，对准大顺子和轮椅上的爷爷，闪光灯一亮……

大顺子：（一惊）谁?！（向四周看去）

【潮水声，沙鸥叫声……

大顺子：咦，保镖呢？（寻找）黄老板，黄老板——俺爸呢？你不是带俺找俺爸吗？

【依然无人回答。

大顺子：（自语）骗人？俺上当了？（焦急地喊）爸，你究竟在哪儿呀?！爸爸，爸爸——

爷爷：（被喊醒了）哎，名博，我在这儿！（睁大眼睛，四下望去）

大顺子：（看见）您醒了……（走近轮椅）爷爷，您怎么到这儿来了？

爷爷：（懵懂地）名博？（搂住对方）孩子，爸爸终于看见你了！

大顺子：（盯着他）俺不叫名博……

爷爷：（按照自己的思路）难道真的是时光倒流了，名博，你又回到了上初中的样子……

大顺子：爷爷，俺是大顺子！

爷爷：（拍拍自己的前额，笑了）呵呵呵，瞧我这脑子，又看错了，你是村西口刘木匠家的老疙瘩小五子，哪儿能是名博呀！名博四十四岁了，我那宝贝孙女小妮妮都十四了……（突然清楚了一些）哎，名博呢？你们不是说领我来看我的儿子蓝名博吗？他在哪儿？

大顺子：爷爷，大概咱们都被骗了！

爷爷：（看看自己的周围）我没有被别人欺骗。把我骗到这儿的只能是你！

大顺子：（惊讶）俺？！

爷爷：我身边没有别人，只有你呀！

大顺子：（无奈地顿足）怎么会是俺呢？！俺也是被你家那个保镖，姓黄的骗来的呀！

爷爷：快点交出我儿子蓝名博！

大顺子：你又犯病了，俺到哪儿说理去呀！（急得挥着手杖转圈）

【蓝妮的喊声："你要干什么？"急跑上——

蓝妮：（夺过大顺子手中的手杖）你还敢打我爷爷？！

大顺子：俺没有！是你家的那个保镖，老黄骗人……

蓝妮：爷爷——！可看见你了！

爷爷：哟，我的宝贝孙女！

【保镖急上。

保镖：蓝妮，看见了吧，听见了吧？上传的照片没有骗人——（打开自己的手机给蓝妮看）

【天幕上映现出照片：大顺子握着手杖站在轮椅旁边，仿佛是在看守着在轮椅上歪头睡着的爷爷……

蓝妮：（掏衣兜）我的手机……（对保镖伸手）我一上岛你就把我的手机拿走了——

保镖：噢，对对……（掏出手机给蓝妮）我是怕被劫匪收走……

蓝妮：（看手机）哎，也有这张照片！

保镖：（指着大顺子）他们就是用这个办法要挟家属，不仅蓝董事长被绑架，连蓝董的父亲、你的爷爷也被扣住了，好让咱们乖乖地交赎金。

蓝妮：（对大顺子）我真没想到，你这么会演戏，骗得了我和爷爷的极大信任，还把我爷爷押到这儿来，配合你爸爸绑架、讹诈我爸爸！

大顺子：胡扯！胡扯！胡扯！

蓝妮：那你干吗到这儿来？

大顺子：俺找俺爸！

蓝妮：你是来帮你爸绑架的！

大顺子：俺爸绝不会干出那种下三滥的事！

蓝妮：因为你们家最需要的是钱！

大顺子：闭嘴！俺这次从家里走出来，一下子才明白，俺和俺爸，还有俺们农民工，最需要的是——把人当人看！

【蓝妮愣住了，保镖瞪着眼睛，只有爷爷使劲鼓掌……

爷爷：（继续鼓掌）大顺子说到爷爷心眼儿里去了！

蓝妮：（不解）爷爷——？

大顺子：爷爷，你又明白过来了？

爷爷：（对蓝妮）三十九年前，我从农村考上了大专，进了城。可是，好长时间，我觉得自己在有些人眼里还是低人一等。农民怎么了？现在城里人的爷爷，爷爷的爷爷，从根儿上说，都是农民啊！

大顺子：爷爷，您告诉蓝妮，是俺把您带到这个小岛上来的吗？

爷爷：你？呵呵呵……你连这座城市的东西南北都弄不清楚，还能带我到这很远的沙洲上来?!

蓝妮：那是谁把您带来的？

爷爷：（回头看一眼）是……

保镖：（喝令）闭嘴！（东张西望）嘘——

【突然从芦苇深处跳出三个蒙面人，一个用臂弯卡住爷爷的脖子，一个反扭保镖的手臂，第三个人指着蓝妮——

蒙面人3：蓝妮小姐，你父亲蓝董就在你家的游艇上……

蓝妮：爸爸就在游艇上？

蒙面人3：对不起，你家的游艇我们征用了，嘻嘻嘻……

蓝妮：（冲远处高喊）爸爸，爸爸——！

大顺子：（对蒙面人3）俺爸呢？

蒙面人3：顾大哥？当然也在船上喽，押着她（指蓝妮）的爸爸呐！（奸笑）呵呵呵，一会儿你得帮你爸爸数钞票哇，千万别嫌累！嘻嘻嘻……！

大顺子：你胡说八道！俺到底要看看究竟是咋回事！（不顾一切地向前闯去）

【大顺子被蒙面人3牢牢地抱住。

大顺子：（跳着脚大叫）爸，你真在船里吗？出来，快出来！俺奶奶，也就是你妈妈说，你是个亮堂堂的男子汉，等俺长大了，就像你那样有一双宽宽厚厚的肩膀，能扛起苦日子，也能担来好日子——！

蒙面人3：（威胁地）再闹我就打死你，信不信？（握拳扬手）

大顺子：你打死俺，也要看看俺爸究竟在不在那儿！（挣扎着，扑打着）

蒙面人3：嘿，你个熊孩子！（欲打）

爷爷：（大叫）住手！

蓝妮：（悄然摁动手机，自语）哎……怎么打不出去呀……

蒙面人3：（奸笑）打110啊？嘻嘻嘻，手机卡早就拿出来了！

蓝妮：（盯住保镖）你……？

【保镖抖动一下胳膊，蒙面人2立即放开手。

保镖：（阴笑）呵呵呵……（对蓝妮）别误会别误会，我这都是为了蓝董事长和你们一家人的安全着想。

蓝妮：（惊愕）你串通绑匪——？！

大顺子：叛徒！

爷爷：（指着保镖）怎么看你这张脸都像汉奸汪精卫……

保镖：好啦好啦，长话短说，没工夫瞎扯了！听——

【越来越清晰的潮水声……

保镖：再过两个半小时，这江海相连的潮水就要淹没这个沙洲小岛了，也就是说，再不离开这里，大家都要淹死！

大顺子、蓝妮：（惊恐地）啊——？！

爷爷：马上让我的宝贝孙女小妮妮离开这里！马上让我见我的儿子蓝名博董事长！

蒙面人3：赎金呢？

爷爷：（挪下轮椅，从椅子垫下面拿出小手提箱）百万美钞——

【蒙面人3欲拿手提箱……

爷爷：（挪开手提箱）我要见到我的儿子！

【蒙面人3看着保镖——

保镖：（一扬手）开过来！

【马达声，白色游艇开过来了……

保镖：（对爷爷）我去请蓝董事长——（跳上游艇）蓝董，蓝董！

【蒙面人3趁爷爷不注意，一把抢过手提箱，跳上游艇……

爷爷：哎，你们——

蒙面人 3：你马上就能看见你儿子啦！哈哈哈……

爷爷：名博——！

蓝妮：爸爸——！

保镖：（下令）转头，开船！

蓝妮：老黄，原来你不是叛徒，是绑匪头子！

三个蒙面人：（齐声）我们的大哥！哈哈哈……

爷爷：（焦急地）哎，我儿子呢？

保镖：（再下令）稍等——

【游艇转回，停住——

保镖：（对爷爷等三人）老爷子，放心，没人绑架你儿子，我们的蓝董事长正在深圳总部召开重要会议呐！

爷爷：那你——？

保镖：钱我是要拿的。去年在赌场，我把农民工的工资赌没了，今年我得拿着你们给我的钱去赌场捞本呀！哈哈哈……

大顺子：俺爸顾天发呐？

保镖：你爸太讨厌了，整天代表农民工讨要欠薪，所以我才化装成保镖躲起来……呵呵呵，这会儿，你爸又追到深圳，缠上蓝董，跟他讨欠薪了！对，蓝董是我们母公司总头嘛！

蓝妮：我给我爸打电话怎么老是关机呐？

蒙面人 3：我们前天就把蓝董的手机偷走了，嘿嘿嘿……

爷爷：你们太坏了！

大顺子：你们糟践俺爸的名声！

保镖：说农民工绑架了董事长有人信，说董事长绑架了农民工就没人信，不是吗？蓝妮，对不对！

大顺子、蓝妮：坏——蛋！（冲上去）

保镖：开船！（得意地）拜——

【白色游艇载着四个坏蛋，走远了……下。

【潮水声越来越大了……

【大顺子、蓝妮和爷爷凝视着，对视着，无话可说……

大顺子：（对着天空）到底，俺爸没有干那些下三滥的事儿！

蓝妮：（望着远方）我爸也没有欠你爸的工资。

爷爷：不，欠了。母公司有责任承担下属公司的债务。就像小时候我上房顶玩捉迷藏，把小五子家的屋顶踩了个大窟窿，小五子他爸就要找我妈算账……

蓝妮：那还谈什么？我爸赶紧还账不就完了吗？爷爷，你不知道，我们有个同学叫可可，整天跟这个借钱跟那个借钱，从来都不知道还，全班谁都瞧不起她！难道我爸，堂堂董事长就是我们班的可可？！真让人恶心！

大顺子：（憨厚地）也许……也许你爸不知道那个老黄干的坏事，那就不恶心……（歉意地，低声）昨天俺不该说再也不认识你了……

蓝妮：（回应）反正我认识你。明天我就拍卖我的赛格威车，山地车，iPad，全幅微单，天文望远镜……还有我的压岁钱，私房钱全都拿出来，一定要把欠你爸他们的工资全部还上！

【大顺子愣愣地看着蓝妮……

蓝妮：还不够？那就把我们家保时捷、卡宴也卖了……再不够，就把别墅卖了……反正，我蓝妮的爸爸绝不能欠农民工的工资，哪怕是一分钱！

爷爷：（鼓掌）我的小妮妮真让爷爷高兴！

蓝妮：（看着大顺子）我说的是真的，真的，你不信？

大顺子：（挠挠自己的脑袋）俺……俺……

蓝妮：“俺”什么？说话呀！

大顺子：听了你的话，俺脑子里突然想到……

蓝妮：想到啥？

大顺子：俺村北边那条河里的野鸭子……

蓝妮：（嗔怪）听我说话，想起了野鸭子？

大顺子：野鸭子一到太阳偏西的时候就撒欢地游水，过不一会儿就扎一下猛子，然后就会半站立起来，张开双翅膀，抖落头上，身上的水珠……好像在跟我们说，瞧，俺的羽毛多干净，每一片都闪亮通透，没有一点脏东西！

爷爷：对，我得变成天天洗澡的野鸭子！哈哈哈，我是野鸭子！

蓝妮：（盯着大顺子）这是我这辈子听到的对我的最高的评价！谢谢你，大顺子！（真诚拥抱他）

大顺子：（尴尬地）哎，哎，你们城里人……非得这样吗？

【风声呼呼刮起，潮水哗哗作响……云朵遮住了半月……

蓝妮：天哪，咱们怎么都忘了——再过一两个小时，这个沙洲小岛就要被潮水淹掉的呀！不好，潮水上来了，已经没了鞋底了！

爷爷：（昏头昏脑地）那我们就要变成鱼啦……（做划水的动作）游哇游哇……一会儿就看见老渔夫了……哈哈哈……他把我们都捞到渔网里了……

蓝妮：爷爷，您又犯病了？

爷爷：不怕不怕，爷爷跟你一样，变成小金鱼啦……哈哈哈！

【风声，潮水声更大了……

蓝妮：（惊叫）啊，爷爷——（蜷缩在爷爷怀里）

大顺子：（踩踩脚下，吧唧吧唧的）是没了鞋底了，得想办法让人知道，咱们在这个小岛上哪！（喊）来人啊，俺们在小岛上哪……！

蓝妮：（站起来，喊）来人啊，我们在小岛上哪……！

【风声，潮水声压过了他们的喊声……

蓝妮：没劲儿了，一天没吃饭，肚子里咕咕叫……

大顺子：（从瘪瘪的干粮袋里掏出两颗枣）可惜就剩这最后两颗了，给，吃了俺家的大红枣，保证你浑身有劲！

【蓝妮分给爷爷一颗枣……

蓝妮：这颗枣咱俩分着吃——也许你比我还饿。（递上）

大顺子：不饿，你吃——（推回，硬塞进蓝妮的嘴里）奶奶说，俺家的大红枣就是金不换的宝贝，饿了当饭吃，饱了当零嘴吃，病了当药吃，穷了换俩钱，不穷就招待客人！呵呵呵，多好的东西呀！

蓝妮：你怎么老是笑嘻嘻的呢？是不是因为太傻？

大顺子：俺奶奶说俺一点儿都不傻，逢人就夸俺——整天亮亮堂堂的，像大清早的太阳！俺要是耷拉脸子，奶奶就让我冲墙旮旯站着去，不理俺了。唉，真有点想奶奶呀……

蓝妮：（烦躁地）想想眼下吧，谁能来救咱们啊！

大顺子：（灵机一动）手机，你的手机！

蓝妮：（掏出手机）SIM 卡被他们抽走了，打不出去！（扔到地上）现在谁都不知道，在这个小沙洲上还有咱们三个人……

大顺子：（拿起来手机，递上）以后还能用啊！

蓝妮：（失望地）还有以后吗？说不定今天咱们就都会淹死了……（惊恐地发现）不好，潮水更多了，已经没了脚脖子了！（看看爷爷，奔过去，抱住）爷爷——（饮泣）

大顺子：（黯然，抹一把眼睛。突然想起）哎，俺想起奶奶常说的一句话，有这句话，咱们就能平平安安！

爷爷：（懵懂地）我爸死了以后，我妈说过：天无绝人之路。

大顺子：不，不是这句，是——老天爷饿不死瞎家雀儿！

蓝妮：空话，废话！

大顺子：你们听——

【在风声和潮水中,隐约可以听见汽笛声……

大顺子:咱不能傻等,也得出声音……(试着喊一声)哎嗨……(对蓝妮)俺明白了,不能迎着风喊,要背着风喊,才能把声音传出去!(半蹲,示意)坐上来,站得高,喊得远!

蓝妮:(坐上大顺子的肩头,使劲喊)快来人哪,救救我们啊!

大顺子:瞧俺的——(唱起自己编的歌)太阳总是掉进树林里/月亮总是浮在水塘里/大路总是伸进老山里/大河总是流进浓雾里/爸爸总是活在我的美梦里/妈妈总是活在我的眼泪里/哎呀呀/啥时候……/爸爸才能把我搂在他的怀里这世界这世界/就缺这么一个/天大的惊喜!

【歌声由大顺子的独唱,变成与蓝妮的合唱,再变成大合唱,最后,仿佛风声和潮水声也加入了大合唱,使歌声越加浑厚、强大,贯通全场……

【外婆划着小木船,载着面条和清洁工走上……他们惊喜地跳下来,与大顺子、蓝妮和爷爷搂在一起……

【所有人都在高唱着……

【在歌声中,白色小游艇开过来,一名警察提着手提箱,两名警察押解着蹲在甲板上,双手抱头的保镖和三个蒙面人。

【歌声继续……

【灯光渐暗……

尾　声

【景同序幕。

【农舍小窗口,闪着温馨的淡黄色的光。

【大顺子挎着瘪瘪的干粮袋和军挎包，蹑手蹑脚地走上。

大顺子：（压低声音）奶奶，奶奶……（对着观众）俺得先练练怎么认错……奶奶，您别生气，听俺细细地讲给您听——俺是想县城找不到爸爸就回家，免得您惦记，可是……

【突然，一束追光亮起，奶奶在其中——

奶奶：（板着脸）可是不把奶奶急死你就不罢休，对吧？

大顺子：奶奶，俺对不起您……（饮泣）

【奶奶突然哈哈大笑……

大顺子：（惊异地）奶奶……？

奶奶：（回头）儿呀，可怜见你儿子的一片真心呐——！

【哐啷一声，一扇门打开（天幕下方升起长方形灯光）——

【中年男子声："大顺子，爸爸回来了！"

大顺子：（惊喜地叫喊起来）爸，爸爸，真是你呀！

【一片欢笑声——

【蓝妮、爷爷、面条、清洁工、外婆都拥上来，围着大顺子笑着，拍手不止……

——全剧终

2016 年 3 月 30 日

（本剧 2017 年由中国福利会儿童艺术剧院公演，曾用名《蓝蝴蝶》）

附：

这组照片震撼了我

——《大顺子吼歌》剧本创作后记

一　吼歌的孩子，你在哪里？

发在光明网上的一组照片震撼了我——这是谁？他在唱什么？为什么唱得如此专注、激扬、豪放？他内心里沸腾着什么？这里是工地，他的爸爸就在这个工地上？他手持的“立柱话筒”是根钢筋，那他的梦想是什么？或许他是从留守儿童变成随从父母的打工子弟的，那么，他是从哪里来的？或许他还要回老家，继续当他的留守儿童，那么，他将要到哪里去？

吼歌的孩子，让我到哪里去找你呀！

其实，曾和他年纪相仿的十几个孩子早就在我心里了。十余年前，我曾采访过北京四季青桥西一所打工子弟学校，他们是那样拘谨、腼腆、陌生，唯有提起他们的爸爸妈妈，才热火起来，流露出幸运的感觉，因为他们还有弟弟、妹妹或哥哥、姐姐留在爷爷奶奶身边。只有一个男生，黑眼眉、小眼睛、高颧骨的孩子愣愣地跟我说，他是自己个儿找到在北京打工的妈妈的：车票

钱是自己攒的，地址是从汇款单上抄下来的，就这么来了。

然而，只有当我看到了这张拿着钢筋吼歌的男孩儿的照片时，内心贮存多时的感觉才呼啦啦地燃烧起来……

吼歌的孩子，我是因你才写出这个剧本的，但剧中的那个大顺子，却肯定不是你。我唯一的期望是，你能把大顺子当成自己的朋友。

二　谁杀死了卖火柴的小女孩?

有人说，把拖欠农民工工资这样敏感的热点问题引入儿童剧，不大适合。意即儿童剧只能写小公主、小绅士和大猫叫叫小狗跳跳？又云，儿童不关心这样的事。哪些儿童不关心？是的，您的孙子和我的孙子不会主动关心这个问题，因为他们的爷爷不是农民工，不会被人拖欠工资或稿费。那么，农民工的儿子女儿呢？正是因为有些丧尽天良的人恶意拖欠了他们父母应得的汗水钱，才使得他们不能早一些、多一些见到父母，才使得他们家更贫穷，更无奈！他们能不关心吗？而这个戏正是呼吁全社会（包括您的孙子和我的孙子）关心这些处境艰难的孩子们。因为他们和我们自己的孩子一样，都是祖国的未来啊！而您的孙子和我的孙子应该接受戏剧艺术的一种熏陶，那就是真诚的善良和高尚的同情。这正是儿童戏剧（包括整个儿童文艺）不可推卸的责任啊！《卖火柴的小女孩》启示着无数孩子关切和同情那个小女孩儿。安徒生在这里用一种非常美丽的死点燃了过去、现在和将来无数儿童内心高尚的情操。即便在当时，也许同样会有人反诘：温馨的童话故事里怎么会写死呢？正在参加新年家宴的儿童怎么会关心一个失业者的女孩呢？哦，先生，您应该知道，正是这种冷漠杀死了卖火柴的小女孩！而安徒生正是从这个小女孩之死里，培育着孩子们应该具有的人类伟大的情操！

三　人物关系、事件和动作

绑架，是今日社会并不鲜见的犯罪现象。令人恐惧，更应令人愤慨与不齿。后者的名字叫“正义”。剧中写了绑架，是用两个小主人公的视角去写的，并不是什么公案剧。最重要的是，这一事件改变了两位小主人公的人物戏剧性关系。这一重大的戏剧性动作挖掘着他们各自的内心情感和心理变化，特别是大顺子对父亲的坚信，显示着弱势群体最需要的是尊重和信任。这正是全剧呼吁之所在。绑架者和恶意拖欠农民工工资者是同一个人（那个保镖），是令此剧小观众唾弃的反面人物，也正是全剧潜在的主旨：孩子们，长大了千万不可做这样的人啊！而绑架事件推演到最后，恰好是全剧高潮需要营造的戏剧情境。两位小主人公从相识到友好，到纠结，到反目，到理解，到相互爱护，到相濡以沫……

我想，凡是熟悉儿童戏剧的人都知道，小观众爱看情节一波三折的戏，爱看有戏剧悬念的戏，这是许多人求而不得的，大概不会嫌此剧的情节太密太紧吧？至于剧中的语言，既有现代城市儿童的，也有农村老辈人的，如此才显示戏剧语言的丰富性。

以上是作者的追求，未必实现了；实现了，也未必大家都认可。如何是好？让时间和观众去裁判吧。

·大型儿童话剧·

那山有片粉色的云

时间：现在。一个暑假。

地点：贵州山村

人物：

阿鲁——彝族男孩儿，十一二岁。在序幕出现时，他还是个坐在背扇（带小孩儿的背篓）里的牙牙学语的婴孩儿；

索玛——八岁的小女孩儿，阿鲁的姐姐；

赵绾儿——来自上海的高中生，对天文学非常感兴趣，利用暑假赶到贵州参观天眼（FAST，地处贵州省平塘县克度镇金科村大窝凼）；

老赵——赵绾儿的爸爸；

孪生四姐妹——老五（招弟）、老六（梦弟）、老七（连弟）、老八（亚男），均为十岁上下的孩子；

龙奶奶——四姐妹的奶奶，即阿鲁的姑奶奶，耳朵有点儿聋，然而，听见听不见却有选择性；

马尾男——年龄、籍贯、职业，从哪里来，到何处去，均不详；

小伙伴们——不分民族，阿鲁的同学邻里；

男女家长们——外出打工的村民；

幻想中的人物：

输友搭透——射日射月的彝族小英雄。在阿鲁眼里，这是个女孩儿，仿佛就是他的姐姐索玛（同一演员饰演）。

序　幕

【随着主题歌声（童声清脆），大幕徐徐拉开——

噢，放眼看哪
九十九座山坡
九十九片杜鹃花
只留一座高山顶
就在我脚下
伸手摸摸头上那片云
放飞它去寻天涯
那里装满了我的梦
一个梦就是一句想你的话
亲人啊无论你在哪里
都能看见它——
那山顶上飘来的粉色云霞……

【远山连绵，近山兀立，舞台正中是一缓坡小丘。一条竹林掩映的小路弯曲地在小丘后面半隐半现……小丘上长着一棵开满粉色花朵的小树，在青山翠谷的映衬下，它格外的动人。

【男婴的哭声——

【随之,索玛(八岁)背着背扇(背孩子的背篓,精致些,上部突出的扇面形靠背有花色衬布),疾步走上。

【男婴坐在背扇里面,始终只露出了半张脸。

索玛:(一边盯着远处竹林中的小路,一边机械地颠着背扇中的男婴)噢,噢,噢,阿鲁不哭不闹,姐姐带你看光景噢……

【男婴阿鲁还是哭着,闹着。

索玛:(颇有经验地转移阿鲁的注意力,夸张地)瞧,阿鲁快瞧,那是什么?(指着侧幕)那就是咱们彝族的大英雄输友搭透射下来的太阳啊!输友搭透,忘了?姐姐给你讲过呀!

【男婴阿鲁盯着侧面,不哭了。

索玛:(夸张地)好红好亮的太阳啊,就像我们小阿鲁的脸蛋儿,多漂亮啊!

【男婴阿鲁又哭叫起来……

索玛:噢,对了对了,我们小阿鲁不是被人射掉的太阳,是大英雄输友搭透,左手举着银弓,右手搭上金箭,多威武啊!

【男婴阿鲁发出了清脆的笑声……

【心神不定的索玛放下背扇,快步登上小丘高处,瞭望着。

【男婴阿鲁又哭叫起来……

索玛:(对背扇)不哭不哭……姐姐有事,特别重要的事,你好好地,不闹啊!(看见男婴阿鲁还是哭喊,板起脸来)再哭,姐姐就不给你甘蔗吃了,甜甜的甘蔗……好了,我喊一二三就立刻闭嘴——一二三!

【男婴阿鲁果然停止哭喊……

索玛:好,我们小阿鲁真好!让姐姐去盯着她,盯得紧紧的……(返身,欲登高处)

【男婴阿鲁又哭叫起来……

《那山有片粉色的云》剧照

索玛:(气冲冲地跑回,抱起背扇)再哭,我就把你扔到山下去!

【阿鲁哭着说:“索玛姐姐,我要妈妈!”

索玛:(转而爱怜地)我就是怕妈妈丢了呀!(抹一把眼泪)阿鲁,爸爸没了,咱俩不能再没有妈妈呀!

【阿鲁哭闹着:“我要妈妈!我要妈妈!”

索玛:(示意禁声)嘘——(左右巡视)昨天半夜,我听见妈妈跟大舅说,她要走,要去好远好远的地方,再也不回来了!说着说着,她就哭了,一串串的眼泪都滴在了我的脸上。我假装睡着,眼皮都不敢动一下,就这样,你看——(闭起眼睛)

阿鲁:(还是哭闹)我要妈妈……

索玛:(睁开眼睛,对着长天)妈妈,你真的不要我们了吗?不行,阿鲁才两岁,你不能走!不能走哇!

【远处传来汽车笛声……

【索玛跑上高处,拨开小树枝杈,眺望着,寻找着——

索玛:阿鲁,你看,那就是咱妈,她刚才跟我说去后山看外婆,给咱俩带回黏苞米。原来,她真的在骗我,这不,她从竹林里跑出来了,就要上那辆长途汽车了!(大叫)妈,妈妈——你不能走!

【阿鲁哭闹:“我要妈妈!”

索玛:(返身跑回,对背扇中的男婴,坚定地)阿鲁,你等着姐姐,姐姐一定要把妈妈拽回来!(又跑上高处,喊)妈,妈妈,站住!我是索玛!你跑多远,我就追多远!(跑去)

【阿鲁在背扇里大声哭着:“索玛姐姐,姐姐——!”

【一声声猪的哼叫。随之,一头白耳朵黑猪跑上,忽左忽右地阻挡索玛。

【索玛抓住它的两只猪耳朵,跨步一跳,越过它,跑下。

【白耳朵黑猪只能围着背扇转圈,不时地拱一下背扇,背扇晃了晃……

【阿鲁居然不哭了。

【白耳朵黑猪前爪扒着背扇,轻轻地摇晃着……扑通一声,背扇倒在地上……

【阿鲁不但没哭,反而格格地笑起来了。白耳朵黑猪仿佛是应和着,也哼哼起来。

【远处传来索玛的喊声:“妈,妈妈,你站住!”

【阿鲁喊着“索玛姐姐”,又哭叫起来……

【白耳朵黑猪居然扶起了背扇,继续摇晃着……

【贵州大方民谣《等姐姐》的歌声响起(汉语歌词):

姐姐哎,姐姐哎,姐姐呀哈也
青杠木叶十二层哟,十二层哟
姐姐一去就不回哟,就不回
正月二月不用等哟,不用哟等哟
八月十五转回门哟,转回门哟转回门
姐姐哎,姐姐哎,姐姐哎……

【灯光渐暗。

第一场

【还是那个小山丘,上面还是那棵小树,只是高了一些,粗壮了些,没了满树的粉色花朵,树叶繁茂。早霞漫天,鳞片云朵染上了深粉色。

【隐隐约约还能听到序幕结尾出现的民歌声……

【四五十岁的男子走上。看上去他是个旅行者，背上质量很好的行囊鼓鼓的，在抬手投足之间，又颇见修养和内蕴。

四五十岁的男子：（登上小丘高处，回头望去）绾儿，我捷足先登啦！（巡视着）哦，好美呀！（深呼吸）醉人呐！

【突然，一声少女的急叫："老赵——！"

老赵（四五十岁的男子）：（急转身）怎么啦？

【跑上一个少女：白短裙，粉T恤，随身摇动的马尾辫。

白短裙少女：（压低嗓门）别动，老赵，千万别动！

老赵：（莫名其妙地）怎……怎么……？

白短裙少女：（蹙眉，严重地，用气声）身后……眼镜蛇！

老赵：（反而安慰对方）别害怕，你千万别害怕，安静！（欲慢慢解开行囊背带）

【白短裙少女突然冲上去，一把拽下老赵——

老赵：（差点被拽倒）哎，哎，你不能……

白短裙少女：（迅疾跑上，跨步跃上丘顶，大笑）哈哈哈哈……（举起双手）登顶冠军，上海申光中学高一学生赵绾儿！（哼唱《运动员进行曲》）

老赵：（指点着笑）赵绾儿呀赵绾儿，你把老爸当憨大（傻瓜），你小心切桑卧（挨打，举手做打状）了！

赵绾儿：（笑）老赵哇，从小到大，你就会这么笑嘻嘻地吓唬我，呵呵呵，谁怕呀！

老赵：哎呀……（转身佯装泄气地半躺，垫在大背囊上，望着四周）这么美的地方，你见过吗？（不经意地看一眼女儿）

赵绾儿：（望着四周的风光，突然凝神思忖着）我好像在梦里见过……（抚弄着那棵长高了的小树）

老赵：（坐起来，注视着她）再仔细看看，是梦见过，还是来过？

赵绾儿:(诧异地)我来过?怎么可能!您来过吧?

老赵:(不置可否地)难得,爸爸和女儿能做同样的梦!

赵绾儿:你也在梦里见过这里?(突然,坐在行囊上,挽着爸爸撒娇)我最美的梦是看世界最大的 FAST——五百米直径的射电天文望远镜!爸爸,什么时候才能到平塘县大窝凼啊?!

老赵:(若有所思地)快了快了……

赵绾儿:什么快了快了,咱们开车进贵州都走了一天了,怎么老也不到平塘县啊?(快速打开手机查阅)天哪,平塘在贵阳东边,咱们怎么跑到贵阳的西北了?!老爸,你没得阿尔茨海默症啊!

老赵:(无所谓)贵州到处都是好山好水好风光,多走几百公里,就多欣赏几百公里的美景,每时每刻都是笑伐动(意外的好事)啊!

【手机铃声响起——

老赵:(接电话)哦,是我。(转头对赵绾儿)是你妈。(对电话)放心,我们到了……

赵绾儿:(扒着老赵的胳膊,对手机)没到,爸爸净瞎说,他把路看错了,多走了好几百里!妈,您说他笨不笨?!

老赵:(躲开女儿,对电话)嗯嗯,明白。你那边别灰心,继续,继续……

赵绾儿:(冲着手机喊)妈,不多说了,中午赶到平塘吃午饭,下午就能看到世界最大的 FAST 了!(使劲拽老赵)快走快走,别在这儿浪费时间!

老赵:(对手机)好,不说了。(关机,对女儿)再待一会儿嘛!

赵绾儿:不!

老赵:多好看的喀斯特地貌呀——(伸出手)猜东里呀猜(石头剪

子布),谁赢了听谁的?

赵缩儿:(打掉爸爸的手)FAST 在我的梦里,在我的心里,在我的脑海里,一刻也不能等——走! 马上,立刻,现在! (挎上行囊,推着老赵走去)

【老赵抢过行囊,背上……

【一个少年的声音:"站住,站住!"接着,一只大背篓先出现在山丘的高处,继而,少年弓着腰,从山丘的背面登上。很显眼的是,背篓上缀着一个红绸子小包。

背篓少年:(直直腰,喘口气)听声音,就知道是你们。

【父女二人愣住了……

赵缩儿:我们不认识你呀……

老赵:你见过我们?

背篓少年:蜜蜂嗡嗡叫,蜂神一听就知道。

老赵:(笑)呵呵,你是蜂神,我俩是小蜜蜂?(发现)哎,你这背篓上还缀着一个红绸子包,是避邪的吧?

背篓少年:不,这是爷爷留给我的,宝贝!

赵缩儿:(打断)老蜜蜂,咱们快赶路吧!(拽着爸爸就走)

【背篓少年嘴里发出怪怪的叫声,类似巫师的咒语——

【一声猪叫,哼哼地跑上来一头花白点大黑猪(当然不是序幕中的白耳朵大黑猪),直向老赵父女冲过来。老赵急忙躲闪,缩儿灵巧地抓住它的两只猪耳朵,跨步一跳,越过了它,酷似序幕索玛的经典动作……

背篓少年:(惊讶)嗬,挺有本事!

老赵:(更惊讶)缩儿,你怎么会有这功夫? 你学的跆拳道里,也没有这一招吧?

赵缩儿:(疑惑地)是呀,我也奇怪,怎么会……一下子就无师自通

了？（一笑）嗨，这就叫急中生智吧。（掏出湿纸巾擦手）快走吧，老赵！（挽起老赵的胳膊就走）

背篓少年：站住！

赵绾儿：你到底有什么事？

背篓少年：山坡下的那辆蓝色的汽车是你们的？

老赵：（悟）噢，明白了，我的车挡道了？我们马上就走（欲走）。

背篓少年：别走！刚才，路过你那辆汽车的时候，一不留心，（指背篓）这把插在背篓里的小镰刀，把你的车子划了一条道。听说要好多钱？

赵绾儿：（惋惜地）哎呀，你怎么……？！那是我老爸最喜欢的车，刚买了一个月！

老赵：（制止女儿，对少年）你的意思是……？

背篓少年：赔。

赵绾儿：你赔不起的！

背篓少年：那也得赔。

老赵：找我们，就是为这事？

背篓少年：是的。

老赵：可你要是不找我，我就永远不会知道是你……

背篓少年：那我半夜睡觉会做噩梦的。爷爷活着的时候老跟我说，“富人有壮牛，穷人有壮志。”（转身从背篓里捧出药草，给老赵）这是野生天麻，给你，就当是赔你了。

老赵：（指天麻）这是你家的？

背篓少年：一天给我大舅背十趟，他就管我三顿饭。

赵绾儿：（惊讶）十趟？从山下背上来？！这么大的背篓！

老赵：（颠颠手中的天麻）少了这捧天麻，你大舅不知道？

背篓少年：他会过秤的，不怕，我实话实说，认打认罚，顶多扣我一顿饭吃。算什么！

老赵：不行，饭，一顿也不能少吃！

赵绾儿：绝对不能！

背篓少年：（背起背篓）要是不够，三年以后你来这儿找我，我加倍还你。我爷爷说过，“蝌蚪再穷，也不会一辈子泡在水里头”。记住，三年！这小山头，还有那棵小树，就是我的证人。（从腰里抽出一根短鞭子，轰赶白花点黑猪）绿绿绿，啃啃——

老赵：（走上）哎，小朋友，我不要你的天麻，更不要你赔……

【背篓少年听而不闻，轰着白花点黑猪跑下。

赵绾儿：（向着背篓少年的背影）哎，小弟弟，你叫什么名字呀？

老赵：绾儿，（指手中捧着天麻）这怎么办？

赵绾儿：（抢过老赵手里的天麻）还给他！走！

老赵：（故意地）咱们可是要去平塘看 FAST 呀……

赵绾儿：（追）小弟弟，等等我——

老赵：（若有所思）她好像想起了什么，或许今天……会有收获？（巡视）如果是这里，山水田地，村里村外，怎么也会勾起她的一点点回忆……（打手机）喂，对，对，那天晚上，就是在这一带发现的……

【赵绾儿的喊声：“老赵，快来呀！”

老赵：（回应着）哎，来啦来啦……（背起行囊，边打手机，边追下）

【彝族民谣音乐响起——

【四个长得一模一样的小姐妹脆生生，娇嫩嫩地唱着（或说着）歌谣舞上：

（问）表姐表姐我问你

（答）表妹表妹听得清

（问）杜鹃花树怎么生？

(答)杜鹃花树郁葱葱
(问)杜鹃花枝怎么生?
(答)杜鹃花枝黄澄澄
(问)杜鹃花朵怎么生?
(答)杜鹃花开红彤彤
(合)百里山坡披彩虹

【龙奶奶的声音:“招弟、梦弟、连弟、亚男耶,你们都给我回家!”

招弟(老五):梦弟、连弟、亚男,都过来——(与众姐妹耳语)

【四姐妹忍着笑,分散躲起来。

【瘦小的龙奶奶上,她虽然腿脚还挺有劲儿,但是耳聋眼花,显得憨态可笑。

招弟:(叫)奶奶!(闪到树后)

龙奶奶:“来来”? 谁叫来来呀?(向小树走去)招弟,你站得可真直溜。(摸树)哟,这是棵树!

梦弟:(揪一把奶奶的衣服)奶奶,奶奶,我在这儿!

连弟、亚男:(各自扯一下奶奶的衣襟)奶奶,我在这儿!

龙奶奶:又叫我“来来”,好好说话,叫“奶奶”!

连弟:(双手做喇叭状)来来,来来!

龙奶奶:哎,哎,对啦,就这么叫!

亚男:对啥呀,连弟叫你“来来”呐!

【四姐笑起来,她们抬起瘦小的龙奶奶唱起儿歌来:

冬天去了春天到
吼雷下雨地面潮
我把奶奶高抬起
小心竹笋扎着腰……

【她们把奶奶高高抬起,又轻轻落下。奶奶佯装害怕。

龙奶奶:哎哟,什么奶奶、来来的,反正我也听不清,爱叫啥叫啥吧。(突然想起来)哎,对了,我干吗要追你们这个四个小孙女呀?(拍拍脑袋)什么事来着?

招弟:没事,本来就没事,您回家去吧!(对小姐妹们)走喽,咱们玩去喽!(低声)快,快走!(赶忙拽着姐妹溜走)

龙奶奶:(突然又想起来)哎,站住,站住!招弟,我就要问你们,是不是又去找阿鲁?

招弟:(佯装糊涂)阿鲁?没有哇……

梦弟:找阿鲁哥哥怎么啦?他是我们的堂兄,您是他的姑奶奶,难道不该在一起玩吗?

龙奶奶:(对梦弟)只要跟阿鲁出去,你们就会从一大早,直到太阳落山才回来。你们都去哪儿玩啦?

亚男:(脱口而出)我们去九连洞——

连弟:(急忙推开亚男)反正别管在哪儿,我们就是在一起玩。

龙奶奶:玩啥?

招弟:保密。

龙奶奶:怎么玩?

梦弟:保密。

龙奶奶:为什么要在九连洞玩?

连弟:保密。

龙奶奶:那么深,那么大的洞,(大声)小心进去出不来!

亚男:(习惯地)保密!

龙奶奶:(生气)你——!(点着亚男的脸)脸上长鼻子了吗?

亚男:(依然习惯地)保密!

龙奶奶:(气哼哼地)保个啥子密!

【亚男吓哭了，呜呜呜呜……

龙奶奶：（赶紧抱着亚男）哎哟，宝贝，奶奶的好宝贝！

亚男：奶奶，我想爸爸妈妈了……（哭）

龙奶奶：他们都在上海打工，过年就回来了……

招弟：奶奶，爸爸妈妈是不是不要我们了？

龙奶奶：怎么会呀！哪个烂舌头说的？

梦弟：山上阿龙家、阿哲家，山下刘建军家、周志明家，他们打工的爸爸妈妈都回来看孩子了，我们的爸爸妈妈……（哽咽）怎么不回来？

龙奶奶：回来回来，一定回来……（抹一下眼角）

连弟：那好，奶奶，等爸爸妈妈回来，您再叫我们吧！（示意）

【招弟等四姐妹悄然离开，跑下。

龙奶奶：那是呀！（醒悟，发现没人了）哎哎，你们怎么又跑了？哦，我一抓你们，就跟我说爸妈为啥子不回来；把我逗弄哭了，你们就跑得远远的！（捶打自己的腰）哎哟，我管不动你们四个喽……

【一声声"龙奶奶，龙奶奶……"

龙奶奶：（嗔怪地）又是龙来来，龙来来，我来了，啥子事？

【那个背篓少年，没有背篓，腰里系着那个红绸子小包，背后别着短鞭子，匆匆跑上，不停地回头张望，与龙奶奶撞了个满怀。

龙奶奶：哎哟哟……

背篓少年：姑奶奶救我！

龙奶奶：（定睛）阿鲁，你又惹祸了？

阿鲁（背篓少年）：他们，他们要打我！（倔强地）哼，兔子急了还咬人呢，跟他们拼了！

【男人，还有女人的叫骂声："你给我站住！""看你还往哪儿跑!”“今天非得叫你小子低头不可!”

【一根短木棒子飞来,龙奶奶居然挺身上前,一把抓住木棒。随之,这几个人拥上,见到龙奶奶,止住脚步。

龙奶奶:(显出令人吃惊的威武神态,抬腿一磕,那木棒立刻被撅成了两半)我看哪个敢撒野?!龙争一股水,虎争一片林,你们这么大人了,跟我这十三岁的小孙子阿鲁争个啥子嘛!

【男人女人们七嘴八舌,一齐控诉阿鲁的“罪恶”,但什么也听不清。

【赵绾儿和老赵上,在一旁好奇地看着。

龙奶奶:行了,都闭嘴,本来我就听不清。你们的爸妈都是我看着长大的,有啥过不去的,非要跟我孙子阿鲁扔木头棒子!

(说着,把那两半的木棒掷在地上)

男甲:龙婶子,我听说,你不也是不让你那四胞胎的亲孙女跟阿鲁一块儿玩吗?那是为什么呀?

龙奶奶:那是我们家自己的事……

阿鲁:(惊讶地)姑奶奶,这是真的?

龙奶奶:(搂起阿鲁)姑奶奶是怕你们去九连洞迷了道儿……

女甲:(对龙奶奶)你怕你们家孩子迷了道儿,我连跟我们家孩子的笑脸都看不到!我在广州打工三年了,好不容易请了几天假回家看看儿子,可儿子一看见我就躲,给他礼物,给他吃的,还是不搭理我。一打听才知道,他整天跟阿鲁在一起!

男乙:这不,我中午就要坐长途汽车回深圳了,想跟我家闺女吃一顿饭。可我闺女一大早就走了!我追上去,问她为什么不跟爸爸在一起。她说,爸爸不爱她,她要去九连洞跟阿鲁哥哥玩去。

龙奶奶:那是你自家的孩子愿意,我们阿鲁犯啥罪了?星星跟着月亮走,谁让月亮招人爱呢?!

女乙:说我们这些爸爸妈妈不要自己的孩子了,你知道这话是谁说的吗?我从我们家小三嘴里问出来了,就是阿鲁说的!

龙奶奶:乌鸡不是用墨水染黑的,天鹅也不是用泉水洗白的。我们阿鲁为啥子说这种挑拨离间的话?对他有啥好处?

女乙:龙奶奶,你自己问问他——(指阿鲁)

龙奶奶:不用问,我不信!

阿鲁:姑奶奶,我说了。

众人:你看——!

龙奶奶:(疑惑)你?

阿鲁:(走到众人面前)真的说不假,假的说不真。我跟我的小伙伴们都说过,爸爸妈妈都说你们是小宝贝,真的吗?不是!他们心里的宝贝就是钱!钱!钱!他们眼里只有钱!为了钱,他们就把我们扔下不管!

【众人一时哑口无言。

女甲:阿鲁!(气冲冲地指着)你妈跑了,你就这么说……

龙奶奶:(不等女甲说完,一把抓住她)闭——嘴——!(转身搂过阿鲁)走,跟姑奶奶回家!

【男丙匆匆跑上来——

男丙:各位,我山上山下走一遍,不光是我家的,全村上小学的孩子都不见了!

众人:(惊讶)啊——?(对阿鲁)都被你叫走了?

阿鲁:不用叫,吹一声口哨,他们就都跟我来了!(哈哈大笑)

众人:(气愤地)你——!

【阿鲁出鬼脸,得意地嘻嘻哈哈……

男甲:(冲出来,一把抓住阿鲁)我打你这个有人生没有人管的熊

孩子！（举手欲打）

龙奶奶：你放手！

男甲：（对龙奶奶）既然你也管不了，那就让我们教训教训他！（再次举手欲打）

老赵：（威严地）住手！

【与此同时，赵绾儿冲出来，推开男甲——

赵绾儿：你们要干吗？打人犯法！

男甲：你是谁？管不着！

男乙、男丙：（对赵绾儿）你是哪儿的？

老赵：（上前护着孩子）老乡，不管我们是谁，都不能打孩子！

男甲：你不知道这孩子有多坏！

【阿鲁嘴里发出怪怪的叫声，类似巫师的咒语——

【一声声猪叫，那头花白点大黑猪奔跑而来，驱离男甲等几个男人们……

阿鲁：（继续发出怪怪的叫声，指挥着）花白点向东，顶他一个倒栽葱！花白点向西，撞他一个溜瓜皮！花白点向北，踢他一个半天飞！花白点向南，拱他一个鬼叫喊！哈哈哈……

【人们被追逐得嗞哇乱叫。花白点胜利了，哼哼地蹭着阿鲁的裤腿。

阿鲁：（笑嘻嘻地）花白点，好样的，棒！（跨上大黑猪，半骑半走，对几个男人）牛角压不住牛脑壳，蛮横压不住心里的歌！（扯开嗓子，歪着脑袋高唱）“姐姐哎，姐姐哎，姐姐呀哈也/青杠木叶十二层哟，十二层哟/姐姐一去就不回哟，就不回……”（得意洋洋地向后台走去）

【突然，从两侧跑出四姐妹和一群男孩儿，簇拥在骑猪的阿鲁后面，起哄般地与阿鲁合唱“姐姐哎，姐姐哎，姐姐呀哈也”大步走去……

【众家长叫着,欲抓自己的孩子,孩子们簇拥着阿鲁,嘻嘻哈哈地跑下……

【全场压光,只有一束追光照着赵绾儿——

赵绾儿:(自语)这支歌好像在哪儿听过……?

【仿佛从遥远的地方传来歌声(序幕女声小合唱):

"姐姐哎,姐姐哎,姐姐呀哈也/青杠木叶十二层哟,十二层哟/姐姐一去就不回哟,就不回……"

【画外音(索玛):"阿鲁,阿鲁——"

赵绾儿:阿鲁,阿鲁……?(努力回想)在哪儿听见过这个名字?

【切光。

第二场

【山洞前。

【赵绾儿的声音:"阿鲁——阿鲁——!"

【追光下,赵绾儿像是在呼唤,又像是在琢磨这什么……老赵背着行囊上,观察着。

老赵:(望着暗处)哦,好大的山洞啊!

赵绾儿:老赵,我不认识阿鲁,可这个名字,怎么好像挺熟的呢?

老赵:这样的话你今天说了好几次。也许……你在书里看过?

赵绾儿:也许吧……

老赵:已经中午了,再不走,天黑前就到不了平塘了。(观察女儿)赶紧走……?

赵绾儿:不,我觉得那个阿鲁一定有什么故事……您不觉得他是个谜吗？他怎么好像一块磁石，越来越吸引我……

老赵：你的意思是……？

赵绾儿：您去找民宿，我去找阿鲁！（摘下老赵背上的行囊）

老赵：（欲抢过背包）给我，太沉了……

赵绾儿：（抓住背包）亲爱的老爸，您的年龄是我的两倍半！（挎起行囊）那个叫阿鲁的孩子肯定就在这个大山洞里——小孩儿都喜欢神秘的地方！（走出追光，进入暗处）

老赵：可这个暑假你要写论文《浅论世界最大 FAST 的功能、作用及可以期待的新发现》，要参加上海青少年科技论文大赛呀！不去平塘看 FAST，怎么写……？（转身一看，没人）绾儿！（略一思索，拿出手机，按键）喂，亲爱的……好像有了新的迹象！（边说边下）

【追光切光。

【从山洞深处传来孩子们爽朗的歌声："（问）表姐表姐我问你/（答）表妹表妹听得清/（问）杜鹃花树怎么生？/（答）杜鹃花树郁葱葱……"

【随着歌声，灯光渐起

【九连洞——这是一个移步换形，岩石嶙峋，造型奇异的地方，并非是一般的溶洞，其洞顶豁开，蓝天白云，格外亮丽。随着时光的变化，这豁口的天象也不断地演变着，不一而足。更令人兴致勃然的是洞底的暗河，哗哗的流水声，混合着回声，仿佛是喧闹，又仿佛是嬉笑，给这里平添了几分神秘色彩。

【招弟等四姐妹及四个男孩儿随着"表姐表姐我问你"的歌声舞上——

招弟：（突然警觉地发现什么）嘘——（示意禁声，吸吸鼻子）有生人的味道……橘子皮色预警——！

梦弟：什么橘子皮色的，太土！应该说橙色预警！照你这样，那要是红色预警该怎么说？说猴屁股色的预警?！可笑！

招弟：听我的，我是大姐！

梦弟：（嘟囔）什么大姐，不就比我大三分半钟吗?！

招弟：（重申）橘子皮色预警——！

【孩子们警惕地散开，各自隐藏在岩石或石壁的后面……

【传来赵绾儿试探性呼声："阿鲁……阿鲁……"

招弟：（压低嗓门，狡黠地笑着）是她，那个城里来的大姐姐！她想打听咱们的秘密？没门！

梦弟：她可是保护过咱们阿鲁哥的……

招弟：谁让她闯进来的，先让她尝尝咱们的厉害。记住，一定要把她吓哭！

【孩子们兴奋地笑着，跑下。

【赵绾儿挎着行囊走上。

赵绾儿：（环视山洞）好大的气势呀！（走上高处，朝着背面，往下望）这么深的暗河？（捡起一块小石子扔下，谛听）

【传来石子入水的声音和回声……继而传来孩子说话声。

赵绾儿：阿鲁，阿鲁，我听见了，你们就在这里！出来好吗？我们认识一下（对空伸出右手）——我是上海申光中学高一学生赵绾儿……

【随即响起了打击乐的节奏，四姐妹中的一名倒退着上场，向绾儿靠近……与此同时，另外三个姐妹也倒退着上场。

赵绾儿：（诧异地）你……是谁？

【突然，那个小姐妹一转身，现出她那戴着青面獠牙面具（彝族图腾）的脸，直逼绾儿——

赵绾儿：（惊恐地尖叫）啊——（后退转身，行囊扔到一旁）

【其余三个小姐妹也戴着各种狰狞面具，围着缩儿，几乎与之脸碰脸，吓得缩儿跌坐在地，发出一连串惊叫……

【四个小姐妹哈哈大笑起来，她们拿下面具，蹦着跳着，围着唱起来：

一只鹅，两只鹅
噼里啪啦飞下河
河里有个蛋
送你当早饭
早饭你不吃
气得翻白眼！

【小姐妹一人拍一下缩儿的脑袋，嘻嘻哈哈地逃下。

赵缩儿：（抚胸平息，站起来，不服地）我才不怕呢，你们敢出来吗？来呀，来呀，再来！

【忽然，只听哗啦一声，空中落下许多野果子，正砸在赵缩儿的头上，身上……

赵缩儿：（惊叫）哎哟——这是什么？（蹬在野草、野果子上，再次滑倒）天哪……

【传来孩子们抑制不住的笑声……他们悄然走出来，隐秘地看着缩儿——

赵缩儿：（干脆坐在地上，环视，捡起小果子）哦，小西红柿？

【孩子们发出嘲笑声……

招弟：（蹑手蹑脚地走到缩儿背后）这是野果子，叫"咪咪儿"！

【孩子们压低声重复："这叫咪咪儿！"

赵缩儿：（谛听，半回头，微笑地吃一口）咪咪儿，有点儿甜！（又拿起一个）白白的像小面包……

梦弟：（也轻巧地跑到缩儿侧面）这种野果子叫茶泡！

赵绾儿：（又拿起一种野果）啊，这我认识，小葱头！

【孩子们又笑了……

连弟：这叫地枇杷，旁边曲里拐弯的叫鸡爪糖，都是最甜的野果子！

赵绾儿：（边尝边赞赏）嗯，真甜！（再拿起一种，对左右的孩子们）不用你们说，我知道，这是草莓！（欲往嘴里放）

亚男：（立即夺过来）别吃！

招弟：这是蛇……

亚男：（推开招弟）闭嘴，该我说了！

赵绾儿：你们要我呐？就算是野草莓也能吃！（夺回又欲吃）

亚男：（跳起大叫）上面有毒蛇吐的唾液！

赵绾儿：（吓得扔掉野果，跳起来）啊，毒蛇！

招弟：（还是插嘴）这叫蛇泡，上面真有毒蛇的唾液！

【赵绾儿扎到孩子们中间，紧张地抓住他们……

亚男：（举着野果子，模拟毒蛇表演）毒蛇特别喜欢它，可又舍不得吃它，总想留给自己的孩子吃，于是，就吐上唾液，算是自己的了，下次领它的女儿……

男孩儿甲：不对，是领它的儿子来吃！

亚男：是女儿！

男孩儿乙：儿子！

【争执不下……

赵绾儿：好啦，反正是给它的孩子吃。就像你们的爸爸妈妈，从外地给你们带来好吃的一样。

【所有的孩子都撇嘴，发出奇怪的声音："嗯……"

男孩甲：他们一年就回来一次，带回一点衣服、吃的，有啥用?!

赵绾儿：那是爸爸妈妈的心意呀！

男孩乙：他们一回来，我们就更难受……

赵绾儿：（不解）为啥？

招弟：因为盼了一年的见面一眨眼就会过去，新一年的盼望又要开始了，又一个三百六十五天，天天看不见爸爸妈妈，天天想，没完没了地想！

【赵绾儿无可抑制地闭上眼睛，搂起孩子们……

梦弟：（突然推开绾儿）哦，你是村里人派来的吧？要把我们全都哄回家？

孩子们：（仿佛都醒悟了）对呀，你哄我们！

招弟：（对绾儿）快走吧，我们还有自己的大事呢！

赵绾儿：不，我不是哄你们，我要见阿鲁。

连弟：你想把阿鲁哥哥带回去？（对众）她就是村里人派来的奸细！轰她走开！（推绾儿离开）

赵绾儿：别别别，我是你们的朋友，我是站在你们这边儿的！（坚持不走）

亚男：（推着那个大行囊）不走就把她的东西没收！（对伙伴们）快来帮忙啊，这个大包包太沉了……！

【孩子们七手八脚地抬起行囊，向高坡走去——

赵绾儿：（制止）别闹，朋友们，别没收我的行李包，别！里边有我的笔记本电脑，还有爸爸的私人物品……千万别——！

招弟：（最后通牒似的）那你马上离开我们的九连洞！

赵绾儿：（退让）好，我走。（欲向前拿行囊）

招弟：站住，别动，你退到洞口，我们给你扔过去。

赵绾儿：（心疼地）千万别砸坏里边的东西！

【孩子们喊着“一二三”地抻起行囊，先悠起来，没想到越悠越高，喊了好几次“一二三”都没扔出去，最后，孩子们控制不住惯性力量，竟然把大行囊甩向后方，噗通一声，掉进了洞底的暗河！

招弟：（惊愕地探头望）不好，掉河里啦……

赵绾儿：（痛心地惊叫）哎呀，你们——！

【孩子们惊呆了，一时，鸦雀无声……不知谁喊了一声“快跑哇”，他们作鸟兽散。唯有招弟站在那里，一动不动。

赵绾儿：（跑上高处，往下望，气愤地对招弟）你们就是这样捣蛋成性吗？！

【招弟无语。

赵绾儿：（抓住招弟的双肩）你——

【一声“放开招弟，放开！”，随之，阿鲁从侧幕跑上，推开绾儿，往下望去——

阿鲁：幸好，那个大背包被一块礁石拦住了……（说着，脱下上衣，摘下腰带上捆着的红绸子包，又用上衣把它包好，放在一旁，跨过石头，欲下到暗河里）

赵绾儿：阿鲁，这崖壁有六七米深，你不能下去！

招弟：（抓住阿鲁）哥，都是我们惹的祸，让我下去吧！

阿鲁：（对招弟）忘啦，就在这儿，哥爬上爬下地给你们女孩儿捡发卡，拾野果，还把你们不小心丢下的背篓拿上来呢！这不算什么！

赵绾儿：（担心地）你可要千万小心啊……

【阿鲁突然盯着绾儿的眼睛，愣了一会儿……

赵绾儿：对不起，刚才我有点儿着急……

阿鲁：招弟，快去拿条绳子来！（说罢，从岩石上跨过，欲下）

招弟：好！（欲走）

【一个男子的声音：“绳子——”随之，一根粗绳子从侧幕扔过来，被阿鲁接住。然后，阿鲁把绳子斜挎肩头，下。

赵绾儿：（情不自禁地扭头看去）谁？

【马尾男挎着吉他，很随意地走出。他有个习惯动作，为了强调自己的话，就使劲拨弄一下琴弦。但他从不用吉他弹奏曲子。

马尾男：（拨弄一下琴弦）我，你不认识。

招弟：（对马尾男）马叔叔！

马尾男：你们的欢送会准备好了吗？快点儿，叔叔都等不及了！

招弟：好的好的，马上！我去了。（欲走，又转身对赵绾儿）哦，真对不起你（鞠躬）！阿鲁哥拿上大背包就还你，我们真不是故意的。（欲走）

赵绾儿：哎，招弟，你们这是要欢送谁呀？

招弟：欢送——（又咽下）保密！（跑下）

赵绾儿：（对招弟背影）哎，到底谁要走哇？（对马尾男）您知道吗？

马尾男：（听而不闻，走上岩石，对下面）好了吗？（抓起绳子，拽起来）哦，还真沉！

【阿鲁攀上来，翻过岩石，接过马尾男手中的绳子，拽起来。

【赵绾儿上前，与之一同拽绳子——

阿鲁：（推开绾儿）不用。我们自己惹的祸自己扛。（发现——）

【马尾男把阿鲁上衣里包着的红绸子包拿出来，欲解……

阿鲁：（急忙制止）哎，别动，别动！放下！

马尾男：不动就不动，你急什么？（悻悻地从高处下来）

阿鲁：（三下两下，就把行囊拽上来了。对绾儿）看看吧，有弄坏的，我赔。（边说边把红绸子小包重新捆在腰带上）

赵绾儿：小小的年纪，口气还真不小！（打开行囊拉链，摸一摸）

阿鲁：我爷爷说过，重复的话不中听，重煮的汤不新鲜。可我还得重说那句话，现在赔不起，将来赔，最多三年。

赵绾儿：你为什么老说“三年”？

阿鲁：挣三年钱，我也就十六岁，那时，我就能过上好日子了！

赵绾儿：你不上学了？

阿鲁：不上。

赵绾儿：为什么？

【阿鲁还想说什么，被马尾男拉过来——

马尾男：没时间了，你的那些小屁孩儿们还等着呐！（使劲拨弄一下琴弦）

阿鲁：不许说他们是小屁孩儿（直愣愣地盯着马尾男）！

马尾男：小屁孩儿就是小屁孩儿，怎么不能说？！

阿鲁：（愤怒地）就是不能说！（打开内心的闸门）我从小，爸爸死了，妈妈跑了，姐姐丢了，只有一个爷爷。早上一睁眼，我去找谁？跟谁说话跟谁玩？带着谁上山采药，下河摸鱼，疯跑瞎玩？听了爷爷讲的故事，我跟谁去显摆？我想叫一声爸爸，喊一声妈妈，说一声姐姐，谁能听？谁答应？是他们，他们！没有他们，我真不知道怎么活日子！

马尾男：（使劲拨弄一下琴弦）有我，就有好日子啦！

赵绾儿：（被深深触动，一步跨上前）阿鲁，能给我讲讲你的故事吗？我非常想听！我上海的同学们都特别想到这儿来，跟你们交朋友。

阿鲁：为什么？我们不认识……

赵绾儿：因为，我们都呼吸在同一片阳光下！

阿鲁：（咀嚼着）同一片阳光……（抬头看看洞顶的豁口天空）

马尾男：（瞥一眼绾儿，急忙拉走阿鲁，压低声音）欢送会一完事，咱们马上走，有汽车接咱们，半分钟都不能耽误！你保证？

阿鲁：保证。

马尾男：(拨弄一下琴弦)得勒！

阿鲁：你怎么老是扒拉扒拉琴弦，从来也不弹一支歌呢？

马尾男：(嬉笑着，瞥一眼绾儿，把阿鲁拉到一边)我压根就不会弹吉他，这是我挂在脖子上的物件，喜欢！

阿鲁：(嘲弄地)你这是鼻子眼插大葱——装象！

马尾男：你不也一样吗？(摸摸阿鲁腰上的红绸子小包)虽然总是随身带着你爷爷留下的这个物件，连你自己都说，上面刻的字，你一个也不认识！呵呵呵……把你那宝贝物件给我看看，干脆卖给我得了！在你手里，也就是聋子耳朵，配当！

阿鲁：那可不行，爷爷说，那是我们家的传家宝！

马尾男：所以，你老是随身带着。打开，给我看看嘛！(搂着阿鲁走去)

赵绾儿：(喊)阿鲁，我知道，你要走，去打工，对不对？

【阿鲁和马尾男相视，然后大笑起来……

阿鲁：算你猜对了。(又欲走)

赵绾儿：不，阿鲁，你必须去上学，不能去打工！

阿鲁：(回身正视绾儿)我——偏——不！

马尾男：别跟她啰唆，走！(拉走阿鲁，走进黑暗处)

赵绾儿：阿鲁——

【切光。

第三场

【哗哗的水声……

【追光下，赵绾儿背着显然小了许多的行囊，划着一艘橡皮划艇在移动……

赵绾儿：（念叨着）阿鲁，你们在哪里呀……（放下双桨，思忖）他的眼神，好像早就藏在我的心里，为什么？我没有来过贵州呀，更不认识他……

【手机铃声。

赵绾儿：（接）喂，老赵！我在山洞里……喂喂，听不清，听不清啊！（看手机）断了。

【洞里隐约传来孩子们的喧哗声……

赵绾儿：他们就在里边！走，非得弄个水落石出不可！（拿起双桨，欲划）

【噗通一声，有人跳进水中……

赵绾儿：（惊讶）谁?!

【一阵嘻嘻哈哈的声音，哗啦哗啦，招弟站在橡皮划艇的前面——

赵绾儿：招弟？干吗，还要赶我走？

招弟：这小船真好看，是你们自己带的吧？原来就装在那个大背包里，掏出来，打气，就成这样了？

赵绾儿：你真聪明！

招弟：我能上船吗？

赵绾儿：能。不会又跟我捣蛋吧？

招弟：（上船，狡黠地笑着）你叫……赵绾儿？干吗叫这么怪的名字呀！

赵绾儿：不撵我走啦？那我就告诉你——我老爸说，我从小爱把头发盘在头顶上，所以就叫绾儿。

招弟：盘头发？你一生下来就有那么长的头发？

赵绾儿：当然不是。

招弟：我刚生下来，奶奶就叫我招弟，可后面生出来的还有仨，都不是弟弟。你刚生下来叫啥？

赵绾儿：不知道。

招弟：连自己的小名都不知道？你是捡来的吧？（嘻嘻哈哈笑）

赵绾儿：瞎说！可我真不知道自己为什么没有小名……

招弟：说实话，你干吗老盯着我们阿鲁哥？

赵绾儿：（脱口而出）我心疼他。

招弟：（不解）心疼他？啥意思？你们原来不认识呀！

赵绾儿：（思忖着）是不认识……可又觉得很亲很熟……

【喊声："招弟，招弟，快来呀，该给我们描眼眉啦！"

招弟：（冲后面）哎，来啦！（低声）绾儿，你不是想知道我们欢送会的事吗？跟我走，我带你去个别人看不见你，你却能看见我们的地方——

赵绾儿：你帮我？为啥？

招弟：我心里老觉得对不起你。逗弄你，吓唬你，还把你的大背包扔进了河里……可你的心眼真好。再说，我也不赞成阿鲁哥不上学。

赵绾儿：有你帮我，太好啦！你知道阿鲁出去干什么活儿吗？

招弟：你可一定要保密呀！马叔叔说，带他去四川……

赵绾儿：去四川，干啥？

招弟：听说是当什么"格斗孤儿"，就是表演打架，打得越狠，挣钱越多……

赵绾儿：（惊讶）啊？！

【切光。划水声渐小……

【升光——

【这是一个奇特的洞中"舞台"，一片平坦的，近似三角形的空地，台唇是破损的岩石缺口，上面的钟乳石柱一簇簇垂下，犹如巨大的吊灯，而侧面向上兀立的钟乳石柱顶着火把，照亮了“舞台”。对面，比“舞台台面”高一些的地方，紧贴石壁有一条类似栈道的小路，上面有一处是个小石窟，好像是“二楼包厢”。洞顶依然是那个巨大的豁口，现出了粉色的晚霞。

【孩子们围着阿鲁叫着走上：“阿鲁哥，你啥时回来呀？”“阿鲁哥，你走了，我们怎么办哪？”“阿鲁哥，带我去行吗？”

阿鲁：（一一回答着，安抚着）很快，很快，最多三年……我看看，要是好，我回来接你们！（从地上拿起一大塑料袋糖果小包装，一一地塞给小伙伴们）吃吃吃，别不好意思！哥管够！

【孩子们吃着，连说“好吃”“真好吃”……

【赵绾儿悄然走上石壁旁的小路，站在那个小石窟前，静静地看着。

【招弟跑上来“舞台”……

阿鲁：招弟，你跑哪儿去了？快吃！（塞给招弟一把糖果）

招弟：（拿着糖果）吃完了，就看不见阿鲁哥啦……（哇的一声哭起来）

阿鲁：（抚摸招弟的头）不哭不哭……（抹了一把自己的双眼）

【孩子们都哭了……

马尾男：（急躁地使劲拨弄吉他，大喝一声）哭什么哭？我最讨厌小孩子哭哭啼啼，快闭嘴！（气势汹汹地走过去，抢过阿鲁手中的大塑料袋，高高地举起来，把小包装糖果撒在孩子们头上）都给我把嘴巴塞上！

阿鲁：（发怒了，上前夺过塑料袋，推开马尾男）你怎么敢——?!

马尾男：我怎么不敢?！天黑之前，有汽车来接我们，这么哭哭啼啼，婆婆妈妈的，还有完吗?！再说，这些吃的、用的，都是花我的钱买的！

阿鲁：不，这都是我跟你借的钱，等我挣出工钱来，一分不少地还你！

马尾男：（使劲拨弄一下琴弦）记住，我是你的恩人，我能让你吃得好，穿得好，但不许跟我竖眼睛！

阿鲁：（毫不示弱地挥拳）你跟我的小伙伴竖眼睛，我就跟你竖眼睛！

马尾男：嗬，小子，还没放飞，你就敢抖翅膀？来吧，这算你格斗表演的第一场！（摘下吉他，拉开架势）

阿鲁：（脱掉外衣，解下腰上系着的红绸子小包，交给招弟）把它还放到老地方，别丢了。

【招弟捧着红绸子小包下。

马尾男：（盯着招弟的背影，自语）“老地方”是哪儿？

【阿鲁摆出摔跤的架势。

马尾男：（掏出钞票）赢了，就是你的！（把钞票拍在吉他上）来！

【两人转圈，互相观察，伺机而动……

【忽然，阿鲁冲上去，被马尾男推开；阿鲁再上……如此三次，阿鲁竟然被马尾男背起来，然后，马尾男一个背挎，把阿鲁从背后摔到前面的地上……

【众人同时发出惊愕声……

赵缩儿：（情不自禁地）阿鲁——

马尾男：（警惕地）谁？！（巡视）

【赵缩儿急忙隐入小石窟……

【招弟复上——

招弟：（急忙掩饰）我，是我！（扑上去）阿鲁哥，阿鲁哥，你摔坏了没有？

马尾男：（拉开招弟，指地上的阿鲁）小子，你还嫩着呐！记住了，摔跤有顺架和顶架。顺架，要用踢、勾、掏、耙；顶架，就得用蹩、管、掰、靠……（仰起脸）还不赶紧磕头认师父！

【躺在地上的阿鲁突然挺身而起，从马尾男背后钻裆抱腿，将其摔倒在地……

【孩子们再次发出惊叹声……

【赵绾儿从小石窟走出，笑了。

马尾男：（坐在地上，尴尬地一笑）好！不愧是我徒弟！

【阿鲁默默地扶起马尾男。

马尾男：（挎上吉他）要想赢，就得这样，不按规矩出牌！这是你的（把钞票递给阿鲁）！

阿鲁：（把钞票拍在马尾男的胸前）我把你摔倒不是为了钱，是为了我的这些小伙伴。

马尾男：（笑，收起钞票）够义气！（凑近，低声）对你师父我，也该讲讲义气吧？我听说，你爷爷留下的那个祖传物件不是一般的东西，让我开开眼——（对招弟）你给搁哪儿啦？拿出来看看。

阿鲁：等我们的欢送会开完。

马尾男：那我先去歇会儿。（一瘸一拐地）你这下可真把我摔疼了……（走几步，回头瞟一眼阿鲁，下）

【众人爆发出欢呼声……

亚男：阿鲁哥，欢送会该开始了吧？

连弟：开完会，就再也见不到阿鲁哥了……（哭音出来）

阿鲁：（急忙制止）好了，不提什么欢送不欢送的，就像平常一样，该唱歌演戏喽！（从腰间抽出鞭子，啪地一甩，跳起来，绕着舞台跑圆场，嘴里发出打击乐的声音）

【孩子们跟阿鲁一起跑圆场……嗵的一声，大家停下，阿鲁和男孩儿甲把最小的亚男举起来，形成莫名其妙的造型。

阿鲁：（站定，仿佛是面对观众，大声）贵州天圆村小孩子剧团演出开始喽！

孩子们：（大声应和）噢噢噢——

【音乐起——

【阿鲁领头，带着孩子们表演，说着，唱着，变换队形：

阿鲁：（表演）

星星星星你别说话
今天不讲阿鲁没有爸和妈
蟋蟀蟋蟀你别说话
咱也不讲阿鲁想着姐姐的黑头发
大山小山你别说话
咱们只说爷爷塞进枕头里的老神话！

女孩子们：（表演）

啥叫爷爷塞进枕头里的老神话？

阿鲁：（继续）

爷爷不沾枕头不讲古
沾了枕头就睡着啦！

女孩子们：（继续）

别睡啦，哈哈哈哈哈哈……

男孩子们：（表演）

你晃爷爷的肩膀头——

女孩子们：

我把爷爷的眼皮扒！

男孩子们：

别睡啦,哈哈哈哈哈哈……

阿鲁:

舀一碗井水当酒喝

爷爷舔舔嘴唇吧唧吧……

男孩子们:

爷爷的故事真叫好——

女孩子们:

神出鬼没,天上地下,

海枯石烂,老虎肥猪会说话!

男孩子们:

奢香夫人,水西小马,

九龙驿站,石头缝里开鲜花!

阿鲁:

闲话少说,少说闲话,

请看咱们的小英雄输友搭透出场啦!

【阿鲁转过身去,众人给他换妆……

【三个孩子扮演月亮,五个孩子扮演太阳,围着舞台转动着,交叉着,演唱着——

女孩子们:

一个月亮亮堂堂

三个月亮不敢望

男孩子们:

一个太阳暖洋洋

五个太阳煮热汤。

孩子们:(合)

晒得大河干得底朝天

只剩两滴泪水不敢淌

阿鲁：（背对舞台，叫板）看我输友搭透来上场——！

【阿鲁转过身来，只见他头戴牛角包头，身穿披风，鞭梢系在鞭子杆上权当“弓箭”，挺胸抬头，做出英雄状。他舞动着，做各种表演性的射箭姿势——或回头望月，或哪吒探海，或金鸡独立……

阿鲁：

大人不要流眼泪

小孩儿不要喊爹娘

输友搭透英雄胆

射完太阳射月亮！

【台上表演射日射月，剩下一个太阳一个月亮，吓得直躲藏。阿鲁把他们拽出来，三人手拉手旋转……

赵绾儿：（在对面石壁小石窟前，抑制不住地大喊）好——！（鼓起掌来）

阿鲁：（喊）谁?!

招弟：（立即跳到阿鲁的前面，试图阻挡他的视线，慌忙摇手，示意赵绾儿躲起来，嘴里却故意大喊）谁，谁?（对阿鲁）没人呀……

【赵绾儿赶忙躲进小石窟里……

阿鲁：不对，是她，就是她！（推开招弟）我看见了——

梦弟：谁呀?

连弟：在哪儿?

阿鲁：真正的英雄——输友搭透……她在我的心里！

【另一侧石壁上，出现了服装鲜亮，手持金弓金箭的输友搭透，只不过他不是男的，而是索玛……

亚男：在你心里？那我们可看不见，他是啥样子的？

阿鲁：他的脸就是我姐姐索玛的样子……

招弟：可输友搭透是个大哥哥呀！

阿鲁：输友搭透在我心里就是姐姐索玛！姐姐，索玛姐姐……

【灯光变换，三支追光分别照着阿鲁、赵绾儿、输友搭透（索玛）……

阿鲁：我不知道爸爸妈妈长得啥样，但是我记得索玛姐姐的样子，她的眼睛总能让我想起杜鹃花……（注：彝语索玛就是杜鹃花）

输友搭透（索玛）：（重复着序幕的台词）噢，对了对了，我们小阿鲁不是被人射掉的太阳，是大英雄输友搭透，左手举着银弓，右手搭上金箭，多威武啊！

赵绾儿：（思忖着）噢，他的姐姐叫索玛……他说过，姐姐丢了。“丢了”是啥意思？丢在哪儿了？

阿鲁：索玛姐姐，你知道吗？爷爷最后一次给我讲故事，讲着讲着，他突然问我，你姐姐索玛在哪儿？她为什么不回家来照看你？有她在，我才能放心啊……说完，他就闭上了眼睛，再也没有睁开……索玛姐姐，我想你，我要你拉着我的手，我要你听我的心里话，我要你护着我！

输友搭透（索玛）：（重复着序幕的台词）好红好亮的太阳啊，就像我们小阿鲁的脸蛋儿，多漂亮啊！

赵绾儿：不能让阿鲁辍学，他是个多么好的孩子呀！

阿鲁：（喊）姐姐，索玛姐姐！

【回声混响，输友搭透（索玛）消失。

【灯光恢复，孩子们簇拥着阿鲁。

招弟：阿鲁哥，你是在想索玛姐姐，还是在想英雄输友搭透？

阿鲁：太阳和霞光分得开吗？在我心里，他俩是一个人。好了，伙伴们，跟以前一样，你想谁就大声喊，你会听见答应的。

招弟：是呀，不论是在家里，还是在学校，你就是喊了爸爸妈妈也没人理你呀……

梦弟：想爸妈，想了半天白想……

连弟：喊爸妈，喊了半天白喊……

亚男：只有这九连洞，喊谁都有答应——(喊)爸爸呀！

【回声："爸爸……呀……呀……"好像是在答应。

【孩子们喊起来："妈妈呀……""姐姐呀……""哥哥呀……"

【山洞中的回响交叉……

【孩子们想象中的应和出现了，他们欢呼雀跃："他们听见了，听见了！""他们答应了，答应了！"

【赵绾儿哭了，哭出了声音……

阿鲁：谁?!

【招弟发现，欲拦阻阿鲁，被阿鲁推开——

阿鲁：(定睛望去)你……？一直在看着我们？你过来！

【赵绾儿从石壁旁的小栈道上走过来……

招弟：(试图调和)阿鲁哥，她不是坏人，是好人。(没头没脑地介绍)从上海来的，中学生，叫赵绾儿，因为她从小就爱把小辫儿盘到头上，所以叫绾儿……

赵绾儿：(走近，伸手)我是上海申光中学高一学生赵绾儿——

阿鲁：(没有伸手)我爷爷教过我一支歌谣，"白云赶不上黄云，黄云赶不上黑云，黑云赶不上风，马蹄声总也赶不上鸟叫声"。可你，总能赶上我，为啥？

赵绾儿：因为，我喜欢你……

【孩子们起哄地发出了笑声，阿鲁也腼腆地笑了。

赵绾儿：（对众人）我也很喜欢你们大家！

【孩子们又一阵哄笑："噢，噢……"

招弟：（生气地大叫）起什么哄?！我就喜欢她，怎么啦?！（挽起绾儿的胳膊）

男孩子甲：是你把她领进来的吧?

招弟：对！她喜欢咱们，有错吗?

【孩子们面面相觑……

孩子们：（小声地）是呀，她挺好的嘛……

赵绾儿：怎么样，阿鲁，咱们交个朋友吧?（再次伸出手）

阿鲁：你说你喜欢我?真的，假的?

赵绾儿：真的。

阿鲁：为什么?

赵绾儿：不知道。反正，一看见你就感到很亲，好像是我弟弟。

招弟：你有弟弟吗?

赵绾儿：没有。

招弟：我跟你一样，特想有个弟弟，可就是没有……

梦弟、连弟、亚男：（一起对招弟喊起来）姐姐怎么啦?你不喜欢我们是不是?我们白叫你姐姐了！

招弟：（求饶地）哎呀，梦弟、连弟、亚男，谁说不喜欢你们啦！

梦弟：连弟、亚男，大姐不要咱们了，走！（带两个妹妹跑下）

招弟：（连忙）哎，哎，别不要大姐呀！梦弟、连弟、亚男，等等我！（追下）

男孩子乙：四个小丫头打架，好玩！看看去！

【男孩子们也好奇地追下。

赵绾儿：阿鲁，真的不想和我交朋友?

阿鲁：不想。因为交了你们这些城里的大朋友会伤心的。

赵缩儿：伤心？

阿鲁：从前有个志愿者给我们当老师，我很喜欢他，可是，他待了半年就走了，没信儿了，真伤心！我就怕跟我好的人都不见了，爸爸妈妈爷爷姐姐都不见了……

赵缩儿：我要做你永远的朋友！

阿鲁：（注视着缩儿）真的吗？

赵缩儿：（第三次伸出手）真的！你干吗这样盯着我，不相信？

阿鲁：（终于握手，注视）你的眼睛……特别像索玛姐姐！

赵缩儿：真的？那太好了！（安慰地）咱们试试，努力去找找你的索玛姐姐，好不好？

阿鲁：当真？（又摇头）不可能，都过去十年了！

赵缩儿：可能，可能！我爸爸是上海一家旅游公司的高管，去过很多地方，认识人可多了！我妈妈是上海一家医院的外科医生，挺有名气的，也认识不少人。我让他们一起帮咱们找，说不定能找到！（说着掏出手机，就拨号。重复着）你姐姐叫索玛，十年前丢失的……

阿鲁：（自语，想象着）要是真能找到索玛姐姐，那该多好哇！（对缩儿）那你真就是天上掉下来的输友搭透啊！

赵缩儿：（悻悻地）这山洞里没有信号，电话打不出去呀……没关系，走，（拉起阿鲁的手）跟我去找我爸，他在你们村里找民宿，啊，就是找住的地方，今天晚上我们就住在你们村里。（拽着阿鲁就欲走）

【传来拨弄琴弦的声音，随之，马尾男上场，无言地盯着他们俩——

阿鲁：（连忙站住，抽出自己的手）噢，对了，不行，我还得跟着马叔叔去四川……缩儿，谢谢你的好心！（鞠躬）

赵绾儿：不上学了？

阿鲁：我跟你说过，重煮的汤不鲜，不说了。马叔叔，咱们走吧！

赵绾儿：你不是去打工。

阿鲁：就是去打工！

赵绾儿：你是去表演摔跤，格斗，用你这瘦瘦的小身板去挣钱！阿鲁，你不能辍学！不管你的索玛姐姐在哪里，也不管你死去的爷爷知不知道，他们都不会同意你长大是个文盲，睁眼瞎！

阿鲁：我长大不会是文盲，睁眼瞎！三年我就能挣大钱，有了钱，我再回学校念书。

赵绾儿：阿鲁，这是谁给你编的谎话？骗人骗自己！

马尾男：（掏出手机，扔给阿鲁）给她看看，这是谎话吗？

阿鲁：（打开手机，给绾儿看）看看，这是我要去的那个地方，大楼房……这是我们要住的宿舍，上下铺……这是我们的食堂，瞧瞧，大白米饭，这么多红烧肉！（咂么嘴）

赵绾儿：（瞪着阿鲁）我记得你亲口对我说的一句彝族谚语："富人有壮牛，穷人有壮志。"（拿起金弓金箭）阿鲁，你不是要做彝族传说的英雄输友搭透吗？就为了红烧肉，不做英雄啦？

【阿鲁不语，低下了头。

马尾男：（上前，对赵绾儿）这位小姐，别说那么多上不着天、下不着地的空话，传说的英雄在哪儿呢？跟着我，他这个孤儿，天天鼻子底下能有一碗红烧肉！你能给他？你自己那碗红烧肉还是你爹妈给的呢！

赵绾儿：你是什么人？鼓动学龄少年辍学就是违法！

马尾男：（发出不屑的啧啧声，指着阿鲁）他不上学是我鼓动的？你自己问问，为了混口饭吃，他是不是每天根本不去学校，都在背着竹篓去挣钱？我不是教唆犯，我是靠着动脑子发家。

跟着我，他们学会格斗表演，至少解决了吃饭问题，孤独问题。你能吗？不能就少说废话！（搂着阿鲁）欢送会开完了吧？（看看手表）咱们该走了！（对缩儿）再见，中学生小姐！（夹着阿鲁走去）

赵缩儿：站住！（直指马尾男）放开阿鲁！

马尾男：这，这是怎么个意思？

赵缩儿：我以一个上海中学生和我的父亲老赵的名义，郑重承诺，向阿鲁同学提供一切在学习和生活上的帮助！阿鲁，我愿意像姐姐一样照顾你！你永远不是孤儿！（向阿鲁张开双臂）

【阿鲁推开马尾男，向缩儿迈出一步——

阿鲁：缩儿，谢谢你！但我不愿意接受任何人的可怜。你知道我为什么要当输友搭透那样的英雄吗？你知道我为什么要去挣大钱吗？就是要让全村的人抬头看我！爸爸死了，妈妈走了，姐姐丢了，爷爷没了，好像我就是苞谷地里锄掉的野草，哪儿都不好！不，我不是小可怜，不是小坏蛋！我要证明我自己！（转身）马叔叔，走！（忽然又想起）不，等我一下，我还得带着爷爷留给我的祖传物件。（欲走）

【赵缩儿非常懊恼地来回走动着……

马尾男：（拉住阿鲁）带那玩意儿干吗？沉了吧唧的，搁那儿吧，等你回来再拿。走，快走！（欲走）

阿鲁：不行，那是我最喜欢的，爷爷说，那是宝贝！（忽然想起）哎，你不是一直想看看我那宝贝吗？怎么又不想……

【传来汽车笛声。

马尾男：（急叫）接咱们的车来了，快走！（硬拽着阿鲁离开）

阿鲁：（再次甩开马尾男）飞机来了我也得去拿！（走开）

【招弟等孩子们冲过来——

招弟：阿鲁哥，不用去了，你那件祖传的宝贝犀牛角早就从那边的石窟里拿出来了……

阿鲁：谁拿出来的？是你吧？快给我！

【招弟摇摇头，嘻嘻嘻地笑起来……

阿鲁：快拿出来呀，哥就要走了！

【招弟示意了一下亚男，带头说起歌谣来——

【亚男跑到赵绾儿身边，与之耳语，绾儿面露惊讶神色。亚男跑回孩子们中间，随着说歌谣。

招弟：（带表演的动作）

不能爬的坡叫什么坡？

孩子们：

是天上的白云坡！

招弟：

不能打的谷叫什么谷？

孩子们：

是地上的露草谷！

招弟：

不能伸的手叫什么手？

孩子们：

不能伸的手叫小扒手！

【孩子们做出造型，一齐指着马尾男

马尾男：（心虚地）指我干吗？话说八道！阿鲁，快走！

赵绾儿：（上前阻挡）你不能走！

马尾男：（指阿鲁）怎么不能走？告诉你，他跟我们签了格斗表演的合同，还按了红手印！

赵缩儿：我说的是你不能走！

马尾男：我？（心虚地）我……怎么了？

赵缩儿：孩子们亲眼看见，你从石壁上的小石窟里拿走了阿鲁的传家物件！交出来！

阿鲁：（吃惊地）你——？

马尾男：没有，绝对没有！阿鲁，快走！（再次拽着阿鲁走）

赵缩儿：（直面马尾男）你不能走！

【孩子们一声“上——”一起拥上，撞倒了马尾男……

【招弟从吉他的圆口里掏出一个红绸子包捧给阿鲁。

阿鲁：（打开，露出犀牛角，瞪着马尾男）你偷我的东西？

马尾男：（坐起来）我就是看看……这不是替你拿着吗？

阿鲁：你是坏蛋！呸！

【皮鞋踏地的咔咔声……两个戴墨镜的男子上。

【赵缩儿悄然按动手机，急切地发出消息……

马尾男：（甩掉一脸尴尬，趾高气昂地对侧幕）阿三、阿四，赶紧带阿鲁上车！

【两个墨镜男欲架阿鲁——

赵缩儿：（怒）谁都不许碰阿鲁！

孩子们：（同声）谁都不许碰阿鲁哥！

马尾男：（对缩儿）阿鲁是跟我们订了合同的！走开，不然可你有好瞧的！（示意两个墨镜男）

阿鲁：（抓住马尾男手腕，大声地）不许碰她，她是我的好姐姐！

赵缩儿：（激动地）阿鲁，别怕！（大喝一声，一个跆拳道的动作，驱散了两个墨镜男）

马尾男：（恼怒）你，你！阿鲁，你要是不跟我走，你这帮小屁孩儿谁也别想离开！

【孩子们发出惊恐的声音："啊——！"

马尾男：（恫吓）等到太阳落山，洞里一片漆黑，不光有狼嚎虎叫，还有眼镜蛇嘶嘶地吐着信子……

【两个墨镜男做出吓人的鬼脸——

【孩子们一片惊叫……

【马尾男和两个墨镜男对孩子们成包围状，威吓着。

【孩子们紧张地靠拢在一起……

赵绾儿：孩子们不怕！有姐姐在，不怕！（搂着孩子们）

亚男：姐姐，我有点害怕……

连弟：我，我不害怕，就是有点想奶奶……

男孩子甲：我也是，特别想我爸爸……

【孩子们七嘴八舌地——"我想妈妈！""我想爸爸！""我想爷爷！"

【两个墨镜男得意地笑着……

阿鲁：（气愤地冲向两个墨镜男）笑什么，走开！

马尾男：（拽住阿鲁）咱们该走了，住高楼房，吃红烧肉，那可是神仙过的日子呀！我早就说过，不出三年，你衣兜里就能塞满了钞票！

阿鲁：没想到，你这么坏！（抓住马尾男）

【两个墨镜男乘机抓住阿鲁……

赵绾儿：（惊叫）阿鲁！（上前拽住阿鲁）

【阿鲁发出怪怪的叫声，类似巫师的咒语——

【此时，那头花白点大黑猪哼叫着，急速奔跑上来，直冲两个墨镜男……场面更加混乱……

阿鲁：（指挥花白点）花白点向东，顶他一个倒栽葱！花白点向西，撞他一个溜瓜皮！花白点向北，踢他一个半天飞！花白点向南,拱他一个鬼叫喊!

马尾男:阿鲁,你敢要我?我跟你没完!(上前欲抓阿鲁)

【一根木棒飞来,砸在马尾男的身上——

招弟:(夸张地)警察来了——!

马尾男:(一惊)啊?!

【龙奶奶雄赳赳地走上——

龙奶奶:谁敢碰我孙子?!

老赵:绾儿!(转身质问马尾男)你是什么人?

【众家长随之拥入——

众家长:(质问马尾男一伙)你们是干吗的?!

马尾男:(惊讶)我们……我们……是认输的!(仓皇下……继而又举着手机,转身返回)阿鲁,你会后悔的!(举着手机)瞧见没有,又有八个孩子愿意到我这儿来当格斗孤儿,靠表演挣钱!(看看绾儿,看看老赵)只要有留守小孩儿,就不愁没有人到我这儿来!哈哈哈……

阿鲁:(挥动着拳头,怒视马尾男)走开!

【花白点黑猪嚎叫着追逐马尾男与两个墨镜男,下。

老赵:绾儿!

龙奶奶:阿鲁,招弟,梦弟、连弟、亚男耶——

【家长们的声音:“小刚!”“小毛!”“福根!”

男孩子甲:(拉着女甲的手)妈,看见您,真好!(拥抱)

女甲:(抚摸儿子)孩子,妈的心里只有你呀!

男孩子乙:(抓着男甲的胳膊)爸,有您,我心里就不害怕了!

男甲:(蹲下,对儿子)一想到你的样子,爸爸在外面打工就浑身有劲儿呀!

男孩子乙:爸爸,我不想离开您!

孩子们:(对各自的家长)爸爸,妈妈,别离开我们!

男甲:爸爸想好了,把这几年攒的钱投到高科技农业园里去,我就在家门口上班,再也不离开你了!(抓住男孩子乙的手贴在脸上)

女甲:阿哲,我跟你爸商量好了,带你跟我们走,去广州上学,一家人再也不离开了!(抱住男孩子甲)

男孩子甲:妈,您真好!

【阿鲁看到这一切,黯然转身,仰头抹泪……

赵绾儿:(拽过阿鲁)老爸,刚才,阿鲁跟我叫姐姐了!

老赵:真的?太好了!阿鲁——

阿鲁:(对绾儿)你真的是我姐姐吗?

赵绾儿:有你这么个彝族小弟弟,我要高兴疯了!

【阿鲁默默地看着,突然,转身跑下)

【花白点大黑猪哼叫着随下。

赵绾儿:阿鲁,阿鲁!

【切光。

尾　声

【传来绾儿和阿鲁的笑声……随后,他们追逐着上。

阿鲁:(乞求地)快给我看看嘛!

赵绾儿:(拿着那个红绸子小包和一个小笔记本电脑)必须大声地口齿清楚地叫我一声"姐姐",就像昨天在那个马尾男面前叫的一样!叫——!

阿鲁:(腼腆地)姐……

赵绾儿:不行!绝对不行!

阿鲁：（鼓足勇气，大声）姐姐！

赵绾儿：哎——！哈哈哈哈，当姐姐的感觉真好！过来，我告诉你——（拉着阿鲁，一起坐在山丘那棵树下）拿着，（把红绸小包交给阿鲁，自己打开笔记本电脑）对比一下——

【阿鲁打开红绸子，露出那件犀牛角。

赵绾儿：（指点着犀牛角和电脑屏幕）你爷爷给你的这件犀牛角很珍贵的！看到了吗？这上面刻的是彝族祖先制定的十月太阳历。

阿鲁：（指犀牛角）这上面一个一个的小圆圈是什么？

赵绾儿：这是十月太阳历的星象图——这是北斗星，星柄正下方是大寒，也就是过年日；星柄的正上方是大暑，也就是火把节……

阿鲁：星星指这儿就过火把节啦！（兴奋地哼唱起火把节的歌）绾儿姐姐，你怎么知道得那么多呀！

赵绾儿：看书，书里有无数的宝贝！（指电脑）念一下这一行字——

阿鲁：（认真地读）"彝族制定的十月太阳历，把中国的文明史推前了上万年，是人类最早的伟大发现之一……"（兴奋地看着绾儿）这么厉害呀！（激动得跳起来）太棒了！

【赵绾儿合上电脑，板起面孔，起身就走……

阿鲁：哎，绾儿姐姐，你干吗去？怎么不理我啦？

赵绾儿：我不知道，如果你看见发明十月太阳历的祖先，会怎么说？

【阿鲁愣住了……

赵绾儿：说你为了挣钱就是不去上学？说你不怕当睁眼瞎，看见祖先的十月太阳历，就像看见天书一样，啥都不懂?！我记得一句谚语，"远处的太阳赶不上近处的月亮"，要是真有志气，就得从脚下开始,那就是上学,读书！如果有一天,你妈妈回来了,你姐姐回来了,你才可以说：我有志气！

【阿鲁一跺脚,转头就跑……

赵绾儿：站住！

【阿鲁站住了。

赵绾儿：干吗去？

阿鲁：(不回头)拿书包,去上学！

赵绾儿：现在放暑假,还没开学呢！拿书包,跟我走！

阿鲁：跟你走？去哪儿？

赵绾儿：跟我和爸爸一起去平塘,看咱们中国的FAST——全世界最大的,直径五百米的射电天文望远镜！那是咱们中国人的骄傲！

阿鲁：我能看到很多很多的星星？

赵绾儿：(搂着阿鲁走去)你能看到很远很远的星星……

【二人指着天空,定格。

【老赵捧着一套黑色的彝族女孩儿的衣裙(就是序幕索玛穿的那套)上,龙奶奶随上,四姐妹在后面悄悄地跟着……

老赵：十年前,我来贵州考察旅游路线。那天傍晚,在山间的公路上,偶然发现了一个昏过去的彝族小女孩儿。医院确诊,这孩子因脑震荡患上了逆行性失忆症,出事前的记忆全都消失了,别人更无法知道她的身世。我和做外科医生的妻子商量,决定把她带回上海进行长期的恢复性治疗。我们夫妻没有孩子,她又特别可爱,就收养她做了我们的女儿,取名叫绾儿……

龙奶奶：我耳朵再聋,也听清楚了,这个女孩子遇上了好人；我眼睛再花,也看明白了,我的侄孙子阿鲁也遇上了好人。(拿过黑色彝族女孩儿衣裙）看了半天，这件衣裙的确是我做的，这绣花，贴边，缀珠，都是我的针脚……但是我不敢断定这套衣服就是当年小索玛的，因为这样的衣服我做过很多套。（望着绾儿和阿鲁的身影）可怜的阿鲁，如果这个绾儿就是索玛该多好哇！

老赵：龙奶奶，看着绾儿和阿鲁的身影，我突然醒悟了：还证明什么，寻找什么？都不用了，绾儿已经和阿鲁像亲姐弟那样走到一起了！他们这种比亲情更亲的情感，是世界上最珍贵的呀！

【突然，花白点大黑猪哼叫着闯了出来，结束了场上的定格，招弟四姐妹连忙拽住它——

招弟：别捣乱，别捣乱！

【绾儿、阿鲁回头看，哈哈大笑起来，大家都笑了。

【贵州大方民谣《等姐姐》的歌声响起——

姐姐哎，姐姐哎，姐姐呀哈也
青杠木叶十二层哟，十二层哟
姐姐一去就不回哟，就不回
正月二月不用等哟，不用哟等哟
八月十五转回门哟，转回门哟转回门
姐姐哎，姐姐哎，姐姐哎……

【山丘上的那棵树突然开放出满树的粉花，就像一朵粉色的云……粉色的霞光染遍了舞台……

——全剧终

2017 年 11 月 26 日于广州

附　录

欧阳逸冰舞台剧创作首演及获奖一览

1. 歌剧《护花神》

1979 年 4 月由中央歌剧舞剧院(今中央歌剧院)公演,主题歌《小白花》获国庆三十年文艺演出创作二等奖;同年发表于《剧本》月刊;

2. 儿童剧《会粘知了的老师》(独幕剧)

1979 年 7 月由中国儿童艺术剧院演出;同年发表于《儿童文学》;获 1954—1980 全国儿童文艺创作三等奖;获《儿童文学》杂志年度优秀作品奖;

3. 儿童剧《闪烁吧,繁星》

1982 年由中国儿童艺术剧院演出;同年发表于上海《巨人》杂志;同年获全国首届儿童戏剧汇演创作一等奖(同时获得演出一等奖);

4. 儿童剧《13 +1 = X》(为中学生作)

1985 年由中国儿童艺术剧院演出,演出场次达两百多场;同年发表于《新剧本》杂志;

5. 儿童剧《和月亮交谈的六个晚上》

1986 年 4 月由北京儿童艺术剧团作为建院剧目首演；同年 6 月，中国儿童艺术剧院演出；此剧于当年获北京市新剧目创作优秀剧作奖；同年发表于《新剧本》杂志；

6. 组合话剧《变形的面庞》

1987 年由北京人民艺术剧院、中国儿童艺术剧院联合演出，同年发表于《新剧本》杂志；

7. 儿童剧《博物馆之夜》

1989 年由乌鲁木齐儿童艺术剧团演出；同年发表于《新剧本》杂志；

8. 儿童剧《红蜻蜓》（为中学生作）

1989 年 5 月由北京儿童艺术剧团首演，同年 9 月由天津儿童艺术剧团演出。同年，青岛话剧团和辽宁艺校分别排演。先后获天津戏剧节优秀剧作奖（同时获优秀演出奖），华北戏剧节优秀剧作奖等；同年发表于《新剧本》杂志；

9. 话剧《周君恩来》

1991 年由中央实验话剧院演出，获文化部庆祝建党七十年文艺演出一等奖，优秀剧作奖；同年发表于《剧本》杂志；

10. 儿童剧《我的童年在黑土地》

1991 年由中国儿童艺术剧院演出；获文化部庆祝建党七十年文艺演出优秀剧作奖；同年发表于《新剧本》杂志；

11. 儿童剧《长城有个黑小子》

1992 年由中国儿童艺术剧院演出;获文华新剧目优秀剧作奖;同年发表于《新剧本》杂志;

12. 儿童剧《我不是个坏孩子》

1993 年由中国福利会儿童艺术剧院(上海)演出;

13. 儿童剧《这里将是别墅》(为中学生作)

1995 年由辽宁儿童艺术剧院演出;获文华新剧目优秀剧作奖;同年发表于《新剧本》杂志;

14. 儿童剧《认识你,真好》

1996 年由中国儿童艺术剧院演出,1998 年由福建人民艺术剧院演出;

15. 儿童剧《少年邓小平的故事》

1997 年由中国福利会儿童艺术剧院(上海)演出;

16. 儿童剧《享受艰难》(为中学生作)

1998 年由中国福利会儿童艺术剧院(上海)演出,2001 年由中国儿童艺术剧院演出;获 2000 年全国儿童戏剧汇演优秀剧作奖(还曾获文华奖新剧目演出奖);

17. 话剧《我认识的鬼子兵》

1999 年由中央实验话剧院演出,获文化部国庆 50 年文艺演出一等奖、优秀剧作奖;

18. 音乐剧《香格里拉》

2002年10月由中国儿童艺术剧院试演,2004年5月由该剧院正式演出,2003年发表于《新剧本》杂志;

19. 诗剧《红楼梦》

2005年3月由新加坡国立南洋艺术学院演出;

20. 儿童剧《大顺子吼歌》(又名《蓝蝴蝶》)

2016年9月由中国福利会儿童艺术剧院公演;

21. 儿童剧《那山有片粉色的云》

2018年8月由中国福利会儿童艺术剧院试演,于2019年正式公演。

获全国及省部级颁发的个人创作奖的剧作有十部。

其他作品:

电视连续剧(已拍摄播映的)剧本创作有《东周列国》(三人合写)等三部,动画片有《小鲤鱼历险记》《小卓玛》,等等;

剧作集《欧阳逸冰剧作选》(1994年出版);

剧本故事《春秋战国》(三人合写);

艺术评论集《戏剧与动画》等。

欧阳逸冰：
不断认识生活　你就永远年轻

文：尤　里

欧阳逸冰是当代戏剧界为数不多的，集戏剧评论家、剧作家于一身，且有成就者。他曾任中国儿童艺术剧院院长，创作有话剧《变形的面庞》《周君恩来》《我认识的鬼子兵》等，儿童剧《会粘知了的老师》《闪烁吧，繁星》《红蜻蜓》《我的童年在黑土地》《和月亮交谈的六个晚上》《长城有个黑小子》《享受艰难》等，歌剧《护花神》，音乐剧《香格里拉》等多部作品，同时还著有《欧阳逸冰剧作选》《欧阳逸冰艺术评论集》等。至今，由他个人创作（合作不计在内），并由全国十二家剧院团正式公演的戏剧作品已经有二十二部（另有其创作的动画片、电视剧已达百集以上）。可以说，在欧阳逸冰的艺术生涯里，戏剧是他永远不变的生命追求。

欧阳逸冰，出生于北方话剧的摇篮——天津。

从小浸染在天津的话剧氛围中，让他小小年纪就对话剧充满了兴趣。1951 年，中国正处在抗美援朝保家卫国的浪潮中，在读小学五年级的他偶然在一本小人书里，看到了一个朝鲜儿童帮助受伤志愿军躲过敌人搜查的故事，于是便大胆尝试，自编、自导、自演了一部小活报剧《朝鲜儿童救助志愿军伤病员叔叔》。据欧阳逸冰回忆，当年排这出戏的时候，为了饰演李承晚，他在自己脸上涂了红墨水，右臂缠上绷带，走路故意一瘸一拐。而剧中美军司令麦克阿瑟则由班级里最高的一位男生饰演。作为“导演”的他，不仅主动把排练场安排在自己的家中，还为戏中的人物设计服装。他要求麦克阿瑟一角要带船型帽，说英语。“我们不会说英语，就找了一位会说英语的男老师，请他藏到讲台后面。麦克阿瑟一上场，他就说英语，就像演双簧一样，替饰演麦克阿瑟的男生说台词。由于我们学校每一周就会开一次大队会，所以我们这个戏就在大队会上面对全校演出，演出很受欢迎，满场都是笑，这算是我最早所谓的‘戏剧活动’了。”

欧阳逸冰喜爱戏剧并非偶然，除母亲是个戏迷外，在银行工作的四姨是个话剧爱好者，曾在单位业余演出中，饰演过《雷雨》中的鲁侍萍一角。每次单位搞业余演出活动，四姨便带上他去看戏。然而真正让欧阳逸冰走入戏剧大门，领略戏剧艺术精深魅力的则要得益于他高中时代的老师——天津一中的语文老师傅培元先生。他在解放前当过话剧导演。“对于他，我是要终生感激的。”

傅老师的教导，让欧阳逸冰记忆犹新，“傅老师给我们天津一中戏剧队全体队员曾经这样讲解‘戏剧艺术样式’：从一张说明书谈起。课堂上，他拿着一张话剧说明书，按照上面所写，逐一给我们讲什么叫话剧，什么叫幕，什么叫场。他从多幕剧、独幕剧、街头戏剧……谈到戏剧的种类：喜剧、悲剧、正剧……以及明确的戏剧故事发生的时间、地点、主要人物和扮演者。然后他再给我们讲什么是编剧，什么是导演，什么是演员，什么是布景设计、灯光设计、服装设计等。他就借用一张说明书，把关于戏剧基本的常识、戏剧的 ABC 都讲给我们听了。”傅老师对欧阳逸冰的戏剧启蒙，激发了他对戏剧更深的热爱，用他自己的话说：“那个时候我刚上高二，就已经确定了我终生的理想——当一名话剧编剧。”

一进天津一中的戏剧队，欧阳逸冰就成了一名活跃分子，经常写一些小戏并组织戏剧队排演。那时候，学校曾组织同学们参加疏浚天津海河的劳动。欧阳逸冰便以此为题材创作了独幕剧《二十世纪大禹歌》。后来这个剧本被天津市群众艺术馆选中，参加了作品展。值得记忆的是，那时，天津一中戏剧队还曾演出陈白尘先生创作的独幕剧《哎呀呀！美国的小月亮》。

对于一个拥有戏剧梦想的少年来说，中央戏剧学院无疑是心目中的最高殿堂和最令人神往的地方。在欧阳逸冰所在的戏剧队中，高年级的学友金乃千和冯继唐先后成功考取了中央戏剧学院，这无疑更加坚定了他的中戏梦。除了正常的上课和戏剧队的活动以外，他几乎把业余的时间全都用在了对戏剧专业知识的自学和对剧本的阅读上。他暗暗给自己定下一条规矩：为考戏剧学院，一定要读一百部经典剧作！

1957年，正值中国话剧诞生五十周年，市面上出版了许多戏剧类的书籍，欧阳逸冰抓住这个难得的机会，阅读了大量中外戏剧名作，尤其是文艺复兴以来各个流派的戏剧代表作、中国现当代话剧剧作，这些几乎都让他读了个遍。

俗话说“不动笔墨不读书”，在那段奋斗的青葱岁月里，欧阳逸冰把读剧时的感受、思考和疑问写满了笔记本。厚厚的笔记本在他看来，“就是我自己的大学”。对此，他说：“每次读剧，我发现光读不行，必须要写笔记。不写笔记，所有的东西，还是书里的。只有写笔记，才能把妙不可言的艺术力量变成自己的。在创作剧本的时候，你未必要翻看人家是怎么写的。但记过笔记以后，那些大师的剧作，那些剧作中神奇巧妙的东西，便会融到你的心灵里。当你写作的时候，它们就会自然而自然地流露出来。我认为我到现在还是得益于这个笔记本，得益于那时的读剧一百种。”

当时，还只是高中生的他，竟洋洋洒洒写下了近万字的论文《论包戈廷的〈克里姆林宫的钟声〉》，对剧中的情节、结构、矛盾、冲突等方面进行了详细的分析，引起学校语文组老师的热情关注。他本想将此论文提交给中央戏剧学院，但最终未能用上，且由于种种原因，他也未能被中戏录取。然而，少年时代为戏剧下的功夫，却成了以后他在戏剧方面振翅而起的基础。以至于后来他在回忆起这段时光时，都会无比感慨地说道：“在我日后的戏剧创作生涯中，‘指导’我、影响我的许多老师，都是没见过面的。那些古今中外的戏剧大师是我心中的终生导师。他们的书就是我的学校，他们的作品就是我的教材。其中，我热烈崇拜的老师有写出了《屈原》的郭沫若，写出了《关汉卿》的田汉，写出了《茶馆》的老舍，写出了《上海屋檐下》的夏衍，写出了《三块钱国币》的丁西林等等。”而讲课又是最好的学习。历经四年的业余学习，他于1965年取得大学中文系本科毕业的资格。这之后，更加速了他对中外戏剧史的学习。到了二十世纪八十年代中期，受聘于北京教师进修学院作兼职教师的他，竟然接连为中文系两届大专班系统讲授了从人文主义、古典主义、启蒙主义、浪漫主义直至批判现实主义戏剧的代表作家和代表作品。这和他的自我修养密不可分。

而与孩子们在一起的奇妙缘分，要回溯到二十世纪六十年代初期，命运的河水把欧阳逸冰“冲”到了小学校，当老师。他是相信“到处有生活”的。在他看来，到学校当老师，和孩子们接近，本身就是一种生活，可以为孩子们写儿童剧，“儿童剧也是戏剧，我接触孩子，了解孩子，就可以写儿童剧”。这所小学校的图书馆又像天津一中的图书阅览室一样，成了他最美好的天地。不过，在小学图书馆，主要是有计划地研读儿童文学，陈伯吹、贺宜、张天翼、严文井、叶君健、任溶溶、包蕾……都是他非常敬爱的前辈。他认为儿童戏剧离不开儿童文学。但非常可惜的是，现在，这两者的联系越来越稀少了。那时候，他努力把自己接触的儿童生活，和自觉接受儿童文学的熏染,融合到自己的儿童剧习作之中。他给自己做了规定,每学期给孩子们写出一部儿童小戏。于是,从小学老师、初中老师到师范学校老师,三尺讲堂上他一站就是二十二年。这二十二年里,他接触到了各色各样的孩子。孩子的美好、孩子的天真、孩子的胡闹,给了欧阳逸冰一个又一个课题,让他深入生活,深入孩子的内心世界,去认识一个个独特而丰富的心灵。就像他自己所言:"学戏剧,除了学习经典作家的经典作品外,还要到生活中去,到生活中去认识一个一个的人。什么是生活?生活就是人,是人创造了生活,又是生活铸就了人。"

教师的生涯,为欧阳逸冰打开了通往戏剧梦想的另一扇大门,让他得以近距离体察生活,体会孩子心灵世界里的美好与孤独、快乐与忧伤。特别是孩子们极富有诗意的想象,点亮了他这个普希金和拜伦的崇拜者的内心,真实与诗意构成了他戏剧创作的基调。

1979 年,欧阳逸冰在北京朝阳师范学校当老师期间,从进修的小学教师中获得了创作灵感,写出了独幕剧《会粘知了的老师》。这部戏在《儿童文学》上发表后很快便被中国儿童艺术剧院采用,在京城各地巡演,欧阳逸冰也由此进入中国儿童艺术剧院成为一名专职编剧。《会粘知了的老师》中的滕老师,为吸引"叛逆"、逃学的杨伟回到教室去,不仅帮他粘知了,还以"为什么知了能叫"来启发他的求知欲,从而获得了杨伟的尊敬与信赖,两人成了好朋友。欧阳逸冰在谈起这部戏的创作动机时说:"我写这部戏的时候正值改革开放初期。改革开放,首先冲击了惯性思维方式的禁锢。对于教师来说,必须打破对'好孩子'的狭隘理解,打破分数第一的错误观念,树立爱所有的孩子的高尚情操。"

继而,在 1982 年,欧阳逸冰的第一部大型儿童剧《闪烁吧,繁星》公演了。可以说,这是《会粘知了的老师》主题的延续。这部戏成功了,塑造了三个个性迥异的孩子形象和一个真挚热爱孩子的教师形象,颇有价值。欧阳逸冰至今说起这部戏,还是喜上眉梢:"最令人高兴的是,我仰慕的儿童文学大家陈伯吹先生在南昌观看了该剧,并在研讨会上,用'诗、爱、美'三个字高度评价了这部戏。"该戏在 1982 年文化部举办的全国首届儿童戏剧观摩演出中,从四十多部戏中脱颖而出,荣获优秀剧本奖和优秀演出奖。

纵观欧阳逸冰的戏剧创作,无论是儿童剧《闪烁吧,繁星》《和月亮交谈的六个晚上》《红蜻蜓》《这里将是别墅》《我的童年在黑土地》《长城有个黑小子》《享受艰难》等,还是话剧《变形的面庞》《周君恩来》《我认识的鬼子兵》,歌剧《护花神》,音乐剧《香格里拉》等,抑或是他的动画剧本创作(如《小卓玛》《小鲤鱼历险记》等),都在力图从生活中寻找独特的心灵和心灵独特的表达方式。

这种对于儿童独特心灵的开掘,继续体现在他近年的留守儿童题材作品《大顺子吼歌》(又名《蓝蝴蝶》)之中。该剧为庆祝中国话剧诞生一百一十周年而作,在中国福利会儿童艺术剧院建院七十周年之际上演,表现了当今留守儿童如何面对自身困境,寻找缺失的父母之爱,与城里孩子不期而遇的相识与突如其来的相悖,构建了令人深思的戏剧故事。

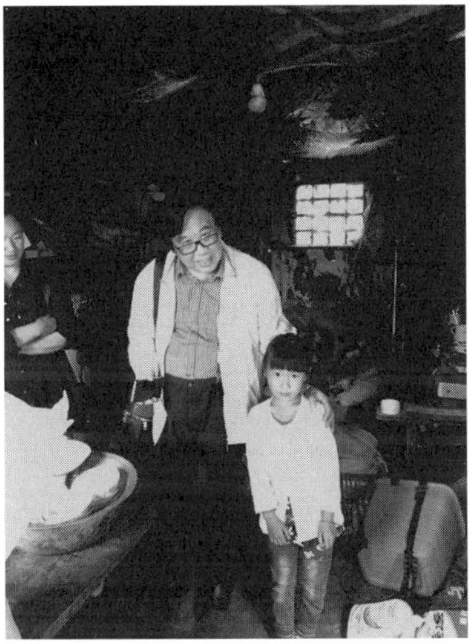

采访留守儿童（一）

对留守儿童和相关题材，欧阳逸冰有着强烈的关怀和关注。写完《大顺子吼歌》，他意犹未尽，于去年秋天，以七十六岁的高龄，独自在当地朋友的带领下，深入到贵州的深山野径之中，一户一户采访留守儿童的家庭，与孩子和他们的爷爷奶奶谈心……孩子们独特的命运和表达深深地撞击了他。同时，他还对当地的民族民间文化十分关注，从悠久的文化传统、现实的严峻生活，以及地域习俗风情交织的客观环境中，努力深刻观察留守儿童们的心灵变化与成长。于是，他的一部新作诞生了，名为《山上有片粉色的云》。

“我们要培养的是大国公民，不是小国子民。所谓大国公民，即是指心胸阔大、阳光开朗、坚定自信、心有别人的人。这个‘别人’既是你的家人、朋友，同时也应是你的同胞和同代人。只有心里装着别人，才能够成为一个善良的人，才有可能成为一个真正的大国公民。无论是城市儿童还是农村留守儿童，都要成为大国公民。”欧阳逸冰说，“作为剧作家，我们解决不了留守儿童这一社会问题，但是，我们需要安慰他们，让他们感受到骨肉之情的温暖；我们需要诱导他们，让他们坚强起来，相信总有一天，他们能够创造出新的生活。要引起同龄的非留守儿童关注他们，理解他们。什么叫情怀？关心别人，关注别人，才叫情怀。我们都知道安徒生童话《卖火柴的小女孩》的故事，然而这个故事里却隐藏了一个非常强烈的批判——是谁杀死了卖火柴的小女孩？如果有人在寒冷的圣诞夜买下小女孩的火柴，她就可以回家了，她还会冻死吗？所以，真正杀死小女孩的是什么？是冷漠，冷漠杀死了她。人只有有情怀，才会不冷漠。我写留守儿童的真正目的，是呼唤这样一种情怀。”

采访留守儿童（二）

回望改革开放四十年以来中国儿童剧的发展历程，欧阳逸冰则认为，改革开放给我们提供了一个大有可为的新时代。四十年来中国儿童剧的发展无不证明着一个颠扑不破的真理，即热爱生活、拥抱生活、了解生活、表现生活。所有不成功的剧本，究其根本，便在于没有把握住新时代儿童的生活特征和心理特征，对生活、对艺术缺少敬畏之心。

是啊，生活在不断地前进，戏剧艺术对生活的表现方式、创作手段、艺术观念也在不断发生着变化。无论在什么情况下，我们都是从一个起跑线开始奔跑之后，再从下一个起跑线奔跑……没有到达终点，永远也到不了终点。对此，欧阳逸冰表示："我们都在跑啊跑，跑一辈子也不会跑到终点，一旦说自己跑到了终点，那就完蛋了。对于戏剧工作者，特别对儿童剧创作者来说，眼前的每一天都是你新的起跑线，如果这样去认识生活，你就永远是年轻的。"